☆ 根据真实故事改编 ☆

长篇小说 **剥麻收籽**

王化军 著

内蒙古人民出版社

图书在版编目(CIP)数据

剥麻收籽 / 王化军著. -- 呼和浩特：内蒙古人民出版社，2023.7（2024.4重印）

ISBN 978-7-204-17670-0

Ⅰ.①剥… Ⅱ.①王… Ⅲ.①纪实小说-中国-当代 Ⅳ.①I247.5

中国国家版本馆CIP数据核字(2023)第112441号

剥麻收籽

作　　者	王化军
责任编辑	王　静　王　曼
封面设计	徐敬东
出版发行	内蒙古人民出版社
地　　址	呼和浩特市新城区中山东路8号波士名人国际B座5楼
网　　址	http://www.impph.cn
印　　刷	内蒙古爱信达教育印务有限责任公司
开　　本	787mm×1092mm　1/16
印　　张	30.5
字　　数	470千
版　　次	2023年7月第1版
印　　次	2024年4月第2次印刷
印　　数	5001—10000册
书　　号	ISBN 978-7-204-17670-0
定　　价	48.00元

如发现印装质量问题，请与我社联系。联系电话：(0471)3946120

序

20世纪70年代，我父亲高中毕业后回村务农。

务农这件事对他来说，不是难事。他熟悉扶犁耙地，熟悉农事墒情，熟悉麦苗拔节，也熟悉阳光从村东头升起来、从西房顶落下去的过程中，我奶奶踮着小脚往返于灶台和仓房之间，为准备一日三餐而发愁的身影。

在我父亲短暂的一生里，他更熟悉的是贫穷。他像所有中国农民一样，渴望土地和粮食。

我家地不多，多为盐碱地，庄稼长不好，父亲着急是常事，但父亲种地有绣花精神，舍得下功夫。有一年，雨季格外长，父亲成日望雨兴叹，放心不下地里刚刚出穗的玉米。那时候没有排水除涝的设备，雨一停，他便穿上大雨鞋，扛着两只水桶，一桶一桶地从玉米地里挑水。晚上回来，母亲告诉我，父亲挑了1000多桶水，把玉米地里的水都挑完了。

父亲的绣花精神，还表现在养牲口上。我上小学的时候，父亲花600元买回一头黑白相间的奶牛，算是完成了一桩心愿。牛生病的时候，父亲最为寝食难安。他会骑很远的车，去请传说中可能有点法子的兽医，又不舍昼夜地蹲在牛的旁边守着它。某一夜风雨交加，我们几个孩子被叫起来，火速腾空一间厢房，好让生病的牛避避风雨。父亲后来说，牛是给全家挣饭吃的，是有功劳的，它生着病，不能再让它受着冻，牲口也是命。

父亲本是读书人，虽勤于侍弄庄稼和土地，但他在农村的生活环境里，一直被纠缠在知识分子过于自尊的困局里。在我有限的记忆里，他几乎从未在利益冲突的时候胜出。他总是在别人各种胡搅蛮缠又无人做主的氛围里，转身不屑而去。

母亲一直动员父亲离开农村，另谋生计，但父亲不从。他执意要在祖辈扎根的地方，把根继续扎下去。在祖辈辛勤侍弄过的土地上，他执意要以勤劳的双手，为祖辈们吃不饱饭、儿孙们读不完书的历史画一个圆满的句号。

为了这个目标，父亲不遗余力。除了扶犁耙地，春种秋收，他还在农闲时节，把鸡蛋换成苹果，把苹果换成钱，把钱换成钢笔、《现代汉语词典》和天鹅牌黑白电视机。

尽管如此，在他有生之年，仍然有几样愿望没有实现。比如盖一间砖瓦房，比如做点卖鸡蛋之外的大买卖。

因为少不更事，我没有深入了解过父亲当年放下钢笔扛起锄头、与贫穷落后据理力争的心路历程。我陆续走到他的年纪，陆续经历人生一些无常之事，想跟父亲——这个知识分子型的农民说点什么的时候，已经没了机会。

我母亲是南方人，父亲去世后第二年，迫于不熟悉北方的土地和农事，她带着我们离开了农村。后来的后来，我一直手握钢笔，书本不离左右，也算如了父亲所愿，有了一份不用扶犁耙地也可以衣食无忧的工作。然而，一想起父亲，我便觉得遗憾，不仅遗憾于未能以儿女之名膝下尽孝，更遗憾于不能带他看一看今日的农村。

多年后，举国打响脱贫攻坚战，老王同志有幸奉令驻村扶贫。老王是城里人，跟我不一样，没见过母鸡下蛋和老牛反刍，不清楚麦苗从小绿芽变成馒头的全过程。驻村之前，他没跟农民打过交道，甚至完全听不懂西部方言，但他还是把扶贫这份事业完成得很圆满。扶贫结束后，政府给他发了奖，他又将一尺多高的扶贫日记写成了《剥麻收籽》。

如果我父亲能看到《剥麻收籽》，他一定会说，这就是他想要的那个农村。

张艳艳
作者爱人
2023 年 7 月

扫码观看 脱贫攻坚史诗的

生动缩影

书单推荐 精品书单拓展阅读视野

扶贫历程 一线扶贫攻坚的真实历程

人物专访 书中重要人物的深度访谈

作者寄语 作者分享创作历程与初心

自序

我所亲历的脱贫与振兴

2019年到2021年对我而言，是特殊的年份，脱贫的完成，振兴的开始，我正好赶上了。这其中走过的路虽不平坦，但也品尝到了成功的喜悦。这里面有没有运气？有。我遇到了勤劳朴实的群众，还有担当尽责的基层干部。这里面有没有认真？有。紧紧依靠当地党委和政府真扶贫，扶真贫。脱贫和振兴，或许不是我的人生必修课，但是改变了我对人生意义的许多思考，收获了许多精神食粮，这就是《剥麻收籽》的主要内容。

先说说这本书的"写"。

写作《剥麻收籽》时，我常常提醒自己要力求清晰易懂，但这样会不会稍显乏味，或者稍逊趣味？因为我不会借助复杂而丰富的词汇，也不会以各种方式切入故事，这部小说源于我的驻村日记，虽然也有整理和增补，但依然保持着原有的风格，即便如此这也是我此前从未尝试过的写法。比如，故事里的人物是平凡的，有血有肉，我无法妄加改编，否则就失去了对他们的尊重。故事里的人物是有雄心的，风格独特，我无法简化和扭曲他们的思想。否则，这本书就失去了朴实中的丰富性和深刻性。

再说说这本书的"读"。

2023年3月19日，中共中央办公厅印发《关于在全党大兴调查研究的工作方案》，对在全党大兴调查研究作出要求，"真诚倾听群众呼声、真实反映群众愿望、真情关心群众疾苦""既报喜又报忧,不唯书、不唯上、只唯实"。实,就是一种阅读方式,如果想让书里的情节如其本然地被呈现,那就多去田野里感受和寻找书中的实际人物和故事。

  说到底,书中的张小五也是真实存在的,她小名张小五,真名叫张立洁,全国爱国拥军模范、全国巾帼建功标兵。虽然她是企业家,但在做决策时不只考虑钱,还有公众的信任和企业的社会使命,因而提升了社会对他们企业的关注度。一些非营利组织、慈善团队乃至"名人"都与他们建立了良好的合作关系。因为乐于助人,我们成了好朋友,相交十七八年,相约此生要帮助1000名农村相对困难的学生,到今天已经帮助了500多名。这样做的理由很好理解,个人的幸福和收获并非我们人生的唯一目标。还有将近500名要帮助,我和张立洁开始思考我们与时间的关系,如果时间是有限的,就必须计划好在有限的时间里要做什么？或者该怎么做？扶贫之时,村里受帮助的小孩子经常来到我的宿舍,送我一些诸如沙棘、糖果等小礼物,分享一些他们自己的有趣故事。村里孩子拥有的教育资源和公共服务项目正越来越多,但是相当数量的孩子正在孤独地留守,他们日常的倾诉对象是谁？那些有潜力的青少年得到了怎样的机会和支持？起初我和张立洁购买衣服、鞋子赠送给他们,并在经济上提供一些保障,但是捐点钱和物不足以改变他们的人生。于是在策划村级创客中心项目的时候,我们设计了儿童心理疏导工作室,定期安排心理辅导员与来访的孩子们聊聊充满生机的话题,让那些眉头紧锁、紧闭嘴唇的孩子精神振奋起来。镇中心小学同样有七八十个留守孩子,县领导提议学校和创客中心建立互助对子,引导孩子站在全新的视角看待社会和人生。脱贫攻坚结束后,我和张立洁依然把镇中心小学作为我们的联系点,筹集了几批次的过冬物资。看着孩子们站成一排领取棉衣、被褥,喝上了热水,用上了洗衣机,解决了燃眉之急,校长激动万分,还登上县里的讲台讲述了这些故事。

  我完成脱贫攻坚任务离开村子的那天中午,镇党委书记和村党支部书记请我吃了顿食堂大师傅蒸的蒸饺,就算告别了。平时我是不怎么吃午饭的,把时间拿出来读书和写日记。上午和干部、村民交流了什么,听到了什么故事，中午总结其中的力量和方法，晚上也是，这个习惯源于父亲对我的教诲。我的父亲当过民政干部，去世时只留给我几十本他的工作日记，记录各个时期农村的转型之路。日记里，他带着指南针，骑着自行车，按照地理坐标一个村子一个村子地走访，综合而平衡的预算让更多的百姓摆脱了负债，实现了自力更生。驻村扶贫时，我向父亲学习，拿出时间行走在田野里，不断地观察和体验，履行自己的责任和义务，不会对群众说"这是没法子的事"，那样我们自己也会变成问题的一部分，影响群众对干部的价值判断，一根脱线也能毁掉一件毛衣。

2019年和2020年，我把这些经历和心得写成调查报告，获得了两次"费孝通田野调查奖"，我相信那些细节就在泥土里，一旦挖掘出来就能解决许多难题。所以，我始终提醒自己，到了农村，能不吃饭就不吃饭，能不睡觉就不睡觉，能走多远就走多远，父亲的影子始终在前方引领着我。

如果现在问我，脱贫与振兴的道路上最怀念什么？我的回答是——当然是土地。农民在土地上获得健康且富有规律的农产品，只是缺乏了一定的经济流动性，所以增加的收入是有限的。我们进行了周密测算，以每户10亩耕地租用农机具，每年耕犁、耙平需要1000元，如果建设一个公益农机站，只收油料费，每户节省的钱实际就是变相增收。我们在村民代表大会上征集意见后，决定筹集资金建设村级公益农机站，这个策划案得到企业和银行等多方支持，通过农牧民合作社购置和管理，获得了国家农机补贴，两台涡轮增压拖拉机以及配套的旋耕机、播种机、犁、耙等随即购入，连装有自动门的农机库房也捐助建成了。这个首创给了全县一个惊喜，引来了县电视台的记者，农民们对着镜头说"公益农机站就是好"。我深信社会组织和企业能够辅助解决问题，完成政府角色之外的任务，公共部门和企业在社会责任上是共同体。

当然，政府和社会资本的PPP合作模式也帮助我们实现了预期的目标。记得某一天深更半夜，镇党委邀请我列席会议，民主集中研究一下村口那片土地、配套资金和设施农业项目该怎么落实？养鸡、养羊的计划县里并没有确认。我在会上提出引进工作犬训练项目，保持传统的心态与活跃的创新精神在会议上发生了碰撞，虽然很多人嗅到了机遇的味道，不想错过，但觉得"养狗"是不够体面的事，后来党委会研究通过了我们那个项目，县里批复后项目名称叫"草原犬谷"，每年可以为集体经济增加10万元的收入，但当地的百姓依然习惯称它为"狗场"。实际上更早的时候，我为这片土地起草了一个民宿方案，左边麦浪，右边旅游公路，好不惬意，并且还兴致勃勃地设计了企业LOGO。我不能凭空设计可衡量的经济回报，于是半夜走到村口，才发现白天几乎可以忽略的高速公路噪音分贝，夜晚却震耳欲聋，品牌和土地分离了，就不是实事求是，这样的民宿谁会光顾呢？我告诫自己，过度关注眼皮底下的一些事，眼光就会短浅。

我把这些体会做成教案，在市、旗、县党校和乡镇作了多次体会发言，会场非常安静，这就是新时代乡镇干部和农民的魅力所在。在与县领导深谈的那个下午，我顺便带去一本《习近平新时代中国特色社会主义思想学习纲要》，我说读了3遍，还在反复读，字里行间已经被我圈点得密密麻麻，我说这就是我的指引，县领导说也要逐字逐句读。在环境的可持续发展方面，我们谈到了"稳态经济论"和供给侧结构性改革内容，积极计算成本与收益边界，充分利用资源，消除不必要的开销，向"双碳"战略目标靠拢等。在品牌地理化和地方品牌建设方面，我们分析了全县经济林建设的利弊，发展林下经济的设施农业项目的路径。县领导把我们的谈话在笔记本上记录了很多，令人难忘。回到城里的一段时间里，县领导依然派项目负责人找我互动，他们要的是实实在在的成果，而不是拍脑袋决策的痛快感觉。

小说的写作期间正值疫情，时间相对集中，白天我在社区参加志愿服务，照顾孩子，晚上挑灯夜战。媳妇也战斗在抗疫前线，忙里偷闲给我写了一封信，以此鼓励。

老王同志：

今天在新华社微信公众号读到北京三帆中学写给学生的一封信，很感动。这封信的高能之处在于，它找到一个看待疫情的最佳角度，恰到好处地治愈着已经经历或正在经历疫情的人们。它让我想起了小说《被遗忘的士兵》里的萨杰——那个历经九死一生，最终却以一支笑着的画笔回报世界的德国士兵。我相信你的《剥麻收籽》是对农业农村的真实探索，也正告诉我们正义和善良的终极方向在哪里。

呼和浩特疫情历经两个月，影响了所有人的生活，包括我们一家。这是我和你、和孩子分别最久的一次。总想找一个时间，好好跟你们讲一讲经历和感受。我相信这是一段珍贵的记忆，就像三帆中学这封信里讲的，是一段我们与全市人民一道，代表人类与病毒战斗的记忆。

10月16日，党的二十大召开的日子，我在学校抗疫最吃紧的日子，你来信说你报了社区的志愿者，而且还要抽空写书。我一边想"孩子怎么办"，一边想起2020年武汉疫情暴发的时候，你在家里多次说起，你这样的人，冲锋号一响，怎么可以待在家里。

上岗前，我反复叮嘱你戴好口罩，做好防护，暗自祈祷你值勤的卡口、路过你的人、你给做核酸的队伍里，没有病毒，没有风险……除此之外，我还能做什么呢？没有人比我更清楚，你是听到炮声就一定要上战场的人。就比如，去扶贫的路上车翻了，你抖抖土说乡间公路难免的；骑车摔骨折，休息十来天就去上班；还没完全恢复好，就挽起袖子给白血病孩子捐血小板……我常常不知道怎么打败私心阻止你，也不知道你的力量来自哪里。20年前，你就有许多我无法想象的，在大兴安岭的血与火里，战斗过的故事，20年间，你便一直有一个我无法企及的精神世界。

那段时间，常收到你穿着工作服上岗的照片，协助社区为居民做核酸的照片，还有《剥麻收籽》片段截图。听说你为居民搬菜，把自己的大衣送给志愿者。也听说你在卡口跟人吵架。我说，你要文明值勤。你说，这是保卫战，没有任何人有权利破防，负责任地大喊一声，可能会保护很多人。

没有人比我更清楚，你站在哪里，哪里就是铜墙铁壁。也没有人比我更清楚，你据理力争的，不只是一次通行权，而是卡口里面众多居民深信着的，共同守护着的，党的一方阵地。

说实话，你鼓励了我。虽然我总跟你讲我快熬不住了，但想到不论我在哪里战斗，我和你同在一个战壕，面对同一个敌人，听着同一个冲锋号，为了同一场凯旋，据理力争着，我就又打起精神。

如我所愿，如我们所愿，我战斗了52天，你站岗35天，战斗快要胜利了，你的小说也写完了。不知道你后来返岗的日子里，有没有记着我的叮嘱，戴好口罩，做好防护，遇到不守规矩的，有没有喊上一嗓子。

新闻里说，呼市具备了常态化防控的条件。明天，我就要回家了，回到日出而作日落而息、两点一线、柴米油盐、接送孩子、几点回家、晚上吃啥的日子里去。

然而，我们和所有青城市民一样，在这样一场大战过后，理应牢牢记住一点什么。记住什么呢？

记住秋风吹过塞北之时，我们被病毒偷袭的夜晚吧。记住所有人以不同形式共同抗争的样子。记住凌晨五点的核酸。记住抗原拭子进入鼻腔的酸涩。记住我们全副武装与若干病毒擦肩而过的所有时刻。记住深夜的担忧和恐慌。记住三帆中学的信里提到的新赛道。记住在这个新赛道上继续奔跑。记住怎样做一个奔跑着却不被大风吹倒的人。也记住《剥麻收籽》故事里的人物正不断实现着的，对美好生活的向往。

然后，像萨杰一样，确认战斗之前日常的忧虑烦恼是何等微不足道。确认在所有人倾尽全力并肩战斗过的地方，一定会生长出更加美好的明天。确认在通往光荣和梦想的远征途中，我们探寻到的，一个更加清晰的答案。

愿，山河无恙，人间可安，繁华与共。

作　者
2023 年 7 月

目 录

第一卷　零收入 / 1

第二卷　贫困户 / 33

第三卷　上电视 / 66

第四卷　建油厂 / 96

第五卷　孩子们 / 127

第六卷　企业家 / 157

第七卷　去北京 / 186

第八卷　吃螃蟹 / 216

第九卷　我和你 / 247

第十卷　音乐会 / 277

第十一卷　窗口期 / 304

第十二卷　农机站 / 333

第十三卷　读报亭 / 363

第十四卷　胡麻营 / 393

第十五卷　调查奖 / 421

第十六卷　新动能 / 445

后　记 / 473

第一卷

零收入

据县志记载,清光绪三十二年(1906年)便有了胡麻营村。100多年来,这里的人周而复始春耕秋收,操作着农业经济,按照自己的意愿掌握着经营方向。但在日益市场化的今天,胡麻营村却逐渐成了国家级贫困县的重点贫困村,全村1700多口户籍人口,只剩下将近700多口常住人口,其中贫困人口接近一半。

2019年7月,受自治区党委组织部委派,文关来到胡麻营村,此时,脱贫攻坚战与乡村振兴战略迎来了历史交汇期。

（一）

早上，文关从自治区首府出发，沿着 105 国道赶到村里，到达时已近中午。

从首府到胡麻营村有几十公里，在平时也就需要半个多小时，但是导航把文关的车导到了最里面的小胡麻营。小胡麻营是胡麻营村的一个自然村，从这儿到胡麻营村委会，还有七八公里。

见有车开进村委会小广场，有人挑帘出来，后面还跟着几个人，一起向外张望。

文关下了车，走在前面的人不紧不慢地把手伸过来，说："我是镇党委书记李聪明，昨晚接到组织部派驻干部的通知，一早赶来的。镇长和其他班子成员都有任务，他们按原计划下村了，以后都能见面。"

李聪明，中等个子，穿着一件白色半袖，裤腰带系在微微隆起的肚子上，大脸盘似乎被风吹过，眼睛不大却炯炯有神，说话有点急，好像不会笑，脚上穿着一双带着泥土的皮鞋，风一吹身上散发出淡淡的汗味。

李聪明转身递了个眼色，跟着的人赶紧上前一步。

"这是驻村第一书记沙大旺，叫他沙打旺就行，是咱们镇政府派出的干部。这个胡麻营村是咱们镇政府定点包扶的村子，就把他派来了。"

文关隐约知道沙打旺是一种防风固沙的植物，生命力很强，但是这个驻村队长白白净净，略显斯文，头发黑亮，穿着一件淡粉色衬衫，裤线很直。

李聪明说："文处长是大机关来的，材料写得好，以后多向文处长学习，把你们村的事写一写。"

李聪明接着介绍的时候，沙打旺赶紧退后一步。

"这是村党支部书记、村主任齐二强，妇女主任杜小秀，纪检委员郑春时……"文关与大家一一握手。

齐二强，圆脸，寸头，肤色黝黑，手里夹着半截子烟，握手时用嘴叼住了烟。紫色 T 恤和皮鞋应该是今天特意换的，裤子上还有许多泥点子，显然换的不是全套。

其他人一走一过，文关一时对不上号。

在文关不知道接下来该说什么、做什么的时候，李聪明说："我今天正好要去经济林，文处长赶上了，也给参谋参谋吧。"李聪明招呼几个村干部和文关，坐上他的车直奔乡间公路。

文关以为到了村里是先放下行李，安顿好，下一步对着花名册，梳理出类别，然后做调研走访。但李聪明和大家的急切心情，让文关感觉到，来到基层后，他要对自身的态度、目标和行为进行改变。比如，初到村里，第一步不是安顿好，而是办事。

路上，李聪明告诉文关他已经在红云镇工作了 18 年，做梁当梁，做柱当柱，从办事员到书记，所有岗位干了个遍。镇上 8 个村的男女老少他都门儿清，还没到办公室就能闻到谁在门口等他了。

远远地，大家透过车窗看见护林员郭堂生已经守在经济林边上了，嘴里时不时地还在喊叫着什么，手里扔着石子赶着牛羊让它们绕开经济林。

沙打旺跟文关说，护林员也叫生态护林员，是从有劳动能力的建档立卡户中选聘出来的，就地就近参与生态环境保护和建设，吃上了"生态饭"，享受国家兜底脱贫的政策。村里有类似的公益性岗位 50 多个，每年的收入从 3000 多元到 10000 多元不等，这要看任务轻重。村里还有 100 多个光棍汉，找不到媳妇，姑娘都外嫁了。文关正好奇沙打旺最后这句话时，车停住了。

李聪明招呼道："老郭啊，我们来看看你，这是自治区文化馆派来的文处长，以后就住在咱们村，帮助咱们脱贫。文化助力脱贫攻坚咧。"

文关赶紧跟着说："文史馆，文史馆。"

郭堂生笑着说："啥馆都行，管用就中。"

李聪明问道："牲口没啃了树苗吧？"

郭堂生回答说:"白天守着咧,晚上不敢保证啊。"

"沙书记,晚上咋办?加派人手吧,要不一夜工夫树杈都剩不下了。"李聪明转向沙打旺说。

"人也有打盹的时候,晚上黑灯瞎火不好看,最好是架设网围栏。"

李聪明不耐烦地说:"最好是砌上一圈围墙。我何尝不想,但钱在哪?净整八竿子打不着的事。"

沙打旺感觉自己是哪壶不开提哪壶,就不作声了。

李聪明跟文关诉苦道:"县里支持乡镇发展经济林,给了我们8000棵李子树苗,还是从辽宁引进的优良品种,个大,果子甜,光买树苗、挖坑、栽下树苗,每棵树的成本就四五十块,合计起来就是几十万。咱们高高兴兴选了块地,可是估计不足啊!咋个管理?管理的钱从哪里来?村里的牲口多,牛有一两千头,羊也有大几千只,总有看不住跑出来的。牲口不争气,就爱吃个树丫丫。咱们这几个村处在大青山自然保护区的试验区,镇里、村里和林场天天宣传保护生态、禁牧圈养,定人定山头地看着、巡查,但总有漏网之鱼。前几天,抓住个贫困户在那里放羊,镇里的城管没收了几只,本来想借机批评批评,写个保证书,再让他把羊领回去就算了,结果倒好,折腾死一只,人家不干了。明摆着,咱们工作方法有问题,镇里给人家补偿了一只羊。"

文关问:"村里没钱吗,或者有多少钱?"

沙打旺不吱声,瞅瞅齐二强,齐二强也低头不说话。

李聪明见无人应答,便接着说:"有个广告牌,镇里给村里建的,但租不出去,成了摆设。村集体到现在还没有一分钱收入。上级要求每个村集体经济收入达到5万元以上,这是脱贫攻坚的一个硬杠杠。"

文关说:"那咱们去看看广告牌吧。"李聪明做了个上车的手势,几个人迅速钻进车里。

广告牌在村口。当时镇政府组织相关人员开会,讨论的热点就是胡麻营村在105国道和G7高速沿线,借助交通优势建设高速公路广告牌,大家都认为这应该是一项较为稳定的脱贫项目,所以最终确定投入25万元建设一个擎天柱广告牌。一个立柱顶着三面广告板,设想着每个广告板每年能收入6万,用不了两年就回本了。

车停在广告牌下,李聪明用手遮阳,望着广告牌说:"光想着好事了,谁来租?广告牌租不出去,就得借5万块钱打到村集体账上,借钱吃海货,哪有钱给经济林建网围栏。"

几个人都抬头望着广告牌,没有人说话。

李聪明撂下脸,说:"当时开会征求你们意见,都说好,这会儿咋不说好了?"

李聪明拿起手机拨了一个电话,只听见他说:"李总,在哪发财呢?哦,在北京。对了,上次我跟你说的那个广告牌……哦,等上会定呢。好,好,不急,不急。好,先忙,先忙,回头见。"

"啥开会,人家这是推托了。"李聪明自言自语道。

那天中午回到村委会已经很晚了,李聪明着急忙慌地走了,饭也没吃。摆手告别的时候,李聪明说:"文处长是自治区来的,路子宽,见多识广,想想办法。"

文关说:"放心吧,一定全力办。"

李聪明开车门之时,又走回来,跟文关握了握手。

(二)

李聪明走后,文关跟等着吃饭的几个人说让他们先吃,说完就开始搬行李。

所谓宿舍,实际就是村主任齐二强的办公室,听说来了一个"文官",就另外加了一张桌子,安了一张铁床。床上已经铺盖了一床被子、褥子。文关把自己带来的床单展开,把那个软塌塌的被子叠得方方正正。

文关叉着腰,看着方方正正的被子陷入了回忆。

1997年，在武警上海指挥学院毕业典礼前夕，文关主动向学员队领队写了一封到最艰苦连队工作的申请。夏天一过，文关被分到大兴安岭森林支队奇乾中队任排长，这个地方坐落在中国地图的鸡冠子上。文关坐火车到了莫尔镇，住在大队的招待所，等着中队的战士开卡车下山买菜时顺便把他捎上去。记得，刚到连队那天，也是这样一张铁床，文关第一件事就是把被子叠得方方正正，感觉只有这样人才有底气。有些习惯会刻到人的骨子里，直到现在文关出差住宾馆，退房时还是习惯把被子折成豆腐块，经理领着服务员排队参观的事也屡见不鲜。

文关在那个连队工作了一年半，写了几十万字的工作日记，从里面挖掘出大大小小几十篇消息和通讯，发在当地和部队的报刊上。有一篇长篇通讯《士兵你好》被许多战士寄回了家，讲述的是在北纬53°的原始森林中，驻守着一支名为奇乾中队的武警森林官兵，他们用青春和热血守护着祖国北疆95万公顷原始林的安宁。中队虽然历史悠久，但是硬件条件有限，三面环山、一面邻水，不通邮、不通电。文关在给战士们上政治教育课的时候说："我们虽然在大森林里，但是我们的精神要与时代同行。"话虽这么说，但是拿什么展现这种同行呢？由于周边无人烟，也就没有商店什么的，文关攒了一年的工资一分没花出去。每年都有探亲假，一次文关探亲归队时买回来一台586电脑，先在大队的招待所被围得水泄不通，回到中队后又被战士们围了个里三层外三层。

电脑，需要电，但中队没有电。开拖拉机运水的战士用废旧柴油机改造了一台发电机，奇迹般地启动了电脑。那时候全总队还没有一台这么好的电脑，基本都是DOS系统，可视化的"窗口"菜单只是听说过，中队的电脑与时代同行了，从此中队有了电脑课。文关还组织了战士读书会、新闻讲读会和文化小课堂等，各种励志名言警句在中队的角落随处可见，就连厕所和食堂也不放过。走廊里贴了一个好战士优点量化表，表现好的战士就贴星星，不记录缺点，神奇的是有缺点的战士越来越少了。文关还把仓库里的废旧油漆翻出来，在营区里画了许多宣传画，还写了一排大红字——"青春正火红，奉献在兴安"，立在院子最显眼的位置。

那年年底，总队进行年度考核。以往，总队领导来了，中队都会组织战士们读报或者上课，营区里静悄悄的，有的战士上厕所碰上考核组的干部，说话都会语无伦次，可能是因为常年见不到外面的人，怕生人了。文关说，不能因为环境艰苦就没士气，于是带着大家打篮球，搞歌咏比赛，就在总队考核组的眼皮子底下进进出出，战士们一个个都表现得十分自然。考核结果在两个月后公布了，中队有史以来第一次获得全总队的优秀中队称号。考核组的人说，别的不说，经年累月地默默奉献，那股子无怨无悔的精气神就足够了，而文关也由此调到机关当了新闻干事，之后写了许多基层官兵的故事。10年后，文关转业，拎着一大包发表的作品，回到自治区首府。

文关辗转到文史馆通联处任处长那年，中队荣获"中国青年五四奖章"（集体），随着武警森林部队集体退出现役，转制划归新成立的应急管理部，成为综合性消防救援队。

电话铃声响起，将文关从回忆中拉回来，原来是馆员百嘎利。百嘎利听说文关去扶贫了，希望通过自己的作品能为乡亲们过上好日子出点力。

文关脑子灵光一现，说道："百老师的电话打得正是时候，用榜书给我写几个字吧，'绿水青山就是金山银山'。每个字四尺整张那么大，每张字都落您的印章。"

"我就知道你主意多，加班给你写。对了，你们村有多少贫困户？"

"133户。"

"我还要给每个贫困户写一幅励志书法，比如写'幸福都是奋斗出来的''勤能补拙''迎难而上'，怎么样？"

"百老师，那工作量可是太大了，每天写20个，还得一星期，您老可要保重身体呀！"

"那算什么，当年在草原上放牧，用羊鞭子一写就是一天。如今，脱贫攻坚我能派上用场，老汉我就如同打了强心针，不累！"

"那我们就顺势举办一个送励志书法文化宣传活动，挨家挨户送，告诉大家不做懒汉，不等靠要，致富要敢闯敢冒尖。百老师您这是一石激起千层浪，让我茅塞顿开啊！"

在文史馆像百嘎利一样的馆员还有60多位，他们有的是书法家和画家，有的是文史和社科类的专家，基本都是耄耋之年的党外知识分子。在书法家中，百嘎利的书法别具一格，文关作为通联处处长经常安排馆员们参加采风和调研活动，所以曾专门采访过他。

通过采访得知，百嘎利14岁小学毕业，只学过拼音，初中也没有念，在常人眼里，这种经历常常遮蔽了他学业之外的成长因素。当然，他也从不故意打扮自己的阅历和故事，在回望艺术生涯时，他始终心存感激的是一本《新华字典》。用百嘎利自己的话来讲"一切都像是奇迹"。为了学习汉字，领略中华文化的博大精深，他下决心从一页一页背字典开始。3年多时间里，他背会的"那本字典"实际是3个不同版本的《新华字典》和《成语词典》，其中的每个字就像照片一样印刻在他的脑海中，他还考察了字的演进历史和风格。45岁那年，与他比肩同行的依然是牧场上的牛马羊，百嘎利照常打开字典，牲畜走到哪里，他就扬着鞭子写到哪里，特别是赶上下雪，就更兴奋了，他说那是世界上最大的纸，鞭子是最好的笔，一溜溜地写，到处都是他的字。他的那种给人新颖印象的字典书法，实际正是他以自己的方式请益着博大精深的中华文化。61岁时，百嘎利已经名声在外，多次获得书法大奖，并被聘请为文史馆员，他的书法在落墨处有许多耐人寻味的写法，显然是在非常开阔的天地里思考出来的。

曾经有人批判百嘎利以这种方式写书法，认为这似乎是与古已有之的相抗衡。而文关听完这个故事后，对百嘎利艺术作品的态度发生了改变，文关探源到了百嘎利作品的灵感和来源。百嘎利也曾临摹过字帖，但他说感觉像是违背了生活里的自然体会，很痛苦，似乎那本字典被丢失在沙漠、雪地里一般。不行，他还得把那本字典找回来。

百嘎利说："我们村只有我背了字典，我也是我们村第一个走出牧区的人，倘若背字典的意图仅仅是一种成功的模式，终究也会逐渐隐退。艺术创造的意义在于找到自己的位置，'由吾之身，及人之身'，为社会服务的能力越强，艺术之花就开放得越灿烂。"他说文史馆员以自己的身份为老百姓服务，与群众情感相联系时才能打动人心。"我不是丑书、怪书，人民群众对我作品的欢迎让我最知足、最快乐。"那次采访之后，文关和百嘎利成了忘年交，那篇文章也发表在中央文史研究馆《工作通讯》上。

百嘎利的这一通电话，让文关把经济林和书法串在了一起，心里盘算着，不知道这个办法可不可行？

（三）

文关擦擦洗洗，然后出门倒脏水，眼前呼啦一下冒出十几个老汉，看样子是憋着气儿。

"你就是自治区派来的文官儿吧，我们要反映点问题。"

文关赶紧把水盆放下，对着大家说："屋子里说，屋子里说。"

文关有过四五年在信访局工作的经历，所以很快稳住了心神，说："老乡们，你们反映的是不是一个问题？"

老汉们七嘴八舌地说："就是，就是，地没水了，水浇地变旱地咧"，"挣的黑心钱咧"，"镇长书记去了都不好使，无法无天咧"。

文关举起一个手指头，压低声音商量道："一个一个说，或者派一个代表先说，然后大家再补充好不好？"

一个老汉气冲冲地说："我叫申耕田，就住村委会边上，我先说。"

"你说，你说，我做个记录。"文关赶紧从行李箱里翻出笔记本。

"咱们县里引进了一个九龙泉旅游项目，投资了好几个亿，在咱们村子上游截流出一个人工湖，能划船、钓鱼、漂流啥的。原先他们没来的时候，咱们村六七百亩地都能浇上水，种点麦子年年长势不错，现在水流小了，麦子不到一尺高就卷边子了，只能改种旱地粮，靠天吃饭了。"

又一个老汉迫不及待地说:"我们去找了,人家说水流本来就小了,不承认是他们干的。村主任去了,也被撵出来了。"

人群里有个人喊:"党中央一直说保证农业生产,咱们这几百亩地不是一个政策管?那咋反映一年多愣是没人管?"

听着闹哄哄的声音,沙打旺和齐二强也跑了过来。

文关问他俩:"老乡们反映的情况属实吗?"

齐二强说:"县里在咱们村开发的旅游项目,投资分三期,现在二期完成了,三期待建,部分已经开始运营。我们找过好几次,人家承诺说需要浇地时再给打几口井。结果,等到庄稼要浇水了,他们打的几口井农电局不给配电,说取用地下水,要到县里申请,领取用水许可证。乱打井,不给配电,结果没用上,老乡们就不答应了。"

沙打旺接着说:"李书记去县里要过电。县里领导说,往大里讲,自治区作为咱中国北方重要的生态屏障,直接关系北方乃至全国的生态安全,水资源并不充沛。往小了说,镇里这几年粮食增产那是以水换粮,地下水早就过度开发利用了,河道断流,水位下降,水浇地变成旱地也不完全是旅游项目造成的,打井可以解燃眉之急,但也是越陷越深,危害子孙后代。结果,井还是没用上。"

文关说:"大概明白了,这个事我去找旅游区吧,有结果会和大家通报,大家先回去。二强,送送大爷们。"

几个大爷边走边回头招手说:"全靠你了,文官儿,一定替大家做主啊。"

文关见沙打旺还在,便问道:"旅游点在咱村里头,村口那个擎天柱广告牌可以租给他们,这不是互利双赢?"

沙打旺苦笑道:"唉,还不是因为这点水,相互惹下了,哪还有这份心思。"

文关请他进屋,说:"我跟你探讨探讨,不一定对。我进村委会之前,开着车绕了一个自然村,我感觉村里农业现代化路子还没走起来,起码的滴灌、喷灌这样的高效节水改造都没有，还在靠天吃饭。"

"文处长是不是去了小胡麻营，经常有人把那个村子当村委会。那个村子第二大。文处长看到的情况，基本上就是咱们村的一个现状。镇领导也着急，特别是李书记，还有石镇长。其实说白了就是缺钱。"

文关说："想来钱，光着急不行哇，动手也得动脑。比如经济林，现在都是幼苗，有效益也得3年以后，这期间怎么办，光投入不产出？就是以后有果了，卖给谁？现上轿现扎耳朵眼肯定不行。等到果子熟透了，打个雷都能震落一地，那时候火急火燎也白费。所以，经济林从建起来那天起，就要规划好每一步，这就是我要说的第二个问题——农业的供给侧问题。"

沙打旺接住说："咱们村的大葱口碑不错，远近闻名，全市都知道，前几年每年产四五十万斤，可现在不到一半了，因为卖不动，所以农民的种植热情就下来了。还有，一到秋天，镇里的领导就求爷爷告奶奶地到处推销葱。"

文关认真地说道："你是驻村第一书记、驻村工作队队长，要带动农民从传统农业向特色农业转变，研究市场需求。市场对资源配置不是起主要作用，也不是关键作用，而是决定性作用，你能理解我的意思不？大葱丰收了，找关系销售那不是市场经济，而是消费政治活动，凭的是个人的面子。这家买点那家买点，啥时候是个头。"

沙打旺聚精会神地听着。

文关继续说："我在参加脱贫攻坚培训时，上级要求我们要发展好'一村一品'，所以咱们要因势利导，打造'胡麻营'地理标志性产品。胡麻营，从取名来说，一定有历史，明天我让馆员查查。"

"那眼跟前这个水咋办？"沙打旺问道。

"经济的事要解决，广告牌的事要解决，水的问题也得解决，有抓手就是好事，总比没有突破口强，咱们就从眼前的事入手，有了突破口，再找个杠杆撬开。经济林和广告牌的问题已经有点门儿了，这个水的问题……"

"去告他们。"沙打旺白白净净的脸涨得通红,着急地说道。

文关拍拍沙打旺的肩膀示意他坐下,然后在屋子里走了几个来回,突然站住,转过身,对沙打旺说:"最好是水到渠成,两全其美。"

"啥意思?"

"一会儿我写个方案,觉得靠谱的话,你就组织开会,征求意见,定了咱就干。"

(四)

经过下午的几件事,文关想了挺多,然后打开电脑开始写方案,直到工作队食堂的马大姐隔着窗户喊文关吃饭。

马大姐是建档立卡户,工作队请她做饭,每个月1500元工资,加上低保每年两三千,正好够脱贫的线。晚饭蒸的是大饺饺,猪肉土豆馅的,一咬噗噗地冒出香浓的胡麻油味儿。文关眼前一亮,说:"这就是咱们村的特产吧?"工作队的几个人告诉文关,本地人做馅、炸糕、烙饼、炒鸡蛋都爱用胡麻油,村里有几个村民开了油坊,常年榨油,整个村子啥时候都是香的。

文关不住地点头说"香",囫囵着吃了好几个才回到宿舍。

文关拨通了馆员邢泰的电话,让他一定帮忙找找"胡麻营"榨油的历史,"胡麻营"这3个字肯定不是凭空来的。邢泰爽快地答应了,"没问题,还需要啥随时到我这来翻。"

邢泰是一位史学专家。50多岁退休后,他开设了通志馆,10多年来,骑行15万公里,研究自治区的地情和历史,填补了自治区记忆和乡愁的许多空白,为此获得了"自治区最美家乡人"称号。邢泰有个书室,500多平方米,20多万册藏书,有的是花钱买的,有的是征集志愿者的,有的是机关单位发放的,当然也有些是邢泰不经意间得到的,他都如获至宝保留至今。结果很多书成了抢手的宝贝,很多研究地方史志的人都来此取经,因为邢泰的藏书已成体系,年代由远及近,分块设置,有的已经精确到县、乡镇,甚至某县某乡某村可以直奔某个藏书单元去查,难能可贵。

快晚上10点了,村子静了下来,隐约能听到国道上的车流声,文关还在奋笔疾书。

此时,一阵敲门声响起,沙打旺来了,后面还跟着一个人。一进门,那人就拉着文关的手说:"老韩我将近40年的工龄,见过的官也不算少了,文处长的级别和我们县委书记一样,来了连宿舍也没去,直接开展工作。我们隔着窗户都看到了。沙打旺也跟我们说,文处长没有架子,而且对生活也不挑剔,对村里人也和气,刚到没多久就提出了这么多思路和办法,我们都很感动,我代表工作队其他队员和村里的人欢迎文处长。"

沙打旺看着有点发蒙的文关,赶紧介绍道:"这是老韩,韩长命,工作队有5个人,他最年长,再有一年就退休了。"

韩长命很瘦,个子不高,留着板寸,脸上爬满了沧桑的皱纹,腰带系在最后一个扣眼,一身黑色衣服。

文关双手握着老韩的手说:"我是来向你们学习的,基层的干部群众最有智慧,咱们互相帮助、互相支持。"

韩长命说:"听说自治区派处级干部来了,我让大家把院子前前后后打扫了一遍,换了面新国旗,特意让厨房买了鸡蛋和豆腐,结果中午你也没吃。"

文关赶紧解释说:"我是习惯了,中午不吃饭,两个小时没人打扰,可以集中时间看看书,写写东西。每天中午两个小时,一年就是700多个小时,我比较笨,笨鸟先飞嘛。"

韩长命顺着文关的视线看过去,看到桌子上摞着书,跟沙打旺说:"沙书记,明天给文处长再加一张桌子,专门摆书;把纱窗也钉一钉,晚上看书灯光招蚊子咧。"

文关说:"已经很好了,千万别给你们添麻烦。"然后转移话题,"老韩，你在镇里时间最长，对各个村情况更熟悉，今天沙打旺书记说咱们村有100多个光棍汉。"

老韩叹了口气说道："我是负责危房改造的，挨家挨户地去过，情况我比较熟悉。咱们村建档立卡贫困户133户332人，占常住户的40%左右，是国家级贫困县的重点贫困村。户籍规模总体没有改变，大概1700多人，但是走了不少，都去周边的城市了，而且走的基本是青壮年劳动力，走了就几乎没有回来的，也就是所谓的劳动力不能回流，那单身还有离婚的能不多？这才有了一百零八将。"

"好像水浒啊。"文关好奇地说道。

"这是村里人对108个单身男人的简称。"韩长命解释道。

韩长命从兜里摸出烟，给文关递上一支，文关摆手示意不吸烟。韩长命自己点着，深深吸了一口烟接着说："你说没人哪能有钱了，村子的集体经济是零。现在村里剩下的700多人大多是留守老人、留守孩子和光棍汉，还别光说这，就是村党支部开会时党员缺席率都在增高，村里1300多亩地都撂荒没人种了。隔壁几个村子也有类似情况，但咱们村子最突出，跟离首府近有关系。"

这时候，文关略微闻到了酒气，是韩长命吐烟圈带出来的。

文关示意沙打旺招呼韩长命回去休息。

韩长命边走边回头说："没架子，好领导，胡麻营摊上好官了。"

老韩走后，文关从纸箱里拿出几十本日记，日记上标记着20世纪70年代、80年代的各个年份，几乎一年一本，这是2006年父亲去世时留给文关的唯一"财产"。文关的父亲是老民政干部，日记里列出了他在二十世纪七八十年代农村生活中遇到的各种困难，其中也设想了很多摆脱贫困的计划，并且认为十分有必要尝试一番，也更希望别人能最终做得更好。

文关边翻着父亲的日记，边写完了驻村第一天的日记——

胡麻营村要摆脱这一困境，必须将各种事实综合起来考量，比如土地收成在过去很长时间内并没有显著提高，劳动力自然开始流向城市，资本流向土地当然越来越少，进而出现了"鳏夫"。反过来说，产量增长了，也不一定是因为劳动量增加了，农业资本积累与技术、知识更为密切，这不是直觉，这是当今农业文明发展进程显示出来的事实。胡麻营村农民耕作方式、耕作习惯及种植资源优势需要与工业化发展相结合，因地制宜，就地取材，发展壮大集体经济。

"发展是解决问题的总钥匙。"

（五）

第二天早上，文关边叠"豆腐块"，脑子里边回想着昨天的事。这时，韩长命敲窗户喊道："文处长午饭不吃，早饭得吃啊。"文关到了食堂才发现，所谓食堂，实际就是韩长命和另外几个队员的宿舍，屋子中间摆了一张大桌子，门口是水泥砌的锅台。

大家跟文关打了招呼，问道："村里早晚温差大，文处长住得不习惯吧？"

文关笑着说："我在呼伦贝尔边境当兵的时候，宿舍裂了一个大缝子，夏天外面下大雨，里面下小雨。冬天外面下大雪，里面下小雪，早上起来先抖一抖衣服才能穿。你们肯定说，缝子补补嘛。说实话补不了，为啥？我们住的房子叫板夹泥，在额尔古纳河边，地表水位低，夏天下沉，冬天一冻又鼓包了，只有板夹泥扛得住能屹立不倒，所以有几条缝子就忽略不计了。"

韩长命说："文处长住的是 D 级危房，得扒了重盖。"

大家跟着笑起来。

大家说的 C 级、D 级指的是农村危房改造过程中鉴定的级别，共有 A、B、C、D 四个等级，A 级、B 级是安全住房，C 级要加固维修，D 级危房要重盖。

文关接着说："当时没拆，后来扒了重盖了。如今，那个中队是全国的标兵，住着楼房，太阳能发电，深水井，卫星电话，执行任务坐的是直升机，这些我都没赶上，但吃苦的能力留在骨子里了，之后都感觉没遇到过困难。"

"一辈子没遇到过困难，这不是一般人能收获的，说明文处长这个兵当值了，来，以粥代酒，敬文处长一碗。"

文关喝了一口，放下碗，回味地说道："话说回来了，现在咱们村的条件比起我当兵那阵子是天上地下，知足。"

正说着，咣当，有人一脚把食堂门踢开了，进来一个人，脑袋锃亮，眼球突出，两撇小胡子，披着件褂子，一条胳膊血淋淋的，被另一条胳膊托举着。

"哪位是自治区来的领导？我要看病。"

"毛仁，这么早你来干啥了？"沙打旺走过去问道。

文关走过去正要询问，卫生所的大夫慌慌张张跑过来拉着毛仁说："走，走，我再给你上点药，赶紧回家养着去，跟你说了多少次不能再喝了，否则好不了啦。"

这个叫毛仁的村民估计是喝了一夜酒，到现在都没清醒。

大家一直看着毛仁摇摇晃晃地进了卫生所才收回了视线，韩长命告诉文关，毛仁是村里的刺儿头，从年轻时候起就在村里喝酒打架，地也不种。后来自己开了个小饭馆，没几天就自己喝黄了，也没攒下几个钱，全家吃上了低保。脱贫攻坚危房改造，他家房子被鉴定为D级，得翻盖，他和媳妇带两个孩子，按规定最低也得50多平方米。自治区、市、县补贴25000多块钱，是30平方米的费用，超出的每平方米大约1000块钱得自己出。因为出不起，老婆一生气带着孩子跑回了娘家，毛仁被安置住进了幸福院。幸福院都是七八十岁的老头儿、老太太，像他这样40多岁养老的，还是独一份。大爷大娘笑话他，说他好吃懒做，不务正业。今年3月份，他喝了点闷酒，靠在炉子上睡着了，酒醒了才觉得胳膊疼，结果发现整条胳膊被烧得不轻。后来，他妹妹托朋友找了一个大夫，说是祖传治疗烧伤，花了好几万，结果情况更糟糕了。自己作的，村里人劝工作队的干部不要管他，认为他本性难改。

沙打旺说："毛仁媳妇前几天传回话来，要跟他办离婚，如果那样咱们村就是109个单身汉了。"

文关问道："咋不去医院看看呢？建档立卡户经过基本医疗保险、商业大病保险、医疗救助政策报销后，基本上能达到90%左右，达不到的还有兜底保障制度嘛，个人花不了几个钱。"

"哎，刚才不是说了吗，他不争气，喝醉酒倒在炉子上，这属于主观有过错，医疗保险不给报。后来又让小诊所给坑了，真叫人生气咧。"韩长命回答道。

沙打旺也无奈地说："该照顾他的都照顾到了，考虑他媳妇有残疾，村里给他们全家人办了低保，也给安置了住房，孩子上学有食宿和交通补贴……"

文关隔着窗户望着抹完药摇摇晃晃回幸福院的毛仁，说："沙书记、二强主任，咱们吃完饭再去一趟经济林，回头再说毛仁的事。"

齐二强说："村里人看透他了，谁帮他都是受累不讨好，他这个怂样，已经不是一天两天了。"

文关听完沉思了一会儿，说道："以前我们在部队的时候，有一句常用的话——没有哪个战士不犯错误，战士犯错是指导员存在的理由之一。有一年，我从支队政治处到基层锻炼，当代理指导员。遇到最头疼的事情之一就是战士生病。我们那个中队有个新兵叫张宝伟，说自己是肾炎，经常半夜尿床。因为这个原因，这个班的内务卫生始终排在全中队最后，大家多少有些怨言，张宝伟也是经常借故不训练，请病假，精神不振。得知这个情况后，我给他换了个宿舍，不是班排宿舍而是我的房间，在我房间加了一张床，每天半夜我都招呼他方便方便解解手。刚开始，他觉得影响我睡觉，心里不是个滋味儿，可后面次数多了，他也就习惯了，甚至到点不用我叫，也能自己起来解手。然后我又带他去了几次医院，大夫说大概就是南方人到了北方不适应造成的,主要是尿床一次之后形成了心理负担,担心再尿床,结果反倒管不住了。"

"后来好了?"

"两三周过去了,看到一起下连队的战友已经适应了连队的训练节奏,他坐不住了,说啥也要搬回去,说肯定不尿床了。后来,他不但不尿床,还变得积极了,当了班长。"

齐二强说:"听文处长这么一讲,还真觉得毛仁有点像那个兵,毛仁的帮扶干部都不敢去他家了,说等他病好了,给他办个残疾证就行了。"

文关说:"等着人残疾,那就不对了。治好一条胳膊,也许就治好了一个家庭。"

(六)

3个人来到经济林。

文关仔细观察了经济林,地处山洼,占地300亩左右。三面环水,一面是通往九龙泉的旅游公路,林地内都是当年的果苗。经济林的另一边就是小胡麻营,文关去过。

沙打旺说,之前试种过苹果、梨和杏,都没活,只有李子树活了,可能是土壤和温度的问题。种树的林业技术工人说,从今年开始要连续3年保证水分和修剪,好好管护,才会结果。

文关拨通了自治区林业厅规划处的电话,咨询了如何申请经济林管理费用的问题,规划处的同志说,建议报请市林业局到现场调研,可以加入明年的经费项目里,因为今年的经费计划已经没有了,还将市林业局分管副局长安谷禾的电话号码给了文关。

文关先加了安谷禾的微信,之后把经济林的视频发了过去,安谷禾表示过几天就来看看。

文关说:"如果上级能支持咱们一下就再好不过了,但是眼前的难关我们得自己过。"

齐二强想了一想，跟沙打旺、文关说："小胡麻营有一对哥俩康拉伴和康拉弟。弟弟拉弟得了一场大病花了几十万，做完手术后干不了体力活，地也不咋种。拉弟有两个女儿，大的初二，小的小学四年级。大女儿为了照顾拉弟辍学了。能不能给拉伴申请一个护林员公益岗，一来，拉伴搬过去和拉弟一起住，互相有个照应，哥俩一年增加个万把块收入，加上兄弟俩都享受了低保，按照脱贫标准，也出线了；二来，小胡麻营的林地正好在经济林附近，拉伴能和郭堂生轮流值班，一起看护经济林。起码先渡过难关嘛。"

文关问："康拉弟也是一百单八将之一？"

齐二强说："就是。康拉弟的病不是一天两天了，家里需要钱，媳妇去市里打工贴补家用，去了就没回来，半年前离婚了。"

仨人一商量决定直奔拉伴、拉弟家。

走到一处院墙外头，他们看到一个人蜷坐在那里晒太阳。

齐二强告诉文关，那就是康拉弟。

文关走过去做了自我介绍，然后询问他身体恢复得咋样？

康拉弟用沙哑的声音说道："自从手术完身子弱得不行，大热天也感觉冷得不行"，然后拉开衣服，手术留下的痕迹一下子映入人们的眼帘。文关看了后也是不忍再看了。

沙打旺告诉文关，康拉弟得的是主动脉瘤，前后花了30多万元，新农合加上民政救助后，自己担负了3万多元，加上后期的药费，日子人不如从前。村里贫困户因病致贫的占一半。

文关扶着康拉弟往院子里走，康拉弟指着空羊圈说："30多只羊都卖了，钱都用来看病了。"

屋子里，一个年纪略长的男人正在蒸莜面，一个初中模样的女孩在帮忙。

文关说："早饭吃得这么硬啊。"

那人答道:"村里人不上班,一天两顿饭,早上八九点,下午五六点。"

齐二强悄悄跟文关说:"这就是康拉弟的哥哥康拉伴。那个小姑娘就是康拉弟的大女儿,在家照顾大人。小女儿上学去了。"

屋子里光线昏暗,墙上的日历已经很久没翻了。被子睡过后随意地卷起来。康拉弟和孩子们住的是炕,炕头有孩子写过的作业本。炕连着锅。不管冬天、夏天,只要做饭,炕就是热的。

文关拿起作业本翻看,直夸孩子写得整齐。

齐二强说:"村里上学的孩子都是周五晚上才接回来,平时寄宿在镇上的学校。除了两个女娃娃,再就没有别人了。"

文关问康拉弟两个孩子寄宿所需费用大不大?

康拉弟说:"一个娃娃每学期1300块,两个2600块,每年两个学期就是5200块。"

文关算了一下,低保 A 类也就5000块左右,也就勉强够孩子上学的费用。

想到这里,文关走到院子里,拨了一通电话,对方是他的好朋友张小五,是一家退役军人创业就业园的创始人,也是同心圆公益组织的负责人。文关告诉她自己碰到点难题,需要一些帮助。文关把康拉弟一家的情况告诉了张小五,张小五表示,辍学孩子和她妹妹的生活费公益组织承担,一直会负责到高中毕业。同时,张小五让文关统计一下镇里还有多少个类似的孩子,因为他们也正在计划对农村有困难的学生开展一帮一帮扶活动。听到这个好消息,文关十分激动,连声说"好,好,太好了"。

齐二强对做饭的大女儿说:"叔叔阿姨帮你们交生活费,一定要回到学校好好读书。"

沙打旺跟康拉弟说:"必须让孩子回学校,要完成义务教育,否则是犯法的。我们计划给你哥安排一个公益岗位,你们两个搬到一起住,让孩子们安心读书,行吧?"

康拉弟对大女儿说:"叔叔阿姨对咱们这么好,一定要学好有出息,不能像你老爸没本事,净拖累人。"又对着文关他们说:"孩子他妈嫌咱们村穷,走了,娃娃苦啊。"

康拉弟的大女儿在一旁揉着面,安安静静地,始终没有抬头。

在回去的路上,文关问:"康拉弟的哥哥康拉伴也没老婆吗?"齐二强说:"一辈子没找过媳妇,年轻时候不着急,到老了条件又不好,而且现在村里也没多少女女了,更难了。"

车在路上开着,这时对面来了一辆车,提前停在了路边,下来几个人招手。

沙打旺探出车窗,问咋回事。几个人说是镇中心小学的老师,打听一下康拉弟是不是在这个村子,要去家访。

听到这,文关他们都下了车,说:"我们刚去过,孩子一定会回到学校,两个孩子的生活费我们会负责解决。"

这时,一位老师走上前跟文关他们握手,说:"我是班主任,姓张,我们这次来主要是了解孩子家里遇到啥困难了,绝不能让孩子辍学。这几个老师是来给他大女儿补课的,这孩子落下了一个月的课,以后我们只要没课就来给她补课。"

文关情不自禁地给几位老师鞠了一躬,说:"你们是孩子的亲老师。"

几位老师慌忙把文关扶起来,说:"工作队和我们学校经常沟通,有啥工作咱们一起做。"

文关随即表示一定要经常联系,之后询问学校还有多少个类似的孩子?

班主任张老师说:"全校有300多个孩子,除了城关镇,咱们镇中心小学是县里最大的了,其中有70多个留守儿童。其他乡镇的小学,多的四五十个,一般的也二三十个,留守儿童的比例都很高。"

"咱们把这些孩子的基本情况整理出来,联系公益组织,尽可能地给孩子们提供一些帮助。"

老师们听完后十分高兴，说回去就跟学校领导汇报，弄好了来跟文处长对接。

文关他们回到村委会的时候，又是中午了。文关依然没有吃饭，但也没看书，他从马大姐家借来锄头、铁锹，把村委会门前花池翻了一遍，种上了葱、白菜、生菜。

看着种好的地，文关在心里对自己说：不会用锄头，哪能拉近与胡麻营村民的距离。

有几个看热闹的村民还跟着笑。有一个干脆走过来，给文关示范锄头的用法。

（七）

在村口擎天柱广告牌北面不远处的一片开阔地上，县委副书记刘宏远一行十几人在此调研，李聪明去县里开会了，镇长石英陪同着。

刘宏远说："联镇包村，我联系红云镇包联胡麻营村，集体经济到现在还是零，压力大呀。"

石英说："刘副书记，旅游局把建设游客中心的项目落在胡麻营村，不仅能增加村集体经济收入，还可以撬动农产品销售，让小超市、农家乐一起红火起来，马上就不用愁了。"

旅游局的同志也紧跟着说："刘副书记煞费苦心，跟我们说胡麻营村交通便利，是去九龙泉旅游点的必经之路，还有刚刚批复的20多亩建设用地，老百姓也很期待，所谓天时、地利、人和一应俱全了，这个事能做成。"

刘宏远说："县里初步同意这个规划，但是还要做进一步的论证，最后县委上会研究决定，400万应该够了。石英，如果办成了，收益率就是你们的事了，到时候这地方空落落的没生意做，你可要吃不了兜着走。"

石英说："按5%收益算，每年就是20万。周期虽然长了点，但是带动效应大,全村以此为龙头,形成收益链,我们看好这个事。"

刘宏远说:"你们多方研究,征求群众意见,给县里打一个报告。你们镇里有两个自治区处级干部驻村帮扶,密度最大,有的镇还没有处级干部,你们偏饭吃得多,抓住时机多和他们沟通,通过他们把自治区和首府的资本和资源引进来,何愁一个广告牌租不出去。"

石英突然想到,他还没有见过胡麻营的文关。

此时的文关正在草拟《关于胡麻营村经济林建设规划的建议》,想到市林业局的安谷禾副局长过几天就要来现场调研了,所以准备尽快报给镇政府。其中写道——

现在需解决的问题:

一是果园土地除荒和平整问题。果园荒草密集,而且已经长得超过了果树,需要集中力量除草。同时,清除石块等杂物,形成规范树畦,利于在树下开展种植药材等多种经营活动。

二是果园的网围栏问题。果园附近常有散养的牛羊等牲畜,果木成熟时期会侵害果实,需要增加网围栏等设施。预计需要3000延长米网围栏,20万元左右费用。

三是果园的管护问题。拟安排生态护林员进行日常管护,防止各类损害,特别是小胡麻营村民的牲畜圈养问题,同步治理。

四是果木的科学保养问题。需要专业人员提供指导,保证果实的质量和产量。

五是果实的市场供给侧问题。按订单进行销售,村里已经成立了合作社组织,利用互联网等渠道,加强村里农产品的统一外销。

六是邀请市、县两级林业部门领导来调研,争取政策内经费支持。

刘宏远结束此地的调研,又驱车顺着去九龙泉旅游点的公路往里走。路上刘宏远一直在想,胡麻营村及所辖的自然村在大青山南坡的沟塘里,春夏秋时节的景色是全县最美的。胡麻营村虽然离市里远,但处在首府的辐射圈内，利用九龙泉的自然资源和美丽村庄的人文资源发展民宿和农家乐，理应有钱可赚，但是恰恰没有变成金山银山，问题出在哪里？发展的路径又在哪里？

这时，石英开始说话，将刘宏远从思绪中拉了回来。"刘副书记您看，去旅游点的公路两旁有许多地，多年来一直没人种，还有一些是荒地，镇里计划沿线规划一条花带，设置停车场和烧烤区，吸引游客来此观光旅游。游客越多，我们的游客接待中心越红火。"

"展望起来是美好的，但是一定要把绿水青山就是金山银山的实践和脱贫奔小康的实践有机结合起来，好好研究研究，考察考察，为什么有的地方借助地域优势、特色资源，旅游经济进入了良性循环，这里面最关键的就是找到一个能够联系村民和市场的抓手，人家搞旅游我们就搞，盲目复制是要吃哑巴亏的。"刘宏远看着远处轻轻地说道。

刘宏远的一番感慨引起了旅游局干部的共鸣，"要进行必要的游客流动性调研，比如有多少人愿意进入收费停车场，是不是一收费就不来了，等等。操之过急的例子咱们县里不少咧。"

一路聊着，调研组不知不觉到了九龙泉旅游点的大门口，停车场里没有多少辆车，进出九龙泉的游客也没多少，但路边停了很多车，游客们在路基下的小树林里搭起帐篷，有的在休息，有的带着孩子蹚水。

石英走过去问道："咋不去九龙泉？"

游客笑了，说道："门票每人50块，但里面、外面景色一样，在外面就行。"

石英回头看看刘宏远，刘宏远若有所思。

一辆外地牌照的越野车停在一处坡地上，旁边一群人在河边生火野炊，冒起一股青烟。

刘宏远直奔而去，调研组的其他人也紧跟在后面。

"各位游客，你们顺着我手指的方向看看，看看乡镇干部、林场职工、生态护林员都在干吗？都在防火值勤。野外用火，违反了县人民政府森林防火禁火令，轻则治安处罚，重则刑事处罚。"刘宏远耐心地说着。

"我们就在河边做个饭，有水跑不了火。"游客解释道。

石英严厉地说："现在是夏季高温，火旺无湿柴，一触即发，千万别抱着侥幸的心态，图一时之快，违规行事后果自负。"

几个游客见围过来的人越来越多，赶紧起身用水把火浇灭。远处戴红袖箍的人也往这边跑，到了之后气喘吁吁地说："这是县委刘副书记。不听劝阻，依法处罚，跟我们走吧。"

游客里的小孩子赶紧躲在大人身后。

刘宏远跟值勤人员摆摆手说："鉴于这几位朋友是外地游客，可能对本地防火规定不太了解，现在也当场制止了，没引发什么后果，批评教育一下就行，现场学习一下森林草原防灭火的相关法律法规，写个保证书，下不为例怎么样？"

戴红袖箍的值勤人员看着几个游客。

游客们赶紧说："按领导说的办，我们整改，马上就整改。"边说边把打火机之类的东西收集在一起交给了值勤人员。

刘宏远转过身跟大家说："看看，这就是问题。许多问题都是连环套，一个带几个，想工作，干事情，就要举一反三。"

此刻的文关，正要以一带三。

（八）

转过一天，邢泰馆员兴致勃勃地给文关打来电话，说："布置给我的任务完成了，我找到了1988年出版的自治区地名志了，我给你念念这段文字——'据考察，胡麻营村的人口主要来源于明末清初持续到民国期间的走西口。因该村有种植胡麻和食用油加工的传统，光绪三十二年（1906年）便有了胡麻营村，1982年在乡镇区划命名时，又定名为胡麻营村。'"

"好家伙，100多年啊，先把它抢注成商标，等胡麻营品牌的油造出来，再请邢馆员尝尝100多年的味道。"

"这油与众不同，有历史的醇香。两汉之前，中国人做菜煮羹用的油脂一般取自于动物。西汉张骞出使西域，建立起了中国与外部世界沟通的丝绸之路，亚麻随着丝绸之路输入。我小时候吃的都是胡麻油，长期食用有抗衰老、美容、健体的功效，大人孩子都适合，老人都说这是月子油、聪明油。"

"怪不得村里的人在种植农作物的时候，都会留点地种一些胡麻，秋收后把胡麻籽剥下来，自己用古老的手工方法压榨成油，供平时生活食用，胡麻油在村里有着悠久的历史，不愧是胡麻营。"

"我还给你找到了一份国家的粮食安全中长期规划纲要，里面写着'积极开发特种油料，大力发展芝麻、胡麻、油葵等作物生产'。你回来取上，仔细研究，预祝开发成功。"

文关放下电话，马上就去找沙打旺和齐二强，对二人说："镇党委、政府一直要求咱们深入调研，完成集体经济项目企划方案，我搞一个《胡麻营食用油加工厂项目企划方案》，征求村民代表大会的意见，同意了再向镇里汇报方案，一步一步推进，咋样？"

两个人激动地说："太好了，我们就缺抓手。以前东一脚西一脚的，没干出个具体事儿来。"

村民代表大会是在3天后的下午召开的，有10个党员从首府赶回来，全村28个党员，最后到了26个，已经是史无前例了。会议开始之前，先进行了村党支部主题党日活动，全体党员面对党旗重温入党誓词，并且轮流发言，决心带领村民打赢脱贫攻坚"硬仗中的硬仗"。党员还现场交纳了党费，文关在一旁用手机拍了照。驻村工作队还向村党支部委员会赠送了书法作品。这幅书法作品是文关带来的，四尺整张的纸上写了一个大大的"勤"字，本来是文关激励自己的，想到自己的组织关系也转到了村党支部，这幅书法作品就送给全体党员，大家共勉吧。

沙打旺说:"最后请文处长给大家讲几句。"

沙打旺并没有介绍文关,因为村里有自己的信息传递系统,东家长李家短的没几分钟都知道了。文关来了半个月,连小孩子都喊一声"文处长",然后嘻嘻哈哈地跑了。

屋子里特别安静,所有党员的目光都投射在了文关身上。

"党员里有很多同志都已经年过半百,刚才有一位老党员已经86岁了,面对鲜红的党旗,入党誓词依然铿锵有力、慷慨激昂。为啥我们每次党日活动都要重温入党誓词?因为每一次面对党旗,都是一次不忘初心的提醒,每一次入党誓词的重温,都是一次牢记使命的铭记。将来我老了,退休了,没职务了,可我的党员身份还在,这是我一辈子的荣誉。全心全意为人民服务,也是我一辈子的义务。党员身份没有到期一说,一日入党,终生在党。我向村党支部的老同志致敬,你们没有辜负入党时候的承诺,你们依然是坚强的战斗堡垒。"

掌声瞬间响起,老汉们的眼睛更亮了。

文关接着说:"我们村脱贫任务在全镇最重,我们镇在全县也最重,我们县在全区也最重,因为我们的重点贫困村最多,我们胡麻营的贫困人口差不多占常住人口的一半。如果我们实现不了脱贫摘帽的目标,别人都会说我们干不了事、干不成事,我们党员、驻村工作队、村'两委'还有什么尊严和形象?大家一定要知道,脱贫攻坚是输不起的战争,脱贫攻坚没有退路,只有奔向小康的前进道路。今天的宣誓,也是让全村过上好日子的宣誓,实现对美好生活向往的承诺。"

大家频频点头。

"发展壮大村集体经济是带动农村经济发展,促进和服务农民增收致富、脱贫奔小康的重要途径。我们村资源资产丰富,可以借助当前脱贫攻坚的势头,谋求集体经济发展。但是从现实情况来看,集体经济发展现状与我们的预期目标还有很大差距,需要我们解放思想、创新途径。当然,发展壮大村集体经济既是一个经济问题,更是一个关系党在农村执政基础和执政地位的政治问题。无论是从现实需要的角度,还是从长远发展的高度来看,发展壮大村集体经济,村党组织才能有钱办事,才能更好地为群众办好事、办实事,更好地服务群众。"

大家不住地点头,说:"在理,在理。"

文关继续说:"眼前,就有一个紧迫的任务,根据贫困村脱贫摘帽工作要求,农村集体经济收入达到 5 万元以上是一项硬性指标,否则不准脱贫出列。明年,所有贫困村面临脱贫摘帽的达标验收,集体经济收入能否达到 5 万元是一道绕不过去的坎。所以,守摊子、混日子是不行的,需要咱们村集体经济自己造血。"

大伙你一句我一句地说:"文处长,你说咋干吧,我们听你的","否则咱胡麻营抬不起头啊","喊口号过不了日子,就得实打实的"。

文关把《胡麻营食用油加工厂项目企划方案》往桌子中间一放,说:"就这么干!"

(九)

驻村工作队和村"两委"把发展村集体经济,建设胡麻营品牌食用油厂的企划如期向镇里做了汇报,石英随即来到胡麻营村委会,一起来的还有镇党委副书记李成立、副镇长雷勇和镇党政办公室主任刘冠军,沙打旺、齐二强、郑春时也被叫来了。大家聚集到文关那里。

文关的屋子不大,又加了几把椅子。

石英先介绍了自己及一起来的干部,然后没有过多的客套话就直奔主题。

"镇里投入 25 万,建起了广告牌,县里也计划在村口建立游客接待中心,市里也计划在旅游点的沿路建设停车场和烧烤区,如果正常运营起来,集体经济每年收入不止十几万。现在突然又搞出来个新项目建油厂,遍地开花行不行?市场和收益谁能保证?"

跟随的几个人也开始小声嘀咕："东沟村杂粮厂建起两年多了，一袋子米也没卖出去。"

又有人跟着说："北沟村那个105驿站，车都不往里停"，"唉，南沟村的豆腐厂也快黄了"。

"西沟村那个养鸡场倒是没黄，可是也没挣钱，每年死的比活的多。"

石英接过来说："文处长，你刚来可能不了解情况。建油厂，厂址用地咋解决？原料哪里来？胡麻营村那点胡麻够不够？最关键的是资金哪里来？不是看好啥就能干起啥，背后的事情多了。"

你一句，我一句，屋子里瞬间成了叽叽喳喳的小课堂。

此时的文关看着人们交头接耳，一时不知从何处插话，脑海里不断地闪过一幅又一幅的画面。护林员郭堂生在经济林边上吃力地赶着牲口，期盼着网围栏能快点架起来。一步一咳嗽的康拉弟拉扯着两个娃娃，看着空羊圈发呆。毛仁吊着血淋淋的胳膊坐在幸福院的墙外，计算着何时才能回到自己的家。二强去旅游点商量租用广告牌，却一次次被轰出来时的垂头丧气。旅游公路上的私家小轿车越来越多，旅游点里的商家却挣不到钱。老乡们的小麦地浇不上水，种出来的旱玉米只能喂牛喂羊。108个单身汉背后映射着的家庭故事。当然，还有党日活动时他慷慨激昂的发言赢得的掌声。

文关猛地站起来，提高嗓门说："胡麻营品牌食用油加工厂项目，是结合这里农民的耕作方式、耕作习惯及种植资源优势的实际情况提出来的，更是村民们一致看好的，没有人能比自己更懂自己。"

下面的人还在窃窃私语，文关继续加大嗓门，并且带上了手势。

"胡麻营村主要是种植业、养殖业，没有规模工业，农民主要靠种田、牲畜饲养和务工增加收入。村民们对现有耕地都采取传统种植，生产出来的玉米、葵花子、大豆、杂粮、大葱等都以加工原材料方式出售，收益不高。村里少量生产胡麻油，其品质风味、安全卫生等不如纯正植物油。随着生活水平的提高，人们更加追求高质量，消费者更加关注食品安全，越来越多的消费者更愿意购买本地纯正植物油，因此兴建食用油加工厂市场潜力可以持续。胡麻营村已经有100多年的历史，这是老祖宗给咱们留下的财富，咱们卖的油，不仅仅是油，更是地域文化。产品的最高境界就是文化。"

人们听到"100多年"的时候，目光瞬间都集中了过来。

文关继续发言，"我们建设的不是作坊，而是根据建设食用油加工厂的要求，规划厂房、原料库、成品库和办公区等。使用滤油机、榨油机、精炼机、空压机、提升机、液压榨油机、半自动灌装机、半自动封盖机等生产设备和用具。办理产品所需的生产许可证、营业执照、卫生许可证等相关证件。根据项目建设内容和当前物料市场价进行估算，项目设备预计投资人民币130多万元，购买原料、产品包装等需流动资金30万元。"

"效益呢？"有人开始关切地提问。

"这是关键所在。产值按生产设备加工能力计算，综合玉米、葵花子、大豆、花生、胡麻等原料，4200斤原料，按出油率35%—40%计算，产油2000斤左右，产粕2200斤左右。目前，通过此种方式加工的纯正植物油利润1元/斤，粕1元/斤。现以最低市场价计算，每天植物油纯收入2000元、粕2200元，一年就是100多万。扣除成本，比如雇工工资后，50万总是有了。"文关刚说完就听到大家开始讨论了。

文关示意大家安静，继续说道："按照这个方案，胡麻营注册商标，8月份可使用胡麻营TM标志，2020年使用R标志。'胡麻营'3个字具有品牌潜在性，具有天然的市场认可度倾向。植物油销售主要根据消费市场的需求，以农牧民专业合作社对外建立订单，提供给市、县各大超市及首府各大学、机关食堂等。根据销售形势建设市、县级别的直营店。"

"但是……"

文关又加大了嗓门说："一要诚信经营，确保产品质量，杜绝以次充好，打造品牌；二要加强与消费者的沟通，不断扩大消费群体，确保产品能够及时销售出去，防止积压，加快资金周转，提高经济效益；三是胡麻营村委会加强项目管理和监督，确保贫困户和村集体效益分配合理。"

最后，文关恢复正常语气，对大家伙说："厂子落成咱们想方设法邀请自治区的电视台等媒体采访宣传，邀请自治区扶贫办领导参观指导，邀请采购商现场观摩签订单。"

现场的人把目光又都转向了石英。

文关也将目光转向石英，对石英说："如果你们觉得方案有问题，可以提出来。或者你们认为哪个村子搞得好，咱们现在就去学习，几万人的红云镇怎么会没有典型？如果各个村子集体经济都是零，那就是思路出了问题。还有，我们坐在这里不是找困难，而是找办法发展集体经济，瓶颈是我们自己。这个项目，我们村'两委'、驻村工作队都研究过了，我们也做过村民调查，大家热情都很高，这个退堂鼓如果打，你们跟乡亲们去打。"

石英低声说："能学习的典型……确实没有，各个村目前集体经济确实没有多少。"

"是没有多少，还是零？"

会议室一下子安静了，没人说话也没人议论。

石英点上一支烟，也给文关递过来一支，文关说不吸烟。

石英风趣地说："吸烟有助于思考，我过去也不吸烟，现在一天一盒。"文关接过烟，石英给他点上。其他几个人也纷纷递烟点火，不一会儿屋子里就蓝汪汪的了，有人开门开窗。

烟抽到一半，石英说："文处长和我们的目标是一致的，初衷都是把村里的事情做好。我们全镇各村目前集体经济低迷，如果哪个村子做好了，与其他村子形成优势互补的产业链，那我们全镇就活了。刚才有人不是提到东沟村杂粮厂吗，那儿还有空地没用完，可以规划厂房。资金，必要时还可以找对口帮扶的北京市朝阳区申请。建厂的有关手续镇里去跑。我担心的是事后，这些年都没有经验，也走了不少弯路，心里都不托底。"

会场里的人都在点头。

这时，文关的情绪也稳定了下来，说："原料的问题，可以让企业和农民事先签好订单，农民种多少，油厂就收多少，这样可以带动更多的种植户。这个事先就有了。所谓事后，主要说的还是市场的问题，我希望大家睁开我们的'市场眼'，就是能根据市场的需求进行种植、加工和销售，这样不但能卖出去，还能卖个好价钱。前些年我就听说，有的农民发现李子市场行情不好，价格便宜，纷纷砍李子树改种其他果树，但也有没砍的，精心改良，力求高产，反而成了俏销货，效益大增。同样面向市场，为何效果大不一样？原因在于前面农户能掌握市场规律，具有'市场眼'，后面的随波逐流。市场是发展的、动态的，农民应该多了解最新市场动态，学会分析农产品行情，捕捉市场先机，这样就不会盲目发展了。"

有人做了不少笔记。

石英说："今天就议到这儿，二强组织村民代表大会表决后，报镇党委会批复，我们去县里请示。文处长有空也到其他村看看，只要能脱身我就陪着你去。"

大家起身正要走，石英突然问："真要有了油厂，厂长谁来干？"

"我干。"

众人扭头一看，是郑春时。

第二卷

贫困户

　　从历史视角来看，或者从共同富裕的数据来看，贫困户是一个历史动态，将无限接近于零。但是无论是贫困户，还是非贫困户，都是同属地，是有机统一的整休，提高生活水平是贫困户和非贫困户的通用途径。我们的目的不是探究贫困户和非贫困户的区别，而是想让每个村民都能获得合理和连续的知识、技能和收入，并给他们带来共同的社会与经济现实。

　　只有所有农民增强实力、延续优势，他们的生活水平才会提高，否则，财富收益将永恒补贴给收入越来越少的人。

（一）

会议结束后，纪检委员郑春时没有走，见文关回来了，他递过来一支烟。

"谢谢春时，我不吸烟。"

"吸烟有助于思考，来一支。"郑春时学着石英的语气说道。

"行。春时，你想干油厂，说说想法，咱俩一起探讨探讨"，随即烟冒了起来。

"我是大专学历，在村子里应该是不低了。开办了农牧民专业合作社，养牛养羊也不是一年两年了，在首府也有店，做实体经营我有经验，流动资金也没问题，一直想给村里做点贡献，但是一直找不到好点子。"

"建油厂的事待镇党委研究，报县里同意。在经营方面肯定要选一个有活力的合作社，你当然可以参与竞争，承包油厂。"

"村里的人观望的多，毕竟有风险。我不怕，有文处长指导，镇里面支持，我一定把油厂干好。我们合作社明天就去申请注册胡麻营商标。"郑春时胸有成竹地说。

"春时，你这是有备而来啊。你刚才语惊四座，连我都没防备。"

"那天搞党日活动，听了文处长一番话，我就下决心了。'胡麻营'这3个字确实是个宝贝，老祖宗早就给咱们埋伏好了，咱们是抱着金砖要饭吃。"

"宝贝给咱们了，但不是取之不尽的，一定要利用合作社把村民组织起来，指导好村民按市场需求去生产产品，以质量过硬的品牌去闯市场，敢于自我抵御风险，不能总靠老祖宗啊。"

"文处长，你放心，我养了20多头牛、200多只羊，有底气，输了，还能爬起来，早就憋着一股劲咧，办不成誓不休。"

文关高兴地说："想干事业就得有这样的决心，但是要科学摆布，未雨绸缪，凡事不能想当然，一定先问个为什么，要学会打有准备的仗。春时，你有这么多牛羊，在村里也算是个大户了吧？"

"不敢不敢，我是平常户。村里贫富分化比较突出，牛羊集中在少数大户手里，所以咱们村虽然有不少牛羊，但还是贫困村，这就是不平衡不充分吧。"

文关眼睛一亮，"春时不简单啊，紧跟形势，分析得头头是道。"

"村里总组织党员学习，我都记在小本本上了。联系咱们村实际说，胡麻营村坡地少，耕地多，人口也多，主要种植玉米、高粱、胡麻、大葱、小米。人们忙乎一年，一亩地也收不上几个钱，赶上雨水不好的年头，更不好说了。贫困户主要分布在人口多的自然村，不是平均分散在各个自然村的。"

郑春时吸了口烟，接着说："村里对贫困户都有帮扶措施，满意度挺高。但是非贫困户存在嫉妒心理，比如给贫困户发菜种子，发展庭院经济，虽然是一两块钱的东西，但村民也有告状的。所以，每次抽查满意度咱们村都到不了90分。"

文关也吸了一口烟，吐着烟气，说："你说的这些东西很重要，能理性地分析贫困和非贫困因素，了不起，我也都记下了，抽空我去走访走访，做个调研，具体问题具体分析。"

"走访带上我，我做个向导。"

"既然想干油厂，也要搞好调研，对我提出的一些想法也要敢于批评，凡事想在前面，上马容易，一旦下马不干了成本就付出了。"

郑春时走后，文关决定立刻做一次村民走访，调查满意度的问题，首先他想到的是毛仁，那条血淋淋的胳膊在文关的脑海里挥之不去。

此时，毛仁正在幸福院围观老人们打麻将，文关悄悄围过去，挨着毛仁。

有人觉察到了陌生人的气息，就问："你是不是新来的文处长？"所有人的目光都聚集了过来。

"是，各位大爷大娘好，我是来找毛仁的。"

毛仁一脸茫然，村子里的人几乎没人主动找他。

文关说："我来看看你的伤。"毛仁抖了抖身子，把身上搭着的衣服一晃一晃地抖了下来，右胳膊不敢动。陆续有人过来帮忙，麻将暂时停了下来。

文关问毛仁右胳膊能抬多高。

毛仁试着动了动，但没有成功，疼得龇着牙。

文关托着毛仁的右手，发现5个手指已经粘连在一起，好像鸭蹼，皮肤粉红粉红的。

有个老汉叹了口气说："这病是给耽误了，这不得留下残疾！年轻轻的你说。"

文关抬起头对毛仁说："从今天起我带着你看病，安排上你得听我的。"

幸福院的老人们听见后都纷纷围过来，说："人家领导亲自要领你看病，你得好好听话，看好了病，活出个人样来，我们这些老汉还能陪你活几天。"

毛仁支支吾吾地说："我没钱，以前看病的钱都是我妹妹出的，没脸再要了。"

"不用你出钱，我带你看最好的烧伤科大夫。"

毛仁一时间呆住了，嘴唇微微颤抖着，眼圈有点红。

其中一个老汉竖起大拇指，说："毛仁，你碰到好人了，以后可不要再喝酒了，文处长就是你的大救星。"

毛仁不住地答应着。

文关说："你这几天收拾好家，备上点生活用品，水杯、毛巾、牙刷和换洗的衣服啥的，我联系好医院就开车来接你。"

"毛仁你是真了不得了，文处长亲自接送，咱们村待遇属你最高了。"一个老汉拍着毛仁的肩膀说。

文关说:"这也是我们分内的责任,没有啥,毛仁遇到问题能想到我,说明他把我当作自己人了,所以我也要把毛仁当亲人一样照顾好。"

看着毛仁的胳膊,文关又再三叮嘱他严格按照医生要求吃药、换药,千万不能再喝酒了,否则谁也治不好。

文关告别幸福院的大爷大娘和毛仁,继续走访下一家。毛仁和老汉们依然没有散去,麻将也没有继续打,老汉们说什么,毛仁都是嗯嗯地答应着,一直望着文关的背影,不住地用袖子擦着眼睛……

(二)

沙打旺、齐二强和韩长命一起来找文关,说有个贫困户叫李占富,很特殊,走访的时候几个人一起去看看。

文关问:"咋个特殊法?"

齐二强说:"贫困户里的钉子户,拒绝脱贫,给钱都不要。"

韩长命说:"两年没开过家门,谁去就拿刀砍谁,就连自己的姐夫也差点成了他的刀下鬼。"

沙打旺说:"镇里的结对帮扶干部换了好几个了,现在没人敢帮扶了,帮扶没成,丢了性命可咋整。这几天又换了帮扶人,等来了咱们一起陪着过去吧。"

镇里结对帮扶李占富的干部叫石榴,是镇综合执法办的干部,不高不瘦,短发齐耳,牛仔裤配上细跟皮鞋,韩长命见一次喊一次人美女。

大家分头到了李占富家门口,石榴趴着门缝往里看,还试探地喊:"李占富开门,给你盖新房子呀,不要你出一分钱。"

院子里先是狗叫,按着有个黑黑的身影走来走去,突然传来带着浓重本地口音的喊叫声,谁也没听出喊的是啥,总之比较愤怒,隔着墙头扔过来几块土疙瘩,外面的干部和看热闹的村民慌忙躲了开来。

石榴就气不过地说:"没见过这种倔人,这是把我们当强盗了。工作队不是来了自治区的处长了吗，能给毛仁看病，把李占富也包了吧。"说完气呼呼地转身坐在了路边的石头上。

沙打旺他们几个瞅瞅文关，文关没说什么。

石榴并不认识文关，只是听镇里和村里的人叨叨了一些文关的事。

沙打旺走过去说："这就是文处长，人家来了，你还喊。"

石榴扑哧一下乐了，连忙说："我的意思是自治区的处长办法比我多，和李书记说说，让文处长跟我一起帮扶李占富行吧。"

韩长命说："何止是文处长帮你，工作队来了一半，这力度还不大？你给文处长说说李占富前前后后咋回事。"

石榴站起来拍了拍身上的土说："李占富有个姐姐，老爹死得早，老娘带着他俩，三口人生活在一起。后来姐姐嫁人了，过得挺好，李占富种点地，收不上几个钱，眼看着40多岁了，咋也说不上媳妇。每到逢年过节，姐姐、姐夫拿着大包小包来看老娘，李占富啥也拿不出来，接长不短还得借点钱救急，时间久了，就羡慕嫉妒恨咧，有意回避姐姐回家看老娘。每个月姐姐来给老娘送生活费，李占富在里面别着门不给开门，姐姐只能隔着门缝把钱塞进去，含泪喊几声'妈'。姐夫生气了，来了个硬闯，结果被李占富捅了两刀。考虑到他认罪态度比较好，没有前科，是在和别人冲突中造成的，家里还有个老母亲要照顾，法院判了有期徒刑两年，缓期两年执行。从此李占富大门紧闭，不和任何人来往，吃喝的事都很少出门。脱贫攻坚中他被识别为贫困户，房屋也是D类危房，必须得翻盖，但他死活不让盖，影响了全村的脱贫进度。"

文关小心地走到门口，冲着里面喊道："我是自治区来的，也是来帮你的。咱们都是一家人，你可以相信我们。"

里面回道："我不穷，我挺好，不用别人帮。"

看到这个情景，石榴无奈地说道："换了好几茬帮扶干部，都不干了，这人油盐不进，家门也进不去。"

文关说："这是死要面子的心理，可以理解，逐渐疏导吧，精诚所至金石为开嘛,不能再硬闯了,换个时间再来,不要激怒他,会适得其反。石榴同志每次来带上我,脱贫攻坚一个也不能少,绝对不能放弃。"

石榴说:"有文处长坐镇不信他不开门。"

齐二强说:"能开,能开。以前那几个帮扶干部都是男的,说不了几句就顶起来了,石榴你不一样。"

"咋不一样?"

"你是女女。我们村的一百单八将就怕女女。"

"去一边儿去。"

这时,有人发现院子里有人隔着大门向外瞭,就说:"占富,你出来看呗,隔着门缝就把石榴看扁了。"

里面的人一听有人说话扭头就走。

大家见暂时攻克不了,都调头往回走。

沙打旺边走边说:"小胡麻营也有一个不用帮的贫困户刘喜顺。"

文关说:"也是这种情况?"

沙打旺说:"不要钱,不要物,说政策这么好,自己有力气,何愁脱不了贫。三四年的工夫已经养了500多只羊、20多头牛了,现在是稳定脱贫户,我们叫稳脱户。"

文关说:"胡麻营村的贫困户真是各有千秋啊,哪天我也会会刘喜顺。"

文关回到宿舍,跟着进来一个村民,说请文关去家里走访走访。

文关说:"既然来了,就说吧。"

来的村民叫韩三板,是个大娘,说没房子住,要申请盖房。

文关将情况都登记下来,告诉韩大娘,他找村委会和工作队核实情况后,就去她家走访。文关知道,盖房子在村里是一件很大的事情。

文关很快跟齐二强他们了解、核实了韩大娘的情况,之后去了一趟她家,去的时候韩大娘正好在家忙着零活。文关说:"你和同村的李堂堂大爷搭伴过日子有十四五年了,李大爷的房子是新的,你有安全的房子住着，就不能再盖了。安全住房不是必须自己盖，能住、安全是首先的。全村人都看着，大娘也不能为了房子把李大爷甩了哇。"

韩大娘看了看文关没有说话，又忙乎着手里的活儿，似乎不甘心。

看着韩大娘的神情，文关想起自己爱人严妍讲过的她小时候的故事。严妍家在农村，当左邻右舍纷纷开始盖新房子的时候，她家由于要负担3个孩子的学杂费和生活费，所以没有钱盖房子，于是她父亲利用空闲时间自制土坯。土坯需要在夏天制，足够的高温才能制成坚固的土坯。她父亲顶着盛夏的烈日，流了一个夏天的大汗，才制够了能盖一座房的土坯。火辣的太阳照在父亲的头顶，成串的汗珠滴在滚烫的土地上。父亲虽有辛酸，但更多的是发不出声的呐喊，或者不知道该喊什么，只是从来没有放弃过这个朴素的愿望。无奈身体每况愈下，最终积劳成疾，在严妍接到高中录取通知书之前，撒手西去。

严妍每次梦到父亲，都是父亲跟她谈论房子的情景，伴着急迫的神情和无助的语气。后来政府出钱出力，农民出一部分费用，盖起来了房子，房子比她父亲最喜欢的那种房子还要好，有簇新的红砖蓝瓦，有洁白的墙壁，有平整的地面。房子是盖好了，因为工作的原因一家人却搬到了城里，但仍认认真真地装修了一番，让房子陪着父亲，让父亲讲房子里每天发生的故事……

对于农民来说，一辈子最大的愿望就是望子成龙和翻建房子。虽然有的人从农村奋斗出来了，也在城市里买了房，安了家，但是总感觉城里的房子只是自己居住的住所，却不是自己的家，在他们心里家永远是老家的房子，那是梦的起点、精神的寄托点，也是最后的归宿。

从韩大娘家出来，文关看到一个村民在门口等着，他说自己叫石二娃，申请低保了，但民政所查不到进度。

文关问他是不是在小胡麻营开了个农家乐饭庄，因为开饭庄的不多，文关大概知道主人都是谁。

石二娃说："开是开了，但也不挣钱咧。"

文关对石二娃解释道:"有经济实体申请低保就不符合条件了。不行就赶紧注销了吧。"

石二娃好像舍不得,低着头走了。

(三)

文关终于见到了刘喜顺,但是一下子愣住了。

刘喜顺拄着拐,一个裤管是空的,呼喊着赶几百只羊到河边喝水,然后又把羊赶回羊圈,速度比羊都快,几米宽的小河,用拐支着噢一下就跳过去了。

刘喜顺40多岁,没娶过媳妇,和父亲母亲一起生活。

老父亲不怎么说话,老母亲说:"喜顺小的时候发烧,找来村医扎了一针,病好以后,就有一条腿不听使唤了,越长越小,哎。"说着,把一个绿色小本子递给了文关,上面写着"残疾人证",级别是三级。

刘喜顺一头汗,一扭一扭地走过来给文关倒茶,文关笑着说:"听说你不想当贫困户啊。"

刘喜顺拍打着身上的灰尘说:"2014年,我被精准识别为建档立卡贫困户,2018年脱贫了。我曾经绝望过,小学没念完就回家放羊了。没有文化,也没有一技之长,凭残疾补贴、几间危房、6亩地,日子真是过不下去了。后来,咱们村搞精准扶贫,激发了我的干劲儿。我的右腿虽然废了,但我的大脑清醒,政府照顾我让我享受贫困户的待遇,但我不能坐等救济,我不愿意一辈子当贫困户,我要用自己的双手,靠党的扶贫好政策脱贫摘帽。只要勤奋吃苦,就不会一直当贫困户。我把发展养羊项目的想法告诉村干部和帮扶干部,得到了人力支持,他们给我争取了10万块钱的贷款,买了90多只羊、两头牛。"

文关问刘喜顺:"有没有遇到困难?"

"咋没遇到,刚开始的时候由于缺乏养羊的技术,损失可是不小咧。

咱们这个地方昼夜温差大，夏天雨水多，我也没有保护意识，很多羊得了感冒和肠胃炎，有的羊还吃了游客随意丢弃的塑料袋，90多只羊病死了1/3。这些死羊我都深埋了，没有一只流入市场，咱虽然缺钱，但是良心不能丢。"

文关用小本子记着。

刘喜顺认真地说："本来想甩开膀子大干一场，结果前两年羊肉和羊绒行情不好，借的钱也按期还不上。我一个人坐在山脚下想，胡麻营山大沟深，草长得好，树也长得好，有得天独厚的自然优势，羊吃的是中草药、喝的是矿泉水，产出的羊肉肉质细嫩、营养丰富，是好羊肉，难道自己就此打退堂鼓？想着帮扶干部和村干部无数次来家里帮自己出谋划策，帮助卖肉、买饲料、找兽医，想着父母前后左右围着自己和羊群转，想着自己为了养羊吃的苦、受的罪，如果就此退缩的话，别说对不起自己了，连他们都对不起。"

刘喜顺越说越激动，"很多养殖户都放弃了，但我没有。贷款投资，向专家学习，摸索和积累经验，两年间羊总数发展到近300只。2017年秋，每只羊价格回升到1300元左右，羊绒每斤150元左右，当年肉羊产出13万，羊绒产出3万，还完贷款还有7万利润。当年我又投入20多万，买了260只羊，羊的总数发展到500多只、牛17头。2018年，羊肉卖了30多万，羊绒卖了3万多，翻身了。"

文关听了后也为他高兴，又关心地问道："往后是怎么打算的？"

刘喜顺稳稳地说："今年购置了西门塔尔改良牛，牛的数量达到20多头，年底预计达到50头左右。现在我成立了养殖专业合作社，下一步计划注册牛羊肉商标，通过合作社进一步整合资源，开展代养代管代销业务，一方面可以让没有劳动力的贫困户到合作社打工，另一方面养殖户可以每年通过入股分红增加收入。"

文关听后连声说好。

刘喜顺说，自己走上了致富路，不能忘了镇政府、村干部、驻村工作队和帮扶干部，没有大家的帮扶照顾，就没有他的今天。他瞅瞅齐二强，说村主任二强在他最难的时候，主动为他运输羊饲料、照顾田地，让他不要分心，专心养羊，从不要报酬，连车辆加油钱也不要，这些人都是他的亲人。

刘喜顺的老母亲也跟着说："我和孩儿他爸最担心的就是这个身有残疾的大儿子，没想到他不仅赡养了我们老两口，而且不时地接济弟弟和妹妹的生活，还计划给我们老两口在首府买楼房呢。"

刘喜顺说："我不会东阴凉挪到西阴凉，就等政府的救济粮，我只知道奋斗就会好过，不奋斗才真正难过。"

文关在走访笔记的最后一行写了两个字：典型。

刘喜顺的事迹是文关投在县融媒体上的，引来了县电视台的杨台长亲自带领的采访团队，并很快在县电视台播出了专题采访。

其中有这样一段画外音：

一场突如其来的病，是刘喜顺儿时的一场噩梦，不仅让双腿自如行走成为一生的渴念，更让自由奔跑成为永远的奢望。然而，倔强的刘喜顺从没向命运低头，借助双拐，他自如"行走"，凭借执着，他认真生活。今天，沐浴着国家精准扶贫政策的阳光，刘喜顺正紧握一双双伸向他的帮扶之"手"。

在刘喜顺的内心，脱贫，曾经那么遥远；致富，更是奢念。

可如今，发展养殖业带给刘喜顺可喜的收入，不仅让曾经的遥远变为咫尺，更将奢念变为现实。

这殊荣，充盈着乡亲们对刘喜顺在脱贫道路上用单腿奋力"奔跑"的敬意，更彰显了"生活终将给努力的人馈赠"的至理名言。

刘喜顺火了。

（四）

　　文关想着毛仁的病不能再拖了，打听了一圈，了解到刘一森大夫最擅长这方面。文关几经打听知道了刘大夫电话，得知他转业后被聘请到一家中医院，医院刚刚成立烧伤科，刘大夫担任了科主任。碰巧的是这家医院的院长牧仁是文关在党校培训时的同学。

　　文关接着给牧仁打电话，请求帮助。牧仁知道病人情况后，当即告诉文关："医院全力配合，先让刘大夫做治疗计划，能减免的减免，不够的医院进一步救助。"

　　毛仁接到文关通知后，便收拾好自己的东西，又把屋里屋外都打量了一遍。整个下午他都坐在炕沿上不知所措，点了支烟，抽到一半也掐了。

　　幸福院的大爷大娘得知毛仁要去首府看病，进进出出地告诉他注意点啥，告诉他别舍不得吃喝，又问他钱够不够。

　　毛仁说，自己的妹妹就在那里，还有个小店，有照应亏不着。邻居大爷炸了炸糕给他装了一饭盒，说人生地不熟，第一顿饭如果没着落，就凑合着吃一口。

　　第二天，毛仁起得很早，囫囵吃了点东西，就早早把门锁上，结果发现外面已经有人等上了。

　　原来，石榴和镇里的帮扶干部这几天也在村里工作，镇里要求帮扶干部坚持在村里办公，配合驻村工作队解决村民的各种诉求，满意度是个软肋，必须突破90分。

　　文关跟镇里和驻村工作队请了假。石榴自告奋勇，"我是卫校毕业的，学过医，可以协助文处长给毛仁看病。"

　　石榴跟李聪明请示后得到同意，又跟驻村工作队做了汇报，坐文关的车来到幸福院。

　　石榴帮着毛仁把东西放好，说："路上有不得劲的时候告诉我，一小时就能到了","毛仁你真是遇到好人了,把媳妇撵跑,住进幸福院不做营生,恶习不改,喝酒烫伤了还理直气壮,文处长亲自带着你看病,你好好想想吧。"

毛仁"哦""哦"回答了两声,两眼便一直看着车外。

文关他们到了医院,才知道牧仁院长给安排了一个小伙子帮着他们办手续。

手续办好后,文关一行人来到诊室外。

刘一森正在坐诊,见文关他们来了,跟几个待诊的病人交流了一下,就请大家进去。

毛仁的整条右胳膊是暗红色的,有的地方渗着组织液和药水,碰也不敢碰。刘一森端着毛仁的胳膊慢慢往高举,只移动了一下毛仁就疼得受不了了。刘一森把毛仁的手掌托在自己手里,仔细地端详,试着分开手指,毛仁又喊疼,就不再尝试。

刘一森问:"多久了?"

毛仁说:"小半年了。"

刘一森惊奇地问道:"怎么才来看?"

毛仁说:"看过,没看好。"

文关赶紧解释说:"我们是扶贫干部,这是我们村的村民,烫伤后没在意,找了个小诊所看病,一直不见好。"

刘一森说:"牧院长跟我说过一些情况。刚看了一下,发现他的右肩已经粘连,需要做康复治疗才能打开,起码能举过头顶,否则今后生活都难以自理。手的问题最严重,需要手术,手指烫伤后,愈合过程中皮肤组织长在了一起,你们看看像不像鸭掌?我们得一个指头一个指头地切开,必要的时候还要从身体的某个部位截取一块皮肤,进行手背美容手术。"

毛仁看着文关和石榴,嘴唇又开始发抖了。

刘一森见状安慰道:"不用紧张,只要配合好,我们就能实现治疗意图。我们是专科,有信心把你的病看好。院里还专门安排了一位医生,随时跟踪病人的情况，条件成熟就手术。放心吧，基本不会落下残疾。"

周围待诊的病人也渐渐明白了，有的小声说是扶贫干部带贫困户看病，好干部碰上好大夫了，扶贫扶到这份儿上是真扶贫呀。

文关说："谢谢大家理解，让我们优先看了病。"

众人说："应该的，应该的，就听电视上说扶贫干部里里外外啥都管，今天一看真是不容易，给你们扶贫干部点赞。"

刘一森也对大家的话点头赞同，然后跟文关说下午就住院，先去康复科，把肩周打开。

帮忙的小伙子把所有的单子给了文关，说都办好了，到时候把单子给护士长，听安排就行，然后又告诉文关："遇到问题随时联系我。"

牧仁一直在开会，文关便没有等。中午，文关请毛仁、石榴吃的烧卖。

文关打趣地问毛仁要不要喝点？毛仁使劲摇着脑袋说："长脸了，再也不喝了。"

石榴说："贼偷懒散，火烧邋遢；冷死闲人，饿死懒汉。这次你得长记性了。"

文关说："改了，媳妇就回来了。但是，不能改了再犯，犯了再改，这个'千锤百炼'可是要不得。"

毛仁说："我改，不改还是人吗？"

走之前，文关给了毛仁几百块钱，让他去医院食堂办个饭卡，叮嘱他每天要听医生的安排，让几点去就几点去，千万别散漫。"得空我再来看你，啥时候病好了再接你回去。"

毛仁拉着文关的手说："感谢党，感谢政府，这是我的真心话。"说话间，眼圈又红了。

（五）

文关跟石榴说，还有个任务，要去一下馆员百嘎利家。

路上，石榴问文关："文史馆研究历史吗?"

文关边开车边回答说："说来话长，文史研究馆是党和政府为团结和安排老年知识分子而设立的，是具有统战性和荣誉性的文史研究机构，它的宗旨是'敬老崇文、存史资政'。1951年7月，政务院文史研究馆成立。符定一为第一任馆长，柳亚子、章士钊等为副馆长。中央文史馆员由国务院总理聘任。省、区、市的文史馆员由省长、直辖市长或者自治区主席聘任，受聘者都是耆年硕学之士、社会名流和专家学者。自治区文史馆是1953年成立的，有一大批德才望兼备的文化名人，在编志、著书、文史研究和书画创作，开展统战联谊等方面都作出了很多贡献。"

石榴点头说懂了，还告诉文关，她之前总将文史馆说成文化馆。

文关告诉石榴一会儿见到的百嘎利馆员就是著名的书法家。

百嘎利这几天起早贪黑写了100多幅书法作品，还有文关专门嘱咐的四尺大字"绿水青山就是金山银山"，一个字一张纸，百嘎利的榜书功力在自治区书法界屈指可数。

一进百嘎利家的门，文关就闻到了墨香味，屋子里地上、柜子上到处是晾晒的字。他家里不管春夏秋冬都煮着奶茶，茶炉旁边摆着馃条、奶豆腐和炒米。

百嘎利，高高的个子，肩膀端正，70多岁，精神矍铄。文关和石榴落座后，只见老人稳稳地端过来两杯奶茶。

"有时候睡到半夜两三点钟，想到你等着用字，就一骨碌爬起来继续写。"

文关说："百老师得注意身体，不差三五天的。"

百嘎利笑笑，说："没事儿，老天爷给了我两样好东西，一个是身体，一个是字典。"

3个人又聊了一会儿，便开始收拢那一张张书法作品。

文关对百嘎利说："馆长很重视，说我们的馆员用作品引领风尚、教育群众、服务社会、助力脱贫攻坚，要点赞、要宣传。希望百老师您能来我们村，把墨宝亲手送到村民家中。为全村所有贫困户送励志书法，我想这在全国也是独一份吧。"

百嘎利高兴极了，说："这个活动有意义，作品悬挂在村民们家中，文化与脱贫攻坚有机结合，这就叫润物细无声。我还特意给村委会写了一幅六尺的字，你代表驻村工作队赠送给村委会吧，'幸福是奋斗出来的'，鼓励党员同志们苦干实干，带领群众保质保量完成脱贫任务，实现群众对美好生活的向往。"

文关听完百嘎利的话，坚定地说道："我们一定带领群众保质保量完成脱贫任务。"

文关已经向文史馆申请了经费，将这些书法作品全部装裱加框。离开百嘎利家后，文关就把这些作品送到了装裱店，店家听说是送给脱贫群众的，等着用，就说加班加点干。

从装裱店出来，文关又开车到了另外一家门店，门匾上写着"通志馆"。

文关跟石榴说，通志馆是馆员邢泰开的，邢馆员是史志专家，编辑出版的书填补了自治区社会科学和历史研究领域许多空白。

通志馆其实也是邢泰的家，这是一栋几十年的路边老楼，上下两层，五六百平方米，办公室、卧室、地下室、走廊到处都是书，20多万册。关于胡麻营的资料，邢泰早都单独找了出来，还打了一个捆。

邢泰留着沧桑的齐耳长发，戴着厚厚的眼镜片，棕色休闲西服配着牛仔裤。石榴说头一次见一个人有这么多书，邢泰兴致勃勃带着她转起来。

"自治区所有的市级、县级，甚至有的延伸到村级文史资料，在这个通志馆里都有单独的分类。"文关跟石榴说。

邢泰说:"没想到文史资料还能助民增收、帮民致富,把弘扬优秀传统文化融入精准扶贫,文处长你做得比我好。"

文关说:"邢泰老师的书都是难得的宝贝,所以这里可是我们的知识储备库,以后我们有困难还得来打扰,要一如既往地支持啊。"

邢泰说:"有求必应,随叫随到。"

邢泰并不是本地人,20 世纪 50 年代末随父母支边来到首府。1971 年于上海音乐学院毕业后,加入首府的文工团,从事演奏、作曲、指挥等工作。他创作了 140 多首歌曲、两部交响乐和 10 部歌剧,个人会演奏十几种乐器,还是二人台艺术家。

邢泰不是历史科班出身,但他非常注重收集民间艺术资料,在积累了一定的素材之后就有了把它们分类整理的想法。1983 年,邢泰调到地方志办公室,开始了他的编修生涯,40 年里,邢泰的足迹踏遍自治区,晋、冀、陕、甘、宁等省区也留下了他采访的记录,采访对象有专家学者,也有各行各业员工。现场采访与资料收藏往往相伴而生,藏书的爱好,源于他从资料中查阅各地的风俗民情,原本只是无心插柳,不料如今已是书盈四壁。

邢泰说:"有时候在外面生了气或者是遇到不愉快的事情,甚至包括偶尔和老婆孩子拌几句嘴,自己就跑到这儿来,看会儿书,查些资料,就把不愉快的事儿都忘了。"

与邢泰告别后,在车快出城时,石榴说:"文处长,您咋不回家看看?明天回村也是可以的。"

文关一下子醒过神来,笑着说:"你不说我都忘了,我这满脑子都是胡麻营啦。"

车,继续朝着村里开去。

（六）

文关想起郑春时说的，满意度不高主要来自非贫困户，所以决定调整走访方向——非贫困户。他决定从李栓栓家开始。

"早年间，我给人家打工，200斤的麻袋一扛就是十几年，每天扛100个左右，算下来扛走一座山了吧。"李栓栓跟到访的文关说。

文关说："看您的身体，在咱们村儿可是个壮劳力啊。"

李栓栓说："按理说，应该还有把子力气，但也不知咋的，这几年总是心慌、心率低，血压时高时低的。去医院一查，大夫说心脏有反流，颈动脉还有不少动脉斑块，从小米粒那么大到红豆那么大的都有。大夫说可能与年轻时候的职业有关。"

李栓栓的老伴告诉文关，医生不建议住院治疗，也就没有病历，只有诊断书，但是要鉴定为慢性病必须要有病历。老汉每年吃药也得四五千块，都不能报销，所以现在家里的生活有点捉襟见肘。

文关盘算了一下，虽然李栓栓老两口不是贫困户，但是属于边缘户，如果负担稍有加重，就会被识别为贫困户。所以对边缘户也要跟踪情况。

李栓栓说他去了几次县医保局，都没有办成慢性病报销的事，人家说了办理程序，但他听不太明白，来回路费不少花，还是算了，实在是够折腾的。走访结束的时候，文关把李栓栓的买药凭证、医生诊断书和身份证都拿上，准备第二天去跑一趟。

第二天，文关去镇卫生院要了一份"精准扶贫慢性病申请表"，把李栓栓的信息填写好，附上诊断书和一年的购药发票，递给镇卫生院院长，院长同意之后，告诉他还得去县医院确认。

第三天，文关去了县医院，医院有个专门受理此类业务的部门。之后，文关又去县政务服务大厅，找到医保局窗口，但办事人员说这个不是精准扶贫业务，非贫困户应该到普通慢性病窗口。

文关接着排，终于递过去所有材料，窗口的办事人员审阅后，让文关复印3份，装订好。文关满心欢喜，等着批复，可办事人员说，审批需要时间，让回去等，办好了会通知病人本人。文关说："回村再来一趟不容易，能不能优先研究一下？"办事人员说，都是一批一批研究，不能单个的。文关只能先回村里等消息。

文关到村里的时候，已经错过了晚饭，他便绕过食堂回了宿舍，到门口时看到有个老汉在等他。

见文关走近，老汉站起来说："我叫李卜浪，原来是五保户，最近识别成低保户，取消五保了，差了1000多块，文处长给做做主，恢复五保吧。"

"我想起来了，您不是一个人住，有个老伴对不对？"

"是，我俩生活了20来年，但一直也没领证。"

文关对李卜浪解释道："就因为你俩搭伙过日子，村里关照你们的生活，给你们都给办了低保。但低保和五保不能两个都占。再说，您也不符合五保的条件了。"

李卜浪没再坚持，一步三回头地走了，但是文关决定向镇里、县里写一份工作建议，即建立一般户的帮联机制，降低边缘户变成贫困户的可能性。同时，要开通办理慢性病议定捷径，目前的程序有点复杂。

不久，各工作队向帮扶贫困户责任人印发了《一般户帮联档案问题清单》，并建立了《一般户基础信息台账》，组织干部进行走访调查，摸清底数，解决非贫困户的困难，李栓栓、李卜浪都在其中。

后来听说，县里要开展慢性病家门口办理工作，不用村民跑到县里去办理了。村民们都说好。

（七）

挨着村委会的小广场是一个十字路口，路口的东西两侧山墙是村民们的聚集点，这里不分贫困户和非贫困户。早上五六点钟村民下地务农，八九点钟回来吃口饭，然后就聚集到这里闲聊，中午回去午休。下午太阳靠西了，西侧的山墙能遮阳了，这里又开始热闹起来了。

这天上午，文关手里拿着一沓从单位带来的报纸杂志，有《人民日报》《半月谈》《农民日报》等，来到山墙下，默不作声地给村民一个个发，人人有份，把叽叽喳喳地闲聊变成了默读。

这个说，不要发给她，她不认字。

那个说，谁说我不认字，我给你读，"招招务实，习近平总书记精准把脉脱贫攻坚……"有几个还鼓起掌来，笑着说："文处长不来，我们都不知道这老太太识字。"

"文处长别给老张头，他拿回家点炉子呀"，人群里又一下子笑出了声。

文关说："看过了没用的可以点炉子。"

村民们说："文处长是个讲理的人。"

村里的信息传递得快，听说免费发报纸，四面八方涌来的人越来越多，墙根很快变成了大课堂。

以前，每次村里开大会，大喇叭喊完会议内容后还得加一句，参会的每人给一把牙刷或是给一块香皂。结果开完会，村委会爱心超市门前排起了长队，领完东西的村民有说有笑地回家了。

只要是免费，人们就有足够的热情。

第二天，文关照常发报纸，大家又是笑嘻嘻的。有几个小孩子也跟着抢报纸，文关对他们说："拿回家给大人看好不好？"孩子们都说好，争先恐后地领报纸，就好像在领糖果一样。

坐在角落里的几个老大爷不方便起身，文关就一溜儿小跑地送过去，免得老人们感到被忽略了，老人们竖起了大拇指，这让文关倍感温暖。

看着大家兴致勃勃读报的样子，不认识的字还互相指点，文关想到啥工作都不能大锅烩，精准扶贫也得了解农民的不同需求，就像饭店的服务员一样，不走近客人就列菜单，哪会有满意度。

文关由此想到父亲当年去调研，骑着自行车，带着指南针，按照地图上的经纬度坐标，一个村子一个村子地走，有的村子连公路也没有，父亲也去过。每个村子的民政救济款和物资都精准到人。文关把父亲的日记摘抄在自己的日记里，激励自己像父亲一样精准渗透，时常问自己农民到底需要什么？

文关摘抄了一段父亲当年的日记——

> 中午到了乌兰哈达公社，饭后歇了半晌，奔向荒贺图大队。原以为这里的人一定都是身穿蒙古袍、腰缠大彩带、脚蹬蒙古靴、说着蒙古族语言，问路一定很困难。可是来到之后看见的却不是想象的那样，无论公社所在地或是经过的村屯，人们的穿着和汉族没多大区别，西裤、短褂、解放帽、农田鞋很普遍，还有不少穿塑料凉鞋的人。遇到的人或多或少能听说一些汉语，有的还很流利。

文关在后面写下了自己的读后感——为人者，诚实守信，踏实做好每一件事；为官者，公正实干，以群众利益为先，才不违背初心。

第三天，文关照常发报纸，人们早早就等上了，看着文关从村委会走出来，有几个人跑过来帮着拿报纸。

有一天，文关不在，早上没发报纸，有几个村民找上门来要报纸，并提意见说为啥不按时发。自那之后，文关如果有事出门，就把发报纸的事委托给沙打旺或者韩长命，并提醒他们，一定要人人有份，按时按点发。

县电视台要来采访读报的事，新闻播放的时候，文关总觉得哪里还有点不对劲，一大群人蹲在角落里、阴凉处、墙根下，有的坐着几块砖头，有的把自己的旧椅子拿来，有的干脆就坐在地上，确实是一道风景，但是别别扭扭的。

——要是有一排读报亭就好了。

（八）

　　李聪明开完会出来，发现有十几个未接电话，还有数条微信，好像谁和谁吵架了，赶紧找了个安静的角落浏览。

　　这时，镇纪检委员罗根气喘吁吁地跑过来，对李聪明说："东沟村驻村第一书记陈来勇和胡麻营村的文处长在微信群里吵起来了，县纪委都知道了，给您打电话，无人接听，刚通知我的，下午就来调查。"

　　李聪明一下子也顾不上看手机了，惊讶地问："陈来勇和文关咋还能起了矛盾，不在一个村，连面也没见过。"

　　罗根说："人是没见过，但是都在咱们镇的扶贫工作队群里。今天上午，县扶贫办、驻村办联合组成脱贫攻坚督导组抽查东沟村，陈来勇把准备情况拍了视频发到群里，桌子上有点水果点心啥的，文处长说了几句，两人就犟起来了。"

　　这时，李聪明的手机又响了起来，来电人是县纪委办公室窦榆生主任，说这个事县委、县政府领导都知道了，责成县纪委查明、查实并处理后报告。

　　李聪明感到事情没那么简单，于是对窦榆生说他先了解一下情况，看一看视频。

　　看着李聪明挂了电话，罗根随即把群里的视频点开，一共是4段视频，每段时间不等。第一段是长条桌上贫困户的档案盒子整齐划一，贴着标签，码在桌子中间，视频从前到后像火车厢一样拍下来。第二段是档案盒子两边放着装有葡萄、橘子、香蕉、几种点心的盘子，围住档案盒子，就好像城墙外的一个个堡垒。第三段是墙上的锦旗，某某村民送给某某干部的，有十几面。第四段就是会议室的整体效果，有人在视频里打手势、点赞、喊加油。

　　视频后，有文关的留言："一瓜一果不是小事，一茶一饭总关廉洁，遏制苗头，防微杜渐。"

陈来勇一下子恼了，留言："再穷，也得增进感情，况且督导组的同志很辛苦，早饭都没顾上吃。"

文关继续留言："县委专门下发了文件，关于对全县驻村第一书记（工作人员）和帮扶责任人履职尽责等问题进行举报的通知，其中对脱贫攻坚期间迎来送往违规接待等问题要求坚决刹住，建议你撤下水果点心，消除影响。"

陈来勇一下子火了，回道："为脱贫攻坚，驻村干部和县里干部平时都很辛苦，吃点、喝点不算什么吧，这不算违反中央八项规定。我们一直就是这么个习惯，出不了啥问题。文处长来了胡麻营谋划集体经济、走访村民、带贫困户看病、为村民发报纸，很辛苦，我也很认可，但这个事文处长小题大做了，我不服。"

文关的火一下子被点着了，说："中央八项规定是铁规矩，硬杠杠，必须一严到底，谁都不能成为其中的铁帽子王，你毫无纪律和规矩意识，不但不自我检讨，引以为戒，还在微信群中态度消极，违反了县委的通知要求，应予举报。"

陈来勇愈战愈勇，说："我为贫困户办了实事、好事，我不怕。"

文关说："作风不实的干部，工作也许是做样子，你们的豆腐坊投了十几万，建成后卖出去几块豆腐？为何你们的集体经济还是零？"

群里顿时鸦雀无声。

不可开交之时，有人开始调解了，说："文处长说得对，但陈来勇既然都买回来了，就下不为例，下不为例。"

还有的说，这是陈书记自己买的，但是摆的不是地方。

两个人群里不做正面交锋了，一上午的督导工作按部就班进行，水果点心也没辙，大家以为这个争执就算过去了，但是到纪委的电话直接打给了李聪明。

现在全镇都传开了，文关举报了陈来勇。

李聪明在原地来回走了几圈，给文关打了电话，问文关能不能把对陈来勇的举报撤回来，他来教育。

文关说："我一直给你打电话，但没有打通。陈来勇的态度和在微信群形成的影响是恶劣的，这不是教育就能挽回的事。陈来勇是县商务局的干部，按照县委通知和干部管理权限应移交县纪检部门依纪依法处理。李书记作为属地领导，应该对驻村工作队严格管理，老好人和包庇行为只能让他们继续触碰红线。"

李聪明一时语塞，只说："文处长不要激动，我们一定会处理好。"

文关撂下电话，感觉这不仅仅是激动而是吵了一架。

有一个叫包光辉的干部加了文关的微信，说他是县纪委的，派在红云镇南沟村任驻村第一书记，在群里看到了这个过程，向县纪委反映了。

包光辉说："县里向各个乡镇派了不少第一书记和机关干部，存在'赶鸭子上架'的情况，比如部分第一书记缺乏基层工作经验，沟通协调组织能力不足，有的作风不实损害了驻村工作队的形象，对于这些问题，没有人较真，更习惯于按习惯办事。文处长给我们打了一剂强心针，作为纪委干部，无论走到哪里都要履行好监督责任，不能看到问题像没看到一样，监督缺位就是渎职，我要责无旁贷反映问题，不能等到群众举报被动处理。"

文关说："群众无小事，枝叶总关情。有的基层干部花心思'搞花头'，但群众眼睛是雪亮的，都看得一清二楚。"

第二天，群里发布了一个通知：从本周开始，自治区总队督导组和县委督导组对镇里干部纪律进行督查，请大家提高警惕，认清形势，互相转告。

事隔三天，县纪委责成陈来勇作出书面检查，全县通报批评。

县纪委下发通知，明确能力素质不高、不能胜任工作的；作风不实，履职不力，群众不认可的；无正当理由不在岗且不改正的；违法违纪受到处理的；当地乡镇党委认为不适宜继续担任的，要"召回"。

陈来勇没有被召回，李聪明说情挽留了。

（九）

自古道：理不辩不明，话不说不透，砂锅不打一辈子不漏。文关想，有些病症需要采取保守疗法，慢慢恢复元气；有些病症则需要动手术，及早切除病灶。陈来勇的事就是下了"猛药"治好的。

九龙泉旅游点截流的事，则要试试保守疗法。

这天，文关带着齐二强直奔九龙泉旅游点。

旅游点外有一块大牌子是县政府立的，上面是一个通告，写着："大青山国家级自然保护区是我国北方亮丽风景线的重要生态屏障，在涵养水源、保持区域生态平衡方面具有重要作用。为切实保护好大青山国家级自然保护区的自然资源和生态环境，保护区内九龙泉旅游景点进行停业整顿，待生态环境治理完成、相关手续审批后重新开放景区。停业整顿期间，任何人不准进入大青山国家级自然保护区内从事违规建设、开发、放牧、烧烤、游玩等与生态环境保护无关的活动。"

两人进了旅游点，得知董事长去了外地，总经理在。

齐二强跟总经理介绍道："这是自治区派驻我们村扶贫的文处长。"总经理跟文关握了手，双方坐下后，文关示意齐二强说明来意。

齐二强说："这个事不是一天两天了，小河的水以前还是够用的，自从旅游点项目建起，你们截流了水，村里就没水了，眼看着几百亩地变成了旱地，村民上访的不少。"

总经理面无表情地说："旅游点项目是县里引进的，我们公司是北京的，来投资时已经明确了我们的负面清单，在按规划设计开发的过程中，我们把水引到了人工湖里用于划船和垂钓，这个当时是县里同意的。现实情况是，上游的水到我们这里的越来越少了，我们把水截下来蓄满湖，多余的水每天继续往下游送，水量小是因为水源本来就变小了，我们蓄满后早就不再拦截了。"

文关提醒道："采用截流方式开发人工湖没有考虑下泄生态流量，特别是到了降水不足的月份，致使下游的土地脱水，对农业生产造成了一定影响，甚至侵害了农民利益，建议你们认真落实县政府发布的通告，从注重经济效益转变为更加重视地方发展和农民利益，否则影响百姓安居、社会稳定、民生问题和农业可持续发展，甚至引发群访或者群体性事件，司法和行政部门就要介入了。"

"你看看，旱地和水浇地的收成差别有多大"，说着文关摸出一张纸递给了总经理。

品种		总收入（元）	总支出（元）	纯收入（元）
小麦	旱作	290	205	85
	水浇地	847	265	582
玉米	旱作	506	210	296
	水浇地	773	275	498
莜麦	旱作	255	178	77
	水浇地	275	225	50
黄豆	旱作	551	255	296
	水浇地	651	305	346
杂豆	旱作	533	215	318
	水浇地	634	285	349
马铃薯	旱作	1026	225	801
	水浇地	1840	285	1555
葵花	旱作	1865	530	1335
	水浇地	2455	680	1775
草玉米	旱作	1250	245	1005
	水浇地	1740	285	1455

总经理不说话，开始摸着下巴转着眼睛。

文关继续深入说："下游的胡麻营村是国家级贫困县里的重点贫困村，明年就要脱贫验收，能不能顺利过关跟土地有直接关系，也跟旅游点的支持协助有关系。扶贫工作是目前国家最大的民生工程，九龙泉的各位企业家有责任和义务为国家脱贫攻坚尽自己一份力。九龙泉旅游点发展不忘群众，主动承担社会责任，帮助贫困户和村民脱贫增收，当下是最好的时机。"

总经理说："上游的水流真的变小了，如果农民确实需要水浇地，我们放水也可以，我们也不想拖村里脱贫的后腿。"

文关觉得保守疗法有门儿了，就继续说："水流如果是水源的问题，那就人工湖蓄满之后不间断把多余的水放到下游。同时，我们商榷一下补偿机制，村口靠近高速公路有个擎天柱广告牌，是村集体经济项目，咱们旅游点的旅游公路也在广告牌下，你们租上，给自己做个广告，村里也有了集体经济收入，这是双赢的事嘛。"

"价格呢？"

"总共三面，每面每年5万，合计15万，先签订3年。"

"这件事我做不了主，得请示董事长。"

"今年眼看夏天就要过去了，从现在开始到12月，广告牌免费用，合同现在签订，费用从明年算起。怎么样？"

总经理眼睛一亮，表示尽快联系董事长，如果批复会尽快签合同，上广告。

文关又对他说："过几天自治区的电视台来村里采访，签字仪式就那时候搞吧。我请你到村委会，让老百姓也见证一下我们地企共同为村民谋发展的决心。"

总经理笑嘻嘻地说："文处长，那群体性事件不会发生了吧？"

文关说："你们旅游点下一步项目上全了，我们村民在农忙之外还要来打工呢，企业壮大了，反哺农民，群众感激你还来不及呢。"

总经理高兴地说："对，对，只要是60岁以下、有劳动能力，在我们这儿做保洁、保安我们欢迎啊。我们旅游点距离市区比较远，打工的人不愿意来，就近解决用工，我们也是求之不得啊。"

文关和总经理再次握手。

（十）

石榴一早又去了李占富家，隔着门喊话。

门里面还是那句，"回去吧，跟你说了多少次了，不用帮，咋听不懂话咧。"

石榴说："你走近点，我跟你说几句话。这个月，我来你家16次了，就是铁石心肠也该融化了吧。你看看咱们村，明年就要脱贫验收了，所有镇干部、村干部一起行动，就连自治区的处长都来了，就是要打赢脱贫攻坚战。胡麻营村的老百姓都要过上好日子，一个都不能落下，我是跟你结对帮扶的干部，如果你掉队了我也得跟着掉队。"

李占富问道："你受领导批评了？"

"那咋能不受批评？连个门都进不去，怎么帮助脱贫，只能拖全村、全镇的后腿了。"

"我怕你们拆我的房。"

"你那房子再住就塌了，鉴定级别是危房，必须得翻盖了，你不想脱贫，难道连命都不要了？"

"盖房要钱不？"

"国家出钱，不用你掏。"

"那我咋能相信你咧？"

石榴拿出一张银行卡，说："李占富你隔着门缝看看这是啥，这是你两年前的征地补偿款，我都帮你办好存在银行里了，一共35000块，你要不信自己去银行查查，我要是哄你，你就回家照样锁着大门一辈子别开。"

石榴把卡塞进去，李占富接住端详着。

"盖房要是收钱，我还把银行卡给你干啥，直接扣得了呗。"石榴隔着门缝瞄着李占富说。

李占富说："村里人没人看得起我，没人拿我当回事，他们欺负人。"

石榴说："我不是正真心帮你呢吗？要想别人看得起，你得劳动致富，躲一辈子不出门，看不到人家，人家就看得起你了？"

李占富摆弄着手里的银行卡，犹豫着。

石榴站直了继续说："咱们村的毛仁，你知道吧，喝酒打老婆无所事事，年初喝醉酒倒在炉子上烫伤了，咱们村有个扶贫干部是自治区来的处长，亲自带着他东奔西走地看病，毛仁现在住院还没回来呢。你说，我们是不是真心帮每个人。你得振作起来，打开门，咱们商量着怎么脱贫好好过日子，怀着感恩的心，感谢党和国家的好政策，感谢村里村外的干部替咱们谋出路、谋幸福，感谢那些非亲非故全力帮助咱们的人……"

吱的一声，门开了，石榴大吃一惊，但随即平复了自己。

李占富一脸胡须，嘴都看不到，身上的衣服油亮亮的，裤子挂了口子开着线。还没等石榴醒过神来，李占富转身就往屋里走。

石榴小心翼翼地迈进院门，院子里到处是半米高的荒草，只有房门到院子大门的这段距离被踏出一条小道。窗户有的没了玻璃用塑料布遮着风口，窗户边和门边到处是裂开的缝儿。李占富把狂叫的狗拴住，石榴才敢走到屋门口。

房门打开，一股酸碱混合的刺鼻味道冲出来，石榴停了一下但没有捂上鼻子。一个蓬头垢面的老太太坐在炕中间，身上披着分不出颜色的脏被子，见到石榴眼睛突然亮了，想说什么却没有说出一个字。

石榴知道这是李占富的老娘，转身问李占富："以前不是好好的吗？"

李占富说："去年不知咋了，就走不动路了，躺了几天就下不了炕了。"

石榴一看，大小便都在炕上了，褥子没有洗过，都结痂了。炕上有个碗，里面山药和莜面和在一起，分不出是哪顿的剩饭了。

"你啊你，李占富，你把老人的病都耽误了。"石榴边用手点着李占富，边把老人挪到干爽的地方，把里里外外的褥子被子扛到屋外的铁丝架子上，打开晾晒。随后，从随身带来的一堆慰问品里找到牛奶和罐头，把牛奶插上吸管递到老人嘴边，拧开一瓶罐头，并将一个勺子放进去摆在老人身边。老人的眼神随着忙里忙外的石榴来回摆动着，颤抖着嘴唇，突然"哇"地一声大哭起来。石榴赶紧走到老人身边，安慰道："大娘，别哭，一切都会好起来的。"

石榴又把家具上的灰尘擦了，把垃圾倒了，告诉李占富把那些又脏又烂的东西拿出去，一会儿换好的。

李占富"哦""哦"地回应着，开始动手收拾东西。

石榴跟李聪明电话汇报，"李占富开门了。"

李聪明"腾"一下站起来，说："石榴我给你记功发奖励。"

"李书记，奖励就算了，咱们先从镇民政所调集些被褥和米面油送到李占富家吧，过的日子没法儿看。"

李聪明立刻安排小货车送东西。

石榴跟驻村工作队联系，让在村口进行危房改造的工程队优先给李占富盖房，两口人30平方米就行，防止他变卦。

小货车很快到了，围过来的几个村民帮忙往里抬东西，但看见李占富一脸的李逵样儿，脸上立刻没了表情，放下东西赶紧走了。

李占富一直望着已经走远的村民。

石榴说："别傻站着，赶紧搬，把老人的铺盖弄好。"

天渐渐晚了，老太太说啥也不让石榴走。

石榴说："从今儿开始，我天天来。"

老太太又大哭起来，双手合十地举着……

（十一）

毛仁在康复中心两周了。

文关去探望，看到医生正在不停地来回抬高毛仁的胳膊，便站在暗处观察着。毛仁的胳膊基本上可以举过头顶了，只不过动作不能太快，偶尔会疼得龇牙。

接下来，是另外一位医生指导毛仁不断地握拳、松开，还有抓握物品训练。

毛仁回到病房的时候，看到文关正拿着一袋水果、八宝粥、牛奶等着他，见到文关，毛仁喜出望外，作出握手动作。文关接住毛仁的手，反复打量着，看到还有几处仍有组织液渗出，但是胳膊的烧伤处不用再抹药了，有粉粉的新肉。

文关对毛仁说："你抬抬胳膊我看看。"

毛仁迅速展示，能摸到自己的耳朵了，还能背手。

文关说："太好了，有效果，有效果。"

毛仁跟文关说："我还胖了20斤。"

文关笑着说："饭没白吃，病没白看，双赢了。"

说话间，文关又拿出300块，让毛仁充在饭卡里。

毛仁说："够用，够用，我妹妹给了我一些。还有牧院长也来过，送了我一张饭卡，都对我太好了。"

文关告诉毛仁，过几天可以出院了，但过一阵子他还需要来医院做手术，身体的底子必须要打得好好的。

李占富家开门了，在村里算是个新闻。接下来的新闻就是毛仁要出院了。

出院前，刘一森给毛仁做了检查。还跟之前一样，跟几个待诊的病人解释了一下，大家都点头，刘一森才示意毛仁进来。

刘一森拉了拉毛仁的胳膊，查看了手指和手背上的伤痕，说："康复治疗的效果非常好，生活自理没问题了，现在就是手背的伤还要进一步愈合，回去休养一段时间，准备下一阶段的手术。我说的休养不是啥也不干，我给你带一些工具，每天坚持训练手的灵活度，肩周不能僵化了，可以干重活，比如搬东西，用铁锹挖土，扫地，不要什么都不干，否则，过一阵子做完手术，又不能动了，又僵住了。"

毛仁激动地问道："刘主任，我的手指啥时候能分开咧？"

"手背的伤处充分愈合后，我们再切开你手指间的粘连，最后还要从你身上找一块皮肤贴在你的手背上，进行一次美容手术，这样你的手指不只分开了，还能基本恢复到平常人的手形。"

"回去我一定好好练，帮村里干活。"

文关和毛仁再一次感谢刘一森，与之道别。

牧仁专程来送行。说起费用的事，牧仁告诉文关，知道毛仁是因喝醉酒烧伤的，不在医疗保险报销范围，考虑病人的支付能力，所有的费用医院先垫付，又针对建档立卡户进行了相应减免，医院团委还组织了部分捐助，需要患者支付的那部分费用，什么时候有什么时候给。

文关握住牧仁的手，表示感谢，又转过身对毛仁说："需要你自己支付的费用，等你全好了打工按月还吧，也能激励自己自食其力。"

毛仁当即表示："等我好了就去九龙泉找活儿干。"

把毛仁送回村安顿好，文关把钱转给了先前帮他们办理入院的那个小伙子，这才知道，需要毛仁支付的那部分费用牧仁院长已经交了。文关跟小伙子说："一定把这个钱转给牧仁院长，下次去我再感谢他。"

毛仁没有闲着，按刘一森说的，每天活动肩周，扫完幸福院的大院子，又跑到村委会扫，扫到哪，都有人出来看热闹，毛仁没有在乎，还把看热闹的人逗得哈哈直笑。

文关偷偷查看过毛仁的日常生活，又问过幸福院的老人，"毛仁喝不喝酒？""平时在家干啥了？"老人们都说毛仁的心被救过来了，变了，不打麻将了,也没听说喝酒,哪个老人招呼他都去帮忙,老人们都真心替他高兴。

文关把看到的、听到的跟毛仁媳妇梅丽打电话都说了。

"文处长,我知道你一片好心,让我们夫妻复合团圆,但是你也不用拿毛仁的表现哄我,他是啥人我还不知道吗?"

"你抽空偷偷回来看看,打听打听,看看我说得对不对,然后你再考虑回不回来。"

"我不敢回去,一回去,他就管我要钱看病。我给钱,他就买酒喝了。"

文关告诉梅丽:"治病的费用不用你们负担,毛仁也不喝酒了,大夫说手术完跟正常人一样,毛仁还嚷嚷着要去打工咧。"

梅丽半信半疑。

文关说:"过几天,自治区的电视台来咱们村采访,其中就有毛仁的内容,到时候你看电视,卫星频道,全国都能看,什么时候播出,我告诉你。"

梅丽将信将疑地说:"我家毛仁这样的人也能上电视?"

文关说:"我们不但要扶持产业,还要扶德扶志,毛仁的精神面貌发生了变化,给自己和家庭带来了希望,正是普通人的故事,汇聚成胡麻营脱贫路上的故事。"

梅丽一时说不出话来,不一会儿电话那边传来了抽泣声。

第三卷

上电视

驻村工作队还有这样的责任，比如"注重扶贫同扶志、扶智相结合，做好贫困群众思想发动、宣传教育和情感沟通工作，激发摆脱贫困的内生动力"，做到志智双扶。

在电视节目中，胡麻营村民成了其中的主角，群众明白了工作队为什么在这里工作，也明白自己和驻村工作队的干部都是脱贫攻坚战中的战斗员，只有一起加入战斗行列，才能打赢。

（一）

电视台说来就来。

记者打来电话告诉文关，报的题目台里审核通过了，排在9月上旬播出，加上编辑制作的过程，所以需要这几天把采访都拍完，留点时间做后期。

摄制组一共3人，女主持人30多岁，始终在说戏。助理是个温文尔雅的大学实习生。摄像师体格很好，搬动器材轻松自如。

上午摄制组并没有着急拍摄，而是与村委会、驻村工作队开了一个座谈会，沟通商量拍摄计划。

原来拍摄的主题是文史馆员和驻村工作队为贫困户送励志书法。结果，与村委会、驻村工作队干部一聊，发现了更多有趣的故事，比如康拉弟需要社会关爱，毛仁痛改前非，李占富不再拒绝脱贫，经济林正在规划，广告牌要对外出租，百姓们爱上了看报纸，胡麻营食用油品牌要诞生，还有刘喜顺这样的传奇人物，等等。摄制组的灵感来了，修改拍摄计划，请示台里，原计划一天的拍摄任务变成了两到三天。

午饭是马大姐蒸的莜面，吃完饭摄制组没有休息，结合上午的座谈会一直在修改脚本。

文关跟女主持人说："所有的事都是真实的，不用摆拍，都是正在发生的。"

女主持人说："那咱们走到哪就拍到哪，后期编辑的时候我们再根据需要编排顺序，这样可以提高效率。"

"好，比如张小五今天来村里看望康拉弟，她急着回去搭照生意，咱们可以从她开始。"文关说。

"张小五是村民，还是……"

"资助失学孩子的一位女企业家。"

"谁家的孩子？"

"贫困户康拉弟的。"

"怎么会失学？"

"这就是我说的，一切都是正在发生的，咱们边拍边采访自然就知道了。"

摄制组的人都点头同意。下午正式拍摄，第一个是张小五。

张小五是个风风火火的人，一分钟也闲不住，此刻已经通过导航到了康拉弟家，随行的公益组织带去了一些米面油和慰问金。

张小五给文关打电话说："孩子家我已经去过，了解了康拉弟、康拉伴的情况，孩子也回学校寄宿了，情况我都知道，不过我现在得回，家里家外还有一摊子事。"

"别着急走，误不了你的事。电视台在村里正拍扶贫专题片，务必配合搞个专访。"

"我不整那些花里胡哨的事，你们拍你们的，不缺我一个。"

"我们村不缺土地和资源，但是村集体经济是潭死水，就缺一块像你这样的石头扔进去，炸起个浪。"

"咋炸？"

"跟村民代表、村干部搞个座谈，聊聊怎么发展集体经济，就像你说的，不要花里胡哨，来点干货。"

"这个可以试试，我开车往村委会走。"

齐二强和沙打旺他们赶紧把村委会会议室打扫出来，用大喇叭喊人开会，并说开会的村民会后可以到爱心超市每人领一个脸盆。

会议室里坐得满满当当，趴窗户上看稀奇的人也不少。沙打旺说，趴窗户的人可以领一个牙刷。

文关在现场强调："今天是拍电视，但不是演戏。大家知道有的乡镇产业搞得红红火火，村民有了挣钱路子，村集体也跟着有了收入，人家出来进去、说话办事硬气。穷家难当，咱们村该咋办？我们请企业家给咱们指导指导。"

会场上人的目光一下子聚集到张小五身上。

主持人说，稍等，转换机位，开拍。

张小五说："村办集体经济，实体由村集体投入，也可以合作建设，办法很多。经营权归企业，企业和村集体之间有法务文件，约束责权。比如，主导方向不一致时，经营者执意执行，村集体不同意的话，产生的后果谁来负责，扣罚的比例是多少……"

文关以为张小五说得太深，但是发现大家都在点头，就放心了。一个村民问，建油厂，出了油，卖不出个咋办咧？

张小五接着话题说："发展食用油，要重视定义、概念，做有文化的油，比如委托各地的办事处、商会经营，包装标识上要突出乡愁记忆、家乡的味道，用文化延伸产品，提供给特殊人群，这就是所谓的另辟蹊径。咱们的油厂规模不大，就这些办事处、商会消化还不够呢。"

有人竖起大拇指说："张总这么一讲就更懂了。"

"杂粮的销售，也要在市场里寻求自己的差异性，而不是共同性。都是杂粮，为啥要买你的？因为你的不同，特点才是卖点。同样，要建豆腐坊，市场品牌已经很多，我们可以不去竞争，而是在上下游上做文章，比如提供原料。"

张小五从坐着讲到站着讲，全场鸦雀无声，人们聚精会神地听着。

文关问大家讲得咋样，好就鼓鼓掌。

瞬间，会议室里哗哗响起了一片热烈的掌声。

文关知道，这是村民们真心的掌声，这是胡麻营被唤醒的掌声。连主持人都跟着鼓起了掌。

摄制组不断变换着机位……

从会议室出来，摄制组说得有现场的画面，动静结合才完整，于是张小五又跟着一帮人去了东沟村杂粮厂。

厂房已经快两年没进去人了，但机器是新的。

看着厂房和设备，张小五的主意一下子来了，"把杂粮厂变成开放式工厂，机关、单位、学校可以到工厂现场观摩教学，开设一个实验车间，参观的人可以自己加工粮食，加工完包装好带走。"

"带走？"

张小五笑着说："可以买。一小布袋100克5块，上面写着某年某月谁谁加工。每天100袋，就是500块，一个月还15000块呢。动动脑子，日进斗金的办法多了。"

"水浇地越来越少，现在都是旱地粮了，咱们这杂粮厂开工了，万一生产出来卖不出去可咋办？"人群中有人问道。

"旱地粮？旱地粮其实在咱们国家农业中占据半壁江山，小米、玉米、葵花、土豆……杂粮杂豆多了去了。葡萄、华莱士、西瓜，还有咱们这漫山遍野的沙棘，也都是旱地水果，倒不如发展旱地品牌的系列产品，卖的就是旱地，变劣势为优势，物以稀为贵嘛。"

"旱地粮？"

众人嘀咕着说："有道理，脑子就是活套。"

（二）

下午结束拍摄后，文关开车回到首府，取上装了框的励志书法。第二天一大早又接上百嘎利回到村里，李聪明和石英也到了。

摄制组正在商量画面和采访的事。

文关还邀请了市林业局安谷禾副局长调研经济林，安谷禾说上午有会，下午才能到。

沙打旺、齐二强等人把装了框的励志书法从车上搬下来，每人分了一摞，拿着跟在摄制组后面，准备送励志书法去。

女主持人对着摄像机说："在胡麻营村133户建档立卡贫困户当中，还有31户在脱贫的路上。这些未脱贫户让驻村的干部时刻牵挂着。一个月前自治区文史馆通联处处长文关加入扶贫工作队,带来了文化扶贫的新思路,文史馆员送来了励志书法,胡麻营村脱贫路上,我们正在为您讲述……"

李聪明指着人们正要走进去的院子说:"为了说服她家危房改造,我一共来了20多趟。开始是坚决不同意,我带着工作队早晨去、中午去、晚上去,做工作,搞动员,终于同意了。现在村里90%的危房都完成了维修改造,就差十来户了,不愿意的原因各种各样。"

齐二强推开院门,送字的干部跟着镜头陆续走了进去。

女主人闫花花正好在,连忙说:"知道你们是给新房拍电视的,都进来,都进来。房子盖得挺好,镇政府和驻村干部给买的新家具,装修得跟城里的房子一样,过去娶媳妇都没住过这么好的房子。"

"那你当初咋还不愿意咧?"石英跟着问。

"哎,国家给了两万多,自己还要掏一部分,就想着是不是国家的标准每年都会提高,明年是不是就不需要自己出了,心里打着小九九,能拖一年是一年。"闫花花不好意思地对着镜头说。

沙打旺说:"危房改造明年6月份为限,倒排工期,必须按时完成。咱们这儿冬天不能干活,今年年底不盖房,就晚了。"

百嘎利也感慨道:"农民有了焕然一新的房子,日子才过得踏实啊。"

李聪明一回头:"哎呀你看看,都忘了正事,今天来干啥来了,不是盖房子来了,是百嘎利馆员给老百姓送书法来了。"

"闫花花,这是咱们自治区文史馆的馆员,是自治区的艺术家,为了咱们村能按时脱贫,挥毫泼墨,给每个贫困户写了一幅字,今天亲自上门送字,给你们家增添点文化气息,也给你打打气,勤劳致富,只要不每天吃老本,日子肯定一天比一天好。"说完李聪明赶紧把白嘎利馆员请到闫花花跟前。

百嘎利把带框的"勤能补拙"四个字端端正正放在闫花花手里,对着镜头合影,周围的人情不自禁地鼓起了掌。

闫花花家隔壁就是食堂大师傅马大姐家。

马大姐早都摩拳擦掌准备好了，把家里屋外打扫得利利索索。

马大姐说："作为贫困户，拖了大家后腿，我就千方百计地做点啥。在院子里种上点果树，果子一桶能卖80块；养了30多只扶贫鸡，每斤鸡蛋卖10块钱。驻村扶贫的干部隔三差五地来出谋划策，教我们咋致富、贷扶贫款，支持孩子在外面创业。"

马大姐边说边给在场的干部们鞠躬。

"没有扶贫干部帮，我们自己不行。"马大姐说着，眼泪吧嗒吧嗒地往下掉。

一个个鲜活生动的脱贫故事、平凡而令人崇敬的扶贫干部，感动着百嘎利，跟站在他身旁的文关感慨道："艺术家平时的创作可能更注意艺术语言、形式，容易脱离大众、脱离现实，这样就会落入为艺术而艺术的创作误区。脱贫攻坚是一个宏大的社会主题，会催生出一大批精品力作。今天我来送字，也是来学习和感受的。此时此刻看到和听到的激发了我创作的热情，我要继续为群众写字，写好字，写他们喜欢的字。"

百嘎利走上前，把一个"勤劳致富"放在眼泪汪汪的马大姐手上，马大姐抹抹眼泪转而露出笑容，嘴里不停地说着"谢谢"。

石英开玩笑地说："这个字是勤劳致富，字本身也是财富，自治区著名书法家的字卖了很值钱的。"

马大姐认真地说："我不卖，这是我家的传家宝。"说着，在墙上找了一个显眼的位置挂了起来，并且自豪地站在字框旁，示意可以拍照录像。

摄像机的红灯亮了，许多人同时用手机也拍了起来，并发到了朋友圈，一会儿工夫，全村都传开了。摄制组从马大姐家出来，一出门发现门口已经被里三层外三层地包围起来了，人们争着说"去我家吧"。

齐二强一个个念名字，陆续有人从百嘎利手里接过书法作品，道了谢后兴高采烈地拿着回了家。

文关说："领到书法的都别围着了，一会儿要拍大家看报纸，想上电视的赶紧去准备吧。"话音一落，大人孩子走了不少，去广场台阶上等着了。

最后一站是幸福院的毛仁家。毛仁正在给幸福院的老人挨家挨户送水。

幸福院有一口公用机井，但是幸福院都是七八十岁以上的老人，手脚不利索，每次打水都是问题。毛仁有个电动小三轮车，他自己在上面安置了一个塑料桶，从机井抽水灌满这个桶，谁家缺水了，就给谁家送水。

摄制组和众人到的时候，毛仁正忙着放水，百嘎利特意给他送去了一幅写着大大的"勤"字的书法作品，正在干活的毛仁手足无措，对着镜头说："再喝酒不做营生我就不是人。"

石英哭笑不得地说："谁叫你做检讨了？"

毛仁对着镜头重新挺直了腰板说："感谢政府对我的支持和帮助，享受了政府的低保，大病有救助。国家政策这么好，我不能坐吃山空，还要靠自己努力奋斗，让日子过得更好。"

镜头转向主持人，"但愿苍生俱温饱，不辞辛苦出山林。实现贫困人口如期脱贫，是我们党向全国人民作出的郑重承诺。为了按期脱贫，胡麻营村驻村工作队和村'两委'精准施策、对症下药、精准滴灌、靶向治疗。对那些有劳动能力的，通过扶持生产和就业帮助实现脱贫；对那些因病致贫、因病返贫的，通过医疗救助帮扶，做到一把钥匙开一把锁。"

背景里，幸福院的老人们冲着镜头微笑。

（三）

韩长命给沙打旺打电话，说读报要开始了，大家伙都等着拍呢，都等着急了。

摄制组到的时候，男男女女几十号人在村委会小广场的台阶上，坐了四五排，文关从宿舍里抱出一摞子报纸杂志，村"两委"和驻村扶贫的干部们每人都分了一沓子。

主持人示意发吧,然后对着镜头说:"随着美丽乡村建设,农民对文化生活的要求越来越高,他们盼望在村里设置一个读报角,这样可以及时了解城乡市场信息和国内外大事要情。"

镜头对准文关,文关说:"机关单位都订阅了党报党刊,有的还专门增订了《经济日报》《科技日报》和专业方面的杂志,但这些权威的报刊,一般都在办公桌上厚厚地摞着。用不了多长时间就原封不动地被当成废品卖掉了。我们把机关的报纸拿到村里,发给农民,让他们在农闲的时候阅读,这个看了那个看,有的拿回家做成了剪报收藏起来。"

女主持人说:"停。采访一个村民。"

"大叔你说说。"

大叔接过村干部发的报纸,边翻边说:"现在家家有电视,人人有手机,按理说哪里还有人读报看报?但实际情况是,手机上的信息不一定准确,报纸传播的是党和政府的大政方针,是真实可靠的信息。我们农民养成读报用报的好习惯,是当好新时代农民、实现乡村振兴的需要。"

女主持人说:"哎呀,说得真好,读报读出了水平。一遍过。"

又一位大爷跟着说:"把农民读报看作是为了获得信息,为农业生产服务,这也不完全对。农村现在也逐渐富裕起来了,和城里人一样,咱们也得要精神文化生活不是。"

上次那个被开玩笑不认识字的大娘说:"希望办报的、搞宣传的,多办我们想看的报纸,给我们订的报纸别压在村委会那个什么阅览室里,农民就是哪里方便就在哪里看,不习惯课堂看报,就喜欢个阴凉地儿。"

周围几个村民笑着说:"送你家炕头得了呗。"

说完,引来一片笑声。

舞蹈队的队长是村妇女主任杜小秀,她招呼着读报的大娘们给扭一段,说话间站起来十几个人,穿着花布衫,拿着扇子。

摄像师问女主持人:"拍吗?"

女主持人回答说:"拍。看到哪,拍到哪,回去都能用。"

一上午,广场上都很热闹,拍完读报差不多接近中午了。

8月末的太阳仍很毒辣,摄制组的人收拾着器材,但是台阶上的人们并没有散去,仍然悠闲地看着报,有几个大爷大娘转移到墙根和树荫下,但是没有离开那个范围。摄制组往食堂走,一步三回头,村民们还在互相交换着报纸看。后来陆陆续续有人走了,直到空无一人,女主持人走过去,没有发现 张丢弃的报纸。

李聪明正好跟在女主持人后面,说:"全县都知道胡麻营村老百姓读报的事了,有的人讥讽说是摆拍作秀。你们也看到了,为啥拍摄得这么顺利?为啥农民愿意配合?原因非常简单,那就是触及农民的切身利益,这是他们喜欢的事。如果说不符合农民的切身利益,农民是不会去配合的。人家不配合你,也照样种地过日子,对不对?"

女主持人坐在读报的台阶上,情不自禁地点着头,然后说:"读报这件事对我们电视工作者启发也很大,群众不愿意配合拍摄的事情遇到不少,可是我们忽略了从自身找原因,总以为群众不好意思,或者有为难情绪,其实本质是我们许多工作是否走了心。"

文关中午又没吃饭,听说相邻的三道洼村村民自筹搭建了一个阅读室,便带着沙打旺参观学习去了。

三道洼村的阅读室是由村里走出去的一位企业家投资建设的,可能是为了结实,材料是铁皮的。文关问老乡夏天热不热,冬天冷不冷?老乡都说又热又冷,开了窗户里面也是光线不好,白天黑夜都得点灯。

在回去的路上,文关对沙打旺说:"三道洼村搞这个阅读室的想法是好的。为啥村委会的阅览室就很少有人去,而这个铁皮房却满满当当的?还是我们工作用心不用心的问题,除了根据文件要求按部就班布置之外,所制定的实施方案毫无创意,缺乏针对性。以我的理解,这是没有厘清群众概念,没有明确谁是群众,以至于不能直面群众,勇于解决问题,与群众路线相差甚远,群众眼巴巴看着,心里都清楚咋回事。所以说,群众满不满意就是检验我们工作成效的尺子。""再好好调研调研，一定要科学合理地把事办好，钱想法子筹集。"

沙打旺惆怅地说："咱们村群众满意度一直上不去，不是工作没干，其实就如文处长说的跟工作用不用心有关系，工作目标是啥？考核标准一天一个样，贫困户的档案一天一个目录，重复工作，耗时费力，之前的一些工作没有相关资料，一些会议没有开，却要下功夫补充完善，还要标签化，干净整洁，镇里小商店的A4纸都卖光了，老百姓说我们是纸上扶贫，这还能有满意度？"

文关拍了拍沙打旺的肩膀，说："扶贫不是填表和算账，群众的满意度也不是被灌输出来的，是党员干部用情、用力践行初心使命提升出来的，数据真实可靠比数据繁多更管用。下午要录党员大会和村民代表大会的内容，咱们虚实结合。"

"咋个虚实结合？"

"该虚虚，该实实。"

（四）

拍摄之前，沙打旺给了文关一页纸，有关村里党员基本情况的统计。

35岁以下3名，占7.4%（均为流动党员）；

50岁以上的13名，占46.4%；

女性党员6名，占21.4%（4名流动党员）；

初中以下学历13名，占48.1%；

大专以上学历5名（3名流动党员）；

党龄30年以上的4名，占14.3%；

贫困户党员3人（均已脱贫）。

文关递给了女主持人，说："一共有28名党员，今天来了24名，有几个岁数特别大的没来。这个是党员的一些情况，你们参考参考。"

百嘎利在李聪明的陪同下，受邀列席。

石英已经接到了安谷禾，党日活动后与摄制组在经济林会合。

会议室的显示屏上打了"8月份党日活动"几个大字，按程序播放了国歌，重温入党誓词。交纳党费过程中，党员逐一排队郑重向齐二强交纳党费，郑春时填写党费收据单，郑重地递给党员们。

文关举着一份报纸说："这是上次大家交纳党费时的照片，我用手机拍的，投给了报社，第二天就刊发了。"

交完党费的党员陆续围过来，看着报纸说："这不是老李婆子嘛，交20块钱就上报纸了，老李婆子赚了。"

党员李大美也在，拿着报纸乐得直拍脑门。

女主持人叫摄像师赶紧过来，让李大美对着摄像机展示报纸上的她。

看着交头接耳的人们，齐二强赶紧站起来，说道："大家静静啊，咱们的活动还有内容，下面请李书记讲话。"

党员们各就各位，注视着李聪明。

李聪明意味深长地说："今天我也很受教育，实不相瞒，我的党费都是微信转账过去的，交党费就是手机屏幕手指一点，方便是方便了，但仪式感却少了很多，通过这次面对面交纳党费活动，触及了我的思想灵魂。为啥要现场交纳党费，就是强化党员的党性意识，一次一次提醒我们是有党员身份的人，我们的宗旨就是为人民服务，不为人民服务好，连交党费的资格都没有。回去后，我也告诉镇党委组织部门，向你们党支部学习。我是镇党委书记，带头落实好党的基本制度，进一步规范党的组织生活。"

百嘎利将特意留给村党支部一幅四尺整张的书法作品展开，送给齐二强，说："李书记讲得好，党员就得时刻提醒自己是名党员，始终不忘初心，坚定信心，你们许多党员都年事已高，但那也是新时代党员，革命人永远是年轻，在党一分钟也要担当60秒。现在，我把'幸福是奋斗出来的'这几个字送给你们党支部，多做实事，为群众造福，为党旗添彩。"

众人听完百嘎利的话，一起鼓起了掌。

下一个内容是拍摄村民代表大会，党员们有的是村民代表，留下继续开会，其他人开完党员大会后陆续离开了。

有一个年轻党员走到文关跟前介绍自己，说他叫李硬眼，是35岁以下党员，大专文化，在市里一家职业培训机构当助理，这次专门赶回来参加会议。听说村里最近有一些变化，来了一个自治区的处长为村民办实事，特意回来看看。自己在城里做成了一些事业，他和走出去的一群年轻人更关心家乡的发展，一心想回来创业，但又不知道从何处入手。逢年过节，他们都合伙出资为村里举办秧歌会、九曲黄河这些活动。赶上村委会换届选举，也报名参加，票数虽然靠前，但是不是常住户，人气弱了不少，还是落选了。希望文关指点一下，如何参与村集体经济的发展。

文关听完李硬眼的话，便问他："村里的人都在教育子女好好读书离开胡麻营，到大城市去，你如今走出去了，发展成职业经理人，为啥想要回到村里？"

"当然是感情，我要把没人种的土地种起来，把村民从土地中解放出来，让种植过程更加现代化、更加节约成本，在增加收入的同时，给村民更多的分红。胡麻营的年轻人都去了大城市，可心里装满乡愁，不是不爱家乡，是找不到机会和条件回村发展。"李硬眼对着文关说道。

"你想的我也想过，昨天我在村委会的广场上看村民晒红豆，一亩半地生产了400斤，每斤3块5毛钱，合计1400块，除去化肥、种子、地膜、人工等费用，每亩纯收入500块左右。辛辛苦苦一年，利润的比重这么低。"文关说道。

"这不是错觉，这是相当合理的，土地收成在过去很多年里并没有显著提高，按我们职业培训的话来讲，资本流向土地越来越少，劳动力就开始流向城市。现在想产量增加，仅仅靠劳动量增加不管用，必须与资本、技术、知识挂钩。如果村里建设食用油厂、杂粮厂，按需求指导农民耕种，建立供求关系，我愿意成立合作社做种植户，村里的人可以通过劳务和土地转包给我，获得收益。"

"小伙子,你的想法对路,回头咱俩细聊,有你的用武之地。"

女主持人这时喊:"下一个内容是村民代表大会,大家准备好了吗?"

齐二强带头说:"好了,好了,拍吧。"

(五)

会议由齐二强主持,他整了整衣服,等着主持人的指令。

女主持人对着镜头说:"要想不断改善村民的生产生活条件,实现走平坦路、住安全房、饮干净水、上卫生厕、度安乐年等,必须坚持党建引领,壮大集体经济,实现治理有效,实现共同富裕。今天胡麻营村的党员、村民代表齐聚一堂,讨论发展壮大村集体经济,一份《胡麻营食用油加工厂项目企划方案》,最终要通过代表表决上报。"

这时,摄像师将镜头转向了会议现场。

李聪明跟百嘎利小声说:"在农村,类似这样的会议经常举行。大事小事,村民一起参与决策,这是村民自治的法定要求。今天的会议是一个里程碑,胡麻营从建村那天开始,村集体经营性收入为零要被打破了。"

"那咱俩可是见证人,太荣幸了。"

"打破是打破了,但是也是从零开始,刚刚上路。"

此刻齐二强正在发言:"第一件事,就是大家都关心的村头广告牌的事,经过村委会和九龙泉旅游点沟通,可以出租给他们,每年15万,合同先签3年。同时,为了补偿我们下游水源不足对土地的影响,优先招录60岁以下的村民到旅游点打工,做保安、保洁、餐厅和客房的服务员,有水电暖技术的更优先,大家议一议看看行不行?"

话音一落,人群中炸开了锅。

一位村民站起来说:"人家都说咱胡麻营村是要山有山、要水有水,是端着金饭碗过着紧日子,再好的条件不经营起来也是个空壳子。要说村里的变化,还得感谢驻村工作队的后生们。这些年,各种各样的工作队咱们遇见过不少，但是跟咱们吃住在村里，为咱们大事小情操心的，这是独一份，今天村集体经济有收入也是第一次。我同意。"

"村集体没钱，说话话不灵，办事事不成，这回集体有钱了，45万，咱说话也有底气。"

齐二强也激动地说："咱们胡麻营人不呆不傻，也不缺少力气，能不能脱掉穷皮当富人？文处长跟我讲穷则思变，该变的一定要变，不变就没有出路。广告牌的事给我开了窍。"

"二强说到根子上了，这个事，全村都同意。"

"同意。"

"办吧，同意。"

文关看时候到了，招呼在会议室外面等候的九龙泉旅游点总经理进来，说，"既然大家都同意，今天就签出租合同。还有一个企业帮扶招用务工农民劳动合同"。

"好，好。"

齐二强和总经理互换签字，握手合影。会议室爆发出雷鸣般的掌声。

齐二强示意大家安静，说："还有一个《胡麻营食用油加工厂项目企划方案》，上次开会大家都审议了，我们又征求了镇领导的意见，这次大家正式表决，同意我们就上报。"

"靠人不如靠自己，同意，同意"，一个喊得比一个有劲。

齐二强转头看着李聪明，意思是领导能否再肯定肯定，鼓励鼓励。

李聪明领会了齐二强的意思，站起来说："我不是村民代表，也不是村委会干部，今天是列席了你们的会议。可以说，今天你们为胡麻营发展集体经济开了个好头，你们高兴，我也高兴，下一步镇里号召其他村向你们学习，遇事多想办法，没有解不开的难题，争取让每个村都能拿到村集体经济的第一桶金。"

说完会议室里立马响起一片掌声。摄制组的人也跟着鼓起掌来。

村民代表轮流在会议记录本上签字按手印，摄像机特写了手写的动作和笔迹。

石英打来电话说，安谷禾一行人快到经济林了。

女主持人说："这边拍完了，我们赶紧走。"

安谷禾和文关虽然第一次见面，但之前打过好几次电话，所以谈得很投机，可以说是一见如故。

大家在经济林里里外外走了好几趟，摄像师跟着爬上爬下，也是沾了一裤子土。

安谷禾跟石英说："荒草丛生，有的比树苗都高，果树死了1/5了，确实需要建设网围栏，除草，必要时补苗，然后专人管理或者转包出去。头3年浇足水、修剪好，这些有保障才可能挂果。"

随行的一位工作人员也说，经济林的管护和销售是个大问题。管护不好，果子质量不理想，订单就有限。现在是一窝蜂搞经济林，钱花完了，后续跟不上，也是形式主义的一种。

"没错，要走农业供给侧，符合市场需求，不能总搞朋友帮忙的订单，那不长远。"文关边拍打着衣服上的土边说。

石英想了想说："眼下就是着急保住苗，后续我们想办法转包出去。"

"我倒是有个主意，你们看这么办行不行？"

安谷禾话音一落，众人立马围了过来。

女主持人说："稍等，这段画面是重点，大家站在果树丛中谈工作"，然后示意摄像师开始。

安谷禾说："一来呢，今年的资金计划已经下拨完了，追加不太可能。现在正做明年的预算，我们这次看完回去开个会，争取给你们计划30万的经济林管护费。我们跟县里财政也打好招呼，专项专用，到时候我们还要督查资金的使用情况。二来呢，眼下网围栏必须先建设起来，否则苗就没了。我们推荐几个经济林种植公司，你们竞争性磋商，看看哪家愿意垫付把活先干了，你们以镇政府的名义跟人家把合同签好，约定明年专项经费一到再支付。"

文关立刻握住安谷禾的手，激动地说："只要经费有着落，一定能找到想做的公司，8000棵果树就保住了。"

石英说："这个事我请示，列入镇党委会议研究，如果可以的话，我们镇里和种植公司签合同，明年的计划款拨付到镇里后，我们直接把钱付了。不用村里上会了，村里负责经营管理，出效益。"

这时女主持人说，需要安排一个经济林未来规划的采访。大家推荐文关讲一讲。

文关站到果树丛中。

"开始。"

"充分利用林地资源和林下空间，探索林地+种养+农户生产经营模式，推动长、中、短期灵活配置，构建林、果、蔬立体种植，实现果林旅游、康养、文旅产业融合。"

女主持人说："讲得很好，能否具体点？"

"举个例子吧，果树可以结果，刚刚栽下的一般也要等3年。这3年不能白白浪费，林下也是可利用的，家禽养殖、蔬菜种植，等等。几年后果树有规模了，生态旅游也就可以规划了。再往后如果对外承包10年以上，那植物工厂与康养农业就可以融合发展，这是一种新型的设施农业。不过，先实现有效管护，这些规划才能实现。"

女主持人点着头，差不多明白了，说："这里面学问大了。"

安谷禾说："文处长是我遇到的最懂林业经济的外行人。"

"也是最懂农民的城里人。"石英接住说道。

一行人有说有笑，坐车离开经济林直奔村委会。

（六）

胡麻营山梁沟峁间，果园、林地、农田、牧场错落有致。

在村委会广场上，百嘎利拿出来一沓子四尺整张的书法作品，共计10

张，李聪明帮着摆在一起。

文关跟百嘎利介绍了安谷禾，说："这次专门为给我们解决经济林的事来的，现在基本有着落了，村里又会有一个集体经济项目落地。您的那几幅榜书，就是给安副局长的。"

安谷禾说："我们把这些字裱起来放在会议室，提振党员干部的精气神。"

"人不负青山，青山定不负人。你们为老百姓办实事，老百姓祖祖辈辈都感激你们。"百嘎利握着安谷禾的双手说。

这时，女主持人对大家说："我们要单独采访一下安副局长。"

摄制组的人给安谷禾搬来一把椅子，放到村委会的小广场上，背景是农民晒杂粮的劳动场景。

安谷禾对着镜头说道："生态补偿脱贫是市林业建设规模最大、投入最多、惠民最广的生态工程和民心工程，我们会继续实施好公益林生态效益补偿、退耕还林和生态护林员政策，巩固做实经济林，大力发展林下经济，让困难群众走上不砍树也能致富、不出山也能致富的绿色可持续发展道路，把生态文明创建成果更多地惠及广大人民群众。"

安谷禾接受完采访完就急匆匆走了，说晚上还有会。

接下来的顺序是沙打旺、齐二强、石英、李聪明，依次坐在那把椅子上，对着镜头，和女主持人一问一答。

石英录完后，走近文关说："今天的内容没有游客接待中心，文处长是不是另外有打算？"

文关看着正在拍摄的李聪明，若有所思地说："石镇长，那次咱俩对撞了一下，你可别介意，我这人心直口快，想到哪说到哪，对事不对人。你想听听我的真心话吗？"

"唉，实不相瞒，不仅仅是咱俩对撞，镇里的干部背后也都议论过。不怪干部们说，这些年来镇里调研蹲点的干部不少，哪有几个坐得住、点得准的，所以也拿你当镀金的了。但是我老石和你碰了一下，有火花。"

"那好，我就直说了，游客接待中心不可行。理想很丰满，现实很一般。建议你们跟县里打报告，调整项目。"

石英眼睛一下子睁圆了，说道："这是县里开会定下来的，刘副书记联镇包村，特意争取来的项目资金，给咱们吃的偏饭啊。"

"从我来的第一天晚上，我就感到胡麻营村是不平静的。"

"文处长扑下身子，沉到村里，不是蜻蜓点水，也不是三天打鱼两天晒网，用心、用情、用力干工作，打破了胡麻营村，甚至咱们镇几十年踟蹰不前的平静，这大伙心里都跟明镜一样。"

"哈哈，咱俩说的不是一个事儿。我是说你如果住在村委会，到了半夜，G7和105国道的车流声就会嗡嗡地传过来。有一天凌晨两点多，我特意去了趟游客接待中心那块儿地，车流声已经不是嗡嗡的，而是隆隆的了。如果不安静，你是游客你会留下吗？"

石英恍然大悟，直拍脑门，然后在原地踱着步。

文关开玩笑地说："可不能拍脑袋做决策啊。"

这时，女主持人示意文关可以进行录制了。

采访结束的李聪明走了过来，说："看石镇长愁苦的，有啥事了吧？"

文关笑着说道："他脑袋疼，你帮他开开窍。"

女主持人对着镜头说："胡麻营村是全县的重点贫困村，村上原本没有什么集体资产，再加上劳动力缺乏，发展村集体经济的难度较大。但今天胡麻营村集体经济实现了零的突破，大家都说是自治区来的处长让他们开了窍，文处长能跟大家说说是什么窍门吗？"

文关有意瞄了一眼李聪明和石英，两个人正在一起拍脑门。

文关调整姿势和情绪，对着镜头说道："窍门就是虚实结合。一方面务虚是必要的。驻村工作队干部、村干部和群众广泛接触，深入田间地头了解民情村情，对全村的自然条件、人口、土地、困难户、劳动力构成、家庭经济收入、精神面貌、思想观念、难点热点问题等情况进行了全面的调查分析，填报各种数据，力求真实、精准，这个务虚必须有。另一方面，要实事求是。在将政策落实到位的过程中，扶贫干部直接面对问题，界定哪些群众不满意的问题是必须优先解决的，哪些是可以在长期工作中解决的，哪些是不需要政策直接干预就能解决的，哪些干脆就是不能干，必须调整思路的。总之，贫困不能假定为零，必须把精准情况抓在手里，让脱贫率真实上升，与全面建成小康社会齐头并进。"

录完后，文关向李聪明和石英那边走过去。

只见女主持人对着镜头说道："在胡麻营村脱贫路上，我们深切地感受到，要如期实现脱贫目标，关键在党，关键在人。干部作风要更加务实，工作方法要更加有效，推进力度要更加有力，老百姓才能有实实在在的获得感，人民群众才会真心认可和满意。群众的满意度不是被灌输出来的，是党员干部用情、用力践行初心使命提升出来的。"

当天拍摄结束后，摄制组和百嘎利一起回了首府。而摄制组还要在第二天来拍摄康拉弟的两个孩子。

临走时，女主持人说他们的节目是由福彩公益金赞助的，每期可以选择一两个弱势群体或个人提供资助。

文关他们一下子明白了女主持人的意思并表示了感激之情。

这时，齐二强提醒道："孩子们平时都在学校吃住，不在家。"

"那明天去学校拍。"

"好，我跟学校打个招呼。"

女主持人说："学校不用特意准备，不打扰正常教学，我们真实拍摄。"

"好的，好的。"

"拍完孩子，我们下午再去康拉弟家和刘喜顺家。"

"好的，好的。"

送走摄制组和百嘎利，郑春时开着车来了，一下车就兴高采烈地跟在场的人说胡麻营商标注册受理了。

文关笑着说："你小子下手够快的，成功抢注了。"

（七）

文关招呼郑春时到宿舍详细说。

大家跟着一起进了屋。

李聪明说："春时啊，你咋知道村里能包给你？"

郑春时笑嘻嘻地说："商标是我的了，谁想用我的商标，就得出钱。"

"以前还闹不清楚商标为何物，一下子知道抢注商标了，齐二强你咋还让他抢了去，这胡麻营是你的嘛。"石英边说边摸出烟盒，递给齐二强一支烟。

"春时为村委会申请办理，没通过，但春时的合作社申请就行了。"齐二强羡慕地看着得意扬扬的郑春时。

文关解释说："南方有几个省区几年前开始了集体产权制度改革试点，村委会成立了股份制经济合作社，具备了注册商标的主体资格，咱们也得快。现在引导农民树立商标意识是对的，创建一个品牌，激活一家企业，带动一片产业，好的商标能够带动更多的农民发家致富。"

李聪明说："看来真是时不我待。老石啊，今晚咱们开个党委会，把集体经济的这几件事议一议，邀请文处长列席。"

镇党委会是晚上7点召开的，议了几件事之后，办公室主任刘冠军打电话邀请文关列席，文关从村里赶过来。

文关进去的时候李聪明正在发言，他冲着文关打手势，示意他这边有留好的座位。

石英让刘冠军把镇里报请县里请款的方案印发给与会人员。

李聪明接着说："胡麻营村民主要从事种植业和养殖业，还有通过外出务工增加点收入，这些年来集体经济没有发展起来。村里现有耕地还是传统种植，产出来的玉米、葵花子、大豆、杂粮、大葱等基本上是以加工原材料方式出售，收益不高。村里人也有生产胡麻油的，品质、安全卫生等估计都不达标，当然也就没有生产许可证。但是，胡麻营村建油厂的基础好，全镇各村都有种植胡麻自己榨油的习惯，而且有上百年的历史，据文处长请专家查证，1906年就有胡麻营了。所以，为进一步打好脱贫攻坚战，发展村集体经济项目，结合咱们当地农民耕作方式、耕作习惯，还有种植资源优势这些实际情况，请示食用油加工厂立项。项目的计划请石镇长跟大家通报一下，大家讨论。"

石英拿出一沓纸，调整了一下顺序说："根据建设食用油加工厂的需要，本项目计划使用厂房、原料库、成品库和办公区等，在东沟村杂粮厂院内选址，并进行水电安装和装修，同时采购滤油机、榨油机、精炼机、空压机、提升机、液压榨油机、半自动灌装机、半自动封盖机等生产设备和用具。"

所有人都瞪大眼睛认真听着。

石英见没反应，继续说："根据项目建设内容和当前物料市场价进行估算，本项目设备预计投资人民币52万元，厂房建设80万元，购原料、产品包装等流动资金30万元。为扎实推进该项目的顺利开展，胡麻营食用油加工项目成立项目管理工作组。工作组共5名成员，其中组长1名、管理人员4名，办公室设在镇扶贫办。组长石英，管理人员文关、沙打旺、齐二强、郑春时。工作组落实镇党委、政府对该项目的实施意见，负责项目的日常工作，办理项目所需的营业执照、卫生许可证等相关证件。项目效益分析和利润分配，大家手头的方案里都有，年利润预计50万元左右。农牧民合作社经营，租金每年8万元起。请党委会研究。"

会场的人都在看手头的材料，鸦雀无声。

李聪明和石英对视了一眼，都扭头看文关，李聪明往文关跟前凑了凑，小声说："文处长再给讲讲吧。"

文关清了清嗓子，说道："大家心里可能都在犯嘀咕，项目可行吗？我有三个分析，大家可以参考。一是'胡麻营'3个字有地理品牌潜在性，具有天然的市场认可度倾向。二是植物油销售主要根据消费市场的需求，提供给各大超市、食堂等，北京帮扶支持我们在北京及南方拓展市场。当然我们根据销售形势建设市、县级别的直营店。三是我们先投入一条生产线，根据经营情况决定是否继续投入。这其中，我们要确保产品质量，加强与消费者的沟通，不断扩大消费群体，加快资金周转，实现我们的预期利润。厂子建成后，邀请上级扶贫办领导参观指导，邀请采购商现场观摩，争取促成订单。还有，就像张小五说的，把油厂办成企事业单位和学校的实训基地，我们在建设时候专门留出参观体验通道。"

文关环顾四周，发现大家已经抬起了头，但似乎欲言又止。

"油厂和我们一个大院，能不能把我们杂粮厂也带活了？"东沟村包联的副镇长第一个说话了。

包联南沟村的副镇长也跟着说："文处长帮我们的豆腐厂也策划一下，每天2000块，卖不动了，眼看着坏了。"

"我们也有个豆腐厂。"黑坡村包联的副镇长说。

会场突然热闹起来，只有包联西沟村的镇党委副书记李成立低着头，一言不发。包联北沟村的镇人大主席霍双喜碰了一下李成立说："你咋不请教请教？"

李成立说："我们想办一个养鸡场，也缺钱，这次党委会优先考虑胡麻营，我赞成。鸡场的事再论证论证，俗话说家财万贯，带毛的不算，碰上点瘟病，说没就没了。"

"你们的经济林咋办？"李成立反问霍双喜。

"能咋办？包出去两次，都没坚持住，秋天果子掉了一地，赔钱走人了。关键是销路啊。"

文关和石英这时候都看向了李聪明。

李聪明清了清嗓子拍了拍手说："走题了，走题了，言归正传，咱们今天讨论的是胡麻营油厂，不是鸡场、豆腐厂、经济林、杂粮厂。"

"看着胡麻营有起色，我们还没有起色，跟着着急啊。"不知谁嘟囔了一句。

"哪有起色，你们同意不同意才能决定有没有起色。"

会场上，人们七嘴八舌地说："这个方案符合实情"，"同意"，"胡麻营给我们打个样。"

"既然大家都同意，就这么定了，明天办公室跟进会议纪要，向县里请示，争取经费。"李聪明说。

石英补充道："北京合作支持的经费不少，关键是缺少好项目，许多项目为了要钱凑合着往上报，县里说钱可以给，但绩效不少于5%，结果要钱的没几个了，而且还有往回退的。"

会场又一次鸦雀无声。

文关打破尴尬，说："胡麻营的事解决了，我退席，大家辛苦了。"

与会的镇领导纷纷和文关挥手告别。

会议继续进行，持续到12点多才结束。

（八）

第二天早上，石英给文关打来电话，说今天不能陪同摄制组了，他要去县里跑油厂费用的事。

摄制组如约到了学校，文关和校长、班主任张老师一直在门口等候。

孩子们都在上课，校长提议先去孩子们的宿舍看看。

校长边走边介绍："一共有70多个孩子，情况各不相同，有的父母离异了，有的父母在外打工，孩子跟着爷爷奶奶或姥姥姥爷生活，还有的患有不同程度的疾病。这就是康拉弟小女儿的床铺，大女儿上初中了，在另外一间宿舍。"

白色床单中间印着一圈字"红云镇中心小学"，被子叠得方方正正。小学生不是上下铺，可能考虑不安全。床底下放着脸盆，牙杯和牙刷都朝一个方向摆着，每个人还有一个物品柜，屋子里没有其他杂物。文关说："这跟我们当兵的时候差不多，很规整。"

校长说:"孩子们虽然年纪不大,但是生活都能自理,老师就是负责指导,高年级的孩子帮助低年级的孩子,洗澡、洗衣服都是孩子们自己做。洗床单被罩之类的有洗衣机,老师从旁协助。康拉弟的小女儿学习还是不错的,大女儿因为要经常回去照看父亲,所以学习上耽误了不少,还一度想辍学,我们给找回来了,并安排老师利用空闲时间补课,不能让她年轻轻的就没了未来。"

这时候,下课铃声响了,不一会儿班主任张老师把康拉弟的两个女儿带了过来。女主持人说让小女儿整理一下床铺,大女儿帮着叠衣服,两个女孩子互相照顾。摄像机开始拍她俩的日常。

张老师说:"小女儿挺懂事,每次考试都在班级前几名,由于长年不在父母身边,有时候会感觉很孤独。她比一般孩子敏感心细。有一次,她因为马虎做错一道题,我批评她说你父亲供你上学不容易,要好好学习,长大了孝敬他。小女儿听后很难过,悄悄给我递了张纸条,说以后一定认真学习,长大了赚很多钱,把爸爸卖出去的羊都买回来。我看了以后心里别提多难受了。"

围观的同学越来越多,有说有笑的。到了上课的时候,摄像机又跟着小女儿去了教室,校长悄悄跟老师说了几句话,摄像师在教室里来来回回拍了几分钟,给小女儿拍了几个特写。

大女儿没走,女主持人问她在家的时候姐妹俩忙些啥?她说帮爸爸喂羊,现在没有羊了,就帮爸爸做饭、做家务。

校长也适时鼓励她说:"一定要坚持把学上好,将来考个好大学,有份好工作。现在辍学回家,打工也难了,没文化苦一辈子。"大女儿只是低着头点头回应着,其他什么也不说。校长说:"回去上课吧,一会儿电视台还要去你家看你爸。"

校长也很苦恼,说:"衣食住行其实都还凑合,关键是陪伴和亲情的缺失,将来等她们长大了,会有'亲情饥渴',比如内心封闭、行为孤僻、缺乏交流的主动性,或是脾气暴躁、冲动易怒,极易产生心理失衡、道德失范等倾向。北沟村的一个学生，今年13岁，五年级了，因为父母离异，与爷爷奶奶相依为命，后来奶奶去世了，爷爷也80多岁，孩子还要经常回家给爷爷做饭，来回走两个小时路，那么小的孩子，眼神里充满了忧郁。"

张老师说："孩子们最难熬的其实是晚上，这时候容易思念亲人。学校也尽量安排一点业余活动，但是缺乏新意，吸引不了多少孩子。我们也去市里的学校学习过，城里的资源太好了，但我们没有那个环境啊。比如，我们也想带孩子去听一场音乐会，但这对于我们来说几乎是天方夜谭。"

文关摸着下巴说："村里没有乐团，但是我们可以请乐团来。"

校长、张老师和女主持人都愣住了，定定地瞅着文关。

文关说："音乐会也是文化下基层的一种方式，我搞个策划案，联系你们学校党支部和自治区歌舞剧院爱乐乐团党支部，结对文化帮扶，或许能成。希望有一个好的活动方式，让孩子们能听到真正的交响乐。"

女主持人当即说："到时候联系我们，这是一个好选题，我们还拍。"

"没问题。"

摄像师回来了，女主持人说："咱们先去康拉弟家，回来的路上拍一下刘喜顺，今晚住在学校，明天回。"

（九）

康拉弟得知电视台要来拍，提前写了一封感谢信，上面写着自己离异，带着两个女儿生活不易，好心人张小五和公益人士帮助了他。

的确，康拉弟每天的吃药钱是笔巨大的开支，虽然在新一轮的识别中被确定为建档立卡贫困户和低保户，但是人的士气大减。

康拉弟一步一大喘，带着摄制组看了空羊圈，指着远处的地摇摇头，意思是地也撂荒种不动了。摄像机都将这些记录了下来。

女主持人问："怎么一直没见到孩子妈妈？"

康拉弟摆摆手说："孩儿妈去城里了"，说完就往屋里走。

文关悄悄跟女主持人说了些什么，后来的采访没再谈这个话题。

在屋子里拍摄的时候，康拉弟把自己的药拿出来，在炕上铺开，告诉女主持人每天的药费几十块打不住，有几种药是医保不报销的。

女主持人告诉康拉弟："我们争取福彩公益金资助两个孩子，每个人4000元，共计8000元，用于支付孩子在学校的食宿费用等。这样就可以缓解家庭的支出，省出钱买药。再加上爱心人士的帮助，渡过难关没啥问题。病好了日子就有奔头了。"

从康拉弟家出来，一行人到刘喜顺家，一路上大家没怎么说话，天气也阴沉沉的。

见到刘喜顺的那一刻，感觉天空突然放晴了一般。

刘喜顺也拿来一页纸，不是感谢信，说是村主任给他的，大家围着一看，是县里拟命名表彰"脱贫光荣之星"候选人名单的公示，大概内容是：县委宣传部、县妇联和县扶贫办联合开展2019年度"全县脱贫光荣之星"评选活动，历经宣传员、推荐上报、评审等程序后，评定出全县脱贫光荣之星15户。为增强评选活动的透明度，确保评选质量，现将候选人名单进行公示。按乡镇排序，刘喜顺排在第五位。

刘喜顺说："谢谢你，文处长，把我的材料写得那么好。"文关说："你是名副其实的脱贫光荣之星，是你做得好，我们都向你学习。好了，今天咱先不说这个，电视台的摄制组来拍摄，咱们先配合好。"

这时，女主持人接住话，说道："咱们就拍日常生活吧，每天都干些啥，我们摄像老师跟拍。"

刘喜顺一拐一拐地走在前面，映入眼帘的是一栋标准化羊舍和一座草棚，"咩咩咩"的羊叫声此起彼伏，刘喜顺开始忙着给羊喂草，膘肥体壮的羊正悠闲地咀嚼着饲草，一股子膻气把女主持人熏得直捂鼻子，鞋上也粘了不少羊粪蛋蛋。

过了一会儿，女主持人似乎对羊圈的味道习惯了，对着摄像机说："从贫困户奋斗成养殖大户、致富能人，从土坯房搬到亮堂的砖瓦房，从养十几只羊到养几百只羊，这就是只有一条腿的贫困户刘喜顺。"背景是刘喜顺正在喂羊。

"我家的这些变化离不开党的好政策，现在靠养牛养羊收入稳定了，日子越过越有盼头。下一步我还要加把劲儿，继续扩大牛群羊群，让日子过得更红火，和大家一起奔小康。"因为普通话不好，刘喜顺对着镜头录了好几遍，有好几个词还是女主持人纠正的。

接着是加工饲料，赶着羊群去河边饮水、回羊圈，刘喜顺是名副其实的"头羊"，他走到哪，羊就跟到哪。

拍摄很顺利，一行人回到村委会，吃过饭后返回学校，差不多7点多了。

孩子们正在值宿老师的指导下写家信。老师说，可以写给任何一个想念的人，如果没有他的地址，就写好存起来，将来知道地址再邮寄。

为了轻松一点，孩子们坐在马扎上，以床铺为桌。女主持人拿起一页，问小朋友可以读一段吗？孩子大方地说："可以呀，电视播出了，如果我妈妈能看到就好了。"

"肯定会看到的，阿姨拍的电视是通过卫星播出的，全世界都能看到。"

孩子的眼睛亮了，咧嘴笑了起来。

"那你开始读，读给妈妈听。"然后女主持人示意摄像机拍。

每个双休日爷爷骑着三轮车来接我，到了家，先帮爷爷奶奶做点家务，喂喂鸡呀、羊啊。我还帮着奶奶洗衣服，可是我力气不够，总是拧不动。奶奶说长大以后就有力气了。我盼着盼着，自己能够快点长大，可以去许多地方，也可以去看爸爸妈妈。老师说，做家庭作业不懂的可以问家长，可是爷爷奶奶都不识字，不能辅导我，所以我的作业经常做不好。多亏了我的老师，他知道我的情况后，告诉我双休日遇到不懂的打电话问，所以你们不用担心我，什么都挺好的，办法总比问题多。

爸爸妈妈，我好想你们。常常和你们在梦中相遇，我拽着你们的胳膊不让你们离开，可你们却狠狠地掰开我的手，很快地消失得无影无踪了。

我知道你们外出打工是为了我们，但我还是忍不住想你们，盼着你们快回来。祝爸爸、妈妈身体健康，万事如意。

女主持人含着眼泪说："你的爸爸妈妈一定会看到、听到的，许多爸爸妈妈也会看到、听到的。"

孩子们都看着女主持人，脸上笑眯眯的。

校长跟女主持人说，接下来该洗脚了。

"洗脚，一起洗脚吗？"

"对，晚上临睡前泡泡脚，可以放松心情，对身体也有好处。老师们组织大家一起洗，否则，有的洗，有的不洗。"

"洗脚脚睡觉觉喽！"一声令下，孩子们端着盆先去接凉水，然后兑上热水，回到宿舍，坐在马扎上，脚放进盆里。看着孩子们开心的笑脸，女主持人轻松了很多。

摄像师跟着端着洗脚盆的孩子们，一路跟拍，有时候还把摄像机放下，帮助低年级的小朋友接水。

晚上9点半，准时熄灯睡觉。

摄像师在宿舍外，对着一个个窗户，直到灯光都消失了。

几天后，女主持人打来电话告诉文关，节目正在编辑，9月23日播出，全国可看，20分钟。其中，孩子那段她看哭了好几次，那么小的身影，什么都自己干，看看城里的孩子，弹钢琴、吃肯德基、看电影、玩电脑，老师和家长那里一点儿委屈都不能有。她计划专门做一期反映农村孩子的片子，题目就叫《同一片蓝天下》。

文关问："那咱们这个片子的题目叫啥了？"

女主持人说，拟定了好几个题目，哪个都不贴切，最后就叫《胡麻营村脱贫路上》。这一路，没有轰轰烈烈的壮举，种种经历，所见所闻，点点滴滴汇聚成不可多得的人生财富。这一路，干部群众从烈日高阳里走来，从深秋隆冬里走来，付出与坚守就是为了脱贫摘帽的那一刻。

文关把片子的信息，在村民读报的时候告诉了大家，村里的人翘首以盼。时常有人来村委会问啥时候播？齐二强每次都告诉大家，提前会告诉大家的，放心吧，误不了，并表示他自己也着急地想看咧。

在脱贫攻坚战打响前，胡麻营村里干群关系、党群关系很微妙，你当你的干部，我谋我的生计，彼此有关又无关。干部在村里工作嗓门不大都不行，你不吼几嗓子，没有人听你的。脱贫攻坚一起攻坚克难，干群心与心之间的距离就近了，虽然满意度还不尽如人意，但是也赢得了前所未有的信任，尤其是以村集体经济为纽带，贫困户和非贫困户参加集体活动积极多了，各项工作也变得较为容易开展了。

文关伸了伸懒腰，感觉快来大活儿了。

对，油厂。

第四卷

建油厂

　　胡麻营村的干部群众对发展新型农村集体经济胸有成竹，对未来充满美好的向往，脱贫摘帽不是终点，而是新起点，胡麻营村不但要成为脱贫村，还要成为真正的幸福村。当然，设法让集体经济获得长足发展及保持连贯性，需要勇气和担当，更需要打破砂锅问到底的精神。

（一）

脱贫验收的时间越来越近，县里成立贫困村出列核实工作督导小组，由县里的各个职能部门组成，不打招呼随时督查，主要是看看还遗漏了哪些问题导致不能清零。

督导组到红云镇才联系了石英，说这次随机抽取的是胡麻营村，石英、沙打旺和齐二强等人一路陪同，被抽查的村民现场回答了督导组的问询，督导组将这些一一记录，最后在村委会会议上集中反馈。

驻村干部、村"两委"干部和石英将反馈的问题都记了下来。

"房屋需要危房改造的抓紧时间按鉴定意见落实，比如村民李占富的房子正在盖，我们跟他谈话，他为啥说盖了新房老房子也不能拆？这可不行，危房坚决不能住，你们后期得把工作做好，咱们自己是督查，上级脱贫考核那是一票否决。"督导组组长首先发言道。

石英说："李占富的情况有点特殊，我们安排了专门的干部，思想工作慢慢渗透，只是需要时间，但一定能处理好。"

"时间不等人，这次的问题我们还要回头看，我们的小本本可是记着了。"

石英转头对沙打旺他们说："你们几个表表态。"

沙打旺赶紧站起来说："李占富就听石榴的，石榴说明天拆，他就能。"

督导组组长疑惑地看着石英。

石英说："李占富不配合危房改造，赌着气好几年没出院了，帮扶干部石榴跟他说通了，终于同意危房改造。李占富不属于贪心不足的那种人，明白啥是自己的，啥不属于自己，估计就是老房子住惯了，舍不得。"

"不管你们使啥招儿，危房改造一个都不能少。这个事，就这样，下面说说医保。有部分村民拒交医保费,有的干部为了推责,说让拒保人写说明,表明是自愿放弃的,这说明咱们工作没做好,老百姓才对新农合不认可。大家想想,国家补贴完自己才交100多块钱,怎么会交不起。这里面的问题可能是深层次的。"

齐二强的头低着,石英扭头看他,问:"村里有没有反映这方面问题的?"

齐二强说:"有一户村民反映过,看了病报销不了,查了一下说没交医保费。可村民说交了,还有村委会雷勇强开的收据。我问雷勇强,他说自己忘了交。后来村委会出具了证明,到县里医保局补交了。"

石英让齐二强再查查,看看还有没有类似的情况?齐二强表示开完会立刻就办。

督导组组长说:"这个问题别的地方发生过,有的干部被举报,还被纪委查过。不是一次两次了,才提醒你们主动排查化解类似风险。还有就是慢性病问题,大家都挺为难,许多村民有诊断书没有住院病历,无法纳入慢性病补贴体系。这个问题不单是你们村,全县统一解决,近期组成鉴定组现场办公,诊断书也在认定范围内,这是个好消息。"

大家都点头。

"吃水方面的问题,还有4户村民距离水井过远,我们住建局的同志也调研过,计划给你们挖井,每口井补贴3000元。住建局的同志说20米肯定能挖出水,有的老百姓担心将来水位下降,想打个三四十米,每米成本200—300元,超过部分村民自己负担,这也是符合规定的,一定要做好解释工作,不要懒得解释闹成矛盾。"

督导组另外一位干部说:"我们路过小胡麻营的时候,有不少村民拎着桶在水渠里接水喝,不少牲畜也在那儿饮水。"

齐二强解释说:"那儿有个泉眼,一年四季哗哗地冒水,不少城里人路过还灌上几桶。"

督导组干部解释道,那不是泉水,是浅层地下水,水质和村里的地下水一样。牲畜可以饮用，村民就不要再去了，那个冒水的管子人畜共用，卫生安全没有保障。

齐二强还要补充。石英摆摆手说："二强，就按督导组说的办，立个牌子，告诉大家这不是矿泉水，不要迷信啥啥功能。"

督导组组长问："教育方面，不存在辍学问题吧？"

石英胸有成竹地说："村民康拉弟的孩子辍学了两次，大人病了把孩子给拖累了，文处长来了之后，联系了一位企业家跟孩子结成对子帮扶，村里给他哥安排了公益岗，哥俩一起住有个照应，孩子又回学校了。"

"文处长？是不是自治区文化厅来的那个？"

"文史馆。"石英说。

"我在县里也听说了，带村民看病，在老百姓中的口碑挺好。"

石英问齐二强："文处长去哪里了？"

齐二强说早上吃饭时候说要去看看毛仁，这会儿估计在幸福院。不知道督导组上午来，这会儿正往回返。

督导组组长说："代我们督导组问个好。"

话音刚落门开了，文关走了进来。

石英站起来说："说曹操，曹操就到。"

督导组组长猜出来这就是文关，起身迎过去两人握了握手。文关又与督导组其他干部微笑示意。

大家落座后，督导组组长又接着说："其他方面，比如电视频道、通电、交通、手机信号都还不错。九龙泉旅游点这次我们没去，但是过去一直有村民反映旅游点截流导致下游农田缺水，不知道这个问题是不是还在反映？"

文关说："解决了，旅游点承包了村里的擎大柱广告牌，并优先雇用村里的富余劳动力，上周签了合同。"

"哦？怎么突然疙瘩就解开了？"

齐二强说："文处长带着我去了一趟，然后谈好了。"

督导组组长说:"这么说,你们的集体经济收入也解决了,这也是我们督导组最后要问的问题。"

齐二强语气坚定地说:"解决了,每年15万,先签了3年的合同。"

"看来,文处长的故事还很多啊。"

石英说:"我们还向县里报请了一个建设胡麻油加工厂的项目,这几天县里将召开扶贫领导小组工作会研究,听领导的口气应该问题不大,我们也有信心。"

"这也是文处长主导的吧?"

文关说:"我提出一些想法,正好契合村里、镇里的打算,大家一起谋划,村委会研究,镇党委会通过的。"

督导组组长说:"全县唯一的一个正处级驻村队员就在你们镇,红云镇可是吃了偏饭咧。文处长从上面来,眼界开阔,我们多向文处长学习请教,咱们县好多事基础都是好的,就是缺乏破题的勇气和主意啊。"

石英说:"破题油厂这个事,给胡麻营乃至红云镇都刺激了一下,大家能想通实属不易,呈请督导组回去推动推动,关心关注胡麻营品牌,这是我们镇第一个商标,这个头要是开好了,我们红云镇破题的勇气和决心就更大了。"

"一定,我们回去在材料里将这个作为一个实例反映一下。"

督导组一行人走出会议室时,组长回头问文关:"文处长平时住在哪里?"

文关说:"就住村主任办公室。"

石英说:"我们跟文处长说,可以去镇政府宿舍住,还有食堂,很方便。但是文处长一次都没去过。"

督导组组长走到会议室隔壁的村主任办公室,见文关的被子如同豆腐块,书桌上满满一排书,还有一盏台灯,情不自禁地说:"我也当过兵,这床被子在普通人眼里也许是一种形状,其实它代表着雷打不动的决心和意志,胡麻营终究要出彩,等着瞧吧,就凭这个。"

督导组走后,有人问文关什么被子能叠成豆腐块?

"什么被子都能。"

文关想了想又说:"自从会叠这个被子,一辈子就再没遇到过困难。"

石英站在被子前看了半天。

(二)

刘一森给文关打电话,询问毛仁的恢复情况。

"好着咧,啥都能干了,就是包饺子分不开手指头。"

文关给刘一森发了一段手机录制的视频,视频里毛仁笑嘻嘻地将双手举过头顶,又背着手走了一圈,抡了抡胳膊,文关用手机对准毛仁的手背,伸缩,展平,动作慢但都可以完成。

"行,可以做手术了,我安排好时间后,告诉你们,需要住院一周。"

关了视频之后,文关又去了幸福院,跟毛仁说:"村里可能要建油厂,如果你不喝酒了,不偷懒了,病好了我就推荐你去当保安。但是,村里人都说你改不了喝酒的坏毛病。"

毛仁立刻脸红脖子粗地说:"文处长,我敢当着全村人的面发誓。"

"先把病彻底治好,看你的表现咱们再定。刘大夫通知时间了,我就开车带你继续看病。"说完,文关转身走了。

毛仁在后面喊:"我敢当全村人的面发誓!"

文关同身笑着挥手告别。

村委会广场,石英和沙打旺、齐二强正说着什么。

文关走过去,石英笑着递过来一支烟。

"吸烟有助于思考?"

几个人哈哈大笑,边走边抽。

"有话直说。"文关看着石英说。

"油厂项目批下来了。"

文关握紧拳头，做奋斗状。

石英说："谁的孩子谁养，油厂的承包人，想听听文处长的意见。"

文关瞅瞅齐二强说："村里还有没有想承包的人？"

"如果每年租金三四万还有几个人想承包，但咱们油厂投入130多万，租金提高到了每年8万，目前就只有郑春时了。"

"郑春时找过我，挺有决心，还把商标注册了。"文关说。

"郑春时也找过我和李书记。李书记说他有过一次劣迹，3个月的刑事拘留，担心他做事莽撞。"石英紧接着说道。

文关露出疑惑的表情。

齐二强解释道："他在村里搞养殖合作社，超占了村里的一块荒地，村里没说什么，反正也没人用，但那块地恰好规划的是林地，林业局让他赶紧拆了地上物，但他自己刻了一个村委会公章伪造证明材料，骗取土地管理部门核发了土地使用证。林业局报了案，郑春时为此被刑事拘留，关了3个月。"

"这是啥时候的事？"

"前年的事。"

"我记得咱们国家的村民委员会组织法里没有规定受过刑事处罚的人不可以承包经营集体经济。"

石英说："我们按程序办，村委会向全体村民发布油厂对外承包信息，依法确定承包人。"

文关看着石英问道："专门跑一趟，就为这事儿？"

"记得咱俩第一次斗嘴那回不……之后我一直想和文处长聊聊。咱们镇，包括县里的其他乡镇，集体经济这一块是弱项，应该是我们认识的问题。"

文关风趣地说："那次你可是组团来的，我单枪匹马，不公平啊。"

石英摇着头笑，然后说："当时大家都说文处长是为了政绩、升迁，头痛医头，脚痛医脚，没有把心思放在脱贫上，到村里走走形式而已，我们多多少少出现了点急躁的对抗情绪。"

"能理解，不少驻村干部来的时候满腔热忱、雄心勃勃，可是真正身临其境时，就发现远非想象中那么简单。有些干部可能将脱贫攻坚视为短期行为，产生求功心切、速战速决的心理，搞出来的事欠考虑，基层难免有负面的反应。"

沙打旺说："咱们镇上的几个村子，集体豆腐厂、养鸡场、蔬菜大棚、果园都不止一两个，钱投了，但是没挣上钱。村民说是干部定的，干部说村民代表大会研究的，互相也吵架呢。"

"挣钱了，啥也不说，光顾着高兴了。不挣钱，都是别人的错。"石英抽着烟边思考边说道。

文关说："吵架不是坏事，也是沟通的方式。我就不怕吵架，吵出结果总比躺平不干强，我和石镇长就是不吵不相识嘛。"

石英严肃地说："那可不是吵架，这分明是红红脸、出出汗、扯扯袖嘛。"

文关笑着看着石英说道："既然说到目前的集体经济，不妨就扯扯袖、提提醒。咱们镇豆腐厂、杂粮厂、农家乐、生态旅游，起起伏伏，生生死死，原因在于没有发展的概念和品牌，产品要在市场中有定义、有定位，符合市场标准，不能随大流，这样才能占有一席之地，有前途。冲动投了钱，没人购买就希望政府买单，或者请求领导用政府行为去推销，这些思想和行为都会影响基层一些干部的行动。我听说每年秋天，镇长、书记还帮着村里推销大葱。"

"大葱丰收了，卖葱就成了一个大问题。担心这个问题影响农民的当年收入，所以镇干部每人分领卖大葱的任务，我和李聪明各一万斤，后来有人说我们镇政府成了卖葱的政府，属于不务正业。"

文关说："政府和市场的关系必须得搞准，市场应该在资源配置中起决定作用，而不是书记镇长说了算，否则，就不是市场经济了。"

石英给文关递了一支烟，文关自然地接过来。

"还有就是人的问题。所有的事业，都是人干出来的。没有人的发展，就没有事业的发展。脱贫攻坚关键在干部，脱贫攻坚没有回头路。好干部，就要有担当，有使命，解放思想，实事求是，科学发展，为人民谋福祉，实现群众对美好生活的向往。啥叫赖干部，就是群众绕着你走，没有群众也就没有事业可做。咱们的干部眼睛里要有群众，群众的所有小事都当成大事办。比如毛仁这个事，按理评残也很正常，但是我们的干部如果再关注、关心一点，就能把他从残疾人变成正常人，挽救了他的一条胳膊，就是挽救了他的一辈子，也就成全了他们一家人的幸福。"

文关磕磕烟灰继续说。

"实事求是，永远不过时。所以要征求群众的意见，时刻让他们说句心里话，说真话办真事，少做无用功。比如说那个脱贫档案。真正的脱贫是不需要档案佐证的，眼见为实。你看看现在，我们让很多干部拿出精力夜以继日做档案、算账，好像老百姓脱贫是写出来、算出来的，得出的结果让群众按手印打分，会有高分吗？老百姓心中有杆秤，好赖心里跟明镜一样，党群关系肯定不是算出来的。"

"以后文处长的烟不能断了，边抽边讲，字字是金。"石英幽默地说道。

（三）

县里扶贫工作领导小组会议如期召开，各乡镇的主要领导都参加。主持会议的是县委副书记刘宏远。

研究红云镇发展胡麻营品牌、建设食用油加工厂事项的时候，财政局局长说，红云镇这个项目是新增的，目前财政扶贫资金没有成块的，个别乡镇有退回的项目两三个，每个项目都是二三十万元，一时还凑不够。

刘宏远说："石英你说说，为啥要建厂？如果可行，大家想办法。"

石英说："胡麻油是一种高级油，长期食用有抗衰老、美容、健体、健脑的功效,还有生毛发、生肌长肉、止痛、杀虫、消肿、下热毒作用。总之,男人吃了好,女人吃了也好,老人和孩子吃了更好。"

人们听了笑声一片。

刘宏远说:"高级不高级的咱不知道,但是胡麻油咱们吃了一辈子,名气不如花生油、大豆油响亮,但是炸糕、拌馅、烙饼、炒鸡蛋、制点心,胡麻油就是上品,过去老人说胡麻油是月子油、聪明油,吃了孩子长得好,长大都能考上好大学。石英说,男人、女人吃了也好,那就是全都好呗。"

会议室一下子轻松了起来。

"刘副书记说得对,咱们镇村村户户祖祖辈辈都种胡麻,胡麻是咱们的优势种植作物,但是多年来一直是简单加工,虽然色泽鲜艳,味道浓郁,但是由于缺乏生产许可和品牌优势,主要在咱们当地自产自销。"石英说道。

会场的人频频点头。

"目前,各个乡镇的集体经济里还没有这样的企业。我们现在的加工模式主要是村民的个体油坊,这就从根本上制约了胡麻的产业化发展,形不成规模效益。个体油坊加工的油品难以升级上档,让味香、色纯、品质优良的胡麻资源因加工工艺落后及加工上存在的其他问题不能形成产业发展。农民沿用传统种植模式,优良品种的品质潜力得不到发挥,创不出优质名牌产品,市场竞争力不强,优质优价无法体现。"

"石镇长说得有道理,村里的油看着红红的,味道也香香的,但是你要去作坊看一眼就不敢买了。生产环境缺乏规范管理啊。"说话的是县委组织部部长严鹏。

严鹏接着说:"那你们这个企业将来有哪些先进的生产环节?"

石英说:"比如,脱胶,让热水冲洗油脂,充分搅拌并静置沉淀出树胶和蛋白质。中和,或脱氧,用氢氧化钠或者碳酸钠处理油,去除游离脂肪酸、磷脂、色素和蜡。漂白,去除不好看的颜色,用硅藻土、活性炭、活性土去除不良色泽。脱蜡，或者防冻，提高油脂透明性，降低温度，去除析出固体物。除臭，通过高温高压蒸汽蒸发掉不稳定的可能导致不正常的气味和口感的化合物。防腐，添加防腐剂以利于油脂保持稳定。"

会场的人都静静听着。

"胡麻营村不仅有赵长城，而且还有榨油传统，经常有人问我，胡麻营的油是不是很好？我说当然好，'胡麻营'3个字1906年就有了，这是老祖宗给我们留下的油，正儿八经的'文化油'。前不久，我们注册了商标'胡麻营'，提出兴建食用油加工企业，测算了一下投入不算大，加工效益还是比较高的，所以准备建设胡麻营村第一个集体经济实体。当然，发展集体经济我们有过许多教训，现有的集体经济还没有实现给村民福利和分红，显然，没有定义产品和进行供给侧研究，有这样的结果是注定的。在市场上，消费者的动机、消费者的认识和购买行为是一个完整的链条，只有准确定义产品，让产品在市场中更有概念力，符合供给侧才可以推动循环。总之，越是贫困，越要理性测算，把钱花到刀刃上。"

"石镇长是有备而来啊，功课做得这么深。"刘宏远点评说道。

"村里的发展、老百姓的生活在我们心里比金子还重要，如何把中央、自治区、市里及县里的各项惠民政策落到实处，我们年年都在谋划，年年都在找出路，千方百计在土里刨食、土里刨金，终于刨出个油厂，这将是我们的第一桶金。"石英激动地说道。

"还有个建议，整合几个乡镇退回的项目资金给胡麻营村，不够的再争取一些北京帮扶资金。"财政局局长说。

刘宏远环视会场，问大家还有什么好建议，提出来一起商量。

"资金我们全部支持吧。"大家扭头看去，原来是北京市朝阳区在县里挂职副县长的常占茂。

北京和自治区的合作由来已久。1996年党中央、国务院作出开展东西扶贫协作的重大决策，两地建立对口帮扶关系，作为对口帮扶的一项重要举措，北京开始选派干部到自治区挂职，两年一轮换，全力支持脱贫攻坚、促进两地交流合作。常占茂到自治区挂职之前是北京市朝阳区春明街道办事处的副主任。

常占茂说:"油厂选址正好在杂粮厂厂区,杂粮厂的资金也是我们街道办事处对口帮扶的资金,两个项目在一个院子,方便我们跟踪效益。产品出来后,我们找专家策划,争取进入北京和南方市场。"

石英情不自禁地起身给常占茂鞠了一个躬。

常占茂说:"这笔资金是年度帮扶经费之外的,我们可把宝押在胡麻营村了。"

刘宏远对常占茂说:"北京市朝阳区对我们县给予了全方位的帮扶和支持,特别是春明街道办事处,不断地深化协作方式助力脱贫,在人、财、物上给予了最大的支持,可以说有求必应,同时把发达地区的先进理念带进了我们县经济社会发展的方方面面,将深情厚谊带进了千家万户,许多工作做到了干部群众的心坎上,北京和我们越走越亲啊。"

在场的人边听边不住地点着头。

刘宏远开玩笑地说:"石英,厂子建好了,出油了,可别忘了大家伙啊。"

石英又站起来,向大家鞠躬,说:"必须的。"

会议一结束,石英就给文关打电话报喜。

文关说他想抽烟了。

石英告诉他:"等我半小时。"

(四)

村委会发布了油厂承包告示,告示里明确说明优先本村农牧民合作社。

其他4个村级合作社没有出来竞争,所以,郑春时的合作社最终和村委会签约成功,一时间郑春时成了村里的热点人物,有人见着他都开始喊

"郑总"了。

县里要求每个村的合作社不少于5个，所以为完成指标出现了"空壳社""挂牌社""家庭社"，还有"僵尸社"。即便是郑春时的合作社也存在内部法务文件不清、责权不清这些问题。文关在这段时间做了一个调查，在选择何种方式销售农产品时，57.5%的农民选择成立合作社一起卖，40.4%的选择有人帮我卖，2.1%的选择自己卖。从销售途径选择上来说，合作社仍是农民的首选。文关认识到发挥新型农业经营主体的辐射带动作用，将小农户融入农业产业链，还需要多重机制发挥作用，如用奖补的方式激励成效显著的合作社，在一定范围内组织人们到经营好的合作社参观见学，用绩效考核去除"空壳社""僵尸社"等，把"僵尸资产"盘活，转变为可以产生效益的经营性资产，培育出村集体经济发展的新动能，这不仅仅是胡麻营村要做的事。

村妇女主任杜小秀也有一个合作社，但是很久都没有经营痕迹了，十分期待能把合作社搞活，便来找文关也给她出出主意。

文关听完杜小秀的话琢磨了一会儿说："油厂建起来之后，还需要配套产品，比如每年要购买5万元以上的包装桶，1升的、2升的、5升的；还需要用于外包装的纸箱，成立这样的公司就与油厂形成了产业联盟。不过，购买吹瓶机和纸箱机也需要一定的投入，还有就是技术工人必须熟练，你琢磨琢磨。"

见杜小秀犹豫，文关又说："我还有一个想法，从村里到旅游点这条旅游公路，县里每年花十几万雇人对公路进行保洁，但是经过村子的这段公路上牲口的粪便仍随处可见，特别是冬天天气冷，粪便冻结在路面上，车走到哪都颠得咯噔咯噔的，夏天游客随手扔的垃圾也不能及时清理。县里领导每次来旅游点调研，都点名批评这条路的卫生状况差。花十几万用于维护，效果依然不好，是因为做不到经常维护。我那天从旅游点回来的路上就在想，如果我们合作社购买县里这条公路的保洁服务，行不行？与贫困户建立利益联结机制，不仅能激活合作社，还能发挥带贫模式作用，优先贫困户受益,岂不两全其美。"

杜小秀激动地说:"这个可行,这个可行!"

文关说:"这是我的想法,你可以写个购买服务的请示,附带一个公路保洁维护方案,报镇里,同意后报县里批复。我不敢保证最后能成,但是试一试总归是有益的。合作社的服务项目,可以去增设、变更,把物业服务加进去,未雨绸缪。"

杜小秀一拍手,说她立刻就去办,转身便急匆匆走了。

而此刻的石英正打电话催着县里加速政府采购程序,因为设备大概20天能到,放下电话他又开着车直奔市质监局,见到了分管副局长牟大年,沟通获得生产许可证的必备条件。

牟大年说:"软件上,比如企业法人营业执照、产品的检验报告,以及环保、卫生证明等估计都没啥问题。关键是硬件,生产场所规划要符合食用油企业的条件,厂房设计合理,不同性质的场所能满足各自的生产要求。厂区道路要采用便于清洗的混凝土、沥青及其他硬质材料铺设,防止积水和尘土飞扬。厂房与设施还要严格防止鼠、蝇及其他害虫。"

说着牟大年拿出一张图,对石英讲:"这是个参考的图例,通用,你们把这个图例拿给厂房的建设企业,他们一看就懂。一定要盯仔细,原料库、成品库、加工车间、废料库等都要与生活区分开。筛选设备、破碎设备、软化设备、轧胚设备、蒸炒设备、压榨设备、剥壳设备、离心分离设备和精炼设备,还有储油罐等辅助设备,相互间也都要有距离和分隔,尺寸也是有规定的,不是自己想咋放就咋放。"

石英"哦哦"地应着,心里感叹着"这里面门道太多了,幸亏来了一趟"。

牟大年说:"其实也不复杂,干哪行说哪行,上了手就懂了。你们建好,产品通过检验之后,递交'生产许可证申请表'就行了。我们积极支持脱贫攻坚,申请之前可以提前告知我们,我们现场看一看,做初审,哪里不周到,咱们完善,争取一步到位,早见效益。"

石英感谢了牟大年后,立即回到镇里,找到李聪明,把牟大年提到的有关车间建筑、车间结构及预处理、压榨、浸出、精炼设备的规范布局等方面的要求说了一遍。

"你看着落实就行,既然春时定下承包,环节的工作让他参与进来,主动跑一跑。"

石英感觉李聪明兴致不高,注意力不在这,平时不怎么抽烟的人此时叼着一支烟,眼睛时不时地往窗外看。石英见状便对李聪明说还有点其他事就走了。

办公室主任刘冠军对石英说:"上午您不在,县纪委来了工作组,找李书记谈话了。"

"啥情况?"

"具体的不清楚,工作组谈完就走了,李书记在办公室一直没出来。"

(五)

9月23日这天晚上,电视台准时播出了《胡麻营村脱贫路上》,时长20分钟。胡麻营全村男女老少早早吃完饭在电视机前坐等,读报的墙根下一个人也没有。红云镇的其他村村民也听说了,跟着扎堆收看。

片头是用许多精彩的瞬间组成,一帧一帧地快速闪过,画外音是来采访的那位女主持人配的,大概意思是说村里来了驻村工作队,关心着胡麻营村的父老乡亲和一草一木。村里还有脱贫之星,身残志坚,鼓舞了其他贫困户。自治区党委组织部又给驻村工作队选派了新生力量,带来了新方法、新思路。

镜头从高处俯拍胡麻营村全貌,渐渐拉近,落在一个走进村委会的人身上,沙打旺、齐二强和韩长命一见来了人,热情接待。

此刻配上了女主持人的画外音:"刘喜顺是胡麻营村建档立卡贫困户,是驻村工作队的主要帮助对象,如今在产业扶贫和无息贷款的帮助下,刘喜顺家有了 20 多头牛、500 多只羊。好干部、好政策让刘喜顺更加信心满满，通过勤劳致富，两年间年收入 30 万元以上，从贫困户变成了富裕户。"村委会会议室里，村干部和驻村工作队的干部，你看看我，我看看你，喜笑颜开得合不拢嘴。

此时的李聪明也在办公室里收看，电视机里的镜头来回切换。

石英对着镜头说："通过走访、帮扶，群众的思想逐步和咱们政府、干部靠近了。"

画面切到沙打旺："没脱贫的加大力度让他脱贫。"

画面切到李聪明："摸清致贫原因，发展的产业项目才能确立得更精准。"

画面切到齐二强："脱了贫的咱们继续巩固。"

画面切到韩长命："争当贫困户的思想逐步消除了。"

画面又切回沙打旺："有劳动能力的买点儿大的牲畜，一头牛咱们就补 3000 元。"

画面又切给李聪明："人们都争当脱贫户，就像刚才那个刘喜顺，就是全县的脱贫之星。"

李聪明对着电视机目不转睛，但脑子里不全是胡麻营，时而还会闪过东沟村那片荒地。两年前他们那届班子为了给镇里增收，委托旺城城镇投资有限公司与红云镇东沟村签订《土地征收协议》，征收村集体土地 1125 亩，其中基本农田 240 亩，这块地土地利用总体规划为限制建设区，但是多年荒在那里可惜了，企业把征地补偿款已发放到村民手里。部分村民上访投诉了这件事，好歹企业未实施推填土，土地仍保持原状。市国土局立案调查，认定红云镇政府属于非法批准征收土地行为，宣布红云镇政府非法批准征收土地的相关文件无效，责成镇政府解除旺城城镇投资有限公司与村民小组签订的《土地征收补偿协议》。更让李聪明愁苦的是，信访人反映他被企业围猎，收受好处，所以配合企业非法征收了土地。县纪委已经调查了将近两年，来镇里找他谈话，到县纪委约谈，已经不下七八次了。每来一次，镇政府里就沸沸扬扬的。

石英是去年从县委办公室副主任提任过来的，对此事一知半解，又不方便深问。当时的班子后来都调整走了，留任的只李聪明一个人。

李聪明知道责任追究是肯定的，但是怎么追究，追究到什么程度，要等县纪委的最后结论。在这期间，李聪明时常溜号，开会发言常常跑题。有几次石英碰碰他胳膊，愣神的李聪明才知道该他发言了。

电视机的画面从李聪明切到张小五，她正在会议室和村干部研究建设胡麻营食用油加工厂的事。

张小五说："咱们要按日常消费习惯，植物油以胡麻油和葵花籽油为主打产品。按市场供销情况和品牌能力，有计划地生产冷榨的亚麻籽油。同时，要重视产品感官营销设计，在生产区域设计参观路线，允许消费者随时体验生产过程。真正的广告是消费者的认同，让生产的过程成为传播资源的过程。"

齐二强的画面："以前听也没听过，今天感触很深，思路慢慢贯通了。"

这时，文关的画面出现了，"企业家成熟的机制我们参考借鉴，结合我们村子的实际情况，会少走很多弯路。"

接下来的画面是党员现场交纳党费、村民代表大会举手表决同意建设胡麻油加工厂、村民读报、送励志书法、签订广告牌合同、经济林的规划、留守儿童的在校生活等，村里人都看得津津有味。其中康拉弟的画面下面出现一行字，福彩公益金通过本片资助康拉弟人民币3万元，两个孩子每人4000元住校生活补贴，引起一片叫好声。

片子的最后是一首歌，歌中唱道：

　　那天一起走进那个村庄

　　那里有我儿时记忆遐想

　　贫穷渐行渐远飘过时光

　　希望像旋律一样在这徜徉……

李聪明起身走到镇政府的大院里,望着东沟村的方向。

李聪明是个有性格、有脾气的人,喜怒形于色,爱恶现于言,快言快语,不问对方能否接受。石英却是性格内向,讨论问题、研究工作时,遇到不中听的话时常纹丝不动,发言掷地有声,很少随大流。

常言道"君子不羞当面"。两个人性格上的差异,一些本来比较正常的话却被传来传去,结果变了味。

秋天的晚上,镇里已经不是凉丝丝了,而是有些寒气了。李聪明无意间搓了搓手,发现一支烟直接夹在他的手指上。

是石英,一旁的刘冠军给李聪明披上了一件外套。

李聪明握住石英的手,说:"谢谢你,老石。"

(六)

早上文关去发报纸的时候,发现来的人格外多,人们有说有笑地聊着昨晚的电视节目,离老远就能听到笑声,有几个腿脚好的老汉紧走两步,接过文关的报纸给大家发。

"人齐了,就开会。"有人嚷嚷着说,大伙跟着笑哈哈。

见文关到了,有个老汉说:"这些日子你在胡麻营做的这些事,我们都发自内心地感激。村里人都是朴实地道的农民,可能不善表达,今天我代表大家伙正式跟你说声谢谢。"

"谢谢,谢谢。"

文关说:"镇干部、村干部和我都把胡麻营当自己家了,希望咱们村变得更美,老百姓的日子更红火。"

"文处长从那么远的地方来到我们村,就是为了帮助人家过好日子咧,日子过得好不好,就像做衣服,面子做得再好,也得里子衬着,对咱庄稼人来说,人家帮助咱,咱自己也要勤快、不偷懒。"

见村民们你一言我一语地说开了,文关微笑着看了看大家伙,然后直奔油厂的工地。

工地已经动工好几天了，正在浇灌地基，郑春时手里拿着图纸跟施工的工人一处处地查看着。见文关来了，郑春时交代好工人注意事项就小跑了过来。

"电视也上了，能不能经得起考验，就看春时你的了。"文关拍了拍郑春时的肩膀说道。

"放心，文处长，加班加点，早点出油，一定让老乡们见到一级胡麻油。"

文关叮嘱郑春时，天气逐渐转凉，盯着工期，按时完成。

郑春时说："咱们厂房采用的是新型钢结构设计，安装方便，易于改建，户内空间可多方案分割。基础打好后，结构上的板材都是在工厂加工好，然后到咱们厂子安装的，11月之前，都可以，毕竟没有水泥沙子被冻的问题。最关键的是，钢结构房屋采用新型节能环保建筑材料，替代了黏土砖等落后产品，减少了沙、石、灰用量，环保又省钱，寿命可达90年以上，成本可降低5%。"

"咱们也是响应乡村振兴战略和美丽乡村建设的倡议，积极应用现代化建造方式，建设绿色环保的厂房，将来把油厂和前面杂粮厂的厂房都染成各种颜色，变成村里的一道风景。"

"想想文处长说的场景，就充满了干劲儿。"

"一定要按照石镇长给你的厂房规划设置方案进行，那是能不能获得生产许可证的硬杠杠，质监局要现场核验的。制油的设备已经完成政府采购，正在河南配套，厂房设置完成后，设备就起运。"文关对郑春时说道。

文关从油厂出来又去了镇政府。

李聪明的办公室门紧紧关着，文关敲了敲门，没人答应，转把手一推开了，李聪明抬头看到文关，很惊讶，但没有说话。文关感觉李聪明一下子不认识自己了一样，而且十分紧张。

文关说："是我"。

"哦哦",李聪明答应着,似乎如梦方醒。

"我去了油厂工地,盯一下工期,郑春时在,小伙子挺有精气神,对油厂的未来挺有信心。"

李聪明用双手擦了擦脸说:"我在红云镇18年了,每个村每家人都看得清楚,郑春时肯干,目前也是最佳人选,现在他也如愿承包了油厂。起初,有南方的企业想承包,价格甚至比他还高一些,让我劝退了,我们优先培育自己的乡村企业家,这样更有带动作用。对于郑春时,还得经常敲打他,思想深处还有些私心杂念,对于那块荒地,他还是没有放弃,执迷不悟。"

文关说没听郑春时聊过。

李聪明说:"他不和你聊,知道你不管这事,但是找我和石英好几次了,让镇里出具一个证明,重新确认使用权。还给我拿过东西,让我退回去了。村里的人就是这样,如果让他离开土地,他会慌了神,觉得生活空虚了,哪怕这片土地没什么收成。他们对土地的依赖其实是一种很难说清的情感,几千年,根深蒂固了。文处长能理解不?"

"能理解。土地牵动着农民的心,什么时候调动了农民的积极性,激发了农民对土地的感情,什么时候农业和农村就快速发展;反之,农业和农村的发展就会停滞,甚至退步。"

"对。"

"有时候,我们也是希望农村快速发展,农民增收过上更好的日子,但是操之过急也不行,还得依法办事啊。"李聪明摇着头说。

文关想李聪明这是怎么了,多愁善感的。平日里,可是敢在全镇干部大会上把桌子敲得砰砰直响的人,几十号人鸦雀无声,直直地望着主席台,都不敢转移目光。

"李书记你是太累了,多注意休息,这阵子上级督查工作比较多,忙过了回家看看。"

文关走的时候,见李聪明叼上了一支烟,他知道李聪明是不怎么吸烟的。

石英正在办公室接待一位村民，文关坐下来示意继续。

"我叫李二娃，二级残疾，申请了低保到现在还没批，村干部说给报了，没批就得问镇政府，我就来找镇长来了。"

"大爷，你有没有别的补助？"

"还有个直补。"

"哦，明白了，您这是有了直补，每年3000多块呢，那就不能两样都占，低保肯定不能办了。看您的情况，如果办了低保也是B类或C类，不比直补多。"

"哦，不能两样都办了？"

"不能，只能占一种，金额差不多。"

"哦哦，那就行了，国家对咱们挺照顾，也没亏了咱，问问清楚托底了就行了。"大爷起身慢悠悠地走了。

"大爷下次来，直接去民政所大厅就行了。"

文关竖起大拇指说："有耐心的好镇长。"

"每天就这些事，镇长就是直接面对群众的，躲也躲不开，这就是本职工作。"

"我去工地看过了，进度正常。接下来，我找人设计包装，同步进行，第一炮必须在元旦炸响。"

石英笑着说："我已经跟其他乡镇和县里有关单位提前说了，胡麻营品牌一级胡麻油即将隆重上市，到时候尝尝鲜，不香不要钱。有几个乡镇的驻村干部也是自治区有关单位的，他们也会积极向工会推荐，购买扶贫产品。卖出去1万桶，盈利差不多就是10万块钱，2万桶就是20万，3万桶就是……

文关跟着笑，"你把油厂当成钞票厂了吧。"

两个人笑成一团。

石英给文关递上一支烟。

"又要启发我？你啊，也关心关心李聪明吧，他也抽上烟了。"

石英琢磨了一下说："是东沟村那片地的事。前不久县里印发了土地管理规定行为责任追究办法，看看最后咋定吧。"

文关似乎明白了一些。

（七）

为设计"胡麻营"商标植物油的包装，文关决定拜访两个人。

一个是馆员苏素。文关记得距离上次去苏素家做客，差不多过去小半年了。那是一次采写访问，他们聊了整整一个下午。当聊到书法艺术追求创新时，苏素的教诲令文关受益终身。苏素说不断丰富书法艺术基础理论是十分必要的，但是创新不是新奇怪，而是把握自我，静中求变。所谓把握自我，就是优秀传统文化对书法的基本认识不能丢；所谓变，就是在继承基础上的创新，不失平和，不能空中楼阁，更不能空穴来风。

与苏素的一席谈论，让文关受益匪浅。其间，文关用相机给他拍了几张照片，至今还挂在苏素家里。

这次文关去苏素家也是事先约好的，邀请他为扶贫产品胡麻油题写"胡麻营"品牌商标。苏素曾是自治区书法家协会主席，在业界威望其高。听闻为村集体经济题字，苏素二话不说，提笔就写，一股脑写了4遍，挑选最好的一幅送给了文关。

苏素风趣地说："等产品出来了，只要油桶不要油。为脱贫攻坚尽一份力，留个纪念，是这辈子的幸事啊。"

"3个字会改变许多农民朋友的生活，您通过爱心、人文关怀和村民们彼此连接，哪能不品尝一下他们幸福的味道，到时候我给您买两桶。"

"无功不受禄，今后为农民服务的事随时吩咐，保证随叫随到。"

文关知道苏素写的这3个字不仅能驱动利润，而且能鼓励多个利益相关者——顾客、经销商、关心民生的干部群众，他们青睐着"胡麻营"的文化底蕴，继而通过有意义的购买和推广，促成民生福祉的改变。

告别前，苏素还提议，挖掘胡麻营村的文化故事，通过讲故事开展产品特色经营。

文关拜访的第二个人是出版社的徐特。

馆员每年出版书或画册，基本都是徐特担任美编。文关跟徐特说这次不是馆员出画册，而是村里扶贫产品要包装，请求帮个忙，但没有费用。

徐特豪爽地说："没问题，不要费用，坐在办公室里动动电脑也能为老百姓脱贫做点贡献，求之不得。这应该是美术+扶贫。"

文关说："这就是文化扶贫，以美扶智。"

徐特认真阅读了文关准备的素材，建议植物油桶包装纸以金黄色为主调，这样会显得油汪汪的。正面突出苏素题写的"胡麻营"3个字，并配有他的印章。配图是刘喜顺手捧胡麻籽的特写，通过"县级脱贫之星"的标识字样，让消费者对油的真实性更加信赖。

背面有一段文字描述，县志记载，清光绪三十二年（1906年）便有了"胡麻营"村。因该村有食用油加工的传统，故在乡镇区划命名时，定名为"胡麻营"村。

在差异性设计方面，注明如"每一次购买都是对脱贫攻坚的支持"，让消费者了解产品差异性在哪里，带动消费者的消费意识。在产品诚信设计方面，用行书体写"不仅是胡麻油，而且是100%胡麻油"，强调食物的原来形态。同时，在包装桶标记提供原料的农户基本信息，通过扫码可以对原料进行溯源，并联系到种植人。

听完徐特的一番话，文关感慨地说："行家一出手就知有没有啊。"

此次行程，还有一个任务，受自治区团委的邀请为500多名西部志愿者进行一次以脱贫攻坚为主要内容的培训。这实际是一次互动的课，文关准备的题目是《坚决打赢脱贫攻坚硬仗中的硬仗》。主办方说，本来想请一个教授，但是学生们要听来自基层的声音，这对于他们深入西部基层有直接参考价值，同时还可以咨询一些具体问题。

扶贫办推荐了文关。

文关结合胡麻营村的实际脱稿讲了两个多小时,这些事已经烂熟于心,中间没有休息,但是有许多掌声。

结束后,有两个志愿者问文关,他们听说基层有许多懒汉,有劳动能力但不愿意劳动,就凭政策兜底混日子。

文关说,胡麻营村也有,他为此还进行了专门调查。全村老年人、重度残疾人、因病致贫及无劳动能力的户别中享受低保的有300多人,直补的有70多人,五保户有30多人,享受残疾人补贴的有9人。贫困户中的一多半被列入了低保,占贫困人口的54.6%。这些属于丧失劳动能力的人,不是懒人。

"那有没有懒人户呢?不可否认的是,在村里低保政策客观上确实存在'养懒人'现象,甚至引起了部分非低保户的不满。当然,为了避免造成误伤,我走访了五保户李柱子和低保户毛仁。孤身一人的李柱子60多岁,智力和听力不正常,没有积蓄和所谓的财产,且岁数大了劳动力消退,那他的养老权不应再受制约和挑战,所以他享受五保户兜底政策,没有问题。换个角度,假如是你们,到了60岁以上不劳动了,是'偷懒'吗?再说毛仁,40多岁。经营过小饭店,种过地,有妻子和两个女儿。但毛仁因为喝醉酒烫伤,看病花光了家里钱,媳妇是先天性残疾,全家吃了低保。脱贫期间,国家有改造危房的配套资金,但他依然交不起自筹部分而搬进了幸福院。如果将其归为'懒人'不予低保,那他的两个孩子的教育权和患有残疾的妻子的健康权,就会脱离基础保障,那么毛仁一家是不是应该有享受低保的社会资格?

"这些问题,你们到基层都会遇到,希望你们勤于调研,具体问题具体分析,特别是在发展产业时要实事求是,因地制宜,老百姓最怕劳民伤财的事。"

临行前,文关跟现场的人说:"志愿服务期间的体会我们随时可以打电话、微信交流,你们还可以参加国务院参事室举办的费孝通田野调查,为国家提供农业农村发展方面的对策建议。希望我们在田野相遇。"

掌声。

（八）

临近国庆节的某一天，县里要求各乡镇在同一时间召开脱贫攻坚推进会。

刘宏远作为联镇包村领导参加了红云镇的会议。会议是镇长石英主持的，各村"两委"和驻村工作队干部都参加。会议首先传达了市委常委会和县委常委扩大会议精神，对红云镇清零后梳理出的问题一一提出对策和落实时限。

其中，有一个要求，就是所有村干部和扶贫干部取消双休日，严格请销假制度，每周入户最少两次，做到"六个一"，比如和贫困户吃一顿饭、照一次相、办一件实事、做一次深度测评、做一次信息核对、搞一次卫生。会场上的干部面面相觑。

会后，文关和刘宏远及镇里领导到食堂吃工作餐。

刘宏远问道："你们镇上最后一个危房改造的是李什么来着？"

李聪明回答说："李占富。房子盖得差不多了，正在抢工，上冻之前保准能住进去。"

"听说挺曲折，连老李你这个坐地户都没辙，最后是一个女干部苦口婆心搞定的。但是，会上你也听见了，这个李占富可是要住新房不拆旧房，这后续的工作也不好搞，还得有个精明人盯着。"

李聪明说："交给石榴了，再接再厉，争取全胜。"

刘宏远半开玩笑地说："老李啊，你都没底气，鼓励人家女同志争取全胜。"

"刘副书记，您还别不信，这个石榴为了动员李占富盖新房，每天跑一两次都不止，被撑了无数次，越碰壁越要去，功夫不负有心人啊。"

"让你这么一说，我还真想拜见拜见咱们镇上的这位石榴同志。"

李聪明向四周望了望，说："那不是石榴。石榴，来来，到这桌来，跟你说几句话。"

石榴大大方方地端着碗坐下了，也是半开玩笑地说："李书记，您指示哪个我就吃哪个。"

"你想吃哪个就吃哪个。刘副书记想跟你聊聊，那个李占富后续咋办？"李聪明说。

"那得看他顾虑啥咧，新房子干净漂亮、用品齐全，他肯定愿意搬。我和驻村工作队、村'两委'商量过了，联系首府的公益组织为李占富筹集一些二手的电视机、家具，我们再准备一些新的被褥等生活必需品，归置好后，他就搬了。"

刘宏远跟着问："旧房咋办？"

"李占富说了想留下来当仓库，老房子东西多，搬不走。我和村里的几个大爷大叔也说好了，他家院子宽敞，在院门旁边搭一个仓房，也不大，费不了多少工夫和原料，拆旧房子的砖头就够用了，李占富心动了，但还没答应，应该有门儿。"

"怪不得李聪明这么放心，油盐不进的硬骨头，石榴同志啃动了。"说着，刘宏远夹了一块骨头放到石榴碗里。

大家跟着笑。

"县里缺这样善于久久为功、趁热打铁的干部，我看脱贫后让石榴去县里民政局工作吧。"

李聪明跟刘宏远悄悄说："下一步，我们计划用在镇民政所所长岗位上，等着上会定呢。"

"老李啊，你这'聪明'两个字真不白叫，走一步看两步。"

李聪明一眼看到一旁的文关，马上来了灵感说："跟文处长学习的。以前还真是走一步看一步，现在就像刘副书记说的，走一步看两步、看三步了。"

"你们建胡麻营食用油加工厂，县里积极支持，各乡镇都在关注产品的市场局面怎么拓展？"

文关拿出一瓶亚麻籽油、一盒蜂蜜和一些大李子、小李子，摆在餐桌中央。众人好奇地看着。

"县领导对我们油厂建设和产品都很关心，但我们心里也打着鼓，现在油厂即将建成，设备也在路上，马上就要开工了，那油厂的生产和营销方向在哪里呢？我举例跟领导汇报汇报。亚麻籽油，冷榨油，产品高端，生产设备成本也高，产品价格也高，打开盖子之后必须20多天内吃完，否则就容易氧化变质，因为食用人群有限，可能销售有限。再看这个蜂蜜包装，我们见过许多灌装的，但我们这个是纸盒，里面有10小袋，吃一袋拿一袋，其他的包装完好。关键是携带方便，喝水的时候撕开挤进去，什么场合都可以喝到蜂蜜。再看这个大李子，产自南方，超市2.98元/斤，我们本地的小李子的价格与此差不多，但是咱们的没有改良，大小不一，品相也不注意保护。我展示这几件东西，就是想说明要注重供给侧研究，因势利导，赚钱是硬道理。我们的油，采用热榨，这是我们经常吃到的胡麻油。所谓亚麻籽油就是冷榨，原料都一样，只是加工方式不同而已。产品的规格有1升、2升、3升、5升的。品质，做一级油和二级油。一级油本地的老百姓不一定买，因为颜色不那么浓。二级油，保持了本色，脱色没有强化，主要用于本地销售。同时，我们计划明年申请第二条生产线，生产葵花籽油。胡麻和葵花是我们本地的特产。葵花籽油更适合城里一般家庭食用，两条生产线可以增加我们的销售收入。"

刘宏远跟李聪明说："你们红云镇的人个个兜子里揣着金点子啊。"

"是刘副书记领导得好。"

刘宏远看了一圈说："都吃好了吧，走，去看看油厂。"

(九)

秋意正浓，村里就下了一场雪。从中午开始下一直没停，县里计划国庆节前搞一次退出贫困旗县初验评估也取消了。文关全天都在油厂的搭建现场。

此时，油厂厂房板材就像组合积木一样，一块一块拼着。到晚上的时候，厂房的外形已经有了，高7米多，宽50多米，从远处看，在一片民房中，鹤立鸡群。

文关跟组装的技术人员说，制油设备过完节就到，不能晾晒在外面，必须直接进厂，所以辛苦大家赶早不赶晚。

一位师傅边干活边说："看着这厂房很是羡慕啊。我也是村里出来打工的，真是深有体会咧，真正穷的原因不是不具备挣钱的本领，而是不知道自己到底该做什么。都说三百六十行，行行出状元，只要态度积极，就能过上好日子，但是创啥业，做什么才最合适？扶贫干部给农民指点指点，帮助我们走上一条正确的路，贫困户才会越来越少。"

文关意味深长地说："是啊，创啥业，做什么才最适合？单靠想是想不出来的，必须到群众中去，了解他们的真实情况，才能替他们找到合适的脱贫路子。国家和各级政府推出的各项扶贫措施就是'药方'，扶贫干部就是'药引子'，只有对症下药扶贫措施才能见到实效。"

郑春时看到文关担心下雪影响工程进度，坚定地告诉文关保证再有两天全部完成。听完郑春时的话，文关稍稍放轻松了些。

雪还在下，但小多了，文关走出厂房，在远处叉着腰注视着厂房，有了一丝慰藉。几个师傅和郑春时也跟着出来了，点上烟，比画着下一步的工作。

从加工厂出来，文关直接去了幸福院，看看毛仁在干吗？最近几个月，可以确定他滴酒未沾，梅丽也答应只要他改掉恶习、赚钱养家就破镜重圆。今夜雪夜，也没多少事，他难免放松对自己的要求。文关到了幸福院，敲开毛仁的家门，闻了闻屋子里的味儿，确定没喝酒。毛仁正按医生的嘱咐，锻炼烧伤的手指。

"刘大夫说了，国庆节一过就住院手术。到时候我开车来接你。"

"我早就准备好了，随时都能出发。"

"你是着急到油厂当保安吧？"

毛仁不好意思地挠挠头，笑嘻嘻地说："嗯。"

敲开第二家，李满满家，老汉83岁，享受低保、养老保险、高龄补贴，生活还算平稳。此刻，老汉正在烫脚，屋子里热乎乎、干干净净的。问他吃的什么饭？说是面条。桌子上放着点心，文关又问他谁买的？老人说是自己买的。跟他说话需要大声喊，老汉现在眼花耳背。电视机开着，播放着《新闻联播》，文关问他能听见吗？他说不能。字幕呢？字幕也看不见。电视就是一个热闹的形式。老汉下半身残疾了，平时靠轮椅出门，轮椅是电动的，有操作杆，灵巧得很。文关走的时候，老汉抱拳说道："谢谢你来看我。"

敲开第三家，张爱梅家，老太太86岁了，也享受低保、养老保险、高龄补贴。屋里暖烘烘的，但她一脸愁苦。文关问她吃的什么饭？她说喝了一罐八宝粥。她的听力和视力都还不错，但心脏不怎么好，一直在吃药。她告诉文关之前花了85块钱买药，说着便拿出一个大药袋，里面有很多药盒子，药价在30多块钱以上的居多。她的药物支出应该占据收入较大的比例。文关计划联系爱心组织，对她的生活给予持续救助，这样就能节省开支。要走的时候，她的儿子来看她，说大雪天来看看老妈。

回到村委会宿舍，文关泡了一袋方便面。

第二天，文关早起照常跑步，这次的路线是从村委会到小胡麻营附近的经济林，昨天的雪虽然化了，但是给村子带来了寒气。

按合同约定，县里的绿野园林绿化公司已经派人给经济林安装了网围栏，齐二强和沙打旺已经组织村委会和驻村工作队进行了验收。一块石头总算落了地，这让文关充满了能量，穿了件半袖就跑出去了。

绿野园林绿化公司的宋总是从胡麻营走出去的人，对这里有深厚的感情。这次的工程预算有限，但要求质量要有保障，付款是明年春季以后，工期还必须是今年国庆节前完成，其他几个公司都推辞了，只有宋总义无反顾地留下了。宋总说："电视节目我看了，胡麻营在脱贫路上发生着改变，扶贫干部带着村民发展集体经济，建油厂，心里感动。虽然外出发展多年，但我一直想为家乡建设出把力，现在就是最好的时机，这个活不挣钱我也接了，而且建完之后免费除草，连续3年浇水。"

沿着去往九龙泉旅游点的公路，文关继续向北跑。

这条路上很少有人经过，带着哈气的风一直不停地吹着文关，路过的树木开始萧瑟，山坡开始枯黄，偶尔遇到一个大爷或大娘，站在路边打着招呼，接近经济林的时候，文关的大腿已经变得沉重，但内心一直不停地鼓励自己要坚持。

眼前的经济林围了一圈绿色的网格状围栏，还焊接了经济林的大门，上面写着"吉庆园"。

也许在不远将来的某个秋天，"吉庆园"里的果树枝头结满累累硕果，还有林下满满的收获让人欣喜不已。一处处丰收的景象，一个个林果飘香的故事，讲述着胡麻营人是如何走上生态美、产业兴、百姓富的绿色发展之路的。

文关越想越有力量，掉头一鼓作气跑回村委会，在工作日记里总结了长跑10公里的体会：

  1公里，决心。
  2公里，压力。
  3公里，犹豫。
  4公里，动力。
  5公里，转折。
  6公里，激进。

7公里，希望。

8公里，坚持。

9公里，喜悦。

10公里，梦想。

第五卷

孩子们

　　胡麻营村是中国千千万万个村庄中的一个，但它所呈现出来的留守儿童和留守老人的问题，却是中国农村很多村庄存在的共性问题。国家对留守儿童和留守老人出台了不少政策，采取了一系列实际行动，比如社会的关爱活动正从"点"向系统性和长效性转变，总体是希望每个人都能随着社会的不断发展，拥有更加幸福的生活。

　　提高关心关爱活动的质量，既关心他们物质层面的需求，也关注他们精神层面的需求，比如为农村留守儿童提供心理疏导、艺术启蒙、安全自护等多个方向的教育引导与帮扶服务，在这些方面胡麻营做了很多有益的探索。

（一）

红云镇中心小学校长来村委会，感谢文关帮了学校的忙。

校长说，康拉弟的两个孩子得到资助后，学习状态稳定了，再没辍过学。还说孩子们看了《胡麻营村脱贫路上》，特别是文关在电视上采访时说要给他们办一场真正的交响乐，学生们听到后兴高采烈。孩子们心眼实，大人说点啥都一直惦记着呢。

文关拿出一沓装订好的材料递给校长，说这是践行党的十九大精神，送文化下乡主题党日活动方案，跟孩子们不能食言，都联系好了，本想着等乐团的演出档期结束，时间定下了再和学校对接，既然孩子们着急，就回去告诉他们叔叔说了的事一定会做到。

"跟做梦一样，乐团能来乡镇小学办音乐会？孩子们要是知道了，恐怕高兴得都等不及了。"校长拿着方案一遍遍地翻着。

同样，乐团团长李染声拿着方案也连声说"好"。

"从上学那会儿起，我就有一个梦想。音乐学院毕业后，特别渴望能在音乐教育领域一展所长。虽然进入专业乐团工作，但是这个梦想始终在我心中没有磨灭。一晃，已经是知天命的年纪了，这种愿望更急迫了，有些事，再不去做可能真的没有机会了。我们乐团的好多音乐家跟我经历相似，也有一样的心思，听说孩子们着急，都说插空优先安排。我们院长也说了，不要让艺术漂在上面，要下沉。所以，为孩子们演出是大家的心之所盼。"李染声对文关说道。

10月9日，自治区歌舞剧院爱乐乐团党支部、红云镇中心小学党支部"践行党的十九大精神，送文化下乡"主题党日活动如期举行。

两个党支部的党员们高唱国歌，重温入党誓词后，校方党员代表、交响乐团党员代表分别畅谈了各自学习党的十九大精神的感想。座谈会结束后，交响乐团在红云镇中心小学的礼堂进行下乡演出，300多名学生将礼堂坐得满满当当，老师们都在两边的过道里站着，礼堂里孩子们叽叽喳喳地期待着……

乐手们一走进礼堂，孩子们就自发鼓起掌来，掌声持续了很久，直到乐手们在舞台上都找到了自己的位置打开琴盒。

乐团的首席小提琴带着乐手们开始调音，各种乐器发出美妙的声音，叽叽喳喳的学生们不自觉地安静了下来。

一首《春风进行曲》拉开演出序幕，每一个音符在乐团的演奏中跳跃着，激扬的旋律环绕着整个礼堂。接下来，乐手们演奏了《多瑙河之波圆舞曲》《斗牛士舞曲》等世界经典作品，红色经典作品《绣红旗》《红梅赞》《我和我的祖国》《心中的歌献给党》，还有《五声神韵》《好日子》等，曲目非常广泛。

李染声不仅担任了本场音乐会的指挥，而且在音乐会中为孩子们进行导赏，以风趣幽默的语言讲解每一部作品的背景故事。其中特别设置了乐队介绍环节，讲解了每一件乐器，配合乐手的演示，还请孩子们上台来摸一摸。乐手还告诉孩子们，大管和圆号在交响乐中都是起桥梁和纽带作用的乐器。圆号可以巧妙地将木管与铜管的声音融合在一起，而大管则可以令音色较亮的弦乐与音色较硬的管乐组合在一起时变得很柔美。孩子们瞪大眼睛小心翼翼地摸着乐器。

在演奏的过程里，抢答声、鼓掌声、欢笑声不绝于耳，孩子们不仅是用耳朵去听，用眼睛去看，更是用心体会着，有的孩子还不时用笔记录着被音乐感染的这一刻，随着乐曲情感的推进，有的学生会情不自禁地模仿着指挥的动作，不断地挥舞着双手，激动和喜悦之情从他们的一举一动和闪亮的双眸中凸显得淋漓尽致。

当主持人说，演出就要结束的时候，孩子们的掌声一直持续不断，李染声说再加演两首，掌声顿时变得更热烈了。

最后一首是《最好的未来》。主持人伴着乐队演唱，不管是歌词，还是此情此景，令很多师生热泪盈眶，显然孩子们和乐手们碰触到了内心最柔软的部分。

音乐会在孩子们专注的目光和愉悦的神情中圆满落幕。

李染声走上台说:"今天是我们乐团第一次走进乡村小学生中间,面对的是最纯真的观众,这里洋溢的关爱也是最深最浓的。这场艺术进校园活动意义重大,我们还要继续搞下去。同时,我们也希望孩子们能喜欢上音乐,建立你们自己的音乐教室,学习你们自己喜欢的乐器,成立你们自己的乐团,有机会与我们乐团同台演出,孩子们,我们期待这一天!"

掌声经久不息。

短短一个多小时,孩子、老师和乐手建立了深厚的感情,即将分别,有的孩子抱着乐手的琴盒不舍他们离去。

李染声再次转身回来跟校长说:"希望学校能将音乐课开展好,你们的音乐教室运作起来有什么困难,随时联系我们,乐团的乐手可以随时为孩子们进行乐器、乐曲、演奏这些方面知识的教授,这件事对孩子的一生有着潜移默化的影响。"

"我们一定要建一个孩子们自己的乐团,用音乐影响孩子们的身心。孩子们现在有梦想了,那就是成为小乐手,将来和你们的交响乐团同台演出。有梦想,有目标,他们一定会实现的。"

"好,为了孩子们的梦想,我们一起搭建这个舞台。"

乐团的大巴车已经开到学校门口了,孩子们还是依依不舍,在远处热情地招着手。

看着孩子们,文关想到城里的孩子。在城里,家长们对孩子音乐方面的投入越来越大,孩子可以报特长班学习各种乐器,观看音乐会,音乐的获取途径很多。相比之下,在红云镇中心小学,大多数留守儿童的抚养人只能关注学习成绩的好坏,没有条件或者没有机会重视他们的音乐教育。

每个孩子的教育是由家庭、学校和社会相互连接构成,由于父母常年不在身边造成了家庭教育的缺失,帮扶多是对生活的帮助,父母的陪伴无人能代替。

怎样才会把孩子们的爸爸妈妈吸引回来，跟孩子们团聚，像许许多多城里的家庭那样，一起逛街、看电影和听音乐会。文关想红云镇虽然也开办了一些扶贫车间，让农民在家门口就业，但收入有限，有的扶贫车间一天只能收入20块钱左右，农民要想脱贫增收，不得不依靠外出打工。"出去"还是"留下"？必须从目前存在的问题入手，农业产业加快发展，与旅游、文化等产业深度融合，让农区变景区、田园变公园、产品变商品、民居变民宿、绿水青山变金山银山，新的农业增长极和发展新动能才能把孩子们的父母吸引回来。

此刻，校长激动地挥动着手臂与乐团成员告别，孩子们都依偎在她身边，显而易见这场音乐会激发、启迪、唤醒、激励、感染了孩子们。文关想，如果音乐能引导和帮助孩子们树立正确的世界观、人生观，为他们寻找到精神上的寄托，帮助他们更好地成长，孩子们的乐团一定要建，这场音乐会一定要办，而且要办得独一无二。

女主持人后来得知乐团来学校演出的消息，给文关来电，问是不是忘记通知她了？

文关说："这才是个开始，以后有你们拍的。"

（二）

交响乐团来红云镇中心小学的消息，在县里是个不大不小的话题，教育局的领导在大会小会上以此为例，认为红云镇中心小学党日活动搞得好，孩子们都感到意犹未尽，受益良多，许多孩子通过这次活动，真切地体验到了社会的关爱。

不久，东坪乡中心小学的校长来找文关，说能不能也请乐团给学校的孩子们演出一场。

文关问有多少个孩子？

"29个。"

文关说乐团跑一趟不容易，先联系乐团看看还有什么形式。

李染声果然有主意，说："我们乐团每天都在排练，其实和演出差不多，可以请孩子少的学校随时来观摩，怎么样？"

好是好，但车辆、食宿需要保障。

文关采纳了一位公益组织志愿者的提议，在微信里发出拟开展农村小学生体验日活动，希望得到社会支持。

一位爱心人士愿意提供如下帮助，并希望不留姓名，委托几位志愿者具体实施。

1. 大客车一辆，使用两天；
2. 提供首府保利剧院剧场《小羊肖恩》演出票35张；
3. 酒店房间17间；
4. 35人自助餐券；
5. 购买新校服30套；
6. 制作活动徽章、胸牌，购买瓶装饮用水等。

受委托的志愿者跟文关说："我们送来的不是礼物，是全社会对农村留守儿童的关爱，是给予他们父母般的亲情，让他们的父母安心打工，没有后顾之忧。也希望农村的孩子和城里的孩子一样能获得平等成长的条件和环境。希望通过这个活动，带动更多的爱心人士关心关爱农村留守儿童的成长。"

这天早上，大客车把孩子们从东坪乡接到首府，第一站就是交响乐团。当孩子们走进排练室的那一刻，所有等候的乐手们起立鼓掌，孩子们突然不敢进去了，乐手们纷纷走下排练台，一个带一个，领到观摩座位上。

虽然是排练室，但是依然很宽敞，有事先摆好的座椅。主持人穿着整齐，很庄重地走到孩子们面前鞠躬报幕。

第一首乐曲是为孩子们精心准备的《少先队队歌》交响乐，不知不觉胆怯的孩子也开始轻轻地跟着哼唱起来。唱着唱着，指挥转过身来也跟着一起唱。这时候，老师打了一个手势，29个孩子起立了，一个个身姿挺拔、精神饱满，声音越来越大，气氛一下子轻松了起来。

接着，乐团演奏了《听妈妈讲那过去的事情》《卖报歌》《读书郎》《我们的田野》《让我们荡起双桨》《大海啊故乡》《青春舞曲》《茉莉花》，指挥示意孩子们可以到乐手中间近距离聆听。

小型演出结束之时，李染声让乐手搬上来一堆大大小小的箱子，说"这是所有乐手自发捐助购买的10部管乐，给孩子们建一个音乐教室吧，让更多孩子享受到音乐的快乐，相信音乐教室的建立对孩子们的全面发展会起到积极作用。我们乐团愿意终生免费辅导，让孩子们在音乐里度过美好的少年时光。"

孩子们见到小号、长笛、单簧管等乐器时爱不释手的表情打动了校长，她握着李染声的手说："我们的老师要向你们学习，使出浑身解数，坚守我们的岗位，履行好我们基层教师的职责，想方设法为我们的孩子们带去更多希望和梦想。"

排练室响起了掌声，很久很久……

与交响乐团的乐手们分别后，校长和老师陪同孩子们共进了午餐。其间，孩子们积极踊跃地各显神通，毫不怯场，演唱了许多自己喜欢的歌儿，为午餐时光增添了许多美好瞬间。

活动结束后，文关直接去了油厂，因为郑春时已经开始安装调试设备了。

文关突然问郑春时："你还记得加入少先队时，在队旗下的誓言吗?"

郑春时张嘴就唱："我们是共产主义接班人，啦啦啦……"

"春时，你发现没有，孩子的天真贯穿于人类生命的始终，而不仅仅限于儿童。或许保持着童心的人，才会更自由，才会更有创造性，才会创造出更美好的生活和产品。希望你始终有天真的一面，那样你就可以和这个世界一起成长，不断有欢乐。"

郑春时说："我小时候的红领巾和胳膊上的两条杠都留着了。有一次班里考了前五名，老师发的小红花，我也留着呢。"

文关边点头边看着里里外外忙得热火朝天的人们，看着厂房外侧设置的参观通道，以及密闭的车间设置的参观玻璃窗。

"这种做法成本不高，却能在多方面取得效果，比如改善工作氛围，给参观者带来快乐。将来企业举办各类工厂日活动，让孩子们、家长们都有机会接近生产。讲经济效益，更要重视社会效益，厂子才有生命力。"文关说道。

"明天就可以试着制油了，然后拿到市里的专门机构检测，达标就能申报生产许可证了。"

"油只要一出来，你呼我到，一起见证我们的成果。"

"好，放心吧，文处长。"郑春时愉快又坚定地告诉文关。

两人相视一笑，一齐又转头注视着眼前热火朝天的工作场面。

活动结束的几天后，学校发来一封感谢信，但不知道送给谁，文关委托志愿者转交给了那位没留姓名的好心人。

尊敬的爱心人士您好：

东坪乡中心小学的29名留守儿童向您表示崇高的敬意。在您的帮助下，贫困山区里的留守儿童在首府度过了终生难忘的一天。

活动期间，孩子们参观了科技馆，到首府保利剧院观赏了儿童剧《小羊肖恩》，作客乐团观看了交响乐演出等。乐团的音乐家们不但为孩子们演奏了好听的乐曲，还赠送了孩子们精美的乐器和学习用品，并开展了困难学生重点帮扶活动。

在偏远的农村，父母为了生活，背井离乡打工增加收入，一些留守的儿童和老人生活在一起，更多的孩子生活在学校里。在您的资助下，这次活动给这些幼小的孩子们带来了温暖，您更像一位无私的妈妈关心着孩子们的成长，给他们送来了希望，老师、学生和随行的服务人员心情万分激动。许多参加这次活动的孩子们，都体会到了"爱"是世界上最美好、最伟大的情感，有爱就有世界，有爱就有家。

尊敬的不知名的爱心人士，感谢您对留守儿童这个特殊群体的关爱和真诚的帮助，因为有了您的关爱，孩子们像春天的花儿一样，尽情享受着甘甜的雨露、明媚的阳光，幸福、快乐、健康地成长！他们会心存感恩，励志成长。成人之后，他们也一定会和您一样，做一个有爱心的人，去帮助那些有困难的人，让爱心传承下去。

　　孩子们说一定不辜负您的期望，牢记您的厚爱，好好学习，自立自强，回报祖国，回报家乡！

　　最后，向您献上我们最诚挚的祝福：祝身体健康，生活幸福，万事如意！

　　此致

　　　敬礼！

东坪乡中心小学

（三）

　　西坪乡中心小学校长也找上门来，对此文关并不吃惊。

　　校长说乡里小学有个幼儿园，孩子最多时达到30多个，特别是夏天，家家都在忙农活，就把孩子送到幼儿园。除刚建立时当地教育局送了一部滑梯外，幼儿园里再也没有其他像样的玩具了。孩子们唯一的娱乐就是玩沙子，拿着塑料瓶把沙子灌进去再倒出来。幼儿园里画册、图书也不全，实在太闲，老师就领着孩子们每天晒太阳。现在，天气一天比一天冷，教室里的温度甚至比户外还低，过冬的买煤钱还没拨下来，孩子们每人只能手捧一杯热水，枯坐在冷板凳上。困了就趴在课桌上打个盹儿，等着放学。最难熬的是中午，没有午餐，也没有睡觉的小床。

　　西坪乡距离红云镇政府所在地十几公里，文关每次去县里都路过那里。

　　文关跟校长要了些图片，发在了朋友圈，希望爱心人士为孩子们安置床铺、锅炉、暖气，开设午餐，添置文具和玩具，并给这次倡议取名"宝贝午安"行动。求助信息是上午10点多发出，文关强调："我们也给不了什么回报，就是让孩子们多点儿快乐，少点儿困难，有一个快乐的童年。"

结果超出文关的想象，朋友圈里一传十、十传百，那天有数不清的人请求加文关好友，清单里需要的东西全部有人对应捐助了。首府的一所小学得知这个消息后，还在校园里举行了一场义卖活动，同学们把自己不用的玩具、文具卖掉，用筹得的款项为西坪乡中心小学的孩子们买了一台消毒柜。文关得知这件事，不禁动容。

就这样，认识的、不认识的都加入了"宝贝午安"行动，一支扶贫小分队就这样组建了起来。

几天后，早晨8点小分队在首府集合，清点物资，搬运上车，目的地是西坪乡中心小学幼儿园。

电视台的女主持人也被邀请在列。

汽车开到幼儿园门口，小朋友们立即蜂拥上前，围住叔叔阿姨问好。

大家开始搬东西，每搬一样，打开包装后都能引来孩子们的惊叹："呀！这是电冰箱！""这是小黑板！"……当五彩斑斓的小桌子、小凳子和午睡的小床出现在孩子们眼前时，他们兴高采烈地围坐在一起，有的干脆就到小床上翻滚一番。家长们在一旁笑眯眯地看着孩子们调皮。

女主持人对着镜头说："爱心人士为孩子们安装了锅炉、暖气，搭建了床铺，还为孩子们带来了丰富的学习用品和生活物品，包括30套画册、30套餐具、50套油画棒、4套桌椅、一块黑板、一台冰箱、一个消毒柜，还有1000公斤大米和8吨煤。爱心人士希望自己的绵薄之力能帮到这些村里的娃娃。"

摄制组采访西坪乡中心小学校长，"这所幼儿园成立时，我就在这里任教，那时候到了冬天，没有暖气只能用土炉子。从没有想过有一天孩子们会有新玩具，老师们有新教具，还有了暖气和午休的小床，30多个孩子困了累了可以在温暖的屋子里、在舒服的床上睡一觉，不再坐在冰冷的教室里挨冻。"

摄制组采访了其中一位爱心人士,"参加这次活动的有400多人,相约建了一个群,每个月每人尽微薄之力就能为孩子们提供一些伙食补助,孩子们就能吃上热乎饭,一定要让乡村的孩子们也有温暖的童年。"

一个孩子兴高采烈地跑过来,举着一个新餐具问老师:"老师,这碗是不是可以喝酒?我想拿回家,等爸爸回来时,给他喝酒用。"老师跟女主持人说,孩子叫高佳,他的父母都在外地打工,一年也回不来一次,高佳和年迈的奶奶生活在一起,孩子想爸妈,啥好东西都舍不得用,留给爸妈。爸妈回来,他天天黏在身后,一步也不愿离开。

女主持人说:"是啊,给孩子们最好的礼物就是父母回到身边,即便没有午睡的小床,也是无比的温暖。当然,一步到位解决问题是不现实的,我们要充分利用社会资源、政策支撑,让更多的社会组织参与其中,一起来解决留守孩子的问题。因为社会力量是巨大的,只有发动社会力量、社团组织才能更好地促进问题的解决。我们电视台责无旁贷。"

西坪乡中心小学和红云镇中心小学的许多孩子情况差不多,大都是留守儿童,父母在外地打工,孩子们常年和爷爷奶奶生活在一起,一年到头见不到爸爸妈妈几面。那次活动之后,文关时常带着相机到学校给孩子们拍照片,用镜头记录他们的成长,等他们的父母回家时可以看到,他们不在的日子里,孩子是怎样成长的。或者洗好照片,让孩子们邮寄给父母。

有几个志愿者提议,逢年过节把西坪乡中心小学的留守儿童接到家里,住一天或几天,让这些孩子感受和爸爸妈妈生活在一起的温暖。父母的爱无人能代替,让孩子们时刻觉得自己被关注、有人爱。

"宝贝午安"行动没有停止,而是变成了一个系列活动,开始寻找下一个需要帮助的乡村幼儿园和小学,爱心人士说要把这个行动一直做下去,用爱陪伴需要帮助的孩子们。

没多久,"宝贝午安"行动的爱心人士联系"虎窝"车友会的会员,他们开着26辆路虎带着爱心物资,去了南坪乡。乡中心小学有55个孩子,大多数是留守儿童。爱心人士同孩子们一起升国旗、唱国歌，为孩子赠送礼物，并同孩子们一起参加互动游戏和文艺表演。穿着漂亮的新衣服，背上崭新的书包，孩子们希望也能坐上小轿车去兜风。为了满足孩子们的心意，车友会事先选好路线，每辆车搭载两三个孩子，绕着村子跑了一大圈子。

临走的时候，一个孩子的奶奶追到大门口，非要给志愿者一袋子土豆和冻豆腐，大家说不能要。但是这位老人一直坚持，后来一个志愿者说："大妈，八路军不拿群众一针一线。"说完，老人真的不再坚持了，眼圈红红地和大家告别。后来，有一个志愿者说，每次想起这个情景，觉得自己真光荣。在群众面前，自己永远是一个兵，这是真心实意的感受。

每次活动结束后，孩子们亲手给志愿者们系上红领巾，这也是志愿者们最想得到的。

(四)

"宝贝午安"和"虎窝"车友会的活动，女主持人都参加了。

女主持人跟文关说，两次活动的活动方式她也是第一次经历，特别是26辆路虎进村的事，播不播？台里也讨论过。

有人说，是不是过于奢华了。

也有的开玩笑说，夏利就可以了。

专题部主任说，他家也是农村的，村里大部分的家庭都有私家车了，坐个车并不稀奇。

有人跟着说，农村很多人在外面挣到钱了。但不管怎样，还是要量力而行，可不能打肿脸充胖子。

这时，分管副台长突然说话了，"虎窝"车友会的路虎不是礼物，是社会对农村留守儿童关爱的一种方式，他们希望通过这个活动，给予孩子们父母般的亲情，带动更多的爱心人士关心关爱农村留守儿童的成长。不要盯着汽车忽略了孩子,难道为了搞活动,人家车友会非得把路虎换成拖拉机?城里的孩子和留守儿童都是孩子,但是留守儿童却在经历与别的小朋友不一样的童年,现在用汽车的档次又强化了这个标签,同一片蓝天下,要关注的是爱的融合,而不是车的不同。

这一期节目的名字就叫《同一片蓝天下》,里面的"路虎"依然是路虎。

报社融媒体对这个活动的通讯标题干脆就是《26辆路虎陪伴55个孩子》。

当天晚上文关的爱人严妍写了一篇《为了同一片蓝天下的孩子》发在了朋友圈。

  暑假的某一天,第一次听他说要去帮助农村的孩子,就随口问问,怎么扶?他说有人提议城市和农村一家一户结对,无非是接济点米面油,给孩子买几身新衣服。这样的建议最后没能落实,也在意料之中。一来那不叫帮助,那叫救济;二来,不符合"授人以鱼不如授人以渔"的道理。

  我颇有兴趣地关注着他们的帮助,也想亲眼见证什么叫精准帮扶。他倒从不介意我多事,只要我感兴趣,什么时候都极其耐心地解释着我的十万个为什么。

  提高土地利用率,开发旅游资源,增加生产经营方式……各种美好蓝图,如此云云。我生在农村,听他描述就能想到我们的农民兄弟对此是何反应。他们欢迎扶贫,期待增加收入,但要其改变传统生产方式,接受开拓和创新,热情不大。在农村土地上和农民打交道,有时不比搞外交容易。

  但他是有热情的,事实上,他似乎对所有事情都有一腔热情,并且他会迅速地付诸行动。他带了他的企业家朋友同去,希望企业资本能为农业农村做点实实在在的事,而不是一趟又一趟地救济。我还多虑地提醒他,刚到村里,能不能不事事都冲锋陷阵?他带着他家族里的正义感，一票否决了我的多虑，"都这么想，事谁来做？扶贫怎么搞??"言外之意，还有"经济怎么发展？国家怎么进步？"的匹夫之责。好吧，是我觉悟不高。由衷感慨，他的这点认真劲儿，令我多年望尘莫及。

扶贫之余，他扛着他的"无敌兔"拍了好多照片，一览无余的真实农村生活，一眼望去，竟有触目惊心之感。我说，张张经典。他说给老乡们送点照片吧，于是自掏腰包，冲洗照片，加框，准备下次去的时候一并带过去。

一日，他看着小儿铺散着满客厅的玩具、书籍，突发感慨，村里有个幼儿园，玩具就是矿泉水瓶子，书也极少，不如帮着收集点吧。言必行，行必果，微信朋友圈小范围号召，响应者数百人，刚巧他得了一笔稿费，从银行出来就直接去了玩具店，没几天他们便开车送到了幼儿园。据说，30多个孩子高兴得手舞足蹈，小女孩们抱着布娃娃爱不释手的一张照片，让我瞬间红了眼睛。20世纪80年代村里那个扎着羊角辫的我，对布娃娃的感情，莫不也是如此？只是，直到童年结束，我都没有拥有过一个布娃娃。

孩子们的笑脸，真切地触痛了很多人。他把所有加了框的照片都送给了老乡，此后便总有很多朴实的村民带着朴实的笑，叫他："文老师，帮我也照个相吧！"他一一应允，拍好，选好，冲洗好，加了框，送去……一对常年住在村幼儿园的夫妻，说结婚30年，夫妻没有合影，结婚证上也是拼凑了两张一寸照片。那个上午，他摆好三脚架，迎着这个秋天温暖的阳光，完成了那对夫妻此生的第一张合影。

再深入了解，发现午餐和午睡都是问题，没有厨房，吃不上热饭，没有足够的小床，不能午休……于是，在明确的目标下，他又投入到筹备小床、改装幼儿园锅炉、加装暖气片的事务中，依然是微信朋友圈，几个小时之内，你负责锅炉，他负责小床，谁谁负责棉被褥……3天之后，小床、棉被、褥子、枕头都筹集全了。有几个晚上，从不失眠的他，竟也辗转……望着天上的月亮，我心想，不知道山的那头，有没有一道骄阳，暖暖地照着他们车队行驶的方向，告诉人们，这个世界从来不缺少爱，从不缺少阳光。而他们为了一群不相识的孩子穿梭在这个城市的忙碌身影，迎着这个秋天清凉的空气，倒映出一片绚丽暖人的七彩霞光。虽是小温暖，但其间有一种能量，永不褪色。

那一天，等备的床和棉被到位了，他的企业家朋友全额赞助的锅炉、暖气片也到位了，爱心人士一行浩浩荡荡地驶向西坪乡中心小学，工人师傅们忙碌着，孩子们笑着，家长们笑着，幼儿园老师哭了。

时值北方大幅降温，西坪乡中心小学幼儿园的孩子们，再也不用坐着午休，眼巴巴等着放学了。

电视台晚间报道和新闻联播播放了他们爱的奔波。

替他感谢，因为有你们，那里温暖如春；因为有你们，那里笑颜如花；因为有你们，那里斑斓如画……

愿你们，好人一生平安！

（五）

系列活动中有两个特殊的孩子得到了特殊的帮助。

一个是东坪乡中心小学幼儿园的张智宇，今年 6 岁。在 3 个月大的时候，因为感冒、咳嗽，找镇里的医生吃药打针，十几天过去了，咳嗽、气喘还是不见好转，父母只好带他到当地县医院就诊，医生检查发现智宇心脏有杂音，并诊断为先天性心脏病，室间隔缺损。看到孩子父母焦急的样子，当地医生安慰说，有些小孩的室间隔缺损可以自行愈合。出院后，智宇的妈妈观察发现，孩子的胃口和生长发育同其他小孩虽然没有明显不同，但是一旦感冒，病程总是比其他小孩长，咳嗽也不容易好。到 8 个月大时，智宇已经开始出现胃纳变差、体重增长减缓的现象。父母当时想，孩子还不到一岁，要做心脏手术，年龄太小，既然有机会自行愈合，那就再等几年吧。

今年，父亲带着智宇到市里的医院做检查，医生说小孩子的室间隔缺损已达两厘米，并且出现了并发症，伴有重度肺动脉高压，原本通过缺损口从左心室向右心室的血液分流已经发展为双向分流，出现双向分流是极为严重的信号，如不及时手术，肺血管病变将不可逆转。医生告诉智宇父母治疗费用庞大。他们联系了农合办，说需要拿户口本、农合本和病历办手续，先去民政局备案，再去定点医院办住院手续，然后申请国家免费治疗。

孩子和父母在东坪乡生活了很多年，但户口不是本市的，手术手续要去户籍地青山市办理。他们来回跑了好几次，因为不熟悉程序，每次材料都不全，就放弃了。"宝贝午安"活动的时候，孩子的父母又说起这个事，恐怕不治疗不行了，长大了就彻底不可治愈了，成家立业都会受影响。

文关知道这件事，当表示："这个事儿我来跑吧。"

文关小舅子严军是当地人，他说："姐夫，青山地片我熟悉些，这个事儿交给我跑吧。"

严军按照他和智宇一家人的约定，开着车从车站接上人，安顿吃饭、住宿，然后让他们安心等，他拿着材料到村委会、民政局、医院办理相关手续，后来又带着智宇到医院完成了术前检查。一周后智宇被通知做手术。

负责手术的赵医生是青山市第一人民医院的小儿心脏外科的专家，他对这次手术格外重视，优先安排上午第一个手术。手术费4万多元国家全部减免，赵医生考虑到孩子家经济困难，主动为他们申请了"爱佑童心"基金资助，提供1万元手术后半年的药物治疗费用。

智宇出院那天，文关打电话询问情况，家里人说手术顺利，以后孩子不再是心脏病人了。文关问智宇手术疼吗？孩子说不疼，睡了一觉就好了，文关眼圈一红，说："你比叔叔勇敢。"

出院回家那天，严军将智宇一家人送到火车站，还给孩子拎了一大袋子吃的喝的。智宇的父母一个劲儿地感谢严军，说他们很多年没有回青山了，什么地方也找不到，文化不高，办理各种手续也不懂程序，多亏了严军跑前跑后。"为了孩子，我们愁了多少年，今天，你和爱心人士把我们一家人的心都救活了。"

智宇回家后一个月，文关也拎了一大袋了慰问品去看望，孩子男敢地撩起衣服让文关看手术的创口。那个伤口有七八厘米长，是一条浅浅的粉线。智宇的父亲说："医生已经说了，长大就不明显了，当兵都没有问题咧。"

说着，抹起了眼泪。

孩子抱住了文关。

文关拿出一个红包，上面标记着"首府好宝贝"6000元，并讲了这样一个故事。

就在上周，文关的小儿子参加了"首府好宝贝"讲故事活动，讲述的就是智宇在爱心人士的帮助下做完了心脏病国家免费治疗手术的故事，得了第一名。颁奖典礼到了最后一个环节，给获得前三名的孩子发放荣誉证书和奖金，文关的小儿子在台上宣布把3000元奖金捐给故事里的智宇，获得第二名和第三名的孩子在领奖时也突然决定把2000元和1000元奖金捐给智宇，此时，全场响起长久热烈的掌声，场面"失控"让导演目瞪口呆。"失控"继续发生着，坐在台下的书法家智彬先生即兴挥墨写出了3幅"首府好宝贝"书法作品，走上台代表社会向3个好宝贝家庭赠送，表达敬意。

另外一个孩子的故事是这样的。

她叫李宁静，在南坪乡中学读初一，不幸得了白血病。为了给李宁静看病，父母从亲朋好友处借了10万元，经过先期治疗，疗效并不大，而10万元已经花完。接下来的化疗、用药等费用至少需要30多万元，对于一个普通家庭来说这无疑是一个天文数字。

文关委托张小五,发动能发动的力量共同帮助孩子。张小五在自己的朋友圈公布了李宁静父母的银行账户,很多朋友看到这条消息后又转发,想让更多的人加入爱心团队。

就在救助孩子的活动进行得如火如荼之际,张小五打来电话哽咽着说孩子去世了。文关顿时懵住了。

张小五说,那个孩子明白所发生的和将要发生的一切,安排好了自己的所有事情,带着满满的爱悄悄离开了这个世界。

而让张小五内心久久难以平复的原因是,虽然孩子爸爸的骨髓没有配型成功,但是妈妈为了救她已经怀孕9个月,下个月妹妹出生,就能给她救命的脐带血。张小五说,她联系的基金会提供了资金帮助,北京的医院早已制定了治疗方案,就在此时,病魔念出了终结咒。

其间,张小五组织企业员工和关联单位的职工捐助了16万元。张小五说:"我以为用这16万做化疗,肯定会坚持到脐带血来到的那一天。没想到,孩子就在此刻告别了生命。"

为了不让大家跟着失落,孩子的父母办完后事才告诉了张小五,而当时张小五正在准备实施预定救治方案,得知消息一下子蹲在地上,脑子里一片空白,号啕大哭。

李宁静父母跟张小五说,孩子一直很想读书,虽然一直没能回到校园,但在病床上也不忘记学习,就害怕学习成绩下降,时刻准备着病好后重新上学。没料到孩子出现新病情,很快就离开了他们。在他们家,孩子父母一直珍藏着一个爱心笔记本,有哪些人捐款,提供了哪些帮助,又支出了多少,一笔笔非常详细。孩子母亲说,这本来是为了孩子康复以后,让她照着上面的记录去感谢好心人的,可是没有等到这一天。那些筹集的钱,就给需要帮助的孩子吧,希望他们都健健康康的。

孩子去世之后,张小五公益爱心的脚步似乎更急促了,她在朋友圈发文——心中有爱,不要等待。

（六）

文关的电话响了，来电人是党校的闻老师，他是文关上中青年干部培训班时的班主任。他知道文关在扶贫，发展集体经济和帮扶困难儿童的工作开展得有声有色。还得知文关要给孩子们建一个乐团，计划着和交响乐团同台演出。

闻老师说，他可以帮文关参谋参谋。35期中青年干部培训班的同学计划毕业时举行一个特殊的毕业仪式，看看能否和这些事搭上。文关当即表示欢迎。

文关在等待中，等来了郑春时的喜讯，油厂一级胡麻油、二级胡麻油鉴定通过了，可以申请生产许可证和销售许可证了。

石英让宣传委员刘根正帮助郑春时整理资料，该填写的，该复印的，该附上的，一式三份装订好。又去厂子把房前屋后的环境拍了照，厂房里的设备也拍了，足足有六七十张，准备申报时用来佐证。

石英想到牟大年当时的提醒，申报之前先让他们看看，完善后再报，否则，初次申报不合格，要延迟两个月才能再报，那就耽误不少事。

石英给牟大年通报了申报许可证的准备情况，牟大年说近日带几个专业干部来红云镇查验申报的资料，争取元旦之前生产能得到法定许可。

也在这时候，闻老师告知文关，35期的学员愿意参加这个活动，作为毕业季的纪念，但是不知道具体怎么参与？问文关第二天上午是否有时间，可以利用课间10分钟到班里介绍一下情况。文关连忙说没问题。

第二天，文关到了以后，闻老师进行了一番介绍，然后文关走到讲台做了这样的发言：

> 今天，是非常重要的一天，为了一群孩子，或者说为了全区44万父母不在身边的孩子，我与各位同学在此相会，努力上演一场关爱孩子的音乐会。这音乐里有孩子们期待的爱，这音乐里有孩子们的命

运，这音乐在那一刻就是孩子们的父母，这场音乐会的本身甚至超过了音乐的本身。因为有爱，有孩子，才有了世界的未来。

在过去的一些日子里，我们为孩子们做了一些力所能及的事，比如为留守的孩子们提供了免费午餐、午睡的床和被褥、取暖的锅炉暖气和煤炭，免费治好了患有心脏病的孩子，甚至开着几十辆车跑到村里带着孩子们兜风。我们起初并不相信，在距离这个繁华都市几十公里之外，还有一群那样的孩子们，他们几年都见不到外出打工的父母。在感叹之余，需要践行我们的能力，而且，相信我们有这个一臂之力，那就是一场孩子们需要的音乐会。

为这些孩子服务的爱心人士里不仅有我这样的扶贫干部，还有老师、学生、警察、军人、企业家、公务员……现在艺术家也来了，党校的同学们也来了，我们爱的事业将更加丰富多彩。

梁启超先生1900年发表了《少年中国说》，其中说道：故今日之责任，不在他人，而全在我少年。少年智则国智，少年富则国富，少年强则国强……

我们期望和音乐携手，鼎力相助我们的孩子，让孩子们有一个温暖、快乐、幸福、自由的童年、少年，成长为国家的希望之星。

教室传来掌声。

"文处长，你就说怎么参与吧。"

"时间有限，我有话直说，为孩子们捐赠一个乐团需要配置40部铜管乐器。"

"再具体点。"

"每个人1000元就够了，乐团的名称按捐赠人的要求定。自治区歌舞剧院爱乐乐团负责培训两个月，力争元旦时走上首府人民会堂的舞台，与交响乐团同台演出。"

短暂的鸦雀无声。

"同意。"

"班委会组织落实。"班长说。

"同意!"

"没问题。"

"两个月能上台演奏吗?"

"能,相信我,起码能演奏三四首,这是个良好的激励和开端。"文关说。

这时闻老师走上了讲台,说:"既然大家都同意,那就班委会具体组织,按照交响乐团列出的乐器配置单直接与乐器厂联系,到货后,我们组织送去。"

"这份毕业礼物有意义。"

"就这么办。"

文关向大家鞠躬,然后说道:"这是全区第一个由农村小学生,主要是留守儿童组成的铜管乐团,乐团会在民政局注册,你们的毕业季永远停留在孩子们的心中。"

教室里再次响起掌声。

"文处长要回村了,大家准备上课。"闻老师看着学员们的兴奋劲儿,也十分开心,但时间紧促也不得不提醒大家。

文关摆手和同学们再见时,电话铃声响起,石英打来的。

"牟副局长对我们油厂申报生产许可证的项目初检完了。"

"怎么样?"

"回来聊吧,一句两句说不清,中午他们还在,一起探讨探讨。"

文关回到镇政府食堂的时候,牟大年和几个技术干部,以及李聪明、石英、沙打旺、郑春时一起坐着正聊天,厨师开始上工作餐,烩菜、馒头、炒鸡蛋、拌莜面,还有炸糕,但没有人动筷子。

文关和牟大年握手打招呼,李聪明介绍道:"这是自治区来的文处长",牟大年也一一介绍了随行而来的技术干部。

文关在党校收获了一个乐团,喜悦溢于言表,讲了其中的故事,见大家表情都纹丝不动,就主动问:"上午的检查怎么样,还好吧?"

"还有些问题。"

文关看着李聪明和石英。

郑春时低着头摆弄着什么,一言不发。

文关问:"有些问题?"

"18个问题。"石英说。

"18个?"

(七)

牟大年一行吃过饭匆匆就走了,说下午有任务,见大家兴致都不高,走了几步又转身回来。

"你们认真整改,我们再派人来看,哪天整改到位,哪天发证。能不能按时生产,取决于你们的整改能力和速度,我们支持贫困村脱贫,但不能开特殊的口子,可以优先办理。你们看这样行不行?"

李聪明和石英几乎异口同声地说:"行,行,对我们够支持了。"

众人来到镇政府会议室,都板着脸,表情严肃。

石英说:"上午10点多,牟副局长带队过来,检查前和郑春时拿着图纸进行了对接。我以为肯定没问题,按照人家的标记一个一个摆罐罐还能有啥错?问题就出在这个图纸上,郑春时的图纸和工作组的不一致,对不上,改了。"

"啥?谁改的?"

郑春时面无表情。

石英继续说:"第一站原料库问题就来了,没有分隔,原料就是按堆一放,稍不留神踩一脚就交叉了,也没有标记是啥原料,是胡麻籽还是葵花子?就好像自己家的院子,随便堆。"

文关瞅了眼郑春时。

"热炒车间和压榨车间也没了隔挡,油饼容易污染压榨区域,这是大忌,简直是胡闹,有点脑子也不会干出这事,你们家厨房和茅房联通的?"

文关的脸有点红了。

"过滤车间的器材摆放不在设计位置上,洗手间也不在规定位置,防鼠板、灭蝇灯、罐体指示牌、油的流向标记、各个器材的名称,等等,都不完善。"

文关伸手要了一支烟,点着后吸了一口。

"用工方面,一共6个工人,个个不熟悉业务,一问三不知。特别是那个实验室的实验员根本不懂得操作,连个专用名词都听不懂,对那些个瓶子、试管啥的,名称根本不知道。"

"什么都不要说了,牟副局长把18个问题的清单都留下了,而且指出了整改的办法和标准,咱们照单全收,一个星期整改完成,产生的费用,镇里先垫上,等油厂生产了,都要还上。"李聪明补充道。

文关的脸已经紫红了。

李聪明继续说:"这里面我们也要做检讨,对油厂的建设和规划监管不到位,导致出现任意修改图纸的问题。郑春时要负主要责任。如果想继续干,就按石镇长列出的问题清单落实整改,如果不守规矩,可以随时解约,我们包给别的企业。"

文关对着郑春时说:"一个星期内不要联系我,一周后必须取得生产许可证,然后我们按计划去北京对口帮扶单位汇报成果,推动订单。"

郑春时没有抬头,说:"一个星期没问题,下午就开始整改。"

文关突然又大声说:"郑春时,谁给你的胆量?如果有想法,你为什么不汇报?"

郑春时低声说:"装修的师傅说,如果这么多单独的隔间,按图纸来干的话成本高很多,建议改的。"

文关"啪"一下拍桌子站起来,"装修的师傅不是质监局,必须严格按图施工,如果有建议也得征求质监部门的意见。建设油厂不仅仅是厂房搭起来，关键是要合规。这是要往嘴里吃的食品，不是驴粪蛋。"

这时文关的电话响了，来电人是北京城市发展建设集团挂职自治区扶贫办的宇文海处长，"听扶贫办的同志讲你们集体经济有几个项目挺好的，特别是建起了油厂，我们计划去村里调研一下，我们有消费扶贫的任务，争取在元旦、春节为职工定几单货。"

"太谢谢宇文处长了，对我们扶贫工作这么支持，刚刚建设完油厂，但没有按时领到生产许可证，需要整改，没有脸面请您来调研参观啊，惭愧惭愧。我们缺少经验，工作粗放。"

"哦，这样啊，没事文处长，从零起步，突然要搞企业进市场，农民们肯定有个过程，我们这些大企业何尝不是这样走过来的。整改是好事，这样生产出来的产品我们就更放心了。等你们达标了，我们再去。"

文关放下电话说："这个整改，我亲自盯着，一天都不能耽误，按期完成，完不成，郑春时下岗，我也下岗。"

人们陆续离开，石英给文关递了一支烟。文关果断接过去，大口地吸着。

文关说："草根培植成常青树，把农民变成企业家，把经济行为变成人文精神，不是一步登天的事啊。郑春时的身上，有敢为天下先、敢于创业的激情和勇气，在胡麻营村人的心目中，他已是一个成功的人。他是凭着一种情怀，或者是一种冲动，在没做什么功课的情况下，毅然决然地冲进来的。所以，还没有形成敬畏这些规矩的觉悟。"

"建厂容易，但是运作起来以后就会派生出一大堆的问题，以及生产、销售等方面的标准体系。今天才是开始。"石英答道。

两个人瞅着油厂的厂房，抽着烟。

文关说："我们得去大企业参观学习。"

"对。"

（八）

毛仁如期住进了医院，第二天手术的时候，文关跟着到了手术室门口，还有石榴、毛仁的妹妹。

一见面，毛仁的妹妹问文关："得花多少钱？是不是还要手背美容？"

文关说："不用你们管了，我们会安排好的，放心吧，生活上照顾他就行了。"毛仁的妹妹松了一口气，不住地表示感谢。

手术是早上8点开始，11点45分结束，毛仁的手臂绑着纱布，咧着嘴被推出来了，躺在床上哎哟哎哟地不停叫着。

因为下午北京的一个采购供应商要来油厂调研，文关得回去接待一下。文关把一塑料袋营养品、水果，还有一张饭卡给了毛仁的妹妹，又叮嘱了几句准备返回村里。

文关正准备走，刘一森进来了，说手术很成功，手指都分开了，还从毛仁另外一个胳膊上取下一块皮，在烧伤的手背上做了植皮手术，以后不影响日常生活，打个麻将、包个饺子没问题。手术后可能有点疼，3天后就好多了，安心静养，出院的时候学习一些保健方法，促进手臂和手指的灵活性，不会落下残疾的。

大家都很感激刘一森，刘一森说还要查房，就走了。

石榴跟着忙乎完，坐着文关的车往油厂走。

李聪明、石英早早地在油厂等着了。

油厂外开进两辆车，第一个下来的是县扶贫办副主任窦志，身后跟着四五位企业家。他们先复印了胡麻油的一级和二级检验报告、商标的受理通知书，又对油厂的各个环节进行了调研，对设备进行了了解。

牵头的是品诺福利的王总，他说拟采购一批胡麻油，"我们负责推广，看看销量，如果好，继续进货。价格的话等你们产品出来后一起定。"

石英说："感谢北京对口帮扶的单位，北京有市场密集优势，通过消费扶贫让市场与我们的建档立卡贫困人口建立了紧密的利益联结机制，油厂、杂粮厂就是结出来的果实。"

北京的几位企业家问："杂粮厂也有产品了吗？"

李聪明捅了捅石英，石英赶紧转移话题，说："还在策划中，很快了，到时候还请你们支持。"

"好哇，好哇，北京市朝阳区既然推荐了我们，我们就要坚决落实企业的社会责任和义务，把你们的好产品推广到北京市场。"

企业家们又选择了几个贫困户进行了走访慰问，送了米面油和慰问金等。中午就在镇政府的食堂吃了工作餐，没休息就回了县里。

送走客人，李聪明松了口气，对石英说，"那个杂粮厂可咋整？北京市朝阳区当时按照我们的意图投了130万，厂房和机器都到位了，现在一粒粮食也没卖出去过，年底绩效审计才是个事儿。"

文关此刻在油厂带着郑春时对照18个问题的清单，从头到尾一个个过，合格的打"√"，不合格的标记何时完成。走出成品库的大门，文关说："还发现个问题，厂房里有蚊虫的痕迹，这绝不可以，发现一只当天的油一滴也不能卖，宁可倒沟里。还有，灌装调试要把握精准，一克也不能差，一丁点儿也不行，一定要有企业的规范制度。市场是随时抽验的，发现问题，整改也没有用，失信的企业死得最惨。"

郑春时不住地点着头。

"还有，我看你的原料库有菜籽，千万不要动小心思，那是掺杂使假。胡麻油混入一点菜籽油会颜色好、味道香，但是咱这是100%胡麻油，包装上有专门的标识，昧良心的事咱不能干。"

"放心，文处长，菜籽是一个客户专门定制的，绝不会混入咱们的胡麻油。"

"咱们这设备就一条生产线和管道，菜籽油如果加工，就会影响胡麻油产品的纯度。胡麻油今年的销售情况好，明年我们可以争取增设一条生产线。"

见文关出来了，李聪明指着油厂前院的厂房说："还有个烦心事呢，东沟村这个杂粮厂也垢下病了，北京那边当时问我们建个什么厂，村委会开会听村民代表的意见建杂粮厂，厂子建起来了，产不出个粮食，你给说说咋办？"

石英递过来一支烟，文关没有推辞，点上了。

"为啥产不出来？"

"没人会操作，也就没人承包，找了几个外地人看了看，说设备也不行，不挣钱，扭头就走了。"

石英说："当时大家以为几十万的设备，啥粮食都能加工，哪知道都是有口径的，这套设备能加工谷子、高粱、黄米，其他就不行了，连绿豆都不行。"

几个人来到杂粮厂的厂房。

文关说："生产许可证没有，内部设置还没搞，不符合生产条件。这样行不行，油厂拿到生产许可证和销售许可证后，我们邀请一位业内的企业家来调查指导，给我们出出主意，看看咋能激活这个杂粮厂？"

"这个好，这个好！"李聪明说。

李聪明见石榴也随行，但一直没说话，就问石榴："你帮扶的李占富咋样了？"

"房子盖得挺快，马上封顶了，然后烧上几天火，干一干，给他置办点家具啥的就可以了。"石榴说。

石英也跟着把话题转移过来，说："那天我也去看了，房子30多平方米，两口人，够住。李占富胡子也刮干净了，衣服也立整了，谁帮都不行，就让小石帮。"

几个人也跟着笑。

李聪明说："我有个想法，还没来得及跟石镇长沟通，今天正好都在，文处长也给把把关。小石帮扶李占富见成效，大家都看在眼里，对百姓有感情，工作细致入微，民政所目前缺个所长，征求一下你的意见，能不能上？"

石榴有些愿意也有些犹豫，说："让我想想呗。"

李聪明说："这还想啥，文处长，你说小石行不行？"

"好干部，有担当，一定行。"

李聪明说："等着上会定吧。"

石英问石榴："会开车不，电脑呢？"

石榴答道："都不会。"

石英没说话。

（九）

一周后，35期中青年干部培训班的同学派出10人为代表，租用了一辆大货车，把乐器厂发来的40件管乐送到红云镇中心小学，李染声带着5名乐手随行。

还是那个小礼堂，校长主持了捐赠仪式。

校长激动地说道："做梦都没有想到，党校的同学们每个人为孩子们捐赠了一件乐器，让红云镇的孩子们有了自己心爱的乐器。这不仅改善了我们的艺术教育条件，丰富了学生们的音乐课堂，也显示出党校的同学们把关爱基层基础教育当作一项社会责任共担。我们所有老师将一如既往，以踏实的教育情怀，将红云镇中心小学打造成全县有特色、有质量的乡村学校。音乐，能给我们带来情感和感知能力，能健全人格、丰富想象、提升创造力。红云镇中心小学乡村少年乐团承载着孩子们的音乐梦想，为学生的童年添彩，是全县中小学校园里最亮丽的一道风景线。"

党校的同学把一件件闪亮的乐器分发给少年乐团的乐手们，校长跟李染声说，都是孩子自己报的名，然后学校经过初选，暂定了40个，后期根据孩子们的掌握情况再调整。这些小乐手主要是留守儿童，可以在晚上练习。

这时候，孩子们的代表发言了。

尊敬的各位领导、敬爱的老师、亲爱的同学们大家好，请允许我代表全体受助学生，向帮助我们的叔叔阿姨表达我们深深的敬意，请接受我们最真诚的谢意。

我是小学五年级的学生，名叫李明明，我现在跟年迈的奶奶、残疾的妈妈一起生活，爸爸外出打工了，所以我也是留守儿童中的一员。自从市妇联等相关部门启动关爱留守儿童行动以来，我们留守儿童都有了自己的代理家长、代理小伙伴、老师妈妈，得到了来自社会各界的爱心资助。每逢节日，我们会收到礼物，一件温暖的新衣、一个崭新的书包、一本散发着墨香的新书，让我们享受到了不是亲人胜似亲人的浓浓关爱。

今天更让我激动的是，叔叔阿姨给我们送来了乐器，我们可以组建自己的乐团，搭建起与高雅艺术零距离接触的桥梁。音乐美育我们的心灵，乐团将成为校园里一道最具魅力的特色文化风景。我们要在自治区歌舞剧院爱乐乐团音乐家们的指导下，刻苦练习，不久的将来，我们还要走上更大、更漂亮的舞台演奏。

我们不是温室里的花朵，我们是石缝中顽强生长的小草，寄宿生活磨炼了我们的意志，可我们并不孤单，因为有关心、帮助我们的老师，有关爱我们的爱心人士，更有时时刻刻关怀我们的党校叔叔阿姨们。为了不辜负你们的期望，我们将怀着一颗感恩的心，永远铭记这份关心和厚爱，珍惜来之不易的学习机会，做一名爱国守法、明礼诚信、团结友爱的小公民，做一名德智体美劳全面发展的新时代小学生。

雷鸣般的掌声响起。

"讲得真好啊。"学员们感叹。

党校的学员代表也走上了讲台，说："这个乐团是我们中青班40名学员的个人捐赠。一方面为同学们提供健康的精神食粮，一方面也是献给我们自己的一份特殊毕业留念。全区有留守、流动儿童40多万，关爱留守儿童不是一时之计，而是一项长期的事业，这是我们第一次做公益活动，今后我们回到各自的工作岗位，还要继续关心关爱留守儿童，让孩子们的学习生活更丰富，用自己的实际行动为留守儿童健康发展贡献一份力量。"

掌声又响了起来。

李染声说："祝贺咱们自治区第一支由留守儿童组成的乡村爱乐乐团，叫什么名字呢？党校的学员和校长经过共同商量，就叫八九点钟少年铜管乐团吧，旭日东升，朝气蓬勃，我觉得好，同学们觉得怎么样？"

"好——"

李染声接着说："从今天起，自治区歌舞剧院爱乐乐团和红云镇中心小学八九点钟少年铜管乐团正式结对，我们是好朋友了，以后每周五乐团的叔叔阿姨都会来辅导同学们，希望你们早日成为小音乐家，我们力争到12月末，在首府共同演出，好不好？"

"好——"爆发出一阵又一阵的热烈掌声。

"言归正规，今天乐团来了5个叔叔给大家演示一下大管、长笛、单簧管、双簧管、圆号，这就是管乐五重奏。先来个好玩的曲子《马戏团的日子》。"

表演接近尾声时，面对会议室里一张张可爱的脸蛋、一双双饱含期盼和好奇的眼睛，大家都不舍得离开。

"首府见。"孩子们边招手边喊。

走出会议室，李染声、党校学员代表和校长共同揭开了挂在学校门口的红绸布，一块金色牌匾显现在墙上，上刻"红云镇中心小学八九点钟少年铜管乐团"。

回头望去，隔着玻璃窗孩子们还在招手。

第二天，报纸发表了这样一则消息：《自治区成立了第一支留守儿童铜管乐团》。

第六卷

企业家

农村产业发展是农村实现可持续发展的内在要求。从中国农村产业发展历程来看，过去一段时期内主要强调生产发展，其主要目标是解决农民的温饱问题，进而推动农民生活向小康迈进。从生产发展到产业兴旺，这一提法的转变，意味着要从过去单纯追求产量向追求质量转变、从粗放型经营向精细型经营转变、从不可持续发展向可持续发展转变、从低端供给向高端供给转变。

在实践中，厂房、生产设备和用具投资都不是问题。对于长期以来没有集体经济的胡麻营村来说，欣然接受先进的生产经营理念，是需要下点功夫的。

（一）

油厂整改后，郑春时如期拿到了生产许可证，又到县里办理了经营许可证。石英把设备制造企业的工程师从河南邀请过来，让郑春时组织好培训工作。

文关观察一旁的实验员，接过摆好样本的实验盘，小心地放入扫描仪，生成图像，输入编号。看着实验员动作娴熟、操作规范，文关便离开了。

出了厂门，文关碰到几个大爷大娘带着自家的大豆、胡麻，要进厂子榨油。文关哭笑不得，连忙把郑春时喊出来，"好好跟大叔大娘说说榨油厂是咋回事，我得去趟医院接毛仁。"

文关和石榴一起去的。接到毛仁后，牧仁和刘一森来送行，文关把村委会制作的锦旗双手递给了牧仁，代表村委会表达谢意。

牧仁说："医院对费用再次进行了减免，还是老规矩，余下的6800元什么时候有什么时候给。"

刘一森又叮嘱了毛仁一些注意事项，铁锹、扫把都可以用，可以搬运一些重东西，尽量动起来。还给毛仁塞了几个螺丝杆，说没事的时候拧螺丝，锻炼手指的灵活度，能包饺子时就都好了。

文关也鼓励毛仁说："剩下的钱文史馆的干部们捐助，你好好做营生，用实际行动答谢院长和刘医生怎么样？"

毛仁坚定地说："知道了。"

石榴拎着毛仁的大包小包往车上装，大家挥手告了别。

第二天，毛仁按时到油厂当了下夜值班保安。文关反复提醒他，喝酒一次，就取消合同。

毛仁又要抡起手打自己嘴巴，文关赶紧拦下来，"这手比你这脸重要，以后再打脸，你得问问手愿不愿意。"

毛仁笑嘻嘻地说："别说喝酒，谁敢当面提个酒字，我就……"

"行了，行了，认真值守，盯紧了东西和人。"

毛仁啪一下立正打了个敬礼，喊道："是。"

厂子建好了，压榨一级胡麻油通过了检测，郑春时拿到检验证书后迫不及待地用手机拍照发给了文关。

徐特设计的产品外包装也印刷出来了，北京市朝阳区这几天还组织企业家团队来了好几波，策划着做推广调研。

且不说油厂规模大小，如果没有足够的供给侧内涵，消费者同样敬而远之，甚至不如一个乡村杂货店更具经营理念魅力。所以，按李聪明和石英的商定，由文关协调自治区扶贫办产业处，红云镇组织了发展集体经济调研组赴丰城县田野粮油食品有限公司参观见学。

企业的董事长叫金海，从一个小粮店起家，如今企业每年的销售额超亿元。金海说："30年前我们企业也是村集体经济企业，但是现在我们拥有12家配套企业，集体总资产达10多个亿。"

石英说："我们投资了130多万，建设了一个小型胡麻油厂，目前只有一条生产线，和你们大企业一比，小巫见大巫。"

金海说："设备够用就行，关键是产品的去向。我对供给侧的理解是'反着来'，花费大量的时间管理投资组合中最重要的部分，也就是市场需求，从而决定哪项投资可能实现利益最大化。"

"反着来，这个提法好，通俗易懂。"文关说。

"就是用需求引领，并保证农民种得好，品牌战略对接市场需求才能卖得好。如果不顾需求一味地种，就会形成库存。我当年也是不管不顾，一股脑买了很多设备，忽略了市场需求，有的设备用不上，至今放在库房里，造成了上千万元的浪费，教训深刻。"金海说。

石英说："金董事长直言不讳，拿自己走过的弯路给我们举例，对我们来说是一种收获，吸取教训就会减少成本的付出。供给侧结构性改革面临许多考验，我们得有准备迎接困难和挑战，也要向金董事长学习敢于承受阵痛，尽量降低改革成本。"

文关注意到这家企业也设置了专门的参观通道，可以俯瞰所有生产环节，豆类、小米、糕面、藜麦、食用油车间都是独立的，包括灌装和包装。

"我们能不能加入金总的生产体系，我们油厂、杂粮厂成为你们公司的配套企业，或是子公司。我们按公司派下的任务完成指标，说白了，我们可以成为你们的一条生产线。"文关指着一个个独立的车间说。

金海笑了笑，说："还是那句话，设备够用就可以，卖出去才是王道。当然，助力脱贫攻坚是每一位企业家应有的境界和担当，我是民营企业家，也是党员，应该带头为国家分忧，尽自己的微薄之力积极支持脱贫攻坚事业。"

大家眼光对视了一下，李聪明说："邀请金董事长去看看我们的企业，也许灵机一动，咱们就碰出火花了，重要的一点是我们的产品正申请加入《全国扶贫产品名录》，通过后发布在扶贫网，我们叫'832网'，全国832个贫困县的扶贫产品都在上面。国务院扶贫办下发了一个关于开展消费扶贫行动的通知，消费扶贫也是一种供给侧保障，独一无二。"

金海眼前一亮，说："对，你们是重点贫困县，国家鼓励部门单位购买贫困地区扶贫企业产品，说白了这是针对病灶开出的保险药方，你们后顾无忧啊。"

"咋样，动没动心？"文关笑着问。

"明天就去看看。"

"好。"

看完厂房，最后一个参观项目是产品陈列室，足有五六百平方米，陈列室有一个直播间，主播正边讲边操作。大家伙走近一看，操作的是莜面，一个南方人问咋吃？

"热水和面，和好的面，要趁热制成莜面制品上笼屉蒸。莜面制品形式多种多样，最省力的，是用一个木制的压榨机，将面团挤压成面条，这叫作压饸饹。讲究一点的，用手将莜面团在案板上搓成细细的面条，称之为莜面鱼鱼。这种鱼鱼，一般人一次只能用手搓一根，而最能干的主妇能两手同时操作，且一手能搓两三根。最常见的制作方法是做莜面窝窝——捏一小团莜面，在一块巴掌大，像搓衣板那样斜搁着的上釉陶板上用右手这么一推，左手拈起一揭，掀起一片薄薄的莜面片，然后就势在手指上绕成筒状，竖着立在笼屉的纱布上。许许多多这样的圆筒一个挨一个立在一起，就形成状似蜂窝的莜面窝窝了。"

金海说："别小看这部手机，每年通过直播能卖出3000多万。"

"喔唷，这还了得！"李聪明感叹着。

文关问石英："咱们杂粮厂前面那块空地还可以用吗？"

"能，还有四五百平方米吧。"

"太好了。"

石英笑着问："又有啥主意了？"

文关但笑不语。

（二）

第二天，金海如约而至，还带了3位环节干部。

第一站是油厂。

在原料库，金海问："胡麻从哪里购买？"

郑春时说："有本地的，也有邻近市县的。本地的目前不够用，等规模生产以后，我们指导农民大量种植，签订合作协议，特别是贫困户卖给我们，我们收购时比市场价高一些，这也是我们油厂的带贫机制。"

金海说："不简单，有情怀，这样的企业能做长久。根据我这么多年的经验，一般企业初创，坚持4个月，就能坚持1年；坚持1年，就能坚持4年；坚持4年，就奔着10年去了。但是10年以上的企业，会剩下不到初创时的10%。这里面企业文化是灵魂，重视产品与人的关系才可持续。产品是为人服务的，不是单纯为钱。当然企业追求效益，但也不一定每天喊着钱钱钱的，这样往往令消费者敬而远之。"

大家都跟着点头。

精炼车间非常整洁，每个罐子都标记着名称，地上有导引线。金海说："榨油设备都是非常好的，足够用了。精炼这一块也非常标准，还有流水灌装线。我当年创业，砸锅卖铁不够，又借了点钱，结果啥也不懂，买回来的是人家淘汰的设备，精炼不出达标的胡麻油，设备直接进了库房。"

石英不自觉地向窗外的杂粮厂瞟了一眼。

李聪明知道金海说到他们的痛处引起了石英的连锁反应。

郑春时已经完成了一批样品，并且包装好了。金海仔细端详着5升的油桶，不住地点着头，说道："胡麻营牌，源自1906年，生产许可证号也是新的，还是一级胡麻油，我们企业生产的是二级的，自愧不如啊。"

文关指着包装上的一行小字说，看看这写的啥？"不仅仅是胡麻油，是100%胡麻油。"

"写得好，一语中的啊。你们经营思路没问题，销售对象主要是谁？"金海问。

"主要是北京和南方，我们下一步对接对口帮扶的北京市朝阳区，动员他们片区内的销售商推广。还有自治区的企事业单位、高校食堂、扶贫产品超市，等等。"

李聪明说："金董事长给提点意见建议。"

金海笑了，"你们的路子已经设计好了，我哪里有意见喽。"

从油厂出来，大伙来到杂粮厂。杂粮厂的成套设备个头很大，还带着梯子供人爬上爬下，金海顺着梯子到上面看了看。

"这是成套的碾米设备，可出系列小米、高粱米、饲料。在10年前这套产品可以说工艺先进、设备精良、出品率高、成品质量好，许多粮食加工企业都乐意购买。可是，10年间发生了很大的变化啊，和现在的装备比，我们一台精选机的价格比你们这个工厂都贵，所以只能生产大袋粮了，换句话说现在的人口味要求高了，这个机器只能做到初选级，选出来的粮食品质一般，卖不出好价格。"金海摸着机器说。

石英说："实不相瞒，从买来到现在，只产了千八百斤，后来就停产了。一是技术问题，农民掌握操作技术吃力；二是设备相对于现在是落后了，采购时候都不懂行，以为是个成套设备就是全能杂粮机，缺乏调查研究；三是投资了130万，厂房占了90万，设备款只有40万，采购的能力有限。"

所有人都等着金海的最后定论。

"我就打开天窗说亮话吧。油厂，那个胡麻营品牌创意非常好，商标也不错，自己经营应该有前景。杂粮厂，两种方案，一是你们增加设备，特别是精选机，起码要投入50万元左右，自行生产成品；二是出租给粮食企业经营，他们想怎么用就怎么用，你们每年固定收租金就可以了。至于把这个杂粮厂变成我们的一个分厂，不现实，为啥？因为建设分厂我们就要派厂长和技术工人，成本很高，这个成套设备每天的产量不够他们工资啊。"

一时间大家都沉默不语。

过了一会儿，李聪明说："谢谢金董事长，说的都是肺腑之言，我们能听出来，这些都是金点子，我们回头仔细研究，然后当面再请教。"

金董事长告别后，几个人情绪都有点低落。

石英递给文关一支烟，文关摆手。

"抽烟醒神。"石英苦笑着说。

"建立分厂是没戏了，这设备哪有人租。"李聪明自言自语道。

文关看着杂粮厂前面这块空地，又用脚来回丈量了几次，然后说："想没想过乡村电商的事？农民与电商企业对接融合，线上线下互动发展。"

李聪明和石英表示不解其意。

文关说:"昨天在金董事长的直播间,那就是电子商务进农村,或者说互联网+现代农业。一部手机直播每年赚几千万,我们也可以。杂粮厂、油厂、农民的其他产品与电商平台形成产业链。我们不能总靠北京,终究自己孩子需要自己养。"

"杂粮都没下文了,链条不完整啊。"石英说。

"这两个项目已经投完了,东西就摆在那儿,千方百计也要运转起来。金董事长的点子忽略了一个方面,那就是他说的大袋粮,也就是小米、黄米、高粱米的剥壳和初选。我们可以做这个环节,然后转运到金董事长的企业进行精选、包装,使用他们的生产许可和销售许可,属于委托生产,商标还是我们的。做环节未尝不可,不一定一条龙出成品,只要赚钱,机器被激活发挥作用,就是赢家。"

李聪明和石英点头。

文关继续说:"油厂、杂粮厂运转后,产生的油饼等,其实可以配套发展饲料厂。还有粮油需要包装,还可以发展纸箱厂。但是投入大,场地不够用,生产许可也是非常严格,就算了。还有一点,从杂粮厂的教训来看,农民掌握加工技术需要一定的时间,所以,与其投入新设备,不如投入到电商平台上,能够推动杂粮和胡麻油的销售。电商平台可以招租经营。"

"高大上,高大上。"李聪明有点激动地说道。

"投入可以,钱呢?"石英问道。

"面包会有的,牛奶会有的,一切都会有的。"

3个人破颜一笑。

(三)

杂粮厂做环节生产的事一经沟通,金董事长当然高兴,说:"各挣各的钱嘛,这是好事。你们确定品牌,我们免费印刷外包装,为脱贫攻坚尽助力。"

这个事体现在镇政府的报告上就是实现大企业与小工坊有效对接。杂粮厂加工大袋粮的事，很快传开了。

东沟村的村民吴强正犹豫着到底承包不承包，村里的人说："你就靠李书记、石镇长，他俩扶持起来的产业，还能看着不管？你就闭着眼睛生产，也亏不着。"

吴强来找石英，正好李聪明也在。

"我这种人，就会干大袋粮，精细的我也不会。如果镇政府能保证卖出去，我就承包。"吴强拍着胸脯说。

石英说："就像油厂一样，在厂子起步的时候我们可以帮助沟通联系，首批产品卖出去没问题。但是市场决定资源配置，书记和镇长不是董事长，企业的发展关键还是靠你们自己，我们扶上马送一程，但是不能牵着马到处走。如果那样，我俩当厂长得了。"

李聪明跟着说："大海航行靠舵手，群雁高飞头雁领，关键时刻我们需要有勇气的领头雁。咱们穷了多少年，星星还是那个星星，月亮还是那个月亮。年轻人，拿出两把刷子，给他们看看，你叫吴强，可不是无强。"

吴强说："李书记你这歌倒是会得不少。"

"去去去，别没正经的，要想承包你还得过村民代表大会那一关，看看村里人信不信得过你。"

吴强是在犹豫中承包了杂粮厂，承包费7万，签订了两年的合约。按村民代表大会的决定，承包期最少5年，吴强说5年他吃不准，也没有别人承包，只好同意吴强先承包两年看看。

吴强开始与金海的企业对接，注册的"红云绿禾"商标还是石英帮着想的。文关建议包装设计的主题是"旱地粮"，体现差异性。因为张小五讲过，市场上不缺杂粮，但旱地粮是特色。

杂粮厂好歹有了着落，文关忽然想起李硬眼，那个一心想回胡麻营村发展的年轻人。文关与李硬眼通了电话，李硬眼当时就兴奋起来，说：

"我在村里通过土地流转承包了500亩地，杂粮厂运转之后这500亩地可以发展成杂粮厂的种植基地，专供小米、黄米。"

"政府就是领路人，可以帮着出主意，但是不能打包票。"

"我懂，自负盈亏，这些年在外面闯荡，也是我自己打拼，不能回了村就怂了。"

油厂和杂粮厂开始生产，文关总算可以喘口气。李聪明、石英几个人商量，首批产品去北京搞一个推介会，争取产品走上量化。北京市朝阳区回复说，推介会由他们组织，到时候发布产品。

文关把最近的一连串事儿写在了田野调查报告里，一看征文的日期有点过了，就给费孝通田野调查组委会打电话，说有几件事刚刚落地，这样的调查心里才踏实。组委会的工作人员说，征文截稿了，正在登记统筹中，来自扶贫一线的调查他们还是欢迎的，特殊情况特殊对待。

刚发完稿子，沙打旺和齐二强来了，身后还跟着几个人。

来的人自我介绍说："我们是市里搞旅游开发的，我叫陆海风。事情是这样，今天去九龙泉旅游点做一个合作项目考察，路过一片果树园，看到地势起伏非常好，已经被网围栏圈住了，南北两个方向设置了大门，还三面环水，就想来村委会聊聊，看能不能开发。沙书记和二强主任说和您当面沟通，大家一起探讨。"

"那当然好，说说你们的意图。"

"270多亩，我们可以搞林间的房车营地和星空园地。林下可以种植一些当季的草莓、蔬菜、药材，搞采摘，还可以垂钓……"

"听起来挺有吸引力，但是地上是不允许搞永久性建筑的，临时建筑和设施农业要经镇政府批复。"文关说。

"这些我们考虑了，我们最少要签订10—15年合同，即便是临时建筑也投入较大，将来不做了，我们可以拆卸拉走。而且，我们的材料和房屋设计都是架空的，不会压实地面，对草皮也不会造成破坏。"

"谢谢各位企业家，你们都有一双慧眼，我们胡麻营村这颗珍珠才在大家的发掘下发光。你们制订一个开发方案，村委会组织村民代表共同研究，咋样？"

"那太好了。"

沙打旺和齐二强在一旁笑眯眯的。

"听老乡们说文处长是从自治区机关来的，在村里搞了许多项目，对农村咋这么了解？"

文关笑着说："实不相瞒，刚来的时候我也是一头雾水啊，心里打鼓。后来把握了几个方面，一是向基层的干部学习，他们熟悉情况，更能吃苦、受累、奉献，处理基层的工作，他们是能手。二是向群众学习，一定要真正和群众打成一片，热心为群众解决问题，和群众交心、做朋友，不能吹胡子瞪眼，虚心拜群众为师，实际是政治智慧的增长。还有一个是最重要的，就是认真学习《习近平新时代中国特色社会主义思想学习纲要》，一遍学不透，学两遍，两遍不行，学习三四遍。遇到困难就到书中找答案。关键是学深悟透，确实领会上级的意图，就一定能找到答案。如果学习是为了完成任务，搞虚头巴脑的东西，那就没有真正的东西可以落地，仅仅停留在文件和文字报告里，老百姓背后会戳脊梁骨的，人人心里有杆秤。"

几个人围过来，拿起那本《习近平新时代中国特色社会主义思想学习纲要》，里面密密麻麻有不同颜色的画线和学习心得，旁边还有《经济学的思维方式》《品牌与品牌地理化》《政府与社会资本合作（PPP）模式》《BOT项目运作与管理实务》《反思地方品牌建设》《农民的政治》《乡土中国》《红船》《雷锋》等书籍。

陆海风说："连王铭铭的《人文生境》也有，这是我的导师，我也是学社会学的。文处长能有这番作为，肯定是一个有故事的人。"

"边学边做，向所有人学习，特别是企业家们，只要是为人民服务，都是我的好朋友，一辈子的好朋友。"

"我们一定会成为好朋友的，如能合作，我们企业也会体现公益作为，每年拿出一部分利润开展帮老扶困,我们也要和农民成为好朋友,让农民把我们企业当成自己家的企业,劳动用工我们也优先雇用村里的劳动力。"

"我等你们的方案,争取促成此事。"

沙打旺和齐二强笑得合不拢嘴。

(四)

韩长命也带着几个人一同进了文关的宿舍。

不等韩长命介绍,其中一人就着急地说:"文处长,胡麻营村的油厂、杂粮厂都开工了,红火了起来,我们心里跟着着急。都说文处长主意多,想邀请文处长去我们那儿住几天,也帮帮我们吧。"

其余几个人也说:"那天镇里开会,研究油厂的事,听完文处长的话,我们就知道胡麻营村这回干对了,回头看看我们村,更着急了,今天我们村委会几个人一合计,得邀请文处长去看看,指导指导。"

文关瞅着韩长命,意思是来人是谁?

韩长命说:"你们猴急啥呢,自我介绍一下吧。"

"哦,我是孙国栋,是南沟村的村党支部书记,这是我们村委会的几个干部。"

"你们是豆腐厂还是养鸡场来着?"文关问道。

"豆腐厂,半死不活的。承包的人快不想干了。"孙国栋说。

"啥时候去看看?"

"文处长,你看要不现在就去哇,我们就是特地来接你的。"

"走吧。"

一路上,孙国栋向文关介绍基本情况,南沟村的豆腐厂实际是利用旧校舍建起的,设备由县里投入,花了20多万。厂房内部装修花了20多万。合计起来小50万,日产豆腐2000多块,每块2元。

"那不是挺好。一天4000元,10天4万。"

"哪有那么好，卖不出去，每天能卖200块，就是供应政府食堂，也到不了300块，人家食堂也不能天天吃豆腐哇。"孙国栋说。

"周围还有卖豆腐的吗？"文关问。

"有，还有两家，一家是黑坡村的，规模小，投了15万，现在也停了。还有一家是西沟村村民开的，产量每天四五百块，销量比较好，年头长了，主要是供应县里的农贸市场和饭店。"

说话间，一行人到了目的地。

"当天的豆腐当天吃，卖不出去的咋办？"文关继续问道。

"我们打算做真空包装，保质期能达到3天。"孙国栋边说边指着打包机。

"我也经常买豆腐。首府那边的主要豆腐品牌据说差不多占据市场份额的90%，有的豆腐企业可以对当天滞销的豆腐无条件回收，不让经销商损失，与经销商之间建立了可信的合作关系，这是一般小企业做不到的，如果我们的企业能建立这样的制度，持续营销，在市场里分一杯羹也不难。"

孙国栋和几位南沟村的干部都不说话了，只是呆呆地看着机器。

"现在承包的租金是多少？"

"每年3万。"

"每年3万，十六七年才能收回成本，我分析这些设备用不到10年，每天都水淋淋的，如果保养不到位，还没收回成本就作废了，或者维修的成本也高了，那就不挣钱了。"文关若有所思地说。

孙国栋说："当时帮扶单位说可以投一笔资金，问我们想干什么？大家伙开会说，就会做个豆腐，每天离不了豆腐。结果……"

"结果眼大肚子小，吃不了2000块。"一个村干部接着说。

文关笑了笑说："建设前要有可行性报告，最好是走访一些经销商，看看有多少能建立订单，再考虑建多大规模的厂子。豆腐不像别的产品，它对保鲜要求高，今天卖不出去，打上真空包装，明天去卖倒是可以。但是，明天的新豆腐又上市了，谁会买打着包装的旧豆腐呢，真空白打了。所以，跟包装没关系，跟能不能卖出去有关系。"

"给我们指条路吧，文处长。"孙国栋说。

"我拿黑坡村的豆腐厂举例说明吧，他们可以注册一个黑豆豆腐，就卖特色，也许是条出路。有人就爱吃黑豆豆腐，或者吃惯了平常豆腐，换种口味吃点黑豆豆腐嘛。换条思路也许能够盘活这个豆腐厂，毕竟规模不大，说不定还可以做得更好。"

"那我们该换个啥思路？"

"找产品的差异性，张小五虽然讲了一次，但是可以提醒经营者一辈子。产品制造前期一定要进行市场论证，问问自己，消费者为啥要买我的豆腐？理由有几个？一般生产人都乐观地看待自己的产品，所以对市场预期通常都估计不足。现在的市场什么都不缺，更不缺豆腐，所以要尽量差异化经营，差异化不是搞怪，稀奇古怪的差异化也是绝路。我说的差异化，就是类别、款式、针对的人群、文化习惯等，精准定义，让产品更有概念力。比如胡麻营的胡麻油，就是特有的文化概念，在市场里是个特色，找不到第二个。"

孙国栋说："文处长你说得有点深，能不能再具体点。"

看到大家有点无助的样子，文关继续说道："我看了一下，你们这是豆制品的成套设备，还能加工豆腐皮、腐竹等，开发一下，做一个高质量的豆腐品牌，形成系列产品。毕竟设备已经有了，只能发散思维，发挥设备的功能。"

"我那有本书《重新定义产品》，通俗易懂，回头送给你们，遇到问题多多学习，都能有办法。你们碰到的困难，别人也有过，而且都解决了，拿过来参考参考，也许就会茅塞顿开，不要自己硬憋。"

那天晚上，文关从南沟村豆腐厂拿回几块豆腐，让食堂马大姐馏了一下，结果盛到盘子里时已经不成形了，吃起来也有点干涩。文关知道，这不是豆腐的问题，这是人已经没有信心了。

韩长命说:"镇政府食堂也是为了照顾南沟村豆腐厂,就买他们的,大家说不如西沟村村民自己做的。咱们村还有几个人吵吵着要做豆腐。咱们村里大豆产量也是可以的。"

文关说:"还做豆腐呀?我看不如做成大豆油。"

"文处长这是掉油里了,啥都想做成油。"

齐二强边说边拍打着身上的灰尘进来了,大家给他让了个座,齐二强边吃边告诉大家伙,这几天经济林上空好像有无人机飞来飞去。

"咋的,搞侦查?"韩长命瞪大眼睛问。

文关猜测道:"估计是陆海风他们,那片林子或许有出路了。"

(五)

文关在隆隆响的车间里接到了陆海风的电话,说他们已经到村委会了。

文关把沙打旺、齐二强都叫来,一起听听。

果不其然,无人机就是他们用来测绘规划的。

陆海风他们做了一份《胡麻营村综合民宿可行性研究报告》,页数不少。文关边浏览边说:"怎么想的,大概讲讲吧。"

"这 270 多亩经济林主要大力发展水果种植业,但是头 3 年肯定没收益,因为果树小啊。怎么办?先发展林下经济、民宿、餐饮、旅游观光、娱乐休闲,也可以发展设施农业。这些项目以发展现代农业、保护生态环境为目的,绝不搞实体建筑,都是绿色的临时地上建筑。我们采用先进的生态园模式,在园内进行合理的种植布局和林下养殖,将自然风光、餐饮住宿、娱乐休闲、水果采摘直销、环境保护等融为一体,实现生态效益、经济效益和社会效益的完美统一。同时,项目将与退役军人就业、关爱留守儿童等公益事业相结合,促进农民增收,促进退役军人就业,促进公益事业发展。"

"收益预计呢？"

"计划建设期为两年，估计投资完成也得600万左右，全部由企业自筹。如果年接待游客量1万—2万人次，预计年经营收入为500万左右。"

文关提醒道："首府周边民宿已经不少，特别是乡村景点遍地开花，但是城里就那么多人。举个例子说，原来两处景点两万人，每家能分1万人；现在人数还那么多，景点10家了，每家就2000人了。"

陆海风和几个朋友对视了一眼，然后跟文关说："您说的这个问题确实是实情。这几年乡村旅游利润在下降，有的乡村旅游投入也大，虽然也有收入，但是将投入的资金收回来不知道是哪年的事了。胡麻营村的资源优势是夏凉冬冷，景色秀丽，物产丰富，被游客誉为'塞外小桂林'，符合现代人渴望回归自然、纵情山水的时尚需求，是游览观光、消夏避暑、疗养娱乐、休闲度假、探险考古的绝佳胜地。关键还有便利的交通，到北京、河北、山西等省市都不远，自古是丰州咽喉、归绥门户，是自治区'一体两翼'发展构架的重要节点区。G6、G7、110国道和105省道、209省道等10多条交通干线纵横过境，这是房车营地的绝佳地段。"

文关惊讶地说："到底是企业家，慧眼识珠啊，我们自己看惯了，只能说出个'好'字，但说不出哪里好，到了你们这儿，头头是道。刚才，你说的林下养殖，能不能具体说说？"

"就是以经济林为主体，采购羊羔和鸡仔等家禽，下发到农户手中，采用公司+农户养殖模式，与农户签订代养协议，并负责统一供种、统一供料、统一技术服务和统一回收销售，助力当地农户开展规模化特色养殖。"陆海风的一位工作人员回答道。

"我们的民宿也不是标间，而是轻奢民宿，全透明的塑料环保材料，就好像住在大自然里，晚上可以抬头数星星。乡野茶室，就在三面环绕的河边，一眼望得见田园风光，近处是波光粼粼的水面，何止满口生香。林下种植区有各种蔬菜瓜果，还有特色文旅单元，比如举办露天婚礼、播放电影、设置儿童乐园，等等。"陆海风把一张张效果图指给文关看。

齐二强直接问："租金咋给？"

陆海风说："头3年，每年3万。因为，这3年我们也是投入期，果树也不挂果，基本上没收入，甚至还有支出管理成本，比如要给人员开工资。从第四年开始，租金是营业额的5%。比如一年是500万，你们就是25万。我们先承包15年，如果继续承包，优先给我们；如果不承包了，我们撤走所有设施，还原经济林。我们这些设施移动到别处还可以继续经营。"

文关长出一口气，说："受益匪浅，专业就是专业，把方案和合同都留下，我们召集村民研究，尽快答复。"

送走陆海风他们，齐二强高兴地搓着手心，说："文处长，你投了30万，引来了金凤凰，每年就有25万的承包费，这经济林原来是老大难，现在成了发财树啊。"

文关自嘲道："30万还没到手呢，只是做了计划，明年钱下来得赶紧给人家做网围栏的企业，咱们现在是借钱吃海货，不算不会过。"

下午文关去找石英，说起经济林对外承包的事，林内的临时建筑需要镇政府研究批复。石英说："应该没问题，咱们乡村发展也要提供良好的营商环境，人家主动找咱们，咱们还跷起个二郎腿，钱不是挣不到，都是被吓跑的。"

"还有个事，就是咱们的杂粮和胡麻油要尽快注册到'832网'，这个需要县里报，市扶贫办公示，自治区扶贫办批复，报国务院扶贫办审核。产品上名单后，各级消费扶贫才能接纳咱们进柜台。如果下个月进京，现在就必须得开始办理手续了。"

文关说："明天县里你去，让他们报到市里。自治区那边我协调，只要公示期结束，尽快批复上报。"

石英说："如果北京那边一炮打响，明年咱们可以争取第二条生产线的资金。"

石英边说边递给文关几页纸，文关一看是自治区关于推荐"全区最美脱贫攻坚人"的通知，眼睛一下亮了起来。

"我知道你脑子里闪现了谁。"石英神秘地说。

"刘喜顺。"两人异口同声地说。

（六）

刘喜顺前不久评上了县级脱贫之星，又上了自治区电视台，一个挂着双拐的人办起了养殖合作社，这不是典型是什么！文关决定，这个人不需要什么高大上的材料，挂着拐身后跟着他的那些牛羊，到哪里都有掌声。

文关想到此决定趁热打铁，先电话进行了沟通，然后决定去趟自治区脱贫攻坚领导小组办公室，推荐刘喜顺参加"全区最美脱贫攻坚人"评选活动。负责的部门是宣传组，下午组长正好在，文关便叫上沙打旺、齐二强和韩长命，拿着刘喜顺评选县级脱贫之星时的材料应约而至。此行目的，一是咨询刘喜顺的事迹行不行？如果行，回来再逐级报请；二是询问上报的材料该咋写？让宣传组的同志给指导指导。

宣传组很忙，来往的人员很多，文关几个人坐在那儿耐心地等。宣传组组长把手头的几页纸拿起来放到柜子里，回来看到几个人静静地看着他，一拍脑门说："你们是不是为咨询全区最美脱贫攻坚人物典型而来？"

几个人赶紧起立，说："是呢，我们推荐一个典型人物。"

宣传组组长说："可以直接从县里推荐到市里，逐级报嘛。"

文关说："我是文史馆的干部，叫文关，在红云镇胡麻营村驻村扶贫。这两位是驻村第一书记沙打旺和村委会主任齐二强。我们此次来是希望您给看看材料，看人符不符合？提点意见。如果行，我们就逐级推荐，也算组长同志给我们吃个偏饭，指导指导我们基层的同志，我们在这方面经验比较少。"

"材料拿来了吗？我看看。"

文关递过去3页纸。

宣传组组长看得很快，然后说："还有没有其他材料，比如故事集之类的？"

几个人摇摇头，说："没有，就这些。"

文关解释说："刘喜顺这个贫困户，现在已经是稳脱户了。他与众不同的是，村里最先认定的贫困户有他，但是第一个脱贫的也是他。他的口头语就是不当贫困户。这几年，他从零起步，到现在已经有500多只羊、20多头牛，还开办了养殖合作社，带动村里其他村民发展养殖业。刘喜顺是个残疾人，小的时候得病高烧，村医打针给打坏了，右腿肌肉萎缩，40多岁了还未婚。但这人生活积极乐观，心怀感恩，照顾年过七旬的父母，接济弟弟妹妹，这样一个不屈不挠的人，我们觉得全自治区都不多见。"

"咱们这次评选属于重大典型，是脱贫攻坚领导小组发起表彰的，全区13个，理论上讲一个地区一个，有的地区甚至还轮不上，如果材料不过关，初选这一关都难啊。评选上的典型，将来我们还要安排全区巡讲。这3页材料如果报上来，同等条件下肯定比不过啊，起码有个故事集打底。"说着，从书柜里拿出一本小册子递给文关。

文关他们几个人赶紧翻看，这是自治区模范系列故事集，每个人差不多有三四十个小故事。

"换句话说，如果巡讲，这3页纸能讲几分钟？如果你们想推典型，那就回去搜集他的故事，丰满一些。比如，他自己是如何创业的，富裕了之后又是如何帮助别人的，从贫困户到企业家，这中间的故事肯定很多。"

文关几个人面面相觑。

组长又对文关说："这不是演电影，光有动作就行了，还要有血有肉，咱们得讲故事，讲得人们有掌声才行啊。"

文关说："谢谢组长的指导，我们回去做采访，搜集整理他的故事。也希望宣传组的同志关注我们村这个典型，我们把这个材料给您留下，点拨点拨我们。我们希望能推出自己的典型，激励村民加油干，在脱贫攻坚的路上实现自己的小康梦，实现对美好生活的向往。"

"你们先回去搜集整理，下一步看情况再说。"组长说。

文关他们起身走，组长一直送到电梯口。

回来的路上几个人没有说什么话，到了村里已经是晚上了，马大姐蒸了一锅大饺子一直给留着，还拌了几个凉菜。韩长命摸出一瓶酒，给每个人倒了一杯，说解解乏，大家会意地碰了一下杯。

这时，杜小秀来了，进门就问："怎么样，成功没?"见大家都没吱声，便明白了。

韩长命说："人家给指导了一下，哪能说定就定呢。下一步需要搜集刘喜顺的故事，越多越好。"

杜小秀说："他是建档立卡户，就是凭着肯吃苦，一瘸一拐熬到今天，现在带着大家搞合作社，能说的倒也不少，就都是些婆婆妈妈的事，没有啥轰轰烈烈的事呀!"

韩长命对杜小秀说："属你会写了，能不能给刘喜顺写一本小故事集?"

杜小秀说："天天看着他，让我写就不知该咋写了。再说了活生生的模范，还用写?"

韩长命说："看你说的，上级评模范，人又去不了，还不得靠这些写的故事吗?"

文关一仰脖把酒都干了，站起来指着刘喜顺家的方向，大声说："假如有一天有一个舞台，即便刘喜顺一个字没有，啥也不说，挂着拐杖走上舞台的那一瞬间，就——会——有——掌——声，劳动者就是最美的人"。

沙打旺、齐二强、韩长命、杜小秀瞅着文关泛红的脸，愣了两秒钟，跟着鼓起掌来。

（七）

"文处长要请土城子乡中心小学全校师生坐飞机?"韩长命瞪大眼

睛问。

文关说："是啊。"

韩长命眼睛还是瞪得那么大，惊诧地说："这在咱们县是头一次，都知道了。"

文关说："何止是县里知道了，自治区广播电台还跟着直播呢。"

"那可是几十号人啊，来往，吃住，接送……"

文关递给韩长命几张纸，是一份方案，叫《"留守儿童坐飞机 爱心助力蓝天梦"活动方案》。

韩长命拿着方案翻看，问道："啥时候的事？"

"这个事前后几天就联系好了，出乎意料的顺利。"

事情是这样的。

土城子乡中心小学开展了"扶贫干部进校园"系列活动，助力乡村教育发展。文关也是被邀请的干部之一。

校长、老师带着文关参观了操场上的器材，看了宿舍里孩子们的被褥和生活用品，以及食堂饭菜准备情况和孩子们上课的状态。

校园很大，冷冷清清的，偶尔看到学生出入。

"我看教室有好几排，全校有多少学生啊？"

校长说："学生46个，老师23个。最多的时候学生1000多人。但最近几年村民外出务工的人比较多，渐渐搬离了，学生自然也就少了。"

副校长跟着说："许多老师的家都在县里，上班车程一个小时，一些老师不习惯也渐渐离开了学校，老师断层，学生断层，有的班只有二四个学生，今年一年级没有进来的新生。"

文关问道："全县的乡镇学校都是这种情况吗？"

"差不多，大多数学校是老师多于学生。"校长答道。

"一会儿文处长给我们老师、学生鼓鼓劲儿哇，精神面貌需要提振。"

这次活动的最后环节是在教室里举行一个圆桌交流活动，学校的老师都到了。校长向大家介绍了文关，一时间没人说话。

看着大家，文关首先开口："有人说，老师像把盐，味道有点咸，人人离不了，就是不值钱。还有人说教师起得比鸡早，睡得比狗晚，吃得比马差，出力比牛大。囊中羞涩、无权无势、人生坎坷心憔悴。"

"话虽说得有些偏颇，但也从另一个侧面说明了老师确实辛苦，特别是乡村小学的老师更辛苦。有些人总觉得自己付出得多，得到的回报太少，心理上有些失衡。居里夫人曾说，我们应当相信我们每个人都能做成一点事情，而当我们发现这点事情是什么的时候，就要坚持下去。如果老师这个职业是你发自肺腑地选择，那你这辈子就有意义了，做了自己想做的事。再就是享受学生带来的一切，教师所有的焦虑和烦恼都可以从学生对教师的尊重、理解、感激中得到弥补。老师也要学会感恩学生、呵护学生、尊重学生，幸福就会每天萦绕着你。"

讲到此，渐渐有了掌声。

文关说："最后，我背诵朱秉新的一篇散文《老师，您听我说》，送给诸位老师，希望你们做一个幸福的教师。"

亲爱的老师：

知道今年您要教我，我好高兴。在这一年的开始，我想向您吐露我的心声，让您了解我的需要。希望这一年内，我能好好接受您的教导，同时也让我从内心钦佩您、敬爱您。

1. 老师，我希望您常是一个有感情的人，而不仅是一架教书机器。

2. 老师，请您不仅仅教书，更要教我们做人。

3. 老师，请您把我当一个人看待，而不仅是您记分簿上的一个号码。

4. 老师，请您不要单看我成绩，更要看我所做的努力。

5. 老师，请您经常给我一点鼓励，不要让您的要求，超过了我的能力。

6. 老师，不要勉强把我求学当作人生的最大乐趣；至少对我，学习不一定是乐趣。

7. 老师，不要期待我最喜欢您教的课；至少对我，别的课可能更加有趣。

8. 老师，请辅助我学习自己思考、自己判断，而不仅仅是背诵答案。

9. 老师，请您耐心地听听我所提出的问题。但只有您肯听我，我才能向您学习去听别人的意见。

10. 老师，只要您保持公正，请您对我尽量严格，表面上即使我反对严格，但是我知道我需要您严格要求。

11. 老师，假如我有所失败，尤其在大众面前，不要可怜我，可怜会使我自卑。

12. 老师，在教室内，不要把另一位同学当作我的表率，我可能因此而恨他，也恨您。

13. 老师，我若有所成就，也不要把我当作别人的榜样，因为那样会使我难堪。

14. 老师，请您记得，您也曾是学生。您是否有时也会忘带东西，在班上您是否样样第一？

15. 老师，请您也别忘记，大学统考您是怎么考取的，您所念的专业是不是您的第一志愿？

16. 老师，您也需要学；您不学，我怎能从您那里学到更新的东西？

17. 老师，我心中感激；但您不要期待我口头上常说：老师，谢谢您。

最后，老师，您一定希望我学业进步，让我也祝您教学成功，您的成功将是我进步的保证，我的进步也就是您成功的证据。

后来的掌声持续了很久，有的老师还落了泪。

"其实，在与孩子们相处的时光里，有很多这样的温暖瞬间，这也是我最幸福的时刻。每当我的学生取得进步，我都会高兴好几天，他们有好的表现，我也会记下来。我热爱自己的职业，而且孩子们也教会我很多事情。"一位老师感动地说。

"我们的孩子和城里的孩子一样，他们小小的心灵也是闪光的，虽然生活条件不好，父母不在身边，但是他们不怕吃苦，不挑剔环境。我希望他们永远都是有光的少年，长大了也是闪着光的人。我们的山很大很多，但并不能阻挡他们实现心中的梦想，我们的路虽然不宽不平，但我们这些老师会陪着他们坚定地走下去。"

老师陆续发言，有的像黄昏的晚霞，有的像幽谷里的星空，有的像满山的飘雪，有的像枝叶缝隙中的光影，丝丝缕缕温暖着教室。爱，正绽放在需要关爱的地方。

这时候，下课铃声响起，孩子们陆陆续续出来活动，文关说出去见见孩子们吧，大家一起来到操场。校长说："都过来，都过来，叔叔看你们来了。"孩子们蹦蹦跳跳地跑过来，大大小小、高高低低的，哪个年级段的都有。

文关说："你们最近有什么愿望？看看叔叔能不能帮到你们。"

孩子们叽叽喳喳地说起来，其中一个说："叔叔，你看这飞机天天从我们头顶飞过，是不是从首府起飞的？"

"就是，机场距离这儿不远，是不是想走近一点看看飞机？"

"叔叔，我们啥时候也能坐飞机飞过我们学校？"

叽叽喳喳变成了哈哈大笑，有一个小孩子逗笑着说："给你安个翅膀，你自己飞吧。"

校长和几位老师笑着说："这些孩子就是没边没沿的，一天天也出不去，憋得胡思乱想。"

文关看看天上掠过的飞机，听着轰隆隆的引擎声。

"好，叔叔带你们坐飞机。"

"啊？"

"叔叔一定让你们实现这个愿望。"

"啥时候呀，长大吗？"

"下个星期。"

校长说："文处长，孩子们说笑呢，别当真，他们就是过过嘴瘾。"

文关看着这些孩子，觉得自己拒绝不了，即便八字没一撇，也坚定地告诉孩子们："我当真了，一定要坐飞机。"

老师和孩子们一下子定格了，都瞅着文关。

那天回来之后，文关打电话给张小五，说："我想请你吃个鸿门宴。"

张小五说："要钱吧？"

文关将事情的始末告诉了张小五，然后说："我答应孩子们了，请他们坐飞机。"

静默一会儿之后，电话那头传来声音。

"多少？"

"连老师带学生50多个。"

"我的娘亲嘞，飞机票来回五六万不止吧。"

"何止五六万，还有接送、食宿……"

张小五又没了动静，文关想估计又巴拉着手指头计算呢。

"你们企业家有个群，总做公益，我做个方案你给宣传一下，不成的话，我就自己掏腰包，我拒绝不了那些孩子。我决定了，有生之年，要帮助1000个孩子，人活的就是意义，没有意义，就没有生命。"文关平静地对电话那头的张小五说。

"自从你参与扶贫，比以前更冲动了。"

"那叫激情。"

"行，你500，我500，这活儿我接了。你做方案，我去群里动员。"

方案半天就做完了，张小五发出去一会儿，群里就有人响应，"这个活动好，这辈子还是第一次遇到这样的策划。"6位企业家每人1万，说着就要给张小五转款，而且还有报名的，张小五说前6个人就够了，其他的费用，如来回接送、吃住的费用她解决。

文关高兴地给电视台女主持人打电话，一五一十地讲完，她说马上请示报题。过了几个小时女主持人回话，说领导不让电视台参与了。

文关正在不解。

女主持人突然笑起来说："现在广播电视是一家，领导要派广播电台两位主持人跟随采访，全过程分段直播。够厉害了，这是我们台第一次。"

文关听完后，直呼还是你们更有力度和温度。

（八）

跟随直播的两位主持人来自广播电台交通之声频道，男主持人叫王旭，女主持人叫马娅。

当张小五和两位主持人对接行程细节的时候，王旭说："我们交通之声有个出租车组成的雷锋车队，是司机师傅做公益的社会组织，在全区各地都有分支，他们听说这个事后很感动，特别积极，承接了接站、送站的任务。"

"还有，我们跟机场联系了，机场团支部要参与此次活动。他们安排了 VIP 绿色通道，邀请老师、孩子们参观飞机发展历程展厅，最幸运的是机票能打半折。"

张小五问道："还有没有？"

"有啊，我们这次飞乌达市，参观当地美术馆，游乌达湖，我们都沟通了，愿意提供无偿服务。汉林葡萄酒庄园请孩子们在酒庄吃住，参观葡萄园。"

"还有没有？"

"保险公司为每个孩子赞助承保 300 万元险额。"

张小五说："安排得太周到，你们两位主持人当总指挥，我当后勤部部长。"

王旭说:"下周三,'将希望点亮,让梦想起飞'关爱留守儿童主题活动,是前无古人的直播。"

沟通完后,张小五又将这些安排告知了文关,文关问:"还有没有?"

"这还不够多?没有了。"

"你那儿没有了,我这儿有。文史馆员乌达美术家协会主席王章先生为每个孩子赠送作品……"

"还有没有?"

两个人不约而同笑起来。

周三那天,首府出租车雷锋车队一大早就到了土城子乡中心小学,两个孩子一辆车,副驾驶位置安排了安保人员,加上老师和直播的两位记者,几十辆车浩浩荡荡开往机场。

机场的工作人员早已就位等候,十几位身着空姐服饰的团员领着孩子们到专柜办理登机牌,参观航空展览,近距离参观飞机,孩子们好奇地伸着脖子,好像什么都看不够。

登机以后,飞机的乘务人员为孩子们专门安排了儿童饮料和小点心,帮着系安全带。得知是乡村小学生第一次体验坐飞机,好多乘客拿起手机记录着孩子们的一举一动。飞机上升的过程中好多孩子吓得闭上了眼,动不动。中途,还有两个小朋友晕机呕吐了。

从首府到乌达空中飞行一个多小时,落地后孩子们挥手同乘务人员告别,"谢谢,谢谢"地喊着。许多乘客也喊,"让孩子们先走,先走。"

乌达出租车雷锋车队接过接力棒。

王旭打开直播设备,对着镜头从容不迫地说道:"现在是《车外好风景》时间,'将希望点亮,让梦想起飞'关爱留守儿童主题活动的全体人员和孩子们已经准点到达乌达市,我们正去往乌达湖的路上,对于这次活动的策划我们采访了随行的扶贫干部文关。文关谈了为什么坚持做公益,策划这次活动的初衷,介绍了所在乡村留守儿童的现状。"

在乌达湖,采访的嘉宾是爱心企业家、经营乌达湖公司的负责人。企业家谈了企业的社会责任，乌达湖今年以来的变化，这次为孩子们特意安排的活动等。然后，随即问了几个小朋友第一次乘坐飞机和游览乌达湖的感受。

游览完乌达湖，孩子们又去参观了乌达美术馆，后面的读书会安排在了王章的创作室。孩子们分享了自己最喜欢的书，交流了体会。王章盛情邀请孩子们观摩现场作画，向孩子们讲述了他的艺术生涯，为每个孩子准备了亲手创作的书画作品，孩子们高兴得手舞足蹈。这是他们第一次坐飞机；第一次站在画家旁边，看画家作画，听画画的故事。或许，那也是他们第一次亲眼看见诗和远方。

王章同时拿出书画赠予支持这次公益活动的企业家和记者。给文关的作品上书写着"风雪挡不住，处处是阳天"，并对文关说，"你是孩子们很亲的人，也是我很亲的人，坚持下去，很有意义。"

活动结束的时候，孩子们说："回去以后我们要像王章爷爷一样，画村庄，画麦田，举办我们自己的书画展览。"王章连声说"好，好，好，太好了！"边说边不时地抹着眼角。

下午最后一次直播活动是《轻语飞扬》。

企业家和校长、老师、孩子们在汉林酒业种植基地的葡萄藤下畅谈一天的感受。

主持人王旭把话筒递给了校长，校长很激动，"孩子们不缺书包和橡皮，食宿国家有补贴不花钱，学校建设上级也重视，农村孩子们需要开阔视野，希望能和城里孩子们一样能眺望世界和人生。这次活动给了孩子们一架真正的'飞机'，或许他们的人生从此不同……精准教育扶贫，也需要精神和思想上的助力和推动，点亮孩子们心中的理想和梦想。"

大家你一言我一语，讲了许多感受和活动中的趣事。

第二天早上，乌达出租车雷锋车队的司机师傅们把孩子们送到机场，乌达机场同样安排了绿色通道，并赠送每个孩子一架飞机模型。落地后，首府雷锋车队的司机师傅们又把孩子送回学校。

孩子们安全回家了，文关搭乘其中的一辆车回胡麻营村时，已经晚上9点多，乡间公路没有路灯，司机师傅对土石路没有经验，转弯的时候车翻滚到了路基下，卡在一个树桩上。司机压在文关身上，两个人都动弹不得。

路过的车跑下来几个人，把他俩拽了上来，两人都擦破点皮，没有其他大碍。但车门和车顶已经变形，玻璃碎了几块。

石英带着附近村干部把司机安顿在镇里的宿舍，将文关送回村里。

第二天交警和保险公司都做了现场勘验，车辆是全险，跟司机说人平安就好，修车赔付都没问题。

不久，自治区派驻金河县脱贫攻坚工作总队副总队长王晓东因所乘车辆爆胎发生车祸，牺牲在了脱贫攻坚的征途中。文关和王晓东平时在同一个栋楼办公，楼上楼下常常见面打招呼。

脱贫攻坚战全面胜利的背后，闪动着无数负重前行的身影，传颂着众多感人至深的故事，奋斗着一批又一批默默奉献的平凡英雄。自治区有46位同志将宝贵生命献给了脱贫攻坚事业。

第七卷

去北京

  "爱心北京"作为北京消费扶贫的平台之一，供给端深耕北京对口帮扶的5省72县农特产品，需求端连接北京企事业单位和各级工会，通过食堂采购、办公集采、职工福利等消费方式，助力贫困地区产品与北京市场的无缝对接。红云镇的"胡麻营"牌胡麻油、"红云绿禾"牌旱地小米也在其中，第一次摆上了北京商超的柜台。

  政府和企事业单位能够以集体力量为消费扶贫进行一定的兜底，可以保证扶贫产品的销量，但是想要再度提升消费扶贫额度，让人民群众广泛参与进来，扶贫产品需要自身成长。

（一）

送回了土城子乡的孩子们，却引来了土城子乡的乡长。

当时，文关正在胡麻油厂和杂粮厂，听着悦耳的机器隆隆声，想到这批产品将走进首都，文关感觉自己像打了鸡血一般。

乡长是"90后"，叫张国林，刚来不到一年的时间，是大学毕业后考录到乡镇任职的。

张国林从车上下来，旁边跟着土城子乡中心小学校长。校长向文关介绍道："这是我们乡长张国林同志。那次活动后，坐飞机就成了村民的话题。孩子们还举办了一个画展，邀请我们乡里干部去参观，我们乡长看了画展很感动，一定要我带他来看看文处长。"

张国林说："孩子们有了精气神，原来不爱学习、不爱住学校的孩子现在都变了。不瞒文处长说，精神状态这个事，干部也存在。差不多两三年乡里没开过干部大会了，因为凑不齐人，请假、迟到、早退的都有。乡里各村也没有集体经济，人口外流严重，全乡只剩下几千人。有的办公室全年都是轮休状态，谁有事谁来，这样的局面，如何能振兴乡村？我们领导班子商量，想邀请文处长到我们乡搞个讲座，也让我们把精气神拔拔高。"

"你刚才说，今天我们如何振兴，这个题目好，就讲这个吧。我们这儿生产紧张，越往后越忙，明天就去。"文关爽快答应了。

第二天到了土城子乡，张国林带着文关楼上楼下转了转，最后到了3楼会议室，几乎座无虚席。文关正纳闷——不是说几年没开过大会，人老凑不齐吗，这不是人丁挺兴旺嘛。

张国林开始主持："最近咱们各村都在议论一个话题，孩子坐飞机去了乌达市，还被广播电台直播。策划这个活动的就是红云镇胡麻营村驻村干部文关处长。"

大家鼓掌。

"文处长大家其实并不陌生,他给我们带来了很多新思路,激活了红云镇好几个村集体经济,在全县现在是名人,今天我们有幸把文处长请来,结合咱们乡的实际情况,谈谈如何实现乡村振兴。昨晚我们连夜给各个干部打电话,要求今天务必到场,这个讲座很重要,就是当前咱们自己家的事,今天到场的人数是我就任以来最多的一次,恐怕也是近几年最多的一次,说明大家想干事、想干成事,有期待、有期望。接下来热烈欢迎文处长为我们讲座。"

掌声热烈。

"乡镇干部是国家机构中最基层的群体,在政治、经济、社会发展过程中扮演着最终践行者的角色。上面千条线,乡镇一根针,在乡镇工作,一年四季中心不断,上级下达分派的种种指标和任务,从农业增产、农民增收到工业催产、企业催税,从春防火、夏防洪到扫黑除恶,从信访诉求到社会治安,无一不忙,无一不管,无一不煞费苦心,乡镇干部胳膊上的袖标总换,但人不换。农村群众的不满和怨言首先就会发泄到乡镇干部身上。他们在劳累和单调的忙碌中,度过自己的苦乐年华。"

会议室里十分安静,所有人都在向前看,注视着同一个方向。

"但是我们这些可爱的乡镇干部,却默默无闻地在广阔天地中终年不息地耕耘。全社会都要更多地关注他们、理解他们、支持他们。"

张国林不住地点头。

"红云镇集体经济展现出来的亮点,是红云镇的干部群众真心实意干出来的,我只不过是其中的一员。他们有许多计划和打算,我也只是推动人之一。这几个月,我们收获了许多经验,当然也有不少教训,有得有失,苦乐同丰吧,就像我经常讲的那样,总结失败和教训,今后不再走弯路,或者告诉别人不要重蹈覆辙,那也是值得的。"

文关是站着讲的,用他制作的PPT不断地给大家展示,两小时的时间,中间没有休息,没有一个人离开,也没有一个人低头玩手机。文关最后说:"看到你们眼中的坚定与希望,我就知道你们每个人心中都怀揣理想,你们这支队伍有希望。希望你们这样的年轻人开动脑筋,带着干部群众打开一片新天地。"

会后,张国林说:"发展集体经济,没有基础也没有经验,更没有人才,压力很大啊。"

文关说:"零起点,其实好干,干多干少都是起点,就怕躺平不干,躺平永远躺不赢,撸起袖子加油干,这是硬道理。"

"基础也不是没有,只是救不活了,大家也就没了信心。"

"怎么个救不活了?"文关问。

"既然说到这了,我们带文处长去看看吧。"

在乡政府不远处,有一个大院子,大门用铁链子捆着。张国林让人把大门打开,不少村干部也都跟着一起。

文关打量了一下,院子占地20多亩,正面是一栋3层楼高的旅店,左边是大型餐厅,右边两排是蒙古包雅间。院子外围是山坡地、还有耕地。张国林说:"上级给了我们每个村子150万的集体经济项目发展资金,9个村子共计1350万。乡里把任务给各个村,结果想不出项目,报不上来。最后,就把钱捆在一起搞了一个大项目,一起分红。这几年,县里要求各乡镇破旅游的题,发展民宿和旅游。我们经过征求各村意见,建设了这个多功能的旅游接待中心,毕竟这是去往草原旅游区的必经之地,距离县城10公里,条件还是不错的。2016年建设完成的,2017年承包了一年,赔钱了,后来就没有人再和。至今两年了只有来看的,没有承包经营的。看过的人说谁会吃个饭、住个店跑10公里呢。就这样,9个村的群众眼巴巴看着集体经济全都落空了。这真是一荣俱荣、一损俱损,这个钱也是北京对口帮扶的资金,将来绩效算账我们都是有责任的。"

文关自言自语道:"难怪大家都没了精气神,原来病根在这儿呢。"

文关走进食堂,看见炊具都是崭新的,各种设备一应俱全,餐厅几百人同时吃饭没问题。客房都是完备的标间,还有大型、小型会议室。蒙古包也是砖混结构的，可以吃饭也可以住宿。

"换个思路咱们想想，同样是吃饭、住宿，为什么不办成培训基地，非要办成旅游接待中心？"文关说。

张国林说："县里的宾馆也都能办培训。"

文关说："我们这儿可以进行户外拓展，还可以实训、劳动体验等。封闭管理更适合专项培训，没有过多的城市喧嚣打扰。比如公检法、党校、专门机构、厂矿企业等，跨单位组织比如妇联、机关工委等。"

有几个干部说："咱们县党校太旧了，所以这几年培训都是在宾馆办。"

张国林说："好倒是好，但是承包人通常不这么想，也许他们沟通各级单位没那么多的经验。"

文关说："我联系一下正在开办这类培训的机构，看看能不能合作，一方面带动本地的业务，一方面看看企业能否把培训业务拓展到其他市县。"

张国林紧锁的眉头一下子放开了，说："太好了。需要我们怎么做？"

"营造良好的营商环境。"

（二）

县委办公室王主任给文关打来电话，说返回的时候到县里歇歇脚，刘宏远副书记邀请文关聊聊天。

挂了电话，文关开玩笑地跟张国林说："你们的情报传递得够快的啊。"

张国林说："文处长在咱们脱贫攻坚工作专班钉钉群里请假到我们乡，刘副书记都能看到。再说，文处长级别和我们县长一样，走到哪都有人关注。"

文关说："那等我消息，营商环境你们再做做功课，等将来企业家来了，一定要创造条件留住，盘活这个项目，这样9个村集体经济收入就都解决了。"

车行半个小时，文关到了县委。

刘宏远告诉王主任，两小时之内不紧急的事自己先处理。

王主任给两人倒上茶，打了个招呼就走了。

刘宏远拿出一个笔记本，笑呵呵地说："现在胡麻营村出了名，我在县电视台的新闻里看到好几回了。这个村也是我包联的村，看到村里的变化，我也踏实了。胡麻营村原来名不见经传，全县100多个村，出彩的事他们一点儿没有，实话实说，包这个村我都没底气，是文处长来了提振了我的士气，接下来想麻烦文处长提振一下咱们县各个村的士气。现在要破题的事有好几个，比如有效益的集体经济、电商经济、文化和旅游等，不瞒文处长说，财政上扶贫专款还有4000多万，不是不敢花，是怕花了打水漂。现在不像以前了，弄个项目剪个彩、拍拍照。现在要考核绩效的，谁主张谁负责到底。"

"我是一名普通的驻村干部，领导找我沟通工作、交换意见，倍感荣幸。我有一肚子话想说，但是都是村里鸡毛蒜皮的事。我在来的路上归纳、梳理、提炼了一下，大概是这几个方面，请刘副书记多多指正。"

"第一个想说的事，不是集体经济，而是关于学习的问题。"

刘宏远眼神瞬间亮了。

"认真学习习近平新时代中国特色社会主义思想，有本书叫《习近平新时代中国特色社会主义思想学习纲要》，我走到哪带到哪，哪有问题困扰我就及时学习找答案。我已经读了许多遍。"

文关把书从提包里拿出来，递给刘宏远，刘宏远随意翻开，看见每一页都是密密麻麻的重点线，旁边有许多注解和阅读体会。

"文处长学得认真，我自愧不如啊。"刘宏远惭愧地说。

文关说："我们常常讲认真学习贯彻落实，学深悟透。光唱高调可不行，必须要真正吃透党中央的精神，听招呼、听指挥，一丝不苟，严丝合缝，不出任何偏差，更不能差不多就行，往往差不多最后都是差很多。必须紧跟党中央和自治区党委、政府的决策部署。经常学习，学习力强了，思想力就强，表达力才更有质量。"

刘宏远拿笔记着……

"我说的第二个方面是农业供给侧问题。"

刘宏远眼中充满了期待。

"要实现质量效益集约发展，不能盲目投资，认为市场销售是想当然的事。市场对资源配置起决定作用，产品有没有市场，要前期搞好调研，但不能搞得好看却卖不出去。'莫斯科不相信眼泪'啊。"

刘宏远感叹了一声，说："是啊，北京帮扶的资金到了之后，让各个乡镇报项目，大家都缩手缩脚，报上来的不多，而且基本都投入在公共服务上，比如修路、修水渠、建文化站等。这说明，大家对效益都没有把握，与其做了没把握，不如搞点静态的项目。"

文关说："即便投入了，也要防止'新商品经济'。"

"新商品经济？"

"对，新商品经济，就是期待政府用行政手段撬动市场，这不长久，也不利于培育集体经济的内生动力，要学会自己长大，变成市场经济。"

刘宏远点头记录。

"第三个方面，也不是集体经济。"

刘宏远笑了，说："文处长的思路果然与众不同啊。"

"是我今天在土城子乡说的一句话，营造良好的营商环境。要让路过我们县的人都成为我们的好朋友。咱们这儿经常说一个人不地道叫灰人，要把灰人都变成'红人'，为来我们县投资创业的人提供周到的服务。我们对自身的认识是只缘身在此山中，不如旁观者清。我们绞尽脑汁也没有办法的时候，外人也许会一语中的地切中要害。我们如何成为别人的朋友，把他们美好的感受留下来。不妨搞一个交朋友计划，全县窗口单位、公共服务部门及各级领导人人佩戴一个小徽章，上面印着'同城一家亲'，干部和群众也可以戴，外来的人下了火车、高速口等都可以领到，戴上这个小徽章就如同回到家，这是铸牢中华民族共同体意识、加强民族团结、强化健康的营商环境的一个抓手，小徽章也许能带来大效益。"

刘宏远加快速度记录着。

"第四个方面是抓好干部的教育培训工作。好规矩的养成，带动的是干部，破坏的往往也是干部。眼下旗县领导即将换届，干部们中存在观望的现象，等着变动了再干。有的无精打采，对未来没有打算，造成了工作拖拉和谋划不到位。要结合"不忘初心、牢记使命"主题教育，解决干部们的精神状态问题，让每个干部都能展望到前景，绽放出活力来。要弘扬求真务实、勇担当善作为之风，敢于向不良作风板脸。工作要干好，不是停留在纸面上做文章，而是要将工作落实在行动中，让人民群众感受到工作的实际成效。大道至简，实干为要，干部要立足实际，踏踏实实做工作，用行动让党的政策方针落地生根。"

文关说完了，刘宏远还在整理记录。

"以上加起来才能推动集体经济良性发展。"

"文处长一番话提升了我对发展壮大村集体经济工作的认识，我们还是思想认识不到位，所以观念转变不到位。大家开会讨论都在谈创新、要破题，好高骛远，忽略了从实际出发、因地制宜、因村施策，走创新和差异化发展模式。咱们县一个产业一哄而上，人云亦云，同质化的现象不少。说句检讨的话，过去我们投入了不少，荒在那儿的集体经济也不少，老百姓面上不说，心里多少有怨言啊。"

有人敲门，是王主任，说已经两个小时了，接待室有几个客人在等刘副书记。

"受益匪浅，茅塞顿开，欢迎文处长随时到县里做客，指导脱贫攻坚工作。我也会随时去胡麻营村当面请教。"

刘宏远一直把文关送到楼梯口，挥手告别："预祝你们的胡麻油、杂粮北京之行旗开得胜。"

"有好消息,我们随时向刘副书记汇报。"

(三)

文关查看着油厂的生产流程,特别在灌装车间看得尤为仔细,他告诉郑春时一定要精准,一克也不能差,压盖后一定要逐个检查,绝不能跑冒滴漏。文关特别提醒郑春时,每一批次的油生产出来都要对其进行检验,标准一定要符合一级胡麻油的标准。假如产生了库存油,每个星期都要实验,监控油质的变化,及时处置,不能以次充好。

包装车间最后一道工序是喷码,只能勉强看得清,文关说必须换激光打码机,喷码容易磨损掉。消费者是非常较真的。

这一批货,2000盒胡麻油,前后生产了10多天,主要是流水线操作不熟练,精炼车间技术不稳定,包装的瓶子和纸盒未按时到货,都是经验的问题。文关说,农民突然从土地走向工厂,需要一个过渡,很正常,熟能生巧,谁生下来也不是会跑的。但是其中的浪费让人有点恼火。

这次进京的产品是两瓶各1.5升的,外面的纸盒也是彩印的,跟内部瓶子的设计差不多,其中有一段文字是这样写的:

胡麻营村的"油"

清朝康熙、雍正、乾隆时期,以山西人为主的汉民或私越长城,或经清政府放票走出口外(走西口),形成现今的胡麻营村。其间,商贾农工,趋赴贸易,形成各种手工业作坊,促进了当地经济的发展。据史料记载,在光绪三十二年(1906年)"胡麻营"村已有胡麻油产出。

1988年,遵照《国务院关于地名命名、更名的暂行规定》和自治区人民政府《地名普查细则》的规定,公布了一批具有地名意义的自然地理实体等名称,因有人在此开油坊,故命名胡麻营村。

百年油坊,百年传承,"胡麻营"缕缕馨香,重温着历史记忆。

文关反复提醒郑春时，这段文字多，制版前一定要反复校对和确认。

石英当时也强调说："首次亮相北京一点儿差错也不能有。"

纸盒送来的时候，文关先看那段文字，并在"胡嘛营村"的"嘛"字上画了一个圈，在旁边写了个"麻"字，气得当即将纸盒扔给郑春时，说："你自己看看。"

"自始至终都在强调，一点儿都不能差，你这差一个字的偏旁部首，就是十万八千里。2000个纸盒损失1万多块，没等打仗自损三千。"

石英也在，盯着郑春时严肃地说："推广产品，镇里同志们给你使劲，校对这样的小事，你自己还是能自理的吧？你要有乡镇企业家的觉悟。这不是在村里写个白字大家哈哈一笑就完事了，这要流通到北京，要去超市，让人家说咱红云镇连个字都写错，这样的态度能做出好油好粮？"

文关说："这次就当先交个学费，以后要是1万盒，印错一个字就是五六万。记住，细致细致再细致，认真认真再认真，凡事怕认真，凡事也怕不认真。"

这时，石英的手机响了，是镇党委宣传委员刘根正，他告诉石英北京市朝阳区回复了红云镇的进京推广扶贫产品的函，具体与春明街道办事处对接。

郑春时给印刷厂打电话，要求加急重新印刷，反复确认改一个字，改了之后发微信图片确认。

石英赶紧回去召开了一个镇长办公会，文关列席。会上确定进京推广工作组成员为镇长石英、扶贫干部文关、镇党委副书记李成立、镇党委宣传委员刘根正、油厂厂长郑春时、杂粮厂厂长吴强、胡麻营村主任齐二强，同时邀请县扶贫办副主任窦志同行。

所有货品通过物流发送到北京。

为方便到北京走访各个商家，石英决定雇用一辆小面包车拉上所有人。

下午，北京那边的商家也开始来电询问产品的规格等，说产品录入中

195

国社会扶贫网扶贫产品目录才可以采购。

考虑到产品已经在自治区公示结束，正报备国务院扶贫办全国扶贫产品目录，等待报备号，文关协调自治区扶贫办出具一个函，证明这两种产品已经在自治区扶贫办审核通过，通过全国扶贫产品目录报备后，将在12月中旬于中国社会扶贫网扶贫产品名录中发布。各个商家和消费终端可以预定，待批号出现后履行支付手续即可。

自治区扶贫办产业处的同志还给了文关另外一封推荐函，凭此件对接有关学校、企事业单位等，以及在展览馆开办的扶贫产品超市也可以商榷进货。

文关非常兴奋，拿着推荐函一个一个单位地走访，第一站是工业大学。

工业大学后勤处的同志说，他们的副处长王巴图和文关同在一个县扶贫，但不在同一个镇，元旦春节时学校正要采购一批扶贫产品，让文关直接对接王副处长。

第二站是致胜物业集团，这家公司承包着首府大大小小单位共70多个食堂，食用油和杂粮需求量很大，但要求品质有保证。负责采购的副总经理说，乡镇扶贫产品可以关照一些，但是要符合标准，要有质量认证。文关把生产许可证、销售许可证和产品等级检验报告等的复印件都留下了，说这是市场上唯一一款一级胡麻油，小米是当地旱地种出来的，味道纯正。贫困村绝不哭穷要照顾，拼的也是市场和质量。

第三站是市政府大数据局，工会为每位职工预定了一箱油和米，还愿意提供大数据支持。

文关收获满满，盘算着10000箱总该有了吧。

(四)

　　油和粮各 2000 盒用快递发往北京，额外又各多发了 30 盒备用，以免路上因颠簸磨损带来损失。

　　文关和石英等人坐车一早出发。10 月末的红云镇早晚都已经凉飕飕的了，大伙挤挤囔囔坐在车里，有说有笑，盼望着离北京越来越近。

　　这个季节恰也是胡麻营村晾晒、碾压、入仓胡麻籽的季节。入仓的胡麻籽到了冬天就可以随时榨油了。此刻石榴联系的自治区党史研究室志愿者正在胡麻营村开展"重温红色记忆，助力脱贫攻坚"志愿服务活动，干部们在村委会广场帮着村民铺开收获的胡麻籽，拖着碌碡碾压脱皮、晾晒，再将已经晾好的装进麻袋入仓，或者卖到胡麻油厂。

　　"我年纪大又体弱多病，看着胡麻籽熟了我心里发愁啊。没想到，城里来的干部们来帮俺家收籽入仓，冬天不愁吃油了，太感谢了……"贫困户胡兰兰大娘激动地说。

　　石榴告诉志愿者们，胡大娘今年 82 岁，丈夫走得早，孩子们都不在身边，所以一到收胡麻时节就发愁，以前都是大伙谁有空谁帮着弄，今年是自治区机关的党员干部们帮她收，老人家更放心了。

　　志愿者们听到此处便对胡大娘说："大娘，以后每年我们都来，您就安心养老，活儿我们干。"

　　胡大娘摸着酸酸的鼻子，不住地点着头。

　　此时村委会的告示栏里张贴了一张《关于收购油料作物的公告》。

　　　　红云镇"胡麻营"品牌食用油加工企业，由红云镇胡麻营村正春农牧业专业合作社经营。为振兴乡村集体经济，实现企业带贫机制，引导更多的农户分布到企业的产业链上，优先收购本地乡镇农户的油料作物，实现惠民增收，特公告如下：

　　　　　主要收购胡麻籽、菜籽、油葵等油料作物。油料作物种植面积

1000亩以上的示范村，企业与种植户协议收购；建档立卡户，相同等次的油料作物高于市场价收购；组织种植油料作物的合作社，企业给予优先收购，高于市场同等次价格；种植面积和示范带动效益明显的种植户，企业予以奖励。

各类油料经营主体，请于11月30日前到胡麻营油厂洽谈。如需签订协议，种植户需要带身份证复印件、合作社需法人证书等到油厂，逾期不予受理。

联系人是郑春时，并附有电话。

忙到中午时分，志愿者们在村委会会议室吃了大烩菜加花卷，食堂的马大姐忙乎得一头汗，又蒸了莜面，配了凉菜，沙打旺、齐二强、韩长命、杜小秀帮着端菜，跑来跑去。

临行前，志愿者们留下了伙食费。石榴说什么也不收，说这都是村民自家生产的莜面、土豆、白菜，用不到钱。志愿者们说有纪律，一定要收下。石榴就把伙食费交给了齐二强，齐二强开具了一张村委会的收据。

按活动方案的第二项，走访一个建档立卡户。

石榴带路，按约定的物品需求，志愿者们抬着茶几、电视机、厚衣服、电饭锅、被褥及锅碗瓢盆等生活用品来到李占富家。

李占富早早打开大门在门口张望着，志愿者们进来之后，扫院子的，拎水的，安装电视机的……李占富伸不上手，不知道该忙点啥。石榴额外带来一箱奶粉，跟李占富的老娘说这是志愿者专门给她买的，转身给了李占富一大捆老人专用纸尿裤，嘱咐他勤换着点，不要让老人再冷着了。

一个志愿者还给李占富穿上了一件半大衣，看着穿着正合适的李占富，这位志愿者微笑着说道："原来是给自己买的，结果买大了，问了石榴你的身高，正好适合你，就给你带来了。"李占富瞅瞅屋子里摆弄好的家具、老娘的笑颜，又摸了摸自己的衣服，鼻子开始酸楚起来。

志愿者们走的时候，李占富送了一程又一程，那只往日狂吠的狗也默不作声地跟在后面。村民用手机拍了张照片，画面里石榴正语重心长地跟李占富说着什么，李占富像小学生一样乖乖地站着，狗一直翘着尾巴蹲在李占富身后。照片传来传去，后来就传到了县脱贫攻坚工作专班群里，刘宏远认出了石榴。

石榴和志愿者们从李占富家出来回到了村委会。沙打旺拉了拉石榴说："人家是自治区党史研究室的，这是平时请都请不到的专家，今年咱们村委会和驻村工作队正在开展'不忘初心、牢记使命'主题教育，能不能请专家顺便给咱们上一堂党课。"

"这个主意好，我问问人家意见。"

自治区党史研究室副主任牛东岩也是志愿者之一，说："这个我们能讲。结合村里党员的情况，我就讲20分钟，看看效果，如果这样讲可以，以后我专门再来，咱们两个党支部结对子互助。"

牛东岩从理想信念、三大作风、三大法宝角度，讲了党的历史，以大青山抗日游击队7年艰苦卓绝的战斗历程和耳熟能详的狼牙山五壮士英雄事迹为例，形象生动地阐述了中国共产党人的精神谱系，以及矢志不渝的理想信念。有几个党员悄悄地说真不愧是自治区的专家，讲得就是好。

牛东岩越讲越动情，"消除贫困、改善民生、逐步实现共同富裕，是社会主义的本质要求，是中国共产党的重要使命。在坚决打赢脱贫攻坚战中，党员干部务必拿出百分之百的状态，久久为功，奋勇向前，确保如期完成脱贫攻坚任务，让胡麻营村的老百姓带着满满的安全感和幸福感共同迈入全面小康，一个都不能少。"

热烈鼓掌。牛东岩起身鞠躬。

志愿者服务队与胡麻营村全体党员重温入党誓词。

石榴把活动情况给李聪明用微信配图形式进行了汇报。

李聪明回了一个大大的红色"好"字。

在路途中的文关、石英也看到了石榴的朋友圈，文关点了一个赞。

石英看了半天，合上手机。

过了一会儿，石英又打开手机，点了一个赞。

这时，车已经进入北京市区。

（五）

到北京的第二天，春明街道办事处李和林主任召集了推介会。桌签上标记着华贸、苏宁、品诺福利、京东等商家。

李和林介绍道："北京对口帮扶，我们春明街道办事处对口帮扶的是红云镇，红云镇这次带来的农产品是红云镇生产的胡麻油和旱地粮，很令人激动。现在国家广开渠道，让农产品搭上扶贫消费的顺风车，所以我们办事处召集辖区内的商家推介扶贫农产品，引导商场、超市和农产品批发市场集中采购。我们感谢积极参与推介活动的各位商家代表，希望你们能与红云镇的村集体经济建立长期稳定的供销关系，在同等的条件下优先购买贫困户农产品。下面请红云镇的镇长石英做产品说明。"

石英正了正衣领，然后说道："首先感谢北京春明街道办事处对红云镇的无私帮助，这次来也是积极学习北京的先进经验，妥善使用好帮扶资金，推动红云镇经济社会实现高质量发展。"

随后，石英介绍了红云镇的基本情况，包括地理位置、人口构成、贫困人口类型、集体经济发展现状等。最后强调，春明街道办事处和红云镇在脱贫攻坚工作中结为"亲戚"，与北京市相关单位积极开展消费扶贫工作对接，促进了农畜产品进京渠道畅通，让贫困户从中大大受益。

"我的普通话不好，这次产品推介，由我们镇的驻村扶贫干部文关同志负责。"石英给文关一个有请的手势。

"今天我们带来两款产品，一个是胡麻营品牌的胡麻油，一个是旱地粮中的小米礼盒。先向大家介绍胡麻油。红云镇地处北纬42°—45°黄金生长带，天气寒冷，昼夜温差大，日照时间长，远离工业污染，独特的地理环境最适合胡麻的生长。这里的胡麻籽颗粒饱满，油量非常高。从1906年开始胡麻油坊便应运而生。胡麻籽虽产量低，但这些年胡麻营村的种植面积始终保持一定量,因为这里的油带着历史的馨香,也富含人体所需的营养成分亚麻酸。此前,胡麻营村的村民自发开办了不少小油坊,在首府周边有一定的知名度。"

文关打开一个纸盒,拿出一瓶油继续介绍:"这就是胡麻油,官方统称亚麻籽油或亚麻油、胡麻油,就是以胡麻籽为原料制取的油。亚麻籽油主要脂肪酸含量由高到低分别是亚麻酸、油酸、亚油酸、棕榈酸和硬脂酸。其脂肪酸组成特点是,含有大量的α-亚麻酸。α-亚麻酸在体内可以转化为 DHA 和 EPA。α-亚麻酸在大豆油、花生油、菜籽油、橄榄油、油茶籽油、芝麻籽油等食用油中的含量很低,所以亚麻籽油富含α-亚麻酸的这一特点非常重要,对维持膳食中 n-6 多不饱和脂肪酸和 n-3 多不饱和脂肪酸的平衡比例具有重要意义。"

"就直接说有啥好处吧。"有人半开玩笑地说。

会场气氛热烈起来。

"坚持食用胡麻油肌肤娇柔亮泽、提升抗压力、减轻过敏反应、减轻哮喘、改善关节炎、改善器官组织发炎、降低胆固醇、降低心脏负荷、改善滞水症、精力充沛……"

会场的人都眉开眼笑。

"我们那儿的老人都管胡麻油叫月子油、聪明油。"文关也笑着说。

"有没有副作用之类的?"有人提问。

"胡麻油是一种食用油,也就是说它是食物的一种。一般讲副作用都是指药物、保健品之类的,如果说食物也有副作用,那只能说是过量食用。"

人们听完笑出了声。

文关拿出第二件礼盒介绍,"这是旱地粮的一种——旱地小米。此外我们还有谷子、高粱、燕麦等。在我们红云镇,旱地占耕地面积50%以上,谷子、高粱等杂粮作物都有很好的耐盐碱、耐瘠薄、耐旱特性。红云镇地处大青山南麓,这里海拔较高,气候冷凉,光照充足且污染少,为作物生长提供了最纯净的生态环境；昼夜温差大，粮食作物的干物质积累充足，淀粉、糖类、蛋白质含量高。而且，当地百姓爱护生态，敬畏自然，在田间耕作活动中坚持不施农药，不打化肥，人工除草，生态种植。在无污染、无公害的高原地区，红云镇的旱地杂粮晒太阳、淋雨水、汲矿泉、吸养料，经过210多天的长久孕育，方凝结成一碗自然好粮。"

说着，文关撕开一个包装袋，金黄的小米从封口处流到手心里。

"我们准备了一批产品，已经摆在展示柜上，各位请……"

参会的商家纷纷起身走到展示柜前，打开包装，端详产品。

"亚麻籽油和胡麻油的区别是什么？"

文关说："亚麻籽油是冷榨的，就是胡麻籽直接压榨，出油率低，但营养结构更合理，价格也高些。这个油开盖后需要冷食，比如拌凉菜、生饮等都可以，一个月内需要吃完，否则就氧化变质了。胡麻油，是把胡麻籽炒熟，然后压榨、精炼，出油率高，价格相对低一些，味道更浓，适合炒菜、拌凉菜、拌馅，尤其是炒鸡蛋、烙饼、油炸食品那就更绝了。我在东北出生，来到红云镇扶贫后突然发现还有比大豆油更香的油，现在炒菜就是把大豆油兑上胡麻油一起下锅，十分美味。"

"原来是这样的啊。我家有朋友送的亚麻籽油，我不会吃，炒菜倒进去，加热后散发出一股塑料味，我还说这亚麻籽油也不好吃啊。"一个商家说。

文关笑着说："这就是吃法不对。刚才讲亚麻籽油生吃，如果亚麻籽油加热，就失去它特有的营养结构了。"

"原来如此，这回懂了。"

"3升的胡麻油礼盒大概装6斤不到，成本50元，包装加运费10元，给商家70元，你们卖到80元以上没有问题。杂粮礼盒内有精选小米8盒，每盒1斤，成本65元，包装加运费10元，给商家85元，你们卖到100元以上没有问题。月子油、月子米，绝好的搭配。"

大家听完后又开始仔细端详产品，会场开始活跃起来。

李和林说:"现在大家自由交流,下午红云镇的干部到各个商家具体对接。"

说完后李和林拉拉石英的衣角说:"我们办事处的林书记等你们俩,有事要说。"

石英对窦志几人说:"你们几个先和大家聊着,我和文处长去去就回。"

街道办事处的书记叫林力。石英和文关走进会客室,林力过来握手,"好几个会轮流转,刚刚脱开身,刚才委托李主任协助大家推介产品,不知道效果怎么样?有什么想法随时提出来,我们设法解决。"

石英说:"安排得特别好,上午见面会,对产品有个印象。下午我们上门具体谈。"

林力说:"我们辖区内的这些商家和办事处相处得非常好,对我们的工作很支持,有公益心,更有实力。此行你们一定会有大的收获。"

李和林说:"我担心他们这些产品不够卖啊。"

林力说:"辖区内还有许多单位的工会,我们也可以帮助推荐,你们现在生产了多少件?"

石英嘴唇咬了一下,迟疑着。

文关想到现在生产了2000盒,加两倍这个数字不算是狮子大开口。就说油和杂粮各4000盒。

石英瞅着文关露出惊讶的眼神,然后目光又挪向林力,心想,这么大的数字,是不是说得有点狠了。

林力笑了,说:"这哪够啊,一个企业的职工就几千人,我看起码各生产10000盒才够。"

李和林也说:"就是嘛,刚才我就说根本不够卖。"

石英和文关对视了一眼,又喜又惊。

（六）

吃过午饭，大家商量为了提高效率，下午兵分三路。李成立、窦志等开着车去苏宁、京东。郑春时、吴强跟随办事处的同志去往社区扶贫超市。石英、文关去品诺福利。相约晚上在酒店碰头。

石英和文关手里各拎着一套粮油走在北京的街头。打了几次车没打上，坐公交车、地铁又直接到不了，还得走路。

于是，文关说："咱俩骑共享单车。"

"咱们镇没这玩意，我不会弄呀。"

"下载 App，扫码就行。"

"真不会。"

"这样，我扫哈罗一次，然后我再给你扫一下美团，你只管骑就行了。挺大个镇长，居然不会骑车。"

石英听了嘿嘿直笑，把油盒放到车筐里，手里拎着杂粮盒，单手骑车。

两个人都骑得不快，悠悠地边骑边聊。

"我看你一时不答林书记的话，就知道你卡住了，赶紧把话补上。"

"你这补刀补得厉害，我以为油粮各 2000 盒，这次都卖出去就难为人家了。哪知道人家张口就是每样 10000 盒。70 万加 85 万，我还真没做过这么大的生意。"

"你这个董事长就做这一天，以后得让春时、吴强走市场。"

"那是啊，起码要有勇气补刀。"

说完两人大笑。

品诺福利在一栋写字楼里，办公大厅里有许多业务员，他们在电脑前有条不紊地接单、派单。

石英和文关同总经理会面后，一同走进一个小型圆桌会议室。总经理介绍了平台。这个平台主要针对各级工会职工福利采购，是一个全国性平台，也有消费扶贫项目。

石英和文关把两套粮油留在桌子上，告诉他们是样品，仅供参考。

总经理说："上午听了你们的介绍，我们觉得产品不错，下一步我们可以合作，先采购一批产品在平台上推介。同时我们有一个想法，产品的包装要重新设计一下，比如，用胡麻花做主打图案，下面零零散散铺一些胡麻籽，背景是一个老油坊的中国画，油坊的大门上有块匾，写着胡麻营油坊。这样，正好配上胡麻油的历史，概念就更加突出了，我们推广起来也更加方便。"

文关激动地说："回去我们立马重新设计包装。"

总经理说："这次我们先定 2000 盒油，不推介，用于回馈我们的老客户。等你们新包装出来，我们全力推广，否则，这次推广的和将来新包装的不符，不好解释了。"

石英与总经理握手，表示感谢。

走出品诺福利，石英说"12000"，两人又笑。

郑春时、吴强此时正在社区干部的引导下参观扶贫超市。扶贫超市里有各地的扶贫消费产品，超市的经理说专门留了一个柜台给红云镇的油和粮。

郑春时和吴强把产品摆满柜台，有顾客来咨询价格。

超市经理说："这是样品，我们要先看看大家对这些的需求怎么样，然后批量定一批。"

有一位老大娘说："我年轻时在红云镇下乡插过队，知道这里的胡麻油，也吃过，特别好，炸糕烙饼特别香，很多年没见过了，能不能今天就卖给我一盒，回忆回忆啊。"

郑春时从外面的车里拎过来一盒说："您对红云镇有贡献、有感情。大娘，这油送给您了。"

大娘说："你们大老远来的，还是贫困村，这油让我买我心甘情愿，要是送我，我可不落忍。"

"行，大娘，卖您一盒，这是我们胡麻营卖出的第一盒油，意义重大。"郑春时接过75块钱，捧在手里，望着大娘走远。

李成立和窦志按约定到了苏宁易购，苏宁销售部门负责人查看全国扶贫网，说采购名录里目前还没有备注到这两个产品。李成立把自治区扶贫办的说明递了过去，苏宁销售部门负责人看完后说："我们比较严格，另外就是没有多余的仓库，我们在网上推广、接受预定，订单由你们直接发货就可以了。"

李成立和窦志都赞同，这样就省去了很多重复的路费。

最后一站是北京城市发展建设集团，机关工会负责人接待了李成立和窦志。

"上午的会我们参加了，产品也基本了解，价格符合工会采购要求，以后我们会关注你们的产品，结合职工的需求适时采购。这次你们带来多少产品？"

李成立说："油和米各剩1000盒。"

"这样，我们集团职工有上万人，这些产品正好够一个分公司的，我介绍你们去。"

分公司的工会主席表示已经请示了公司领导，支持扶贫消费，产品正规，老少皆宜，1000盒都要了。

离开这家分公司，李成立和窦志还去了北京市朝阳区扶贫办，留了几份样品，因为朝阳区正在筹备对口帮扶扶贫产品展销会。

那天晚上，几个人一碰面，就迫不及待地报告各自战果，高兴得像几个孩子。

离开北京的当天，文关说，想去看看天安门升旗仪式。

凌晨4点多，天刚蒙蒙亮，几个人来到天安门广场，哪知道已经人山人海，虽然在后排，但是心情激动得难以言表。仪式开始的时候，远远望去，金色的朝阳照耀着天安门广场，人民英雄纪念碑巍然屹立。国歌奏响，一面鲜红的五星红旗徐徐升起，迎风飘扬，人们目不转睛地望着国旗，不由自主地唱起国歌……升旗完毕，大家矗立，久久不愿离去……

再见，北京。

（七）

返回的路显然比去的时候轻松很多，增加的订单让人家感觉车在飞，飞回红云镇抓紧生产。

窦志说："这次红云镇两个村集体经济收获很大啊，在全县都是数一数二的。还有件事可以期待，就是朝阳区召开扶贫产品展销会，我们县有专柜，你们这两个产品也有一席之地。"

说着，把一份展销会的产品清单递给了石英，石英看完后又递给了文关。

文关说："咱们这第一步，围绕自己的优势开了个好头，用文件上的话讲叫'短平相结合'，投资少，见效快，长期受益。但是，你们发现没，展销会这个清单上，各地展示的都是吃喝产品，扶贫产品都是从口下手，说明还有很多空白和潜力可以继续挖掘。"

窦志说："文处长提醒得好，能不能举例说明。"

"例子有啊，就说土城子乡那个游客接待中心，9个村整合了1350万，现在成了老大难，搁置了。单纯吃旅游接待的饭没走好，还在等待，还非要吃这口？"

窦志说："这个项目成了全县最头疼的事，前后两三年，老百姓眼巴巴看着。因为当时各村都开了村民代表大会，同意建设。现在弄不成了，镇里就说，当时你们自己开会决定的，可不是镇里摊派的。"

"所以换个思路，适销对路，可能就能引来金凤凰。"文关说。

石英跟着说："别说那个游客中心了，胡麻营村距离九龙泉旅游点那么近，村民开个农家乐都没挣到钱。我分析了一下，还是思路不够宽，就是土豆白菜粉条，院里有几棵果树摘一摘，人家来了没看到美丽田园，就是吃了个大烩菜，灌了一肚子酒走了，哪能再来吗？人家南方搞得好的地方，都在发展农事体验园，游购娱吃住行多环节获利增收。"

文关说："石镇长体会得全面。就拿咱们这次对接北京来说，今后咱们不必把产品发到北京，然后商家再从北京发往全国，那不是浪费路费嘛。现在生产企业和流通企业促成订单，通过农超对接、农校对接、农批对接等产销衔接模式，形成稳固的购销关系。不能再直线思维了，否则，成本高，效益低，消耗还大。"

"咱们县里建设了电商平台，但是门庭冷落啊。为啥？农产品加工业不行。土豆挖出来装袋子卖，不分级，不包装，上不了平台，实现不了优质优价。咱们县土豆好吃，那在全自治区都有名，但是精深加工不行，实现不了多层次转化增值，就是七八毛一斤。农民能挣几个钱？"窦志接着说道。

"窦副主任让我举例，我还有一个，就是全县的经济林，据说这几年投了几千万，发展水果种植。可问题来了，每个村有几百亩的经济林，树种上了，但没有配套管理的设施。头三年的水谁浇？枝谁剪？草谁锄？跟着要做的事多了。没有配套的钱，有的村果树枯死率在40%以上。我们胡麻营村好歹争取到一笔钱，对经济林进行了及时维护，果园的条件改善，也承包出去了。承包商的思路与众不同，他们积极培育林下经济，发展生态旅游，醉翁之意不在果，而在乎山水之间。"

窦志感叹道："这才是动脑子，我们的脑子都还是全新的，没咋用咧。"

石英说："文处长、窦副主任说到点子上了。来之前我和李书记商量好，开一次镇集体经济工作会，村'两委'和驻村工作队搞一次调研，根据贫困家庭人口、技能、意愿，选择一个能够带动覆盖多数贫困户的主导产业。没有劳动能力、没有产业发展意愿的贫困户，在自愿的基础上，将土地承包经营权直接流转出去，比如加入合作社托管、转包、入股等，从中获得收益。鼓励农牧民合作社、家庭农场、种养大户带动贫困户发展产业，比如雇用贫困人口打工，实际上他就有两份收入了，一份来自土地流转，一份是打工的收入，毛仁就是其中的一个例子。还有一个方面就是推广农业新技术、新品种、新机具。这方面，我们还没有钱，但是只要有好点子一定会得到支持。"

回来的路上差不多算是开了个研讨会，快到晚上的时候，车进了县里，窦志说："我先下车了，还有40公里到红云镇，你们一路平安，咱们明天见吧。"

"明天见？"

"北京市朝阳区金融办组织的帮扶脱贫攻坚调研组在咱们县调研，帮助解决一些实际问题，其他乡镇都去了，就差你们镇了。考虑咱们都去了北京，县里把你们镇安排在最后一个，明天我陪同调研。"

"需要我们准备什么？"石英问道。

"不用特意准备，在家的李书记已经接到通知，让各村有所准备，比如资金、项目的支持等都可以，但要靠谱，咱们一路上的探讨也可以和他们交流，让他们帮助咱们换换脑子，没准就能碰出火花。人家不缺钱，就缺好点子。"

齐二强一路上没怎么说话，突然冒出一句："缺女人了，我们村的一百单八将还没媳妇。"

大伙笑了好一阵。

（八）

第二天，窦志果然来了。带队的是刘宏远。

北京市朝阳区金融办调研组组长姓李，是金融办的主任，随行的八九个人分别是金融系统的干部和企业家。

李聪明、石英陪着一个村一个村地走访。

最后一站是胡麻营村，一行人到的时候已经是下午四五点了，文关、沙打旺、齐二强一直在村委会等。其间，文关梳理了几个需要调研组解决的问题，但掂量来掂量去，只留下两个。

调研组到村委会会议室和村"两委"、驻村工作队干部和部分村民代表座谈。李主任说："随行的是北京市朝阳区金融系统的代表，脱贫帮扶我们也有任务，要求我们深入对口帮扶乡村调研，解决实际问题，有困难大家尽管提出来。"

大家七嘴八舌的，没说出个具体的事来。

文关悄悄问窦志："其他村怎么样？"

窦志说："也都没说出啥来。有的说帮助打几眼机井，购买一些种猪、鸡苗给村民，购置大型农机具等。这些项目各个乡镇都已经给县里报过了，县里该给的会给。我们提点需要人家解决的，人家才有的放矢嘛。"

轮到文关发言，"我们也是刚刚从北京回来，北京市朝阳区春明街道办事处给予了我们很大的支持，扶贫消费这一块我们起步不错。其间，有的经销商说我们的包装需要重新设计，这样利于他们推广。我们村里、镇里没有这样的设计师，恳请朝阳区金融办支持我们一下，帮助我们设计一个符合北京那边要求的包装。"

李主任回身问随行人员哪个部门能接。

"我们来办，到时候你们把设计意图告诉我们，设计费用我们出。"

文关说："太好了。还有一个小忙，就是我们村村民已经有读报的习惯，每周驻村工作队发500份报纸，但是没有读报亭，人们都蹲在墙根，既不雅观，也不舒服，还冬冷夏热的，如果能给我们几个自然村都安装几十米的读报亭，那群众肯定高兴。这在全县也是独一份。"

"这个主意好，我看就由我们金融办机关党支部办这个事吧，你们负责询价，订好合同，费用我们支付。"

文关高兴地站起来鞠了一躬。

李主任说："这次来我们还想找一个党支部与我们金融办党支部搞结

对共建。我们制定一个框架协议，共同推进党建和扶贫深度融合，因村施策，发挥金融优势，实施精准帮扶。比如，我们帮助胡麻营村党支部开展基层党组织规范化建设，开展形式多样的党日活动，适时举行捐赠送温暖活动，帮助相对困难的群众解决实际问题。我们还可以参与你们的产业发展，搭建普惠金融扶贫机制，胡麻营村的农特产品还可以与朝阳区各大银行线上平台对接，推进农民增收。"

李聪明补充道："来之前，李主任一行提前做了功课，窦副主任一路上也推荐，可以说是有备而来啊。"

"我尽快起草结对共建协议书，请金融办领导审定。"文关说道。

然后，李主任一行沿着旅游公路走访自然村。但是在经过自然村的时候，发现公路上铺满了牛羊粪便，车辙辘上沾得满满的。

刘宏远转身对李聪明说："这才是大煞风景，每年钱花得不少，这没啥成效啊！市里领导每次经过都点名批评。"

"村村都有保洁员公益岗，但是维护公路保洁不在其中，我们就跟保洁员商量，能不能顺便打扫公路。人家说，夏天还行，到了冬天那屎尿冻得像石头，铲也铲不下来，铲得没有拉得快，干不了。"

刘宏远疑惑地问道："禁止放养牲畜，怎么还能出来？"

石英回答道："村民的羊圈、牛圈都在自家房前屋后，每天定时出来饮水，公路下面就是一条河，每次都得经过这里。"

文关说："刘副书记，咱们做个买卖吧，用现在一半的维护费用，让这个老大难问题解决得干干净净，而且皆大欢喜。"

"说说，说说。"

"购买农民的物业保洁公司，贫困户就近就业，形成带贫机制，又能让公路有人打扫管护。"

刘宏远立刻凑过来问："有这样的公司？"

"有，而且他们做过这条公路的保洁方案。"

"那太好了，要多少钱？"

"6万。"

"6万？给你们8万。"

"成交。"

刘宏远又回头问文关："确定的吧，不是开玩笑？"

"君无戏言，回头我们把请示和保洁协议书报镇里，镇里研究再报县里。"

刘宏远搓着手心说："这真是得来全不费工夫，这条公路的卫生问题一定要彻底解决。"

李主任一行最后一站是九龙泉旅游点，大家下车走进大青山腹地，正值深秋末尾，山上的白桦林已经变成金色，漫山遍野，层层叠叠，就像金色的波涛一般，空气中夹杂着深秋的霜气，让人流连忘返。

李主任说："真想打包一瓶空气带回去。"

"以后可以带朋友来度假，这儿距离北京400多公里，高铁通了以后两个多小时就能来，方便得很。"李聪明笑呵呵地说道。

"这儿可以发展房车营地，晚上一家人露宿乡间数星星，多么惬意。"李主任建议道。

文关说："今年是不行了，天气凉了，明年春夏您过来，不远处有我们的经济林，到时候您不但能数星星，还可以躺着吃水果。"

（九）

那天晚上，李聪明主持召开了镇党委会议，会前李聪明特意找到石英说了石榴的事，石英当时没有表态。

会上研究了几件关于集体经济发展的事，指定镇扶贫办一位干部专门联系全镇的集体经济实体，协助产品外销工作，按时保质保量完成北京之行的订单。与文关沟通过的物业公司、大学、机关单位，要求干部主动上门对接，油厂、杂粮厂要开足马力生产，力争在元旦左右量产一批。同意胡麻营村农民开办物业保洁公司，承包旅游公路保洁工作的协议书报县里批复。

到李聪明提议石榴同志担任镇民政所所长时，一时之间大家都没人发言。

"石榴帮扶李占富的事大家有目共睹。一个女同志，为了敲开李占富的院门煞费苦心，一天去几次，一个礼拜去十几次，不厌其烦地做思想动员，终于让两年来没有开门的李占富敞开了心扉，配合驻村工作队解决了危房问题。石榴还联系自治区机关单位的志愿者为李占富家购买了家具、电器和生活用品等，让李占富有了生活的勇气，性格也发生了巨大变化。过去，他是拿刀子捅过人的，人见人怕，现在主动和人交流，帮助别人，这都是石榴一番苦心换来的，要我说这是拯救了一个人，拯救了一个灵魂，让世界上又多了一个对美好生活充满向往的人，多了一份安定和谐。这样的人做民政所所长该不该？我举荐，大家可以讨论，集体决定。"

石英说："石榴在李占富身上没少下功夫，工作值得肯定。民政工作也是咱们镇政府最重要的民生工作，她原来是综合执法的干部，适应起来也不难。难就难在，她不会开车，也不会电脑，跑村串户不方便，形成材料数据还得别人帮忙，影响效率。"

李成立说："镇政法委的田秀清行不行？'80后'，熟悉电脑应用，会开车，也曾提出过想到民政部门工作。"

镇政法委书记何青跟着说："小田同志在镇政法委工作细致，也是多部门锻炼过的干部，作为她的书记，我当然希望镇政法委多出骨干。"

分管民政的副镇长也说同意。

李聪明说："有个小品不是说嘛，谁一生下来也不是跑着出来的，都是可以锻炼出来的。电脑、开车如今已不算是什么技术了，只要石榴敢担当重任，这还能比帮扶李占富难吗？我可以把话挑明，石榴大家都知道，是个敢作敢为的干部。县里最近下发了通知，要求对2010年以来注册登记的低保户、民政救济的清单进行全面梳理统计。哪些人符合条件，符合的人要补齐佐证，不符合的人要筛除。民政所原所长提任到县里，职位目前空缺。这次梳理是非常严肃的事，县民政局转发了市民政局的文件，要求进行统计、公示、上报，然后组成专项工作组一个乡镇一个乡镇督查。"

石英转头看着李聪明。

"因为这关系着某些人的利益，有没有优亲厚友的情况，大家心知肚明。选某个人，就可能维持了利益，相安无事。选了石榴，有些事就要大白于天下。这层窗户纸早晚要捅破。"

会场瞬间鸦雀无声。

石英边思索边点着头，说："我提议咱们集体投票决定吧。"

李聪明想了想说："行。"

投票结果：5票赞同，4票反对。

散会后，石英给不怎么吸烟的李聪明点了一支烟。

李聪明说"谢谢"。

第二天镇政府的工作群里许多人对石榴发出祝贺。

石榴写了这样一段话发在工作群里。

我是农民的女儿，也是一名干部，我的内心有对农民很深的爱，有发自内心的理解。虽然没有多少民政工作经验，但我对组织上安排给我的任何工作都有敬畏之心。我结对帮扶了李占富在内的5户贫困户，扶贫过程中除了落实好国家政策外，更多的是愿意倾听他们的心里话、家长里短，愿意去家里走走看看，拉拉家常，有困难尽力帮忙，将5户贫困户团结在一起，没事给他们开开会，家务事上出出主意，说到底都是举手之劳，然而在他们心里，我感觉我已然是他们的亲人，我们共同对明天充满无限美好的向往。

当然，他们的贫困，不光有来自生活的捉襟见肘，更有来自精神的封闭和荒芜。这几年来，随着国家扶贫政策的深入，"两不愁三保障"已经解决，但精神上的支撑却太少，没文化，不见世面，相对封闭。加上过去我们的基层干部太"干部"，也伤了一部分老百姓的心。

这几年政策好了，干部进村做了太多好事，大部分老百姓是感恩的，那一小部分故意"出相"的老百姓就像一个会撒娇的孩子，也许本没什么恶意，只是想引起你的关注而已。正所谓"没有无缘无故的恨，也没有无缘无故的爱"。

每一个吃饱饭的人都应该思考活着的意义是什么？人生的目的又在哪里？胡麻营的"灵魂"在哪里？红云镇的"灵魂"又在哪里？未来的小康之路，美好的生活前景，不仅仅需要建设我们的环境，更需要建设我们的心灵。一颗干净美好的心灵，一颗积极向上、满怀热情的心灵，一颗热爱这片土地的心灵，一颗饱含丰富的乡土情怀的心灵……只有这些内心富足、精神饱满的灵魂才能坚守并创造更加美好的未来。作为干部，我们热爱自己的本职工作，有很强的职业自豪感；作为农民，热爱自己的土地和家园，有作为新时代农民的骄傲感。如此，未来何愁不美？

当下，还有许多工作要做，希望自己在思考中摸索出更多经验，感悟出更多人生智慧，希望和所有基层干部共勉。打开心门积极接纳新形势、新发展、新变化，努力完善自己，继续加油吧！

第八卷

吃螃蟹

鲁迅先生曾称赞："第一个吃螃蟹的人是很令人佩服的，不是勇士谁敢去吃它呢？"螃蟹形状可怕，丑陋凶横，第一个吃螃蟹的人确实需要勇气。"脱贫"像极了螃蟹，起初，大多数人拿在手上很难采取行动，四下焦灼，但是会不断地出现吃螃蟹的人，再难的事情总有解决的时候，未知的东西总要有敢于尝试的人。既然选择了脱贫攻坚，那便踏实去干，用心去干，不畏艰险，勇往直前，彰显党员干部为民服务的勇气和决心。

吃螃蟹人的成功，并非单单是经济意义上的成功，更为重要的是他们敢为人先的精神赢得了干部群众广泛的尊敬和信任。

（一）

杜小秀和郑春时不一样，妇女主任当了两届，一家人种地卖粮，从来没有真正办过实体。

杜小秀打电话给县工商局咨询营业执照的事，对方说了一堆名词，公司名称是什么？地址在哪？负责人是谁？资金数额多少？经营范围有哪些？等等。杜小秀听完后一头雾水，放下电话坐着班车就去了县里。

杜小秀到了县工商局窗口，工作人员告诉她不用跑来跑去，网上就可以注册登记办理。比如，先起一个公司名，填写企业名称预先核准申请表，在工商局网站上检索是否重名，如果没有重名，就可以使用这个名称，然后会核发一张企业名称预先核准通知书。其他程序，以此类推。租房、刻章等事可以线下办理。在网上填好后，提交给工商局，大概3个工作日后可领取执照。

杜小秀对网络不陌生，回家忙到后半夜，基本信息、验证的东西都按指定方式找好了；下一步刻章、到银行开户、领取发票等事宜也都一一记在小本子上。只是公司名称一时不知起什么好，提交的"新农秀物业服务有限公司"显示重名。

第二天，杜小秀请教文关，文关建议把"新"字换成"心"试试。

杜小秀问："怎么讲？"

"心里装着农民的杜小秀。"文关幽幽地说道。

这次果然注册成功。

杜小秀高兴地来给文关报喜。

文关说："杜总，公路保洁具体是咋安排的？"

杜小秀不好意思地笑了笑，说："啥总不总的。我计划聘用5个人，将旅游公路分成五段，第一段从交警房到林厂检查站，第二段从检查站到小胡麻营后面的桥，第三段从桥到四道口子，第四段从四道口子到召娃庙，第五段从召娃庙到九龙泉旅游点门口。第一步集中时间先把目前所有的垃圾全部清理完，再把马路两边的土和沙子都铲了，这样粪便都可用土埋了。"

文关点头。

"第一段到第三段两天一扫就可以。第四段和第五段粪便多，有点难度，集中人力打扫。我在附近住了几个晚上，发现村民的牛早上8点开始陆续往出走，9点开始返回。随后我们开始铲牛粪，特别是冬天要及时清理，要不就会冻在马路上。下午4点到5点，重复一次。目前，让村民把牛圈起来不现实，牲口要喝水，喝水一年四季不断流，要理解。况且村民的牲口圈都在坡地和高地，没有水。我们拿了政府的钱，困难就要实事求是地解决。保洁员都用不到60岁的贫困户，体现咱们公司的带贫机制。先进行简单的培训，试用半个月后和他们签合同。我是铁了心，不挣钱也要把这件事做好，多雇几个人也不怕，锻炼自己的经营能力，将来我们的公司如果业务量大了，我也能应付得了。"

"比我想得周到。"

"我的想法很多，比如下一步还想搞垃圾分类等项目，但是我们得有个过程，毕竟公司刚刚开起来，有好多东西需要学习，也需要大家的帮助，包括员工也得有个适应的过程，希望各级领导给我们农民的公司一个机会，虽然有点难度，但我有信心，请相信我们的决心和毅力。"

"我还有个建议，你参考啊。前期的集中清理和重点管护这都考虑得很周到，但是这条公路两侧还有游客留下的白色垃圾，工作量也不少。我觉得日常维护是一方面，另一方面就是加强宣传教育。他扔你扫，没完没了。如果做一些宣传标语、宣传单，或者现场教育丢垃圾的人，让他们爱惜绿水青山，养成良好的自觉，那我们的工作量可能就下来了。对于村民的宣传教育也要循序渐进，推动牲畜饲养方式改变，动员他们加强牛羊圈的基础条件。一个问题一个问题地解决。我听刘喜顺讲，羊会误食游客丢弃的食品垃圾袋，最多一年死了20来只羊。"

"文处长你说到点子上了，我们不能光下笨功夫，还得从人身上找问题，垃圾不会自己飞过来，关键是人。"

过了一周，农民物业公司购买旅游公路保洁的请示就被批复了，每年8万专款，打到镇政府预算里，专款专用。由镇政府代表县里发包，由农民开办有此经营范围的经济实体承包。

镇里研究，由心农秀物业服务有限公司承包，全镇只有这一个农民物业公司，全县也是唯一一个，而且营业范围里有道路清洁项目。

杜小秀的家在村子中央，小二楼，有一个大院子，一楼装修成会客室，方便业务接纳。二楼是办公室，有写字桌、长沙发、电脑等办公设备，好不气派。

合同签完的那天晚上，杜小秀请大家参观公司，说不搞开门大吉的仪式了，就请大家来喝喝茶聊聊天，增加点人气。

大家纷纷祝贺，沙打旺代表村干部送了一幅装裱好的"一帆风顺"的字画。

文关说："我听说自治区要在咱们村建设一个30万千瓦的发电厂，投资30多亿，位置就是村口挨着105国道的那片地。如果能批复明年就应该征地，建设周期2—3年。"

"这是好事啊，我们村民就可以家门口务工了，比如干保洁、保安啊。"

文关说："你们要有准备，这种大型企业不会雇用个人，都会购买企业的服务，按合同支付费用。"

大家都瞪大眼睛看着文关。

"你们知道我想说什么了吧？"

韩长命说："文处长的意思是杜小秀这个公司可以就近承包电厂的物业服务。"

"对。"

（二）

镇里给杜小秀支援了几辆电动三轮车，用于转运垃圾。

杜小秀领着清洁工人每天早上8点开始打扫，路基向外延伸几十米内的白色垃圾都捡出来，第一个星期劳动量非常大，接下来就是维护了。

正如文关分析的那样，游客开始并没有那么自觉，丢弃的塑料袋不少，杜小秀他们又没有权力处罚，只能苦口婆心跟人家讲道理，有的听，有的扬长而去。

聘用的清洁工人驾驶三轮车的技术不熟练，老李就是其中的一个，刚上岗3天就把游客的小汽车剐蹭了，赔了人家3000多元。老李找齐二强说自己也不是故意的，还是贫困户，哪有钱啊，村委会能不能救助一下。齐二强说村里也没有这方面的救助，一时也替他发愁。

杜小秀得知后，二话没说把钱赔给了游客。后来，杜小秀无奈地笑着跟文关说："办个公司真不容易，没等挣钱先赔了几千。"

文关说："一个企业要有文化，特别是职工的企业文化，不是出了工出了力，干一天挣一天的钱，松散的队伍会惹祸的。虽然大家干的是体力活，但也要有规章制度，制度要上墙，还要入心入脑。吃一堑长一智，要不断总结，企业才会有发展。"

杜小秀听完眼中亮了几分，让文关具体给她讲讲。

"比如服装统一设计，有自己的标识。还有，对员工要经常进行培训教育，不是教他如何扫街，是培养责任和规则意识，培养敬业精神。工资收入固然重要，但我们不能缺少雷锋那样的人。县人社局经常举办农民劳动技术培训班，你可以联系，看能不能让员工参加。不用你出钱，县里有补贴，包食宿。"

杜小秀在小本子上算着账。

文关笑着看她在那里算着账，问她："是不是做服装、购买工具搭钱太多了?"

杜小秀不好意思地笑了。

"第一个吃螃蟹的人需要勇气。这条路承包费8万,就不是个挣钱的事,所以县里这么痛快答应了。但这是个良好的开头,我们的目标是从小处着手,慢慢成熟起来,这样将来接手大活儿才有经验,敢上。比如,电厂建起来,要承包物业,你如果什么经验没有,不但不挣钱,弄不好因为没经验会出管理方面的问题,给人家造成损失,那后果可想而知。万事开头难,迎难而上,没有捷径。"

"文处长你说话总在理上,抽空也给咱们村妇女讲讲呗,我这个妇女主任说话不中听,讲点啥妇女们都叽叽喳喳的。"

"我跟妇女们聊天也是外行啊,怕是更不中听咧。"

"你就给妇女们讲讲,没文化的日子不好过,娃的老师在微信群里发个通知,还得去邻居家找别人帮忙念。脱贫奔小康了,女人们也要转变观念,学点文化,搞点高雅的娱乐活动,畅想畅想美好生活,不能当睁眼瞎,没事传闲话。"

文关笑着说:"你这不是讲得挺好嘛。"

"这是我的心里话,每次没等说完,就被她们叽叽喳喳地带偏了。"

下午广场舞一结束,几十个妇女就随杜小秀到了会议室,文关坐在圆桌的里头,好几个小孩子来回地藏猫猫,文关拦住一个抱起来坐在自己腿上,几个妇女也分别管住自己的孩子,会议室慢慢地静了下来。

杜小秀说:"今天胡麻营村妇女小课堂就算开班了,有空我就招呼大家跟着文处长学习,大家欢迎。"

妇女们都还是广场舞的装扮,哗哗地鼓掌。

文关说:"今天这第一节课讲点啥呢,就从你们的舞蹈队开始吧。我听杜主任讲,咱们村广场舞蹈队最初只有10来个人,是咱们妇女同志们自发成立的,如今发展壮大到40多人,目前有两支小分队。夜幕降临,大家都会不约而同来到露天健身广场,伴着悠扬的音乐翩翩起舞。"

"啥翩翩呀，就是一帮老太太在那儿瞎跳呢。"

大家哈哈大笑。

文关也笑了，"你们是小老太太，但是一跳起来，感觉就是小姑娘了。"

笑声一浪接着一浪。

"我有个建议，你们多准备几个舞蹈，随时能参加镇里、县里的会演。平时，村里有活动你们可以助兴演出，可以把村里的故事、情景用歌声和舞姿表达出来，为村民送去欢乐健康的节目，成为乡村群众文化的表演者、传播者，大家的健康文化娱乐就由你们来带动，能帮助咱们村改善村风和民风，少打点麻将，少喝点酒，当个舞蹈迷和健身迷多好，大爷大叔也可以参加嘛。咱们胡麻营村不仅仅有油厂、经济林、物业公司，还有广场舞蹈队，这是咱们村文化建设的软实力。脱贫攻坚奔小康，身心也要奔小康咧。"

掌声响起一片。

文关继续说道："支持大家的活动，我也不能光说不练，我这儿收到一点稿费，给大家每人买一顶太阳帽吧，遮阳防晒，个个都是村里的'小芳'。"

"太好了，谢谢文处长。我们服装统一，正缺个盖头咧。"妇女们你争我抢地说道。

"下课。"

妇女们有说有笑地往外走。

韩长命、齐二强看着妇女们兴高采烈地从会议室出来，就说："文处长可不能偏心，咱们工作队白天忙乎，晚上也是大眼瞪小眼，没个啥正经事做，要不也给咱们开个小课堂？"

文关想了想说："那咱们办个小夜校吧，我给大家张罗点书，大家边看书边交流体会，咋样？"

齐二强说："我通知村'两委'干部，每晚7点到9点到村委会自习，自愿。"

韩长命说:"驻村工作队全体人员都参加,反正也回不了家。沙打旺去镇里开会了,回来我转告他。"

文关当晚在网上订购了20本黄亚洲的长篇小说《雷锋》和费孝通的《乡土中国》。这之前,文关读过两次《雷锋》,然后买了几本,分别送给了自己的爱人和孩子,扉页上写着"要做雷锋这样的人"。

(三)

杜小秀的员工穿上了统一的制服——橘红色的套装,胸前有一个LOGO,一片湖水上面漂着字母M变形的山,字母Y点缀着几棵树。杜小秀告诉文关,湖水就是"胡",字母M变成的山就是"麻",字母Y变成的树就是"营",合起来这就是"绿水青山的胡麻营"。

"不简单,不简单,意义深刻啊。"文关赞赏道。

县电视台来采访,并在融媒体上发表了《我县成立第一家农民开办的物业公司》,不能说让物业公司名声大噪,那也是一时间各乡镇的热点话题。

李硬眼听说杜小秀开办公司,特意回来道喜,然后到文关这儿做客。李硬眼说杜小秀确实是能干事业的女人,上次村委会换届选举,以绝对多数当选了妇女主任。由于李硬眼不是常住户,在竞选村党支部副书记时,落后雷勇强20票,所以继续留在外地打工,准备有机会再回乡创业。

文关说:"记得咱俩第一次见面,说起晒红豆的事,一亩半地产出400斤红豆,刨去各种费用和成本每亩纯收入500多元左右。"

"记得,咱们红云镇种这种红芸豆的不少。"

"这种豆子其实叫英国红芸豆,引自英国,粒色紫红,农民喜欢种是因为它熟得早,在咱们这儿生长期100天左右。咱们红云镇,原来叫红芸镇,老百姓写着习惯了,后来就叫红云镇了,就是因为这里的红芸豆是自治区产量最大的，甚至是世界上最好的。在业内人士眼里，红云镇的红芸豆品相最好。他们从农民手里每斤四五块收上来，精选之后出口到欧洲价格翻了好几倍。"

"外国人爱吃红芸豆吗？"

"红芸豆的皮是天然红色素中的上等品，口红中缺不了这个。跟开山县的红辣椒一样，基本上不是用来吃的，而是抹的。"

李硬眼的眼睛亮了。

"我这样想，能不能咱们把红云镇的红芸豆打造成地理标志产品，自己种植，自己精选，直接出口，这个钱为啥不直接挣呢？"

"文处长你说，咱们怎么搞？"

"注册红云英国红商标，开办红云英国红公司，搞专项。"

李硬眼高兴得站了起来，"都说文处长主意多，果然百闻不如一见啊。我一直不敢下这个决心，听您一说心里一下子亮堂了。"

"一步步走稳。先开办公司，注册红云英国红商标，再联系各村种植户，指导种植。你也可以继续通过转包的形式扩大耕地面积，心里有底身不慌。"

"我下午就办公司手续。"

"杜小秀刚刚开办了公司，网上流程怎么走，网下办哪些你可以请教她，少走弯路，提高效率。硬眼啊，说起来头头是道，做起来可是需要勇气的。毕竟你可是第一个吃螃蟹的人。"文关拍着李硬眼的肩膀语重心长地说道。

"我有心理准备，这些年在外面打工，吃了许多苦，想着回到村里干点事业。但是没抓手，自己也没人商量，下不了决心。今天，下决心了，说干就干。"

食堂的马大姐不知从哪里听说文关会算卦，算计啥啥挣钱，所以也来求助。

文关说："马大姐，你也要做生意啊？"

"就是，我家养了 30 多只扶贫鸡，鸡蛋攒了不少，村里人家家都有鸡蛋，不稀罕。城里我又去不了，想卖几个鸡蛋，你说咋办呢？"

"有多少，多少钱一斤？"文关问。

"10 斤，10 元一斤。"

"行，交给我吧，周六我回一趟家，周一回来给你交差。"

马大姐笑呵呵地说："都说你有办法，还真有办法。"

文关把鸡蛋装在纸箱里，让齐二强子写了一份证明，周六将这箱子鸡蛋拉回了家。

周六的早上，文关带着妻子和小儿子到了菜市场门口附近，把纸箱打开，把村委会的证明展开，石头压上，上面写着"这个鸡蛋是贫困户马大姐养的笨鸡下的，10 元一斤，保真"。

一位老大爷走过来，拿起几个鸡蛋晃了晃，又闻了闻，说这个是真的笨鸡蛋。

"大爷您是行家。"

"摇摇就知道，这个鸡蛋有的水分少了，有的没少，说明不是一天下的。一天下 10 斤肯定是工厂的。"大爷掂量着鸡蛋说。

"闻闻又是咋回事？"

"鸡蛋有的新鲜，有的不新鲜。那不要紧，不是一天下的当然会有这样的情况，更说明这是一个一个攒的。"

文关竖起大拇指。

"还有，你看这鸡蛋，有的大，有的小，有的微黄，有的白，说明鸡的品种也不一样，农村的土鸡都很杂，这符合实情。你看旁边那家的土鸡蛋，光溜溜的，还印着图标，大小颜色一样，那都是量化产出来的。"

文关说："大爷您都说对了，攒了一个星期，才出了 10 斤，所以有的就不一定新鲜了。"

"那没事，我买两斤，不新鲜的先吃呗，关键这是真的笨鸡蛋。"

文关的儿子高兴地接过 20 元钱翻来覆去地看，兴奋地说："爸爸，第一桶金。"父子俩击掌庆祝。

剩下的鸡蛋被几位大娘买走了,有一位大娘来晚了,留了一个电话,预订20斤。

文关回到村里就去给马大姐报账。

"鸡蛋都是上了岁数的老人家买走了,说明买这个笨鸡蛋都是在买乡情,不是必须要吃的。我看网上说,笨鸡蛋和普通鸡蛋营养也差不多,许多人看着笨鸡蛋亲,那是有农村生活经历的人,他们怀旧。年轻人几乎没有买的,路过连头也不回,人家都吃什么蛋挞去啦。"

文关把100元给了马大姐,并让她再攒20斤,有人预订的,下次回家带给她就行。

"那以后咋卖呢?"

"嗯,有空的时候你写个牌子,挂在旅游公路边上,留下你的电话,来往的游客想买的就找你了。你的鸡蛋量也不多,每天有一两个人买,就旱涝保收了。"

马大姐微笑着说道:"对,对,这个办法好。怪不得村里人都要来找你咧,说你啥都知道咋办。"

送走马大姐,文关看了看村委会墙上挂着的意见箱,让齐二强打开。齐二强说:"自从挂上就啥也没收到过,钥匙都快找不到了。"

文关说:"以后不叫意见箱了,换个名。"

"换啥名?"

"说句心里话。"

"这不是歌名嘛。"

(四)

过了几天,文关从车的后备箱里搬出几个铁箱子,四四方方,铁皮做的,上面写着五个红字"说句心里话"。

村"两委"和驻村干部帮着拎到办公室,然后都一脸疑问地看着文关。

"这还是马大姐提醒了我,说村民都想和干部说说心里话,大事小情地给出出主意。村委会这几个意见箱为啥都是空的?老百姓不见得非得有意见,就是想起来啥说啥,那不妨就叫'说句心里话'。箱子都是箱子,功能也差不多,关键激发新动能。新动能就是让旧的东西焕发出朝气。"

大家互相点头。

"4个自然村,我分别做了一个,都是铁皮的,防止被牲口剐蹭。挂的时候不要太高,要与眉同高,一目了然,安放在群众经常聚集的地方,上锁,钥匙由沙打旺、齐二强分别拿着,每两天看一次。告诉群众什么都可以写,就当和村干部聊天了。"

"好,咱们分头行动。"

隔了一天,文关和沙打旺查看村委会的"说句心里话",里面有好几张小纸条,有的写在了烟盒上,有的写在药盒子上。齐二强回来说,他们那边也有几张纸条。纸条上有的反映小胡麻营没有公共厕所,路过的游客经常去玉米地大小便,下地务农经常踩一脚。有的说手机信号不强,手机有时候打不通。有的说交了好几年的新农合医保费从来没开过发票。还有的希望村委会买个小型播种机或者小四轮拖拉机,帮助那些经济困难的农民耕地播种。也有表扬驻村帮扶干部的,说经常来打扫卫生,还给拿来棉衣、棉被啥的。有的问为啥有的不符合低保也拿上钱了……

沙打旺惊讶地说:"我来3年了,意见箱里从来没见过纸条。"

文关说:"方法很重要,哪个东西都有动能,动不起来,就是因为没动脑筋。"

当天晚上,村"两委"干部和驻村干部在夜校学习,镇党委宣传委员刘根正也来一起学习。文关把这些小纸条摆在桌上,大家边学习边讨论。

沙打旺说:"手机信号这个事,我去协调。其实不是没有,是时有时无,是发射塔分布造成的,有的自然村在山沟里,免不了受影响。"

齐二强说:"厕所这个事,村委会讨论过好几次,虽然现在集体经济挣了点钱,但是花钱需要全体村民代表表决。小胡麻营村人口少,村民代表占比就小,他们提议的事情表决常常不过半数,需要做工作。集体经济收入的钱是全村的,花在小胡麻营,其他村就不太支持。动员村里德高望重的老人出个面,应该能有说服力。"

文关说:"农机具这个事我做一个策划,这个策划得有说服力,支持的人愿意出这个钱。今年来不及了,明年开春之前务必给大家一个交代。"

刘根正说:"表扬信这个小纸条,镇里做简报通报一下。还有个事,也是镇党委让我通知大家的,为了迎接明年退出贫困县贫困村验收,自治区将在11月末组织一次脱贫攻坚评估核查工作,县里已经开了动员会。这次验收聘请的是第三方,几十个人,分8组分别进入咱们村的所有自然村,随机抽选评估户,找人托关系说好话都没用。年初,县里搞了一次模拟验收,胡麻营村位次可是倒数。主要原因有两个:一是群众满意度不高,不到90分;二是集体经济不行。集体经济现在已经有起色,目前满意度还不知底。但是,今天这个'说句心里话'是个好机制,拉近了干群关系,时时掌握群众的诉求,小箱子或许办了大事情。"

一听说评估核查,气氛顿时紧张起来。

"胡麻营村的迎检方案就委托文处长起草咋样?文处长见多识广,特别是在迎接流程和整理材料方面肯定是专家,我们下级单位经验少,细节上容易马虎。这也是李书记、石镇长的意思,也是我今晚参加学习的意图之一。"

文关琢磨了一下说:"我在市里培训的时候,看过评估过程视频,方案不难做,关键是执行力和纪律。第一,要组织迎检培训会,确定人员和岗位。定岗后不再调整,特别是要提振工作人员精神面貌,举行一次党日活动,激励人心。在迎接过程中,要主动靠前服务,不能见到工作组躲着走。工作组到来和离开时,全体人员要列队迎送,保持良好状态,不可随意散漫。第二,所有工作人员佩戴袖标,如引导员、勤务员等。服装黑色，戴白手套，方便工作组能够识别。所有服务车辆贴标识，如引导车、回访车等。村委会广场划分停车位，服务车辆按区域停放。其他私人车辆必须离场。指挥员只有一个，不要慌乱，不要叫喊，按级别请示、落实任务，不擅作主张。指挥员在指定位置决策即可，不事无巨细。第三，所有工作室，如办公室、宿舍、访谈室张贴字牌。宿舍床单被子整齐划一，办公用品统一摆放。各个厕所卫生要保持好卫生，咱们那个旱厕要撒一层白灰去去味儿。第四，贫困户档案一定要真实，真的假不了，有事实不怕查。第五，各个环节要保持工作的常态化，干部要保持平常心，迎检前要组织领导与干部、干部与干部、干部与村民的谈心谈话活动。总之强调大局，消除矛盾，增进理解和感情。"

"有水平，想到哪就能说到哪，我回去跟镇领导汇报。"说完刘根正起身就要走，但被文关拦住了，"这儿还有两个问题，需要麻烦刘委员给协调交办一下。一个是不符合低保拿钱的，恳请民政所调查一下；还有一个是村民交了医保费没有回执，不止一两次有人提了，这里可能有管理漏洞，建议交给镇纪委调查。"

"放心，我会转交处理。"

说起医保费这个事，大家有意看看周围，雷勇强好几天不见人了。

齐二强说："他媳妇在市里开了个小超市，帮着打理呢。"

送走刘根正，几个人又坐了下来。

沙打旺说："明天咱们分头入户调查，看看还有哪些问题？集中梳理解决。特别是通过今天'说句心里话'这个小箱子反映出来的问题，说明咱们平时与村民的沟通还不顺畅，村民肚子里还有许多话想说，不跟咱们说，就会跟验收的人说。"

韩长命唱道："说句心里话，我也想家，家中的老妈妈已是满头白发……"

沙打旺开玩笑地说："你是常思念那个梦中的二老板吧。"

（五）

第二天，各小组回来了。

文关把石榴和负责医保的干部也请来，大家一起研判。

沙打旺拿其中的小胡麻营举例，说几个村民是这样反映的：

农户姓名	问题情况	备注
李顺何	自述医疗支出大，疑似收入不达标；修路不彻底	对脱贫成效不满意
蒋　富	反映危房改造材料不合格，母亲低保没有发放到位，自己是慢性病需要长期吃药	对驻村工作队不满意
刁玉兰	医疗保险报销慢	对帮扶措施不满意
闫志虎	不清楚低保金额，老伴2018年的住院费至今未报销下来	对帮扶措施不满意
赵志成	有人找关系办低保	对脱贫成效不满意
贾中明	没听说过驻村工作队，认可度差	对脱贫成效不满意
杨米牢	贫困户公益岗位如保洁员工作不到位	对帮扶措施不满意
丁强生	2018年人均年收入3255元，未达到扶贫标准3600元	对帮扶责任人不满意

大家拿笔记着。

"其他3个自然村，也反映了不少情况，类型差不多。合计起来有30多个人。有的村民有顾虑，不愿当面说，这也占一定的比例。"说着，沙打旺把打好的表格给每个人发了一份。

"道路硬化不够、慢性病报销慢、危房改造不达标……涉及县里职能部门的，我们请示镇里和县里，仔细对接一次。"文关边分析边建议道。

"我负责联系镇里。"沙打旺说。

文关拿起一张纸条说："公益岗位上的贫困户拿着补贴不干活。"

韩长命惆怅地说："公益岗人员不作为的问题由来已久，咱们村安排各类护林员岗位16个，还设置了保洁员岗位12个、信息员岗位2个、对口帮扶公益性岗位15个、其他公益性励志岗位23个。可以说，公益性岗位在理论上是合理的。但实际上，公益性岗位动态履职过程不明显。工作不到位被取缔的贫困户根本没有，同时补贴发放不及时也是原因之一。干好干坏都一样。"

"咱们也别就事论事了，我提个建议，眼看马上要验收了，大家系统了解一下贫困户的需求，其实有时候村民们认为很难解决的事，到咱们手里也许就是一件简单的事，因为咱们知道办事流程，操作起来比较简单。比如合作医疗报销、养老保险待遇落实、落实户口、办理残疾证，我们都可以帮他们代办。很多老百姓办一件小事需要费很大的劲儿，很多村民因为不会办耽误了，不能享受政策；有的办这些事需要跑好几次，费钱又费时。给老百姓办事不说大小，只要帮他们解决了，他们就会记你的好，满意度肯定高。我一说这话有些人就不高兴，但是我觉得有的帮扶干部就没有在实事上下功夫，全是纸上功夫。"石榴冷静地分析道。

石榴的提议得到大家的响应，接下来的3天里，干部们做了如下工作。

走访68个公益性岗位，了解补贴的发放情况，征求本人工作意愿，继续干就要干好，不想干、不履职的，村委会研究取缔，由此收入减少影响脱贫的应该是个别人，只要在3%贫困发生率之内，果断取缔，不劳而获不是脱贫手段。实际观察发现，没有一个人是不愿意好好干的，只是没有监督、激励他们。

逐户宣传信用社小额扶贫贷款政策，已获贷发放45户，对30户正在办理的进行了核实，遇到问题解决问题。

为菜单式购牛的30户——核对上报补贴金额，跟踪补贴发放时间。

为打小筒井上报20户补贴资金。

为未脱贫户进行搬迁，入住县福康小区。

组织施工队为张拴栓修缮加固住房。

为孙明贤办理大病医疗救助。

入户核对，确认自治区统一的贫困户新明白卡信息无误。

驻村工作队队员都下载脱贫攻坚住房安全核验小助手App，核实所有贫困户住房安全情况等。所有队员要求会使用一卡通的年检、低保户的年审、医保和社保的缴费App等。留守在村里的大部分都是老年人，有的没有智能手机，也不会操作智能手机，好多业务又要在手机上办理，结果发生了不正常的事。专门有几伙人靠给这些老人帮忙来收费，检一次收5元、8元，据说赶上年检、月检集中段，一天能挣好几千。胡麻油村干部的做法得到县里领导的认可，专门下发文件要求全县村委会干部在群众遇到检验问题时必须有求必应，国家是不收费的，不能让农民花冤枉钱。

文关很快就把迎接验收评估工作安排表做了出来，找到沙打旺让他看看哪里需要调整。文关提出要特别设置一个督查组长，让韩长命担任，他岁数大，说点狠话大家也都能让着。

沙打旺看着安排表表情凝重，说："老韩有点状况，上午接到医院电话，让去核查体检信息。"

文关一愣。

"前些天咱们镇上给扶贫干部组织体检，这几天结果出来了，怀疑老韩肝癌，待复查，这会儿情绪有点低落。"

文关起身去干部宿舍看望韩长命，韩长命正在收拾行李。

见文关来了，韩长命说："不用拐弯抹角，我一把年纪了，能接受。这次去医院估计人家不会放我走了，脱贫攻坚到了关键时期，离开大家有点对不住大伙，帮不上忙心里惭愧。"

"老韩你安心复查，工作队你随时回来，岗位永远给你留着。即便复查结果是癌症，也不要悲观失望，不是所有的癌症都是不治之症，保持一个良好的心态，相信自己。有些癌症患者觉得自己活下来很幸运，倒不如把原因归结于他们自己的努力，硬是把命运的难题化解了，这才是真正的强者，为自己争取到活的希望。尽管谁都知道癌症的厉害，但人类毕竟与它抗争了几十年，在治疗上已经有了相当多经验，苦要吃，钱要花，但人最终会好。"

"我就是一时愣了，这会儿已经想明白了，为啥许多人说有些癌症患者是被吓死的，不无道理。我再这么胡乱想下去，也得吓死。该看病看病，回来继续扶贫。"

当天下午，韩长命去了医院。

确诊了。

（六）

韩长命的事在镇里惊动了不少人。李聪明和石英拎着营养品专程到医院看望。

很快，新的热点覆盖了韩长命的病。

新任的镇民政所所长石榴在镇脱贫攻坚工作群和镇行政大厅贴出了通告，要求276名初筛不符合低保条件的人提供相关材料，否则，上报县民政局，终止低保金。

新农合主任周博英看到通告后，急急忙忙找到石榴说："你是小海鲜吃多了，这个大螃蟹你也敢碰？"

这之前，李聪明找过周博英谈话，调整他到民政所工作。周博英说啥都不同意，说民政那笔账说不清理还乱，是个大坑，他不能往里跳。

所以，李聪明坚决推荐石榴是事出有因，只不过和石英交流的时候还不确定这里面的确切情况，只有"汤清"的干部上去，才能水落石出。不过石英很快领会了李聪明的意图，坚决投了赞成票，才有了5∶4。

石榴和所里的两个干部经常加班加点，忙到深更半夜，当然这与石榴在电脑上打字慢也有关系，开始是一个字一个字敲，一星期下来，梳理的花名册出来了，石榴的打字能力也突飞猛进，基本可以盲打了。

石榴把276个缺件的低保户名单报给分管副镇长，要求签字公示，请当事人提供相关证明材料。

副镇长勃然大怒，"石榴你这是故意为难群众，闹出影响你可要负责任。人家以前定成低保，而且都有签字，说明法定的程序走过，这个字我要签了就是否定了以往的工作。"

"走了法定程序，那材料和痕迹应该都有，但有的人村委会推荐意见、个人收入证明材料都没有，直接就是镇领导同意。还有的人，已经不是常住户若干年了，村委会从来没有联系过本人，不核验现在的生活状况，底数都不清，就维持原状。市、县民政部门要求梳理，不符合的，坚决予以终止低保补助。"

副镇长说："以往的历任分管领导都批复过，有的都十几年了，都相安无事，你这一石激起千层浪，人家不来找你？"

"我不能按以往的报给县民政局，那不准确，对国家、对个人都是不负责任的。"

"你不怕，我怕。"

"就怕他不找我，找我，很多人和事就大白于天下了。"

副镇长一时气得不知道说什么话反驳，只说："反正这个字我不能签，几百人的事，在咱们镇就是大事。"

石榴一转身去找了石英和李聪明，各放下一沓花名册，汇报了事情的始末，"现在没人敢签字，请镇党委研究决定吧。觉得我做得不对，可以把我换了。"

石英说："实事求是地报，这事不能打马虎眼，一丁点儿都不能，否则雪球越滚越大，那才叫大事。"

字最后是李聪明签的。

公示前，石榴的电话不断，有村干部说情的，有低保当事人出言威胁的。石榴没有犹豫，因为她早就知道不会风平浪静。

第二天一早公示名单发布后，然后石榴坐等上门客。奇怪的是，昨天吵吵叫喊的人今天一下子安静了。

有几个公示名单上的人来了，态度非常好，说能不能关照一下？石榴说："你把村委会研究的记录拿来，附上收入证明，符合条件还可以保留。"那几个人听完转身就走了，再也没回来。

下午，石榴的几个同事来办事大厅，对石榴说："你现在是全镇最厉害的人，谁都知道这里面有猫腻，据说有的人千方百计吃低保，托人找关系，伪造村委会证明，还有的是上面有人打了招呼。"

石榴说："咱们镇低保人员3300多人，不合格的270多个，各村村主任负责通知到本人，发布通告后过期不予受理，报请县民政局从网上剔除，下个月起停发低保补助。"

周博英认为躲过了低保这个马蜂窝，但是医保这几天也不平静。

胡麻营一个村民患癌症，住院治疗花了30多万元，医保资金不能报销，原因是未缴纳当年的医保费。村民家属找雷勇强，雷勇强一时慌了手脚。雷勇强偷偷找周博英，说能否把这个村民的医保费缴纳一下？周博英说医保费都是按村一次缴纳的，再说年度的早结束了，网口已经关闭了。眼见解决不了，雷勇强人找不到，手机也关了。

这件事传开后，胡麻营陆续有村民来查自己的医保费。结果有300多人发现自己当年的医保费没有缴纳。村民一下了明白了，雷勇强只缴纳了其中的一部分，那一部分都是老弱病残，他们有就医的可能性，身强力壮的村民的医保费他中饱私囊了。

接到群众举报后，红云镇纪委随即将情况向上级进行了汇报，县、镇两级纪委组成调查组，就此问题进行核查。

在调阅大量资料并与村民广泛了解情况后，调查组发现，自2017年10月起，雷勇强利用担任胡麻营村城乡居民基本医疗保险代办员的便利，以村民健康状况为"标准",选择性为村民缴纳医疗保险费,将该村"健康状况较好"的村民委托其代缴的年度医疗保险费共计13.7万多元据为己有,挪作他用。

"他是看人下菜碟,对于身体状况不好、需要经常走医保报销的村民都全额代缴,而对于身体状况较好、年纪较轻等自己认为暂时用不上医保的村民则进行克扣,看似不会被发现,其实是掩耳盗铃。"办案人员对镇政法委书记何青说道。

鉴于雷勇强的行为性质严重,影响恶劣,并涉嫌其他违法犯罪行为,最终,雷勇强被开除党籍,其涉嫌的违法犯罪问题移交检察机关依法审查起诉,违纪违法资金追缴退还给村民。

县纪委在全县发了通报,指出雷勇强利用职务之便侵占群众缴纳的医疗保险费,教训极为深刻,全县各乡镇要结合案件暴露出来的问题,督促相关职能部门举一反三、查漏补缺,以案促改、以案促治,做实审查调查工作。

后来,全县开展了城乡居民基本养老保险、医疗保险领域专项整治,县纪委监委向县医疗保障局发出监察建议书,督促该局协调相关职能部门和各乡镇开展自查自纠,及时发现并解决问题,堵塞管理漏洞。

风波之后的某天晚上,何青去了办事大厅看望石榴,"最近看你的办公室天天晚上亮着灯,加班很辛苦,注意身体。"

石榴奇怪地看着何青说:"谢谢领导关心,这个工作已经基本结束,报到县里就轻松一些了,能抽空去驾校练练车了。"

(七)

按照县里的要求,胡麻营自查自纠相关问题,齐二强统计出了如下数据。

全村老年人、重度残疾人、因病致贫及无劳动能力的户别中享受低保

325人，直补77人，五保37人，享受残疾人补贴9人。贫困户达到上述条件全部纳入低保。低保、直补和五保户的人口大于全村的贫困人口。

此刻，文关正看着脱贫攻坚的资料。

截至2016年底，自治区贫困县57个（国贫县31个），55.58万贫困人口。其中，41%的贫困户属于因病致贫，12.88万人生活在15个深度贫困地区。自治区对脱贫攻坚的时限要求是2019年基本完成，测算一下，意味着每月要减少1.54万人，每天减少508人。

文关很冷静，因为他知道，无论到中国的哪个地方，贫困或相对贫困始终以一定的量存在于我们的生活中。

比如，20世纪70年代，文关出生在科尔沁草原腹地深处的牧区。当时文关的父母按照干部"插队落户"的要求，被安插到农村生产队落户，参加农业劳动。父亲在某篇日记里写道："连日来，天气越变越冷，加上房子盖的时候只抹了一遍大泥，有很多透风处，门窗也是裂的裂、坏的坏，4个月大的孩子连续感冒，治也治不好。昨晚到场院弄了点草，补了两个草袋子，做了一个外屋门帘，今天安了炉子，屋里才暖和点。准备明天向生产队借车拉土，求人帮助抹屋里、修理门窗，不然是没法度过这个冬天的。"

那个只有4个月大且连续感冒的孩子就是文关，如今一想到贫困，文关的第一反应就是冰冷。父亲的日记虽然不是有影响力的著作，但却有着说服力，这就是贫困的温度。

文关后来辗转到首府工作，有时仍不自觉地想到科尔沁草原上的森林、山丘和透着寒风的土坯房，即便那里并不富有，或者也不具备什么魅力，但是却是难以忘怀的家。甚至，当他站在苍穹之下任何一处高山极目远眺，那一片片的乡村和农田，以及星星点点的人影，文关都会想到那可能是他的父母和他，这就是故乡在人们心里留下的烙印。

文关在成年之后从事的一些爱心公益活动就是力图通过自己的力量减弱贫困的冰冷，让那些需要帮助的人有机会沐浴暖洋洋的友爱之光。

如今文关走进胡麻营村，把父亲一摞摞日记摆在办公桌上，激励自己干下去、写下去。也许他不完全知道父亲每篇日记的想法，但是其中提到的许多问题放到如今来看，依然能够启发他找到解决问题的共同答案。父亲会不会知道，如今文关正沿着他的足迹前行，而且没有退路。

就目前而言，胡麻营村必须通过解决矛盾来实现发展。文关提醒自己不能急于验证某些预测是正确的或是错误的，关键是通过调查研究，发现新事实，以许多不同的方式打开胡麻营村的真实世界，就如同一个医生去观察就医者的脉搏、血压、心跳等，然后对症下药。文关现在认为，群众的满意度不高不一定全是外部原因造成的，也有一定的内部原因。比如，群众认可度既包括贫困户的认可度，也包括非贫困户的认可度，所以非贫困户的认可度也非常重要。随着扶贫政策的不断落地，贫困户的生产生活条件发生了显著变化，但随之而来的是部分非贫困户心理不平衡，这可能影响认可度，上次就是非贫困户的满意度83.5%，贫困户满意度超过了90%，平均下来不足90%。这些数字变化的广度仍然不好估计，如果不耐心梳理事实和调解，满意度不会自动平衡的。

近期，有关部门组织的贫困户电商培训，让文关印象深刻。为了增加培训的人数，主办方为到场的每个贫困户发放100元现金和一桶食用油，非贫困户和脱贫户什么也没有，现场泾渭分明。

没错，贫困户和非贫困户是一个历史动态，贫困将无限接近零。历史视角和共同富裕的数据告诉我们，只有所有农民增强实力、延续优势，他们的生活水平才会提高，否则，财富收益将永恒补贴给收入越来越少的人。

文关醒过神，拍拍头，想到明天工作组就要来了，把《胡麻营村迎接自治区评估核查工作安排表》又逐项看了一遍，走出宿舍透透气。

此时，正值晚饭时间，文关想着想着就溜达到了王平家，晚餐花卷加烩菜，桌子上摆着零食瓜子等。老两口很热情，屋里也收拾得十分整洁。牛圈就在院子里，里面大小四五头牛，挨着的是猪圈，一口大猪哼哧哼哧的。王平告诉文关，他本来还买了一头小猪，结果没养好病死了，民政救助了500元，挺好了，起码本钱回来了。

王平的老伴说，比起前些年确实好多了，以前他们家年收入只有2000元左右，家里几间房漏风透雨，家里的两个孩子刚刚大学毕业工作也没着落，甚至穿衣都要靠亲戚们救济，日常的伙食以土豆、玉米、莜面等为主，特别是冬天几乎没有吃菜的条件。2014年，家里被精准识别为建档立卡户，村委会和驻村工作队为他们办理了低保，对他们的住宅进行了危房维修改造；他们还参加了新型农村合作医疗，每年大部分医药费用都由国家负担。老两口利用农闲时在九龙泉旅游点打工，每月有2000元的收入。"我们老两口又有了动力，还想通过养牛继续改善生活质量，可是年龄过大了无法申请贷款。村委会和驻村工作队的干部多次跑银行递交申请，特事特办，5万无息贷款到手了，这不院子里养了几头种牛，明年卖了牛仔收入两万元没问题。"

文关又去了隔壁的贾鲜桃家，晚餐是面条，还炒了一盘花生米和一盘鸡蛋，拌了凉菜。家里有客人，正在小酌，91岁老父亲在里屋睡觉。文关推门进去，热气腾腾的水汽扑面而来。贾鲜桃腿部骨折，正在恢复中，但精神挺好，拄着拐帮老伴煮面。贾鲜桃说："百善孝为先，我家有个90多岁的老父亲，我们俩还照顾着幸福院的一个老汉，给老人买点衣服、送送药。老人牙口不好，我们尽量把饭做得软点。老人经常大小便不能控制，我俩也不对老人发脾气，给老人换衣服勤着点，帮他洗脸、梳头、擦背、剪指甲、洗弄脏的衣裤。冬天的时候，屋里屋外两个火炉子，保证老人身暖心暖，让老人晚年舒坦一点。虽然，家里的生活并不富裕，而且我们老两口本身也到了养老的年龄，但是毫无怨言，多做好事有好报。今午家里评上了县级'五好十美家庭'和美丽庭院，院子里的菜吃不完，经常给村委会食堂送点，干部们也很辛苦咧。"

李宝山是五保户，他家离贾鲜桃家几百米远，60多岁了，晚餐馒头配稀饭，还有葡萄、香蕉、橘子，都是自己买的，说香蕉两元一斤，不贵。

炕很热乎，屋里很整洁，炉火也很旺。老人精神状态不错，待人和气，话语不多，始终笑笑的。

孟继福，单身，晚餐大米粥，没有做菜。桌子上有麻花，饿了随时吃，没啥准点。正忙着挑选豆子，准备自己生豆芽，边忙着手里的活儿边说："虽然日子越来越好，但也要精打细算。老伴早没了，两个孩子大了在外地打工，从不大手大脚乱花钱，养成了勤俭节约、吃苦耐劳的好习惯，这比啥都好，咱们的好日子来之不易啊，有的还是别人拿命给咱们换来的咧。"

文关晚上回来，反复思量着孟继福的话，出门看看韩长命的宿舍，灯亮着，韩长命抽着烟，不知在想什么？

医生告诉韩长命，可以工作，但要定期化疗。

（八）

自治区评估核查组有十几个人，分成4组进入自然村，主要是抽样调查、入户访谈等。本地干部跟随工作，只需要提供花名册，然后提供路线指引就可以了。

齐二强和沙打旺想多送几步到贫困户的院子里，也被劝回来了。评估组的工作人员说："需要什么会联系你们的。"

评估组访谈过的农户，沙打旺赶紧进门问："都问啥了？"村民说："就问问哪一年被评为建档立卡户、什么类型的贫困户、享受低保的原因、档次和人数，建档立卡时家里的主要困难、是否已脱贫啥的。"

"说具体点。"

"吃饭有肉有菜没？能吃到水果不？一年四季够吃不？衣服有几身？是自己买的还是别人给的？水从哪里打，远不远？住房鉴定啥等级，人均住房面积多少？是否享受危房改造政策？是否因建房负债了？家里有没有孩子上学？是否有辍学学生？"

"你都咋说的？"

"我说啥都不缺，都挺好，国家对我们贫困户够照顾了，低保也能按月领上，遇到点不明白的事扶贫干部都能帮助解决，这是真扶贫啊。我家就我们老两口，儿子、儿媳和孙子去城里住了……"

评估组到了毛仁家，问："全家是否都参加了新农合？"

毛仁肯定地点头说："参加了，参加了。"

"是否享受了大病医疗保险和新农合财政补贴？"

毛仁正想着……

评估组的人接着问："如有慢性病人，是否享受了慢性病救助政策？是否有家庭医生签约服务？如有大病病人，是否到医院就医？花费是多少？是否需要交押金？住院报销是否需要跑多个部门？如有残疾人，是否办理了残疾证？是否得到了残疾人补助？医疗负担是否减轻了？"

毛仁结巴着说："你说得太快了，我都没记住，也没咋听懂。"

"我看你的手好像受过伤，你就说说你看过病没？咋个报销的？有啥补贴之类的。"评估人员说。

"文处长看我受伤了，带着我看了两次病，手背也美容了，没花钱，现在啥活都能干了，也能到油厂打工了。没有扶贫干部文处长，我就残疾了，一辈子也不能忘了人家啊。"

说着就开始抡胳膊给评估组的工作人员看。

评估组的人招呼了一下，正在外面张望的沙打旺赶紧跑过来。

"这个叫毛仁的村民说看病不要钱？"

沙打旺给评估组的人讲了文关带毛仁看病的事，他们在本子上记了不少，然后说："知道了，继续下一户吧。"

毛仁追着问："是不是我说错了？"

沙打旺说："别喊了，赶紧回屋，不问你了就是过关了。"

下午晚一点的时候，评估组汇集到村委会会议室，第一个谈话的是齐二强，评估组的人说村党支部在脱贫攻坚工作中引领作用有哪些具体事例？

齐二强想起来文关说的一句话，看一个村子的脱贫工作好不好？首先就看村党支部建设搞得咋样。党支部强，脱贫搞得一定好，村党支部是带领群众脱贫致富奔小康的主心骨、领路人。主心骨和领路人不强，脱贫不可能强，从来没有例外。

于是理直气壮地说："我们坚持把扶贫开发同基层党组织建设有机结合起来，真正把基层党组织建设成带领群众脱贫致富的坚强战斗堡垒，按党支部建设标准开展好'三会一课'、主题党日、民主评议党员、组织生活会等党支部组织工作。党员每次都是现场交纳党费，开展的文化扶贫助力脱贫攻坚主题党日活动，为全村130多个贫困户送去励志书法作品，被电视台报道。我们与自治区党委党史研究室举办了联合主题党日活动，邀请专家为全体党员上党课。我们还结合农户的作息习惯，组织每日读报一小时活动，每周为群众发放500份报纸，成为受群众欢迎的新鲜事。还开办了妇女小课堂、村干部夜校，等等。目前，我们正按照镇党委的统一部署开展'不忘初心、牢记使命'主题教育，把党建工作与脱贫攻坚工作深度融合。"

评估组的人眼神碰了一下笑了："你这好像事先背过哇？"

"这都是真事，我们都有记录。"

"哦，那行，把你说的这些记录啥的给我们复印一份，我们带走可以吧？"

"行，行。"齐二强一溜儿小跑抱着资料盒复印去了。

第二个是沙打旺。

评估组的人问："结合你们村扶贫产业发展情况，说说在发展壮大村集体经济中是否打造了一批接地气、有潜质、可持续的促脱贫攻坚发展项目。"

沙打旺说："一是我们已经建起了胡麻营食用油加工企业，将地名文化变成一种消费概念。该企业由农牧民专业合作社经营，进入《国家级贫困县重点扶贫产品供应商推荐名录》。现在已经投产，投产后劳动用工优先安置贫困户，形成带贫机制。针对产品销售问题，在北京和自治区的推动下，商品已经进入全国扶贫产品目录之中，并形成足量订单。二是规划建设270多亩经济林综合发展基地。对已经栽植的8000多棵果树安置了网围栏，下一步配置水泵等林业机械设备。经济林已经完成对外承包，计划在果园内散养农家鸡、种植蔬菜和药材等，开展林下多种经营，比如民宿、房车营地等。在每年旅游季节，果园位于到九龙泉旅游点的必经之路上，游客每天4000人左右，经济林可通过自行采摘等形式进行销售。三是依托九龙泉旅游点建大型广告牌一座，已签订3年出租协议，合计45万元。"

评估组的人又都相视一笑，其中一个说："感觉你们干部回答问题，都跟背过一样，只字不差。"

沙打旺木讷着说："都是实实在在的，一点假没有。"

评估组的人说："我们知道是真的，就是感觉太书面化了。你刚才说的有佐证吧，比如合同之类的，也给我们复印一份。"

沙打旺出去之后，评估组几个人就笑出声，说肯定背过。

一会儿沙打旺回来了，说："是背过，我们嘴笨，但事儿都是真的。"说着，把复印件放到桌子上了。

评估组几个人又笑起来，说："没事儿，我们就关心你说的事实，咋说话是你的自由。"

快晚上的时候，评估组去了镇政府继续谈话。

据说所有村都超过了90分，其中胡麻营村90.45分，虽然是历次最高，但是与其他村相比分数仍然垫底。

沙打旺说："是不是文处给我写的稿子，我没背好？"

齐二强也瞅着文关。

文关说："谁让你们硬着头皮背了，那是参考的，你俩都背出去了？"

"嗯。"

(九)

这次评估核查的最高分是东沟村，95.5分，第一书记就是给县督导组摆过水果点心受到通报批评的陈来勇。

陈来勇说话快、走路快、办事快。因为每次开村民大会，宣传国家政策都带着喊话的电喇叭，所以村民们就叫他"喇叭书记"。

评估核查完的第二天，石榴来找文关，说东沟村的陈来勇想和文处长聊聊，但是他说和文处长吵过架，不敢进门，让她打前站。

"这怎么说的？工作冲突很正常，小陈的名声在外，我早有耳闻，快请他进来。"

陈来勇一进门就抱拳，做不好意思状。

文关说："你能来我们这儿做客，说明你比我有气度，按理应该我主动找你沟通思想，在脱贫攻坚战中，我们是一个战壕里的战友，抬头不见低头见，本来就是一家人。"

"文处长不计前嫌，才是海量。"陈来勇跟文处长握着手说。

文关请陈来勇坐下，边沏茶边说："我早就想听听你'喇叭书记'的故事了。"

陈来勇打开了话匣子，"刚驻村那会儿，明显感到群众对党和国家的扶贫政策、目标、任务等缺乏明确了解，部分群众还陷入了越贫困越能得到实惠，越贫困越光荣的歪理邪说中。他们的观念与工作队的工作目标背道而驰，不配合工作，不找增加经济收入的突破口，而是处心积虑地争取贫困户的名额，争当贫困户蔚然成风了。我和工作队队员商量后认为，当务之急是做好宣传教育工作，扶贫要先扶志。"

陈来勇接过茶，喝了一口，继续说："和队员召集群众用大喇叭宣读习近平总书记关于扶贫工作重要论述，学习县委、县政府关于脱贫攻坚的系列文件精神等。有些困难群众因行动不便，召集不到会场，我们就登门宣传。有时听讲的对象只有一人，我们也会不厌其烦地讲述，举例说明，循循善诱。有的村民还会提出反驳意见，比如有一位村民说，在几年的扶贫工作中，凡是贫困户，你们都要给发放米面粮油，可是一脱了贫，就什么也不给了。所以我宁愿躺下当贫困户，也绝不站着当脱贫户。我就说，做人咋能躺下呢？没有骨气躺着吃喝，得过且过打发时光，不仅让全村人瞧不起，就连老祖宗也会被耻笑的。经过这样没日没夜地磨，终于初见成效。贫困户们由等待、观望、躺下不动向自强不息转变，紧密配合工作队的工作，与队员们拧成一股绳，所以这次我们分高点。"

"一个普通的喇叭，却成了干部与百姓沟通的桥梁和纽带，也成了打开农民闭塞心门的一把钥匙。多少困惑和偏见因此消除了，多少埋怨和对抗变成了理解和支持。干部多说一句话，百姓很可能会少跑很多路；干部们的每一次宣传，流进百姓心里那就是党和国家的温暖，获得了群众的满意度，理所应当啊。这个经验好，对我们启发很大。你们是我们的老师。"

"我们工作是某个方面，你们胡麻营才是遍地开花，集体经济突飞猛进，各种活动新颖独特，在县里都叫得响，向你们学习，向你们学习。"

文关话题一转，说："小陈，你今天肯定是无事不登三宝殿，醉翁之意不在酒。"

"就是你们村口那块地，原计划建设游客中心，现在停了，还没有着落，我们琢磨着和你们合作，搞一个订单农业认养模式。"

"养啥？"

"鸡。"

陈来勇大咽了一口茶，说："我们养鸡，让消费者预付生产费用，我们把鸡20只一组养起来，每天产蛋10枚分给消费者，签一年的合同，给到365天结束，之后20只鸡归消费者所有，可以拿回去吃，也可以我们替他卖了，50元一只。"

文关眼神显示出不太明白。

"举例说吧，投资2000元，可认养20只鸡，每天产蛋10枚，年收益

4650元，投资1万元，可认养100只鸡，每天产蛋50枚，年收益（不含增值部分）23250元……依次类推。"

文关琢磨了一会儿说："这会形成一个资金盘吧，即便没有鸡也会有资金盘。这些资金就可以使用了，比如投资到别处产生收益反哺到养鸡的消费者。这是醉翁之意不在酒啊。"

陈来勇笑着点头。

"谁的主意？"

"几个朋友想一起干，租金我们照付，全镇就这块地能用。"

文关说："知道有个新词叫'对韭当割'吗？"

陈来勇摇头。

"传销。"

陈来勇瞪大眼睛不可置信地看着文关。

"你的朋友还没有给你最后托底，一旦你参与进去，就会懂了，这也是庞氏骗局的一种。打着响应国家产业政策、支持乡村振兴的旗号，借养殖名义，以高额返利为诱饵，通过保本、高收益、无风险、有担保等虚假宣传，诱骗广大群众签订协议、跟进投资，实施非法集资活动。养鸡场的收益不可能支撑承诺的高回报，资金安全无保障，所以资金运转和高额返利难以长期维系，本质上还是借新还旧的庞氏骗局，一旦资金链断裂，参与者将面临严重损失。"

陈来勇半信半疑地说："原来是这样。"

"这个庞氏骗局的螃蟹是不能吃的。再说，你是公职人员，经商办企业也不允许，这也是红线。"

旁边的石榴听了半天，好像明白了，直点头。

陈来勇说了句"谢谢提醒"，就跟着石榴走了。

文关把他们送到村委会门口，然后去村口那块空地上，走了好几圈。

第九卷

我和你

有的农产品销售处于低迷状态，盲目、固执投资生产只能带来持续的损失，资金的不当利用还会给全村村民带来生活水平的下降。贫困地区财力本来就薄弱，如何减轻财政压力，提高资金使用效率，增加有效供给，同时激发市场活力，形成脱贫攻坚的强大合力，这需要通过合理的设计，整合社会资本与贫困地区资本需求，让"我和你"都受益。

（一）

石英约好文关，下午到胡麻营村谈点事。

"县委组织部下发了一批脱贫攻坚专项资金，主要用于扶持村集体经济发展项目。当时考虑南沟村条件相对较好，镇党委决定把150万元给他们。村委会组织大家讨论，一会儿养猪，一会儿养牛羊，三番五次之后，最后定下养鸡。镇里当时很犹豫，但村里已经研究了那就报县里吧。县里果然批复让镇里再斟酌上报。我们去村里和他们坐下来一仔细聊，大家都没底了。拖下去不是办法，资金只能收回去。"石英给文关递来一支烟。

文关接过来闻了闻，说不抽了。

"点上启发思路。"

文关没说话，石英接着说："周边养鸡行业上下游都处于薄利多销的状态，因为养鸡的人太多，市场也透明，竞争力太大，你说现在网络上什么查不到，一个饲料厂，鸡苗孵化厂，卖鸡的，买鸡的，网络在带给我们方便时，也定性了这个行业……从你养鸡开始就应该想到怎么卖鸡，但是他们都不清楚养鸡的流通环节。去年村民试养了一批，死了一多半。散养几只鸡没问题，批量养殖他们没经验。特别是鸡舍的投资不小，一旦失败，那个鸡舍干别的也不行了。"

"俗话说得好啊，家财万贯，带毛的不算。"文关边说边想着什么。

"实在不行钱就退回去。"石英把烟按在烟灰缸里。

"钱来之不易，求之不得，怎么能退回去。胡麻营村口那块地，20多亩，记得不？"

"知道，游客接待中心项目不进行了，目前没有项目启用。"石英漫不经心地应和道。

"南沟村出钱，胡麻营村出地，盖厂房出租怎么样？"

"这能行？从来没有过。"

"这有啥不行，按比例分红呗。"

"能有人租？"

"按厂家的要求盖，他说盖什么我们就盖什么，合同不少于 15 年。"文关把烟也按在烟灰缸里。

很快，隔天晚上 10 点，文关又被邀请列席镇党委会议。

文关走进会议室，大家纷纷打招呼。文关在李聪明的右侧坐下，李聪明的左侧是石英，3 个人互相点了个头。

李聪明说："老规矩，其中的一个议题请文处长列席。之前石镇长给文处长也通报过其中的情况，刚才讨论了半天，到现在还没有结果，想听听文处长的意见。"

"南沟村此前养鸡的项目，县里的批复是'再斟酌'，虽然没有直接说不同意，实际就是不同意。从我个人角度讲，县里的意见是对的。如果没有更好的项目，资金就要退回去。脱贫攻坚，人们都在千方百计争取资金，我们退回去，就是一种躺平。"

所有人的目光都集中到文关这里。

"南沟村和胡麻营村合作，南沟村把资金转移到胡麻营村 20 多亩建设用地上，盖厂房出租。"

没有人发声。

"张小五开办的红星退役军人创业就业园孵化了许多退役军人就业项目，他们应该很期待土地和资金，我现在就打电话。"

文关拨通张小五的电话。

"我是有话直说，也不跟你客气兜圈子了。我们镇南沟村，有集体经济项目资金 150 万元，胡麻营村有建设用地 20 多亩，我们合作兴建厂房，你们有没有这种需求？"

张小五很兴奋，说："当然有，我们看过好几处，一直没有选定，主要是他们盖起来的厂房我们用不上。如果土地和资金配套，那我们去调研一下，如何？"

"越快越好，否则我们就得把钱退回去了。"

"千万留下，土地和资金配套这种条件对我们企业来说是千载难逢，一定要留下。明天我们就去现场看。"

文关打电话时开了免提，所有人都听得真真切切。

"明天企业家来看，如果看中了，我们先签个协议，报给县里，县里同意，我们就按文处长意见办，怎么样？"李聪明环顾一周问道。

大家都点头了，但是似乎半信半疑。

第二天，张小五带着几个人先到胡麻营村的这片地上查看，技术人员还用无人机高空录了像。文关和石英也在，然后一起去了镇政府。

李聪明把南沟村的驻村第一书记包光辉和村党支部书记孙国栋也叫来，在会议室等候。

石英介绍了一下张小五和随行的几个工作人员。

李聪明说："事确实有点急，所以风风火火把张总请来了。南沟村与胡麻营村相隔不远，南沟村有扶贫资金150万元，原来是想盖鸡舍养鸡，经过几次论证，大家逐渐意识到几个问题，其中最主要的是缺乏大型养殖场成功的养殖经验。不少养殖户养殖的时间也不下10年，但让他谈经验却没有，不知道怎么成功的或怎么失败的，只是稀里糊涂地养，赔钱赚钱都有，往往一年平均下来，赚三批赔两批，相当于一年只养了一批鸡，原来犯过的错误现在照样还犯，原来感染的鸡病照样感染，到头来只是认为自己倒霉，或者认为别人也赔钱了所以自己赔钱也不算例外，下一批鸡一定能赚回来。一般来说，养殖规模小，或许可以把控。但是一下子投入150万，规模化发展，以现有的经验、管理能力来看，还需谨慎。"

孙国栋还想说点什么，又欲言又止。

石英瞅着孙国栋说："初期投入相对不要太大，镇里可以争取一部分钱给你们，试着操作一年。"

张小五说："路上文关和石镇长给我介绍了前前后后的情况，我们刚才也看过了，地势和资金条件也符合我们的预期，具体操作流程我们做方案，比如你们注入资金，设计、建设我们全权负责，合同多少年，之后的地上物如何归属等，能想到的我们都摆出来，大家一起商议，力争皆大欢喜。"

所有人似乎吐了一口气。

"我们公司是首府第一家，也是自治区规模最大的退役军人创业就业园，每年都孵化一些退役军人创业项目，胡麻营经济林就是退役军人开办的文创公司承包的。"张小五说。

大家恍然大悟。

张小五笑着说："现在我们又孵化了华北第一家专业犬和宠物犬训练基地，叫红星犬谷项目，这个项目获得了自治区退役军人创新创业大赛三等奖。下一步红星犬谷作为社会资本与政府脱贫攻坚任务合作，以PPP的模式实现我们双方的收益。"

大家连声说"好"。

会议在轻松的氛围中结束。

望着张小五他们远去的车影，李聪明问石英："'P'什么？"

"PPP。"

（二）

张小五一行在文关的引领下又去了土城子乡，文关的意思是看看游客接待中心能否PPP？

乡长张国林带着七八个乡镇干部从游客接待中心大门迎出来，双方一一介绍之后，文关说："财神爷我是请来了，还是那句话，就看你如何施展拳脚把人留住了。"

张国林说："咱不做那种有用笑脸相迎、不用了冷眼以待那种事，我们乡制定了打造营商环境具体规定，条条都是干货，为的就是拴心留人，虚头巴脑的事咱不干。"

文关说:"桐高凤必至,花香蝶自来,就看你的干货了。"

张国林一溜儿小跑走在前面,领着大家一起往前走。

"这个大院的项目名称是土城子乡游客接待中心,项目总投资1350万元,其中北京扶贫协作援助资金750万元,县里自筹资金600万元。项目总占地23亩,总建筑面积为4251平方米。其中包括综合楼2743平方米,大餐厅360平方米,厨房、贮藏室、更衣室及小餐厅578平方米,蒙古包9座270平方米,篝火台1座300平方米。室外配套工程包括小车停车场两处550平方米,大型客车停车场两处1450平方米,消防水池一座138立方米,院面硬化5000平方米,围墙800米,绿化带740平方米。其他大小会议室、展厅、消防系统、供排水系统、化粪池、新打的机井等一应俱全。"

张小五感慨道:"张乡长烂熟于心,门儿清啊。"

张国林笑道:"逢人就推介,讲了几十遍了,能不熟?"

文关说:"来点干货,说你的效益情况吧。"

"项目建成后,资产归9个村集体所有,租赁给第三方经营,每年计划租金收入30万元。"

文关对张小五说:"这是他的计划,仅仅是计划。"

张国林惭愧地说:"本想着利用当地资源优势进行农家院乡村旅游项目开发建设,这对促进农村产业结构的调整和新兴产业的形成有一定的示范和带动作用,也可以吸收当地农户及贫困户就业,让每个村实现集体经济增长,多好的事,但事与愿违啊。"

张小五说:"我们最近孵化了红星军旅驿站项目,目标是打造多元化特色主题草原旅游、高端会议接待及青少年国防教育培训基地。比如,在你们这个基础上,园区还要配备红色文化及国防教育展示文化长廊,户外拓展训练场、房车营地、麦子地、谷子地、玉米地、采摘园、1∶1坦克模型、飞机模型,等等。"

说到此,张小五介绍了一个随行人员,"周海峰,我们项目的负责人,原来是某武警总队后勤部副部长,也是我们创业园区的主任。"

周海峰说:"游客接待中心的功能还可以保留,但是要让游客体验到更多的民族风情。夏季是草原最佳旅游季节,做到高品质、高效率及优质服务,让游客更好地体验到当地的风土人情,比如游客下车就由礼仪及乐队迎接,用最热情的献哈达仪式来带动气氛,让游客更真实地体验到来自土城子乡亲们的热情。为了让游客更好地了解地域文化,配备民族服饰展示及开羊仪式、篝火表演等。此外,与各大公司及工会合作承办团建及年会。冬季以会议培训、青少年国防教育为主。前期做好宣传片拍摄,更好地向旅行社、网络平台进行推广,利用网络力量让更多的人了解这个地方。"

"不愧是行家、专家、企业家,我们以为搭好窝就有鸟住,原来是配套设施不足,再说村里人也没那么多脑筋,听君一席话,我这才脑洞大开。"张国林有点激动地说道。

张小五说:"按我们以往的经验,实际上我们可能要投入五六百万元,甚至更多,所以租赁经营的费用梯次变化为好,不固定在30万元。"

张国林看着文关好像有话要说。

张小五笑道:"比如说头5年30万,中间10年35万,后5年45万,怎么样?"

文关问张国林:"是不是有想法?说出来大家一起研究,毕竟还是在探讨中。"

张国林摆摆手说:"没有,没有,就按张总说的办。"

众人皆笑。

文关开玩笑地说:"我们以为你嫌多了。"

人们听后又一阵笑。

张小五跟着说:"我们团队回去要系统研究,论证后我们再具体对接,好吧?"

实际上,这一年张小五异常忙碌,也充满挑战与惊喜,在自治区、市两级双拥办和退役军人事务部门的大力支持下,她成立了市一级的红星退役军人创业就业园,这让坚持了10余年拥军事业的张小五更加信心满满。也是在这一年,矢志不渝地开展拥军工作的张小五,荣膺"中国双拥"年度人物奖,这一殊荣是对张小五过往工作的褒奖,也是对她多年心系军人的肯定。

张小五始终对军人保持着炽热的情感,她一直说不能让军人在部队流血流汗,回到地方又流泪,立志打造退役军人创业就业孵化中心,将爱国拥军融入企业发展,为退役军人创业就业提供全方位、多层次服务。地方的媒体早就有她的成绩单了,比如组织130名部队复转退干部举办创业就业论坛研讨会,军创园现已入驻企业62家、战略合作单位102家,直投项目7个,带动就业700余人;举办心理疏导、职业规划辅导、财税法务援助等40余场活动,参与人数4000余人。

未来的红星军旅驿站和红星犬谷、红星退役军人扶贫创客中心是张小五立足自身优势,创新工作思路,推动"双拥+扶贫"相得益彰的开始。

(三)

送走张小五,文关回到村委会,此刻屋子里正热闹。

韩长命喊得声音最高:"上面应该有个拿调拍板的,每次也讲不明白,或者压根就不明白怎么填。再有,看哪个地方填得好就立马照搬过来,要求照着做,起码结合实际改,所以这个明白卡三番五次地填,填完又不算,重填。"

沙打旺看着刚打印出来的表格,一脸无奈。

韩长命继续说:"实在是没法子干,最好是弄明白再做,不能培训时候是一套,通知发下来又是一套,扶贫干部也是人,没有三头六臂哇。"

文关推门进去,石英也在,在桌子上写着什么。瞅瞅屋子里的几个人都愁眉苦脸的,就问怎么了?

沙打旺说:"县里刚来了督导组,说上次核验评估发现的问题要求整改,贫困户对自己的明白卡不明白,干部填写的数字和村民反映的对不上。当然也不是光咱们村,是普遍存在的情况。又重新印了明白卡,让入户填写。"

韩长命马上又火了,"第五次了,一年5次。"

沙打旺接住说:"有些关键数字,现在只能做一个一般性的计算。比如村民外出打工的话,他说可能打了一两个月、三四个月,或者半年,每个月2000元,或者2500元。到了评估统计收入的时候,问有没有打零工?他可能会说另外一个大概数字。"

韩长命走过来说:"举例来说,咱们村每个贫困户都有一个专门的帮扶干部来负责,帮扶干部每年都要填写一本帮扶手册,主要记录贫困户这一年家庭经济收入的变化。这样一本册子大概有2000个空格要填,前后都有逻辑关系,要细致地记录每月的收支状况等。说实话,我长到现在,从来没有见过一个人会这样记录我的收支数据,怎么可能做到精准呢?又有多少人会清楚地记得自己在某月某日赚多少钱、花多少钱呢?脱贫不是算出来的,过没过上好日子才是硬道理,有目共睹还用算?"

沙打旺说:"还有,评估组反映,有的贫困户不知道驻村工作队员的名字。说实话,咱们镇里让每个干部做到'六个一',就是一定要到每个贫困户的家里,而且要让贫困户知道你的名字和单位,知道你做了什么事情,这些是硬性要求。所以说很多干部需要反复跑,有的时候去了什么也不干,就是反复让人家记住自己是谁。有的怕贫困户故意刁难不往心里记,所以扶贫干部需要时不时地给贫困户点好处。"

齐二强跟着说:"上次评估,就有贫困户说不认识驻村扶贫干部,他们没来过,真是很无奈。实际情况是,咱们给他们家房子进行了级别鉴定,又进行了危房改造,验收后还帮着搬家。好在有照片,还有每次入户了解情况的笔记,否则真是有苦难言。误解就是误解了,工作还得干,问题也要反映。"

石英还在写，左手吸着烟，右手拿着笔一直在写。

文关说："看我理解得对不对啊。表格反复改变，登记目的是精准，当然这里面的一些工作方式需要商榷，我们可以向上级反映。以我的理解，脱贫有几个硬性条件，一是居住环境方面，基础设施，如水、电、路等要达标；二是农户自身条件要符合中央提出的'两不愁三保障'，目前咱们村包括咱们镇的各项工作都是非常完善的，个别相对有难度的贫困户，永远都会存在，上级也没要求非得做到100%，贫困发生率小于3%嘛。在这些基本条件达到之后，如果贫困户不是因为劳动力丧失，比如因病、因残、年老等，那么只要他是健康的劳动力，按正常的情况来讲，持续小康是没有问题的。我们脱贫最重要的是创造一种脱贫的条件，不是一味地苛求达到某一个脱贫的标准就万事大吉，没有最好，只有更好嘛。"

石英抬头看着文关，想了想，又低头写。

文关接着说："关于计算收入，大家觉得比较麻烦。比如有的人他就说自己没有工作，找不到工作，就是政府帮他找活儿他也会嫌这个太累那个太脏。还有的人边打工边消费，我说的消费是非正常消费，潇洒去了，钱花在不该花的方面。钱没有了，再去打工。这样的人，他家里面确实什么都没有，如果从这些客观指标来讲，不考虑人的主观能动性，的确符合一个贫困户的标准，但要是考虑到主观能动性的话，这不一定是贫困户。"

石英给文关点了一支烟。

"我要说的是什么？就两个字：边界。"

沙打旺迟疑地问文关："边界？"

"对，评估边界。"

文关吸了一口烟，说："国务院扶贫开发领导小组退出贫困县的验收，将由第三方评估机构牵头组织，评估是有边界的。就是说验收是独立、公正、客观的，加上大数据分析和定量测算，最后综合研判提出最终测算结果。如果评估人员听到群众反映的疑似问题，会进行复核，不对抽查结果当时下结论，而是排除一切外部可能的干扰因素，查验实据，确保评估结果真实、可信。比如，某贫困户居住的是一座二十世纪八九十年代修建的砖混结构老房子，查验房屋鉴定结论是 B 类，只能说这是一个老房子，但绝对不是危房，疑似问题可以直接核除。边界，是有法定限定的，不是谁说了算的。"

石英写完手里的东西说："表格的事大家认真按上级指示落实，总之是越改越准，上门再登记肯定是辛苦一些，扶贫干部本身也是苦差事，想实现对美好生活的向往，就要吃点苦头。大家看看咱们贫困户的档案，从原来的 100 多页，剩下现在的二十几页，说明上级也在摸索，都在改进，都是越来越会干，人家不是讲'行百里者半九十'，现在是最吃劲儿的时候，嘟嘟囔囔不如风风火火加把劲儿，一切为了打赢。"

石英说完，拉着文关往外走。

"督导组来的时候，提出了许多问题要整改。队员们也提出了一个问题，今年只发过一个季度的驻村补贴，马上年底了，其他的还没有发，队员们吃喝都是自己垫的，咋不憋气？"

"事出有因啊。" 文关说。

石英说："督导组走的时候，让各个乡镇都写个情况说明，情况属实，他们协调县里按时按月足额发放驻村补贴。这不，我基本写好了，一会儿回镇里发过去。"

"解铃还须系铃人。"

那天晚上的干部夜校，韩长命讲起了这几年与村民相处的故事，讲着讲着落了泪。

韩长命出院后，在村里工作了一段时间，镇里考虑到他的年龄和身体状况，决定把他调回镇里，让他挑选一个轻松的岗位，另外安排年轻干部接替他的驻村帮扶工作。石英为此找他谈话，说给他调换岗位时，韩长命一脸惊愕，"回镇里工作确实轻松点，只是我在村里待了好几年，一时半会儿还适应不了机关工作。实际上，从我踏进胡麻营的那天起，就把驻村帮扶当成了我退休前的工作选择。现在，我对工作环境熟悉了，与村里的老老少少也有感情了，让我从村里搬出来，我还割舍不下呢，要是领导还能信任我，就让我继续留下吧！"

面对此情此景，石英两眼湿润，什么也没说，点了点头。

外人也许看到了韩长命积极的外表，但又有谁知道，对一位癌症患者来说，这其中的煎熬和不舍，不身临其境是无法想象的。

（四）

张小五打电话告诉文关，明天可以和镇政府洽谈红星犬谷的合作事项，他们已经完成了策划案，可以PPT展示。

"你们太高效了。"

"每天忙完都凌晨一两点钟。人生难得几回忙啊，几十年有我，永世不再有我。"

镇政府的会议室里，办公室的干部把大屏幕打开，上面写着：集体经济项目"红星犬谷"洽谈会。

石英把胡麻营村的沙打旺、齐二强、南沟村的包光辉、孙国栋等人都叫来了，因为项目涉及胡麻营的地和南沟村的资金。

张小五介绍团队成员："这位是赵尚兵总经理，武警某警犬基地教研室原主任。长期从事警犬的训练使用、业务轮训和教学辅导工作，给上级领导汇报演示160余次，圆满完成了世界"两草"大会和自治区成立70周年首长住处和庆祝活动场所的安检搜爆任务。还多次完成追逃任务。参与完成了武警部队《警犬训导员教材》《警犬工作实施办法》《警犬专业士兵职业技能鉴定考评标准与大纲》及《试题库》的编写任务，是国内知名的警犬专家。"

会议室里立刻爆发出了热烈的掌声。

齐二强和孙国栋碰了一下肩膀，都说"厉害"。

"赵尚兵的团队全部是退役军人。管理层依次有丁杨，武警某部区域训练基地教研室原正营职教员，三等功3次；蔡志，原武警某部军医，专业技术九级，在核心期刊发表论文20余篇，荣获省部级科技进步一等奖一项，市级科技成果奖3项；崔坚，武警某警犬基地原副主任，从1993年至今一直从事警犬训练使用、教学培训和业务拓展工作，发表学术论文10余篇。还有项目顾问王茂盛，农业大学教授，主要从事兽医临床诊断学；李明真，农业大学教授，现任兽医学院院长、系主任。"

又爆发出热烈的掌声。

"团队的其他教练员和管理员以后我们会见到，就不一一介绍了。"

石英说："这是能打仗的队伍啊。"

众人跟着笑。

张小五示意赵尚兵讲解。

赵尚兵打开PPT，用光标点着幕布的影像声音洪亮地说："我们要打造中国北方首家一站式全犬种服务基地。"

文关凑近张小五悄悄问："南方还有一家？"

"广东有一家，做得挺好，老总和我是好朋友，这个项目的思路也是受他们的启发。我们计划近期去考察学习一下，据说采用的是俱乐部管理模式，会员犬有十万条，每条犬年费1万元，这就上亿了，消费是另外计算的。"

听完，文关的眼睛立刻瞪大了。

张小五说："用不着那么紧张，咱们按投资量做足就可以了。再说市、县的犬容量和广东相比也不一样。"

这时，赵尚兵讲："2019年全国宠物犬为5503万条，消费市场为1244亿元，比上年度增长17.8%和8.2%。咱们全市宠物犬注册数为12万条……"

文关小声说："这么少？"

张小五说："有2000条归你管，每年消费1000元，那就是200万。"

文关又瞪大了眼睛。

赵尚兵还在讲，"一站式服务基地，拟建设训练馆800平方米，宠物乐园、精品犬舍、宠物医院、宠物用品店、办公楼、户外训练场1万平方米，后期还会建设宠物墓地。开展宠物寄养、训练、医疗和繁殖。工作犬方面，训练、租赁、出售、出勤。大家关心的是盈利模式，主要是宠物犬训练、工作犬训练、犬用品定制销售、犬乐园会员费。"

张小五大声补充道："一方面市、县市场空间充足；另一方面国家大力倡导民犬警用。我国北方民间的驯犬基地寥寥无几，自治区还没有专门的全犬种训练基地，目前看我们的项目还没有竞争对手。"

李聪明连说了几个"好"。

赵尚兵继续讲，"自有资金350万元，合作资金150万元，释放股权8%。2020年，宠物犬寄养训练500条，收益50万元；工作犬训练50条，收益50万元；乐园收入30万元。到2023年宠物犬训练2000条，收益200万元；工作犬训练200条，收益200万元，乐园参观游玩收入60万元。"

李聪明、石英等人都瞪大了眼睛。

最后，张小五说："这个项目，就是围绕全国工作犬研讨会上提出的民犬警用、警企合作、警民合作、服务社会的工作思路，全力推动工作犬创新发展的一个尝试。"

会场上，人们开始交头接耳。

文关跟李聪明、石英交流了一下，说："今天不是给大家吃定心丸的，我们还要就项目的必要性和可行性、建设规模及内容、投资概算和效益等方面进行详细论证。刚才和张小五也交流了一下，项目组要去广东调研，并且邀请我们镇里领导和同志们一同参加。保证扶贫资金使用精准，保证项目效益可靠。"

李聪明说："同意。"

石英也点头。

"看看大家还有什么意见？"

齐二强和孙国栋又互相碰了一下肩，几乎异口同声地说："带上我们两个吧。"

石英说:"正要说你们俩……"

张小五抢先一步说:"所有费用我们出。"

(五)

12月的广州,一排排粉红色、错落有致的木棉竞相开放。花瓣粉如胭脂,夹杂一丝丝白,如初恋般美好,让整个花城的初冬尽显浪漫与多情。

张小五下了飞机就告诉文关,说安全抵达,人马平安。

李聪明带着齐二强、孙国栋去厕所脱毛裤去了。张小五挽着大衣在一旁偷笑。

不一会儿,其他人取回了行李,李聪明3个人也擦着汗回来了。广州华南宠物乐园和特种犬训练基地的工作人员接站并引领着大家走出机场。

车行几十公里,来到一片热带丛林,大门口人头攒动,排队购票,基地的罗来董事长从人群中钻出来直奔张小五。

"NEI HAO, NEI HAO, EN YING, EN YING。"(你好,你好,欢迎,欢迎)

张小五接过来说,"罗董事长欢迎大家来做客。"

众人纷纷说:"谢谢,谢谢。"

罗来微微鞠躬道:"母猴依稀,呢个系我细佬,他,盖秀。"(不好意思,这个是我弟弟,他,优秀)

"我叫罗文,罗总的弟弟,是运营部主管。我哥哥普通话不好,今天我给诸位做讲解。"

李聪明说:"哥俩,弟弟的普通话这么好。"

"我从小也说方言,后来入伍当兵,就习惯说普通话了。"

罗来补充道:"DONG BIN 猴。"(当兵好)

罗文说:"哥,既然是当兵猴,我就带着红云镇的朋友去花果山转

261

转吧。"

大家一起笑着往前走。大门口的售票处写着：饲主门票100元，宠物犬门票50元。

"我从小就喜欢犬，当兵后因为特长调军犬基地工作。退伍后，从事犬只运动，跟国外的多位名师学习驯犬，带过多条名犬，广州的许多大型活动安保犬都是由我们负责训练的。"

张小五补充道，罗文带过世界上最好的犬。

众人都点头示意了不起。

罗文指着草坪上奔跑的宠物犬说："我们的宠物乐园是广州较早获得合法经营的犬业公司，总面积约35亩，设施齐全，风景秀丽，16000平方米的大草地训练场，2400平方米的室内环境，可以开展犬只行为纠正、护卫犬培训、安保服务、犬只酒店式寄养、犬只销售批发、犬用品销售。"

大家继续往前走，不停地躲着宠物犬和客户。

"五星级宾馆有什么我们就有什么，犬泳池区、宠物酒店、美容护理区……"

齐二强说："还能洗澡、理发？"

"对，洗澡、理发、修指甲、按摩，有各种套票。"

齐二强笑着说："先生您好，欢迎光临红烂漫，男宾一位，拿好手牌楼上请。"

众人大笑。

罗文走到一个正给犬剪指甲的工作人员旁边说："我们基地的工作人员，都是经过技术培训并考取了国家职业资格证书的，素质过硬，业务精通，最关键是热爱犬业，耐心细致。"

在宠物用品超市，孙国栋指着袋装狗粮问价钱。

"260元。"

又拿起一个犬罐头。

"60元。"

张小五说:"将来,我们的红星犬谷也有自己研发的宠物食品。"

"也260元?"

张小五笑着说:"依据市场消费能力和实际需要定价格。"

罗文说:"我们还有很多预约项目,比如宠物露营、宠物摄影、萌宠竞速等,这些项目主要都是针对会员犬的,要提前一周订购。非会员犬,入园之后,项目的安排需要等待。"

李聪明问:"会员费一年1万,消费另算?"

罗文说:"对。"

见众人沉默了,罗文指着一群打闹玩耍的犬说:"也有免费的,我们还成立了流浪狗救助基地,用爱心为这些流浪狗搭建一处温馨的避风港,已有500多只了。流浪狗品种繁多,以中华田园犬为主,也有金毛、拉布拉多、萨摩耶等,大多是被遗弃的家养犬。因为救助的流浪狗越来越多,地方不够用,下一步我们重新规划场地,尽管每年要支付费用几百万元,但这个事业我们还是要坚持做下去。"

李聪明说:"企业有爱心。"

众人鼓掌,引来了不少目光。

晚上,罗文代表哥哥请大家吃饭,说来广东要吃潮汕美食,其中最有名的要数潮汕的卤鹅了,鹅肉不干不腻,蘸醋吃的时候非常美味。

张小五说,她家东北沈阳的,问罗文听说过东北菜没?

罗文说:"东北菜很豪气,咸加辣,每一道菜的分量都非常大,盘子有点像脸盆了吧。你们东北人常说大口吃肉、大口喝酒,再时不时地往嘴里丢几个蒜头,好像非常舒服的样子。"

张小五说:"每一种菜都有属于自己的特色和讲究。我觉得这次考察就像一道菜,广东菜精致。我们回去,也要把豪气的东北菜做精做细,有心动,有分量,又好吃。"

罗文说:"张女士处处都能点石成金,我们南北方一定要多多交流,等红星犬谷落成,我们要去参观学习。"

在红云镇，何青接到县纪委电话，关于红云镇政府未经批准征收农民集体土地并进行平整填土那个案子，已有结论，属未批先征、未批先用的违法用地行为。县纪委、监察局根据有关责任人在本案中的责任，决定分别给予红云镇党委书记李聪明、原镇长黄高峰党内警告、行政记过处分等。

黄高峰现在是城关镇党委书记，县纪委已经当面宣布了。

县纪委等李聪明回来，也当面宣布。

（六）

飞机落地首府机场，张小五说回去完善项目方案，邀请李聪明下次到创业就业园谈，顺便参观企业。

李聪明正有此意。

头一次遇到PPP，李聪明迅速进行了学习，这种模式鼓励企业资本与政府进行合作，解决项目建设融资难的问题，但社会资本要可靠，要善于控制和防范财政风险，合同一签卷铺盖走人的例子也不少。

得知李聪明已经回来了，文关几次打电话都没人接，后来去了镇政府，石英说县纪委的人刚走，李聪明开车也走了。文关回到村委会，齐二强正兴高采烈地给队员们讲狗粮260元一袋的事，文关门推到一半又合上了，决定去村口那片地看看。

这几天突然来了寒流，所以比往年的同期要冷一些。

这片地原来计划兴建胡麻营村幸福院，后来幸福院安置在了村北那片闲置土地上了，并在县民政部门备了案。那儿有山有水，老人们更惬意。如何让闲置资源变资产，增加集体经济收入，这片地又经县、市两级政府批准在农用地转用范围内。

文关反复想，在不占用基本农田，严守生态保护红线、不突破国土空间规划建设用地指标等约束条件，不破坏历史风貌和影响自然环境安全的前提下，如何盘活农村土地资源，用于农业特色优势产业发展。为脱贫攻坚和乡村产业振兴提供用地保障，是乡村急需解决的现实问题。

人往哪里去？钱从哪里来？土地、资金是命根子啊。

走到高速路路基旁，文关突然想起来，高速公路大队曾经到村委会提醒过，从高速公路用地外缘起50米区域为高速公路建筑控制区，这片区域内禁止新建、扩建建筑物和地面构造物。文关用脚步大概丈量了一下，这片地可用的或许在丨五八亩之间了。

文关给张小五打电话告知了这一情况，张小五在电话那头直拍脑门。

远处有一个人正往这里走来，文关判定是李聪明，就加快脚步迎了过去。

两个人肩并肩看着这片地，李聪明说："18年前，我从县政府办科员被提拔到副镇长任上，身边不少人羡慕，自己也觉得没白辛苦，从事业编身份转为行政编制，真的是不容易。那时候，镇政府有一个刚考入的年轻公务员，我是他的分管领导，不少工作都是我直接让他干。有一年，正好赶上县政府办要借调写文字材料的干部，老领导问我想不想回来？我呢，一方面实在是想换个环境，另一方面觉得乡镇工作熟悉了，干得也挺好，还有就是自己实在是不想写文稿了，所以，我极力推荐了我手下的这个年轻人。这18年里，虽然我没有换过乡镇，但走得还比较顺利，从副镇长到镇党委副书记再到镇长，红云镇的党委书记我也干了5年了。转过头来看，当年我推荐的那个年轻公务员先后晋升了科长，政府办副主任、主任，现在是副县长了，成了我的领导。自己推荐的干部青出于蓝，算是了却了自己的一桩心事。"

李聪明递给文关一支烟，自己也将烟叼在嘴里，笨拙地点上。

"18年来，我的心情从没像现在这样沉重过。作为领导干部，干工作一定要有激情，要敢为人先，敢争第一。周边的乡镇都在加快发展，落后了怎么办？还要再干18年？还要等自己的部下当自己的县长？"

文关默默地陪着李聪明往前走……

"县纪委的决定是对的。激情的确不能少,但要激情得合理,合乎群众需要,合乎依法治理,激情不是随心所欲,想干啥就干啥,否则肯定会炒一下回锅肉。"

文关和李聪明从那片地走到村里,初冬的乡村空气很新鲜,他俩遇见村民唠唠家常,碰见下棋的老友玩上一盘,赶上吃力的车推上一把,有人不顺心发脾气就劝一劝……

那天晚上李聪明在村委会和工作队员一起吃过了晚饭,参加了夜校学习。

李聪明说:"现读书谈感受来不及了,我记得过去有一部国产电影叫《满意不满意》,20世纪60年代的电影了。剧中的杨友生是'得月楼'餐厅的一名服务员。他虽然当着服务员,却非常看不起自己所从事的工作,态度消极,不认真工作,经常出错。优秀服务员沈师傅和同志们热心对他进行帮助,他扭转了自己的观念,决心投入工作,热情服务顾客,赢得群众的好评。党员干部服务态度好不好、工作实不实,群众是最直接的感受者。一心为了群众的领导干部,群众会记住他的功绩,会给予他们很好的评价,走过场应付了事,群众当然不满意。最近自治区开展了脱贫攻坚成效评估核验工作,面对评估成效很多干部抱怨,工作确实都做了,整天忙得团团转,连正常休息和周末都无法保证,但成绩徘徊不前。试想,如果把抱怨变成规范自我、勤学善思、总结经验、吸取教训、提高自身办事服务能力,是不是更利于实现工作的新突破。从我开始,咱们都加把劲儿。"

会议室传来了掌声。

李聪明出门的时候,石英已等在门外。

两个人握了握手,石英站在会议室门口说:"驻村补贴县里拨下来了,明天就发。"

会议室又爆发出掌声。

李聪明坐上石英的车,他的车跟在后面,一起回了镇政府。

（七）

李聪明、石英和文关应邀到红星退役军人创业就业园参观。

就业园在玉山区政府对面，19层楼高。

张小五带着部门负责人迎接并陪同观看、讲解。

"这19层楼里是一园区、二协会、五基地、一中心。现有入园企业107家，园区在孵化企业61家，孵化成功毕业出园企业46家。"

众人点头、感叹。

"一楼是2000多平方米的红星创业就业园成就展区，大家请。"

张小五指着一组图片说："退役军人杨永胜来自农村，退役后选择回乡种田，但传统种植效益不高，我们便帮助他引进新技术，种植有机稻。5月插秧播种，6月放入蟹苗。中秋节前后，稻田的蟹就可以上市了。目前，杨永胜发展规模种养基地2000亩，帮助50余人就业，带动周边农户创收增效，被市里评为创业能手。"

张小五换一组图片继续介绍道："在乌达市，有这样一家与我们合作的企业，乌达景盛煤业集团，他们企业的退役军人不少，就把拥军优属作为企业文化。他们广发英雄帖，优先招纳我们园区的退役军人到企业工作，截至目前，共安排了271名退役军人家属或子女上岗就业。和平来之不易，致富不能忘记拥军，景盛集团上下形成了强烈的爱国拥军意识和尊崇退役军人的浓厚氛围，成为全国退役军人就业合作企业光荣榜企业。"

"在我们园区的工作人员大部分都是退役军人，我们在解决他们家庭生活困难等方面提供帮助，同时为他们提供免费体检、免费吃饭、免费理发、免费住宿、免费通勤等服务。每年建军节还有5个雷打不动，为退役军人举办一次活动、送一份礼品、放一天假、买一身好衣服、发一份特殊津贴。"

李聪明和石英率先鼓掌。

"给最可爱的人一个可靠的平台,一直是我们红星创业就业园拥军工作不变的理念,让退役军人回到社会有归属感,有事情干,更是我们坚持不懈的奋斗目标。"

李聪明说:"你们给军人一个可靠的平台,我相信也能给我们一个可靠的PPP。"

石英瞅着李聪明忍不住笑了。

李聪明问:"是两个P,还是3个P?"

"3个。"

大家都忍不住笑了。

随后大家到办公区、会议区、多媒体路演厅、党建室、老兵之家、融媒体平台中心、特色展厅、数字档案室、数智乡村智库等功能区参观。

此刻第三期"数智乡村智库主题沙龙"正在多功能厅举行。

张小五说:"数智乡村智库主题沙龙作为数字城乡融合发展系统工程的一个具体活动,在全国各地互动巡回召开,每期主题、主承办单位,根据实际情况确定。数智乡村公共服务平台、Haobrand孵化器云平台提供平台支撑,数智城乡网、好品牌网全程驻场参与拍摄、组稿、宣发工作。通过活动遴选可入住园区孵化基地的项目,重点孵化,深度帮扶,合力赋能,为脱贫攻坚和乡村振兴服务。最近,正孵化退役军人扶贫创客中心项目。"

石英说:"我不敢说自己听懂了,但是我觉得你们做对了,退役军人需要你们,基层群众也需要你们,你们做在了前面。"

参观的人最后来到张小五的会议室。会议室的PPT早已经打开,桌子上摆好了桌签,大家分别坐下,张小五开始讲解红星犬谷的设计方案。

方案与上次相比,主要差别是将高速公路用地外缘起50米区域内的高速公路建筑控制区排除出去,计算出可用面积为17亩。项目的投资额为500万左右。

张小五说:"胡麻营村17亩地,南沟村150万元,我们园区350万元,那PPP项目前期费用，比如PPP项目的勘察、设计、招标、监理、临时水电用地等费用咋办？20多万不止。按以往的经验费用多数由政府出。"

石英说："150万是我们全部费用，上级支持的是资金，不是前期和后期。"

张小五说："一个变压器十几万，一个水井三四万，如果前期没有良好的配套，零打碎敲这点钱都花在路上了，落在目标上就不多了，换句话说150万合作资金，或许只能算125万。"

会议室突然变得安静了。

张小五继续说："镇政府可以组织村委会对项目进行论证。"

会议室依然很安静，刚才的笑声没了。

张小五见此情景，话题一转说："中午我请大家吃面条。"

气氛一下子缓和了，大家说笑着往外走。

车行几公里，来到一个吃喝一条街，张小五引导众人下车，指着一个门脸房的牌子说就是这儿，只见牌子上写着"葫芦妈妈的面馆"。

饭桌上早已摆好热腾腾的臊子面、茶叶蛋、小菜、炸糕、羊杂碎，老板娘忙乎得不可开交。

张小五说："可劲儿造，面条我还是请得起的。"众人笑了。

一会儿老板娘跑过来跟张小五寒暄。

石英说："老板娘一定是张总的好朋友吧，知道照顾你生意。"

老板娘说："我是现役军人家属，听我老公讲张总经常去部队慰问，和大家一起包饺子、唠家常，她的女儿小名叫葫芦，没人照顾，所以总跟在张总身边，大伙都亲切地称呼她葫芦妈妈。后来，我开了个面馆，张总给了我许多支持和帮助，是张总给我提供了创业平台，她是我心中学习的榜样，干脆我就把这个面馆起名叫葫芦妈妈的面馆，永远不忘崇军、爱军、拥军的张总。"

李聪明说："处处受教育，不是一般的了不起，是太了不起了。"

返回的路上，石英跟李聪明说，在农村集体资产管理过程中，不必要甚至是不适合的公开招投标，会加重农村集体资源管理及建设项目投资的成本，从而降低了效率。农村集体资产管理和集体建设项目的发包，只要不属于必须公开招投标的情形，可以采取公开竞投、竞争性谈判等形式进行招标，这种比选投标可以由建设方自己实施，按照自设定的条件评标，程序比招投标灵活简单，效率高，成本低。

李聪明说，只要达到避免暗箱操作损害国家、集体、第三人的合法权益就行。

两个人没有去镇政府，直接去了胡麻营村口那片地。

（八）

站在这片空旷的地上，李聪明拿起电话给县供电局杨大树局长打电话，诉苦村里的老变压器容量不够用，马上要上一个集体经济项目，不换大容量变压器开不了工。

原以为杨大树会为难，没想到，电话那头的杨局长说："老李你别动，40分钟我就到，见面说。"

李聪明放下电话看着石英说："杨局长痛快得让我手足无措了。"

石英看着李聪明，脸上也堆满了笑容。

之后，石英开车去了村里，过一会儿又回来了，跟李聪明说，齐二强他们几个人想方设法把村里的水管子埋过来，保证施工期间的用水。建成以后，饮用水就地打深水井。

李聪明说："咱俩这是被张小五激励了。"

一辆黄色的专业车辆停靠在小路上，下来几位身着工装、头戴安全帽的工人。其中一人从背包里拿出一台无人机，连接遥控器，启动电源，校准指南针，稳稳起飞，向附件的电杆飞去。

"老李。"

"哎呀，老杨，穿一身行头，我都认不出来了。"李聪明迎上去握住杨大树，接着石英也双手握过去。

看着几名工作人员正在做准备工作，认真检查着器具，李聪明问："老杨，今天怎么这么痛快？"

"老李啊，我啥时候不痛快过，我老杨也得让村民用上放心电，保证供电质量和供电安全吧。"

两人相视一笑。

施工人员一刻也没停歇，开始爬电线杆。

"县里要求我们供电局在脱贫攻坚工作中主动担当、自觉行动，24小时，包括双休日都要随时奔赴在各个脱贫攻坚用电服务现场，第一时间保障脱贫产业用电。"杨大树说。

李聪明开玩笑说："别看你跑得欢，我可没钱啊，但是变压器我还得安。"

杨大树大笑，"你怎么跟李云龙一样，这是要开抢啊。胡麻营村我们上次测算过用电容量，目前的变压器基本可以满足使用，如果有新进的企业，那就得增容了，安装新的变压器。变压器的钱不用你出，挖坑、立杆、调试也不用你出，什么你的我的，你我都是国家的，解决问题才是咱俩的。"

李聪明说："老杨，就凭你这觉悟，咱们这交情还得继续加强。"说完两人相视一笑，石英也跟着笑起来。

红星犬谷项目被村里人叫作"狗场"，经村委会研究，项目由镇里报到县里，很快就批复了。从鸡场到"狗场"，150万元变成500万元，这何止是投资的变化，何止是一般观念的变化。

接下来，镇政府作为监督单位，两个村委会与相关企业进行竞争性谈判，比选合作企业。有两个企业的代表说，这种规模500万元根本做不下来，谈到一半就撤了，留下来的是红星犬谷犬业有限公司。

胡麻营村和南沟村与红星犬谷犬业有限公司签订的是合作协议，其中注明三方共同推动项目在红云镇建设及运营。

内容包括：针对犬类参与的安全技术服务、安全防范技术咨询；接受委托从事工作犬、安保犬、检疫犬、缉私犬、搜救犬、护卫犬、反恐犬、导盲犬的训练、饲养、租赁和销售；宠物犬的寄养、代训、医疗诊治、专业美容、销售、各种犬类的殡葬；良种犬的配种；各类犬用品、犬饲料、犬类消毒防疫器械销售。

除南沟村投入的150万元外，项目场地建设及运营各项成本的所需剩余资金由红星犬谷犬业有限公司投入，项目场地建设工程预算共投资500万元。项目整体竣工后，由第三方评审机构做整体建筑投入资金总额审计。

最让胡麻营村和南沟村踏实的是这样几句话：

合作期间，红星犬谷犬业有限公司在经营过程中产生的费用和债权债务、风险掌控均由红星犬谷犬业有限公司自行承担，与甲方无连带责任，甲方为零风险。

项目建设及运营中，胡麻营村和南沟村负责提供项目约定的土地和资金、政策等支持，红星犬谷犬业有限公司负责项目的建设、运营和管理事宜。

合作期15年，期满双方不再续签的，土地及土地上建筑物归属胡麻营村、南沟村。

胡麻营村和南沟村每年收取合作费用，头5年每年10万，中间5年每年15万，最后阶段的5年每年20万。

拿着协议书，石英跟李聪明说这是旱涝保收的PPP。

齐二强凑过来问："我们出了地，能分多少？"

石英说："应该不到一半，具体你们要和南沟村再有份协议。自己的事好办。"

孙国栋说："齐二强，你是得了便宜还卖乖。我们投了150万，房子盖在你的地片上，我这永远也拿不走了哇。"

文关拍着齐二强的肩膀说："红星犬谷旁边有你的地吧，你可以不种玉米了，改种黄瓜、西红柿、蔬菜、黄花菜啥的。"

齐二强摸着头茫然地看着文关。

文关解释说："明年这地方红火起来，游客络绎不绝，顺便去你的采摘园转转，再到村里买点土特产，到农家乐吃饭，一个红星犬谷能带动村里很多东西咧。二强，你想想，连带的效益不可估量，你可要带着村民规划好，琢磨琢磨怎么分蛋糕。"

齐二强不好意思地摸着头笑了。

石英指着对面那片500亩地，说道："下一步也马上征收了，明年建设热电联产项目。2023年投产运营后，又发电又供热，为首府提供廉价、清洁、稳定的热电供给，将来你们胡麻营村比咱们红云镇还霸气，别说我这个镇长见你三点头，市长也得给你三分薄面。"

齐二强故意挺起肚子，撅着嘴。

孙国栋羡慕得直瞪眼。

（九）

又是一个不平静的夜晚。

原因是，县里刚刚下发了《关于推荐重点扶持发展壮大集体经济的通知》，要求各乡镇要从当地实际出发，包括集体所有土地等资源情况、经营性资产情况、村级财务管理情况等，尽快上报下一年度的发展项目。

通知特别强调，上报时要对拟发展重点项目的经济类型、经营组织管理方式、投资盈利模式及预期收益水平、经营收益分配机制、集体成员对项目发展意愿或决策议定情况等内容进行陈述。

文关被邀请列席党委会，走进会议室时，上一个议题刚结束，正讨论集体经济，气氛热烈。

李成立看着通知说："按照这一要求，咱们镇能否将胡麻油品牌食用油加工企业发展为龙头，配套发展纸箱包装扶贫车间、吹瓶机扶贫车间、饲料加工扶贫车间，提高农村各类资源要素的配置和利用效率，逐步形成全产业链发展模式，促进集体经济和农民收入水平持续增长。而且，还可以向周边市、县、乡镇客户提供相关产品。"

李聪明说："成立提出了一个思路，大家也议一议，还有什么好路子？比如，我们刚刚签订的红星犬谷三方合作协议，就是结合现阶段咱们镇农村集体经济发展存在着发展动力不足、发展能力欠缺和长效机制缺失的困境，大胆探索，通过PPP模式，引进社会资本和管理经验，使集体经济取得突破性发展。"

石英说："理论上讲，胡麻油厂带动纸箱、塑料桶、饲料加工企业配套发展，可以吸纳贫困户、集体经济或个体工商户加入产业链，实现新的收入增长，是个好想法。吃一堑长一智，从建设油厂的实践经历来看，这种跟食品有关的塑料桶、纸箱的企业，其生产许可是非常严格的。"

李聪明苦笑着说："石镇长肯定是想起那18个整改问题来了。"

"油厂申请生产许可证的资料是我帮助郑春时整理的，手续看似烦琐，比如土地审批、周边环保、厂房设置、加工机器、用水用电等缺一不可，其实是我们经验少。纸箱厂、吹瓶厂建设审批也应该路径差不多。还有就是可靠的销路，一定要考察好市场行情，文处长不是经常讲要研究供给侧嘛，不要贸然行事。得讲天时、地利、人和吧。"刘根正补充说。

大家看着文关。

文关意识到此刻应该发声了，就说："吹瓶厂和纸箱厂对技术要求高，特别是对于我们农民来说，这类技术人员很缺乏。即使好好学几年，等水平上来以后怕是也来不及了。如果是扶贫车间，建起后对外租赁的话，是否有人愿意干？最关键的是，以大家已有的经验看，油厂和杂粮厂那个院子，再进驻加工车间，特别是饲料厂等，估计批复不了，不符合规划要求。"

文关转头看着几个村的干部，问："技术和场地你们有没有？"

大家都摇头。

文关转向李聪明说:"还记不记得,在红星退役军人创业就业园,张小五讲解的时候,提到他们正在孵化退役军人扶贫创客中心。"

李聪明说有印象。

石英说:"有印象。当时我还说没怎么听懂,但是感觉能推动扶贫工作就是好事。"

文关面向大家说:"啥叫创客?太深入的我也需要进一步学习,我理解起码有一点很重要,就是随着信息化迅速发展,网络销售日益增长,通过直播带货方式推广当地特色农牧产品销售会越来越红火。咱们镇上各村的农产品,比如油、粮、水果,还有许多杂粮杂豆、大葱、土豆等,这些初级农产品,还要开着拖拉机边跑边卖,这就费时费力了。咋办?交给创客中心,可以让我们村子面向全区、全国、全世界。一句话,咱们生产能力现在是越来越强了,得有个管用的柜台了。"

一个村干部说:"这么高科技,村民就更玩不转了吧。"

"不用你们玩,让创客家们玩,推广策划农产品是他们的事,他们网售越成功,越有活力,也越能获利。我们合作投资,按协议收取创客的合作费用。"

"PPP,我和你。"李聪明说。

"李书记吃到了PPP甜头,我们还可以PPP模式进行这个项目,弥补我们资金不足的问题。如果这样的话,油厂、杂粮厂的厂区剩余面积足够了,无非就是增加一个办公区,没有任何影响。"

石英跟文关小声说:"张小五他们愿意吗?"

文关说:"啥最宝贵,土地、资金,还有蒸蒸日上的现代化农村。"

"那咱们抓紧时间和张小五的企业对接,看结果。"

李聪明环顾会议室,大家纷纷举手说同意。

文关说:"如果能成功,这应该是自治区首家镇级退役军人扶贫创客中心,可以为退役军人提供就业援助,还可以通过创客营销拓展村民们的致富渠道。还有一个设想,我会和张小五谈,在创客中心设立乡村少年儿童之家，实际就是心理辅导室，通过心理引导，提供更多健康、快乐的氛围，让更多乡村孩子感受到温暖和关爱，倡导正能量，让孩子们发挥自己的才华和善良，长大后做对国家、对社会有用的人。"

"我们时刻要做有爱的人和有爱的企业，企业发展的最高点，是文化，不是物品。"

晚上回到村里，韩长命敲开了文关的房门，带了点咸菜和花生米，两人漫无目的地随意聊着天，聊着聊着就聊到什么是幸福。韩长命说现在物质生活条件优越了，想吃什么就吃什么，想喝什么就喝什么，反倒感觉不到享受和满足。

"我们的价值观也随着历史的脚步跨越着、转型着，有迟疑和彷徨是正常的。一个价值观的树立也需要时间。"

沙打旺也闻声而来，延续了正在探讨的话题。他说这两年实现了村里人不少的梦想，自己在服务村民的过程中找到了快乐和幸福感，比喝一顿酒、吃一顿好饭的满足感更持久。

3个人就这样聊到午夜时分，过了午夜就是新一年的1月1日了。

第十卷

音乐会

为帮助乡村少年儿童实现音乐梦，文关策划了"光荣和梦想朗诵交响音乐会"，以音乐为媒介，为乡村少年儿童的健康成长架起一座艺术的桥梁，让孩子们真正感受到爱就在身边、家就在身边、亲情就在身边。音乐会的意义远远不止于音乐，而是通过降低参与门槛，提高乡村少年对社会的体验感和参与感，在趣味性的活动中潜移默化地培育孩子们的自我认同、开心愉悦等优秀心理品质。这次音乐会对乡村少年儿童的关爱体系构建产生了积极的影响。

（一）

文关和石英再次来到红星退役军人创业就业园，这次已经是轻车熟路，也不用张小五下楼引路，径直来到她的办公室。

张小五知道他们来意，提前做了准备，几个人一坐下来，工作人员就发放了资料，进入正题。

就如文关想的那样，张小五举双手赞同合作建设退役军人扶贫创客中心。张小五说，红星退役军人扶贫创客中心建议按3个功能区建设，包括退役军人创业区、精准扶贫致富区、乡村少年儿童健康关爱区。退役军人创业区，为优秀的退役军人搭建平台，以创业带动就业。精准扶贫致富区，设置5G直播间、影像公社等，打造新型职业农民创业就业的加油站、城乡融合发展的试验室。充分利用当地资源优势，通过直播宣传的形式，提高当地特色农产品的附加值，实现精准脱贫致富，就是企业+创客+直播+农户。乡村少年儿童健康关爱区，通过创客中心组织的公益活动给当地乡村少年儿童提供一些基本生活援助，设立乡村少年儿童之家，聘请专业心理辅导师，为留守儿童定期做阶段性心理辅导，让更多社会爱心人士积极参与关爱乡村少年儿童活动，实际是更加合理地利用了创客中心的功能区域。企业有经济效益也有社会效益。

张小五说："在你们眼里，油厂、杂粮厂是集体经济，在我眼里这些都是将来乡村少年儿童之家的研学基地。可以组织城里的孩子、乡村的孩子共同去工厂体验榨油和粮食去壳，通过研学活动让城里的孩子与乡村的孩子更加深入了解互动，加深友谊。所以，不仅仅是同意，是求之不得。"

石英也很兴奋，"创客要投多少钱？"

张小五说："从以往孵化的其他类型创客实体经验来看，乡村合作这个项目费用在200万元左右，合作方式为PPP，由镇政府或村集体和红星退役军人创业就业园共同投资，双方各100万，剩下所有运营资金及装修资金全部由红星退役军人创业就业园负责。合同15年,合同期内创客中心每年返回政府投资总额的5%—10%。合同期满后主体建筑以及装饰装修归政府或村集体所有。这期间,为孩子们服务的费用,全部由创客中心承担。"

文关说:"用实体收益负担公益支出,如果有压力一起商量着办,千万别自己扛。"

张小五说:"这个项目中有十几名自治区级、市级电视广播主持人为扶贫事业做公益主播,在网络平台拥有累计达千万粉丝助力,通过直播带货方式推广当地特色农牧产品销售,应该会有一定的流量。创客中心还将联合各地商会、自驾游户外运动协会、企业家等推介产品。总之,千方百计把孩子们的事优先做好。"

张小五说起孩子,满脸的幸福,不知不觉站起来,以她的办公室为参照,设计起来:"乡村少年儿童之家宿舍预留6个床位,双休日父母不在身边的孩子可以在这里食宿、写作业,中心聘请专业老师关注他们的心理状况,开展心理健康教育。设置一个留守儿童成长档案柜,对孩子们的生活、思想、学习和家庭教育情况进行调查摸底,逐一登记造册,建立成长记录档案,实行动态跟踪及归档、分类管理、信息共通的工作程序,根据档案记录情况有效做好工作。"

"我们通过微信、书信、电话、家访等形式,与他们的亲人主动沟通,经常联系,让家长及时了解、掌握孩子的情况。这样,我们把系统、规范的建设报告给你们,让你们去县里争取经费理直气壮。"

有了与红星犬谷的合作经验,文关和石英心里有底,说拿到报告回去尽快研究,报请上级,争取资金。

在返回的路上两个人一直很兴奋,展望着创客中心的未来。不知不觉,文关将车开进了红云镇中心小学。文关说一起去看看孩子们吧,还有一场音乐会等着他们呢。

已经是晚饭后,50人的乐团正在排练,音乐老师教得认真,孩子们也学得认真，几支曲子已经演奏得有模有样了。

文关和石英趴在门口看，突然听到身后传来一声轻轻的咳嗽声，两个人一回身，看到校长笑眯眯地站在他俩身后。

"我和石镇长看看孩子们，练习得很好啊。"文关小声说。

"乐团的老师定期来，布置的练习由我们的音乐老师辅导，两个月了，已经可以演奏三四首曲子了。孩子们十分期待首府的舞台，我们全校师生都很期待。人生难得的一次，说不定也只有这么一次。我时常想，从光彩的舞台走下来，没有了众多善意的目光和掌声，他们会不会失落？"

"我们还有其他的舞台，不用再跑到城里了，将来就在你们身边。"石英说。

校长兴奋地问："要在镇里建剧场吗？"

文关答道："是乡村少年儿童之家。"

校长疑惑着。

石英说："八字刚有一撇，等开建了告诉你。"

文关看着手表说不早了，回去把孩子们的演出方案做出来，再跟乐团商量一下。

文关、石英跟校长告别，车离开校园。教室里传出铜管乐演奏的《欢乐颂》。

（二）

文关小的时候，就梦想着有一个乐团能够演一场关于爱心的音乐会。那个年代，生活是单调的，物质是匮乏的，文关父亲离休时单位赠送了一部春蕾牌收音机，成了文关家最值钱的电器。有一天，文关在收音机里听到一首曲子《这是我的歌》，异常优美，文关梦想有一天也能当个乐手，或者带领乐队演奏心中的美好旋律。在高二全校的歌咏比赛中，文关指挥全班大合唱拿了全校第一名，之后被选进学校的管弦乐团当了指挥，改编、配器了许多曲子，在全县的会演和比赛中屡拔头筹。

整个高中阶段，文关每天早上五六点就奔向了学校，特别是冬天的五六点，满天星斗，寒风凛冽，文关虽饥肠辘辘，但心中的哼唱从没中断过。等到天大亮了，同学们陆陆续续来了，文关早已把教室的炉子烧热，自习了一两个小时。即便是寒暑假，文关的作息也没改变，依然每天背着大书包，迎着刺骨的风，跳过学校的墙头，在断电的教室点上蜡烛，等着第一缕阳光升起，文关成绩一直名列前茅，凭的就是意志力和时间。后来，有几个同学也学文关的拼搏精神，但没几天就扛不住了，教室里又剩下文关自己。为了调节疲劳的状态，寒暑假文关还规定自己每天下午3点跑步，不管刮风下雨，只跟时间有关系，跟天气没关系，整个假期跑了上千公里。无论路途多远，心中总有一首哼唱的歌。

后来，文关考上军校。临走前，文关的哥哥将一把20世纪60年代的萨克斯送给了他，文关自己换了破损的垫片，拿着教材自学，没想到真学会了，在军校时期几次登台演奏。而文关的长跑同样奏效，扛着冲锋枪10公里拉练时常第一。军校毕业基层历练后，文关被调到支队政治处做部队宣传干事，写了一个话剧剧本《绿海奇兵》，支队同意演出，这是文关第一次做导演。

文关闭关创作，把一群喊着"一二一"的小伙子们转化为有血有肉的艺术形象。随后，文关邀请了十几个战士展开研讨，数易其稿，连续7天集中打磨，最终排演本正式端到部队首长案头。

支队长是个直性子，看完之后直接喊了句"就这么定了"。

政委说用不用请地方文工团的专家再把把关？

团长说，文工团的专家把握战士这个特殊群体是需要一个过程的，不是齐步走前脚跟碰后脚尖那么直观，而是战士之间精神与思考的碰撞与交融，文关就在其中，观察感悟得更精准，这个戏应该好看。

话剧排好后，先在支队演出，总队政治部主任也被邀请观看，第二天政治部主任特意把文关请到总队，说一定要看看导演是谁。并跟大伙说：

"我们自己的官兵能排出如此高水平的话剧，很难得。这是一部不可多得的话剧，人物刻画形象生动，舞美设计优美，场景切换自然，故事情节设计跌宕起伏，感人至深，特邀文关和话剧团队到总队礼堂演一场。"

总队宣传部派文关去北京青年报社做实习记者一年，专门学习宣传策划。有一次，加拿大振北铜管乐团正好来华演出，文关兴致勃勃买了一张票。由于飞机晚点，原计划晚上7点的演出，拟计划取消，但是文关和另外20多个人执意不退票，夜里11点乐团才到机场，但决定为这20多人单独演奏一场。那个晚上，留下来的观众甚至没有坐满第一排，大山亲自主持并报幕。振北铜管乐团也演奏了几首配器精美的中国乐曲，耳目一新。第二天，《北京晚报》上发表了一篇文章叫《有一颗心永远在等待》。

那以后，文关再也没有忘记这个情景，时常设想着组织公益演出，服务群众。

时隔十几年，文关在自治区党校中青班学习期间，遇到了周声扬，他是首府宣传部副部长，他邀请文关共同策划首府2017年新年音乐会，并担任晚会的导演。

在晚会开始前的12月29日那天，文关接到一个电话，打电话的人说她姓寒，原是一名教师，居住在距离首府1000公里外的乌兰市。自从孩子周新铭得了孤独症，她就放弃工作走遍全国带孩子求医问药，但效果并不理想。偶然一次，她发现周新铭对音乐有浓厚的兴趣，而且越是大舞台，越是观众多，登台表演越能减轻他的症状。一个心理医生说，也许一个超级大舞台能彻底改变孩子的一生。那以后只要有机会她就领着孩子去酒吧、KTV唱歌。只要有舞台，她就恳求给孩子一个机会，不断化解着孩子的情绪。得知文关他们正在策划音乐会，她特意给文关打来电话，表达了她们母子的愿望，登台唱歌。文关二话没说承诺一定会让孩子登上这个大舞台，一展歌喉，更期待着这个舞台能为周新铭创造奇迹。

这次音乐会主办方是宣传部，文关只是受邀策划导演，而且也没听过周新铭的歌。演出前几小时，他们母子才来到现场，并用手机伴音模拟演唱，而那时主办方和协办方还不知道有这个花絮，也没有人注意到角落里这个不说话的大孩子。好不容易，有5分钟间隙，文关让周新铭走台。文关走上指挥台，叫停了所有练习的乐器，让周新铭有一个纯净的空间和时间。走台，并不顺利，周新铭有些笑场和忘词，这时距离演出还有一个多小时，文关对寒女士说孩子太随意是不能上场的，然后走到周新铭的面前鼓励他说："你现在是音乐家，不是普通观众，你要在舞台做个顶天立地的巨人，音乐响起，这个剧场就是你的。"周新铭轻微地点了点头。

音乐会按时开始，第五首乐曲结束后，LED显示屏介绍周新铭的故事，并提示请"歌唱家"周新铭上台，寒女士在一旁，手心都攥出了汗，反复自言自语"一定要庄重大方，一定要庄重大方"。周新铭唱着《莫斯科郊外的晚上》，文关的心也跟着怦怦直跳，这关系到音乐会的质量，关系到音乐会这样安排的意义。那晚，周新铭的歌声获得了数次掌声，现场采访的电视台记者甚至从周新铭入手报道了这场音乐会，新闻效果令人感动。音乐会结束后，电视台又专门采访了他们母子，单独制作播出了一期。后来，寒女士告诉文关，音乐会救了孩子，孩子变化很大，态度变得积极了。

此次演出，民乐团+管弦乐团，交响辉映，史无前例，声势浩大，曲目经典，给市民们留下了深刻的印象。

参加演出的首府爱之乐乐团，在演出结束后不久被市委宣传部接纳为首府演艺集团旗下的演出力量，采取政府购买公益文化的形式，对爱之乐乐团演出给予补贴，解决了乐团自主经营的收入问题，从此市民可以听公益免费音乐会，弥补了首府没有交响乐团的空白，实现了三赢。这个改革，市委宣传部、乐团、演艺集团三家协商后，半个月就完成了，并举行了挂牌仪式。

事后，文关在日记本上这样总结："世上有好多事，做起来有意义，可是有时候我们想一想就放弃了。"党校学习结束前夕，班主任在文关的毕业纪念册上写了一句话"公既深识民情，而民亦素服公政"。

（三）

有一天，首府爱之乐团团长雷远方来到文关办公室，说《大道之行》这本书一年再版十几次，顺路带来一本，并对此书之气节赞不绝口。

自从2017新年交响音乐会后，雷远方对2018年充满了期待，他的乐团成为演艺集团的骨干，计划了几十场演出。按他的话说，乐团可以成就一番事业了。此外，乐团还主动联系承担了城乡接合处的白庙乡小学音乐课的辅导任务，这个小学全校只有11名学生。雷远方邀请孩子们暑假期间来首府观摩演出，恳请文关做这次演出的导演。

文关爽快地答应了。

那次会面，两个人展望了乐团的未来发展。

文关说："政治改革的原因在于经济发展、民众的要求及内外环境的压力。我们用文化产品服务群众，得问问群众的需求再供给，创新文化供给需要研究群众的价值观共识和对文化表现形式的认同。否则，钱白花，事无果。"

雷远方说："群众需要啥我们就演啥，全心全意为人民服务。音乐也要听民意、聚民声、解民忧。"

文关说："下一次演出就叫'金秋爱心'交响音乐会，如何？"

"听着就温暖。"

距离"金秋爱心"交响音乐会还有半个多月的时候，筹备工作开始了，雷远方为了给音乐会节省演出成本，亲自编曲配器……

节目单印刷、互联网宣传也在启动中……

首府艺术学院的学生积极报名，加入音乐会导演组，说只要能服务、能锻炼，干什么都行。很多人不间断地索票，这其中不乏职工、教师、军人、学生、企业家……

广播电视台也为这次音乐会的筹办进行了前期宣传，并在直播间对文关和雷远方进行了采访。文关说:"筹办的过程中,我们有过踌躇,有过辛酸,也有别人对我们的误解……但是我们收获了孩子,收获了成就,收获了幸福感……"

距离音乐会开始还有几个小时的时候,文关落泪了。11个农村小学生事先准备好的手语表演《感恩的心》,遇到突发情况,乐团改编了原曲,变成了交响乐作品,而且前奏中加入了卡农风格,听起来和原来的曲子差别很大。面对风尘仆仆而来的孩子,文关狠了狠心要求孩子们尽快适应乐曲。孩子们没听过交响乐,也不知道什么是卡农,他们没有委屈也没有不愿意,一遍遍听着老师的手机录音,反复比画、体会着。差不多的时候,文关不让孩子们练习了,因为不忍心让孩子们太累。

整个晚会按计划进行,最后一曲就是孩子们走上舞台,伴着交响乐版的《感恩的心》做手语表演。孩子们用真心演绎了感恩,手语和无词的交响乐配合得天衣无缝,赢得了观众长久的掌声……事后,记者问文关整个晚会最感动的瞬间是什么?文关突然语顿,指着那群孩子,没说出一句话。

演出结束后恰是一个周末,文关和爱人严妍把两个父母不在身边、双休日依然要住校的王艳、许美留了下来,其他9个孩子由志愿者们一家一个接走了。严妍给两个女孩洗了秋衣秋裤、袜子……手洗了3遍水还是黑黑的,严妍看着黑黑的水,直掉眼泪。

文关把菜做得像过年,家里有两个男孩子,全家美满大团圆。

文关的大宝即兴表演了钢琴。

小宝乐得围着两个姐姐跑来跑去……

晚上,全新被褥、毛巾、牙具……

文关在朋友圈说:"我是4个孩子的爸爸了!"

周末两天,文关带着王艳和许美,紧锣密鼓地实现着她们的愿望。

第一次去博物馆……

第一次去自治区最大的书店……

第一次看 3D 电影……

第一次吃麦当劳……

两个孩子听说政府很大很气派，想去看看什么叫办公室。文关开车带着她们在办公区院子里转了一圈，打开车窗，依次告诉她们哪栋楼是哪个单位。

听说首府有飞机场，两个孩子想近距离看看大飞机。文关开车带着一家人去了机场旁边的前塔村，飞机降落的时候，好像就在屋顶不远处，两个孩子一边捂着耳朵，一边兴奋地向着飞机降落的方向跑去……

晚餐时，文关继续按照年夜饭的标准，准备了一大桌子菜，告诉全家人，今天全家人一起再过一个热闹年。

王艳指着文关家的大书架说："这个书架好大呀！比我们学校的书架还要大！"

文关说："我父母都是爱读书看报的人，离休后几十年，每天固定时间阅读，即便后来生病住院，带着氧气瓶也没间断过。因为看书多，所以他们知道得就多，国内国外发生的事，他们都知道。我们家人每次吃饭的时候，就是他们两个直播新闻的时候。他们影响了我，我从小看到报纸上有意思的文章，就剪下来贴在笔记本上。"

"我陆续搬过很多次家，每次搬家都要扔很多东西，唯独没扔过书，加上喜欢买书，越买越多，书架就越来越大，直到把客厅都占了。你们看，我的书架都不装柜门，就是为了拿取方便。大宝哥哥和小宝弟弟都养成了爱读书的好习惯……"

严研挑选了一些书送给王艳和许美，告诉她们："读书虽然不能解答你们所有的疑惑，但书里面有人生道理，可以让内心安静下来，慢慢地，你们就会发现原来书本里藏着那么多好东西。"

临回村前，文关问她俩，城市好还是农村好？她俩说城市好，但是想回农村。因为，那里有学校，要学习，要读书。

"好孩子，有气节，明天咱们回学校。"

后来，自治区互联网信息办公室、自治区妇女联合会联合组织开展了"梦想进行时"主题征文活动。收到区内外各类文章 2000 多篇。按照征文活动程序，评审委员会邀请了高校、日报社、杂志社、中央驻站等各领域专家对征文进行评审，最终评选出获奖作品 80 篇，获奖名单随即在报纸和相关媒体公示，其中一等奖只有一篇，获奖人叫严妍，作品叫《光荣和梦想》。

（四）

光荣和梦想

2018 年 9 月 24 日，阴雨绵绵。这样潮湿的天气，不仅颠覆了北方的秋高气爽，也不断唤起隐约的不安和焦虑。不安这一场秋雨会不会惊扰了他几个月的音乐梦，焦虑这一场雨会不会冷落了他今晚的音乐会。

他是一个自小便喜欢交响乐的人，但他在几十年痴迷交响乐的时光里，从不曾想到，有一天，他会将梦想与交响乐放在一起，且成为他在这个秋天倾尽全力去完成的一件事情。

儿童节公益活动的时候，他认识了白庙乡小学的 11 个孩子。他跟我说，全校只有这 11 个孩子，都是留守儿童，三年级甚至只有一个学生，老师每天只给这一个孩子上课。我对如此规模的学校和课堂唏嘘不已，设身处地地想象了一下六七八岁的自己，如果在没有父母陪伴的情况下，周围还没有伙伴，每天与讲台上那位孜孜不倦的老师四目相对，我们从彼此的眼底恐怕只能看到各自形单影只的寂寞，和深不见底的孤独。我以这样的想象断定了我的不能承受，不管我是那个唯一的孩子，还是那位唯一的老师。

他说，原以为，公益只是救济，没想到，快乐的孩子都是一样的，不快乐的孩子却各有各的不同。这是精神上的贫困，不再是书包、铅笔和橡皮能做到的。我说那你们就多去看看他们。他说这样不够，这是社会问题。我说社会问题还是交给党吧，不是你的力所能及。他不再理我。

一觉醒来，他告诉我，他要办一场演唱会，像央视某套，请企业家、公职人员和社会各界，让社会近距离接触留守儿童。他说我既然不能把他们带到白庙乡，我就把白庙乡带到首府。对面的我，仿佛在听他描述昨夜做了什么样的梦，看他茅塞顿开、眉飞色舞，好像他就是党他就是政府一样，忍不住打击了他一下，老公，咱先吃口饭呗！他瞪了一眼吃货媳妇，大步流星走在去厨房的路上，仿佛演唱会明天就能开场一样。

虽然他的演唱会八字还没一撇，但我深知他是个撞了南墙也不回头的人。接下来的几天，他便开始一点一点地实现着他做了一夜的梦。因为全程要实现免费，就要找到免费的演出场地和免费的演员，以及愿意免费来听的观众。他随口问你们学校有没有合适的场地？我说两三年后我们漂亮的三期工程完工后一定会有。说完还不忘打击一下，我说企业家、公职人员和社会各界都很忙，而且没有明星的演唱会本身就像唱戏。他说那就当和孩子们玩一回好了。梦想坚不可摧。

又过了一夜，他一翻身就跟我兴奋地宣布，演唱会要改成音乐会，办一场本土最特别的交响音乐会。我问谁来演奏？他说首府爱之乐乐团。我看着做梦不愿醒的老公，心疼地说，你认识吗？他说可以尽快认识。我又说，你以为人人都像你那样喜欢施特劳斯和詹姆斯拉斯特么？他说我可以让他们喜欢。他再一次变得像打了鸡血一样，其表情只有两个意思：一，好东西要大家一起分享；二，留守儿童要一起关注。

又过了一天，他高兴地说，雷团长与我志同道合，相见恨晚，一锤定音……

没过几日，我亲眼见到了雷远方，一脸温和，满面春风，他们两人拥抱共鸣，我问只见过几次，这么快就如老友相逢？他说你不懂艺术家，他们的世界很单纯，喜欢你会很纯粹，他们对什么都很真诚。

筹备音乐会的路，一走便是几个月。其间，他的辛苦劳顿，我最清楚。寻找免费场地的过程最为艰辛，兴许这便是人与人之间最难逾越的鸿沟。他说不是所有人都是雷团长，不是所有人都愿意接受并相信他的行动能梦想成真。他有时一连几天都奔波在考察场地的路上，有的热心单位提供的场地不符合音乐会演奏条件，有的场地提供不了观众需要的大量停车位，有的太远，有的太挤……终于锁定了某高校的演艺厅，他高兴地和雷团长喝了一顿酒。

但这顿高兴的酒喝过不到半个月，又出了问题。虽已将他的心事尽收眼底，但他从不习惯与我倾诉烦恼，只是某天夜里，他在朋友圈第一次发了一句正不起来的能量，"有一种委屈，几乎不能解释。"

第二天，他照常给我们做饭。临上班前，想安慰他一下，又不知从何讲起。毕竟，离音乐会既定时间越来越近，对他而言，目前需要的不是鸡汤，而是礼堂。他没有，我更没有。

晚上，他说需要去单位取东西，要不要一起去。我说不去了。等他进门时，脸上乍现满足的笑意，兴奋地说，路上一眼看到人民会堂……我很庆幸没有跟着他去，没有在他路过人民会堂的时候多余地打扰他，这恐怕是我在这场音乐会里唯一起到的积极作用。

音乐会很快提上日程，1300张门票一抢而空。他的朋友，他的团队，他们日日操劳、心心念念要为观众献上一场盛宴，为留守儿童唤醒一份全民关注，但他们却被盛宴背后那一场一场的油烟数次呛痛了眼睛。

他完全不懂视频制作，却想将留守儿童的真实生活搬上屏幕，扛着摄像机开车去了白庙乡。又买了视频制作软件，对着电脑工作到凌晨两点，每个环节都需要先学上个把小时，再一张图一张图地上传，一点一点地配乐，一遍一遍地修改，苛刻着视频的完美，也苛刻着颈椎的承受力，直到我对他的作品赞不绝口。苛刻完自己又去苛刻身边的朋友，计算机专业的朋友精心为他制作了漂亮的节日单，企业家朋友全力配合着他的筹备，却要因为细节的冲突，无条件接受他的肆意发火。最后两天，我都是在深夜才能等到他回家，给他热饭，看他狼吞虎咽，有一夜还睁着眼听他失眠。最后一天，又因为下着雨的天与担心上座率的心情艰涩地较劲。

窗外的雨依旧没有要停的意思，市区一堵再堵，水泄不通。我拖着不慎受伤的脚挤公交给他送去西装和皮鞋。他在我出门的时候，看着我瘸着走路的样子，难过地说，忙得不能送你，打车回吧。打车回家给儿子过生日，吃完蛋糕，儿子说，妈妈你快出发，去看爸爸的音乐会，宝宝今晚不打扰你。

爱之乐来了，他们翻腾着爱与乐的巨浪，大气磅礴，浩瀚如空⋯⋯

白庙乡的11个留守儿童来了，他们表情乖巧，面容朴素⋯⋯

企业家们来了，他们爱如潮水，感动着采访的记者⋯⋯

公仆们来了，老师们来了，他们眼底温热嘴角共振，掌心在跌宕起伏的乐曲声中，热烈地开出爱的花朵，温暖了这个清冷的雨夜⋯⋯

许多许多陌生的面孔来了，有年迈的老人，有刚入学的孩童。我看到有老人双手举着望远镜，举累了就微微发抖，像他微微颤抖的年纪，也像他微微颤抖的心情。我听到身后有一对双胞胎，跟着旋律唱感恩的心感谢有你，她们稚嫩的声音，一声一声闯入耳膜，顺着体内一脉相连的神经，准确地唤醒泪腺，滴滴答答湿了眼睛⋯⋯

观众的被感悟和被震撼，铺天盖地；媒体的报道，铺天盖地；送孩子回村时，志愿者和孩子们的眼泪，铺天盖地。

10月24日，自治区卫视《爱在金秋》专题报道，主播数次哽咽，志愿者再次潸然泪下，电视机前的我，泣不成声。福利彩票管理中心为11个孩子每人提供福彩公益金2000元，有企业家朋友和留守儿童结成互助新家庭，更多的爱心潮水般地涌向白庙乡，一个个孩子说她有了新妈妈⋯⋯

这么多年，我一直一厢情愿地希望，能在夜深人静的时候，关上灯，清理自童年就有过的梦想，和另一个自己敞开心扉。但我在清理梦想的时候，会因为梦想和现实强烈撞击迸出的巨大火花刺痛眼睛。因为梦想有时就像洋葱，看起来光洁，现实却像一把刀，会将梦想一层一层地剥出辛辣的眼泪。想要将梦想吃到口里，就得看现实如何一刀一刀地切开你的梦想，倾尽全力做成美味。

交响乐曾经是他的梦想，关注留守儿童如今也成了他的梦想。在2018年下着绵绵细雨的金秋，交响乐终于为11个孩子光荣奏响。这声音，飘过所有人感受爱和温暖的头顶，到达梦想的彼岸。

他说，你可发现，音乐的确会让世界更美好，我们的确可以成为更有爱心的人。他的网名，一直叫作"光荣和梦想"。

（五）

抚今追昔，历历在目，2020年这场音乐会该如何进行？

勇于追梦，没有什么山峰不能攀登，没有什么急流不能横渡。

文关开始在电脑上敲打：

  音乐会主题："光荣和梦想"。

文关点上一支烟，想了一阵又打：

  创新：交响乐、合唱团与朗诵的融合。

  协调：著名主持人、社会朗诵家、群众朗诵爱好者，他们是融洽的一家人。

  绿色：积极向上，意味深长。全免费，全爱心，无商业，票务全部赠送观众。

  开放：作品自由创作，也有名作精选。

  共享：主创团队从"金秋爱心"走来，一如既往坚持公益，全心全意奉献惠民文化大餐。

文关停下来，构想着活动的场景。

知名媒体人和知名朗诵艺术家集体受邀参加公益演出，实现观众和主流媒体、朗诵家全面融合，他们会来吗？

打造诗歌、音乐、影画多位一体完全融合的极具视听冲击力的盛宴，全面演绎朗诵作品，音乐编配、影画制作等多种艺术形式浑然一体地精彩展现，技术团队在哪里？

邀请50人的乡村小学铜管乐团演出，接送和一系列生活保障如何负担？

虽然困难重重，但是想到将公益与音乐完美交融，通过朗诵家的风采，荡气回肠的交响音乐，燃起人们美好的情感，在提高个人的音乐修养与艺术欣赏水平之际，潜移默化地培养社会责任感，以积极向上、坚韧不拔的态度去对待事业、对待爱情、对待家庭、对待社会。这是多么有意义的一件事！

文关果断继续敲打。

  演出时间：2020年1月5日晚7:30

  演出地点：首府人民会堂

  观众人数：1300人

  演出单位：自治区歌舞剧院爱乐乐团、红云镇中心小学八九点钟少年铜管乐团、自治区广播电视台

  演出拟定曲目：12首朗诵作品，5首交响乐作品，1首合唱作品，3首乡村小学生演奏的管乐作品

主办单位谁来担纲？文关一时犹豫着。如果是自治区群众活动的组织或协会就更好了。

邀请朗诵人这件事，文关给女主持人打了电话，说明了晚会的创意和邀约人员。第二天，女主持人反馈了邀请的情况，说只要是公益的、无偿的，下面这些主持人和艺术家都愿意参加，包括她本人，还特意反复强调无偿，并且发来了名单和朗诵篇目。

金平，全国金话筒奖获得者，朗诵篇目《中国》。

程述，电台播音艺术家，朗诵篇目《草原雄鹰》。

昱胜、张离，电台新闻播音员，双人合诵，朗诵篇目《春天临近，想起一个人》。

晨阳，电台主持人，朗诵篇目《假如我是一棵树》。

晓燕，电视台播音员，朗诵篇目《这是我安静的样子》。

夏琦，电台主持人，朗诵篇目《大漠敦煌》。

海龙，电台主持人，朗诵篇目《嘎达梅林》。

嘉琪，朗诵爱好者，朗诵篇目《飞翔》。

孙晓，电视台主持人，朗诵篇目《拥抱春天》。

董尚，艺术学院青年歌唱家，朗诵篇目《人民万岁》。

……

文关继续完善方案。写了几项特别注意事项。

没有领导讲话。

中场不休息。

提前一天完成舞台搭设，合练彩排一次。

红云镇中心小学八九点钟少年铜管乐团由张小五负责接送。

门票及宣传单1300张，免费赠送。

文关把方案发给李染声、红云镇中心小学校长、张小五和电视台的女主持人等，征求了意见；也发给了李聪明和石英，邀请他俩作为嘉宾出席。

文关单独给火华打了一个电话，诚邀他在交响乐的伴奏下，讲述《美丽的草原我的家》的创作故事，火华爽快地答应了。在文史馆工作的这些年里，文关和同事们倾听馆员、服务馆员、牵挂馆员，在践行"敬老崇文、存史资政"宗旨之际获益良多。耄耋之年的馆员在"崇文鉴史、咨询国是、民主监督、统战联谊"方面发挥着独特作用，其中的学养和成就屡屡令文关赞叹不已。

文关向火华表达了由衷的感谢，感谢他给了文关真挚的友谊、智慧的点拨和坚定的支持，永生难忘。

火华幽默地说："坚决完成好文关导演交办的任务。"

第二天，文关去镇里的路上，又拐进了红云镇中心小学。

清晨，透过玻璃窗，在教室一隅，一群孩子正襟危坐，手持铅笔，聚精会神，时而奋笔疾书，时而冥思苦想，时而流露出一丝丝笑容，想必是他们解开了难题。早晨八九点钟的太阳照在他们身上，形成了金黄的光晕。一个个小身板挺得笔直，都在专心致志地听讲……

这不是那个男孩子吗，母亲不幸去世，爸爸外出打工，他与爷爷一起生活。小小的他，非常懂事，而且成绩优异，上次期末考试，数学、语文都考了满分，文关特意给他送去一块运动手表和全频道收音机，以示鼓励。他非常开心，收音机拿在手里都不舍得放下，欣喜之情溢于言表。

文关想到当时的情景，立刻又充满了力量。

文关思想深处涌动着几句话，孩子们不是一张白纸，而是一粒粒种子，我们用爱与善良包裹他们，守护这些种子生根发芽、茁壮成长，最后结出美好的果实，我们所做的一切都是有价值的。

（六）

这次音乐会是以乐团+合唱团+朗诵家+孩子们组成，以及讲故事的人……当然，乐团除了配乐诗朗诵外，也独立演奏脍炙人口的交响乐曲，合唱团也有独立的表演。看似一个个不相关的乐曲、诗歌，经过编排和搭配，每个曲目和表演都恰到好处。

各行各业，都有光荣的历程和梦想，汇聚起来，就是我们共同的光荣和梦想。今天我们奉献的文化大餐，就是我们发自肺腑的愿望。用艺术向光荣致敬，用艺术向梦想鼓掌。

排练期间，作家湛淇突然离世，本来应该由他自己朗诵的诗歌《叶落》，由文关代替朗诵。湛淇出生在20世纪30年代的上海，50年代支边到自治区，把一生的深情都献给了大草原。

演出是公益的，200多位演职人员，没有任何演出补助，也没有盒饭。演出的票务由公益组织派发，没有任何费用。

自治区直属机关文艺联谊会参与策划，同时是主办方。

张小五和她的团队负责接送和保障乐团的孩子们,其他演职人员自行前往。火华由文关接到演出现场。

音乐会结束后,不少观众意犹未尽地停留在剧场内,久久不愿离去,不停地张望,有的走上台与孩子们拥抱、合影,将事先带来的学习、生活用品悄悄留在舞台的角落,越来越多,最后形成一座小山。

"早在看到节目单时,我就对这场音乐会充满期待,因为来了很多咱们自治区的艺术家,还有那些可爱的孩子。我觉得音乐会既突出主题思想性,也突出了艺术专业性。"一位观众在接受记者采访时说。

自治区直属机关的很多单位党支部现场举行了党日活动。工委的一个干部说:"音乐会可以说是一节艺术党课,创新了学习教育方式,这种艺术党课就是要进一步筑牢党员干部党性根基,激励广大党员干部在重温经典中不忘初心,在感悟历史中继续前进。我们还要进一步唱响党建主旋律、弘扬社会正能量,共同创造无愧于时代、无愧于党和人民的辉煌业绩。"

观众渐渐散去,文关走到台下,火华等在那里,说:"今天的演出很成功,这些年最好的一次。从掌声就能听出来,大家喜欢这次演出。把交响乐、朗诵融合在一起,实属不易。"

文关给火华深深地鞠了一躬。朗诵音乐会前的彩排,都是按顺序走场,到火华的时候,时候都不早了。火华都提前到场,着装正式,耐心等候。

文关把火华送到家,当晚写了一封感谢信,发在了筹备团队的群里。

向光荣致敬,向梦想前行

"光荣与梦想"朗诵音乐会终于落下帷幕,这场音乐会凝结了策划人、主办单位、协办单位、演出单位及文史馆员们的集体智慧,也凝结了场务、志愿者、制作人员的辛勤努力,所有人都在为这个没有"油水"的活动倾注自己所有的力量和才华,展现着高贵的品质和精神气质,我为这个音乐会的成功举办感到欣慰和骄傲,谨代表制片人和导演组向参与活动的朗诵家、主持人、文史馆员、交响乐团成员、合唱团成员、50名孩子、场务及1300名观众致敬。

就在音乐会的前两天，我参加驻村工作队党日活动，在发言时我说，作为党的干部，我们要政治上合格，也要精神上有支柱，内心要有文化的积累和延续，把我们深厚的光荣传统继承好，并勇敢地迈步走向梦想和未来。一个缅怀光荣历程的人，不忘初心。一个怀揣梦想的人永远在路上。

萨米尔·阿明说，历史并不是沿着一条事先已为人知的直线朝着一个不变的方向发展。我们的生存形态里不仅仅有意识形态和国家制度，还有社会资源的组织形式，我们应该力所能及为他人服务，实现我们大家共同的富裕和理想。

2017年首府新年交响音乐会上，我们安排患有孤独症的孩子演唱了《莫斯科郊外的晚上》；2018年"金秋爱心"交响音乐会，我们安排了11个农村留守儿童走上了首府人民会堂的舞台；2020年1月5日"光荣和梦想"朗诵交响音乐会上，我们安排了红云镇中心小学八九点少年钟铜管乐团吹响他们心中的歌……我们的舞台是每个人绽放心灵的地方，有精华艺术，也有普通人发自内心地呼唤与感激，前进和追逐梦想的路上，有我，有你，也有他们。因为生活与艺术不是孤芳自赏，是大家相互欣赏，所以我觉得没有他们，我们的舞台就失去了美好的色彩。我甚至觉得，在舞台上如果他们演艺失误，也同样应该有祝福的掌声，一路走来，又有谁是一帆风顺的呢？

我要把这个晚会献给前辈，包括我去世的父母，他们拿着枪杆子参与创建了这个国家，我为此光荣。我也要把这个晚会献给年轻朋友，你们没有挑剔我们音乐会简单的舞美、装饰，甚至老化的音响，而是伴随着我们的深情演绎脚踏实地、心路向前。

希望我们继续结伴，向着梦想一路同行。

关于这场演出，报社是这样报道的：

演出的当天，首府的天气略显寒冷，而人民会堂内却暖意融融。由自治区直属机关文艺联谊会主办的"光荣和梦想"朗诵交响音乐会在这里真情奏响。

音乐会在《春天临近，想起一个人》序曲中拉开帷幕。《胡杨》《美丽的草原我的家》《特快列车波尔卡》等中外经典乐曲深受观众的喜爱，现场不断传来阵阵掌声。

音乐会接近尾声时，红云镇中心小学八九点钟少年铜管乐团走上舞台演奏激昂雄壮的《欢迎进行曲》等三首曲子。一张张可爱的脸蛋，一双双充满期盼和好奇的眼睛，孩子们用真情的表演、朴素的话语表达了感恩的心。这是我区第一支由留守儿童组建的铜管乐团。

（七）

这次演出前后有几个感人的瞬间，让文关久久不能忘怀。

第一个瞬间。主持人说："是谁用一首歌，把一片土地表现得如此出神入化、入木三分，并在历史的长河中显露出其穿透时光的魅力，在世界各地广为传唱呢？这就是词作者火华先生。"

火华缓缓走上舞台满含深情地讲述了这样一段故事。

"1975年的夏天，汽车载着刚刚大学毕业的我们，奔驰在祖国北疆广袤的草原上，放飞着年轻人扎根边疆的梦想，草原上白色的鲜花像皑皑白雪，蓝色的似蔚蓝天空，紫色的仿佛紫色云霞……还有那牧民们火热的生产生活情景，草原那种家的感觉给了我灵感，这首歌自然而然从心底深处流淌了出来……美丽的草原我的家，风吹绿草遍地花。高压电线云中走，清清的河水映晚霞。草库伦里百灵鸟儿唱，牛羊好像珍珠撒。啊，灿烂阳光照草原，草原风光美如画。灿烂阳光照草原，草原建设跨骏马……"

"我并不是在草原上长大的，但是对它的向往、新鲜感和亲切感，到后来的熟悉感，让我真正觉得草原就是我的家。我的成就是草原的恩赐，是马背上的民族养育了我……"

掌声经久不息，观众们起立，乐手们都在敲打着琴弦。

为什么经典永流传？为什么现在的一些演出没人主动看，出书没人主动看，报纸没人主动看，画展没人主动看……不是群众不配合的问题，而是供给方式的问题。古往今来，一切有理想、有追求的文艺工作者，总是自觉地将自己的创作和人民大众相联系，在热爱人民、尊重人民、了解人民的基础上创作出人民所喜爱的优秀作品。有本书叫《马克思靠谱》，这个不厚不薄的册子已经再版好几次了，《马克思是个九零后》这首歌也迅速风靡了全国，马克思，怎么一下子赢得了"80后""90后"的心？

瓶颈，在于组织者本身，很难归咎于群众心不在焉。群众的心在等待，始终在等待，等待文艺走进他们的心里。

那次演出之后，火华每次见到文关，都风趣地说"你好，导演"，还送了一本《火华歌词四百首》，题写着"文关同志存念"。后来，文关见到火华的次数就少了，有几次邀请火华参加活动，打电话都是他老伴接的，说身体不好了，转达预祝活动成功。2021年10月23日19时35分，火华去世，享年80岁。文关收到讣告时，一时语塞并心生敬畏。在时间和空间伸缩之际，脑海里变换着场景，寻找着舞台上的火华，可惜只听到了回荡在空气中的声音"你好，导演"，却不见火华的身影。

第二个瞬间。得知演职人员没有任何费用，一个观看演出的企业家捐助了1万元，说给大家买点水喝。演出结束后，导演组拿着这1万元去了西坪乡。村里有个老汉姓弓，大家都喊他老弓头。

老弓头的媳妇和孩子都是重度智力障碍，在脱贫攻坚中他家盖了新房，需要置办家具和用品，导演组直奔超市，尽可能把购物车装满。又买了家具，雇了辆货车。车行80里路，大家的眼前似乎浮现了老弓头在村头期盼的身影。第一个露面的是他24岁的儿子，跟大家招了招手，他62岁的老伴也出来帮着搬东西……这时，大家都在找老弓头。他60多岁的单身弟弟出来说，老弓头患有严重的肺气肿，8月份去世了，没享受到这个新房。

老弓头这一生基本没在家里说过话，因为老伴和儿子都不会语言交流。老弓头去世后，老伴和儿子也没有找过他，只是有一些悲伤的情绪。老弓头的弟弟接过任务，代替老弓头照顾哥哥的老伴和儿子。大家相约，即便导演组解散，大家也要一起照顾老弓头的老伴和儿子一辈子。

大家走的时候，发现老弓头的老伴和儿子久久地一直跟在车后面，大家停下车，打开车窗，他俩却不说话。大家一路静静地开到城里，面对城市的繁华喧嚣，很久才回过神来，打开收音机，节目里正辞旧迎新。

第三个瞬间。演出结束后，红云镇中心小学乐团的50个孩子，由张小五组织的爱心服务团队安排到预先订好的酒店，每个房间安排了辅导员照顾孩子们。第二天早上，"虎窝"车友会出动车辆护送孩子们回到红云镇，孩子们在首府度过了愉快的两天。

其中有三对家庭还与相对困难的孩子结成了"家庭"，相约资助他们到大学毕业……

第四个瞬间。几个观众结束后特意来到导演组问候，说他们是专程从辽宁赶过来看这场音乐会的。音乐会让他们感觉到草原上有爱，有关心，有梦想，有希望，有雄鹰，也有百灵鸟，大家共筑爱心一定会使社会更加美好。

文关握着他们的手，眼眶湿润了好久……那个在冬天寒风中饿着肚子、哼着小曲上学的孩子，背影正越来越模糊……

(八)

音乐会过后不久，石英告诉文关，建设红星退役军人扶贫创客中心的请示，县里批复了，同时批复的还有土城子乡红星军旅驿站，这几天就把合同签了，把猫冬变成忙冬。

文关也期待着孩子们的乡村少年儿童之家。

石英说:"县团委得知音乐会的事后,又计划捐赠红云镇中心小学乐器50部,让更多的孩子实现音乐梦。县妇联计划把创客中心的乡村少年儿童之家作为工作联系点。"

文关问:"有烟吗?"

"有。"

"县委的刘副书记说,现在红云镇有两个宝,一个是胡麻油,一个是孩子的乐团。"

"我们要把所有计划的事在这个冬天梳理好,春暖花开之际,全面开花。"

"看新闻没,这个月以来,湖北省武汉市持续开展流感及相关疾病监测,发现多起病毒性肺炎病例,均诊断为病毒性肺炎,肺部感染。"

"看了,武汉已经对病人采取了隔离措施。"

石英吸着烟不知在想什么。

看着陷入沉思中的石英,文关说:"我给你讲个故事。2003年春,上海武警指挥学院给武警总部打请示,拟将进修两年即将毕业的一个学员留在学院政治部工作。这个事,学院事先已经征得总部的同意,请示就是走程序而已。按一般程序,报告请示,批复指日可待,所以学院就让那个学员先留下来工作。那个学员到了学院以后,情况发生了变化——'非典'来了,而且进入高发期,为了避免相互感染,学院让那个学员在招待所居住等待。过了几天,学员被告知暂且返回,总部那边冻结了人事往来。学员回去后,就被隔离观察。但他的行装一直保持原样,准备随时再去上海。但是'非典'过后小半年了,很多工作开始重新议了,这件事始终没有下文。那个学员也就和上海失之交臂。再后来那个学员转业,来到首府工作。"

"我猜这个人是你。"

"特殊的历史事件会改变人类的发展方向。"

就在这几天，第三届"费孝通田野调查奖"在北京揭晓。组委会在新闻发布会上介绍说，共收到稿件约 4000 篇，经组委会初筛，社会学、人类学、民族学知名专家审阅推荐，征文活动组委会终审评议，并进行学术原创性检测和公示。最终，第三届"费孝通田野调查奖"尘埃落定，获奖文章将被编入《当代中国田野观察》正式出版发行。其中，文关的《胡麻营村 2020 的向往》名列其中，这也是自治区唯一获奖作品。

县委宣传部的干事来采访文关，并在融媒体发了一则通讯《满腔热忱扶真贫 实事求是真扶贫》，并在文后留下一段采访手记。

> 采访文关那天，红云镇的最低气温突然跌至零下 26 度。胡麻营村的温度跌得更低。文关宿舍兼办公室，是里外间，一个小火炉生在外间办公室，里间的宿舍靠炉筒和一个火箱取暖。办公室另有一台取暖的电热器，这是红云镇中心小学校长在气温下降后送给他的。宿舍的这个白铁皮做的火箱是县委副书记刘宏远来胡麻营调研时，发现文关的取暖设备太"薄弱"，特别交代村委会给做的。文关从 7 月 6 日驻村到现在，每天都写扶贫日志，粗略估计扶贫日志已经写了 20 多万字，他撰写的《胡麻营村 2020 的向往》等调查报告，素材都来源于这些日记。在胡麻营驻村，文关没觉得苦，他说所有的成效是镇政府领导支持的结果，也是所有驻村队员同甘共苦的结果，他只是扶贫工作队的一员。说到新的一年，他说要坚持做一名没有退路的战士，为胡麻营乃至红云镇、全县的脱贫攻坚工作不懈奋斗，直至脱贫攻坚战全胜。

很快，报纸也发表了这个宣传干事的图片新闻。照片上几个村民举着油桶用手点着上面的文字。照片是那个宣传干事摆拍的，但事是真实的，村里的农民对"胡麻营"3 个字印在油桶上爱不释手，照片下面还配有一段文字说明。

胡麻油受青睐

红云镇胡麻营村是国家级贫困县的重点贫困村。2019 年，驻村扶贫工作队挖掘"胡麻营"的榨油历史，注册了"胡麻营"商标，创建了食用油地理品牌，通过建设食用油加工厂，振兴集体经济。

文关的哥哥也看到了这张照片，特意发来微信："这样的扶贫使农民有了获得感，短时期内见真效，非常有意义。扶贫工作的开展是很艰难的，胡麻营村的扶贫工作在挖掘潜力上下了很大功夫，扶贫干部有着全心全意为人民服务的思想和顽强的吃苦精神，不容易啊。父亲会为你感到骄傲的。"

温度依然很低，文关拿着报纸准备去油厂，给郑春时鼓鼓劲。途中碰见了红云镇中心小学的孩子们，孩子们欢天喜地的，看见文关纷纷喊道："文叔叔好，我们放假了。"文关看着这一张张可笑的笑脸，说："回头到叔叔那儿玩，有好吃的。"

每次文关返回村里，都会买不少零食，他的办公室常常充满孩子们的欢声笑语。某一天，一个孩子一大早跑来，塞给文关一个大苹果，说："叔叔你是一个好人，我也要把自己的苹果分给别人吃。"文关听着孩子一个字一个字说出来的话，觉得这是迈进2020年后他收到的最宝贵的奖励。

来到油厂加工车间，一股醇厚的胡麻油香味扑鼻而来，工人师傅身穿蓝色工作服，头戴卫生防护帽，操作机器压榨"胡麻营"牌胡麻油，金灿灿的胡麻油缓缓流出，灌入一字排开的油桶中。包装车间里，郑春时指挥着工人，忙得不可开交，新包装的油桶和纸箱在机器上打着包，门外是物流卡车，差不多装满了，有的发往北京，有的发往首府各大学、机关食堂、商超和扶贫产品超市等。

郑春时忙里偷闲跟文关兴奋地说："今年春节，镇里也给每个贫困户发一桶慰问油和一袋旱地粮，让他们也尝尝咱这一级胡麻油和精品小杂粮。"

文关说："要保证质量，一丝不苟，服务到位。"

郑春时打了个立正敬礼姿势，铿锵有力地说："是，请文处长放心。"

文关从油厂出来，看到手机上的新闻，"中国卫生专家组确认是新型冠状病毒""全国各地纷纷启动一级响应,采取流动人口管理、划定控制区域等措施""在疫情期间尽量不出门,切断病毒的传播途径"。

石英打来电话,说各村马上成立疫情防控组,安排安全员,落实防控措施。

文关回到村里,沙打旺和齐二强套上了红色的袖标,正召集大家开会。会议的主要内容是,安排村干部、驻村工作队干部24小时不间断值守,对进出村的人员和车辆进行信息登记,并告知出行注意事项,减少不必要的出行。

村委会的墙上贴上干部排班表,基本上是三班倒。

文关戴上值勤袖标往村口走,迎面碰上了贾鲜桃,她顺手塞给文关一把海棠果,说炸了点糕晚上给工作队送去。

文关说:"东西留着自己吃,别给工作队,也别给别人了,尽量待在家里少出门,出门戴个口罩。"

贾鲜桃听了一蒙,没明白是咋回事。

文关告诉她多听村里的广播,就匆匆走了。

第十一卷

窗口期

对抗病毒是人类的理性抉择,并由此改变人类的生存观念和生产方式。2019年12月以来的疫情,也对农业生产形成短期冲击和潜在的长期影响,当然,其中也蕴含着新的发展机遇。如何积极应对疫情,以农村供给侧结构性改革为主线,落实高质量发展和农村优先发展要求,确保脱贫攻坚战圆满收官和农村同步全面建成小康社会,对胡麻营村是个挑战,也是一个"窗口期"。

（一）

为做好新型冠状病毒肺炎疫情防控工作，红云镇采取镇、村党员干部带头分片包干、全覆盖登记排查的措施。

沙打旺推开一户村民的门，说："我问你答就行。"

"姓名？"

"还姓名，一天不见不认识了？"

沙打旺说："我这填表呢，你一五一十地回答就行了。"

"外出走动没？"

"没有，没有，大冷天的。"

"有外省人员到家没？"

"也没有个外省的亲戚。"

沙打旺说："注意个人卫生，今年就信息拜年、电话拜年、视频拜年哇。"

"我们早就接到通知了，放心吧，哪儿也不去。"

沙打旺带着驻村干部去往另一家。

"村村响"广播，此刻正播放着疫情防控和健康知识宣教。

文关此刻也在入户走访排查。

得知武宝子家的小猪这几天突然病死了，没有掩埋只是丢弃在河沟里，文关赶紧督促武宝子带他一起找到猪的尸体。

猪的尸体暴露在村头旧水渠边上，身上布满了红斑，面目狰狞。

文关用手机拍摄，将情况反映给县里防疫部门，确认是常见病后，和武宝子他们一起深挖坑用石灰进行消毒处置。武宝子不住地叹气，一步三回头，文关看到后心里不是个滋味，拿出500元塞给了武宝子，武宝子怎么说都不要，文关握住他的手说："做好疫情防控，平平安安过个好年。"

武宝子紧紧地攥着这500元钱，不知道说什么好。

文关回身又去了王平家，记得上次走访的时候，他家也有个小猪死了。王平回忆说，他家小猪死的时候也有红斑，死后就埋了，没喂猫喂狗，文关这才放心了。

　　这时文关的电话响了，是村民李栓栓打来的，说要找文关说点事，文关以为老乡反映问题，赶紧往他家里走。见文关进大门了，李栓栓一转身进了仓房，拎着两个塑料袋挂在文关手上。

　　"大过年的，这是我昨天做的粉条、豆腐，尝尝鲜。"

　　"粉条豆腐留在你家，一起过年。"

　　"咋，不回家了？"

　　"不回了，盼着疫情早点结束，全村按期脱贫咧！"

　　李栓栓也不坚持了，笑呵呵地说："文处长你可真的要来啊，给你留着。"

　　文关想起了什么，问："慢性病报销通知你了吧？"

　　"村里的大夫告诉我了，每年报销一次，今年的已经报了。"

　　文关发现了一个熟悉的身影从李栓栓家门口走过，招呼一声果然是纪宝柱。纪宝柱是胡麻营村建档立卡贫困户，常年坚持义务修路，照顾卧床不起的哥哥。他不但在本村修路，还到别的村修路。附近的环卫工人说，经常看到这个人默默修路，十三四年了，从来不计报酬。驻村工作队和村"两委"开展评选"五好"村民活动，纪宝柱当选是当之无愧、众望所归。

　　文关说："现在疫情防控，尽量少出门，车和人都少多了，天暖和了再修"，说着，塞给纪宝柱一张卡。

　　纪宝柱愣住了，文关赶紧说："不是银行卡，这是体检卡，疫情结束，到首府做个体检，养护公路，也得保养自己。"

　　"文处长，这是单位发给你的吧，那你咋办咧？"

　　"我当过兵，身体结实，用不上。"

　　李聪明打电话给文关，说下午召开全镇新冠肺炎疫情防控工作推进会，征求一下文处长这方面的想法。

文关说，在疫情防控过程中，基层党组织力是关键，把打赢疫情防控阻击战当作重大政治任务，啥叫初心和使命，疫情防控的关键时刻，党员干部敢冲敢上第一线，这就是践行初心使命的现实考验，也只有这样才能确保党中央、自治区疫情防控的重大决策部署得到认真贯彻落实。

文关特意强调了"认真贯彻落实"6个字。他说必须吃透上级精神，真吃透，而不是开了会、念了文件、留了痕迹，要看结果。

李聪明说："不能上级说加强、完善，咱们还说加强、完善，要在怎么加强、怎么完善上见实招，言之有物。比如传达了会议精神，疫情防控结合实际要做管用的部署。"

文关说："疫情这样的突发公共卫生事件是不可避免的，在人类发展史上屡见不鲜。面对疫情，科学防控处置的方法也在变化，与突发公共事件相容的社会生产、分配机制也在变化，孟子讲'虽有智慧，不如乘势；虽有镃基，不如待时'，只要适时耕耘，那一片农村美丽风景必将带来美丽经济。"

李聪明又强调说："针对疫情要有灵活机动的方案，不能让它牵着鼻子走。"

文关又说道："农业经济有蓬勃发展的时候，也有低迷的时候，即便没有疫情，起伏也是合理的，因为失败也是商业周期的一部分，表明市场经济具有动态性和对资源配置的决定性，关键是农业经济主体能否体察到这些变化的意义，面对变化如何及时进行供给侧调整，作出最快的反应，适应疫情下的市场环境。谁说疫情下就不能做买卖了？如果想解决长期的发展问题，必须把各种意外情况一起研究，以维护经济活动的安全和社会公共利益的良好实现。"

李聪明跟着说："股票跌了涨了没关系，关键是什么时候买？什么时候卖？高低都是商机。"

"咱们面对的不是竞争对手，而是公众消费的各种趋势。"

"越说越明白了。"

下午，红云镇召开新冠肺炎疫情防控工作推进会议，会上传达学习了自治区、市、县新冠肺炎疫情防控工作相关会议精神，分析了当前全镇疫情防控工作形势，全面安排部署了春节期间疫情防控工作。

李聪明说："干部们要吃透上级精神，要像抓精准扶贫一样，提升防控的科学性、精准性，坚决避免防控措施简单化、一刀切，没病的也吃药。要耐心跟村民讲，哪儿也别去，也别聚集，更不需要焦虑，你就在家，通风、喝水、清洁、消毒、看电视、睡觉，老老实实，心态平和地过年，这么多年，啥艰难困苦、大风大浪没经历过，一定会取得胜利。"

大家在本子上记着。

李聪明最后郑重地说："我们常说党支部是战斗堡垒，是堡垒就要筑在防疫最前沿，把党旗插在人民群众最需要的地方，群众看到心里就有底，知道有困难的地方就有党员干部，有啥困难都不怕，特别是临时党支部，这个时候使命担当不能是临时的，党员更不能是临时工。"

（二）

会议结束后，镇政府给县里打了一个报告《关于运用政府采购政策实施农校农超农社对接等机制支持红云镇脱贫攻坚的请示》，大意是运用好政府采购这一财政调控手段支持打赢脱贫攻坚战，疫情期间优先采购贫困地区农副产品，做强"蔬菜直通车"，推动农产品经营企业、农产品批发市场、连锁企业、学校、机关食堂等与农牧民合作社、家庭农场等开展业务合作和服务对接，确保优质农产品直供优供，确保群众不缺蔬菜、米面油肉，生活秩序平稳。

报告说，"胡麻营"进行了商标注册，注册内容不但有精炼植物油，还有牛羊肉、大葱、蔬菜、豆类、杂粮等农牧产品。红云镇打造的品牌，推动了农业产品释放新动能。

新冠肺炎疫情防控期间，红云镇销售了200余万元的农产品。

得知部分村民农产品销售困难，张小五立即召集园区的各家企业，能帮就帮。她跟企业员工说："咱们的项目就在村里，大家都是乡里乡亲，在疫情防控的关键时刻，我把自己当胡麻营村的一员来看待，一定要为自己的家乡和亲人做点啥。"

张小五委托红星退役军人扶贫创客中心的项目团队，对当地农副产品进行了全面摸底，并针对客户需求、农副产品的供应量建立起详细的供需数据库，以此实现无缝对接。

最让当地村民感激的是，在创客中心的助力下，许多农产品通过网络卖到了首府和市、县。据镇扶贫办了解，创客中心团队利用电商平台为农户们销售了500余只土鸡、20000多枚土鸡蛋、30000斤土豆、12000斤小米。

在这个过程中，他们采用灵活的收货方式，有需要出售农产品的农民把东西放在指定位置，双方不见面，零接触，采用微信支付，包装、发货不用农民操心。张小五自己采购了3000多元的蔬菜，捐赠给了奋战在防疫一线的医护人员，以此向疫情中逆行的白衣天使和默默奉献的家属们表达敬意。

创客中心的做法也给大家带来了对传统农业品牌的反思，在信息传递多元化的形势下，扩大电子商务的农村覆盖面，可以有效改变消费路径。红云镇下决心要把创客中心树立起来。

看着粮油蔬菜卖得好，农家乐和小饭店的老板都憋着一股劲，就等着疫情过后大干一场。

文关在驻村日记里这样分析：疫情后城镇对农村休闲农业购买力不一定会加剧。近几年，生态旅游遍地开花，但受制于交通不便、经济基础弱、人文资源缺乏特色等因素，很多规划的绿水青山还没有变成金山银山，设定的目标存在经营风险。此外，让农民具备把绿水青山转化成财富的能力，资源配套并不是唯一的问题，乡村经营与诚信也要持久和相对稳定，可见，要改善收入状况，过上小康生活，高质量的诚信度也具有重要的经济影响。当然，相比较而言，一些有地域优势、有特色资源的绿水青山通过民宿经济、旅游经济、产业经济等已经变成了金山银山，有的环境与发展已经进入良性循环，这些高质量和高效率的农业经济实体依然会在疫情过后保持收入的持续增长。

农业是弱势产业，农民是弱势群体，因而更容易面临市场风险。而当风险发生时，实施的一系列政策干预，可以缓解供需矛盾，但也会带来风险过后的农业供给侧结构问题。如果具备成熟的农业经营主体，就可以拓宽融资渠道，提高农业资源的配置效率，提高农产品竞争力和农民收入，而且可以形成风险共担、利益并存的多元化经营格局。

文关认定，疫情这个特殊的"窗口期"，人虽然流动得慢了，但物的流动没有停止，只是形式不同而已。

（三）

郑春时这会儿等在石英办公室外，见谁给谁递烟。路过的镇干部说："郑总，你这是春风得意，发达了吧？"郑春时不说话只是笑嘻嘻的。

石英送客人时看到郑春时，便招呼他进去。

郑春时掏出烟递给石英。

石英瞅着烟，看着郑春时说："你小子玩起糖衣炮弹来了，有话直说。"说着石英抽起了自己的烟。

郑春时笑嘻嘻地把烟装回盒子里，说："跟石镇长汇报汇报工作。北京和咱们市里、县里的所有订单都按期完成，也按时送到了。买胡麻油的人还问有没有别的油？但咱们只有这一条生产线，以后能不能再加一条？"

石英琢磨了一会儿问："加一条什么油？"

"葵花籽油。本地盛产油葵，附近的市县也原料充足。"

"厂房面积够不够？加一条生产线会不会有那18个问题？"

郑春时拍着胸脯说："我都咨询过了，有原来的基础，调整设备就可以，咱们厂房面积大，够用。"

"好小子，你这早有埋伏啊，都侦查好了，下令让我冲啊。"

"冲不冲？"郑春时赶着说。

"冲是可以冲，可不能打退堂鼓。设备投入了，承包费用也就调高了。还有，我是镇长，不是掌柜的，市场要学会自己拓展。"

"还有吗？"

"能做到这三点，我帮你冲。但我不是神笔马良，大笔一挥，就出来个生产线。征求村委会意见，镇里请示资金。明年的项目都报完了，这笔钱从哪里来？"

石英开始在屋子里踱步。

郑春时试探着小声说："上次去北京，对口帮扶的是春明街道办事处……"

"林书记？"

然后石英转身跟郑春时说："打个报告来，把设计意图提出来，包括资金预算。"

郑春时从包里掏出几页纸，递给了石英。

这是一份关于食用油厂榨油设备的采购请示，主送是红云镇政府，上面写着现经营"胡麻营"品牌食用油取得较好效益，建议镇政府与县扶贫办、北京市春明街道办事处对接，提供资金支持，建设第二条生产线。附了有关设备清单，采购费用合计53.4万元。

石英指着纸刚要说什么，郑春时一转身跑没影儿了。

接到石英电话的时候，文关正和梅丽讲毛仁的故事。

"梅丽？"

文关说："毛仁的媳妇。"

石英明白了，说："你先当和事佬，一会儿见面说。"

文关放下电话继续跟梅丽说："有些贫困户贫穷是因为懒，不想做事，赖在村里无所事事，喝酒打牌。穷不怕，最怕的是缺少勇气和干劲。毛仁的心态正在发生转变。在大家的帮助下，毛仁现在伤病都恢复了，而且在油厂打工干得挺好，还戒了酒。下一步，吵吵着说等村口电厂的征地款下来要盖新砖房呢。"

"我们娘俩不信。"

"那咋样才信，才回去？"

"除非他当着全村人的面，说他不喝酒了，不打老婆了，以后好好过日子。"

文关想了想说："现在不让聚集，村委会大喇叭喊行不行？"

"他能撂下那张脸？"

当即，文关给毛仁打电话，"你现在就去村委会广播室，我找你有事。"挂断电话后，文关开车载着梅丽和孩子就往村里走。过村头值勤卡口的时候，沙打旺照常检查登记，往车里瞅瞅，见是梅丽一时想说什么却没说出来。文关跟沙打旺说："放心吧，只进不出。"

毛仁见到梅丽，有些慌张。

文关让齐二强把广播的声音切换到话筒上，把话筒递给毛仁："我就帮你这一回，能不能对着全村人说句心里话，还喝不喝酒？要不要酒疯？以后到底咋个办？"

毛仁接过话筒，手哆嗦着，时不时瞄梅丽一眼，梅丽头一扭，不理他。

"以后我好好做营生，再不喝酒打老婆了。"

文关和毛仁看着梅丽。

"这话我也不是听一遍两遍了，你以为我还信？"

文关一时语塞。

毛仁看着话筒舔着嘴唇。

"以后我好好做营生，再不喝酒打老婆了；以后我好好做营生，再不喝酒了打老婆了……以后我好好做营生，再不喝酒了打老婆了……以后我好好做营生，再不喝酒了打老婆了……若有违誓言……我……我走路被撞……撞！出门被阳……阳性！"

梅丽背过身去，抱着孩子笑成一团。

文关把话筒抢过来，说："行了，行了，赶紧带你老婆孩子回家，不经村委会同意，不许出来。"

齐二强按了功放机的某个按钮，大喇叭又开始播放疫情防控须知了。

有几个村民给齐二强打电话，说广播是不是卡顿了？听着有点像毛仁的声音。

齐二强说修好了。

石英推门进来，对着齐二强说："是不是大喇叭有啥问题，怎么串台了？"

看到文关和毛仁一家人，似乎都明白了，说："毛仁啊，话大家可都听着了，说话不算我们可要跟你说道说道。"

"我一定说话算话。"

毛仁一家人欢天喜地地走了。

文关和石英瞅着他们的背影各有感慨。

(四)

文关请石英到宿舍去说话。

"疫情结束去趟北京，找找林书记。"石英边说边给文关递上一支烟。

文关笑着说："知道你就按捺不住了。"

"北京帮扶咱们脱贫攻坚以来，我们与北京帮扶单位在对口帮扶上取得了明显成效。特别是在助力消费扶贫工作中，北京发挥了引领带动作用，否则，咱们镇农产品销售路子哪有这么宽。我的意思是，过一阵子，咱俩去趟北京，对人家的担当和大爱之举表示敬意和感谢。"

"有道理。"

"2020年是啥年，是脱贫攻坚的决战决胜之年啊，咱们得承上启下把集体经济搞得更强，提升贫困村自身造血功能，人们常说激发贫困人口的内生动力，带动贫困人口脱贫致富，咱们的植物油加工厂得增加一条生产线。"

"要钱？"

"心有灵犀。"石英打了一个OK的手势。

"郑春时找过你了吧？"

"也找过你了？"

文关点了点头。

"这小子猴精猴精的啊。"

文关继续说："再加一条生产线，原来的成品库需要扩容，库容增加一倍。"

石英说："这个没想到，生产线还没有着落，库房何从谈起。"

文关说："北京我陪你去，到春明街道办事处，还有北京城市发展建设集团。"

石英眼睛亮了。

"记得上次去北京的时候，北京城市发展建设集团购买了我们2000盒油和米，今年春节春明街道办事处动员辖区企事业单位支持红云镇扶贫消费，集团的工会又各购买了5000盒。大家说吃着香，又不贵。工会负责人给我来电话，说集团支持红云镇的扶贫事业，解决一些实际困难，既是政治任务，也是企业的扶贫义务，委托北京城市发展建设集团挂职自治区扶贫办的宇文海处长对接我们，提供资金20万。我一时想不起帮在哪里？现在我知道用处了。"

"库房？"

"如果春明街道办事处能解决生产线，这20万够扩展库房了。"文关踱了几步，定住说。

石英拿出郑春时增加生产线的请示，文关从手机里调出了北京城市发展建设集团的《北京援助贫困地区扶贫项目建设协议书》，约定两条腿走路。

宇文海和文关进行了电话沟通，约定集团和村委会签订一个援助协议书，同时村里提供贫困户的花名册，看一看原料库和成品库扩容后可以解决多少贫困户的就业问题。同时宇文海提出几个建议：这20万元用于建设植物油加工厂库房建设，不得挪作他用；项目建设完成后，全部项目资产注入集体财产账目，并委托红云镇人民政府监管；库房不得用于商业、出租和村外使用等。

文关说："一定照办。"

石英与林力通电话说明了情况，请求资金帮助。

林力说："目前有疫情，有事咱们开视频会议，共同商定。"

通过视频会议，林力与李聪明、石英等镇领导连线，通报了北京市扶贫支援领导小组召开的会议精神，强调扶贫支援工作一刻也不能等，帮扶资金一季度拨付到位，帮扶项目加快实施进度，力争早完工、早见效。春明街道办事处根据红云镇脱贫攻坚需要，制订了新增资金方案，支持第二条生产线投入。同时，动员了辖区内的企业主动担当作为，通过捐赠资金、物资等方式，协助结对帮扶县做好防控工作。

3月6日，决战决胜脱贫攻坚座谈会在北京召开。这是党的十八大以来脱贫攻坚方面最大规模的会议，是又一次非常时期谋非常之举的会议。会议要求克服疫情影响，推进脱贫攻坚，关键是坚持实事求是、一切从实际出发，落实好分区分级精准防控策略。疫情严重的地区，在重点搞好疫情防控的同时，可以创新工作方式，统筹推进疫情防控和脱贫攻坚。没有疫情或疫情较轻的地区，不能有缓一缓、等一等的思想，要绷紧弦、加把劲，集中精力加快推进脱贫攻坚。其中强调，产业扶贫是最直接、最有效的办法，也是增强贫困地区造血功能、帮助群众就地就业的长远之计。要千方百计解决扶贫产业恢复生产面临的困难，为复工复产创造有利条件。既要注重"清淤"，切实解决扶贫农畜产品滞销问题，组织好产销对接，开展消费扶贫行动，利用互联网拓宽销售渠道，多渠道解决农畜产品卖难问题；又要促进"活血"，用好产业帮扶资金和扶贫小额信贷政策，促进扶贫产业持续发展，不断增强贫困地区可持续发展的内生动力。

3月14日，文关列席了县委召开的2020年农村工作暨全县脱贫攻坚工作会议，得知，2020年3月10日自治区人民政府发布《关于20个国家级贫困县退出贫困县序列的公告》，自治区顺利完成了国家级贫困县脱贫摘帽退出任务。

会后，刘宏远跟文关说："这些成绩来之不易，我们不敢好大喜功，如果以乡村振兴的要求来审视县里的'三农'工作，当前的困难和挑战还有很多，比如农民与现代农业的衔接还不够紧、增收渠道还不够多等，红云镇在这些方面打下了良好基础，积累了有益经验，文处长有时间到县里给同志们讲一讲。"

（五）

疫情稳定后，全县脱贫攻坚重点培训班开班，文关应邀就脱贫攻坚工作做专题辅导。

党校负责办班的同志说："刘宏远副书记多次举荐文处长。此次希望文处长结合当前脱贫攻坚的形势和任务，就巩固脱贫成果、做好乡村振兴做讲解，特别是现场能回应一些扶贫干部在工作中遇到的困惑、疑点，为下一步工作理清思路，那就更好了。"

此次培训为期3天，文关的辅导是其中之一。

主会场在县党校，各乡镇设立分会场视频授课，县里的干部近300人参加此次培训。

党校是二十世纪七八十年代盖起的土二楼，灰色的墙皮应该脱落了很多次，修补的颜色不同，停车场的地面也有些坑洼。文关正打量着，党校校长迎了过来。

"这房子应该有年头了吧？"文关问道。

"可不是，跟我年纪差不多，修修补补的钱每年都不少花，今年打算再申请点经费，把院子弄一弄。但刘副书记跟我说不用修了，以后不在这儿培训学员了。"校长边引导文关上楼边说。

"盖新楼了？"文关问。

"哪有钱盖。咱们县土城子乡原来那个游客接待中心今年改造成红星军旅驿站，可以接待培训任务，咱们县党校实训基地即将在那儿挂牌，吃住训教一体化，很方便，距离县城10米公里，肃静又方便，购买服务比自己每年的花费还少，何乐不为。"

"刘副书记走我们前头了，厉害厉害。"

校长愣了，说："刘副书记今天有事晚一会儿来，没走在前头。"

文关摆摆手说："咱俩说的不是一件事。"然后又笑着说："其实也是一件事。"

正说着，两人来到大课堂的门口，人们眼光齐刷刷扫过来。

校长请文关入座发言席，然后介绍说："今天给我们授课的文关同志，既是今天我们的老师，也是我们扶贫战线的战友。文关同志就在红云镇胡麻营村驻村扶贫，我也是第一次见到文关同志，但是文关同志带领村民们千方百计发展集体经济让村民腰包鼓起来，走好群众路线解决村民急难愁盼，做好扶贫工作检查验收等事迹，大家并不陌生。文关同志是自治区机关的处长，以扶贫一线的亲身经历和感受获得了费孝通田野调查奖，并多次深入其他乡镇传授工作经验。文关同志不仅把扶贫任务当成事业做，而且调动一切积极因素拉动乡村产业发展，真扶贫，扶真贫，是我们学习的榜样。现在，有请文关老师为我们做辅导，大家欢迎。"

掌声雷动。

校长介绍完文关后回到台下第一排坐下了。

文关坐下来，从包里拿出两本书，一本是《梁家河》，一本是他走到哪都随身都带着的《习近平新时代中国特色社会主义思想学习纲要》，展示给台下的干部。

"习近平总书记曾说,'我人生第一步所学到的都是在梁家河。不要小看梁家河,这是有大学问的地方。''梁家河'是一种情怀,更是一种精神,情怀就是不忘初心,精神就是砥砺奋进,读《梁家河》能真切感受到习近平总书记与梁家河群众相濡以沫、苦干实干的奋斗历程。读这本书增强了我干在实处的信心和动力,所以今天我汇报的题目是《学习梁家河精神 助推脱贫攻坚》。"

讲到动情之处,文关站起来深情地说:"梁家河教会了习近平总书记许多'土'学问,在7年的知青岁月里,他对农村的各种活计已经非常娴熟,打淤地坝、挖深水井、修沼气池,每一项工作都扎实稳健,深得民心。作为党员干部,我们在扎根基层工作时,也应当保持这样一份初心,服务群众要真心实意、实事求是。尤其是在当前的脱贫攻坚工作中,更加需要有土学问的人,只有深入群众中去,了解真实的贫困现状,切实为群众解决实际困难,为群众多办实事,才能做到真扶贫、扶真贫。"

此时,刘宏远悄悄来到第一排坐下了。

"在脱贫攻坚大背景下,广大党员干部将《梁家河》这本书作为学习领会习近平新时代中国特色社会主义思想的源头活水,作为增进对党的领袖政治认同、思想认同、理论认同、情感认同的生动教材,将其蕴含的精神营养化作干事创业的内在动力,践行为民的初心、苦干的作风、担当的勇气和筑梦的情怀,承担起打赢脱贫攻坚战的使命和担当,在追赶超越中贡献自己的力量。"

听到此,刘宏远也拿出了那本《习近平新时代中国特色社会主义思想学习纲要》,向文关点头示意。

"坚持以问题为导向,让党员干部在干中学,在学中干,提高解决实际问题的能力。坚持干部下基层,丰富其经验阅历,提高其驾驭复杂局面的能力,通过正面激励机制,鼓励党员干部直面困难和挑战,放手干、大胆闯,开创各项工作新局面。我在红云镇向广大基层干部群众学到了很多,这是我参加工作以来收获最多的工作阶段,他们,还有在座的同志都是让我受益终身的老师，我向你们学习、致敬。"

文关站起来鞠躬，台下瞬间爆发出热烈的掌声。

"我还有几个感受，一是你离群众有多近，群众对你就有多亲。学习《梁家河》，让我感受最深的就是习近平总书记与群众之间淳朴深厚的感情。不是群众不愿与你交朋友，而是你有没有真心跟他交朋友；不是群众不跟你讲感情，而是你首先有没有倾入真感情。二是你的干劲有多足，取得的成绩就有多大。习近平总书记从一个什么农活都不会做的孩子锻炼成为群众眼里能吃苦、干实事、好读书的好后生，在这段艰苦的岁月里，他养成了脚踏实地、自强不息、艰苦奋斗、敢作敢为的可贵品格。"

文关又动情地站起来。

"如今，咱们全县的老百姓告别了危旧土坯房，搬进了砖瓦房，喝上了干净水，走上了平坦路，跳起了广场舞，玩起了微信群……我在思考，是什么让我们的生活发生了翻天覆地的变化？是党的好政策，是政府的关心，是村'两委'班子和驻村工作队痛定思痛，痛下决心的气魄。你的公心有多强，你的民心就有多深。在梁家河人的眼里，习近平总书记为人耿直、处事公道、为人正派、廉洁奉公，我认为这是为人处世的基石。"

掌声。

结尾的时候，文关举起《习近平新时代中国特色社会主义思想学习纲要》，感慨地说："每当我遇到问题，我就学习这本书，走到哪里，带到哪里，学到哪里，已经读过许多遍了。有人问我，真能解决实际问题吗？我说能，前提是学深悟透，不是哗啦哗啦翻翻就算看了，是逐字逐句研读体会。我把其中的所思所感所悟带到扶贫工作中，转化成指导脱贫攻坚的动力，结合实际，学以致用，学以促用，以学正风，这就是我们如期打赢脱贫攻坚战的撒手锏。"

刘宏远站起来走上台，跟文关先握手，然后举起手里的书说："文处长非常谦虚，善于向基层的干部群众学习，也深得大家的尊敬。我也在学习这本书，也把它带在身边，不是装样子，是真真正正定下心来学，就像文处长说的那样,要精读细研习近平总书记关于扶贫工作的一系列重要论述,因为这是以人民为中心的发展思想最深刻、最集中、最生动的阐释和体现,充分展现了习近平总书记深厚的人民情怀、务实的思想作风和科学的工作方法,为新时代打赢脱贫攻坚战提供了行动指南、实践路径和操作方案。"

刘宏远放下书。

"全县各级扶贫干部要认真学习领会这几天的培训内容,结合工作中遇到的困难和问题,加强融会贯通,学以致用,彻底解决认识、能力、作风三大问题,真正把学到的思想和方法运用到解决问题、推动工作的实践中,按照全区脱贫攻坚工作新要求,原定的脱贫工作部署一定要落实,杜绝缓一缓、等一等的思想,将疫情期间的脱贫工作抓实、抓细,做好防疫脱贫两不误,使我县脱贫攻坚工作有一个质的提升。"

掌声。

讲座结束,许多干部过来加文关的微信,文关回到村里还接待了几个乡镇来访的干部。

(六)

昨夜,文关发烧到 38.5 度,咳嗽,核酸检测为阳性。文关一下子惊醒了,才知道是个梦,但耳边好像真有救护车响,文关正要出去看看,韩长命快步进来说:"文处长,一起看看去吧,厨房的马大姐出事了。"

两个警察正拉着马大姐的老公往警车里塞,马大姐拼命拉着老公的胳膊。

原来不是救护车响,是警车响。文关走过去问:"咋回事?"

齐二强在跟警察说着什么,见文关来了,跑过来说马大姐老公拿铁锹把人家打伤了。

马大姐放开老公胳膊,拉着文关的手说:"俺们两家地挨着,后来我家老头在我们两家地旁边的荒地上开出来一小块地，这都好些年了，赵志良一家也没说啥。现在电厂要征地了，老赵家说这一小块地也不是我家的，靠近两家，都得有份，跟我们斗气，还骂人。"

警察说："你骂人家没？"

"他骂我，我不骂他？"

"你不光骂了，你老头现在是把人打伤了，人家报案了，不管咋说，造成人身伤害了，你老头先去派出所配合我们调查。"说着，警察继续推马大姐老公上车，一溜烟儿走了。

文关问齐二强："被打伤的人呢？"

"去医院了。"

"严不严重？"

"后背一个大口子，流血了。"

文关转过身对着马大姐说："怎么能动家伙呢？"

"你不知道他家骂人多难听，祖宗八代都带上了。"

文关生气地说："你们两家平时好得跟一家人似的，为这么一点小事造成这么严重的后果，这不是得不偿失吗？大家都看你们笑话。"

马大姐瞅瞅看热闹的人，立刻坐在地上号啕大哭起来，说赵志良一家欺负人，村里人都欺辱他，村委会不给他们家做主……

齐二强道："不是不做主，承包土地经营权不是村民个人说谁的就是谁的，咱们集体土地得村民代表大会定哇。啥话还没说就打上了，咋个做主啊。"

文关跟韩长命说："你去电厂项目部问问，那块地在征用时相邻双方边界不清，现在引发纠葛，看看补偿方式能不能灵活一下？"

韩长命回来的时候，看热闹的人走了不少。马大姐坐在石头墩上，眼睛直勾勾的。

文关刚想问，韩长命就说，那块地在规划线之外，不在征集范围内，下一步，规划好的指标会跟村委会确认的。

马大姐一听,说:"那我家老头咋办?"

韩长命说:"现在知道你家老头了,不要你家地了?"

文关扶起马大姐,说:"你回家等着吧,我去看看派出所咋说,饿不着你家老头。"

第二天,派出所打电话让马大姐去一趟。

马大姐说没车,老头不在家,电动三轮车她也不会开。

文关开着车带着马大姐去了趟镇里派出所,齐二强也跟着。赵志良一家人也都在,赵志良由家人扶着,怒气冲冲的。

警察同志说,双方都有过错,骂人伤害了两家的感情。然后跟马大姐老公说:"你更是行为过激,幸亏伤得不重,如果构成伤残,今天你就回不去了,乡里乡亲的于情于理都不应该发生这样的事。"

马大姐说:"那我们能走了?"

警察同志加重语气,说:"你们村里的干部配合警方进行了调解,赵志良愿意和解,你家老头也同意了,双方就赔偿事宜也达成谅解,你们给人家3000元。"

马大姐刚要张嘴说什么,文关赶紧说:"感谢派出所的同志们能提供这个平台让他们两家消除矛盾、和好如初。"然后跟马大姐说:"错过了这次调解,你们两家由世交变成世仇,伤害的就不是一代人两代人的感情了,孰轻孰重?"

马大姐不说话了。

临行前,警察跟文关握手,说:"谢谢村干部的协调。我们下一步还要就赔偿情况做回访,回去再劝劝这个马大姐,看着好像还没解气啊。"

文关说:"这是我们村主任齐二强……"

齐二强赶紧说:"放心,赔偿以后,我们打电话告诉派出所。"警察同志问:"你是村主任,这位是……"

文关说:"我是驻村扶贫队员。"

警察同志热情地说:"有一定的政策水平,化解矛盾有手段。"

文关说："过去我当过信访干部。"

警察同志说："怪不得知道'枫桥经验',以后咱们多多沟通,农村的矛盾化解工作我们还要多提高,今天的事谢谢协助。"

文关说："常来村里做客,警民是一家。"

回到村里,趁着两家人都在,文关又充当了和事佬:"俗话说远亲不如近邻,和睦相处讲究的是邻里间互帮互助,咱们每天抬头不见低头见,有矛盾时,双方先冷静对待,考虑一下自己鲁莽的行为要付出的成本和代价,这样才能和睦共处,退一步才是海阔天空。咱们不是还有村委会和驻村工作队嘛,一起商量商量,都有办法解决。"

两家人都说是,然后各自回家了。

李聪明事后也知道了此事,跟文关说比马大姐老公打架更让人挠头的还在后头呢。市里启动了红云镇电厂热源入市区的前期准备工作,工程马上进行500亩征地和招标工作,天一暖和就开始动工。公告马上就发布,村民早就开始四处打听了,有的情绪开始波动。镇里组建了征地工作专班,抽几个能说会道的干部,把村民的话题拢一拢,排查矛盾,把村民的思想工作做在前面。必要时,就村民们关心的补偿问题开个听证会或者座谈会,让村民们说问题、提意见,然后镇里一一解答。去年初,市里的一个天然气液化项目,因临时征用土地补偿问题一直没有结果,导致村民与工程队施工人员发生打斗,一个工人肋骨被打断了,还有两个村民被行政拘留了。

文关问:"还有这事?"

李聪明说:"已经不是一次两次了。"

(七)

第二天上午,石英来了,说文关那天在县里上课效果非常好,"文处长不拿稿子,发自肺腑讲了两个小时,一看就是实实在在地做到了,体悟到了。"

"石镇长就别揭我的短了,那点成绩都是大家一起干出来的,我就是个代言人而已。"

"这是大家听完之后讲的,也是肺腑之言咧。"

"此事翻篇。知道你来就是有事,进入正题吧。"

"还真有事,而且不小,老李让我来通报给文处长知晓。一个是石榴任民政所所长后,又接收办理了247名低保人员,公示后没有一人被举报,这个干部用对了。还有一件事,雷勇强利用职务便利,挪用村民医保费进行营利性活动,经县检察院提起公诉,法院以挪用公款罪判处雷勇强拘役4个月,缓刑6个月。"

文关听完叹了口气,没说什么。

"经镇党委会研究决定,给胡麻营配齐党支部班子,决定任命杜小秀为村党支部副书记。"石英告诉文关。

"事须靠人做,业须由人兴。这两件事说明啥?说明群众眼里藏不得沙子,干部不能私字当头。评低保,你考虑自己的亲戚;管医保,你就不能中饱私囊。群众当面骂你是小事,以后群众就不服你了。有什么需要群众配合支持的事情,群众就会软拖硬抗,甚至公然与你作对。长此以往,领导和群众都不满意,你自然就得下台。"

"是啊,眼下征地这个事,沸沸扬扬,不少人硬拖着不签字,矛盾主要是征地补偿标准。这500亩地,有胡麻营村495亩,5亩是二道沟村的。二道沟村属于沙坝镇。咱们镇和沙坝镇隔一条公路,但隶属两个市,这也就导致征收补偿会有不少差距,虽然是邻居,但是同地不同补。群众工作还得下点功夫。"

"这种情况建议大家不要硬碰硬,通过合法评估,如果认为补偿不合理可以先协商,协商无效建议通过法律途径去解决,以免造成不必要的冲突,听李书记讲,这两年咱们红云镇出了好几件类似的事。"文关对石英说道。

"我找二强他们开个会去，通报一下这几件事。关于征地的事，大家一户一户走访征求意见，如果需要解疑答惑，就组织开个会。"

"这个办法可行。你刚才说起杜小秀，我想起个事，电厂开工需要临时工和保安这些人员吧，我写个推荐信给电厂项目部，劳务派遣。"文关说道。

石英打趣道："文处长的脑子不吸烟也比我清醒。"

文关笑了笑，没说话。

文关把杜小秀喊来，递给她两页纸，说在电厂开工前找石镇长盖章，然后送项目部。

杜小秀一看，高兴得不知所措。这是一封推荐函。

关于胡麻营村精准扶贫劳务用工的推荐函

电厂项目部：

今年以来受疫情等因素的影响，一般户及贫困户增收依然有难度，为了能够更好地为贫困户解决就业难和增收难的问题，想方设法为贫困户增收脱贫开设新渠道、搭建新平台，结合胡麻营电厂征用土地后农民生活状况的实际，商榷电厂项目部为贫困户提供就近中长期的劳务用工和物业服务机会，以精准扶贫作为工作的出发点和落脚点，把劳务服务和物业服务作为群众脱贫增收致富的新举措。

胡麻营村民已经组建了心农秀物业服务有限公司，吸纳了大批失地农民和贫困户，形成了带贫能力，正促进农村劳动力有序转移，加快农民增收致富步伐。希望电厂项目部给予50人以上规模的用工指标，为红云镇贫困户务工增收、物业服务开个好头。

心农秀物业服务有限公司法人杜小秀，公司有法定的运营资质。

特此推荐。

红云镇人民政府

文关嘱咐杜小秀，对于村民来说外出务工基本就是两个途径，一个是朋友介绍，另一个就是自己找。有的村民外出打工，一年流转好几个地方，一年到头挣不到多少钱，这主要是信息不对称造成的，朋友介绍还好，如果自己去找工作，陌生环境，很多事情都需要自己去了解，等了解得差不多了，才发现自己不适合，就得选择别的地方，出门带的钱都搭在了交通住宿上，所以在家门口打工是求之不得的。咱们的公司是企业和农民之间的桥梁，也算一举三得，村民有了工作，企业有了工人，公司还有了收入。

"一定要有诚信，签订了协议，就要千方百计地保障，有信誉未来的能量才不可限量，所以大家经常说诚信赢天下。"文关真诚地对杜小秀说道。

文关刚送走杜小秀，屋里就闯进一个人，大嗓门开喊："为啥咱们村的土地征用补偿18000块，隔条马路就是25000块，这7000块差哪儿了？"文关倒上了一杯茉莉花茶，还特意往杯里放了一勺糖，端过去。那个"大嗓门"喝了几口后，渐渐平和了下来。

文关笑呵呵地说："莫急，莫急，老百姓对土地资源规范有话语权，一定有说话的地方，镇里还要征询大家建议，维护被征地农民的合法权利。假如咱们对征地补偿安置办法不服气也是有解决途径的，没有解不开的难题。这几天，石镇长上门征求大家意见，一起商量商量，肯定让大家满意。"

"没得商量，没得商量，必须一致。""大嗓门"气呼呼地走了。

文关端着加了糖的茉莉花茶，看着远去的村民，静静地坐下来，摸起桌上那本《农民的政治》，心想能不能把村里有较高威望和较高文化水平的"热心肠"找出来做"减压阀"。建立议事制度，邀请村民共同讨论解决矛盾纠纷，这个"减压阀"说话公道、有分量，村民们容易服气。

（八）

尽管遭遇了"倒春寒"，但大自然物候变化，一切又开始生长，扶贫干部们也跟上节奏切换到新的帮扶工作模式上。

油厂和杂粮厂的大院里，依旧是一片繁忙的景象，车间的工人们脸上洋溢着喜悦的笑容，手里不停地忙碌着；红星退役军人扶贫创客中心也开始灌注地基了。

在胡麻营村口的工地上，挖掘机和推土机机器声轰鸣，工人们铆足了劲忙碌着，对面的农民在耕作之余也翘首以盼，待到来年春暖花开，不，就在今年年底，红星犬谷就会诞生。

齐二强也在对面的地里，大型拖拉机正拖着旋耕机尘土飞扬，见文关站在田头，就迎了过来。

"哪来的拖拉机？"

"每年春秋季节从河北、山东、安徽到咱们镇干农活的，不少挣。"齐二强拍着身上的尘土说。

"啥价？"

"一亩地春耕55块、秋犁55块，全年110块。好手的话一天能耕200多亩。除去油钱，一天工夫，到手就快上万了。"

文关用手机算了一会儿说："全村4000多亩，就是40多万，除去撂荒不种的，也得30多万。每户多的花几千，少的几百。"

齐二强说："就是哇，咱们自己的小四轮耕不动，人家的马力大，钱不得不花。"

"上次征求意见，有的村民要求解决农机具，现在看是有道理的。如果每户把这笔钱省下来，就是变相增加了收入，或者钱流向其他用途，就会产生新的利益和动能。节省也是增加。"文关分析着说。

齐二强说："肯定哇，关键是咱们没有人家这套家伙什儿。"

文关摸摸头想着什么，然后跟齐二强说："时间差不多了。"

齐二强让媳妇盯着拖拉机，说："一会儿镇里组织征地的村民召开座谈会，我得回去一趟"，然后和文关一起走了。

会场外有派出所的同志，会议室里只有李聪明、石英和镇政府的干部，石榴也是征地工作组的成员。

齐二强左一个大叔右一个婶子叫着，但是村民们就是不进去。

文关走到李聪明耳边说了什么，不一会儿，派出所的民警不声不响地都走了，处理马大姐老公打人的警察过来和文关握了握手。几个有威望的老村民跟大家招招手，几十个村民代表才陆陆续续进了会议室。

文关从办公室里拿来两个暖壶，把纸杯摆好，沙打旺、韩长命帮着倒水，杜小秀和石榴一个个端给村民代表。

"镇政府的帮扶干部到胡麻营摸爬滚打已有3年，入户、摸底、研判、自查、验收、普查，等等，但凡比较重要的事件，胡麻营村总会出故事。有的人躺在家里一边心安理得地享受着国家的扶贫政策，偶尔还喝个小酒吹个小牛，可一有检查就苦着脸说吃不饱饭、吃不上肉、没房子住；更有的人，一来检查组就告状……征地开始好些天了，利益面前更是上演了一出又一出的闹剧，邻里反目，兄弟成仇……咱农民的善良和淳朴呢？亲情呢？种种故事背后，太多问题值得思考。扶贫这几年来，帮扶责任人、驻村工作队、各级领导俯身乡野做了大量的工作，农民生活得到了非常明显的改善，这是有目共睹的事实。但是，为什么还是有很多人不满意呢？外面的人都说胡麻营的人不懂感恩，如果连感恩之心都没有，眼里只有利益、便宜，乡村振兴还有什么意义？"李聪明起了话头。

一位老村民说："土地对我们很重要，卖了地老百姓捞不到啥实惠。咱算一笔账，村民以种植玉米为主，每亩纯收益每年只有六七百元，这次卖地，最高的每户能得十七八万元，我们一辈子都没见过这么多钱，估计一辈子也不会有这么多钱了。但是我们老了咋办？我们没有营生还能做啥？"

石英答道："咱们国家目前正处于高速发展时期，想要加大建设力度，就需要大量的土地。为了更好地保障农民的权益，国家也出台了一系列的政策，比如说咱们这次征地，就是先补偿后征地，避免大家的经济损失，而且还将为农民购买养老保险，来解决失地老人的基本生活问题。大家在征地的时候也要配合政府开展工作，征地之后能够得到的权益保障更多，以前的强征、先征后补、没有听证过程、没有保障，已经一去不复返了。当然，千万不要有靠征地发横财的想法，毕竟乡村振兴需要大家共同努力奋斗才能实现，奋斗者才是最美的人，幸福都是奋斗出来的。"

毛仁站突然起来说："我没意见，我同意。"

大家一下子哄笑起来，有人赶紧拉毛仁坐下。

"具体能不能落实？怎么落地？会给当地老百姓带来什么好处？不要光说漂亮话，要多干点实实在在的事，真正干点让大家眼前一亮的事来，我们才服气。"一个村民说。

"就是。"有人附和着嘀咕道。

杜小秀把文关起草的推荐信拿了出来，已经盖好了政府的章，站起来展开说："文处长和镇里领导支持我们失地农民就业，联系电厂项目部购买我们公司的物业服务，保安、保洁、园林绿化、水暖、职工食堂等。镇政府想着又好又快地服务农民，已将推荐函给了电厂项目部，这是个复印件，大家眼见为实。好消息是，电厂同意了，支持脱贫攻坚和乡村振兴，优先购买我们的服务。下一步我们组织被征地的村民加入公司，然后培训，实现从农民到工人的转变。"

一位老者站起来，大家议论纷纷的声音马上停止了。

"其实，大家对钱啊物啊也不是较真儿，人平不语，水平不流，农民最瞧不上的就是那些好吃懒做、不劳而获的人，只要公平就好。在咱们农民心里，农村的天是村，农民的地就是他的一亩三分地，农民的周围就是他们的亲戚，还有大家伙。国有国法，家有家规，国和家对农民来说从来就是一回事，胡麻营村从始至今最重要的是两个字：接纳——接纳咱们自己，接纳世世代代的村里人，接纳国家的新形势、新发展、新变化。"

在场的镇人大代表和律师也点着头。

散会后，文关扶着老者往外走，路过签字的窗口，老者拍拍文关的手说："没事儿，折腾的人总是爱折腾，不一定是真折腾，村里的事，都得折腾折腾。"

文关送老者到村委会广场。

老者回身说:"心放到肚子里,做你的营生。"

毛仁也凑过来说再见。

文关问补了多少?

毛仁窃喜地小声说:"14万。"

(九)

馆员任新约了文关几次,确定好时间后,带着国画学员来到胡麻营村采风写生。

任新兼任着中国书画函授大学自治区分校教授、老年大学教授,学生里有干部、企业家、老师、医生,还有教授和校长,他们的目标是通过书画路径思考生活。任新提出要为基层的群众举办"脱贫山水图写生展",学员们纷纷响应,他们对"绿树村边合,青山郭外斜"的山村图景充满了向往。

学生们忙着布置画架和颜料,任新说:"笔在纸上走,心在画中游。第一步是技法,笔墨要随脑子走;第二步是提炼,转变气质;第三步是画品,画品就是人品,画品上升到人品就是画家一辈子的事情。一年初见成效,两年大见成效,3年可以参展。如果仅有技法熟了,但能不能经得起推敲,群众一眼就能看透。我画画40多年了,深深感到,这辈子画不完学不完。很多人看过齐白石的人物画吧,有的说像儿童画,其实这就是齐白石人物画的特点,不秀技巧追求简洁的画品,不秀理论追求拙朴的人品,把大千世界简洁地呈现在纸上,再给予丰富的内涵和想象空间,实质是绘画的终极境界,贵在似与不似之间,是这种终极境界可能产生的最终结果。"

等到学员们都准备好,任新走到前面,指着身后的风景说:"看看那搂草的耙子、乡间的公路、静默的农民……艺术创作就像是一条河，你想流入大海，不要好高骛远，而要不忘初心，保持永远不停歇的自信心，才有可能归入大海。艺术创作和许多学科都是一个无止境的探索过程。我们总觉得，人追求了一辈子，所有的发展最终都应该与自己的认知一致。其实，一致性不一定是表面的雷同，主要是内在的法则及信念，抛弃浮华和臃肿，无论岁月如何流逝，我们以一颗充满童真的赤子之心对待这个世界，如同画笔在纸上尽情游走，从混沌中勾勒出和谐与美，让我们觉得生命中的追求，总会有那么一天，与这个世界和解。"

文关边鼓掌边说："太精妙了。"

山头田间、房前屋后的树木、村道小河旁的一花一草都成了学员们创作的灵感之源。有的带着画板行走在乡间小路，寻找创作来源；有的坐在房屋前的台阶上；有的坐在石头堆成的山间小路中；有的站在民宿前思考；有的则站在高处观望着山村的一角，或泼墨挥毫，或炭粉素描，奋笔勾勒，不多久，胡麻营村独特的地域风貌、浓郁的乡村民俗和深厚的人文底蕴便都跃然纸上。

任新也开始提笔蘸墨，一刻间，一幅山水图映入眼帘。

任新边画边说："一幅山水，大山大河，高高低低，近有树木，远有白云，虚实相生，互为映衬，才是立体。工作和生活何不如此，比如'务虚'，对问题的分析讨论；'务实'，工作的具体开展。两者是一体两面的关系，既要深刻认识两方面工作的不同内涵，又要把这两者紧密结合起来；既要做到实中带虚，又要学会化虚为实、以虚促实，'虚要虚到家，实要实到位'。"

一个学员跟着说："任老师常常给我们灌输'胸无成竹'的观念。'胸有成竹'应该是已经把画竹子这件事情做到烂熟于心了，对于每一根竹子都有印象。胸无成竹就很像是意识流了，完全凭直觉，但是直觉的产生不是空中楼阁，而是意识的反作用。画家一旦对某些事情存在一定的主观理解，会显得非常从容自信，那幅画也就有了精神层面的感悟。"

"有了精神层面的感悟,你就会觉得齐白石的画品是大俗中的雅,农村大娘剪纸贴花也是雅。由此可以窥见所谓雅俗共赏,即人俗,雅法,画也俗;人雅,俗法,画雅。生活中任何美好的东西都可进入艺术表现中,都是美的、雅的。欣赏这种美雅,不但需要眼睛,还要有精神。"任新接着说道。

下午,在村委会广场上,任新和学员们举办了"醉美乡村——胡麻营写生展"。村"两委"和驻村工作队干部,电厂项目部和镇政府征地工作专班的干部,还有从地里回来的村民,挤挤插插都是人。

文关提前让齐二强统计了村里的五保户、低保户、离退休老党员、退伍军人、残疾人等家庭,画展结束后,这些画都现场赠送给了他们,没来的,委托村干部送去。

临别之时,任新还念念不忘扶贫的事,举例说他在书画创作中常常借鉴毛泽东同志当年为抗大题写的教育方针:"坚定正确的政治方向,艰苦朴素的工作作风,灵活机动的战略战术。"扶贫工作理当如此,要把扶贫工作当作政治任务,把钱用在刀刃上,从实际出发,不"死球一记"。艺术创作也是如此,作为馆员,我们不但承担着传播文化和探究真理的社会使命,还包含着坚守精神高地、修养精神文明的历史责任,更要有走向世界艺术巅峰的自信,同时不忘还有融入平常百姓家的文化担当。在世界的舞台上,每个人都是画家,自当理直气壮、充满自信地绘就互利共赢、共同繁荣的美丽画卷。

文关觉得自己好似一滴水融入了大海。

当晚,文关熬夜把这段时间的所见所闻和体会写成《疫情高峰后我区农村经济如何应对"窗口期"五条对策建议》,几天后被编辑成信息专报,呈自治区有关领导参阅。撰写的《积极应对疫情影响 壮大农村集体经济》在报纸上刊发。

第十二卷

农机站

  整个村庄农业生产效率的提升是检验村民获益的一种方式，如果在土地上少花钱就能实现机耕、机播、机收那该多好。在专项捐助款的支持下，胡麻营村购买了两台拖拉机及配套的旋耕机、圆盘耙、播种机等农机具，建起了库房，成立了全县第一家村委会公益农机站。通常情况下，村集体为方便管理更愿意把农机具承包出去，但是承包人会盯住价格，把农民的利益排除在外，公益也就越来越没有意义了。文关坚信不是所有产品和服务都必须用市场化来确定优劣，不仅要看到市场效益，更要坚持把社会效益放在首位。他说，拖拉机需要雷锋来开……

（一）

　　春天，阳光照在"说句心里话"的铁皮上，闪闪发光，也照在文关的心头。记得去年就在这个箱子里，村民写小纸条希望村里有自己的农机具，不过在墙根读报闲聊的时候，大家也说耕地不花钱，历来就没有过，着实是个梦。

　　齐二强的地里，从河北来的拖拉机带着旋耕机还在跑，翻出来的土冒着暖暖的太阳味道。文关真希望这套拖拉机是他的，让村民自己欢天喜地随便耕。

　　文关从地里来到读报的墙根下，有几个大叔正在歇脚。文关把话题引到拖拉机上。

　　"几十年前，那时拖拉机不是每家每户都能买得起的，在村里，一般只有家里比较有钱的人才能买得起，人称'小铁牛'，因为它能够像牛一样犁地。"

　　"那可不，那时候咱村里耕地还主要靠牛，拉点农资主要靠人力板车。一个村儿，最多有一两户人家能买得起。村里要是谁家盖新房，才请村里的'小铁牛'帮忙拉点材料。拖拉机能耕地、运输、抽水，也是私家车咧。正月去亲戚家拜年都是开着拖拉机去，那可是牛得很，比现在开奔驰的都牛。"

　　"记得不，村里的路基本上是土路和石子路，拖拉机上面也没有篷，去亲戚家拜年的时候，人坐在车斗里被冻得哆哆嗦嗦，颠得屁股都不着座儿，但那儿也美得不行。要是阴天或者是路上泥了，呱唧，还得被甩一身泥。就这么遭罪也挡不住去亲戚家串门的嘚瑟劲儿。现在基本上都有私家车了，路也又宽又直，拖拉机也没那么吃香了。"

　　文关打趣道："那你们喜欢奔驰，还是拖拉机？"

　　"拖拉机！那是咱乡下人过日子的帮手。"

大家瞅瞅文关说:"文处长想买个拖拉机开?要是按现在小年轻的话说,那可拉风了。"

大家一起笑。

"买就买个大的,七八十马力,有力气。小四轮拉不动地里的活。"

文关说:"嗯,买两个,大家一起开。"

说着说着就没人说话了,大概觉得文关就是在开玩笑。

在县里的农机市场,各式各样的农机具整齐地摆放在各家门店前。一种山东产的小型重工装载机,让一位农民模样的人爱不释手,不仅仔细查看机车部件,还开着试驾体验了一番。

文关也跟着看稀奇,学着人家挑农机具,拧拧那儿,掰掰这儿。

农机公司的销售打量了一眼文关,疑惑地问:"买拖拉机?"

"村里买拖拉机,多大马力合适?"

"你村里的?"

"哦对,红云镇的。"

销售员微笑着说:"看着不像。"

"红云镇扶贫干部。"

销售员似乎一下子明白了过来,说:"给村里选拖拉机?村里的地要是集中连片,那得大点了,起码一百马力以上。如果也有小片地,一亩两亩的,那七八十马力中型的就够了。因为马力太大,掉个头都费劲。"

文关拍着一个绿油油的大机头拖拉机说:"有啥优惠?"

"能够享受国家的农机具购置补贴3万多,花得多补得也多。你看的这台拖拉机涡轮增压,动力强大,品牌也好,售后有保障,随叫随到。"

文关瞪大眼睛问:"拖拉机都带T了?"

"就是,如今不是手扶拖拉机那个时代喽。"

回到村里,文关拿出小本子看着上面记录的各种型号拖拉机和农机具,算计着互相搭配要多少钱,然后找出一个广东的手机号码,对方叫韦亭,是文关军校时期的同学,离开部队后自主择业,成为公益达人,口头禅就是"再苦不能苦老人，再穷不能穷孩子"。贫困留守儿童、孤残少年、贫困大学生、特困群体等，都是韦亭重点关注的对象。只要有空闲，他就会背着行囊行走在贫困地区，找到需要帮助的人，开展众筹捐助。

"帮助过的人我也没特意记，记不清有多少了，我只知道尽可能为社会做点贡献。"韦亭电话里说。

韦亭说活着帮助别人，死后也要将善事做到底，捐献所有器官，所有可以用的全部捐献出去，给人生画上一个完美句号。

文关说："能不能捐给我两台拖拉机。"

"这个真没有。但是有人有，你得说服他们。"

"谁？"

"广州侨心爱心基金会，我们做公益的人基本都知道，也经常参加他们组织的活动。成员里许多是华侨大老板，一心一意想为国家做好事，联系方式我有。"

"有空来红云镇做公益吧，我们村也有39个孩子。"

韦亭呵呵一笑，说："我倒是想去，但我得过冻疮，北方冰天雪地的，我这体格去了立刻就冰雕了。"

放下韦亭的电话，文关立刻联系了广州侨心爱心基金会的秘书长甄青，说明意图。

甄青说话不紧不慢，典型的广东普通话，"我们基金会受那个当地统战部门指导，联系广东籍的华侨，跟着党的统战方针走，主要关注和捐助医疗、养老、教育方面的慈善事业。参加农村的扶贫工作，我们也愿意尝试、探讨，当然我们没有经验喽。你们可以先做个方案报过来，我们基金会把捐助的项目报给会员，看看大家的参与度如何，再定。"

韦亭得知文关联系上了，说："你一定会成功的，在军校的时候你做方案搞活动，做一个成功一个。我设计了一个百村千户计划，步行去贵州罗甸、甘肃通渭、云南宁蒗、广西桂平的农村小学，一路行走一路歌，用行走换钱，捐助那里的乡村孩子，这个事儿让我觉得快乐。"

"做一件好事，能快乐多久？"

"3个月吧。"

"那你快乐一生都够了。"

（二）

文关如期完成了捐赠拖拉机的策划书，第一部分介绍了胡麻营村的基本情况，常住人口和贫困人口的数量和比例。第二部分说明长期以来，胡麻营村集体经济发展乏力，面对村民对农机具的渴求，村委会想购置一批农机具，减轻农民租用农机具的费用，但心有余力不足。第三部分，是农机具能为村民带来实实在在的福祉，全村可以减少租用农机具费用每年达30万元以上，一年省下的钱就是两台拖拉机加若干农机具。第四部分是重点，文关写到经咨询县农科局农机站，建议购买东方红XL1004型拖拉机两台，国家农机补贴后25万元应该是够了；选配相应的耕犁、旋耕机、犁地耙、播种机等，农机补贴后需要5万元左右。在其他方面，村委会成立农机站后，向捐赠企业和个人赠送锦旗、写感谢信，呈报费用明细，展示所购农机具视频和图片资料。

甄青很快就电话回复了，新加坡的木荣女士情系桑梓、心系贫困群众，积极弘扬慈善精神，愿意助力精准扶贫、精准脱贫，通过其创办的广州新安门诊有限公司向广州侨心爱心基金会捐款人民币25万元用于支持红云镇胡麻营村购置农用拖拉机两台。为落实木荣女士捐赠项目，规范捐款的使用管理，需要签订捐赠协议书。

在具体对接中，甄青委托工作人员转达了木荣女士的意图，购买拖拉机没问题，但配套的耕地、播种的农机具希望村委会另外筹措。项目完成后，举行适当的捐赠仪式，在当地做好宣传报道，弘扬慈善精神。

这几乎让文关高兴得跳起来，对甄青积极协调为胡麻营村提供现代化的农机设备表示感谢，并表示一定会管理好、使用好、维护好这两台爱心捐赠的拖拉机，争取创造更大效益。

甄青对文关说，为了尽快能让捐赠资金到位，基金会草拟捐赠协议书，文关代表基金会邀请镇政府作为监管单位，保证购买方式和使用管理符合捐赠意图，要有一份监管协议书。

文关说："好，放下电话我就写。"

樱桃好吃树难栽，栽出来的树要管好用好。文关在村委会写好了与镇政府的监管协议书，列了三条。

村委会在收到广州侨心爱心基金会捐款25万元后，按照《项目协议书》条款的要求购置拖拉机，不得挪作他用。否则，追缴全部捐款。

村委会在购置农机设备后，全部设备注入集体财产账目，搭建棚架，挂牌管理，并委托红云镇人民政府监管，至农机设备正常报废止。

在委托监管期间，村委会应按捐赠合同要求，履行设备使用方案。此项目为全县第一家公益性村级农机站，村民无偿使用，但需支付油料消耗成本。因不按要求使用，导致村民蒙受损失，以及机器设备损坏，应承担相应赔偿责任。镇政府有权收回，转移其他村使用。

村委会如期收到捐款，齐二强拿着收款凭证向县财政局申请，给基金会开具了专用收据，拖拉机的故事也扩散到了各乡镇，县电视台早早就约好齐二强，等拖拉机一到，就要采访。

县扶贫工作专班工作群里，不少人也聊起这个话题，得知还需要其他配套农机具，群里的县农信社负责人说，他们党支部开展一次党日活动，为县里第一个村委会公益农机站捐助1万元的农机具。

自治区农信社在系统内微信公众号得知县农信社的这个活动后，4个党支部也要参加这次党日活动，捐助了4万元的农机具。

文关激动得手舞足蹈。

文关还不知道村里谁能开拖拉机，齐二强说："我和郑春时开过，先把拖拉机买回来，然后选拖拉机手。眼下正是春耕吃劲儿的时候，村民们都眼巴巴等着了。"

村民或者合作社购买才能享受农机补贴，所以村委会研究以齐二强的名义买，齐二强和村委会有一个协议书，把事情来龙去脉写清楚，定好后，几个人立刻去了农机市场。

农机公司的销售见了文关更热情了，把老板和老板娘都喊了出来，一起帮着参谋。老板将红的绿的拖拉机挨个试开了一圈，让文关几个人看看拖拉机的状态。

郑春时认为还是东方红好，农民们听到"东方红"这几个字就浑身有劲。

老板也说："东方红卖得好，用得时间长，老品牌，质量没问题，虽说价格稍微贵了点，但多用几年也值得。"

文关说："我们就25万，两台，补贴那部分，国家拨下来才能给你。"

老板说："没问题。村民们也都是这么办的，我也垫惯了。都是现货，今天开走，还送你们两箱油。"

几个人碰了下眼光，文关跟老板说立刻办，晚上得开到村里。

老板招呼店员，开始准备拖拉机。

文关他们又开始挑选配套的旋耕机、耕犁、圆盘耙、播种机，各两套。

老板说一套够用，前面犁，后面耙。

文关告诉他，4个自然村，都要赶时间，同步进行，买两套。

老板说："是不是县里的扶贫干部都这样精打细算？"

文关说："你见过他们买拖拉机？"

"没见过。你们这是村委会的？"

齐二强说："全县第一家农机站。等我们弄好了，他们学会了，都来买拖拉机，你就发财了。"

老板说："那好啊。除了油，再送你们两箱子旋耕机片和犁片，这都是消耗品,坏了换上,省得再买。"

文关说:"配套的农机具,我们没法子带走,咋办?"

老板仗义地说:"作为本地人,多少也有点觉悟。你们前面走,我安排货车跟着,免费送。扶贫算我一个。"

说着,从屋子里拿出来两朵绸子编的大红花,用胶带粘在了拖拉机机头。

大家一起拍了纪念照。

拖拉机带着大红花,走到哪都有回头率,就好像正在出嫁的小媳妇。

(三)

"哒,哒——"

锃亮的红色流线型拖拉机身,两只乌黑闪亮的车灯,前面的两个小轮子,后面的两个大轮子,前进在110国道上。齐二强哼着小曲,估计自己都听不到。一辆辆汽车、摩托车虽然超过拖拉机,但人们都会回头看看这两台拖拉机。

齐二强一本正经地对超过的小汽车说:"别看我的样子怪,下田干活本领比你大,比你大。"

从县里到镇里40公里,走了一小时。

郑春时摆手示意齐二强,在镇里歇个脚,喘口气。

拖拉机停在镇子的集市路边,齐二强和郑春时互相点上了烟。

文关知道拖拉机减震没么好,两个人的五脏六腑估计翻腾得够呛,转身去熟食店买了点好吃的。所谓吃啥补啥,心肝肺、猪蹄子都买了点,晚上给这俩人补补。

出来一看,呵,路边真热闹,围过来的群众不下几十人,摸摸这擦擦那,问这问那,齐二强和郑春时站在一旁美滋滋的。

"这家伙好启动,电打火。过去冬天最让人头疼的问题是拖拉机难启动，弄不好还得烧一锅开水烫烫，有的人家条件好用喷灯，然后甩开膀子摇车，力气大的多摇一会儿，然后换人继续摇。"有人点评着。

"那时候都是单缸柴油机，声音吵不说，干完活耳朵啥也听不见了。有的人聪明，自己做个消声器，哪像现在的城里人把摩托车消音器拔掉，故意玩刺激。"

"那可不，跑一圈回来，排气管子冒出的黑烟能喷人一脸，害得俺婆娘都不认得俺了。拖拉机碾米的时候，油滴滴答答往下落，吃的米一股油烟味儿。"围观的人不断地说笑着。

有个懂行的人指着机头下面的窟窿说："手摇启动时候，还得有一只手伸进去打减压，闹不好就烫一个泡，有时候还脱把了，反转打手，打断骨头的咱们镇上有好几个……"

坐在车上的农机公司销售员说："我们还得赶着回县里，咱们抓紧时间走吧。"

拖拉机嗡一下打着火了，人们纷纷让开，文关回头看，围观的人们仍然望着他们。

村委会广场上同样聚集了男女老少不少人，不停地朝村口张望着，突然有人喊"二强他们回来了"，蹲着坐着的人都站起来往广场的路口来了。

县电视台的杨台长带着三四个记者也在其中，开始调试设备。

声音渐渐大了，红色的机头好像战斗机一样，唰一下从云层中窜出来，人们开始激动地挥手，小孩子在拖拉机后面跟着跑起来。

拖拉机停住后，村民们一个接一个上去摇摇方向盘，挂挂挡，叫好声不绝于耳。农机公司的销售员喊大家帮忙卸农机具。

呼啦一下人们都跑过去帮忙，一起把东西抬下来，摆在广场上。

郑春时也跑过来对着农机公司的销售员说："你们来也来了，正好教教我们这咋个安装咋个用，晚点我们管饭。"文关微笑着展示塑料袋里的熟食。

销售员们说可以，先教怎么挂上拖拉机，以及控制线如何连接等。齐二强和几个村干部分别试了试,说差不多了。一个叫玉柱的村民更熟练一些,销售员说这是个成手,以后问他也可以。

以前电视台来村里,大家都围着摄像机看稀奇,此刻摄像师还得挤着抢镜头。

销售员说得去地里操作一下,深浅调试很关键。

拖拉机安装上旋耕机。

村民们都争着说:"去我家地,去我家地。"

齐二强说:"哎呀,谁家的也落不下,前后脚的事。"然后跟销售员说就近耕吧。

电视台的记者还带了无人机,从空中俯拍。拖拉机带着旋耕机在田野上耕地,拖出了一道烟。

销售员看着耕出的地说:"停停,不对不对,开得太快了,只旋耕了表皮。要速度适中,运动起来逐渐放下旋耕刀片。"然后,自己上了拖拉机耕地。这次,后面不拖烟了,湿润的土壤酥软酥软的,几个人跑过去捧起来掂量着,说正好正好。

电视台插空赶紧找齐二强采访,问:"公益农机站怎么运作?"

齐二强说:"就收油钱,司机的费用和农机具旧了、坏了维护啥的,由村委会从集体收入中支付。每家每年能省出七八百元,多的能省好几千。"

电视台记者又问:"农机站设置在哪里了?"

齐二强看看文关,文关挠挠头,说:"牌子还没来得及挂,还缺个库房,下一步张罗点钱,建一个有模有样的库房。"

记者走到一个看热闹的村民跟前举起话筒,摄像师也将镜头跟进。记者问村民:"大叔,你觉得这公益农机站咋样?"

大叔突然嘎巴着嘴说:"感谢党和政府的关心和帮扶,感谢村委会和驻村工作队为我们办好事、做实事,有了这些农机具,省钱又能随时耕地,我们大家都热烈欢迎。"

杨台长走过来说:"你就说真心话,这公益农机站到底好不好?"

村民斩钉截铁地说:"好。"

杨台长说:"那你就说,公益农机站就是好,完事儿。"

记者又对准村民问:"公益农机站咋样?"

"公益农机站就是好!"

当晚县电视台播报了新闻。

又一天,日报在头版发了一张图片,下面配发的文字是:红云镇胡麻营村扶贫工作队协调某慈善基金会,向村委会捐赠一批农业机械,组建全县第一家村委会公益农机站,支持农民春耕生产。

(四)

人们围在村委会的公示栏前,上面有一则公告。

各位村民:

  村委会已经成立了公益农机站,为大家提供公益性服务。现招聘两名拖拉机手,公告如下。

  年龄55岁以下,熟悉东方红拖拉机驾驶操作技术;熟悉常用农机具的特性、使用方法及注意事项;熟悉农机具的正常维护保养工作;工作态度积极热情,服从工作安排;办事认真细致,吃苦耐劳,不饮酒。

  应聘后签订聘任协议书,村委会为其缴纳意外保险,按月领取工作补贴。有意者请到村委会报名。

胡麻营村民委员会

报名的村民都要经过测试,比如驾驶技术、安装机具,有没有两把刷子,得去试一试。

拖拉机到地头后,有的机手打三四把方向盘还调不过头来,有的拖拉机后挂的翻转犁深度不够,不会调试。有的跑着跑着熄火了,一番操作下来，旋耕机的刀片别断好几片，齐二强心疼得直喊……

周围看稀奇的人依然不少，有本村的，也有邻村的，大家有说有笑的。

最后一个是玉柱，跑了一圈，围过来的人都说耕得可以。

"你今年多大年龄？"文关问。

"40多岁了。"

"不太像啊？"

"文处长好眼力，差一岁50岁了。"

玉柱浓眉大眼，圆脸阔鼻，虽然已经豁掉两颗牙，但掩饰不住当年的帅气，尽管他也当过几年贫困户。

"这爷们年轻时不得了，拖拉机一开，屁股后面跟着一群小媳妇。"看热闹的村民一旁插科打诨。

"可不敢瞎说，咱可是正经人！"玉柱笑着辩解，一脸和善。

玉柱告诉文关，他当年贷款7000块，买回了村里第一台四轮拖拉机，那时一公升柴油3毛钱。耕地、碾麦、运输，一天能挣30多块。家里8个娃，日子穷，没念成书。因为没文化，净吃亏了。

大家伙都觉得玉柱行，还有一个不咋行，让玉柱带一带，试用一周再定。

镇政府作为监管单位，要求胡麻营村举行一个公益农机站成立仪式，有关图片和视频资料，以及监管协议书之类的要向捐赠者报送。

这天，阳光明媚，春意融融，胡麻营村公益农机站举行隆重的揭牌仪式。参加揭牌仪式的有石英、李成立，还有村"两委"和驻村工作队，村民里里外外不下百余人。

仪式由李成立主持，石英和齐二强为农机站成立揭牌。邀请文关致辞祝贺。文关说："这拖拉机是海外华侨的公益善举，这个公益农机站也是咱们县第一个公益农机站，咱们要实现捐赠效益最大化、村民受益均等化、效益发挥可持续。地就那么多，增减不大，需要拖拉机干活的村民到村委会申请，按先来后到派单，两台拖拉机春耕够用了，玉柱师傅说实在不行晚上也可以加班，拖拉机有专门的夜间照明，保证大家的地按时耕好，耕不好重耕，拖拉机是咱们自己的，咱们说了算。"

村民喊着"好"，鼓起掌来。

玉柱带着徒弟现场发动拖拉机，绕着人群转了一圈。

村民们又发出一阵阵的掌声。一旁的文关看着公益农机站的牌子，心里盘算着，这风吹日晒的，没有库房，拖拉机就苦重了。

仪式完成后，不能忘了那5个捐赠农机配套设备的党支部。

文关写好了一份"乡村振兴 你我同行"联合主题党日活动方案，参加人是自治区农村信用合作联社的4个党支部，县农村信用合作联社党支部，胡麻营村驻村工作队临时党支部，胡麻营村党支部全体党员和积极分子。

文关把电子版的方案发过去，征求意见。

第二天电话就来了，是陌生的座机号码，文关以为是某个党支部反馈意见，仔细一听是自治区脱贫攻坚领导小组办公室宣传组的那个组长，跟文关说刘喜顺可以报了。

"报啥？"

"自治区最美脱贫攻坚人。"

"我们只有3页材料，没有故事集啊。"

"3页就够了，这个典型是对比出来的，他的事迹比较典型，你们逐级上报吧，如果当选了，我们计划邀请他全区巡回演讲。你现在让他录一段稿子，我们看看状态怎么样？"

文关毫无准备，差点忘了这回事，又惊又喜，撂下电话立刻开车去了刘喜顺家。

刘喜顺正在羊圈喂羊，文关把他喊出来，从兜子里掏出一张报纸，说："你念我录。"

文关用手机录了两分钟，然后说行了。刘喜顺问咋回事？

文关说:"你的声音挺洪亮,就是土话太地道了。"

刘喜顺说:"我放羊得喊,嗓门必须大。这是本地羊,我说普通话,羊听不懂咧。"

文关立刻笑起来说:"羊、你、我,咱们仨,你们才是大多数语言,我说的才是方言。"

刘喜顺摸着头表示没太懂。

文关说:"你可以参加全区最美脱贫攻坚人评选了,自治区还想邀请你给大家巡回作报告咧。"

刘喜顺忙说:"那我可不行啊,我说的话是咱们地方话。"

文关心里感叹,大城市的人很多都是来自各个地方,想要进行很好的交流就要说普通话。但是农村人都是祖祖辈辈生活在这个地方,即使是在外面生活了很久的人,回来以后感觉还是说家乡话更加亲切。在农村生活久了很少说普通话,久而久之再说普通话也会感觉别扭。

"先把你的视频发过去,看看人家最后咋定。"

那位组长看完视频后,果然说:"方言的问题挺难纠正,咱们自治区东西距离几千公里,口音差距很大,东部区听刘喜顺的话就像听外语。这个事到时候再说吧。但是,我相信了文处长说的那句话,刘喜顺是不需要语言的,他拄着拐走向讲台,不,他走在哪里,都会有掌声。"

接下来的党日活动是在某天临近傍晚时举行的,这时候干活的拖拉机都回来了,卸下了农机具,擦洗了一番,系上了红绸缎。

齐二强把5个党支部几十名党员请到会议室,重温入党誓词。沙打旺谈了驻村工作队临时党支部在扶贫工作中担负的工作任务。

文关灵机一动,设计了一个环节,请刘喜顺讲讲脱贫的故事。介绍刘喜顺的时候,文关说:"这是我们村、我们县、我们市的宝贝,正在参加全区最美脱贫攻坚人评选活动。"

刘喜顺是提前到会议室的,坐在角落里。当他拄着拐站起来,党员们的掌声立刻响了起来,没想到他是一条腿,所以党员们邀请他坐着讲。刘喜顺说虽然他残疾了，但是不抱怨，不等待，不乞求，遇到困难时，有坚强的生活信念，去奋斗，去拼搏，一条腿一个拐杖也能成为生活的强者。

文关一直坚信，刘喜顺不需要语言，他的形体就该赢得掌声，强人是不需要语言的。董存瑞挺起炸药包的那一瞬间，就意味着这场人民战争必将取得胜利。

刘喜顺讲完之后，大家的热情都高涨起来，纷纷谈了自己的感受。自治区农村信用合作联社的一个党支部书记说："听了脱贫先进典型刘喜顺的发言，很受触动，刘喜顺说得多好，不能躺到国家怀里当懒汉，让人看不起！当个贫困户不是啥光荣的事，咱得好好干，要给其他贫困户树个自立自强的好榜样。俗话说，点亮一盏灯，照亮一大片，咱们村里也应该通过隆重表彰脱贫户，产生示范带动效应，增强荣誉感，激发贫困户们的自信心，自觉转变观念，提高技能，增加收入，实现脱贫，在此，我们全体参加活动的党员向刘喜顺致敬，希望刘喜顺带领老乡们继续致富，需要我们支持的，我们义不容辞。"

连窗户外面看热闹的人都在鼓掌。

接着，在室外举行5个党支部向胡麻营村党支部赠送农机具的仪式，村党支部回赠了锦旗。活动结束，合影留念。

几个党支部的书记指着立在一旁的胡麻营村公益农机站的牌子问："咋不挂起来？"

文关说："库房还没有着落，正着急呢。"

其中一个党支部书记说："我们还有其他党支部，回去介绍一下这里的情况，看看他们能否参加库房捐建活动。"

文关喜出望外，说："这可是天大的喜讯啊。"

"需要多少钱？"

"彩钢瓦的8万就够了。"

（五）

文关见村委会广场有一台拖拉机没出工，就去问齐二强咋回事？

齐二强说："玉柱的徒弟有想法了，河北人在村里耕地一天能挣小1万，一天挣他一年的钱，越想越不对劲，不干了，就剩下玉柱一个人了。"

文关问："玉柱不嫌少？"

"玉柱是贫困户，他家的地可以免费耕，知足。关键是玉柱喜欢鼓捣这些农机设备，平时谁家器物有点毛病，玉柱都上门修一修，大不了跟着吃个饭，本身就是热心肠。"

文关说："忽略了一个问题，应该优先安排贫困户上岗，公益农机站也要体现减贫带贫机制嘛。继续招募司机。"

"我大喇叭喊一喊。"

文关叫住齐二强说："雷锋优先，技术不行，可以培养。"

"我懂了。"

听说农机站要停摆，李成立来了，召集村民代表、村委会和驻村工作队干部开会，也邀请了玉柱。

李成立长出了一口气，说："公益人士为村里购买了拖拉机，村民可以无偿使用，省下的钱可以贴补家用。农机站运转了一周，老百姓反映挺好，但是拖拉机手的想法也是现实的，看看我们这个机制需要不需要调整一下？"

前任村党支部书记胡法开提起拖拉机就感慨万分，他说："拖拉机开进村那天，我是真高兴，我在村里做了10年的村党支部书记也没遇到这样的好事。以前每年到春种秋收的时候，一些村民就很纠结，租机器犁地或收割庄稼的钱都是现金啊，粮食还没卖出去，掏钱是很大的负担。扶贫拖拉机是文处长向基金会争取来的，咱们村里也享受到低价耕地的待遇，不管省了多少，暖人心呀。"

李成立说:"拖拉机,带给村民实实在在的实惠,不仅减轻了这些家庭的经济负担,更多的是给了他们一个希望。所以,得想法子办好,而且必须办好,办得得人心,当然也不能让雷锋寒心。"

韩长命说:"有的村民说,市场经济了,拖拉机可以承包出去,能挣钱能养护拖拉机,村委会就能省些开支,但是也有个问题,承包出去了,就变成河北拖拉机的价了,那公益农机站也就不是给村民做好事了,进退两难啊。"

其他几个人谁也没说话。

文关说:"没有发展态势较好的经济就留不住人。同样,没有具有创业意识且热爱农村的人,农村经济和产业也发展不起来。脱贫攻坚,就是对那些相对贫困的乡村实施振兴术,最终实现城乡的共同富裕。承包很简单,但是不是所有的东西都要承包,一包了之,村民们的幸福感、获得感、安全感才是第一位。"

李成立在一旁频频点头。

文关拿出本子翻着说:"我说个建议,大家讨论。分3个层次运作。一是本村贫困户完全免费,连油钱也不要收;二是非贫困户掏油钱;三是,除此之外可以到村外干活,按市场价格收取,挣多少都是司机的。村委会补贴不变,不收承包费,拖拉机的日常维护也是拖拉机手自己管了。关键一条,必须做到,优先本村,随叫随到。"

文关说完,大家活跃起来。玉柱也笑了。

沙打旺说:"将来脱贫了,还得调整?"

文关说:"目前脱贫不脱政策,扶上马还得送一程,三五年后实事求是地再调整。"

"大家感觉怎么样?"李成立环顾一周问。

"非常好!"大家你一言我一语地说。

玉柱乐呵呵地站起来说:"以前我家有个小四轮,我收拾好自己的地,就帮帮别人家,邻村的村民都找我干活,说我耕地速度快。如果地多的话，收费就便宜一些，地少就 40 块钱一亩。成片的大地，小四轮也干不了，所以一天的毛收入不多也不少吧，肯定不如咱们这个拖拉机。如果按着这个办法，干完村里的活，我开着大拖拉机到邻村再干点，这样我更有干劲了，谢谢领导关照。"

李成立说："你可以把你那个徒弟请回来，说可以挣钱了。"

玉柱说："不了，啥事都盯着钱的人，我也处不了。"

齐二强说："新徒弟我可以推荐一个，咱们村十几年坚持义务修路的纪宝柱，活雷锋，但是农机具操作只懂皮毛，带起来可能要辛苦点。"

玉柱胸有成竹地说："那不怕，机械这玩意儿熟能生巧，多在地里跑几圈，会得就快。人心要正，干啥啥行。这个徒弟我收了，保证带好。"

李成立最后问大家同意不。

都说同意。

"同意就修改合同，正式聘用司机，马上操练起来，春耕关键时刻，耽误一天就耽误几百亩地。"李成立边说边站起来准备走。

拖拉机重新回到了田里，纪宝柱不熟练地耕了一会儿，下车靠在田埂上，索性仰面躺着休息，看着天空，愁眉不展，觉得口干舌燥，结果忘了带水。这时候，玉柱来了，左手拿着草帽，右手提着一瓶水递给纪宝柱，说："你先休息，我来操作，你再看看。"

玉柱启动了拖拉机，左手拉离合器，右手到一挡的位置，加大油门后，拖拉机"隆隆"地往前慢慢移动，放下旋耕机，动作连贯、熟练。隆隆声中，悠闲的玉柱瞅了一眼纪宝柱，纪宝柱不禁站起来，跟着看旋耕的效果……

耕过一垄，玉柱下车走过来说道："旋耕首先要把旋耕机放在合适的高度，什么位置比较适合这块地？旱地土太硬放浅，水浇地也不可过深，深了走不了……其次控制好行驶方向，最后快慢取决于对油门的把握！"

纪宝柱恍然大悟，说："让我再试试。"

这一次，田野里唱出了欢乐的歌。

（六）

春雨时节快到了，拖拉机春耕作业基本结束，又要入库存放，特别是冬季长期停用期间对其进行库房保管非常重要，良好的环境，可以防止机件锈蚀、老化、变形，否则拖拉机技术状态的恶化速度比工作期间还要快。

村委会原来是个小学，后来村小学撤了，孩子们集中到镇小学，所以村委会的空地很多，大家商量就在村委会的后院靠墙一侧建库房。

自治区农村信用合作联社又有4个党支部同意捐建库房。隔了些日子，捐助款就到了，相约建成后到村里调研走访，也搞一次联合党日活动。

库房的地基开始打起来，但是文关觉得慢，有时候天上飘落的雨滴落在拖拉机的皮椅子上，文关都心疼地擦了。文关找包工头说："一封顶拖拉机就开进去，接电、安门、粉刷，都不会受影响，大不了把拖拉机蒙上。关键要快。"

包工头说："我们加加班，文处长别着急。"

文关说："咋不着急，你雇的人太少，工程慢，就想着成本低点多挣钱了，每天就两个人，打个地基一个星期，这得啥时候弄完，拖拉机受损了，扣你的钱。"

沙打旺、韩长命听到文处长大声说话，便赶紧出来看看啥情况。

大家都认识包工头，叫王虎虎，村里危房改造的活没少干。

韩长命今天又去化疗去了，有点虚弱，跟王虎虎说："这拖拉机是文处长联系广州的爱心基金会捐赠的，咱们村的公益农机站是全县第一家，贫困户免费耕地，一般人家就收个油钱，这是天大的好事。拖拉机保护好能多干活，大家每年都省钱，文处长能不着急吗？"

王虎虎说："啥都别说了，明天我加派工人，下大雨前保准盖好，到时候我请大家吃一顿。"

文关说："吃就不必了，只要保证拖拉机不让雨淋了，我倒请你一顿都行。"

沙打旺说："别说这拖拉机了，你盖的房子都是捐款盖的。"

王虎虎自嘲说："无商不奸，我盖房子肯定是挣钱的，但是这个活我还是头一次碰见，都是好人好事，我也不能起坏作用，放心吧，说到做到，现在就打电话喊人来。"

过了几个小时，拉砖的车、拉水的车，都来了，七八个人开始卸建筑材料。

王虎虎跟文关说："向处长报告，全都落实好了，加班加点，争取提前完工。"

当时文关正拿着水舀子浇刚种下的蔬菜籽，有的菜已经冒芽了。

文关说："谢谢你对脱贫攻坚的支持，给你记一功。"

王虎虎说："不用，我家以前也是贫困户，东沟村的，后来跟着一个包工头打工，学会就单干了，现在日子过得充裕了。"

文关说："监工累了就到我这屋子里喝杯茶，聊会儿天，随时欢迎。"说着又要浇菜。

王虎虎问："咋个用水舀子浇，用水龙头多省力。"

文关说："村里的自来水也是机井抽上来的，水箱小，只能定时放送，村民家里都有水缸，来了水就存上。赶上抽水机坏了，修上一天，不至于渴着或者做不了饭。自来水，我是舍不得浇地的，这水是我从附近的河沟里舀的，用扁担担回来的。"

王虎虎这时候才注意到，文关的菜地实际是每棵树的树坑，树坑有十几个，文关都用塑料标签插在里面，写上菜名，甚至还有些南方的菜。

王虎虎转身告诉工人，卸下一个储水罐，然后让水车放满，跟文关说："这个罐子送给文处长，不要一桶一桶拎了。我干完活走了，你可以让村里的水车按时灌满，随时浇菜。"

库房封顶那天，王虎虎和工人们放了鞭炮，文关种的菜也长高了一寸，绿油油的，每天早上村里不少遛弯的村民过来瞅瞅，想知道文关那菜长出来到底啥样。

韩长命还买了一些小雏鸡，圈在笼子里。

王虎虎说："鸡长得快，笼子马上就装不下了，我用剩下的砖头给你垒个窝棚，里头搭个架子，上面用彩钢瓦当棚，不收费。"

韩长命说："无商不奸可是你说的，你对我们慈悲为怀，到底又为哪般？"

王虎虎说："这次你可是冤枉我了，文处长说脱贫攻坚是咱们大家的事，你们好事做了一箩筐，我捐不了拖拉机库房，捐建个鸡窝的能力还是有的。"

库房有三间房，两个拖拉机库房，一个农机具库房。拖拉机库房里设置了一个修车用的地沟，司机修车不至于钻到车底下，滚一身土。

王虎虎说："下一步安门，是电动卷帘门，里面墙壁粉刷，外墙也粉刷，配上这红色的彩钢瓦房顶，高大上。"

头场春雨来了，先是瓢泼大雨，然后淅淅沥沥一整天，工人们都停工了，等着雨过天晴。其间，文关去库房看了好几圈，查看库房有没有倒流水，还好，库房的地面高出了外面许多，所以没有出现这种情况。

文关回过身，拿了一把铁锹，把院子里低洼处的雨水撇进水桶，然后倒进储水罐，一连十几桶。

这场雨过后，树坑里的菜都高过了塑料标签，黄瓜开始抽丝有了花骨朵儿，小葱毛茸茸的，韩长命的那些小鸡似乎也长高了一头。

雨停了，文关到广场透气，看到人们陆续聚集到那个墙根下，文关回到宿舍拿了一厚沓报纸，每人一份，爱读的给两份。

转身看到韩长命开车走了，文关看看日期，知道化疗的时间又到了。

（七）

库房验收那天，3个电动卷帘门缓缓下降，红色的拖拉机头渐渐遮住，文关的心落了地。

文关到镇里的打印社，制作了一个红色牌子，把所有的捐赠单位都印在上面，挂在公益农机站的牌子旁边，以示纪念。

回屋后给木荣女士写了封信。

尊敬的木荣女士：

红云镇胡麻营村是国家级贫困县中的重点贫困村，村集体经济、农民收入增长初见成效。当此时，我们向基金会呈报了建设村级公益农机站的可研报告，并迅速得到基金会的大力支持，在春耕之际收到了由木荣女士捐赠的25万元资金。我们购置了两台大马力拖拉机，又配套了旋耕机、耕犁、圆盘耙等配套农机具，成立了我县第一家村级公益农机站，农民开展农业生产使用农机具，不用再租用，仅此就可以为全村每户每年节约500元以上的费用，实际也是一种变向增收，助力了胡麻营村脱贫攻坚工作，受到全体村民的高度评价。

村委会召开了村民代表大会，指定专人负责管理农机具，制定了管理规定，聘用了驾驶员，建设了农机具库房。村委会与镇政府签订了委托监管协议书，切实把机具用好、保护好，为广大村民服务好，不辜负木荣女士的爱心和激励。

这次捐赠活动，木荣女士大爱无疆，在我们心里留下了温暖的印记，千言万语汇成一句，向您学习，向您致敬！我们把这种激励化作工作的动力，把胡麻营村建设得更好，实现全体村民对美好生活的向往。

胡麻营村民委员会

广州侨心爱心基金会连续收到购买拖拉机的发票复印件和协议书等材

料，还有拖拉机的视频和照片，及时向捐赠人反馈，双方都表示满意。

基金会的甄青回复说："你们达成了捐赠人的心愿，做得非常好，基金会可以继续提供相应帮助，我们现在正定做冬季棉衣，给全国相对贫困的乡村捐赠，量比较大，现在就得开工，秋天一到就开始发货，听说北方9月份就很冷了。"

"我们需要350件，但需要加厚。"

甄青说："登记好了，就报请研究，同意就列进去。因为你们的情况我们比较熟悉，可以实现精准投放，况且你们办事我们也放心。"此外，又给了文关几个华侨老板的联系方式，说他们都在广东开办工厂，每年定期做公益，项目如果好，他们会支持。

文关是个急性子，想到红云镇中心小学校长曾经说，寄宿的那些孩子的被褥该换了，老式暖气片不热、洗澡还要锅炉烧水，有的孩子喜欢喝常温水，净水器也不够用，还有大型洗衣机起码两个，冬季校服太薄，最好能定制成大衣，很多孩子是由大人骑电动车带着，冬天难熬啊。

文关很快联系上了广州嘉宝盛建设实业公司的总经理陈振伟，大概说了一下需要帮助的事项，并提供了详细的清单。

陈振伟说："我们企业按期做公益，初心是为了帮到有需要的人，所以接下来能帮助小孩们的事我们来办。"还特别强调，锦旗和感谢信就免了，企业的一份心，希望大家都开心、健康、平安。

文关暗自高兴和感动，出门瞅瞅拖拉机库房，心想这拖拉机不简单，拖出来拉出来的好事一个接一个。

校长带着文关一处一处地看，一项一项地列，咨询报价15万元。

校长问文关，这么多能行吗？

文关说："能解决啥就解决啥，咱们报过去征求捐赠人的意见。"

果不其然，陈振伟看了清单立刻答应了，对提供物资的企业进行询价，然后直接和他们签订合同、付款，15万元的物资由红云镇中心小学统筹使用。

经过询价,县里的一家商贸公司入选,价格要得不高。

经理叫刘振,说自己就是红云镇中心小学毕业的,能为母校服务他很开心。生活物资优先到位,被褥赶紧换,喝水赶紧解决,洗衣机赶紧配上,每个人一个暖水瓶、一个脸盆……在不影响孩子们上课的情况下修暖气,为孩子们量身定做冬季棉服,这样穿着合适,时间来得及,毕竟冬天还远。

当文关再去红云镇中心小学的时候,校长热情地迎上来,抑制不住内心的喜悦,说:"现在有了太阳能热水器,24小时都有热水使用,这在以前都是不敢想的。"

有几个小孩子蹦蹦跳跳跑过来对文关说:"叔叔,现在我们打球出一身汗的时候都能用热水洗澡了,舒服极了。"

文关摸了摸孩子们的头。

文关拍了很多图片,学生宿舍的新被褥,8个龙头的净水机,大型滚筒洗衣机,干干净净的暖气片,冬季校服也做好了,冬天再发……文关把这些图片和情况向陈振伟做了汇报。

陈振伟说:"这就好。通过这次捐赠,我们决定专门就教育扶贫捐赠立项,比如为农村中小学建设厨房,让孩子们吃上干净有营养的饭菜。帮助建立学校卫生室,给孩子们提供有质量的健康卫生保障。还要建立孩子们的浴室,让孩子们能够洗上热水澡。还要改善孩子们的上课环境,捐赠多媒体一体机,让孩子们的课堂更加丰富多彩。"

改革开放以来,海外侨胞和港澳同胞向公益事业捐赠累计超过1000亿元人民币,为中国经济社会发展作出了重要贡献。每逢重大事件、重大自然灾害发生时,侨胞的捐赠热情尤为高涨,侨捐彰显了中华儿女的手足情深。

（八）

刘宏远电话通知文关，经县委研究决定推荐他为全国脱贫攻坚奖候选人，需要到县里填写申报审批表。

"我刚来不到一年，没有那么突出，有些同志已经来了四五年了，做了大量工作，因为他们基础打牢了，我们起步才比较顺利。"

"我们一致认为，功劳不是靠年头来的，要比年头，好几年混日子，每天光拿驻村补助为群众丁卯没做的有没有？有。扶贫不驻村的，一个月来几天看看，走过场的有没有？有。县委最近刚刚通报了一批，文处长也看到了。通报的20多个人里一个红云镇的都没有。什么原因？我认为是榜样的力量。文处长吃苦耐劳走到前面，对大家形成了激励。自治区的处长和县长一样大小，住在村里吃馒头稀饭，不喊口号干实事，这就是力量的源泉。"

"同志们都很努力，都是我学习的榜样，我和基层的干部群众学习了很多，这一年当中的收获顶机关好几年的，对我人生影响很大。"

刘宏远继续说："文处长一直谦虚，为人正直，到了村里没有闲言碎语。实实在在地说，组织捐建自治区第一家留守儿童铜管乐团，策划爱心交响音乐会，指导农牧民合作社注册'胡麻营'商标，建设胡麻油、葵花籽油生产线，争取资金规划了经济林，促成村委会户外广告牌的对外租用，联系基金会捐赠组建全县第一个村级公益农机站，激活十城子乡游客接待中心资产，成立红星军旅驿站，还有建设中的红星犬谷、创客中心，都是新鲜事，也是有前景的事，有的是县里的大事，这些谁能做到？软件方面也是激励人心，组织馆员向全村贫困户赠送励志书法，每周筹集500份报纸组织村民读书读报，开办驻村干部和村'两委'干部夜校，把'意见箱'变成了'说句心里话'。捐助学校就更多了，请孩子们坐飞机，联系电视台拍摄播出了专题片……这些我都能一一列举出来，因为这不是写出来的,是文处长和同志们真刀真枪干出来的,就立在那,看得见,经得起检验。我们举双手推荐。"

"那我就恭敬不如从命,我去县里一趟。"

刘宏远说抓紧时间办,流程不短,回头再聊。

表格主要是填写事迹,其中有一张征求部门意见表,需要文关的原单位、县公安局、县纪委、卫生部门等签章或签署意见。文关在县里跑完手续,接着回单位盖章,并拿着所有的佐证材料供领导研究参考。

临走前,党组书记党文颂请文关到办公室拉家常。党文颂说过去他也当过扶贫干部,那时候和现在扶贫方式不同,按现在话讲,过去有一阵子是大水漫灌,就是一个村都是一个扶贫标准,现在是精准扶贫,精确到户,这太不简单了。新时代脱贫攻坚要创新工作思路,但是有一点要记牢,就是紧紧依靠当地党委、政府和干部群众,要经常向当地领导汇报工作和思想,梳理好党委、政府与驻村工作队的关系,形成共同意识,争取更多的支持,才能让精准扶贫精准落地。时刻抱着成绩是大家一起干出来、咱们是一家人的思想。

文关说:"紧紧依靠当地党委和政府,这句话太关键了。依托当地党委、政府,按照当地党委、政府的总体部署统一要求,与当地党委、政府拧成一股绳,做好结对帮扶工作,做到帮忙不添乱。"

"对。"

文关回来直接去了镇政府。

石英见文关来了赶紧招呼,倒水、递烟。

石英说:"咱们县里写你那篇报道我看了,《真扶贫、扶真贫、真脱贫》,题目就精准。作为自治区来的干部,怎么融入老乡中间,听心声,识真贫,我得向文处长学习。大家都觉得文处长这个干部没架子,亲切,说话不隔肚皮,有啥说啥,早把你当一家人了,我们镇政府的干部也把你当成镇里干部了,开个啥会,经常提议让文处长列席,群众的心声就是我们镇党委和政府的心声。"

文关说:"我以后经常汇报,我在这里就是'副科级正处'。"

石英笑得不行。

"以后有啥任务及时下达,我坚决落实好。"

"你先忙,我到创客中心和红星犬谷的工地上看看。"

石英说:"我也去。"

两人一路上聊了不少事。

(九)

某天晚上,韩长命正在加班,突然腹痛难忍,被紧急送去医院。

医生说肝细胞癌并门脉癌栓,且已经发生肝内多发转移。

突如其来的沉重消息打击得工作队的人透不过气来。

石英和李聪明也到医院看望韩长命。

"老韩你这是太拼了。"李聪明说。

韩长命说:"白天,我们帮村民改造房屋;晚上整理贫困户档案,有点累着了,没事。"

石英把随身带来的水果和补品放下,温和地说:"一直说让你回家休养,你说舍不得战斗了5年的胡麻营。那你也得量力而行,自己啥情况还不清楚。"

韩长命笑着说:"我父亲是河北的,后来行医到了现在的红云镇,生下了我。我父亲贤达,是附近出了名的大夫,当地人都很尊敬他,我们一家子人靠行医过得挺好。父亲本想着把本事传给我,可我不争气,没喜欢上这个行当,否则,我也能注意点自己的状况。"

大家问候完,文关是最后走的。

文关说:"一边抗癌一边扶贫,老韩你是真英雄。"

韩长命长叹道:"书记、镇长让我别累着,可干扶贫工作,不累不行啊。胡麻营村面积大,山高路陡,各个自然村分布分散,最远的辖区开车要走一个多小时。5年前我是第一个驻村的,所有的农户走访了一遍,再偏、再远的农户也都去拜访了。"

文关说:"安心休养,按医生的方案治疗,家里的事儿我们大伙替你管着,你分管的那些人和事儿啥也落不下。"

韩长命眼睛湿润,"文处长作为一名老兵,依然保持军人本色,严格要求自己,到了胡麻营一心一意为群众办实事。除了开会学习、回单位汇报工作以外,其他时间基本都是吃住在村里,从来不去镇政府食堂和宿舍。把胡麻营当成自己的家,大家都看在眼里了。我们这些队员的作风也被影响着转变了,如果再做一次满意度测评,会高起来的。"

"润物无声,都会好起来的。老韩你从5年前到现在,一直在驻村,做了许多基础性工作,上级交代的各项工作当时都是你一个人在跑,全村建档立卡贫困户进行走访次数最多的也是你,村里的大大小小问题你都事必躬亲,在镇里、村里和村民中你都有口皆碑。咱们后来的许多工作能够顺利推进,那是因为你前期的群众宣传教育、动员工作比较扎实。咱们村完成危旧房改造100余户,你也是一户一户盯着办的,群众没有一点不满意。老韩,你是有功之人。"

文关说这话时,眼泪也下来了。

韩长命拉着文关的手,久久握住。

文关出门,见沙打旺和齐二强在门外也没走,问要不要进去再说两句,两个人说不了,离得近了怕哭出声来,就在这儿陪他一会儿吧。

接下来的几天,韩长命出现肚子痛,后来痛感次数频繁,入院一周就去世了。

去世的那个晚上,韩长命在工作群里发了一段文字。

我是人生的过客,脱贫攻坚不当过客

前天,我从医院偷偷溜出来,开着车顺着旅游公路路过了胡麻营的所有自然村,阡陌交通,鸡犬相闻,干净宽敞的村道、整齐划一的房屋,宁静和舒适,生活真的是越来越好了。

很难想象，十年前，村子里没有一盏路灯，更不用说水泥村道了。如今产业兴了，村美了，民富了，文化活动搞起来了……看到帮扶村发生了巨变，贫困户脸上露出笑容，回想与干部们一起奋斗拼搏、历练人生的经过，此生无怨无悔。就像歌词唱的那样，真想向天再借五百年，看着大家实现更多对美好生活的向往。

疾病无情，我已无法战胜恶疾，不能在扶贫的道路上继续奋斗，帮助更多的人。愿大家一切安好！

大家留言鼓励，但韩长命并没有回复。

后来，扶贫办上报材料，申请追认韩长命为烈士。

又一个初夏的早上，阳光照耀在胡麻营的田埂上。文关像往常一样给墙根下的村民发报纸，村民们还在念叨韩长命。

"我这残疾证过期，多亏老韩上门走访，问这问那的，才知道没参加年审无法领取补贴。全靠老韩奔走，这才继续享受残疾人补贴，他走得太早了。"

"老韩也走访我家好多次，帮我申请低保，又动员我老伴在家养殖家禽100多只，又帮忙联系销售。我还说哪天请他吃点好的，谢谢他，哎。"

全国脱贫攻坚奖候选人推荐情况反馈了，文关落选了，理由是驻村满两年以上是个硬杠杠，他还不到一年。文关心中没有一丝波澜，想起党文颂说的那些话，摸着院子里农机站的牌匾，走过韩长命的床位，暗暗激励自己，要和红云镇的干部群众紧紧团结在一起，把建设中的项目落地落实，变成老百姓的真金白银。

而此时——

红星犬谷的办公楼快封顶了，推土机开始平整院子，800多平方米训练馆的钢结构已经搭建起来，张小五说，将来这个大院子整体是卡通氛围。

创客中心的落地窗是蓝色的，远远看去，异常耀眼和神秘，内部布置了两个直播间、几处客房和商务会议室，特别设置的乡村少年儿童之家是榻榻米模样的，玩得高兴了可以席地而卧，安全又舒适……

土城子乡的红星军旅驿站，大项改造基本完成，开始内部装修，有国防教育专区、大型会议室；户外开设了拓展训练场、房车营地和大型采摘场，整个院区还安排了灯光效果，晚上打开，犹如草原上一颗颗闪闪发光的五彩星星。

全国双拥模范城（县）暨爱国拥军模范单位和个人考察工作开始了，张小五被推荐为考察对象。

据说自治区只有两个人。

第十三卷

读报亭

胡麻营村民在农闲时的读报活动,给来此调研的北京市朝阳区金融办的同志们留下了深刻印象,他们决定向村民捐赠读报亭和座椅,这在全县也是绝无仅有的,体现了他们对村民福祉的关心。从实证意义上说,类似村民们读报的这些具体、平凡的学习教育方式,对于那些没有机会参加教育体系培训的人来说,能从中获取相关知识,从而帮助自己将内心的想法变成现实。

（一）

　　文关在内心尽情想象这样一幅乡村图景：乡村振兴正推动着胡麻营村走在这样一条道路上——每个村民都用自己的方式在创新、分工、交换和贸易，努力追求着教育、文化等方面的成果，并对自己的人生任务、个人价值不断定义和演变。好一派乡村美景啊。

　　去年约定好的捐赠读报亭，由于冬季寒冷无法操作，现在按照北京市朝阳区金融办党支部、胡麻营村党支部的共建协议书，捐赠活动启动，由北京 CBD 金融企业家商会具体承办。

　　文关提议村委会和驻村干部开个会，讨论咋办。沙打旺和齐二强把大家都叫来了。

　　会议开始的时候，所有人都看了一眼韩长命的座位，大家都在等，似乎就差他了。沙打旺甚至差点下意识地去找韩长命来开会。

　　文关提示开会，沙打旺才缓过神来。

　　"咱们村委会年年订报纸也不少，但是村民看吗？没有。报纸最后也不知道都送哪儿去了。原来我们结合脱贫攻坚宣传的需要，想在村里办个阅报栏，但也害怕群众一晃而过，况且粘贴面积小，阅读不舒服，还得按时按点地粘，怕时间长了又是形式主义了。订报是让人看的，尤其是对处于脱贫攻坚路上的村民来说，他们需要信息，需要技术，需要精神食粮，更需要知道党关于农村的相关政策。电视里信息丰富，但那些村民根本记不住，报刊可以成为农民获取信息的主要途径之一。"沙打旺说完看着齐二强。

　　齐二强说："是了，我们几乎每个村委会都订阅报刊，但这些仅供几名村干部翻阅，大部分时间就是躺在办公桌上睡大觉，有时还被村干部当废纸卖掉，没有得到充分的利用，造成不小的浪费。应该支持村民阅读，就在村民集中的地方设阅报亭，让农民有报读，读完可以带走，报纸本来就是用来传阅，不看的报纸就是纸张的浪费嘛。"

杜小秀说："墙根底下老人多，冬天不读报也出来晒晒太阳，夏天也有来乘凉的。年轻人也有来的，其实村里所谓的年轻人其实也已经四五十岁，忙活完地里，路过喝点水抽抽烟坐一会儿，一天不断人，有个正经坐的地方，大家就乐坏了。要是还能读报，就是神仙日子咧。"

文关想了想，说："读报亭的事儿大家都有共识了，我们去厂子里看看要为村民安装一个啥样的读报亭，就像村民希望的那样，要冷暖兼顾、结实耐用，把大家喜欢的事办好。"

"下午我和文处长去吧，老韩懂建材，带上老韩……"齐二强说完话，所有人都看着韩长命的座位。

文关赶紧转移注意力说："定做读报亭的厂子在郊区的一村子里。厂区里各种形状、各种颜色的亭子、椅子就在路边和角落展示着。"

加工读报亭的企业院子很大，提前联系好的业务员从加工车间迎出来，招呼大家进生产车间参观。业务员介绍道："这台大点的加工机器就是最主要的板材生产主力，板材加工完成，进入包装车间，那边是成品堆放间。我们的新型材料板材房生意很好，预定的顾客很多，经常加班加点赶制顾客的订单。说实话，我们和你们一样，厂子能顺利地开张运营，多亏了驻村工作队和村'两委'的大力帮助，真心感谢党的好政策。"

齐二强问："你们也是集体经济？"

业务员说："当然了，多亏了脱贫攻坚政策，让我们农民找到了增收致富路。"

文关说："看得出来你们运营顺利，并且运营得很好。我们打心眼儿里为你们创业成功感到高兴。下回，我们专门组织干部和发展集体经济的农民到你们厂子参观学习创业经验。"

业务员说，互相学习，然后随机介绍了一些椅子，比如公园里的长椅，还有单独的遮阳伞。文关都没有看中。

业务员指着一个带遮阳伞的座椅说："这个是由铝合金材料制成的，

重量轻，刮风下雨都不怕，耐腐蚀。冬天夏天，冻啊、晒啊不会变形、开裂，使用寿命长。板材是高强度复合材料制成的户外防腐木。遮阳板采用有机玻璃，颜色可以调。"

文关说："这个接近我们的意图。四人座的，拉高遮阳伞的高度，不要碰着人的头，有机玻璃板可以调成灰蓝色，可以遮阳，又不是完全不透光。安装的时候，带遮阳罩的和不带的岔开，这样喜欢晒太阳和不喜欢晒的，分别对号入座就可以了。"

齐二强说："4个自然村，村委会所在地人口相对集中，安装12个。小胡麻营村占据1/3，安8个。那两个自然村人口少，各安5个。看看咋样？"

文关说："合计30个，基本够用了。"

业务员说："没问题，我们免费送货上门安装。"

临走时，文关说，肥水不流外人田，今天的钱给了集体经济，花对了。

北京CBD金融企业家商会与这个厂子签订了9万元的合同，胡麻营村就等着收货了。

大约等了一周，业务员亲自带着人上门安装来了。

安装读报亭的当天正下着雨，但是村民们热情不减，在安装现场帮忙搬运器件，全都成了帮手。文关劝大叔大娘回去，别凉着，安好了再来坐，但是大家都笑嘻嘻地没有一个人走。话刚说完，天公打雷，一阵瓢泼大雨下来，看热闹的人和安装师傅四处寻找躲雨的地方，摩肩接踵在一起，笑哈哈的。

座椅是现成的，安装时候需要在地面上打孔，把椅子固定在地面上。路面上没有电源，电钻无法启动。

几个村民跟何四说："墙根是你家的，电你就管了吧，用不了几块钱。"

何四说："那是应该的，我出门就能坐在椅子上，你们还得走上一程。你们不坐的时候都是我家的。"

众人听完一阵大笑。

何四从仓房里倒腾出一根长线接电源。村里路恰好是水泥路，所以固定起来很顺利。椅子摆好后，遮阳伞是隔一个椅子装一个。椅子的边角某处还钉着一个小铁签，上面有捐赠单位和捐赠时间。

一小时的活儿，因为被阵雨冲击了好几次，干了两个小时才完成。

师傅说读报亭能用了，男女老少数十来个人拿着自己家的抹布，把椅子上的雨水擦净，迫不及待地打开报纸坐在读报亭的椅子上享受一番。人们抚摸着标记捐赠单位的贴牌，不由得竖着大拇指，场景令人感动。

不一会儿，阵雨又来了，人们跑过去都挤在有遮阳伞的座位上，笑成一片。

文关拿着手机记录着这些珍贵的场景。

安装师傅收拾好工具，业务员跟文关说得抓紧时间去下一个村，要不天黑回不去了。

（二）

说到小胡麻营，县里的人都知道有个刘喜顺，刘喜顺入选自治区最美脱贫攻坚人候选人，已经公示。市县两级媒体开始做宣传工作，头条是肯定的。

车还没到，离老远就看见一个拄拐杖的人向公路的尽头张望着，周围簇拥着一群人。人们看到车，纷纷涌动起来，到村口迎接。

文关下了车问刘喜顺："老乡们在什么地方待得时间长？"

"挨着小超市的那块地方，有棵老榆树，树下摆着的几块大石头，妇女和老人总是喜欢在那儿聊天。"

文关招呼工人搬材料。

小胡麻营的村民边看稀奇边帮忙，你一言我一语讲起了故事，反映了更为普遍的需求——厕所。

"文处长,你大名鼎鼎,干了一大堆好事,读报亭重要,拉屎尿尿也是火急火燎的事,不光是我们村里人,但好歹村里人家家有个茅坑,主要是路过的外乡人比我们更急。"一个中年村民指着旅游公路说。

文关向四周看看,都是玉米地,确实没有公厕,来了几次都忽略了这个问题。

齐二强边搬东西边插话说:"文处长知道村里人为啥急匆匆地要建厕所吗?"

"为啥,缺厕所?"

"缺钱。"

"缺钱?缺钱建厕所?"

齐二强笑着说:"是缺厕所从而耽误他们挣钱了。去九龙泉的游客必经此地,这里风光不赖,还有许多小超市、民宿和农家乐饭馆,要比到景点吃喝便宜得多。下车歇一歇,方便方便,只能钻玉米地,谁愿意在田间地头搞这个,夏天还好有庄稼挡着,冬天北风一吹屁股受不了啊。这样一来,人家就不下车,加一把油去村委会解决,村里的什么店啊铺啊就挣不到歇脚的钱了。"

文关想笑但忍住了,说:"二强你先盯着,我去看看。"后面顺势跟上了几个村民。

走到路边小饭店的后面,一股子尿碱味迎风而来,文关揉了一下鼻子,走向不远处的玉米地,玉米秧子长到一尺多高了,远看绿油油的,近看一坨一坨的,黄澄澄的。

"文处长你看嘛,下地干活都不敢落脚了,管也管不住,不能让人家城里人到乡下拉裤子里吧。"

文关说:"你可以把他们请到家里上个厕所嘛。"

村民不好意思地说:"咱们庄户人,猪圈羊圈咋也行,人家女娃娃可不行,再说那些牲口也不老实。"

大伙听完笑了起来。

文关指着不远处一个砖房子说，那倒是看着像个厕所。

几个农民满脸忧愁地说："文处长，那是机井房。不过，现在也快变成厕所了，男人们还好，站着就解决了，女人家得有个遮挡吧，这下子好了，机井房也下不去脚了。"

文关顺着水渠绕过去，在门口向里张望了一下，摇着头就回来了，说都回去吧，别跟着看了。

一个村民边走边说："我们原来计划筹资修个水冲厕所，正好有一条小河顺着山沟下来了，水流了也是白流嘛。"

文关说："冲完厕所的水不能继续流下去，要是那样咱们这绿水青山可成了臭水臭山了。"

"怪不得上面没同意。"有的村民嘀咕着。

"就像胡麻营村闹着要盖澡堂子，每天成百的人洗起来，那些脏水往哪里排？要为子孙后代想想，咱们没了，孩子们还要继续守家过业。脱贫攻坚、乡村振兴都会一步步实现的，但是得合理合法。你现在着急要洗澡，弄个渗水井，那以后孩子们喝的水还不是洗头膏味儿。"文关语重心长地说。

大家都点头。

齐二强正在帮忙，文关问他："建厕所的事小胡麻营村民代表没提出来过？"

"提过，按村民委员会组织法规定，用于本村公益事业的支出，需要半数以上的村民代表表决同意。小胡麻营村和其他几个自然村之间联系不多，村民们互相不太熟悉，一开会举手，都不向着他们，达成一致意见很难。他们村代表都举手也不够半数，多半代表在村委会所在地，人口多，代表比例就多嘛。"

文关说："厕所问题是城乡文明建设的重要方面，是乡村振兴的具体内容，不能久拖不决。写个申请先征求镇里意见，建议着重优先解决这个问题。上吃下拉，不能只管一头不是。往深里说，缺少厕所影响了村子的投资回报率,那些饭店、超市都得赔本。

安装完另外两个自然村的读报亭后已到晚上9点,安装师傅收拾工具准备返回厂子。

业务员一边忙着装车,一边跟文关闲聊:"我从你们聊天中听出来了,厕所建不成,不是开会表决通不过,说白了就是缺钱。有了钱,大家关心的事就都能办到。"

文关停下来说:"你这业务员心细啊,侦查得很深啊,继续说说你的看法。"

"就拿我们村举例吧,过去村党支部在发展集体经济上也缺思路、少办法,党员干部自己过得都不咋样,群众能相信他能带头致富?所以,农民在经济上对村党组织的依赖程度低,根本就不指望村干部,党员群众都没参与到集体经济发展中来,各打各的小九九。村里的人想问题、办事情,就关注自家那点小利益,对村里事不闻不问,贴个告示、开个会、表个决,没人在乎,对脱贫攻坚这个事都是风言风语的。跟你们村差不多,我们村的许多人也都走了,在县城里安了家做点小生意,在农忙时回村侍弄侍弄地,只闻其声不见其人,过几天又没影儿了。多年以前,上级为了扶持我们村,各个帮扶单位都投了点钱,产业项目也就比较分散了,小豆腐坊、小手工作坊啥的,挣不上几个钱,对村集体经济促进效果还不明显,人家南方村里发展特色产业,就像报纸上说的那种主导产业,带着其他配套产业,形成了供应链和产业链,大家都跟着挣钱了。这几年,北京助力咱自治区脱贫攻坚,村里得到项目支持经费,我提议大家研究建设了新型材料板房加工厂,厂子建完了没人敢承包,我说我来竞标。扶贫要先把精气神扶起来,我虽然是农民,但毕竟我还是村主任,更是一个党员,不能光喊模范带头作用,这个头也要真带头,要把集体经济搞出来,没有发展,好日子就成了吃不到的大饼。一年后,研发、加工、销售,村里配套的小企业也跟上来了,农民们闲时可以在家门口务工,艰难的时候挺过来啦。"

文关说："原来你是村主任！"

"兼壕赖村众成新材料科技有限公司总经理，梁改改。"

文关拍着梁改改，说："梁总了不起，帮我们找到了病根。"

送走了梁改改文关回到宿舍，洗漱了一番，到厨房找了个馒头，边吃边想，老韩在的时候，谁回来晚了，揭开锅总有一碗热乎乎的饭菜。

读报亭安得文关反而不安心了，第二天起早就去了镇里，从后视镜看去，早早的，读报亭就坐满了人。文关突然想到，光顾着想事，报纸还没发，赶紧把车停住，从后备箱把报纸拿出来，一张一张发给村民，人们争先恐后地接过报纸，好像报纸的内容要比之前的更精彩一样。

李聪明正和石英说事，见文关来了，招手往里请，说："文处长辛苦了，又做了件大好事，齐二强和沙打旺都汇报过了。我们两个刚才还说，让村干部像文处长那样善于捕捉战机，北京调研组来一趟办成好几个事，其他村眼睁睁地没啥想法。"

"我就是脑袋一热，当时不知道人家能答应，碰上了。你们先谈正事，我先到别的屋子坐会儿。"文关说道。

"文处长这咋越处越客气了，我俩聊事不避你，文处长是上级领导，凡事给我们指导指导，我们求之不得啊。"李聪明微笑着说道。

"我现在是副科级，服从你俩调遣。"

李聪明做糊涂状，睁大眼睛瞅着石英求证："咋啦，说降就降了？"

石英就笑，然后说："文处长谦虚，说自己经验不足，到镇上只想享受副科级待遇，方便和咱俩交流工作，回到自治区人家还是处长。"

"嗨，我还以为……吓我一跳。"

石英给文关递烟。

李聪明说："既然咱都聊起来了，就接着聊。不过，我和石镇长聊的话题，文处长不一定感兴趣。"

"啥话题？"

"厕所。"

"我喜欢这个话题。"

（三）

3个人坐下来，石英给文关倒了杯茶。

"是这样，按照国家和自治区关于'厕所革命'的决策部署，咱们市制定了农村牧区人居环境整治3年行动方案，其中就有农村户用厕所改造建设工作，咱们县已经开始实施了，到今年10月之前计划建成农村户用卫生厕所5000户，普及率不低于40%，硬任务，不得有误。"李聪明说。

文关咽了一口茶，说道："我正为此事而来。村委会所在地公厕好几个，小胡麻营村一个都没有，村民说是由于自然村之间关联性不强，小胡麻营修建厕所的提议经常通不过村民代表大会。当然这也很正常，村民之间有着不同的利益诉求和心理需要，许多村民更关心兴修水利等，所以小胡麻营的厕所遥遥无期，但是这已经影响到小胡麻营的发展了，人都没处拉屎了。厕所就是人气，厕所就是发展。"

石英说："镇政府办公室正在起草通知。大概就是先征求群众意见，看村民们是想要户外旱厕模式、水冲式模式还是生物降解模式？咱们这地方主要还是旱厕多，自来水都是按时供给的。有自来水管网式和排污管网的村子才可以用水冲，咱们镇里还没有实现呢。确定改厕模式后，县里统一组织专业人员入户安装。"

石英拿出来几张厕所模式图递给文关。蓝色的连接板材，玻璃钢化粪池、井盖、防雨帽等应有尽有，像个哨兵的岗楼，有双人厕、三人厕的。

"哎哟！这么精致得花不少钱吧。"文关问道。

李聪明接话说："差不多一个坑1500块，两个坑的就是3000块。按照'厕所革命'奖补政策，国家和自治区奖补一部分，市里配套一部分，县财政统筹一部分，余下的农户自筹，大概每家农户200块左右就够了。"

"小胡麻营的厕所问题我亲自去处理，征求群众意见，让村民选择好设置厕所的地方，方便自己也方便游客。"

石英点上烟，边想边说："厕所这个事，其实反映出的也是村级治理能力的问题，如果我们的干部也像文处长这样实事求是地调研，对村民之间、村村之间的社会关联好好分析研究一下，解决好老百姓的急难愁盼并不难。当然，村委会干部承担的工作量越来越大，经济收入也有限，所以岗位竞争也受影响了。年底村'两委'该换届了，希望有一批能干事、想干事、干成事的干部脱颖而出。"

李聪明说："县委组织部安排事业单位在编干部下到各村担任村党支部书记、主任助理，如果群众认可，换届竞选成功后，也可以进入村'两委'或担任村党支部书记、主任，这对提升农村社会治理是股子新鲜血液。"

不久后的一天早上，文关照常去读报亭发报纸时，见齐二强带着杜小秀悬挂条幅、张贴标语，村民又围住了村委会告示栏。

广大村民朋友们：

推进"厕所革命"是补齐民生短板的迫切需要，更是乡村振兴的基本要求，其目的就是给村民打造干净、卫生、整洁的厕所，保障农民朋友们的身体健康，减少肠道传染病的传播，提升农民群众的生活品质。在此，我们发出以下倡议。

一、农村改厕，意义重大。粪便中含有多种肠道传染病和寄生虫病的病原体，往往散发恶臭、孳生苍蝇、传播疾病、污染环境。农村改厕是预防疾病传播的干预措施，通过改厕行动，既能大力改善农村环境卫生面貌，有效净化我们的生活环境，提高大家的生活质量，又能对粪便进行无害化处理，消除肠道细菌感染等多种疾病，保护大家的身体健康，具有非常重要的社会效益和经济效益。

二、农村改厕，关系你我。农村改厕是一项实实在在的惠民工程、生态工程、新风工程、系统工程，关系你我，人人有责，只有户户参与，才能家家受益。广大农民朋友们要以主人翁姿态投身农村改厕行动中去，争当改厕的参与者和宣传者，对农村厕所的摸排改造工作予以理解和支持。

三、卫生厕所，保洁管理。一是经常打扫厕屋，注意保洁；二是控制用水量，大量水进入粪池，使粪便稀释，不能达到预定的停留时间，同时也不利于充分厌氧消化；三是用过的手纸不要扔进粪池内，避免堵塞过粪管；四是大约半年到一年清理一次，取出的粪水可用作肥料。

广大农民朋友们，厕所要革命，全民要行动，大力推进农村改厕，共建文明幸福环境，离不开你们的支持、理解和参与。希望我们一起行动起来，促进"厕所革命"早结硕果、广惠于民。

胡麻营村民委员会

见文关发报纸，看完告示的村民纷纷回来取上报纸，回到座位上。

"文处长，俺们习惯了以前的茅房，觉得那样就挺方便，照片上这新厕所要坐着，中间还没有隔板，两人你看着我，我看着你，拉不出来咋办咧？"

读报亭笑成一片。

文关也笑了，然后说："有坐便器，也有传统的蹲便槽，到时候可以选。另外，你说的没有隔板问题，这是个好建议，可以在入户调查时候反映。"

有人笑道："你们两口子互相看还怕咧？"

一片笑声。

（四）

胡麻营各个村开始户用厕所摸底调查，建档造册，报到了镇里，镇里在安排改厕任务和时间上优先了小胡麻营，因为这个季节游客渐渐多了起来。

材料来得很及时，转眼间胡麻营村委会的广场上一簇簇板材堆积如山，高过了村委会的砖瓦房。

齐二强用村广播大喇叭喊让各家领板材，挖坑坑……

但是，领板材的人来了又走了，欢天喜地地登记，却又悻悻而归。文关等着的积极场面很快消失了。特别是小胡麻营的村民，开着电动三轮车的、赶着马车的，可最后宁可空车返回也不要了。

文关问咋回事？沙打旺说登记的时候说好了白等200块，真要掏钱了，舍不得了。

读报亭里，人们正七嘴八舌地聊着这个话题。

"我问了，人家为啥收200块？说是破土刨坑钱，我不嫌麻烦，我自己刨。"一个村民把报纸卷成筒子敲着手说。

"分文不花，就能装上几千块的厕所，还不让人家挣点了？你这也是犟。"大伙跟着议论。

文关带着齐二强、沙打旺一起发报纸，目的是听听村民们的想法，想办法消除群众的顾虑，让村民们从心底支持这项工作。

见文处长耐心地发着报纸，几个村民就问文关："文处长，你给大家伙说说，咋个弄合适呢吗？"

文关跟齐二强、沙打旺合计了一下说："如果家家户户都自己挖坑坑，免费装咋样嘛？"

"那合适，咱乡下人不缺力气，就是舍不得钱啊。"

有几个人村民也踊跃表达自己的意见，说能定下来，就干。

文关和沙打旺留下来继续发报纸，听听大家还有啥意见。齐二强去一旁跟石英打电话沟通。

石英当即表示，"先这么干。各个乡镇都在反映这个问题，发文来不及，县里尊重农民的意见，自己挖坑，把事尽快落实了。"

不一会儿，齐二强回来说："免费了，自己刨坑。"

大家正高高兴兴准备回家干活儿去，却被文关给叫住了，"不是自己想咋个挖就咋挖,得听人家安装工人的话,返工的话,自己可要掏钱了。"

村民们点着头,表示知道了。

读报亭的消息不一会儿就传遍了全村,没领板材的村民又从四面八方陆陆续续来了,一个接一个,忙得村委会的干部晕头转向。

文关想,从挖坑到安装再到顺利使用,让村民享受到改厕的实惠,各个工作细节都得跟上。一件事,办对了,村民脸上的笑容多了,获得了更多的幸福感;办错了,村民愁眉苦脸,一百个不是。一念之际都是民生大计。

原来几个死活不想安装的农户,见家家都在领板材心里直痒痒,主动要求改自家旱厕。齐二强都一一进行了登记,说第二批给装,因为头一批180户都领走了,没有剩下的了。

读报亭的人都忙着往回运板材,只有几个幸福院的老人没走,悠闲地看着报纸,因为幸福院有公共厕所,村委会安排人定期清理,所以老人们不跟着讨论这个话题。

"像我这种不识字的,也想看懂报纸咋办咧?"说话的人,手拿着扫把扫着地上的烟头,他是村民楚猛飞。

楚猛飞,40多岁,单身,小时候被马车撞伤过,痊愈后就没再上学,老师说他上课都听不懂,脑子有点问题了。

这几天地上干干净净的,原来是他做的好事。文关看着楚猛飞然后想起了什么,告诉楚猛飞让他等一会儿,转身便飞快地向村委会走去。

地上已经扫得很干净了,楚猛飞手里的扫把还是没停,但他的眼光始终盯着文关的方向。

一会儿文关回来了,手里拎着个收音机,将它塞给楚猛飞,说这个"报纸"能说会道。

楚猛飞说:"我知道这是收音机。"说着拧开开关,将收音机贴向耳朵,笑得十分灿烂。

文关说:"这是给你的奖励,大家看报,你听报,以后读报亭的卫生就归你了。"

楚猛飞笑嘻嘻地不住点头，左手拎着扫把，右手举着收音机。

小胡麻营的厕所按照村民的意愿确定了安装位置，超市、小饭店旁边，只要是自己的范围，都可以安装。但是，原来的旱厕也要自行拆除。

厕所改造完成后，如何使用、如何进行日常维护？镇里为此还成立了一支维护队，定期对农户家中厕所进行检查维护。

结果，新的问题又来了。

通过暗访发现，王香梨家新厕所悄悄改造成了仓库，老厕所还在用。继续调查，发现这种情况占了1/3。

维护队向镇里汇报，说大概有三方面的原因：一是到了冬天气温降到零下二十多度，下泄管容易上冻；二是天气好的时候，这种整体式的板材厕所，空间封闭，空气不流通，味道过大；三是村民认为地下的化粪就是个大塑料桶，装满了自己掏太麻烦。

而此时，媒体记者也在乡镇采访，有些地方因为村民不使用，或者改变用途，被媒体曝了光。市纪委会同县纪委成立联合调查组，对曝光的问题进行了严肃查处，7名党员干部受到处理。调查组认为，县有关部门单位在改厕工作中存在形式主义、官僚主义典型问题，既有主管部门在改厕工作中监管不到位、审核验收流于形式问题，也有党委、政府贯彻上级决策部署打折扣、搞变通，监督检查不严不实问题，还有基层党组织在工作中不负责任、群众意识淡薄、严重缺乏担当精神等问题，严重损害群众利益，影响了党和政府的形象，责成各乡镇对照所负责的领域，认真自查反省，找准问题根源，切实抓好整改。

镇里要求帮扶干部全部到各个村，盯着自己的帮扶对象，必须拆除旧厕所，不拆的上锁。同时，检查村民的厕所，要求必须每天有使用的痕迹。

干部们苦不堪言，每天去厕所里上看下看，还得立起鼻子深吸一口气。

石榴也到村里"闻味儿"来了,中午回到村委会,一口饭也没吃,不情愿地说:"一天可以,时间长了,我不成了那啥了……"

一时间"今天你家拉了吗?"成了读报亭里的话题。

(五)

有一次,听着大家的话题,文关就接过来讲了一个关于厕所的故事。

"那是我在部队当排长的时候。部队当时的厕所也是旱厕,是战士们用木头架起来的,厕所就好像海上的钻井平台。为了不污染环境,负责营区卫生的战士几分钟就绕过去,发现有如厕痕迹,就会用铁锨铲土覆盖住。上级领导来了,大夏天去厕所居然没发现什么苍蝇蚊子,也没有闻见厕所味儿,便很奇怪,低头一看旱厕的屎尿坑酥酥软软的一层土,什么都没有,刚刚的便便哪里去了,莫非自己出现了幻觉。领导把我喊去,说厕所可能'闹鬼'。我说,不是鬼,是勤快的战士。我带着领导再去厕所,发现一个战士正铲土扬撒在厕所下面。领导说,管理得好,大家有自觉性,臭的都能变香喽。"

有一个村民说:"我也当过兵,那时候为了显得自己能干能吃苦,每天抢扫把、抢铁锨,争着干活,掏厕所更是争先恐后。"

"那你家的厕所咋还那么臭了?"人群中冒出个声音。

"都是跟着你们学懒了嘛。"然后反问道:"你家的厕所倒是干净了,是舍不得拉吧?"

那人说:"蹲茅坑蹲惯了,蹲在这玩意儿上拉不出来。"

有人笑着说:"拉不出个屎,怨地球没吸引力咧。"

人群中发出一阵笑声。

文关接着说:"其实中队最难的不是上厕所,是喝水。有水才有尿啊。我们当时挨着额尔古纳河,地表径流丰富,没必要打井。即便打井水也是混浊的,所以,倒不如直接开着水车去河里灌水。冬天,河水比较清澈,在冰面上凿个窟窿，一桶一桶地灌进水车，到了中队，再一桶一桶地放进厨房的水箱。夏天就混着各种草叶，有时候还有动物的尸体。有个老战士，开了4年水车，每天就是这些事，从早忙到晚，一直也没能入党，眼看就要转业了，心事重重。我就给支队政委写了封信，大概就是能不能给我们这个相对艰苦的中队多一个入党指标。很快，政治处给我们大队打来电话，说给中队加一个入党指标，由文关排长当介绍人。那年转业前，老兵如愿以偿，临走时，抱着文关哭了很久。他走之后，新的拉水员继续上任，但如此反复，何时是个头？

"有一天，来了一个探险的驴友，路经中队要水喝，他出示的证明写着他是清华大学的教授、博士。见此浑水，那人便拿出几页纸，设计了一个装置，并标记了各类材料，告诉我们，那是个过滤器，可以定做，然后需要的材料去市场买，不难。其中，最关键是活性炭，它能吸附去除水中的有机物或有毒物质，使水得到净化。

"我深信不疑，感谢博士之后，跟大队领导汇报，没有答复，转而又给政委写了封信，把图纸也邮去了，没有回复。冬天过去春天来了，大雪融化后，公路又可以通行了，额尔古纳河也融化了，我们又开始去江边打水的节奏了。解封后给我们送给养的大卡车也来了，米面油菜，还有报纸杂志和家信，我收到了20多封。刚要转身走，送信的通讯员把我喊住，说车里面还有大物件，是政委给我的。

"四五个战士将东西抬下来，我看了半天，才恍然大悟，原来是个净水器，跟图纸上的外形不一样，图纸上是柱形的，这是个方形的，像个大茶炉。从那天开始，我们有了净水，起码泡茶之后能看见茶叶了，全中队的战士都凑热闹，一人接了一杯水喝了，好像人生第一次喝水。

"如今，净水器满大街都是，中队打了几百米深的水井，水又清又甜。"

有人递给文关一支烟，点着。

文关接着说："传统的如厕方式会对健康产生不利影响，卫生厕所，对健康是一种保障。推进农村改厕工作，一个总原则是坚持为农民而建，尊重农民意愿，这里头也有基层干部群众工作做得细不细的问题。第一批遇到的问题，大家及时向村里、镇里反映，既反映问题，也反映建议，集思广益，发动咱们群众的智慧，不断改良，谁的好、管用，大家就向他学习。"

大家光点头却没有人发言。

这时一位老者说话了。文关一看，原来是电厂征地开会时那个最后发言的老人。

老人姓岳，80多岁了，是村里德高望重的贤达人士，广受尊敬。那天的发言是文关事先和老人家商量过的，希望老人家说句公道话，协助镇里推进征地工作，老人家确实起到了定海神针的作用。

"文处长讲了半天故事，你们又当段子听着玩了吧。文处长是告诉大家伙，厕所就像他们当年的净化器，各家有各家的想法，东西都装上了，怎么个用？多动动脑子，通风不好，自己多切几个窗口，拉了尿了，厕所里备点土和小铲子，随时撒撒土，冬天容易冻，把池子埋深点，总之，谁的脑子都是宝，别总给别人提问题，凡事多问问自己有啥办法？咱庄户人，能种粮食养活亿万人，还能让拉屎尿尿难住？"

村头树下，薄暮时分，干完活的、吃完饭的村民围坐一团，家长里短，大家摆、大家议。文关觉得，读报亭好似"乡村夜话""乡村晨语"，利用休息时间共聚一堂，干部和村民彼此坦诚沟通交流，寻求解决问题的办法，更像一种会议形式。但是这个会议上村民的发言不用打草稿，说话粘着泥土，即便有时发点牢骚，或者条理不清，但全是实话真话，能够碰撞出不少思想的火花，给基层治理提供了很多有益的启示。

没用多久，帮扶干部们就没再去厕所探虚实了，读报亭里也不再热议这个话题了，人们已经逐渐适应新的如厕方式。

（六）

红星犬谷工地搅拌机的声音在读报亭安静的时候是可以听到的，封顶那天，鞭炮炸响，全村也都听到了。

张小五捂着耳朵，李聪明和石英眯着眼抬头看天，在工地的一片空地上，几个工人高兴地放着鞭炮，礼花在白天炸出很多白色的烟圈。

张小五前面解说，大家跟着进了办公楼参观。张小五说得有鼻子有眼，就像自己家的房子封顶一样，每个人脑海里都充满了画面感。

"在村里，房子封顶是一件大喜事，而且还有一个传统，谁家盖的房子封顶了，是要放鞭炮吃猪肉的。"石英开玩笑地说。

张小五说："必须的。一是庆祝封顶，感谢施工方连日来的辛苦，剩下的工作就是完善配套设施；二是我们红星犬谷的第一批业务已经预约了，市公安局40只工作犬培训正式委托给我们了。"

石英说："好事。"

文关说："还有个好事，张小五被自治区推荐为全国爱国拥军模范，已经进入考察期。如果能当选，10月份将赴北京参加表彰活动。"

李聪明和石英带头鼓掌，周围的人都闻声而来。

张小五腼腆地说："我老家是辽宁的，雷锋精神的发源地。也许正因为如此，从懂事起，我就热爱解放军。成家立业后，我来到自治区，勤劳打拼，实现了自己的梦想，成立一个实体专门为军人服务，也就是现在的红星退役军人创业就业园。这几年，国家重视退役军人的创业就业，地方政府也支持我们，所以我们的事业才能不断壮大，才能有今天的成就。"

文关说："我和小五是十几年的朋友了，这期间小五走过的路有多艰难我都了解。多年前，她搞土木工程，但是心中一直有对军人的牵挂。大概是2016年，她从新闻媒体上看到边防战士杜宏烈士的事迹后，被深深感动。我记得当时她跟我说，要成立这样一家公司，帮助退役军人致富奔小康。之后，她把当时手里的生意放下，用了多半年时间，先后走访十几个省市进行调研。回来以后，她风风火火地从原来的企业抽调专职人员，拿出专门经费，创办了自治区首个退役军人创业就业园。成立的当年，创业就业园就帮助200多名退役军人成功就业创业。"

在场的人纷纷点头称赞。

张小五说："过去不容易，今年局面打开了，在有关部门主导下，我们倡议发起'千企连千兵'退役军人精准就业行动，差不多能帮助1300多名退役军人实现精准就业，人岗匹配。未来3年计划覆盖8个市县，力争助力3000名退役军人和军属就业创业。咱们红星犬谷和创客中心，还有土城子乡红星军旅驿站就是计划之内的项目，这3处就能帮助50多名退役军人就业。军人家属就业我们也管，为她们开设了连锁烧卖馆，已经有26家，日均营业额1万元以上。"

石英说："咱们镇这回也跟着沾光了，有了全国爱国拥军模范。参加完北京的表彰会，回来千万别洗手，我们也沾沾北京的喜气。"

"得从胡麻营开始排队咧。"齐二强笑嘻嘻地说。

张小五笑了笑，说："言归正传，今天是封顶吃猪肉的日子，不是听我报告工作的日子，中午的猪肉炖粉条都准备好了，就在工地的临时工作间，我们有专门做饭的师傅。"

工作间实际是工程板房，有个桌子。大家纷纷进门让座，餐桌上已经摆好猪肉烩菜、凉菜，还有一锅莜面，地道农家饭。

上菜的师傅一露面，石英就疑惑地问："你不是，那个……"

文关说："我们村的贫困户，贾鲜桃。"

石英说："对，想起来了。"

贾鲜桃说："地都种上了，老头看着就行了，我出来干点零活。"

李聪明问："每月多少钱了？"

贾鲜桃伸出5个手指头。

李聪明扭头跟张小五说："你这是又双拥又减贫啊。"

文关说："食堂马大姐的男人也在这当夜班保安了。"

贾鲜桃说："咱们村在狗场干小工的人不少呢，每天180块，管三顿饭。"

李聪明咽了一口水，瞪大眼睛问："狗场？"

贾鲜桃说："村里人就这么叫的。"

石英哈哈大笑，说："甭管是狗场还是犬谷，老百姓能记住就行，我看狗场这个词挺实用，一目了然。"

大伙笑起来。

文关也说："有几个村民聊天，说就等着狗场建好，管我要狗了。"

张小五说："咱们这狗场，不对，是犬谷，看来也得发展狗繁育这个业务了，有需求咱们就打造供给侧。这方面真要向村民学习，你们看电厂和我们红星犬谷工地的周边，已经开始有超市和农家乐小饭馆了，经济头脑了不得，我们还没有开张，人家已经挣上钱了。"

送走张小五，文关回到村里。读报亭里的人见文关，赶紧招手示意一起坐坐。

"狗场啥时候开业咧？"

"10月份之前。"

"都有啥狗咧？"

"几百元、几千元的都有。还有从国外进口来的狗，几十万一只吧，用于赛狗比赛，或者当工作犬。"

一位老大爷说："将来，把咱们村的小土狗带到狗场上玩几天，生下来几只小狗崽一卖，致富多快。"

文关一时不知该说什么好。

（七）

这天早上，文关正要去发报纸，一开门，外面男男女女已经等了好多人，文关愣住了，问大家是不是有急事？

"文处长，听说你们工作队要走了？我们舍不得你啊。"

"你们要走了吗？不要走，我们都舍不得你走，不要走啊。"

"你帮我们太多了。"

"常回来看看。"

"别忘了我们。"

有几个村民眼里噙着泪，后面不说话的村民欲言又止……

文关说："大家先别激动，你们这是从哪里听说我们要走的？"

"村上的人都传开了，驻村干部行李都卷好了。"

文关说："你们带我看看去，谁的行李打好了？"

到了干部宿舍，林场的两个驻村干部正在收拾杂物。见门口都是人，也是一脸懵。

文关一下子懂了，回身问村民："你们说的就是他俩？"

"对。"

文关笑道："他们是要走了，可是接替他俩的也要到了。"

"咋回事啊？"村民互相瞅了一眼说道。

文关跟两个干部说："还是你们跟村民说吧，都舍不得你们走。"

其中一个干部说："我们俩在咱们村已经两年了，按照我们林场的要求，两年一轮换，新驻村干部马上到，今天我们俩和人家交接就回去了。林场就在镇政府后院办公，咱们还是抬头不见低头见，相隔不过几里地，说走也不叫个走，有啥事需要我俩帮忙的，随时招呼。新来的干部也是我们林场按照选派干部的标准，反复比选，好中选优，优中选强，大家放心吧。"

"这回大家明白了吧？"文关问道。

大家点点头，然后慢慢散了，往读报亭那儿走，文关去食堂要亲自下厨，连接风带送行。

马大姐烩菜，拌了两个凉菜。文关蒸了一大锅花卷，热气腾腾地正要吃，上午来的那几位村民又来了，但是每个人手里都捧着一个大碗。

"驻村干部开展工作忙得饱一顿饥一顿的，有时候还吃泡面，你们很辛苦，我们大家伙都看在眼里了，这不是天气也暖和了，家家都种了菜，眼看着林场的同志有来有回的，送一口热乎饭，这是我们大家的心意。"

几个村民把菜碗放在桌子上，有包子、煮鸡蛋、炸糕、莜面……五花八门，摆满了桌子。

大家站起来正要感谢，村民们摆摆手让大家坐下，然后就都走了。

看着村民们送来的东西，即将走的两个林场干部老杨、老王感慨万千。

老杨说："记得来村里的头些日子，我怀着满腔热情入户走访，但一开始并不顺利，村民们并不太认可。人家问我是从机关里来的吧？村里的事儿咱不清楚，问的事情驴唇不对马嘴。当时，我突然意识到，要想和大家交心，把理说通，必须先和大家干在一起，应该先从小事干起，了解村民和农村才有发言权。于是每天大娘们跳广场舞我帮着放音响，走访的时候也顺便打扫村户庭院、倒倒垃圾、辅导辅导孩子功课……慢慢地和村民们惯了，自家娃娃选啥专业、看病在线挂号、邻里矛盾村民们都愿意找我帮忙。有了群众基础，再入户走访就顺利多了，为了不影响村民白天干农活、务工，我就利用晚上休息时间跟他们唠家常。渐渐地，大伙也打开了话匣子，提出了需求和建议。收集完意见建议，我就开始一个一个落实，村户之间地界不清、村里自来水管道维修、河堤修缮、俱乐部桌椅配备齐全……都办了，这时候村里人对我的称呼也变了，从那个新来的变成了老杨。"

老王也讲起一个故事，"今年3月份，咱们村疫情防控，村里设置防控卡点，村'两委'干部和驻村干部24小时轮流值守，对外来车辆及人员进行登记造册、查验核酸、测量体温和劝返工作。到了夜晚，我们不敢打瞌睡，不漏过一车一人。夜晚，有村民自发送来饭菜和茶水，也有村民心里惦记，不时前来嘘寒问暖。村里有位73岁老党员梁万金，主动报名参加村里的巡逻队,我们考虑他年龄大就和他说,巡逻队的工作强度很大,您老岁数大了怕吃不住啊。梁老汉一听就急了,人家钟南山80多岁了还战斗在防疫一线呢,我天天锻炼身体,身体比一般年轻人都要好,国家保护了我们一辈子,现在也该让我们发挥点余热了。于是夜晚村里的小道上,梁老汉骑着电动车,带着流动音响播放最新疫情信息和防控知识,让人感动。"

老杨继续说道:"两年的驻村经历,让我感觉乡村工作纷繁复杂,党务、民政、村务、文明创建、发展集体经济、化解纠纷……要想一件不落地解决好,驻村干部必须是个杂家和多面手。刚到村里,懂得不多。白天忙乎完,夜晚回到宿舍,一张床、一张桌子、一盏灯,静下心来学习村务知识。临睡前,想想已经给村里办成的事,心中不免欢喜;想想即将要开展的工作,又有很多不放心。驻村的日日夜夜,忙碌、充实。"

接替老杨、老王的林场干部一个叫智强、一个叫李铁峰。午饭过后,他们就来村委会报到了。

交接后两人来文关宿舍做客,说:"镇领导让我俩多和文处长聊聊,文处长是农村工作的专家。"

"不敢不敢,我也是向基层的干部群众学习来的,现学现用。你俩刚来,可以从'三问'开始。"

"三问?"

"对,一问村干部,沙打旺、齐二强、杜小秀他们,他们是农村工作的具体实践者、组织者,他们常年与农民群众接触,农村工作经验丰富,群众基础好,村里大事小情他们门儿清,多和他们交流,打开工作局面这是个捷径。"

两个人不住地点头。

"二问村民。要知山中事,乡间问老农。他们知道什么季节种什么庄稼,什么季节收获什么,拜村民为师,求教农业农村知识比从书本学来得快,也是捷径。三问乡村能人。咱们村集体经济发展起来了,势头不错,他们有许多想法,特别是乡村治理方面体会得更深刻,发展是解决一切问题的总钥匙嘛,跟他们多探讨,可以看清农业农村发展的动向。"

智强说:"要不镇里领导说文处长是专家呢,果不其然啊。"

李铁峰也说"是"。

文关说:"我们永远是小学生,群众才是老师。"

(八)

李聪明召集村"两委"和驻村干部开会,介绍了宋鑫鑫。

"大家关心的选优配强村'两委'班子,解决村干部优秀人才匮乏、后继无人等问题,县里也很重视,积极鼓励党政机关事业单位优秀人才到村里任职,今天这场及时雨下到了咱们村儿,坐在我旁边的是县农牧业局的干部宋鑫鑫,到咱们胡麻营村任村主任助理,大家欢迎。"

会议室里爆发出掌声,宋鑫鑫起身环顾四周点头示意。

李聪明继续介绍说:"宋鑫鑫同志毕业于农业大学,是农业方面的行家里手,正经的科班出身,来到胡麻营村是我们的福气,今后同志们互相帮助,互相提携。人家都在讲,领雁高飞、群雁齐飞,现在你们齐装满员了,腾飞起来给各个村打个样儿。我等你们的好消息!"

宋鑫鑫再次站起来,做表态发言:"我虽然生在农村,但十几年没有回农村了,感谢组织给了我这次挂职乡镇的机会。过去我总认为,乡镇没什么事可干,干部们日子过得最舒服。到了镇里,当我和一些乡镇干部交流时,才发觉乡镇的工作也是忙不胜忙,上面千头线,下面一根针,落实的重任都落在了基层干部肩上。李书记在路上也提醒我,不要把自己当客人,珍惜这次难得的锻炼机会,所以,我要以主人翁的姿态和实际行动,摆正位置,尽心尽力,苦干实干,尽职尽责,努力做到不越位、不缺位、不错位,实实在在地为村里做几件有意义的实事、好事。"

大家鼓掌之后,李聪明继续说:"这次机关事业单位在职人员到村任职期间，保留原单位工资福利和职称评聘等待遇。今年村'两委'换届，如果成绩突出，群众认可，经换届选举可以担任村党支部书记、村主任，'一肩挑'，可享受不低于村党支部书记报酬待遇1.5倍的工资，担任其他'两委'成员职务的，薪酬待遇按村党支部书记待遇的80%核定。此外，还有其他政治待遇及选拔任用的优先条件，前提是干得要好。"

李聪明一转身，说："沙打旺、二强你俩也说说。"

沙打旺脸色略有尴尬。

齐二强似乎很兴奋，说："习近平总书记说脱贫摘帽不是终点，是新生活新奋斗的起点，就像宋鑫鑫同志说的那样，要为村民办实事、办好事，这样的好干部，胡麻营不会忘。"

李聪明说："二强现在是越来越会讲了。文处长也给鼓励鼓励吧。"

"前两天林场的两位队员轮岗，咱们村来了新鲜血液，今天上级又派来了村主任助理。胡麻营绿水青山，民风淳朴，村干部和驻村扶贫的干部们干事热情也很高涨。希望新来的同志尽快融入咱们这个大家庭，齐心协力共同打开工作新局面。以后，我们就叫宋助理了吧。"

李聪明说："对，村主任助理，说不定将来就是宋主任、宋书记了。"

文关发现沙打旺似笑非笑的样子。

会议之后，沙打旺来到文关宿舍。文关早泡好了一壶茶似乎在等他。

"说吧。"

"文处长知道我要说啥？"

文关边倒水边微笑着说："八九不离十。"

"文处长给我出出主意。"

"我问你两个问题。第一个，你来胡麻营是镀金的吗？"

"实话实说，不是。"

"你目前心里最大的事，是自己的事还是村民的事？"

"肯定是村里的事。村里大大小小的事不停地在我脑子里翻滚，愁得我都睡不着。"

"心里装着群众，群众也会把你当亲人，换届选举村民的赞同不赞同是唯一标准，这个后门儿没人能走。"

沙打旺想了想，说自己明白了，说完替文关拿上一沓报纸，一起向读报亭走去。

其实，当李聪明宣布宋鑫鑫待遇的时候，在场的村干部也都有些异样的神情。现任的村党支部书记、村主任齐二强，上任前是建档立卡贫困户，从2018年落实基本报酬2万元/年后，才脱的贫。到今年涨了一些，齐二强拿到25200元了，其他几个党支部委员和村委委员是20160元。离任后的村干部就没有相关待遇了。

文关在想，逐步提高村干部报酬待遇，做到干有所酬、退有所养，才能不断激发干部的工作热情，这也是加强农村基层组织建设和村干部队伍建设的客观需要。比如，规范村级干部工资待遇标准，推行工资保底制度，对特困村的状况要适当给予政策扶持，建立村干部工资增长机制，满足村干部的基本生活需要，确保村级组织正常运转。当然，也要建立村干部工资待遇的考核和监督机制。村干部工资待遇还可以与村集体收入联系起来。

齐二强算过，今年年底村党支部书记基本报酬能到30566元，其他村"两委"成员能拿到24453元。同时，根据工作成效，还有几千元不等的绩效奖。

换届，当选会是谁？读报亭里的人也时常聊起这个话题，毕竟还有几个月，胡麻营新一届"两委"就要诞生了。

（九）

"能不能办？"

"说破大天也办不了，谁来了也不行。"

郑春时冷静了一会儿，满脸堆笑地说："就破例一次，你不说我不说，没人知道。"

石榴气呼呼地说道："你现在是红云镇的大老板了，别人巴结你，请你喝顿小酒，你就满口答应，你答应你给人家发钱去，我可管不了。"

"实在是亲戚，这几天住西沟村，但人不经常回来，走不了风声，拿上低保，肯定忘不了你哇。"

"春时啊，我们正抓顶风作案搞关系保、人情保。头一阵子，县里的一个干部违规为自己父亲办理农村低保，领取 C 类低保金一次，才 2000 多块钱，受到党内警告处分，钱也收缴回去了。你可别好了伤疤忘了疼，当年你不也……"石榴知道顺嘴秃噜出来的话收不回去了，就卡住了后半句话没说。

郑春时脸色一变，摔门而去。

气得石榴把郑春时留下的一沓子低保材料猛地砸在办公桌上。

郑春时的车从远处开来，停在了读报亭边上，给叔叔大爷们发烟，聊了几句，继续开车去小胡麻营看他父亲去了。

"春时这是喝了点吧，满嘴酒气。"几个村民望着远去的车说。

"喝酒不开车，开车不喝酒。春时现在硬得很，交警队碰见酒驾好几次咧，每次都有人给他说情，批评批评就给放了。"

"春时这后生起变化了。"

"原来的胡麻油造得挺好，后来听说掺菜籽油了，菜籽便宜，掺到胡麻油里倒是加重了香味，不懂的人可能就认为这是优质胡麻油，其实这不纯了。咱村里人都是老造油的，一尝就知道咋回事。"

这些议论从读报亭逐渐传到了文关耳朵里。

文关一听就坐不住了，立刻开车去了油厂。

郑春时并没有躲避问题，说只掺了 10% 的菜籽油。

"想掺菜籽油，你就按比例做胡麻调和油，大大方方地做，何必瓶子上印着纯胡麻油，背地里掺杂使假，这可是违背良心咧。"

郑春时不说话。

文关气不过，说："春时，你为了追求利润，在胡麻油中掺入低值食用油，这是扰乱市场秩序。如果市场监管定期抽检，轻则下架召回，罚款、吊证停产。明知故犯情节严重的，还要从重处罚，甚至移送司法机关。你过去是吃过亏的。"

郑春时说："文处长你也说这种话，肯定背后有人煽风点火。"说完，头也不回地开车走了。

文关去找石英。

石英说："既在情理之中又在意料之外。类似郑春时这样的农民通过创业获得了成功，大家给他们一个农民企业家头衔。但是，随着时间的推移，市场由卖方市场转向买方市场后，他们的缺点开始暴露了。就好比站在风口，猪也能飞起来，如果猪在空中不锻炼自己，不让自己的背上长出一对翅膀的话，那么当风停了以后，猪就会掉到地上摔死。"

"企业建立的头半年是关键期，度过半年就能看到一年，现在的郑春时正在危机之中，但是不觉悟啊，我担心他措手不及，就被市场淘汰了。"文关说道。

石英给文关递上一支烟，两个人吐着烟。

"我找个时间去找找他，免得他又多心了。"

又一个早上，文关按习惯先去读报亭送报纸，然后洗漱吃饭。

此刻，人们围成一圈，议论的话题是"春时出事了"。

文关走近问："春时咋了？"

"昨天半夜开车撞死人了。"

"啊？"

"我们也是听村里后生们讲的，酒驾，撞死个老汉，没救人家，开车跑了。后来被他媳妇带着去自首了。"

文关把报纸给了一个村民，说："你给大家发发，我去打个电话。"

石英电话里告诉文关，郑春时撞死人是真的，而且是酒后肇事，有逃逸情节。消息是郑春时媳妇早上告诉他的，郑春时目前在交警队协助调查。出事的地点是首府郊区，被撞的人没等到救护车来就去世了，是一个60多岁的孤寡老人，姓牛，只有一个远房外甥。

"和谁喝的酒？"

"据说是西沟村的一个村民，和郑春时沾点亲，不是常住户，这几天才回来的。"

文关一时摸不着头脑。

这种事传得快，上午没过，红云镇的人基本都知道了。

石榴来电话说，郑春时之前为了给西沟村的亲戚违规办低保，跟她吵过一次，让她顶回去了。这酒就是跟那个亲戚喝的。"我问了西沟村书记，说那个人今早就走了，家里上锁了。"

文关说："这就是酒肉朋友，有用了找你，出了事儿不见踪影。真是恨铁不成钢。"

后来，根据司法鉴定，交通事故中的牛老汉属于胸部闭合性损伤死亡，郑春时应对事故负全部责任。经法院调解，郑春时向牛老汉的远房外甥支付了40万元并取得谅解。为此，郑春时的媳妇含着泪把家里的牛和羊都卖了。

郑春时属于酒后交通肇事逃逸，虽有自首情节，但因有前科，所以无法申请缓刑，最终一审法院裁定郑春时犯交通肇事罪，判处两年零八个月有期徒刑。

郑春时跟媳妇说，油厂第二条生产线刚刚建起，让她把家搬到油厂，继续做油。媳妇说自己不懂油，也就没去。油厂就此关了门。

第十四卷

胡麻营

决胜脱贫攻坚以来，胡麻营村产业呈现出良好的发展势头，一批彰显乡土特色、体现乡村价值、乡土气息浓厚的乡村产业和新业态产业应时而生。为带动传统农业向新农、绿农、技农迈进，红云镇提出建设胡麻营示范数字化直播基地，用新媒体塑造推广新农业、新乡村形象，通过大数据链接整合内外部资源，促进红云镇发展现代种植业，打造地理标志性小镇，建设生态农业与文旅一体化的新农村。

（一）

　　阳光明媚，大地光洁，食堂马大姐家的小土狗慵懒地享受着午后的阳光，韩长命留下的这群小鸡已经长大，迈着碎花步在草间悠闲地啄着什么。威武的大山背后，慢慢移动的积雨云深处响起了洪亮的声音，并开始牵动着树梢。冥冥之中，文关觉得有一种力量正在靠近。

　　这种力量涌动在文关的心口，反复追问他将如何解决目前面临的困难？

　　文关反复告诫自己，摆脱贫困没有先见或者设计出来的模型，所有过程都是挑战，所以，脱贫攻坚是当前最大的政治任务、最大的民生工程、最大的责任担当。这个过程可以有徘徊、思考、奋斗、艰辛、喜悦和向往，就是没有退路。

　　油厂所面临的困难并非坏事，不是所有的困难都是交通肇事造成的，而是本身存在的内在矛盾，比如不按标准生产、企业管理制度模糊等，终究会产生类似的结果，甚至更严重。就目前而言，胡麻营油厂必须通过解决矛盾来实现发展。

　　文关站在高处望着马路对面的红星犬谷工地，800平方米的训练馆已经建起，硬化的院区被绘制成卡通色，障碍场上的各种器材正在埋设和搭建，特别是办公楼顶一个巨大的边境牧羊犬头像，即使人们驾驶汽车飞驰在高速公路上，偶然瞥一眼也能留下深刻印象，不禁会问，这是什么地方？张小五说："好奇害死猫，人们闲下来终究要来探究虚实的，这就是广告效应。"

　　一辆快速行驶的小轿车，从文关的眼前穿过，突然又停住，倒停车在文关跟前。

　　文关很快认出来，是李硬眼，还有三四个小伙子一同下了车。他们没有与文关绕圈子，直接表明想继续经营胡麻营油厂。

文关很兴奋，看看太阳即将被积雨云包围，山雨欲来风满楼，今年的雨水不错，虽然前期有点旱，但这场及时雨终究是会来的。"走吧，去村委会聊。"文关对李硬眼他们说道。

李硬眼说："去年年末受文处长的启发，我们已经注册了红云英国红商标，这几个都是咱们胡麻营村毕业的大学生，在市里打拼多年，我们合伙成立了红云镇胡麻营食品有限公司，准备回乡创业，我们要当职业农民。"

文关说："职业农民是个新概念，我时常想，什么时候有那样一群人，给广大农民带来全新的认识和观念，推动农业向更好、更高层次发展，以此实现农业生产新突破。比如村里人种地，就是继承父辈的经验，不会考虑土坷垃里钾、磷有多少？选啥优良品种？运用啥新技术种植？每年旱涝保收就行。现代农业的发展离不开有文化、懂技术、会经营的新型职业农民队伍。"

"我们要当文处长期望的那种新型职业农民。"几个小伙子说。

李硬眼说："我记得文处长跟我算过一笔账，一亩半地生产400斤红芸豆，每斤3.5元，合计1400元，除去种子、化肥、地膜和耕地费用等，每亩纯收入500多元就算多的了。我们几个今年在村里流转承包了500亩土地，选用英国红优质品种，播种前优中选优，然后晾晒了一两天，测量地温高于八九度时播种。在下种之前施底肥，少量氮肥，以磷肥为主，还有一些钾肥，铺设了膜下滴灌设施。现在是7月初，马上要到结荚期了，我们要进行追肥，叶面喷施磷酸二氢钾和尿素。9月份左右可以收获。红芸豆不能连作，所以，明年我们计划到其他村再流转承包土地1000亩，胡麻营这500亩地明年发展成杂粮厂的种植基地，种小米、黄米之类的。"

文关高兴地说："土地是祖祖辈辈耕种的土地，但是在新时代谁来种地、如何种地？我想这就是职业农民的使命。"

李硬眼和其他几个小伙子碰了下眼光说："我们这次来跟文处长探讨，打算建设胡麻营直播基地，以胡麻营品牌为依托，帮扶当地村民种植红芸豆和其他杂粮，产量全部包销。也就是说胡麻营是个大商标，可以是油，也可以是杂粮，等等。我们看好这个商标，这3个字闻着就带着一股乡土的香味儿。"

文关请李硬眼细细说一说。

"就是利用数字化现代科学技术及工具对传统种养业等要素跨界配置，农业与农产品加工、流通和服务业等渗透交叉，形成新产业、新业态、新模式。用新媒体塑造推广农村新形象，通过大数据链接、整合内外部资源，促进胡麻营发展现代种植业，积极打造地理标志性小村。标志是个小村，实际品牌效应发动起来，全镇都可以用这个品牌形成系列产品，不搞小商标和闲置商标，这样反而会相互杀价，冲淡了品牌效应。少即是多，好即是多。"李硬眼说道。

文关高兴极了，"年轻人思路果然开阔，有没有目标或者指标？"

"到2021年实现2000亩的红芸豆精细化种植管理，实现60万斤产销双丰收，收入240万元以上。带动培养一批种植科技职业化农民，培养农民主播，除了能够展示胡麻营的新面貌，也为红云镇多种经营产品打开销路，胡麻营牌食用油是其中的一个亮点。与即将投入使用的红星退役军人扶贫创客中心合作，建设数字化直播基地，从种植、收获到加工，线上线下一体化品牌推广销售。我们将通过直播基地数字化平台，全年多角度展示全镇的工作实绩。"

说着，李硬眼递给文关一份材料，"简单写了一个策划书，文处长给指导指导。"

窗外雷声大振，下起了雹子，打在窗户上噼里啪啦的。

后来才知道，只有胡麻营下了冰雹，其他村下的都是雨。

文关说："这是老天爷敲打我们脑袋呢，敲得好啊。"

（二）

　　胡麻营村与郑春时终止了油厂的承包合同，但是"胡麻营"商标和胡麻油的生产许可证持有人仍是郑春时。如果李硬眼和村委会接续承包，需要重新注册商标和申请生产许可证。

　　李硬眼说他看重的就是胡麻营这3个字，这3个字比设备值钱。

　　齐二强说："那只能和郑春时谈，多少钱转让商标。生产许可证不能转让，可以先把郑春时的撤销，再重新申请。或者和郑春时谈授权使用这个证，立个协议为好。"

　　在申请探视后，李硬眼见到了服刑中的郑春时，并说明了来意。

　　郑春时过了很久才开始说话。

　　"我们家以前生活很艰苦，家里只有一台收音机。我爸知道农民的辛苦，就培养我们读书，我是村里第一个大专生。他帮人家开拖拉机，帮人家运砖，做卖菜的小商贩，生活不富裕但一直坚持供我上了大学。他告诉我一定要努力读书，做村里第一代大学生，将来的孩子要做第二代大学生。我大学毕业后返乡创业，那时家里生活还很艰苦。我是村里有一定知识和能力的农民，想通过自己的努力让更多人了解胡麻营，知道胡麻营人的存在。这几年，我开办了农牧民专业合作社，养牛羊、生猪，种红芸豆、玉米、胡麻，收入不少，但没有品牌，市场销路有限，产品也卖不了好价钱。去年，文处长帮助我成功注册了'胡麻营'商标。这个商标就好像我的孩子，油厂就是我的家。'胡麻营'也好像是身份证和通行证，可以走向北京，走向全国。文处长说得没错，用好一个商标，就能带动一个产业、搞活一地经济、富裕一方百姓。可惜，我只是商标先占了，却没有用好，给胡麻营抹了黑，对不住文处长的一番苦心。出了这个事也好，为胡麻营及时止损吧。"

　　李硬眼把一份转让协议书递给了郑春时。

郑春时看了一眼并没有打开，说："商标我不会转让，刚才说了，这是我的身份证和通行证，我一辈子都会持有的。"

"你再考虑考虑。我们大家也是想利用好这个金字招牌，提高产品的知名度和竞争力，牵引带动一批优势产业和拳头农产品，给咱们村带来源源不断的财富，这也是你的初衷嘛。"李硬眼说道。

郑春时很坚决，不转让，"你们可以申请别的商标，没必要盯着'胡麻营'这个商标。大千世界可以注册的多了嘛。"

看守说时间到了，郑春时没有犹豫，转身走了。

得知这个结果，文关也没了主意，说去找找石镇长，没有石镇长办不成的事。

石英沉默了一会儿，说："凭我对郑春时的了解，让他放弃商标是很难的。还有一个办法，既然资金可以入股，商标也可以入股，起草一份使用许可合同，再去和郑春时谈分红的年限和分红的比例。对了，还有生产许可证的许可使用，一并入股。"

"石镇长的脑子才是脑子，脑子里都是主意，从来没被难住过。我们的脑子有时候就是水和面粉，一着急混在一起就是浆糊，我这个'副科级'确实打心眼儿里佩服。"文关笑着调侃道。

石英说："文处长又开玩笑。"然后又安顿李硬眼去试试，不行的话，再想其他办法。

文关听罢，露出近来少有的笑容。

让石英一语中的，郑春时同意按利润的5%分红，商榷后李硬眼委托律师起草了商标和生产许可证许可使用合同，20年期限。

郑春时说不是为了钱，是胡麻营的情结在他心中挥之不去。胡麻营品牌成功，也是他的心愿，无论是谁经营，他都深深地祝福。当然，失败了，他也不离不弃胡麻营，这里是他梦想开始的地方。

村委会研究后，红云镇胡麻营食品有限公司接续承包了油厂，原来带贫机制中的贫困户复工复产，唯一换掉的是化验员，李硬眼说这个人不能将就，必须熟悉并能精细操作。

当然胡麻营数字化直播基地不是短时间内就能崛起的，李硬眼和他的小伙伴们制定了3年建设规划，不仅要带动更多的农民创收，而且要让外面的人了解胡麻营，提高红云镇的知名度，吸引投资商来红云镇投资兴业，进而吸引各种人才回流，这样红云镇才能进入良性发展阶段。

一番波折之后，胡麻营有了新型职业农民。但是如果未来产业链条不完善、缺少升级、农村经济没有实质性的发展，这些年轻人还会离开胡麻营的。另外，品牌意识虽然有了，但是品牌还相对薄弱，特色品牌体系建设不够，与农民的融合还局限于提供分红和就业岗位，群众建设家乡、干事创业的内生动力还没有完全激活，社会资本进入乡村步骤缓慢，这些因素都在深刻地影响着红云镇的发展。

必须要找准方向，这个方向就是优化农村营商环境。

在文关的建议下，红云镇实施了"红镇一家亲"计划。全镇干部，特别是办事大厅接待群众的干部，人人佩戴一个小徽章，上面印着"红镇一家亲"。以亲人的角度，主动靠前服务，降低准入门槛，优化办理流程，简化办理手续，减少办理材料，压缩办理时限。

李聪明经常点着自己胸前的小徽章提醒干部，"这是干部和群众之间的桥梁，这是社会资本与乡村事业之间的握手，这是咱红云镇想好好发展的诚心和决心。"

刘宏远来红云镇督查驻村工作情况，一下车就发现了李聪明胸前的这枚徽章，想起这是文关和自己曾经聊过这个话题，感慨地说："红云镇又出彩了，咱们县也要学会交朋友啊，没有朋友和亲人，世界上就剩自己了，其实形同树木。"

（三）

7月份以来，驻村工作队取消休息日。市县两级建立了督促检查机制，采取钉钉签到、抽查和实地督查相结合的方式，督查工作队员到岗到位、工作开展、吃住在村、经费落实、遵守纪律、政策熟知等情况。针对工作队队员业务不熟悉、工作方式单一等现象，积极开展培训，帮助理清工作思路，提升帮扶能力。

刘宏远不打招呼直接到包扶的胡麻营村暗访，一路走一路看，一边听一边问，每到一处，认真查看当地群众家居环境、住房条件，询问家庭收入、生活状况、享受政策等情况，并勉励他们要坚定生活信心，发扬勤劳、自强的精神，相信在当地党委、政府的帮助下生活会越来越幸福、日子会越过越红火。

在一户人家，刘宏远问村民："第一书记是谁？"

"沙打旺，沙书记嘛。"

"自治区有个驻村的干部叫啥知道不？"

"我们村里的狗都认识，文处长嘛。"

刘宏远笑着说："狗要是不咬，说明这个干部勤快，时常到访。狗要咬了，说明这个干部是陌生人。别看这个例子挺招笑的，但对督查组来说有一定的参考价值。"

石英说："文处长走到哪，后面都是一群孩子一群狗。有一回文处长开车回家，走到110国道上，从后视镜里发现一只狗跟着，停下车一看，食堂马大姐家的，又赶紧开车送回来，掰了半块馒头转移狗的注意力，才偷偷走了。"

刘宏远听完笑得不行，说："文处长的故事都与众不同啊。"

这时一个陌生的面孔引起了刘宏远的注意。

转身问刚才的村民："你们认识这个干部吗？"

村民笑嘻嘻地摇摇头。

刘宏远问石英咋回事？

石英说："咱们县机关事业单位有一批干部到村里任职，宋鑫鑫是县农牧业局来的。"

刘宏远向宋鑫鑫伸出手，嘴里说道："哦，想起来了。"

宋鑫鑫赶紧双手握过去。

刘宏远说："小宋啊，胡麻营村低保户有多少？"

"300多吧，准确的数字没记住。"

"特困供养人员有多少？"

"不记得了。"

"享受危房改造政策的应该知道吧？"

宋鑫鑫不好意思地摇摇头。

刘宏远半开玩笑地说："你要再不知道，村民的狗可要咬你了。"

宋鑫鑫说："我来的时间不长，最近主要是整理台账、贫困户档案、填写信息采集表、明白卡……"

"我明白了，挂在上面，沉不下去，不完全是你的问题。许多乡镇都反映驻村干部成为表格书记、表格干部，反正不是在填表，就是在准备填表，脚上想沾点泥土都没有空啊。通过这次督查，我们也得反向督查一下自己，完善贫困户档案对于全面了解贫困户情况、开展下一步工作非常有必要，但是填表格不应该成为我们的主业，老百姓也不是靠填写两张表格就能脱贫的，好日子是实干出来的，不是填写出来的。"刘宏远若有所思地说。

石英说："驻村队员曾经写过一首打油诗——

孤灯烛火，面片半锅。

漫漫长夜，档案相伴。

一觉醒来，又得重填。"

刘宏远说："这不是牢骚，这是现实问题。"

石英说："韩长命写的。"

刘宏远深吸了一口气，说："下一步精简表格和台账，明明已经看得见摸得着了，还要佐证什么？就像打仗，胜利的旗帜插上了高地，还非得让战士们按个手印说打赢了？"

回镇政府的路上，刘宏远让司机拐到创客中心。

深蓝色的玻璃钢二层小楼，就像一块切割方正的蓝宝石。工人们忙着内部装修，看到几辆车停在门前，项目负责人从屋里钻出来，介绍了项目的大致情况。

刘宏远说："县里面也建设了电子商务中心，但是高高一栋楼，人气不高啊。电子商务在城市好接受，在乡村推广得注意群众的接受能力，没有懂农村电商发展的建设人才，难免会成了摆设。在乡村，多少年的购买习惯就是一手交钱、一手交货，对于互联网技术和电子商务有看热闹的心态，还有担心被骗的心理，对电商消费有一定的抵触。"

李硬眼正好在，跟刘宏远说："刘副书记所言极是，我们也想到了这个问题。所以，除了组织专业新媒体团队助农之外，还计划组织专业的培训老师为当地农户进行农民主播培训，培训互联网直播带货、电子商务等，计划培养农民100人以上，让农民自己参加数字化创业增收，拉动当地农特产品、手工制品的销售，不相信别人，还不相信自己嘛。我们红云镇胡麻营食品有限公司和创客中心签订了合同，成为合作共赢、资源共享的产供销一体化合作伙伴。给乡亲们做个表率，有实实在在的例子，大家会习惯电子商务的。"

"哦？让农民当主播、当明星，有说服力，这个办法好。"刘宏远笑着说道。

此时的文关，正在参加市委组织部举办的扶贫干部轮训班，最后一天是学员代表上台交流，每个学员20分钟，文关被安排在最后一个。组织部的干部说："文处长自己掌握时间吧，晚饭前结束就可以。"

文关以胡麻营村为例，讲了胡麻营牌胡麻油的定义过程，经济林星空小屋是何等惬意，红星犬谷里忠于职守的工作犬，公益农机站里的雷锋司机，擎天柱广告牌对农业生态环境的补偿，农民兴办的物业公司就近解决失地农民就业，以及与此联动的退役军人扶贫创客中心为乡村孩子们创建的乡村少年儿童之家，胡麻营食品有限公司里诞生的职业农民，"红镇一家亲"小胸标如何成为红云镇营商环境的抓手,读报亭里渗透着农民怎样的政治觉悟等,从这些故事里引申出新征程上如何全面贯彻新发展理念,持续深化农业供给侧结构性改革,巩固拓展脱贫攻坚成果与乡村振兴有效衔接,做大"蛋糕"更要分好"蛋糕",扎实推进农村农民共同富裕的话题。300多名学员听得居然忘记了开饭的时间。

下课后,应大家的要求,全体学员和文关面对面建立了微信群,群名就叫"胡麻营的故事"。

文关回来后不久,便听说市委组织部决定,8月末组织全市各村党支部书记和驻村第一书记到胡麻营村观摩见学,大约1800多人,分五批次。

时间飞快流逝,转眼间第一批观摩见学的人到了,共四五百人,这也是胡麻营村有史以来来客最多的一次。

观摩活动分为现场观摩和座谈交流两项内容。首先,全体人员集中到红星犬谷、胡麻营食用油厂和杂粮厂、创客中心、星空经济林进行实地观摩。

在红星犬谷,学员们观看了工作犬搜毒、搜爆、追踪、鉴别、血迹搜查等科目表演。工作人员介绍说,工作犬还可以被训练成照顾盲人行动的"导盲犬",也有一些犬可以用于照顾长期瘫痪或有其他行动不便的人士,比如金毛犬、拉布拉多犬、斑点犬等。参观的学员说:"没想到在咱们红云镇的村里还有这样的集体经济,工作犬的技能把我们惊呆了,集体经济的模式也让我们开了眼界,实体不同的运营模式和合作模式对我们启发很大,回去好好谋划,带领村民走出一条适合本村发展的模式。"

大家纷纷点头。

上城了乡的张国林也来了,文关正要问缘由,张国林说:"这虽然是村党支部书记的活动,不是各乡乡长的活动,但是这样一个好的学习机会我必须亲自带队,我是带队,不是代表。"

(四)

到胡麻营村搞调研活动的人逐渐增多。

市青年企业家协会的孟喜云主席带着办公室主任、外联部部长等也来到红云镇，县扶贫办窦志陪同调研。

会前石英向窦志表示祝贺，恭喜他晋升为二级主任科员。

窦志说："职级职务并轨改革我赶上了，领导和同志们关照我，惭愧惭愧。"

石英和镇扶贫办的干部在座谈会上汇报了红云镇脱贫攻坚的有关情况，孟喜云听得津津有味，会后还跟石英聊个不停。他说，协会的事情太多，下基层的机会很少，这是他四五年间第一次到乡镇来调研，感到很多事情都很新鲜。

孟喜云问石英："你们乡镇的干部工作忙吗？都忙些什么？"

"想方设法弄明白群众在想什么、盼什么，千方百计搞清楚我们该干什么、怎么干，这就是我们正干的工作。"

"群众有那么多问题吗？"

石英答道："群众没有问题了，那我们党的工作就干好了。"

"走，咱们一起听听群众还有什么未解决的问题。"

在石英的建议下，调研组去了胡麻营村。

到访每一个贫困户前，事先都已联络好慰问对象，请他们在家里等候。调研组的同志上门发完慰问金，拿出一个表格请慰问对象"签收"，然后一起合照后就离开了。这些照片里人物的姿势都很像，被慰问对象站在中间，手里捧着印有"慰问金"字样的红色信封，调研组的人员和陪同调研的镇里、村里干部分立两旁，地上放着米面油。

结束走访之后，调研组又去了小胡麻营、经济林和红星犬谷实地调研。

站在高地上俯瞰旅游公路沿线景致，孟喜云说："你们县应把发展旅游业作为兴县之策，红云镇条件这么好，要敢于带头破题。特别是胡麻营村虽然隶属咱们市，但却在首府环城休闲带上，乡村旅游开发条件好，所以创造条件也要上，你们看看这赵长城遗址，这漫山的白桦林，这白白流淌的山泉水，可以请一流的规划公司和知名的旅游设计师给你们把把脉，打开财路嘛。"

大家都没说话，目光转移到文关身上。

文关走近几步说："并不是所有的农村都适合发展乡村旅游，全国最多只有不足5%的农村具有赚取城里人钱的可能。胡麻营过去是绿水青山，现在依然是，但是守着绿水青山的人为啥还是贫困户？关键在于开发保护和利用的方式要继续探讨。我来了一年，也没想好怎么破这个题。孟主席的提议很有启发性，我们认真学习领会，选好题破好题。"

孟喜云高兴地说："首府城边上有好几个乡村旅游点火了，原来是土窝窝房子，现在也建得跟城市一样，游乐场、KTV，离老远就能看见村里几十米高的摩天轮，晚上村子里灯火通明，五光十色，到处是宾馆酒店，周六日时人们把村里住得满满当当，村里人发财了。文处长应该去体验体验。"

文关说："2019年以前连续五六年，每当春节或国庆长假，我们一家人都在网上找一处乡村小镇住上几天，比如青岛黄岛的渔村、秦皇岛的海边民宿、厦门的鼓浪屿……只想远离尘嚣，享受一下古朴雅致、安宁惬意的小环境。孟主席说的那个村我也去过，据说投入了几个亿，确实高大上，宾馆比城市都豪华，夜晚人声鼎沸，听说是复制陕西的袁家村模式，复制成功的例子其实并不多，特别是那么大体量的资金投入，回报周期是多少？20年？50年？还要观察一下。"

孟喜云问："那怎样的农村才像农村？"

文关说："从我个人感受来说，农村就是老家的味道、妈妈的味道、奶奶的味道。记得习近平总书记说过，乡愁就是你离开这个地方会想念这个地方。所以，有文化认同的乡村旅游才更有魅力。比如，最小的人为干预、最大的原乡体验，依托村庄传统，尽可能保留原有肌理，不进行大拆大建，充分挖掘村里的旧材料，保留和改造好老房子，增强村庄的历史厚重感。有人说要让农村更像农村，有一定的道理。"

调研组临走前，孟喜云把齐二强叫过去，说来之前他们做了些功课，给胡麻营村写了一份发展旅游产业的规划，供参考。"比如说，在去往九龙泉这条十几公里长的旅游公路两侧种上各种花，五颜六色的，吸引游客拍照观光，可以配停车场收门票，增加集体经济收入嘛。"

齐二强怯怯地问得多少钱？

孟喜云说："3000多万吧，可以向县里争取资金支持嘛。"

齐二强又说："基本农田上种花，不知道行不行……"

"有啥不行的，都是种嘛，总比闲着好。"

齐二强打开看了看规划书，然后表示了感谢。

大家挥手告别之后，石英因为镇里有事，也着急走了。

回来的路上，齐二强把规划书卷成了纸筒，哼着小曲来回在手里打着拍子。文关从齐二强手里接过纸筒，边走边看，到宿舍前把纸筒展平还给了齐二强。

过了几天，再问齐二强，那个报告果然不知去向。

文关在工作日记中写道：在办公室做调研，在电脑上、书本上找答案，虽然做了大量工作，但是调研的成果无法转化为推动工作的措施，还会加重基层的负担。

（五）

齐二强把"农村贫困户危房改造登记表"撕了，和沙打旺大吵了一架，这个事把石英给引来了。

事情是这样引发的。

全镇各村开展了"漏评""错退"排查工作，随后沙打旺发现小胡麻营有一户村民是去年回来的，房子达到危房级别，但没有进行改造。而齐二强登记的回村日期是今年。当年回来的当年修情有可原，登记成去年的，今年才修，就漏评了。漏评就得通报整改。

沙打旺把表给齐二强确认。

齐二强解释道："登记成今年的，咱们可以正常申请维修，也不影响他仕。我也和村民说了，上级来排查你就说是今年回来的。他也答应得好好的，说能修房子咋说都行，这不是两全其美了。"

"住房安全是贫困户脱贫'两不愁三保障'的核心指标，也是扶贫检查评估的关注点和问题点，有人住必安全、无人住必无痕，啥时候回来的，周围的村民眼睛雪亮，抽查深问几句就会露馅，那就是欺上瞒下，罪过大了。这个必须得改。"

熬不过沙打旺的执着，齐二强就把表格撕了，两个人谁不也不跟谁说话了。

石英组织召开了村"两委"和驻村干部会议。

"这次各村对建档立卡贫困户、低保户、分散供养五保户、贫困残疾人家庭和一般农户疑似危房的安全评估工作进行回头看，看什么？看的是房屋安全鉴定表是否全部填写？房屋安全定级是否准确？看有没有需要补充、完善、调整的？有没有错评漏评的？胡麻营漏评一例，当然要批评，发现问题就要改，回头看，瞒下来不改才是大错特错。"

齐二强低着头摆弄着手里的东西。

"二强啊，即便发现了漏评，也不影响你们村贫困发生率，总体上还在3%以内，你们追求完美难能可贵，但是要实事求是。你激动地撕表格，撕了就不存在了？"

沙打旺说："漏评这个事，我们都有责任，村干部和驻村干部排查的时候，对于动态变化的村民没有及时掌握，请示镇里看看咋办？"

"还能咋办？有错就改。你们核查准了报镇政府，C类的修缮加固，要在最短时间内完工入住，国家抽查之前必须合格。现在县住建局对各乡镇危房改造、道路沿线破旧房屋拆除和旱厕改造等工作进展情况每天进行通报，你们一定要尽快完成。"

散会后，齐二强跟沙打旺要了表，两个人一起去了小胡麻营，确认了这户村民就是去年回来的。村里的人说有时能见到人，没媳妇，自己经常外出打点零工。

沙打旺对齐二强说："你看看，这种事稍微问几句就有真相。上级抽验核查，比咱们问得细致，纸包不住火。"

齐二强说："实不相瞒，还有一户，我也吃不准，一直压着没说。"

"还有一户？"沙打旺眼睛瞪得跟牛眼一般大。

"不是房子，是多了两口人。村民陈喜喜一家上次识别时是老两口，收入上已经脱贫。老两口有个儿子，最近和媳妇离婚，带着孩子回村来投奔老两口，最近这次识别他家就是四口人了。"

"石镇长说了动态识别就是为了精准，工作辛苦一些不怕，就怕虚假登记，那是要追责的。"

齐二强和沙打旺直奔陈喜喜家。

推开院门，一旁拴着的土狗狂叫，院子里几十只羊躲着人。老两口都在，陈喜喜有哮喘和高血压，偶有咳嗽，已经办了慢性病送药。

"儿子和孙子呢？"齐二强问。

"儿子进货去了，孙子在学校咧，星期五晚上他爸爸才接回来。"陈喜喜边喂着羊边说。

"进货？"沙打旺问。

"回来几个月了，投了点钱在镇子里开了个小超市。"

"有营业执照吗？"

"有吧，开超市好多年了，原来在县城里。听儿子说到工商局换了啥地址？"

"营业执照地址变更？"

"好像是。"

沙打旺跟陈喜喜说:"有啥困难来村委会找我俩,随时都在。"然后对齐二强说:"开办经营实体就不能识别为贫困户了,咱们动态关注就行。"

两个人刚到村委会广场,村民王大花就迎了上来,问17500块医药费和门诊费为啥不能报销?

"你咋知道报不了的?"沙打旺问。

"我亲自去县里办的,单子大部分是2017年、2018年的,好说歹说都贴好了,上网一查,这两年没有缴纳记录,白忙乎了。"王大花说。

齐二强说:"王大花啊王大花,你家早脱贫了,也不缺医保这几百块钱,但是就是不交医保费。每次让你交费,你就说万一不得病白花钱交医保,心疼。2019年的医保费是我给垫的,今年的钱是九龙泉旅游点公益资助的,常年这么下去不是个办法。"

沙打旺也跟王大花说:"医保就是保万一的,你不交医保肯定报不了哇。再说,贫困户已经进行了减免,缴纳的那部分也不多嘛。"

"报不了就不报了,以后我家里人也不咋出门了,招不了灾惹不了病,不用催我们交钱。"王大花说完转身就走。

齐二强说:"我问了石榴,全镇各村不缴纳医保、低保的,也就七八户,怎么做工作都做不通,最后基本都是村'两委'干部、驻村干部给垫了,虽然拒交率不到1%,但也是块心病啊。"

"别灰心,再难打开的锁群众手里都有能开的钥匙。继续依靠群众做工作,拿不对钥匙咋能开锁?"沙打旺拍着齐二强肩膀说。

晚上,食堂的马大姐加了几个菜,齐二强和沙打旺以茶代酒,碰了一杯。

齐二强说好兄弟不记仇,记仇就送文处长的狗场去。

"咱俩还真的得去狗场,全市各村党支部书记和驻村第一书记马上分批参观红星犬谷等集体经济了,咱俩在名单上。"

（六）

第二批参观的队伍浩浩荡荡来了，大客车停下十几辆，走下来的都是白衬衣黑裤子的干部，领队的干部说第二批次人数最多，共计522人。

参观人员先后步入红星犬谷的大院。

沙打旺和齐二强先去市委党校报到，上了几节乡村产业发展专家辅导课，这次也跟着大家一起从大客车上下来。围观的村民认出了他俩，跟他们招了招手。

张小五出来迎接，后面跟着红星犬谷的参观指导人员，跟领队对接接下来的活动，然后由红星犬谷的总经理赵尚兵安排。

"红星犬谷是自治区最大的民间犬业机构，工作人员全部是退役军人，是军旅生涯20多年的、30多年的营团干部。"赵尚兵介绍说。

"敬礼。"20多名退役老兵齐刷刷向参观队伍举起右手。

参观的队伍鼓掌。

赵尚兵说："虽然我们已经不是军人，但是当一天兵，一辈子都是兵。"

赵尚兵边引导人群往前走边用扩音器继续讲，"红星犬谷的主要业务包括针对犬类参与的安全技术服务、安全防范技术咨询；接受委托从事工作犬、安保犬、检疫犬、工作犬、缉私犬、搜救犬、护卫犬、反恐犬、导盲犬的训练、寄养、租赁、销售、代训；提供良种犬的配种、各类犬的用品、犬类的殡葬服务等。今年是犬谷试营业的第一年，与市关爱退役军人协会通力合作，受邀培训各类犬，得到了业内人士的信任与好评，增加了企业的经营范围。"

众人来到犬宿舍。

"一犬一舍，50只犬都有自己独立的小天地。这样做，是为了避免它们相互掐架，更重要的是，要培养它们的自信心。训导员除了要带警犬进行特训，还负责给犬喂食、洗澡。"

"伙食怎么样？"人群中有人问。

"住得好，吃得也不错。每只警犬每天要吃两顿，上午一顿吃狗粮，下午一顿吃鸡肉、牛肉等熬制的流食。食谱由专业营养师制定。"

"伙食不赖嘛，要不要来住上两天，体验体验。"参观的人们互相打趣，引起一片笑声。

参观的人走进800平方米犬训练馆。馆内已经布置成丛林状，除了越野、越障等室外训练项目，还有犬跑步机。一字排开的特制跑步机上，几只犬吐着长长的舌头，卖力地奔跑着。

"工作犬跑起来，至少10公里起步。"赵尚兵说。

训导员把跑步机上的犬领出来，自成一行，喊口令表演了坐、立、卧等动作，然后将附着爆炸物气味的网球和普通网球抛进草丛，下达了"搜"的指令，让其中的一只犬去寻找。工作犬找到普通的网球叼放在网球桶里，把爆炸物气味的网球叼放到排爆桶里。现场响起一片叫好声。

30分钟后，车队从红星犬谷去了经济林、公益农机站、油厂、杂粮厂。最后一站是退役军人扶贫创客中心。

"现在下单有优惠！"直播间正直播带货。

"好像是主持人王旭、马娅。"有人猜测说。

张小五说："确实是他俩，今天是创客中心首场'数字赋能·助力脱贫'主题公益直播带货专场。主持人王旭、马娅是创客中心的好朋友，定期来创客中心做公益直播，服务脱贫攻坚。与创客中心合作的主持人和著名网红一共有30多人，都是自带流量，无偿为乡亲们服务。比如今天直播已经半个小时，累计观看人数近5000人，点赞3万人次，销售了1000多套胡麻油和杂粮礼盒。"

创客中心二楼，附带建设的乡村少年儿童之家已经开始运营。全镇各村的留守儿童随时来做客、娱乐，还有榻榻米可以住，全部免费，定期有心理老师来辅导。这次参观给参观人员留下了深刻的印象。

又隔了几天，首府几所小学在创客中心挂牌，3000名小学生陆续分批次来到创客中心做客，在油厂和杂粮厂亲手制作了油和杂粮。在红星犬谷，孩子们开展了参观犬舍、观看表演、参加互动、零距离接触等活动。自治区媒体、新华网、市教育网、澎湃新闻等10多家媒体争相报道。多个慕名而来的家庭到此开展了亲子活动。

张小五说两个孵化的项目都成熟了，自愿将其单方投资及经营权转让给退役军人组建的公司，继续与村委会合作完成原协议约定。红星犬谷和创客中心的名称不变，响应国家"精准扶贫、带动就业"的号召，充分发挥国家扶贫资金的作用，实现创业带动就业，促进农民增收脱贫目的不变。

创业孵化需要钱，投资要有回报，但张小五不求回报，只是与创业者有君子协定——企业盈利后，归还本金，不用承担利息。除此之外她还有另一个附加条件，必须把你的战友带起来，一个带几个，几个带一片，就业的路就顺了。退役军人融资难、贷款难一直是难题，张小五发动企业家朋友免息为他们融资，前提是创业者需信守承诺。

8月末，全国爱国拥军模范、拥政爱民模范评选表彰工作领导小组办公室，将拟表彰的全国爱国拥军模范个人进行公示，张小五名列其中。

（七）

一天，村民韩喜民、丁栓牢带着锦旗来到镇民政所，找石榴。

原来，几个月前的某天晚上，65岁的韩喜民的老伴突然感到头晕，不小心摔了一跤，碰到墙角受了伤，人动弹不了。韩喜民不知所措，猛然想起包扶他们家的干部石榴。村民们平时都说镇民政所所长石榴为人和气，特别善于解决村民的各种困难。韩喜民抱着试一试的想法拨通了石榴的手机，说明情况，请求帮助。

手机另一边的石榴安慰他不要着急，说她马上就到。

石榴开着车火速赶到胡麻营，认真查看老人伤情。韩喜民的老伴满脸是血，额头上有大约5厘米长的伤口，嘴唇开裂，脚踝淤肿，不停疼痛呻吟，韩喜民心疼得直跺脚。石榴意识到问题可能比预想的要严重，说："韩大爷你就不要去了，等我消息。"说完立马将老人背上自己的车，火急火燎地送到县人民医院急诊室。到医院后，石榴推着老人做各项检查，经诊断韩喜民老伴跟骨、鼻骨骨折。石榴又帮着老人办理住院，忙前忙后，待老人额头及嘴唇缝合后，已经是深夜了。

后来，镇民政所的几个干部轮流照顾了老人一个星期，石榴开着车把韩喜民的老伴又送回家，两位老人抱头痛哭，之后握着石榴的手感激得说不出话来。

韩喜民的老伴还在休养，他老大不小的儿子间接性精神病突然发作，将家里的玻璃窗和家具都打坏了。正来他家看望的石榴发现后，在村干部的协助下，把他送到了市人民医院精神卫生中心，经过3个月的治疗，后来没有发作。

见到石榴，韩喜民瞬间老泪纵横，说："要是没有政府，没有帮扶干部，我们这个家早垮了，弄不好人都活不到现在。"

石榴说："您老身体棒棒的，老伴孩子也都恢复得不错，咱们是脱贫不脱政策，我们帮扶干部还接长不短地来走访，有啥问题和困难咱们一块解决，政策越来越好，你们老两口就踏踏实实地过日子吧。"

跟着韩喜民搭伴一起来的村民丁栓牢也说，石所长是大好人。

他家是D类危房，长时间没有修缮，但依旧住人。老丁年近七旬，孤身一人，但想着政府提供改造补贴，还是想领取改造金自己盖。

石英委托石榴找丁栓牢解决这个问题，说石榴善于攻坚克难，而且丁栓牢的事没有李占富的难。

石榴找了丁栓牢好几回，告诉他自己盖新房子，操心受累，最后还得接受验收，过关了才行，如果不合格还得整改咧。

丁栓牢说："咱村里有个看日子的习惯，我请了风水先生先把关，说

10月2日良辰吉日盖房最好。"

石榴说:"咱们全镇启动时间是去年5月1日,你拖来拖去,拖了后腿不说,天气也凉了,反而有安全隐患。如果你和大家同步完成,有奖励。"

"啥奖励?"

"奖励你个老伴儿。"

"那我把房子还得盖大点儿。"

"看把你美的。"

"你和大家一起盖完,工程队你自己找,争取改造资金和验收我去办理,你就一门心思看着工程队盖好房子,其他事不用你管。你要不嫌弃,我家还有几件闲置的电器和几个柜子,也送给你。"

丁栓牢答应了,起早贪黑地亲自监工,有时候还搭把手,他家的房子盖得最快。房子验收后没多长时间,丁栓牢拿到了政府支持的建房资金2.5万元。望着家里滑溜溜的地板砖,严实的塑钢窗,洁白的墙面,厨房灶台白净的瓷砖,还有石榴送给他的电视机、电饭煲和大衣柜,丁栓牢半夜睡觉都乐醒了。

石榴把韩喜民和丁栓牢送走后,把两个锦旗卷起来,放到柜子里,正好被民政所另一位干部贺红看见了,贺红说:"挂在咱们民政所,让大家看看咱们的成绩!"

"我估计一面锦旗制作也要百十块钱,钱虽不多,但对许多困难群众来说也是一笔不小的负担。文处长对那些要赠送锦旗感谢的村民总是婉言谢绝,就是怕他们花钱。"

"人家已经做了,送上门来了,咋办?"贺红问。

"不接好像不近人情,接了以后文处长也没有悬挂过。去家里走访的时候,看看家里缺啥少啥,自掏腰包把东西给买上了。文处长说,咱们都是为人民服务的,这些都是应该做的,对于锦旗不接受、不悬挂、不陈列。"

天气凉一些的时候，石榴带着贺红去了韩喜民和丁栓牢家，给他俩每人买了一双鞋子。

"你这孩子，花这钱干什么！我都老了，穿什么鞋都一样。"丁栓牢嘴上说着责怪的话，但脚还是慢慢地走动着，看着自己脚上穿着的新鞋，脸上却是掩不住的开心。

韩喜民把鞋子摸了半天，说大小差不多就给儿子穿上了。

第二天，石榴悄悄又买了一双，见韩喜民在屋子里打着盹，便放到门口走了。

几近秋天的时候，石榴被县民政系统评为优秀工作人员，得了一个大红证书。

石榴照旧把证书锁进了抽屉里。

（八）

9月初，胡麻营已经凉飕飕的了，早上穿个棉服也不暖，中午脱了换褂子，山里的天气反复无常。最近几天又下了一场冰雹，这一次没有落在胡麻营，落在了东沟村。露天的西兰花被打得东倒西歪，一些大棚设施被损毁，棚膜上满是冰雹砸出来的窟窿眼儿。眼看还有10来天就上市了，结果受损严重。冰雹过后，西兰花被击中的部位开始溃烂，菜地里味道呛人。石英一面组织干部联系保险公司赔付，一面找到创客中心看看能否开展爱心销售，能挽回多少算多少。

创客中心主动担负起助农促销的大任，王旭、马娅再次坐在了直播间，以短视频、网络直播等方式，通过抖音、快手等网络平台进行宣传销售，为受灾的西兰花打开网络销售大门。

"村里上万斤的西兰花现在堆积如山，因为冰雹，所以蔬菜外观受到一些影响，但口感没有任何变化，大家可以放心食用，原价每斤3元，现在每斤1.5元就卖，希望大家多多支持。否则时间一久就要腐烂了。投入较大的脱贫户很可能就要返贫。"

在粉丝们的积极转发下，一夜之后，东沟村驻村第一书记陈来勇接到的订单电话没有停歇。村民们连夜采收、分装好，早上就送到村委会，石英安排车辆统一送到市区派送点。

文关跟着忙乎完，太阳出来的时候回到村里。看着一大早就抱着胳膊走路的村民，文关想起来该跟广州侨心爱心基金会联系了，预计捐赠的350件棉衣能否优先给红云镇发货。

基金会甄青说："我们这边兵分三路，各司其职。一方面根据北方省区的申请，制定了优先发放计划；另一方面派人员与棉衣生产厂家洽谈采购及货运事宜；与此同时，为加快捐赠流程，在银行设立专用账户，不会因为资金问题影响生产和捐助计划。"

一周后，广州侨心爱心基金会的棉衣寄送工作正式启动。甄青发微信告诉文关，三批次共69070件，分别要发往西藏、甘肃、青海、山西、河南、云南、四川、安徽、湖南、湖北、重庆等地，当然也包括我们自治区。他亲自前往宁波监督棉衣发货情况，特别是对发往边远寒冷地带的衣服质量要进行抽查，确保是加厚的。

捐助量很大，加之广州的9月初似乎是胡麻营村盛夏的温度，为避免烈日工作，工作人员只能在傍晚至深夜开始装运工作。

又一周后，一辆物流卡车开到村委会，卸下五个大包裹，每个包裹都差不多半个人高。齐二强和沙打旺清点完毕后，说货单标记的350件棉衣准确无误，额外多配发了20件，标记为机动数。

第二天中午前，石英、齐二强、沙打旺坐在一个小课桌前，宣布"情系困难群众，奉献诚挚爱心"捐赠棉衣活动开始。齐二强宣读了这次棉衣的数量和捐赠方，沙打旺宣读了给广州侨心爱心基金会的感谢信。

石英清了清嗓子，说："这批棉衣是文关处长联系广州的一家爱心基金会为我们筹备的，特意还为咱红云镇的老百姓加长加厚了，各种型号都有，不但合身，样式还好看。爱心棉衣，穿在身上，暖在心里，咱胡麻营人不能忘记广东人民的帮助，不能忘记全社会的关爱与温暖，这次捐赠的棉衣，重点发给建档立卡贫困户，还有老、弱、病、残等特殊困难群众，有一些机动的棉衣捐赠给幸福院的老人。胡麻营村这次捐赠活动搞得好，募集、分配做到公正、公开、透明，把社会的爱心和温暖落实到需要的困难群众身上，工作就得这么干才得人心。冬天要来了，棉衣是一种保障，还有过冬的房屋，要利用入冬前的时间，村'两委'和驻村干部也要下去走访转转，不管什么原因，都要保障全村群众安全过冬。"

"好！""鼓掌！"

石英转身找到文关，做着手势请文关也上去讲几句。

文关摆着手说："不了，不了，大家都着急要试衣服，咱们开始上货吧。"

石英说："都等不及了，那就赶紧发吧。"

村干部和驻村干部一个发，一个登记，有的人穿着不合适跑回来换，整个广场清一色的黑棉服，找人的时候需要谨慎识别，认错人的笑成一团。

穿着棉服的村民喜悦之情溢于言表。

"真不孬，谢谢党的好政策，谢谢爱心基金会，广东这么老远，还想着咱红云镇的老老少少。"

晚上夜校学习结束后，文关刚回到宿舍，石英和石榴就来了，还拿来一件军大衣，说胡麻营的冬天不挑人，贫困户和处长都得穿棉衣。

没过几天，文关又收到一个物流大包裹，寄件人是韦亭，寄件地址是云南省丽江市，清单是50件羽绒服。

文关赶紧打电话，韦亭说按着自己百村千户计划他已经走到云南，下一个目的地是广西。"从基金会的公众号得知棉衣已经捐赠到位，替你们高兴。你们村不是还有39个孩子，这批棉服都是成人的，岂不是委屈了孩子。大人的事我管不了，孩子的事我必须管，50件羽绒服，你给孩子们调剂一下大小，剩下的捐赠到你们镇民政所。"

文关感慨地说:"上学那会儿,大伙给你起了外号叫婷婷,其实你最爷们儿,嘎嘎纯爷们儿。"

(九)

11月末,村、社区"两委"换届工作启动,到2021年3月份前,全区村和社区"两委"将集中进行换届,村、社区"两委"任期由3年改为5年。

经过前期民主推荐、组织考察,确定齐二强、沙打旺、宋鑫鑫、杜小秀为提名候选人。胡麻营村党支部举行了换届选举党员大会。这4人做了自我介绍和竞选发言,28名参会党员慎重投票,选举产生了新一届村党支部班子成员及村党支部书记。

村党支部书记:沙打旺

副书记:齐二强

委员:杜小秀

宋鑫鑫没有过半数,落选。

接下来是村民委员会选举。选举那天,村委会和驻村干部分成4个小组,每个小组3—5人。一人拿着投票箱,两人拿着选票,还有一位是讲解员。

胡麻营户籍在本村并且在本村居住的有700多人。有1000多人户籍在本村但不是常住户,打工、出嫁、搬迁的都有,愿意参加选举的有200多人。还有一些户籍不在本村,但在本村居住了一年以上的也参加了选举。

每到一户人家,大家都能热火朝天地聊起来,有的时候聊得跑题了,还得引回来。村民们对沙打旺和齐二强都说好,好几户村民说不认识宋鑫鑫咋投?负责解释的干部就得耐心地跟他们解释,宋鑫鑫的基本情况、简历及现在的职位等,然后说可以根据自己的意愿投票。临近下午三四点的时候,沙打旺这组还有最后一户人家,户主是90多岁的孙福民,虽然他有点儿听不清别人说什么，但是孙福民对选举特别看重，把几个候选人了解了一遍又一遍，说："我肯定不能乱选，要选个有文化的，能真正为村民做点正事的干部。"

完成选票后，4个组的干部到村委会会议室里唱票，最后的结果是：沙打旺获得了835票，李硬眼686票，另有两人超过了半数，宋鑫鑫仍未过半数。

就这样，沙打旺成为全镇第一个当选为村党支部书记兼村民委员会主任的第一书记。李硬眼当选为村民委员会副主任。小胡麻营和另外两个自然村的小组长当选为村委会委员。杜小秀仍当选为村妇女主任。

宋鑫鑫又一次落选村民委员会委员，后来才知道他媳妇在土城子乡村"两委"换届选举中也落选，后来两人分别离开村子回到原单位了。

文关回想起这些情景，开始归纳村民文化在乡村治理现代化进程中的具体表现，充实到一直坚持的田野调查报告里。

> 挂职干部到基层后要主动融入，沉下身子，静下心思，熟悉情况，转变角色，做到身在心在。有的被选派干部认为自己是局外人，挂职后进"两委"是组织上的安排，按时间走流程就行了，放缓了工作步调。另一方面，有的乡村没有挂职干部成长规划，致使挂职锻炼培养干部失去了初衷，有的对挂职干部抱着不得罪的态度，安排一些无关紧要的工作岗位，可有可无的工作任务，打打字，报报表，上级调研陪同等，干部来去自如，无须必要的请假手续，成了群众眼里的陌生人。

> 挂职干部要怎么干？

> 逆水行舟，不进则退。要将学习作为第一课题。学习新知识、新理念、新方法，力求懂农村，析现状、谋出路。工作中，要吃苦耐劳，勇挑重担，不把自己当旁观者，甩开膀子大展拳脚，将挂职工作当作事业干，不干成事不罢休。特别要善于向基层的干部群众学习工作本领，做到挂有所获，给自己、给组织、给群众交上一份满意的

答卷。

　　还有一种现象，一些挂职干部觉得先进的管理模式、新颖的工作方法、大胆的创新理念不适合落后地区，不如挂名平稳过渡，久而久之，挂职干部就成了"参会代表""陪同领导"，群众怎么会投票赞同？

　　文关放下笔，伸个懒腰，时间真快啊，已经是大年三十，上午扫扫尘土，灭了炉火，下午回家过年。

　　村委会的操场上，齐二强、李硬眼正和几个村干部搭设九曲黄河灯阵。灯阵是用一根高杆、8根次高杆和356根低杆组成，共365支杆，象征了一年的365日，而后串成了9个蜗牛连环弯，高杆张灯结彩，杆上大斗表示五谷丰登。从空中俯瞰，整个灯阵又分成了9个小的灯阵。逛灯阵是村里春节期间受大家喜爱的民俗文化活动，家家户户自发前来穿越"九曲黄河灯阵"，为自己和亲朋好友祈福送福。

　　这时，石英来了，后面跟着石榴，拎着水果奶粉外加两袋饺子，说90多岁的老孙头儿女今年都不回来，他们去拜个早年。

　　文关说一起去吧。

　　石英陪着老孙头聊着天，石榴添着炉火，文关和沙打旺在外屋煮好饺子，热气腾腾端上来，亲自夹住一个喂给老孙头。

　　老孙头拉着文关的手，眼里含着泪花，声声念叨着共产党就是好，久久不舍得松手。

　　那天下午几个人陪老人聊了好久，文关回到家正赶上年三十晚上的饺子。

第十五卷

调查奖

2021年春节刚过，第四届（2020年）"费孝通田野调查奖"征文活动评选结果公示，自治区扶贫干部文关作品《今天我们如何振兴——胡麻营村脱贫后的机遇与抉择》获奖，这是文关第二次获得"费孝通田野调查奖"。2019年，他的《胡麻营村2020的向往》获得第三届"费孝通田野调查奖"。文关是自治区唯一连续两次获此殊荣的作者。

"费孝通田野调查奖"是以费孝通名字命名，旨在鼓励更多人围绕党和政府的中心工作，就人民群众普遍关心的热点难点问题开展调研，向决策层反映基层情况，提出人民群众的意见建议，为中央制定政策提供参考。

（一）

在脱贫攻坚与乡村振兴战略迎来历史交汇期之际，围绕胡麻营村面临的机遇与抉择，探寻其中的逻辑推论和经验结果，文关觉得正合时宜。

文关的调查是从乡村孩子入手的，在各类关爱活动中，他发现书包和橡皮并不完全满足乡村留守儿童的需要，活动中"关爱"一词应该富有新的时代含义。面对孩子们，文关经常自问：这些孩子是谁？他们是怎么认识生命的？他们觉得什么样的生活才是美好的？如果仅仅从食物中获得热量维持生长，那和动物、植物就没有区别了。必须提供一种连接，让孩子们的生命有人生的整体感。文关开始做一些实验性的活动，这些活动很多都是独一无二的。比如，为孩子们设立铜管乐团、举办爱心音乐会、邀请孩子们体验坐飞机、在创客中心成立乡村少年儿童之家等，既为孩子们提供良好的学习生活条件，又让孩子们成长中有亲情陪伴。

当然，公益爱心活动与实施帮扶贫困有所不同。前者是一定的组织或个人向社会捐赠财物、时间、精力和知识等活动，后者是通过工作队驻村帮扶和干部联户扶贫，帮助低收入村和贫困户实现"两不愁三保障"，最终达到稳定脱贫。比如，胡麻营村建档立卡贫困户家庭的大中专学生，在校期间每人每年可得到资助1万元，村里符合条件的22名学生先后得到了这笔资助。

在红云镇中心小学，校长给文关讲了一个故事，"咱们小学原来有一个孩子，小学四年级那年参加了一个公益夏令营活动，参观了清华大学，从此心中就有了清华梦。高考那年，他如愿了。如今留学归国，已经是中国科学院某研究所的负责人。虽然是遗传和生物学领域的知名专家，但是到每个高校授课他都不收费。有一天，他的媳妇没经过他同意接收了邀请方的讲课费，他说收了钱这日子就不过了，最终讲课费被退还。他说，是那些好心人当年策划了一次爱心公益活动，让他坚持梦想，考进了清华大学。他要做个善良人，发挥自己的本领点亮别人的梦想。"

文关校长："问这个孩子是谁？"

校长说："我哥哥。我哥哥说想见见文处长。"

除了孩子，文关接待了很多直言不讳的村民，从村民的情绪反应上看，忽略过去干群关系不愉快的事实是不可能的，必须努力引导并提供村民表达合理诉求的渠道，同时纠正思想中的短暂"极端"。文关用一定的时间与村民达成思想上的共识，用这种工作方式得到群众的信赖和支持。文关单位的领导也提醒他实事求是地研究胡麻营村的历史变迁和脱贫方向，提出的方案和设计不能游离于实际情况之外，主动把准备好的观点拿出来和基层干部群众进行讨论，理解别人争论的态度，"吵一架"不是不可以，但避免自鸣得意。后来县里的组织部部长严鹏问文关是如何和乡村干部打成一片的？文关告诉他是从"吵一架"开始的。严鹏说，有时候"吵一架"也是一种工作方法，目的是创建科学的体制机制，达到对所有人的工作都更加有利。

起初，有人把胡麻营村称为"上访村"。群众反映的问题解决难度并不大，主要是由于干群之间沟通有限的原因造成的，所以村"两委"的处理机制和迅速反应机制需要加强。这里所指的"处理机制"和"迅速反应机制"必须是齐头并进的，受理要及时，问题化解要及时，反馈公示也要及时。随着问题的不断解决，胡麻营村的上访量下降了。特别是读报亭和"说句心里话"的设立，文关认为这是变异的预警机制，增加了村民与干部之间的议事机会，对于村干部掌握和捕捉信息很有利。

在文关来之前的2018年8月，镇里对村民集中反映的村主任、村党支部书记违纪问题进行了处理，优选一名建档立卡贫困户齐二强担任村党支部书记，兼任村民委员会主任，强化了民主议事，规范了村务公开。实际上，现在接到的诉求，较2017年并没有增长，很多是促进工作的建议，以及对处理遗留问题的一种回顾，这种动态是很正常的，表明新的干群关系正趋向平衡。

文关把每天碰见的人、听到的话、经历的事，写在驻村日记里，晚上集中时间梳理写到报告中，有时候一天写几百字，或上千字，也有把不满意的东西一股脑删掉的时候。吃不准的就发给文关在部队时的老政委，请他指导。老政委当过指导员、宣传处处长，现在已经退休，但时常有工作体会见于报端。

　　老政委说："看了几段，感到很有内容，文笔比较鲜活，有文，有图，有表，观点很有价值。恕我直言，写法上应靠近一种事实为好，比如锚住留守儿童这件事，运用这些年你攒下的大量第一手事实事例，可以充分佐证观点，下些功夫能写一篇好调查报告。"

　　"驻村扶贫两年有余，观察到的不仅仅是留守儿童的问题，胡麻营村的诸多变化都令人振奋，比如现代要素改变了农业生产水平，农民的市场逻辑，集体经济的兴起，人口流动带来的红利……乡村是具有自然、社会、经济特征的地域综合体，兼具生产、生活、生态、文化等多重功能。留守儿童的命运被复杂的社会情况所影响，所以要顺势而入，发掘深层次的问题。"文关对老政委说。

　　文关并没有把脱贫攻坚直接作为调查题目，在胡麻营村的脱贫路上，文关观察到的还有胡麻营村经济变迁及政治、社会、历史之间的关系，做了适量分析后，得到的数据和描述，有的与政治和文化逻辑有关系，有的与村民自发的经济社会有关系。所以，文关第一篇田野调查使用了《胡麻营村2020的向往》这个题目。

　　收集数据和陈述事实，并且抛开一切成见是非常严谨和困难的事，而且还要花大量时间去求证之间的因果关系。如果这篇调查报告有特定的效果，很大程度上取决于文关作为驻村队员，直接获取了信息，避免了提出的问题和进行的分析太理论化。

（二）

  文关不急于验证他的某些预测是正确的或是错误的，而是通过调查研究发现新事实，以许多不同的方式打开胡麻营村的真实世界，就如同一个医生去观察就医者的脉搏、血压、心跳等，然后对症下药。比如从大量的历史证据确认全村人的祖辈是明末清初持续到民国期间"走西口"的人，村子的人几乎都是汉族之后，很多习俗和文化体现在本村村民耕作方式及种植资源之上，有了胡麻，也就有了胡麻营村。

  胡麻营村在自治区首府的辐射圈内，村里的夜晚不会灯火通明，但首府的夜景可以照亮村子的上空。按数学术语说，胡麻营村接壤城市应该具有驯服性和稳定性，但它实际上并没有明显地被激励，也没有创新因素。胡麻营村的这种模型，在中国北方占有一定的比例，这恰恰回答了中国农村类型的一些细节问题。特别是对于不熟悉中国北方农村的南方人来说，这里的困难也是很难理解的。所以，必须先通过调研，然后再来确认掌握的资料。

  比如，全村户籍人口753户，1769人。其中男性943人，女性826人，以张姓、李姓居多。但是，常住人口只有700人左右，60岁以上355人，占了一多半。建档立卡贫困户133户332人，占常住人口近一半了。除了留守老人、留守儿童增多，劳动力不能回流等问题，也伴生着经济上缺乏持续来源，无村集体产业，单身及离婚率增高，村党支部会议党员缺席率较高等问题。

  当地人回忆，在20世纪70年代后期，胡麻营村相对较富裕，人称"小川底"（山沟里狭长地带），周边嫁过来的女孩很多。改革开放以后的八九十年代，部分村民被城里的物质世界吸引，弹簧床、淋浴室、中西合璧的饭菜远远超出了他们对村子的关注，外出流动人口达到了上千人，无论是对城市的想象，还是为了摆脱贫困，他们只把名字留在了村里，胡麻营村成了他们漂泊在外心里的一个景点,有时候会回来看看。继续观察还会发现,有108个常住单身男村民,占常住男性人口的1/3。村民口头传递的信息试图揭露真相,那就是部分鳏夫与异性有"亲密"关系,这是一个深层次的社会问题,他们之间的开端和结果,文关计划专门立题研究。

文关通过走访做了一个《胡麻营村单身男村民有关情况统计表》,如下。

108位男村民单身原因	家庭条件差未娶	离婚	智障	媳妇出走	残疾	丧妻
人数	58人	21人	8人	5人	4人	12人
年龄构成	30年代出生的有3人,40年代出生的有4人,50年代出生的有17人,60年代出生的有15人,70年代出生的有12人,80年代出生的有7人	34岁1人 41岁2人 42岁4人 45岁1人 46岁1人 49岁3人 50岁1人 52岁1人 55岁1人 57岁1人 61岁1人 62岁1人 63岁1人 72岁1人 73岁1人	30岁1人 41岁2人 55岁1人 59岁1人 61岁1人 62岁1人 63岁1人	40岁1人 44岁1人 47岁1人 56岁1人 61岁1人	48岁1人 53岁1人 63岁1人 65岁1人	69岁1人 70岁1人 73岁1人 78岁1人 90岁1人 75岁2人 80岁2人 83岁2人 84岁1人

有首歌这样唱道："土地是妈，劳动是爹，只要撒种啥都往出结。"胡麻营村有耕地4100亩（其中水田3200亩），实际耕种2730亩，闲置1370亩，主导产业以种植业和养殖业为主。但是在胡麻营村，诸如土豆、玉米、大葱等作物种植，并不是农民"实打实"用来生财的途径，比如玉米，通过喂养牛羊等牲畜，生物能量被吸收，然后售卖牲畜受益，人们都会想到这一点，并没什么神秘。这里值得讨论的是，种植什么会让农民的生活方式发生改变？油厂和杂粮厂带动了红芸豆、胡麻的种植，这是新型职业农民的功劳。

文关时常说，许多调查报告跨越了时间和空间，进行了非常详细的探究，可是脱贫攻坚的结束日期似乎很快要来了，他必须及时总结到目前为止的事实中，并从更广泛的历史角度，回头审视村民曾经和现在的向往。

（三）

通俗地说分配收入所得是产业发展的核心问题。

在胡麻营，分配的对象一个是贫困户，另一个是非贫困户。贫困户是实际存在的，非贫困户也不是抽象存在的。他们的劳动力和资本都是生产要素。两者的财富都可以用来分配，特别是非贫困户劳动创造的财富占全村的份额更大，如果用长远的眼光展望的话，贫困人口财富的增长应该取决于全村财富的兴起，并逐渐占有更多的利润份额，而不是单纯地把贫困户强加到产业链条上，期待异军突起，必须在经济规律内铺垫角色，适应演变。比如，在没有特殊对待的情况下，危房改造也包括非贫困户，贫困户和非贫困户分类分档补助。以一户（两人）为例，建档立卡户D级危房改造户均补助资金25232元（26平方米），需自筹4000元，达到不低于30平方米。一般户补助20000元（26平方米），需自筹9232元，达到不低于30平方米。之所以在房屋除险改造和重建中没有排除一般户，是因为户与户可以区别对待，但危险不能区别对待。为了帮助村民更好地理解安全住房的具体形式，强调住房与自有住房的差异性并不影响安全稳定居住的评估，租住、合住、自住、借住及入住幸福院等，都属于住房安全有保障，理解政策非常重要。其实，查阅历史，回溯几十年前计划经济时代，住房并不是关联贫穷和富有的主要因素，那时住房水平趋同。

扶贫小额贷款的对象为建档立卡贫困户。如果发放的贷款能够让贫困户渡过难关，他们还能如期归还贷款，我们一般认为群众增加了财富。大多数村民将贷款用于发展养殖业，这种附加值较高的养殖业及加工业周期一般需要两年以上或更久，非常短期的贷款创造新资金的实际情况应该不多见，这就是贷款期限与农业生产周期如何匹配的问题了，影响着农户小额信贷的使用效果。从调查阶段来看，大多数贫困户都能如期还贷，也有部分村民还不上，一些高利贷为农户提供了资金，以保障按期归还贷款。这一事实表明，几乎所有的激励工具和手段都相应存在局限性。

健康情况最容易导致收入和财富失去平衡。健康和生命就如同摄影棚里的摄影幕布，在此映衬下，人生才是闪光的。健康和生命的失败，幸福就会告终。为了给予农民医疗更好保障，提升农民整体的医疗条件，国家在农村医疗保障方面出台了许多政策。胡麻营村民的医疗保障问题得到了重视。全村患有慢性病建档立卡的贫困户，由于经济困难没有进行住院治疗，或不需要住院治疗等原因，未能申报办理门诊慢性病病历的并不多，即便有，基本也被列为慢性病送药报销人员。他们中间任何一个人被重新识别为贫困户，整村退出贫困就难以保证。因此，我们应该还要进一步组织疑似患有慢性病的建档立卡贫困人口，到对口医疗机构进行相应检查，确保符合条件的贫困人口可以享受健康扶贫政策，确保不漏评一人。上级医疗部门开启慢性病"家门口"办理模式，现场为贫困户进行慢性病筛查等服务，漏评的可能性就更小了。

打井也一样，贫困户和非贫困户打井补贴是一样的。为了保证每人每天不少于20升达标水质，按照村民的个人意愿和风俗习惯开凿机井，每眼井补贴农户3000元。有的农户单独打井，有的联合打井，总体符合取水时间不超过20分钟，或取水水平距离不超过800米，垂直距离不超过80米的要求，基本解决了村民吃水难及全村牲畜的饮水问题。算下来，4个自然村人畜饮水安全工程，国家投入了50多万元。

全村老年人、重度残疾人、因病致贫及无劳动能力的户别中享受低保325人、直补77人、五保37人、残疾人补贴9人。贫困户达到上述条件全部纳入了低保，所以低保、直补和五保户的人口大于全村的贫困人口。贫困户可以获得脱贫指标的各类保障和兜底。但人人都知道，向往读书、娱乐、首饰、服装和社交，必须通过技术和劳动增加私人财富，这也就有了"懒人"和奋斗者的比较，一直以来，从没间断，也未消除。

（四）

2019年以前的胡麻营村，主要是种植业、养殖业，没有规模工业，农民主要靠种田、饲养牲畜和务工增加收入。村里现有耕地均采取传统种植方式，生产出来的玉米、胡麻、葵花子、大豆、杂粮、大葱等均以加工原材料方式出售，收益不高。村里有传统胡麻油作坊，但产量不多。

胡麻营村不但有榨油传统，还有赵长城和白桦林。但"胡麻营"3个字更具有品牌潜在性，具有天然的市场认可度倾向。经常有人问文关，胡麻营的油是不是很好吃？于是文关提出兴建油厂，经村民代表大会通过，报镇党委、政府批准，胡麻营开始第一次建设集体经济实体。

创客中心、红星犬谷建成运营后，扶贫总队的干部们来调研，得知胡麻营村以150万元+土地，通过PPP模式吸引社会资本500万元以上进村，说这个模式可以干很多事，避免先建设后找市场的尴尬。

财富有不同的来源，功能各不相同，让村民有获得感才是与过去相比真正的变化，财富与人的关系才会真正密切。胡麻营村计划用集体经济收入逐步担负全村常住人口基本医疗保险个人缴费部分。如果未来利润继续增长，再逐步减免每户的水费、电费和其他公共服务支出等。

全村的人都为此计划而高兴，因为，这在全县乡村里都将是第一次，而我们要设法让集体经济获得长足发展，保证这个福利的连贯性，这需要勇气和担当。

市青年企业家协会在胡麻营村调研后，建议红云镇旅游"破题"。市里计划拓宽胡麻营的旅游公路，并在旅游公路两侧计划种植十几公里的花廊。

文关多次向县里反映，根据永久基本农田保护条例，禁止占用永久基本农田发展林果业和挖塘养鱼，禁止任何单位和个人在基本农田保护区内建窑、建房、建坟、挖砂、采石、采矿、取土、堆放固体废弃物或者进行其他破坏基本农田的活动，公路两侧50米外的基本农田种花种树违反了土地管理法。

果不其然，第一年种植花卉后被叫停，后改种了葵花、油菜等经济作物，景色依然不错。

在小胡麻营，一项投资不菲的民宿工程正在酝酿，这也是全县大抓旅游的破题之举。

刘宏远当时征求过文关意见，文关说民宿其实是一个舶来词，据说来自于日本，而民宿这一商业模式则源自于英国。大概从20世纪60年代开始，英国人口较为稀疏的西南部和中部的一些农家为了增加收入想出了一招，那就是给来当地农场参观游玩的人提供简单的食宿。这种家庭式招待被认为是最早的民宿。这股热潮逐渐影响了英国其他地区，民宿的经营范围也扩大至露营区和专门的度假小平屋。

总的来说，民宿能够得到大力发展，主要依托于观光旅游或者乡村旅游的兴盛。大家在城市生活久了，就想去体验一下乡村生活，从一开始只顺便吃口农家菜，到后来住上一晚，于是就发展出为游客们提供吃喝玩乐及住宿一条龙服务的商业模式，各方面设施也变得越来越完善。在吃、喝、住解决后，许多农家乐又开发了娱乐设施，成为公司团建的首选。其实利用原汁原味本地民宅提供住宿的越来越少，相反，真正的火爆是刻意经营带来的。

南方的丽江、大理、嘉兴西塘、乌镇、鼓浪屿等国内拥有丰富旅游资源的地方的民宿更发达,各地游客纷沓而来。北方的乡村民宿主要还是为了服务城市周边短途旅行的人,很少有人以民宿为目的做长途旅行,更不会有人单纯为了住从而千里迢迢跑到这些地方来。小胡麻营民宿应该属于后者。换句话说,民宿实际上是一种特色酒店,或者说是人为营造的一种符合当地生态的住宿环境,一种反连锁酒店的业态,为了是给游客提供一种融入当地的旅行氛围。在某种程度上,民宿是以酒店的补充甚至替代品的角色上场,因此受到了资本关注。

上级考虑,小胡麻营民宿营销的点很大一部分应该是风景。通过自媒体进行营销,把美如画的乡村推销出去,但这需要挖掘甚至杜撰许多美丽的故事。

胡麻营村虽然是在首府辐射圈内,利用九龙泉的自然资源和美丽村庄的人文资源,发展民宿经济和农家乐经济,从理论上讲是可以取得成功的,但是成功不可以复制,甚至越来越难以复制。其中缘由,一是城镇购买力总体不足。近几年,生态旅游遍地开花,但受制于交通不便、经济基础弱、人文资源缺乏特色等因素,很多绿水青山还没有变成金山银山。二是让村民把绿水青山转化成财富,改善收入状况,过上小康生活,资源并不是唯一的问题,人的技术和技能因素是关键。绿水青山要长效地转化为金山银山,村民们必须学会自己设定目标及迎接风险。三是乡村经营与诚信也要持久和相对稳定,这样有利于资本和游客的聚集,这些地方的发展转型或者脱贫致富才有真正的希望。

文关确信,民宿不同于其他产业,需要和农民打交道,农民的土地和房屋出租合同要时刻符合农民的利益。比如,在准备做民宿期间,得到的信息都是积极的,一旦装修好准备营业时才发现,民宿经营公司时常不景气,特别是北方植物的生长期只有四五个月,有多半年民宿无人登门,维护成本叠加,投入和产出或许不成正比。比如,投资6000万,预计每年盈利500万，回报周期需要12年。经过运营后发现，当初的测算是以半年为准的，而实际游客只集中在七、八、九月。同时，入住率也不是100%，通常达到60%—70%左右，回报周期可能延长到30年以上。如果除客房经营外，还启动了餐饮服务，那可能与理想状态相差更远。

有一天，负责开发项目的工程负责人专门从县里来到文关宿舍，说刘宏远副书记推荐来的，文关和他聊到半夜。

记得，当时县里对脱贫攻坚的成效进行初验评估时，胡麻营村群众的满意度是80%多一点，许多干部处于巨大的压力之下。脱贫攻坚评估会将贫困户错退率、漏评率及满意度都作为主要考核指标，其中满意度不能低于90%。

群众的满意度一时成为驻村工作队的主要话题。

我们为什么要以群众认不认可、满不满意来检视脱贫攻坚工作成效？这是脱贫攻坚到了最后冲刺阶段，很多干部时常自问的一句话。摆脱贫困不是一个自发的过程，如期实现脱贫目标，关键在党，关键在人，关键在领导干部这个"关键因素"。干部作风要更加务实，工作方法要更加有效，推进力度要更加有力，让老百姓有实实在在的获得感，人民群众才会真心认可和满意。群众的满意度不是被灌输出来的，是党员干部用情、用力践行初心使命提升出来的。

不过，文关还是要花一些精力考察不满意的内部构成。发现的问题如下。一是确实存在漏评、错退人两户5口人。二是群众对脱贫政策理解有误，需要政策解释的有21户，比如部分农户不知晓城乡居民基本医疗保险和大病医疗保险个人缴费部分是否有财政补贴？有的贫困户对扶贫小额信贷政策不了解；个别贫困户说不清具体享受过哪些帮扶政策；还有的贫困户对何时识别为贫困户、何时退出等基本情况记忆模糊等。三是危房改造、基本医疗保障、社保等方面需要继续办理的有28户。驻村工作队和村"两委"干部认真分析原因，提出整改措施，开展"初验问题、人口漏评和错退专项治理工作"。随着个别问题的解决，正式脱贫评估的时候，胡麻营村的满意度达97%。

由此文关总结了三个观念。

观念1：正确的做事方法比盲目执着更重要。推进精准扶贫，本质上就是要让扶贫措施与实际情况实现高度匹配，从供给端入手不断提高扶贫的针对性与实效性，对准其深层次的现实痛点，瞄准其根本性的脱贫难点，有的放矢。一是针对造成漏评和贫困户错退问题，开展动态识别调整，上报纳入全国扶贫信息网络系统统一管理。对村所辖区域内农户进行反复筛查，对漏评、错退的符合建档立卡条件的"档外人员"和符合建档立卡条件的低保对象，应进尽进，不设上限；对边缘户也应纳入范围进行跟踪识别。二是进一步锁定存在"三保障"问题未解决的贫困户，建立台账分类处置，落实责任人，强化督办力度，对标脱贫评估验收办法落实到位。不是职权范围内的，及时上报有权办理单位办结。同时，义务教育、基本医疗和社会保障等问题及时解决，确保群众满意。三是做好政策导向和解释工作。对照"两不愁三保障、一超过"标准，通过与本村贫困户及非贫困户对比住房、收入、资产、社会保障等情况，评议是否合理，确保群众知情权。四是履行评议、公示、公告程序。属于脱贫不准的，重新公告不予脱贫；属于程序执行不到位的，重新严格履行程序。以前公示中识别、退出程序和标准与本次专项整治不一致的，以本次为准。

观念2：能力匮乏是更深层次的问题。这里面的能力，包括获取知识的能力、决策参与的能力、资源利用的能力等。这些能力的欠缺将造成贫困户更持久的贫困。救济性扶贫是"输血"扶贫，"给钱给物"一旦中断更容易导致返贫。相比之下，扶贫更有力的推动力在于激发其自主意识，提升其行动能力等，让其在知识与资源的加持下，激发自身的致富潜能。一方面推动思想解放，摒弃"等""靠""要"思想，充分调动起他们的主观能动性，激发他们的内生动力，不断提高他们的致富能力素质，真正实现由"要我脱贫"到"我要脱贫"的思想转变，才能让贫困户真正脱贫。驻村工作队适时组织贫困户和非贫困户参加各级职能部门组织开展的技术培训，费用全免。另一方面弘扬社会主义核心价值观，通过弘扬中华优秀传统文化，让勤劳深入人心。特别是针对主观故意懒惰造成的贫困，各项保障性政策要实行动态管理，在保证贫困率低于3%的基础上，不能为了息事宁人对懒人懒户过度兜底。

  观念3：满意度是有评估边界的。有些群众极为关心的问题在改革过程中，由于涉及面广、解决难度大，很难在短期内得到解决，因而很容易引起诸多不满。还有一些政策在方向上是对的，但在落实过程中存在不完善之处，尤其是需要跨部门协调或多部门合作才能解决的问题，很容易出现相互推诿、扯皮的现象，这些都不可避免地引起群众的不满。在脱贫攻坚成效评估中，这些群众不满意的问题会被加以辨别和客观界定。

（五）

  文关搜集的材料很广泛，显示了胡麻营村脱贫攻坚工作的动态变化，取得了一些成绩，得到一些经验和教训，其中不稳定因素和事实，文关希望也能得到广泛讨论，便于少走弯路。想要脱贫奔小康，必须学会在方法论上选择务实，既重视手段，更重视结果。

  全社会都对"两不愁三保障"报以严肃的关切。对于胡麻营村的村民来说，2020年3月的某一天是摆脱贫困的具体日子。烧伤手臂的贫困户毛仁，因为患病被重新识别为贫困户的康拉弟，闭门不出的贫困户李占富，还有脱贫致富明星刘喜顺……文关对他们以及与他们类似的村民做了完整的评估，采取针对性的手段实现稳定脱贫，摆脱贫困手段的有效性与维护稳定脱贫手段的有效性同等重要。

  还有个问题需要持续关注，即植物油加工厂的建设。自治区财政厅、扶贫办下发了《关于运用政府采购政策支持脱贫攻坚的实施意见》，胡麻营村填报了《国家级贫困县重点扶贫产品供应商推荐名录》，将胡麻油和杂粮等特色产品做了推荐。同时，胡麻营发挥农牧民专业合作社的带贫模式,与贫困户建立利益联结机制,经县扶贫办推荐参与自治区农校对接,农牧业产品订单优先贫困户销售。

文关跟老乡们说,市场有足够的购买能力,但是小推车、小拖拉机沿街叫卖的方式恰恰切断了与市场的联系,只有在宏观层面推行国家的相应措施,困境才能被高效突破。经济和政治是紧密交织的,如果想长期发展,必须一起研究,不能凭想象力。

随着扶贫政策的不断落地,村民的生产生活条件发生了显著变化。比如,道路硬化、网络信号覆盖、危房改造达标等问题,这些都是全村同质公共资源。对于胡麻营村来说,提高村民收入的通用途径无非是务工和发展产业两种。但从公益性和适当性收益来讲,还有一种增收途径只适合贫困户,那就是公益岗位。比如,村里有生态公益林926亩、散生木43亩,安排各类护林员16名。此外,还设置了保洁员岗位12个、信息员岗位2个、对口帮扶公益性岗位15个、其他公益励志岗位23个。文关调研发现,公益岗位动态履职过程不明显,工作不到位被取缔的贫困户寥寥无几,所以绝对意义上的收入和劳动的对等也是不明显的。可见,抓好脱贫攻坚工作,既要低头做事,也要抬头看路,不仅要从具体实践来考虑脱贫攻坚计划,考虑地区的可利用资源等具体因素,而且要从政治的角度认识脱贫攻坚的重大意义。

需要重申的是,有些"表面化、形式化"是自然而然的过程,在绝大多数情况下,依靠学习、教育、工作和典型带动,都可以实现转变。如果程度较大,发挥关键作用的还是组织制度。

这时候,文关的日记已经有30多万字,里面不少故事虽然是意料之外的,但是谈不上震撼,文关都把它们作为经历记录下来,因为这恰恰是胡麻营村探索振兴新路上一个个悄然变化的缩影,也是胡麻营村和崭新历史的共同抉择。

得知文关第二次获奖,刘宏远打来电话,说全县即将召开农村工作会议,邀请文关在会议期间为全县干部讲一讲,主要讲两个方面,一个是如何学习贯彻好习近平新时代中国特色社会主义思想，一个是如何抓好当下的农业农村工作。此外，约文关有时间再学习探讨《习近平新时代中国特色社会主义思想学习纲要》，就像朋友间的那种探讨。

文关说，共同学习谈体会没问题，但是面对全县干部讲农业农村他怎么敢，他的本领还都是跟基层干部群众学习的，再说文史馆的干部讲农业农村，也太破天荒了，让行家知道会笑话的。

刘宏远说："'道之所存，师之所存也。'文处长讲得有道理，我们就愿意当学生。记得咱俩第一次交流学习《习近平新时代中国特色社会主义思想学习纲要》体会时，你举了一个例子，你说咱们机关干部写材料，为什么开头第一句几乎都是加强领导。这不是官话套话，这是有根据的。党中央无论推进哪个领域、哪方面工作，无一不是从加强党的领导抓起，最终落脚点在强化党的建设上，因为党对一切工作领导的体制机制不断完善，党的政治领导力、思想引领力、群众组织力、社会号召力不断增强，党才能实现长期执政，中国特色社会主义事业才有了更加有力的政治保障和组织保障。说得具体点，就是我们所说的党建业务一起抓。比如，到某个村检查脱贫攻坚成效，可以先看看党支部建设得怎么样？党支部强，脱贫工作肯定强；党支部弱，脱贫工作不用看，也是一塌糊涂。反过来，查看党支部建设情况，先去老百姓家里看看脱贫成效，群众都按期脱贫、脱贫满意度高，党支部建设肯定也出色。从来都是相辅相成的。"

"没有特例吗？"

"没有。"

"100年，也没有。"

文关后来在全县农村工作会议上，也是这么讲的。

（六）

邢泰为胡麻营牌食用油发掘历史渊源，苏素书写商标，百嘎利为全村贫困户赠送励志书法，火华在公益音乐会上倾情讲述，王章邀请孩子们做客创作室感受传统文化，任新为村民举办写生展等，文史馆员在胡麻营村家喻户晓。而在那次全县农村工作会议后，文史馆在助力脱贫攻坚和乡村振兴方面的独特优势，被基层干部群众认可。

文史馆只有在中央和省级设立，地、县是没有的。文关驻村扶贫之前，所接触的人几乎都没听说过这个单位。在脱贫攻坚中，文史馆与历史同步伐、与时代共命运，从教育、产业、文化传播等方面增强了脱贫地区和脱贫人口的发展动能，又有谁不记得呢。

当然，关于馆员的成就，各有各的描述，当地的媒体评价馆员王章有这样一段话：在乌达市，他第一个成为中国美术家协会会员，第一个在中国美术馆举办了个人画展，也是第一个作品被中国美术馆收藏的画家。他为人谦和、品行善良、感恩重义，是一位德艺双馨的艺术家。他用一幅幅画作表达质朴的思想和情感，展现出深刻的艺术感染力和生命力，让众多读画人为之动容。他的作品源于生活又高于生活，如诗如歌，给人以美的享受、美的感觉。人品既高，画品不得不高，他是乌达的一张彩色名片，是乌达的骄傲。

在读报亭聊天的时候，村民问文关将来退休了是否也当馆员？

文关说："小时候玩过家家，我总是把自己设计成一个小掌柜，有个自己的小包子铺，按照自己的心意打点，专门为附近的孩子服务，如果退休金足够的话，我就开个免费的小铺。

"比如，头天晚上需要备料。包子的菜馅切好，拌上点肉，但不能放盐，盐是现包现放。《盖娅传说》那本书上讲，盐对细胞壁具有破坏功能，蔬菜会渗水，肉会变老。你看，马路上下雪了，撒上盐就不会结冰，因为，分子的保护层被融化了。

"一切就绪，就等着太阳出来了。担心会睡过头，可能天没怎么亮就爬起来了，事实上几十年来我就是这么度过的，总是担心把对别人的许诺耽搁了。世界上本来也没有时间和空间，这样说似乎有点虚无观，不如说时间就是当下我们对存在的感知。所以，无论什么时候饿了、困了，就吃就睡，不一定非要看天色。太阳是颗恒星，它只不过在转，如同我们的大脑每时每刻都在思考一样，不思考了，就是生命的终结。我也许会不知不觉讲起这些生物地球的故事，让孩子们的早餐成为愉快和充满奇异的开始。

"小铺的本意就是每天早上让小区里的孩子都有一份免费的早点，也包括急匆匆的成年人。下午放学早的孩子，也可以来歇脚写作业等着父母下班。有免费的果汁、点心，还有关于数学、物理、化学的故事。数理化最早隐藏在古希腊的哲学、神话故事中。生命从蓝细菌演变到今天的人，都是数理化的过程，我们对一个人的爱，少不了拥抱这样的物理动作，以及荷尔蒙的化学反应。技术哲学和科学哲学告诉我们，数理化科技不断形成我们更高级的认识，每个喜欢数理化的人都有机会为人类的真理探讨做贡献，因为，真理总是被打破。数理化不难，也不应该成为学习的负担，而应成为创造美好生活的手段。

"这些话题，都是漫不经心地聊天而已。

"吃饭的人更关心的是食物是否安全。没错，我用的酱油或许有色素，植物油或许有转基因，蔬菜也许加了化肥……我只能客观地说，有机食品与普通食品营养成分目前没有差别，食用安全添加剂和色素目前还没有伤害，天天吃有机食物的人没有比普通人寿命更长，而那些挑剔的人仅仅是为了挑剔，甚至挑剔食物的人有时候更缺少朋友，面对挫折更容易受伤，处理问题更容易极端，生活中更容易碰壁。因为，我们自以为是世界的主体，实际上自然界没有人类依然存在，可是没有自然界，人类就不可能存在。我们应该接受自然界的所有馈赠，只要我们的口感、体感不错，没有伤害，体格强壮，我们就应该感激食物色泽和味道。实践证明，改革开放以来，我们国人的思想素质和身体素质都在提高，我们跑得越来越快了，寿命越来越长了，个子越来越高了，而我们食物的营养和热量越来越高了，当然胖子也越来越多了。过去结核病、天花都会要人的命，如今都能有效防范，有效治疗。随着寿命的增加，人类会触碰到老年病和癌症之类的病，这很正常。我们面对的疾病会越来越多，而我们开拓和征服困难的脚步也会越来越快。这期间，我们最不应该的就是抱怨，抱怨添加剂、抱怨色素、抱怨热量太高，要知道我们为此目标付出了多少了心血甚至生命，英烈们吃不上喝不上坚持战斗直至胜利，就为了今天的琳琅满目吧。抱怨，在今天、在我们的小铺，都是无奈和失败的表现，不受欢迎。在我的小铺，充满的应该是感激和乐观。

"既然是小铺，就谈不上企业文化和经营理念了，我都不确定有没有伙计帮忙，因为小铺是免费的，自然也没有收入。但凡有志愿者，我必须得跟他说，在我的小铺，顾客永远是对的，永远要向提意见的人道歉，食物存在瑕疵，一定要再做一份完美的奉上，所有的承诺必须兑现，无论需要付出多大的代价，服务大于食物。当然，我们也要按着顾客的感受提供食物，要不断创新食物的视觉和营养构成，把能做到的一定要做好。

"有这样的情况，就是无论我们怎么改善，总是有人挑三拣四，我会劝他回避小铺，毕竟我们做不到100%。这跟在一个单位，或几个单位工作的经历一样，没有哪个群体都是全员优秀。更贴近一点儿说，我们的亲朋好友中，不会是所有人都喜欢你，金无足赤，何必在乎，更何况有缺陷的不一定是你，也许是他们。

"心中的小铺，是我一生中最想做的事。在墙壁上定期贴上我拍的图片，邀请邻居品尝我加工的新食物，以及在寒暑假邀请孩子们体验烹饪和家务。

"小铺就是我存在的意义——对别人有所益处吧。"

听文关讲完，村民们安静了很久，那个姓岳的长者郑重地说："文处长，你是个好人。"

周围的人都跟着点头。

（七）

绿水青山和金山银山，一个是自然风景，一个象征财富，二者本没有什么关联，但是放在一起就形象地揭示了环境保护和经济发展之间的关系。

胡麻营村的最北端就是大青山自然保护区的核心区。伴随着绿水青山，应运而生了国家级 AAAA 级景区九龙泉旅游点。

某一天，县政府发布了关于九龙泉旅游点整顿的通告，通告指出九龙泉旅游点两处景点进行停业整顿，待生态环境治理完成、相关手续审批后重新开放景区。

2019 年初，县政府工作报告在回顾 2018 年工作时，也未提到九龙泉旅游点的开发。

当时，村民们对河水被旅游点阻断后被迫种植玉米等旱地作物提出了严厉的批评。旅游点开发商没有注意到错误的程度，或许认为村民适应了土地的变化就好，而截留河水变成观光的人工湖也带来了商业收入。数据显示，全村有 670 多亩水浇地变成了旱地，这种大面积的变化还会增加，减产也还会增加。地球上物种的变化与环境变化紧密相关。胡麻营村的土地能够让适应它的生物生长，但环境不会自己调节，会造成衰退，最明智的方式就是采用制度和法治尺度进行干预。

2019 年秋，市里贯彻落实自治区生态环境保护督察组反馈意见，确认阻断河流已开通，对当地农业生产造成的影响通过租赁广告牌等形式进行资金长效反哺，整改工作结束，恢复营业。

当然，信心比黄金更重要。

村集体要坚定对国家发展和社会进步的信心，国家和社会也要对民营企业更好发展有信心，致力共建互信关系，才有民营经济奋发有为的美好未来。比如，村集体经济企业与社会公众之间，前者应感恩后者购买和享用其产品与服务，后者也应感恩前者供给和适配其产品与服务，只有双向感恩，才称得上和谐，不能搞一锤子买卖。

而博大精深的中华优秀传统文化，作为中华民族的精神血脉和思想宝库，能给干部群众强大的文化和精神力量，充盈他们的内心世界，提振他们发展的信心。比如，家庭道德乃至家庭文明概念，可以运用到城乡精神文明建设中，推动所有个体形成文明与道德命运共同体，是相亲相爱的一家人。如果我们当作一家人相处，以家庭道德为基础必将影响所有人的为人处世，以及生产生活的方方面面。这比硬性的条款更容易让人接受和执行。

习近平总书记指出，家庭是社会的基本细胞，是人生的第一所学校。不论时代发生多大变化，不论生活格局发生多大变化，我们都要重视家庭建设。

紧密结合培育和弘扬社会主义核心价值观，发扬中华民族传统家庭美德，促进城乡精神文明，促进城乡人与人的相亲相爱，促进城乡家庭下一代健康成长，促进城乡老年人老有所养，使千千万万个家庭成为国家发展、民族进步、社会和谐的重要基点，这是城乡精神文明建设基点和基础。为此，文关发表了一篇题为《寻找北疆文化之家》的文章。

红云镇由此开展了"红镇一家亲"活动。

窗口单位服务人员、政府办事人员和各类商家等，佩戴"红镇一家亲"标识小胸章。同时，也建议所有居民佩戴标识，遇到纠纷时，提示对方"我们是一家人"，"家"和万事兴。

在镇里的公告广告区域，张贴各类"红镇一家亲"宣传画，让"家"的情节逐渐引领红云镇人与人的关系。

积极在各类媒体宣传优秀"家庭成员"，每月评选优秀"家人"，讲述他们爱城镇爱"家人"的故事。对于优秀"家人"给予公共服务方面的奖励,比如免费乘坐交通工具等。

参与纠纷调解的人员,执法期间佩戴标识,用家庭成员的礼节调处矛盾。

而公益农机站的建立对于胡麻营村的发展来说更是如虎添翼。

以小麦为例。播种前,需要对土壤进行深耕处理,促进小麦更好生长。深耕一亩地的费用,根据区域不同,一般在60—100元之间。

如果各村都能成立公益农机站,免费给农户的土地进行深耕,这样农民朋友不用花钱,节省种植费用,就是增加收入,而且当年见效。

胡麻营村的公益农机站,驾驶人员由村委会从集体经济收入中给予补贴,贫困户可以全部免费,非贫困户只出油钱。

调查显示农民对于免费耕地是非常欢迎的。但乡镇干部反映缺少司机。

县里可以集中培训,应该不难。

(八)

过了"年",除了"夕",2021年已经开始,春天的脚步临近之时,文关总会想起,过去的一年,有许多手握过他的手,让他勇敢地执笔写作。

比如,教训的手。有多少教训,是将古老的逻辑摔得粉碎的遭遇。无论借鉴了过去的什么意义,都会让位于此刻的事实。没有相同的历史,也没有相同的补救,最终能提供指引的,恰恰是转变思想,根据实际情况处理。寄希望于不能忘却的历史,常常觉得苦恼走不到尽头。痛改前非,有时候需要一把尺子,不是平和的原谅,是在自己头脑上狠狠地来上一下,成功、倦怠、嫉妒立刻逃离,剩下清醒的自己。2020年的教训走了,2021年的才刚刚到来,文关准备好了新尺子,以及握住尺子的双手。

担当的手。有多少时候,担当不是苦难和不幸的赎罪,而是勇气。因为，在不同时候，由不同的人，把责任这个终端转送而来，并且附带着不容侵犯的法则。撒手和担当就是两种态度，撒手是自由，担当是响应。担当，不但带着有责条款，还有担当者道德、精神、信仰、政治、忠诚、情感的自我依附。把担当推诿出去的人是贫穷的，因为自己的价值也拱手相送了。所以，没有担当，只听凭时间的流逝，检验自己的原则或对或错，而共同的基础早已不复存在。2020年有多少担当，2021年继续担当，文关准备好了勇气，以及接受任务的双手。

矛盾的手。矛盾，有多少时候一经提出，就会浇灭刚刚萌发起来的愿望。有的矛盾没有任何化解模式。但是矛盾，却是美好生活绝对不可或缺的，它有着强大的理论依据、实践基础和精神依附。孰轻孰重，区分清楚，处理好主要矛盾，次要的事情便顺理成章。如果矛盾是永恒的，怨天尤人就无济于事，真正美满称心的生活，就是不断实现对矛盾的解决。2020年的矛盾不少，2021年的无法先验，文关准备好了见解，以及热爱真理的双手。

积累的手。有多少积累，是对生命意义的寻求，并且把自己放进社会的秩序里，发现自己其实什么也没有留下。有的积累，并没有目的，没有高度或意义。很自然，世界没有起点，也没有终点，能量澎湃不绝，个体的积累怎么会独一无二呢。换句话说，一直积累自己的人，人生不会孤独，可以自己衡量生命本身的得失成败。只不过要避免，有的积累成为重担，让生活变得无比沉闷。生命需要轻盈与纯真，积累亦需要理性和扬弃，自相矛盾的积累何不一扫而空，浅薄的积累何必还要刨根问底，生命的维度和评价都根植于自己的内心。2020年的积累是强烈的，2021年希望衍变为价值，文关准备好了理性，以及甄别的双手。

脱贫攻坚工作，是生命和生活带给文关的一次奖励，即便这项工作结束，但文关仍会继续坚持田野调查，关注民生，这种预感愈发强烈，像有一双双手在推着他、拉着他一起向未来。

2023年6月，文关在参加第一批学习习近平新时代中国特色社会主思想主题教育期间，为学习掌握"千万工程"所蕴含的科学思想与方法，再次深入红云镇各个村，撰写了调查报告《乡村振兴视角下农民主体地位实现社会赋权的关联性问题和对策》，并继续参加了"费孝通田野调查奖"征集活动。

第十六卷

新动能

　　《关于稳定推进农村集体产权制度改革的意见》发布后,胡麻营村完成农村集体产权制度改革阶段性任务,挖掘整合了村里闲置或低效使用的各类集体资产,通过独立经营或入股经营等方式,成立了胡麻营村股份经济合作社,胡麻营村民第一次当了股东,拿到了分红。此举提升了集体经济组织成员的获得感和幸福感,强化了集体经济组织成员参与集体经济管理的积极性。红云镇也相继成立了8个股份经济合作社,并全部实现分红,一批集体经营性资产资源被盘活,焕发出新动能。

（一）

村"两委"干部在村委会的门牌旁边挂上了胡麻营村股份经济合作社牌子,村委会的广场上噼里啪啦响起了鞭炮声,"二踢脚"在湛蓝的天空中炸出了一团团烟圈,大家笑盈盈地走进会议室。

"2020年,我们村集体收入超过90万,其中土地流转金40.2万、土地银行管理费5万、集体经济企业租金26万、村级集体光伏扶贫电站收入25万……"沙打旺在村民代表大会上高兴地算着村里的经济账。

公布完一连串的数字,趁大家鼓掌之际,沙打旺咽了一口茶继续说道:"咱们胡麻营,过去为啥群众不满意?还不是村集体经济薄弱,没钱办集体事业。现在底子打好了,日子好过点了,这钱咋个分?咋个花?大伙都说说。"

"这事放在以前是想都不敢想咧。现在国家帮助咱们脱了贫不说,还成立了村股份经济合作社,咱们村民一转眼变成了股民,坐地分钱,这都好得没处说理去了,还有啥可说的。"

沙打旺说:"镇里开会的时候领导讲过,既然实行了集体产权制度改革,就别遮遮掩掩,村股份经济合作社就要落实好集体收益分配,从福利分配向以按股分红为主转变。"

村民代表问:"你那个转变是啥意思?"

"让村民收入实实在在的真金白银,有获得感。"

大家小声议论,互相点着头。

"这可是开天辟地头一遭,虽然钱不多,但也是一份收入,更是一个大大的喜事咧,希望咱们的集体经济不断壮大,咱们这些股东红包也就越来越鼓了。"一位村干部说。

沙打旺接着说:"分钱谁都高兴,但也要优先确保村集体经济可持续发展,不能分光吃净,只顾分红,不顾发展,得为集体经济留出正常运转需要的钱及公益提留之类的,就像文处长常说的要可持续发展,否则咱们下一年度吃啥喝啥?咱们也不能和别的村盲目攀比,过度分配,借钱吃海货举债发钱。"

"沙书记说得对。当初咱们制定集体产权制度改革方案,已经特别强调过,村股份经济合作社理事会、监事会要根据章程制定合理的分配方案,经成员大会讨论通过,公示收益分配方案和实施结果,里面标明实行按股分红的收益分配方式。比如,除了按人头分红,还可以为全村缴纳农村医疗保险费用、老年人补贴、困难户补贴等。我还有个建议,将收益分配与咱们村民遵纪守法、好人好事,还有村规民约行为挂钩,奖优罚劣,既一碗水端平,也有精准发放的特例,每年评选好村民、好干部,拿出点钱奖励。"齐二强发言道。

"同意。"几个人同时举手说。

"毛仁虽然年纪轻轻的就住进幸福院,但是一年四季为老人们打水拎水,把幸福院到村里的马路扫得干干净净,该不该奖?"有人提议。

"该。"

"学校当年表彰的优秀学生该不该奖?"

"该。"人们的赞同声不约而同。

齐二强说:"沙书记为咱们村操心最多,是领头雁,应该奖。咱们的分配方案里,应该有这么一条——集体经济发展与村干部待遇挂钩工作机制。"

还没等人伙表态,沙打旺马上站起来摆着手说:"不行,不行,镇里要是奖励我,我二话不说。但是村民们把我选上来就是为大家服务的,服务好是应该的,如果奖励我,我也捐到村委会账上。大家满意就是最大的褒奖,奖金是万万使不得的,拜托拜托!"

会议开得很和谐、很团结。会后不久,分红的告示和名单就贴在村委会宣传栏上了,四面八方的人云集在此。

胡麻营村此次分红整村全覆盖,村集体经济组织的成员都可以领到分红款，全村共计发放分红金额近12.7万元，覆盖村民1700多人，平均每人75元，这是胡麻营村历史上首次用集体经济收益进行现金分红，每一个村民尝到了集体经济发展带来的甜头。

告示的内容传播到外地，非常住户也知道了此事，开始关注自己的卡上何时进钱。

但是不满意的声音很快也传来了。当天晚上，村民李官官就给沙打旺打电话，说公示上没有他那份。1993年起他们家就住在胡麻营，这几年在外面打工，但是在村里有承包地，缴纳城乡养老和新农合等款项，2020年的收益咋就没了他们家的？

沙打旺说："那天村民代表开会研究的，2016年你和你媳妇离婚，你媳妇和孩子也回了娘家，好几年不在胡麻营，你们家属于有纠纷的村民，分红款暂留村委会，不是不给你们，得见了你们商量咋分。"

沙打旺撂下电话以为没事了，没想到2021年春耕刚刚开始，李官官就把村委会起诉到县人民法院。

县人民法院认为农村集体经济所得收益分配问题，属于村民自治范畴，集体经济组织对于集体所得收益是否分配及如何分配由村民代表决定就行，所以认为该案不属于人民法院受案范围，裁定对本案不予受理。

李官官不服，向市中级人民法院提起上诉。市中级人民法院认为农村集体经济组织与其成员之间因收益分配产生的争议，属平等民事主体之间的纠纷，当事人就该纠纷起诉到人民法院，人民法院应当受理。

市中级人民法院撤销了县人民法院的民事裁定，由市中级人民法院立案受理。

沙打旺拿着法院的受理案件通知书，在办公室里来回地走着。

"就为了75块钱？"

（二）

法庭上，李官官向法官提供户口本、电厂征地补偿款分配花名册、离婚证。

沙打旺和李官官各执一词。

法官说休庭，一会儿再开庭，然后拉着沙打旺和齐二强走到走廊的尽头，边走边说："李官官现在还是你们村集体经济组织成员，应享有合法权益，我们也调解过，村民之间的问题尽量由村委会解决，但是这位上诉人说，他要求判决的是其享有与其他村民同等的待遇，不一定是一次分红，是今后类似问题的一切权利。你们明白我的意思吗？"

法官说着就拉着两人往回走，继续说："村集体经济组织市场化改革，确权是关键。农村集体产权制度改革作为发展壮大新型集体经济的基础，要扎实推进清产核资、成员身份确认等工作，并按照要求配股到人，按股分红。改革开放以来，咱们国家社会阶层结构变化很大，利益多元化和主体平等竞争格局逐步形成，公民包括村民、法人、社会组织正在要求更大程度的政治参与。这么说吧，与20多年前咱们国家刚刚试行村民委员会组织法时的情况已经大不相同，基层民主意识正处于全新的社会历史条件下。"

再开庭的时候，李官官依然不接受调解，就要一纸判决，不给不走。

"75块钱，现在我就可以给你，你的村民待遇有效，以后的待遇只要符合你的身份，都有效。"沙打旺说。

"沙书记，不是我多事，村里的常住人口不如我们在外面的多，我不是代表我自己，一纸判决就是一人群人，其实此时此刻外面的这1000多名村民都在暗中等着呢。"

看此情景，法官笑了，说："俗话说孩子哭了抱给娘，该是法院管的就法院管。农民到法院诉讼不是上访事件，不影响村里成绩。这个事不是坏事，提醒我们推进农村集体产权制度改革不能忽视或回避问题，比如确权后的农民真正拥有知情权、参与权、收益权等各项基本权利，既要尊重民意，又要符合政策，关键是不留后遗症。"

沙打旺说："尊重李官官的主张，该判判。"

"再说，调解也不是万能的，也没有万能公式，只是为当事人在争议的僵局中提供了一种可能性。"法官环顾大家语重心长地说。

几个人都点头认可。

虽然走完流程耽误了一会儿，但是终究当庭宣判了。李官官虽离婚，但户口未迁出，仍系胡麻营村的合法村民，应享受集体经济组织成员相应的待遇，和本集体经济组织其他成员享有平等的分配权。村民委员会讨论决定不向李官官分红集体收益侵犯了李官官的合法权益。法院最终判决：胡麻营村民委员会于判决生效后十日内支付李官官胡麻营村 2020 年集体收益分红 75 元人民币。

李官官拿到那张判决书，向法官鞠了一躬，向沙打旺和齐二强点点头就走了。

公示后，各自然村小组长领回本村的分红，挨家挨户送去，领了钱的愉快登记，不少人捧在手里不舍得放下。虽然再没有人对分红提出异议，但沙打旺依旧做了回访。有一户人家，将这 75 块钱摆在文史馆员送的励志书法旁边，整整齐齐，沙打旺站在前面看了很久。

鉴于沙打旺是村党支部书记兼村民委员会主任，镇党委根据上级有关驻村干部轮换的有关要求，决定另派驻村第一书记。驻村工作队的其他干部陆续也更换了。文关还没有接到自治区党委组织部的通知，此时距离建党 100 周年还有 3 个月。

自治区驻县里的扶贫总队下发通知，加强轮换后的驻村干部管理，在钉钉群里也引发了一番讨论，甚至不可开交。

"钉钉打卡时间早上 9 点、中午 1 点、晚上 11 点？在村里，不到早上 7 点人们就来找你了，中午迷糊一会儿，中间还得摸起手机打个卡，晚上过了 11 点才敢睡，这一天感觉丢三落四的。"一个新来的队员说。

"除了钉钉，其他的办法其实也不少，比如典型引领、走访调研、督查指导、一线关怀等，一旦到了打卡，就是硬碰硬了。"

总队的干部说："如果人人做到尽职尽责，钉钉制度没有必要执行，钉钉签到也是为防止干部突破底线准备的，不能因为你的自律，就高估了他人的底线。善言善行，方得始终。"

"只要是干部群众集中反映的问题，就是我们要动脑筋解决的问题，这有错吗？我们的党员干部，大多数都能迎难而上，以对国家和人民高度负责的精神奔赴脱贫攻坚一线，为啥？因为这是政治任务，是没有退路的攻坚战，只要思想发动有力，我们都冲在最前方，不容置疑。"

"把我们钉在村里，出去办点村里的事就难了，钉钉打卡不适合我们，我们应该主张钉钉子精神。"

总队的干部一时接不上话了，话题一转说："文处长也在，说说想法吧。"

"在村里，活跃着这样一群人，每天为了村里的大小事务忙碌着，比如邻里纠纷、婆媳关系、政策下达、村庄治理，而这些人就是我们每个村的村干部。我常想，村里的干部，薪金不多，但是不知疲倦地 24 小时干工作，为啥？村里的党员有七八十岁的，但开会学习从不迟到，为啥？成为干部、党员，有了身份和荣誉，就有了身份和荣誉认同感，自己认同，别人认同，这是人生的一种意义。我们整个社会应该把目光投向乡村，逐步完善乡村干部的待遇福利，提高对乡村干部的支持度和认同感。"

总队的干部接过话题说："村干部处在农村工作第一线，是党在基层的代言人，是村里事业的领路人，是群众的大管家，虽然每天坐在办公室的时间没几分钟，但是不分白天黑夜面对着村里的大事小情，向他们学习啊。"

"是啊，此时此刻，他们就在我们身边。"群里有人说。

讨论的人渐渐安静了下来。

（三）

新来的第一书记叫辛保国，镇里工业园区管委会副主任，胡麻营村帮扶单位自然也是管委会了，队员来自管委会各个部门推荐的骨干。

在新的驻村工作队和村"两委"干部的见面会上，辛保国和队员们了解了村里目前的情况。

沙打旺介绍道："集体产权制度改革之后，村里的大事差不多都是围绕集体收益方面发生的，比如在保持土地二轮承包关系不变、土地面积不变、土地性质不变的基础上，大胆实行在册不到户的经营模式，破解村民不愿流转、低效经营的困局，土地经营权重新向村股份经济合作社集中。去年，咱们村共清理出闲置不耕的土地和公地2000多亩，咱们通过土地银行流转给大户，采取流转费+管理费的收益方式，产生流转费40余万。咱们村的种植大户李硬眼和几个合伙人是咱们村新型职业农民，正带着大家伙种植红芸豆新品种，打造红豆小镇。咱们村的胡麻营牌食用油也由他们的公司承包经营。"

"啥是土地银行？土地也能存？"有的队员问。

"以村民李官官为例，他家一共11亩地托管到了土地银行，这次领到土地银行分红1000元，土地租金4000元，总共5000元。他常年在外打工，土地托管后，土地收益不耽误，出门打工一年收入七八万元，双保险。往年他自己种，刨去各种成本，收成和这个也差不多，自己种关键是把人拴住了。"

辛保国和队员们连声说："这个好，这个好哇。"

"刚才沙书记说咱们村委会注册成立胡麻营村股份经济合作社，村委会就可以做买卖了？"

"对，比如说土地流转发包、农业社会化服务、统购农资、劳务用工中介等，都可以，收益后年底大家分红。以前咱们的胡麻营食用油商标只有村民合作社才能注册，以后村委会就能了。咱们村的公益农机站购买拖拉机还是委托农牧民合作社购买，才享受了国家的农机补贴。"

"分红，能分多少钱？"

"咱们村还有公益农机站？"

队员们饶有兴致地问道，问题一个接一个。

"分红，每人75元。"

辛保国和队员们笑了。

"咱们村在光绪三十二年就有了，2018年以前村集体经济还是零，2019年突破了零，2020年第一次分红，从0到75，用了100多年啊，要感谢脱贫攻坚政策好，感谢文处长的辛勤付出。"沙打旺感慨万千地对大家说道。

说到此，辛保国解释说，文处长去搬迁地看望村民了，早上在钉钉群里看到文处长请假报告行程了。

"公益农机站、油厂、杂粮厂、创客中心、红星犬谷、星空经济林、擎天柱广告牌……这是咱们村和红云镇集体经济的顶梁柱，这里面有文处长和大家忙碌的影子，立在那儿，就像一个个纪念碑啊。"

辛保国说："和沙书记一席谈话，暴露出我们工作队政策没吃透，村情不了解，好多术语我们还头次听说，这个燃眉之急必须解决，否则，接下来的工作没了抓手。咱们新队员从今天起走村串户，到所有村集体经济实体去调研学习，全面系统掌握村里的情况，再回到这儿时，必须都能听懂沙书记讲的内容，不能问东问西了。"

扶贫搬迁小区在县城边上，由县政府组织统一进行房屋建设，村民们用扶贫搬迁补贴和宅基地腾退补贴按价值置换新房屋居住，村民的居住条件和生活条件都得到了大大的改善。各个乡镇的搬迁户都安置在这里。文关和石英一大早赶到扶贫搬迁小区，是为了再次确认一种现象，石英似乎也发觉了，但是不肯定。

果然，早上七八点钟开始，村民们从楼里走出来，聚集在一片空地上，从远处看足有一二百人，聚集的人群处于静立状态，到了中午前陆续散去。

文关和石英走过去，找到胡麻营村的几个搬迁户，问其缘由。

搬迁户老方说："念旧啊，咱们过去都有点活儿干，日出而作，日落而息，起早贪黑，习惯了这样的生活模式。这一进城，见不到地了，手里空落落的，心里也空落落的，大家聚在一起叨咕叨咕村里的事儿，念叨念叨那几个大牲口，那点小鸡小狗。"

"老房怕塌，新房怕饿，城里啥啥都好，就是没有不花钱的东西咧，有的每天来回跑个几十里去种地，活动活动身子骨，有点收成心里踏实啊。"一个搬迁户在一旁惆怅地说道。

石英跟文关说："扶贫搬迁是非常好的扶贫改革政策，但是得关注到扶贫搬迁之后农村居民的后续生活保障问题，国家也明确提出要加大扶贫搬迁建档立卡贫困人口的后续扶持力度，产业培育、就业帮扶等，咱们县也开始了，得有个适应的过程，毕竟孩子上学、老人医疗、出入交通啥的方便多了。"

"上工和培训那些，都不要我们这把年纪的了，村里头有些个妇女去了手工车间，挣几个钱，也不多，所以陆陆续续地都不干了。"有个搬迁户边说边指着那边几个村民说。

"住在一楼最好了，能烧柴火，做饭省点煤气费。"说着几个搬迁户笑起来。

文关说："看来专家说得没错，搬得出是第一步，稳得住才是后半篇文章。年轻人还好，就业机会多。户对户、门对门不认识的老人们聚到此，这让我想起胡麻营的读报亭了。进城的老人晚年生活需要保障，需要丰富多彩的社区活动，建议县里立刻着手健全社区服务体系，细微之处见真情。"

说完文关就去县委找刘宏远去了。

(四)

刘宏远在县财政局开会，党办秘书科的干部发短信告诉他文处长来了。刘宏远回复说："给文处长沏茶，我 20 分钟就回，正好有事和文处长说。"

刘宏远时间掐得很准，进门看到文关一脸的着急，便笑呵呵地说："文处长先说，我后说。"

听完文关的来的原因，刘宏远说："县里也正抓紧完善安置区公共服务设施，结合安置区群众的需求正推进安置点社区基本公共服务体系建设，社区服务中心、综合性文化场所、健身场等陆续进驻，根据人口规模变化，周边逐步配套学校、医院、养老等公共服务设施，确保搬迁群众与迁入地群众平等共享公共服务资源。"

"能不能在搬迁小区建一个菜园？"

刘宏远笑着说："文处长确定不是读报亭，而是菜园子？"

"安置区与城乡规划有效衔接是早晚的事，安置区设施配套服务能力也一定会上来的，搬迁群众的各类权益也都能最终落实，这我都信。但是，眼前扶贫搬迁群众适应过渡期也得有个应急的措施。具体而言，通过土地流转等方式，为有需求的搬迁建卡脱贫户保障菜园地，政府给予承租人一定的土地流转费补助。搬迁小区在县城边上，周边有许多菜园地和大棚对外出租，这不是一举两得，相得益彰嘛。"

刘宏远在屋子里走了几个来回，捋了捋头发说："利弊权衡，这个钱值得花，我请示领导重点研究。"

文关接过话说："菜园地，实质是村民对土地的念想，有菜吃了，有地种了，和左邻右舍、老友相聚，也有个说话的地方了。"

"我明白文处长的意思，菜园子是安心工程，也是爱心工程，有地心里踏实，有菜吃生活成本就降低了。文处长放心，县里一旦通过，我老刘盯着办，立刻办。"刘宏远高兴地说。

文关轻松下来，喝了口茶。

"说实话，文处长不来，我也要去找你啊。"

"刘副书记又让我破题啊？不妨直接点题吧。"两个人不约而同笑起来。

"拖拉机。"

"农机站？"

"对，县里先拿出1000万，在5个乡30个村建设公益农机站，让农民免费耕地，产权归村股份经济合作社，拖拉机的养护和人员薪酬由集体收益支付。1000万加上国家农机补贴，两台拖拉机配上农机具，建设拖拉机库房，我去财政局算了一下，够用。"

"节省就是增长。"

"是这个理儿。"

两个人又笑在一起。

"县里鼓励创新，各乡镇报来一些奇怪的想法，新鲜倒是新鲜，但是看不出增长来。围绕如何创出新的经济增长点，我们想了很久。胡麻营的公益农机站的理念——节省就是增长，让我们的大脑开窍了。"刘宏远点着自己的脑袋说。

说话间，刘宏远把《习近平新时代中国特色社会主义思想学习纲要》拿在手里，说："书里面说，新常态下，需要通过大力实施创新驱动发展战略，打造发展新引擎、培育发展新动力，从而创造一个新的增长周期。农机站过去就有，并不是什么新鲜事，但是现在能够实现新旧动能转换，激发农村增收动能，又变成了创新。"

"刘副书记，三日不见当刮目相看啊，你这悟性可够高的，简直就是刘教授啊。"文关惊讶地说。

刘宏远连忙摆手说："我可不敢关公面前耍大刀，多亏了文处长启发，这本书我读了两遍。有一句话我是感想颇深啊，新常态主要表现在经济领域,不要滥用新常态概念,搞出一大堆新常态,什么文化新常态、旅游新常态、城市管理新常态等,甚至把一些不好的现象都归入新常态。每次读到此,都让我深思许久。"

文关开玩笑地说:"是不是一直想着破旅游的题,搞个旅游新常态啊?"

刘宏远摇着头说:"实不相瞒,还真是惭愧啊。"

文关说:"旅游没有新常态,只有实事求是,因地制宜。很多乡村旅游建设项目,有的只是凭主要领导的一个要求,县区领导开会研究通过就马上干了起来,缺乏科学论证和合理规划,这是乡村旅游项目失败的一个重要原因。看着人家搞民宿风生水起,就不顾乡村现实条件,追求短平快效果,只注重基础设施投入,盲目追求城镇化、洋化、高档化,主题与乡村不符,甚至背道而驰,最后受拖累的还是农民啊。"

"是啊,周边就有不少例子,为啥一些政府主导的乡村旅游发展项目失败了?主要原因是乡村旅游的建设更多只是满足了政府的主观愿望和考核要求,而不是为了满足消费者需要或市场需要,很多投资老板习惯找领导研究,而不是研究市场。特别是没有考虑老百姓休闲旅游的参与愿望,因而得不到市场和群众的响应,造成投资和资源浪费。所以,县里对于旅游破题也是经过几番讨论,但终究没有定论。"

"说的是,乡村旅游缺乏农民的参与,还叫什么乡村旅游。乡村的主体是农民,乡村旅游项目见物不见人,那何必来乡村呢。农民是乡土文化的载体,他们的饮食文化、风俗习惯、宗教礼仪、节庆活动是吸引旅游者的重要因素。如果想破题,我觉得应该是让游客体会到农民的生活气息,了解乡村社会。给他们麦田、玉米地、果园,让他们去打滚,给他们山坡和草库伦,让他们去放羊、喂牲口……"文关说道。

刘宏远的眼睛又亮了。

（五）

　　县融媒体微信公众号上发布了一则任免决定：因工作需要，经县党委会议研究决定，李聪明任县扶贫办主任，不再担任红云镇党委书记。石英任红云镇党委书记，不再担任红云镇镇长。

　　文关赶到镇政府的时候，李聪明的屋子里已经满是人了。油厂、杂粮厂、创客中心、红星犬谷、九龙泉旅游点、心农秀物业公司、电厂项目部负责人，还有各个村的干部，好不热闹。张小五收到文关发来的信息，也正赶往红云镇。

　　李聪明从人群中钻出来，紧紧握住文关的手。

　　"这么多人？大家都来道喜啊。"文关高兴地说。

　　"哪有什么道喜，分明是炮火密集，怕我跑了不认账，先突突个痛快。"

　　正说着，张小五也到了，进门就喊："就怕李书记跑了，不，现在是李主任了，我是开着极品飞车来的。"

　　看着这么多人，李聪明便招呼大家去会议室，说办公室坐不下了。

　　大家坐定后，李聪明开口说道："作为县里的人口大镇，我在任多年，但是面貌改变不大，诸多民生短板、瓶颈问题迟迟没能破解，是诸位在红云镇集体经济发展、社会进步、提供就业机会和参与各种公益慈善事业等方面作出了积极而有意义的贡献，我老李今后依然是扶贫战线的服务员，有事需要我解决，尽管吩咐。"

　　大家热烈鼓掌。

　　石英想了想说道："这样吧，今天大家都在，让老领导做个见证，我提议建立红云镇政商联席会议制度，每月开一次，大家一起议一议心头的疙瘩事。镇政府对大家提出的问题当面摆清，立刻解决，不掺私心杂念，不搞利益勾兑，就像一家人一样，共同促进集体经济健康发展。"说着，石英指了指胸前的"红镇一家亲"小徽章。

"好，好！"

李聪明在掌声中站起来，双手握住石英的手，"这回大家托底了，我也托底了。"

"这真是政企共同发力，打造发展新动能啊。大家不妨建个微信群，建立常态化沟通机制，会上线下遇到问题随时解决，咱们的联席会议就是常态的朋友圈。"

张小五说："我们企业家协会也邀请李主任入群，可以把企业家参与扶贫事业的热情激发起来，他们有资源，可以和李主任形成合力。"

李聪明很激动，眼光掠过所有人，说："脱贫攻坚以来，难事、实事，大家一起拼命干，工作天天连轴转，开到凌晨的会不知有多少次。我们是脱贫攻坚战中的亲密战友。咱们这一群人，都是为了那个初心，死拼着要让群众实现脱贫。成绩只属于过去，明天又是新的开始，我当不忘初心，和大家继续前行。虽然脱贫攻坚战打完了，但是乡村振兴的路上依然有你有我，不见不散。"

掌声雷动之际，李聪明的眼角流下了热泪。

乡村振兴的路上，李聪明首先碰到的是自己，县扶贫开发办公室重组为县乡村振兴局，6月2日县乡村振兴局正式挂牌成立。李聪明从主任变成了局长。

应南沟村的邀请，李聪明到村里出席为老餐厅的开业典礼，这是李聪明转任后第一次回到红云镇。

开业典礼在临近中午时举行，这时候村里的老人们陆续来到食堂，围坐在桌子旁有说有笑，食堂里一片热闹祥和的景象。

为老餐厅的开办是县里的大事，电视台杨台长亲自带队来采访。

记者对着镜头说："为了切实解决空巢、独居、高龄及生活难以自理老人做饭难吃饭难问题，近日，我县乡镇第一个为老餐厅正式投入运营，为辖区内老年人提供平价就餐服务。"

然后记者把话题对准一位就座的老人，问老人为老餐厅咋样？

老人说："这个大食堂，对于我们老年人来说，吃喝问题彻底解决了，不用自己动手，饭菜好，种类多，量也大，而且管饱。服务也挺好，厨师技术也不错，卫生服务我们都很满意。"

杨台长走过来，问老人："为老餐厅到底咋样？"

"好。"

"那你就说，为老餐厅就是好，就完事儿。"

记者重新问："您觉得为老餐厅办得咋样？"

老人声音洪亮地说："为老餐厅就是好！"

李聪明在一旁看着，不住地向杨台长伸出大拇指，说杨台长就是厉害，一个"就是好"，屡试不爽。

孙国栋带着李聪明走进食堂，厨师正井井有条地进行着每一道工序。蒸箱和两口大锅里热气升腾，香味扑鼻而来。

依托社会经营，目前已经有50多个老人办理了就餐卡。菜品售价低于市场价格。每天两荤一素一汤加主食，60岁以上老人是22块钱。村集体收益每天补贴5元，做到让老人们花最少钱，吃最好的饭菜。"孙国栋介绍说。

"在老人这儿不挣钱，餐厅盈利点在哪儿？"李聪明问。

"大食堂是面向周边村民的，500多平方米，办个红白喜事，都不用出村了。我们村的豆腐坊，也能跟着售出一部分豆腐。"

"据我所知，咱们镇60岁以上的老人，低保户比较多，最多的一年4000多块，加上高龄补贴，总共五六千块。如果在食堂吃饭每天就是17块，全年差不多就把低保和高龄补贴花完了，所剩无几了吧。"李聪明若有所思地说。

"办卡的大多数是老人的子女，老人确实舍不得。儿女孝顺，也是好事嘛。"孙国栋答道。

"好事是好事，保障机制一定要科学，这些年咱们许多好事最后都不尽如人意咧。你们村集体经济收益还不是很高,一定要计划好,花好用好。随着集体经济的壮大,给老人的补贴自然也就多了。"

"是啊,我们村赶不上胡麻营的劲儿头。胡麻营吵吵着要建水冲厕所和澡堂子,我们比不了啊。"孙国栋羡慕地说。

"被文处长叫停了,村民代表开会,也想通了,不建了。"

"为啥?"

"洗澡水没处排,水冲厕所没深水井就会堂而皇之随意流,胡麻营的绿水青山几天工夫就变成脏水坑了,这哪里是生态优先、绿色发展。如果建设深水井,就得买污水车,雇司机,一年四季成本太高。集体经济的收益几乎被这一件事就全搭进去了。事,是好事,但是需要时机,更要符合实际。"

正说着,有村干部招呼:"李主任、孙书记,剪彩了。"

瞬时,鞭炮齐鸣。

当晚,市、县电视台都播出了这条新闻。

(六)

各个工作队轮换不久,在李聪明的建议下,县纪委、组织部、驻村办、乡村振兴局成立联合督查组,对驻村第一书记、工作队员和帮扶干部的认知度、满意度,以及他们对扶贫资金和产业项目掌握情况和对扶贫档案接收情况等进行了专项督查。

督查组来的那天,辛保国风趣地说:"我们队员在村里有个外号叫'狗不咬'。为啥不咬?入户次数多,与村民都非常熟悉,久而久之,连狗都知道扶贫干部来了。"

石英见督导组的干部有点茫然,没听懂,便开口解释,"'狗不咬'是有典故的,出自文关处长。文处长初来乍到,到访贫困户家狗汪汪直叫,去得多了,狗不咬了,服服帖帖、摇头摆尾,村里人叫他'狗不咬干部'。

从城里到村里、由机关到基层，工作、生活条件艰苦，工作任务七七八八，文处长常年吃住在村，加班加点干工作、吃方便面是常有的事。有一年冬天我去他办公室，洗脸盆的水冻得咣咣的，炉子上烤着干馒头，文处长认真梳理着扶贫的资料。这样的干部评上自治区的脱贫先进，大家都服气啊。"

督导组的干部说见过文处长，有一次在县里开扶贫研讨会，文处长有一个工作体会是"吵一架"，印象深刻。

石英说："知道吵一架是跟谁吵吗？"

"谁？"

"我。"

大家一路笑声来到文关的宿舍。

石英说："实在抱歉，督导组的同志不让打招呼，暗访咧。"

文关双手握住石英的手开玩笑地说："我们有暗哨，村里的狗一叫，我们就知道来生人了。"

石英说："对，你们都是'狗不咬'。"

大伙跟着笑。

文关被笑愣了。

督导组的人说："我们还知道文处长跟谁吵过一架。"

文关看着石英说："又是老石讲我的故事了。"

督导组让文关在督查记录上签到，证明在岗。

文关带着督导组参观了红星犬谷。

督导组看着训练中的牧羊犬问："一只犬能卖多少钱？"

"20万左右吧。"

几个人都很惊讶。

文关说："放过羊的人都知道，这个活成本很高。牧羊犬却是非常不错的帮手，一个优秀的牧羊犬能顶四五个羊倌。一天能奔跑90公里，两只牧羊犬能管理上千只羊。早晨从羊圈里将羊赶到草场，傍晚又将羊群赶回羊圈。在羊吃草的时候还能保护羊群，这期间，主人几乎什么都不用做。试想，如果你雇用四五个人，开上摩托车，这个成本得多高。况且，牧羊犬能防狼，24小时工作，忠于职守，买一次，管用十几年啊。算来算去，20万，不一定能买到咧。"

几个人更惊讶了，都说这次督查长知识了，也看好胡麻营村的集体经济发展。

石英说："文处长不但'狗不咬'，而且问不倒。"

众人听后哈哈大笑。

督查的通报随后几天就下发了，认知度比较高的村是胡麻营。村民对驻村第一书记、驻村干部和帮扶干部认知度100%。

督查通报中同时列举了5个乡镇6个村9户贫困户不能说出第一书记姓名，3个乡镇7个村11户贫困户不能说出驻村工作队员姓名，两个乡镇3户贫困户不能说出帮扶干部姓名。责令整改。

推荐文关评选自治区脱贫攻坚先进个人的材料，由所在单位报给了自治区直属机关工委。经过综合评审、统筹考虑，确定了30名先进个人推荐对象，上报自治区脱贫攻坚先进个人和先进集体推荐评选工作领导小组。

送材料的人特别提示，推荐对象30名，但是材料是31份，其中文关同志是组织部派驻贫困村的补充力量，并不是派出单位的包村干部，因此自治区直属机关工委认为文关不是被考核对象，不在其推荐范围内。但是，文关的材料与众不同，有许多新鲜事，两年内连续获得"费孝通田野调查奖"，特别提请上级关注。

6月7日，自治区发布脱贫攻坚先进个人先进集体拟表彰对象的公示，文关也在其中，只不过推荐单位不是自治区直属机关工委，而是自治区扶贫开发领导小组办公室。文关看着这个微妙的变化，不知道这是一个怎样的过程。

6月22日，自治区党委、政府决定，授予595名同志"全区脱贫攻坚先进个人"称号，授予400个集体"全区脱贫攻坚先进集体"称号。

表彰决定上这样写道：党的十八大以来，全区各地各部门深入贯彻落实习近平总书记关于扶贫工作的重要论述和党中央、国务院决策部署，把脱贫攻坚作为重大政治任务和第一民生工程，尽锐出战、攻坚克难，求真务实、精准施策，组织动员各方力量，坚决打好脱贫攻坚战。经过8年持续奋斗，全区现行标准下157万贫困人口全部脱贫，57个贫困旗县全部摘帽，3681个贫困嘎查村全部出列，绝对贫困和区域性整体贫困问题得到历史性解决，脱贫攻坚取得全面胜利，为自治区与全国一道全面建成小康社会作出了重大贡献，为开启现代化建设新征程奠定了坚实基础。在波澜壮阔的脱贫攻坚伟大实践中，各地各部门团结奋斗、顽强拼搏，广大党员、干部履职尽责、倾力奉献，广大人民群众吃苦耐劳、自强不息，北京市和中央定点帮扶单位协作共建、倾情相助，社会各界和衷共济、扶贫济困，为自治区打赢脱贫攻坚战发挥了重要作用，涌现出一大批成绩突出、事迹感人的先进典型。

在人民会堂的表彰大会上，文关捧着证书环望四周，似乎父亲就在台下看着他。

在文关印象中，父亲这辈子没表扬过他。父亲去世后，文关在父亲生前留下的日记本寻找，哪怕是一个"好"字。

但是父亲给予别人的很多，他给单位办事自掏腰包请客，他斤斤计较钱财却按时超额交纳党费，他把年轻的技术员破格提拔到领导层，而没有给过文关一次表扬，更没让文关坐过一次公家的小汽车……

父亲的表扬成了文关一生的奢望。父亲是在温馨的睡眠中去世的，这个奢望也被他悄悄带走了。只是听母亲隐隐约约说过，父亲说你还是很有出息的，而且说的时候眼中含泪。

掌声响起。文关举起手中的证书，像孩子得到了父亲的表扬一般。

（七）

迎着初升的太阳，早上7点半开始，胡麻营村"两委"、驻村干部和党员陆续走进会议室，庆祝中国共产党成立100周年大会8点钟开始。

"还有10多分钟活动就要开始了，各位党员干部速到村委会会议室集中收看……"沙打旺用人喇叭喊完，就把话筒切换到庆祝大会的直播音频上，整个村子都充满了期待。

起早下地干完活的村民，肩扛着农具聚到读报亭那儿的大喇叭下，抽着烟，聊着天。

"对在外地打工的党员提出表扬，昨天接到村里通知，一大早骑着摩托车从四面八方赶回来了。还有几个回不来的党员，我们也通知了，在线收看。"沙打旺说。

从外地回来的一个党员满脸笑容地说："咱们胡麻营现在是远近闻名，跟别人讲起来也有面子，我们打心眼儿里愿意回村。"

"上台阶，小心门槛，慢着点，往里走。"

几个老党员在文关、石英和齐二强的搀扶下，走进会议室，胸前扛着前些天获得的"在党50年"纪念章，闪闪发光，会议室里的人纷纷起来让座。

只可惜，已有75年党龄的孙福民老人戴上纪念章的第三天就去世了，终年91岁。纪念章是文关和沙打旺一起送去的，老人深情回忆起自己参加解放战争、抗美援朝时的革命往事。说自己是在火线光荣加入了中国共产党，入党宣誓的时候炮弹和子弹呼啸的声音就在耳边，他一辈子都记得那个令他热血沸腾的入党仪式，从此心里就想着要为人民立功劳。希望村里的年轻人把党的先锋模范作用一直发扬和继承下去，祝愿党越来越好，胡麻营也越来越好。孙福民把纪念章挂在了胸前，家人扶着他坐起来，向文关和沙打旺敬了一个军礼，文关郑重其事地回礼。

此刻，村里鲜艳的五星红旗迎风招展。党员干部对大会充满期待，穿着正式，静静端坐，准备聆听报告。

习近平总书记的身影一出现在电视画面中，热烈的掌声一阵接着一阵……

庆祝大会结束后，全体党员举行了"聆听七一讲话谈感受，凝聚乡村振兴工作新动能"党日活动。

这时，窗外响起了《没有共产党就没有新中国》，大家转头望去，原来是村委会广场上杜小秀组织的舞蹈队穿戴整齐地跳起了广场舞。

又过了几天，文关接到结束扶贫返回单位的通知，他并没有告诉任何人，独自一人收拾物品，捆好书和行李，装进车的后备箱，把屋子里打扫干净，将宿舍和"说句心里话"箱子的钥匙放在信封里，交给沙打旺的时候，沙打旺愣了很久。

文关说："不要打扰更多的人，谁在就和谁道个别，以后时常还会过来。"

沙打旺说："宿舍的钥匙文处长留着吧，宿舍里的床和办公桌也留着，啥时候回来，都能落脚休息办公。我们就当文处长天天还在。"

文关想了想，把钥匙揣进兜里，与沙打旺紧紧握住了手。

沙打旺让厨房的马大姐做蒸饺，文关在自己种的菜地里摘了一盆西红柿、黄瓜、水萝卜和小白菜，拌了两个凉菜。石英接到文关电话后特意赶过来，辛保国和驻村工作队队员去县里参加乡村振兴培训班去了，所以只有文关他们4个人。4个人像往常一样，聊着村里的事，马大姐照常忙里忙外，时不时地搭上几句话。

这时候，毛仁兴致勃勃地端来一盘糕。文关以为沙打旺走漏风声，一问才知道，原来毛仁盖新房，今天封顶，好事要吃糕，特意给村委会报喜来了。

文关让毛仁入座，特意给毛仁夹了几个蒸饺，看着毛仁抓筷子的手能运用自如了，文关欣慰地笑了。

毛仁说穿针引线、包饺子啥都能干了。

吃完饭，没有舍不得，没有拥抱，没有祝愿和眼泪汪汪，也没有人说再见，大家只是挥着手。

读报亭，几个村民正在热议着报纸，见文关的车来了，就凑过来，文关从车里搬出一尺厚的报纸，摞在椅子上，让大家自己拿着看，看不完的拿回家继续看。

文关坐回车里，凝视着村民认真读报的样子，过了几分钟才慢慢地开走。

远处马大姐家的狗狗又要跟着车跑，文关下车把它领到食堂门口，马大姐扔了一个饺子，文关才脱了身。

村口红星犬谷的障碍场上，工作犬在训练，参观的游客围在护栏外面。对面的电厂厂区和旅游公路上，杜小秀物业公司的工人忙碌着。路旁有两个指示牌，一个是红星犬谷的，一个是星光经济林的。最高的擎天柱广告牌是九龙泉旅游点的，下面增加了一行字"国家 AAAA 景区"。

文关没有顺着 105 国道走，而是穿过红云镇直奔 110 国道，这样可以遥望油厂、杂粮厂和创客中心。

创客中心的路边停了好多车，文关打电话给张小五。

张小五说有公益组织在创客中心举办献爱心公益活动，筹集了一些物资看望相对困难的孩子和老人。她此刻在红星军旅驿站，自治区退役军人事务厅今天在驿站挂牌成立实训基地，仪式快开始了。自治区团委、妇联、红十字会和几家企业之前也都挂牌了。

文关对张小五说："这么多故事，我写本书，你来写后记。"

张小五以为文关在开玩笑，笑哈哈地说行。

这时，文关听到张小五的手机里传出了鞭炮声，噼里啪啦的……

（八）

8月末的某一天，文关在办公室收到一条很长的短信。

文处长，我是西坪乡韭菜壕村果农韩迷迷，承包了40亩村集体果园，好多年了。这几年我改良培育，苹果品质得到提升。眼看着果子都熟了，今年肯定是个丰收年。但是前几天刮风下雨一整天，果子落了一地，少说也有30吨。我和老伴都是老实巴交的农民，和外面交往不多，也没什么路子，加上我们的果园不在路边，交通不便，来的人不多，看着堆成山的果子，大热天的，我们全家急得团团转。我们去找了村主任，村主任说你曾经来我们村关照过孩子，帮助过县里的不少农民，就把电话给我了，文处长帮帮我们吧。

文关立刻给自治区电视台农牧频道打了电话，把情况说了一遍，留下了韩迷迷和自己的电话号码。记者说尽快报题，领导一批马上行动。

果然，摄制组下午就到了果园。

记者：西坪乡韭菜壕村果农韩迷迷种植了40亩苹果树，十几年来，韩迷迷把所有的精力都放在了果园上，这40亩果树还真没少给家里带来收入。眼下，韩迷迷的苹果又到了收获的季节。

韩迷迷向记者介绍："我家种植的苹果之所以好吃，是因为这么多年，每年除了浇5次水以外，这些苹果树从未打过农药上过化肥，上的都是农家肥，所以说这个口感不错，这个果子很受顾客的欢迎。"

"以前，韩迷迷每年都要外出打工，可是除掉家里开销之后，所挣工资所剩无几，于是，便下定决心开始承包村集体的果园来改变生活现状。"听完韩迷迷的话，记者又这样说道。

"他一开始承包果树，我不想让弄，这后来慢慢会侍弄咧，收益也就好起来了，没想到第一年就收入了近5万块。"之后又是韩迷迷媳妇的镜头。

镜头转到韩迷迷,"开始多少有点收入,后来收入越来越多,供女儿上高中、大学,钱都够用了。"

镜头又切换到记者:"如今,韩迷迷的果园,每年能产苹果近3万公斤,眼下,韩迷迷还想扩大果树种植面积,并把自己在种植过程中培育出的两个新品种苹果进行大量育苗和栽培。"

"这些年来,我培育出两个新品种,一个新品种我们这儿的人叫青圪蛋,实际上那个叫香果;一个就是绿苹果。我想扩大香果种植面积,寻找一个合作的人,发展起来带动我们周边地区的果农向更好的方向发展,带动村民增加收入,走向富裕。"

"眼下,韩迷迷的果园遭遇了一场暴风雨,一个晚上落下的果实有30吨,刚才大家也了解了韩迷迷的创业经历,这个果园就是全家的指望,如果有想购买或有意与韩迷迷合作的朋友,可拨打屏幕下方的电话与韩迷迷进行联系。期待你们的爱心,期待你们的合作。"

在镜头的不断切换间,这次采访顺利完成。

第二天滞销的水果迎来了转机,一家果丹皮企业愿意长期订购韩迷迷家的苹果,这次一次性购买20吨。还有部分单位看到电视宣传,积极支持,也与他签了10吨的订单,这让他如释重负。

韩迷迷又给文关发来一条短信。

> 昨天下午电视台采访了我,做了一期节目,第二天中午农牧频道《小满广播站》就播出了。到晚上的时候30吨水果卖得差不多了,比去年收成好。要谢谢很多有爱心的朋友,谢谢电视台,谢谢文处长。

过了几天,一个陌生号码拨通了文关的电话。

"文处长,我是卖苹果的老韩,我给你送苹果来了,知道你是文史馆的干部,导航来的,现在到你们单位的大门口了。"

文关赶紧跑出去,见一个老汉开着一辆小卡车笑嘻嘻地向里张望着。

文关拉着韩迷迷的手说:"这么老远你专程跑一趟,多费油钱。"

韩迷迷说:"主要是看看文处长,顺便拉了几十箱到这里再卖一卖,中秋节前水果不愁卖。"

文关说:"一共多少箱?"

"50箱。"

文关联系机关工会主席,说明情况,把50箱全买下来作为职工的中秋福利。

文关说:"解决销路的问题要提前运作,可以和红云镇的退役军人扶贫创客中心合作,不要再来回地跑了,路上不安全,零售也费工夫。"

韩迷迷依然是笑呵呵的,说创客中心的电话记住了,往后就更无忧了。

两个人挥手告别。

文关往回走的时候,找不到自己的宿舍,恍然发现这不是胡麻营,禁不住笑了笑自己。

(九)

秋天的某个上午,石榴带着胡麻营的村民一起来看望文关,石榴说拦也拦不住,大家非得来跟文处长招个招呼。

当刘喜顺、李占富、康拉弟、食堂的马大姐和石榴一出现的时候,文关的眼前突然变成了电影一般,耕地的拖拉机,成群的牛羊,肥沃的土地,会议室里举起的手……还有迎着朝阳、向着日落、扛着农具的身影。

"文处长,你咋不打招呼就走咧,可想死我们了。石镇长说文处长提拔了,我们说那更得去看看了,我还是那句话,不管是文官还是武官,都是我们胡麻营的人。"

文关笑着说:"我走那天你们都在读报亭,招过手了。"

"这一招手就好几天没来,大家伙一打听才知道,文处长发报纸最多的那天就离村了。老少爷们一下子就急了,委托我们几个来看看文处长,高矮胖瘦回去得汇报咧。"毛仁激动地说。

刘喜顺打开一个编织袋子说:"这都是你大叔婶子让我带给你的,现压的粉条、现磨的豆腐、现挖的红土豆、现掰的玉米棒子、现打下来的红芸豆和胡麻籽，都是现的。"

"还有现炸的炸糕。"马大姐拿出了一个塑料盒。

在农民朴素的愿望里，这几样东西都是他们最看重的。

只有一个愿望，就是在他们的注视下，收下他们的心意。

见文关有点迟疑，康拉弟说："文领导要是不收，我们完不成任务，村子都不敢回咧。"

文关说："以后不能叫领导，就叫文关。东西我收下了，而且回去要好好吃一顿，我这肠胃早就想胡麻营的味道了。"

几个人喜出望外，说："这就对了，这就能看出来文处长，不对，文关，和咱们不见外。"

"礼尚往来，我也有礼物送给大家，也必须得收下。"文关神秘地说。

大家互相瞅瞅，李占富带头说："向文关同志学习，收下。"

文关把大家带到一个大屋子，门口的牌子写的是创作室。

"我们的馆员们正在创作，正好你们来了，馆员老师给你们每人一幅作品如何？"

"好啊，好啊。"

文关跟姚山馆员说，给马大姐画个水墨牡丹吧，祝愿大姐幸福得像花儿一样。

马大姐乐得合不拢嘴。

"大写意借助简洁的水墨，体现出画家要表现的东西，是需要功大的，也最能体现出咱中国人重主观表现、重精神内涵的艺术思想。"馆员创作的时候，文关做着讲解。

文关走到另一个画案旁，跟馆员郝祥说："给这位占富兄弟画一个吉祥如意吧。"

李占富赶紧搓着手心站到前面。

"公鸡的鸡与吉利的吉字是谐音。公鸡报晓意味着天明，因此中国画不少图案中公鸡和太阳总是一起出现。公鸡也象征守信准时、勇敢善斗。占富，要再接再厉，发家致富啊。"

"好着咧，好着咧。"

馆员程曦招呼康拉弟说："我给这个农民兄弟画个柿柿如意。"

文关对康拉弟说："大画家齐白石最常画的就是柿子，因柿与事、世等字谐音，有吉祥的寓意，还总要题上世世平安一类的吉祥话，今天我们也借物送福，祝愿拉弟事事如意，日子越来越好。"

"喜气，喜气，真喜气咧。"

文关跟馆员马尚说："给喜顺兄弟画一幅马吧。这是我们村养殖大户，也是自治区最美脱贫攻坚人。虽然喜顺拄着一副拐，但是他吃苦耐劳、一往无前，不达目的绝不罢休，全村第一个脱贫的。"

"了不起啊，好马登科奔到头，好汉做事做到头。咱就画一匹意气风发迈向美好未来的蒙古马吧。"

文关看着石榴说："石榴同志一心为民，在老百姓中间是有口皆碑，从所长升到镇长，也是众望所归。国画里的石榴，就跟你的名字一样，象征意义非常丰富，代表着多子多福、红红火火、富贵、吉祥，如今更寓意着各民族像石榴籽一样紧紧抱在一起，共同团结奋斗，共同繁荣发展。就画一幅石榴吧。"

石榴说："来文史馆参观学习，就已经大开眼界了，万万不能再收礼物了。"

任新馆员说："我来画吧，画家的作品就是要歌颂人民群众的，能为基层的同志鼓劲加油，也是馆员的荣幸。"

石榴帮任新铺开纸张，看着游走的笔墨，不住地惊叹。

那天晚上，沙打旺的微信上收到1万元转账，是文关发来的，留言是为公益农机站的拖拉机加油，并写了捐助语：

心中有一片希望的田野，

勤奋耕耘迎来一片翠绿。

加油，胡麻营！

后记

人生第一次写后记，很忐忑，想到作者在田野里笔耕不辍，备受激励，欣然接受了诚请，万不能推辞，否则会有不安。其实，这不是写不写的问题，而是一种态度，一种尊重，农民是最值得尊重的人，为农民呕心沥血创业和发声的人也应受到尊重。

《剥麻收籽》是作者经历的真实故事，里面的人物也是我所熟知的，我们曾一起创办村集体经济，那些干部群众有血有肉、有感情，所谓冷暖人生，大道至简，他们用平凡的身躯和思想敲击着命运之门，而且发出了轰响，难能可贵的是，这些声响被作者捕捉到了，因为作者与基层干部群众生活和劳作在一起。

乡村连接着历史和未来，是人们对生态、宜居、美好生活的向往和追求。乡村振兴也是党员、干部、村民、企业家共同的奋斗目标。我与作者是在爱心接力中结为挚友的，每年春节或者大的节庆，我们两家都会聚一聚，谈天说地，展望未来。每次聚会都是我请客，因为但凡他请客肯定都是"鸿门宴"，肯定是哪里的老乡或者农村的孩子遇到困难需要聚会的人慷慨解囊了。

没错，他是个极度自律、极具思想、极有爱心的人。在他参加脱贫攻坚工作时，我们约定有生之年共同帮助有困难的农村学生1000名，时至今日已帮助了500多名。在这个过程中，我们做了一些在别人看来是"疯狂"的事，比如召集几十辆越野车带着全村的孩子兜风，请全校的孩子坐飞机去外地，在内蒙古人民会堂举办了3场爱心交响音乐会，还和党校的同学共同为农村的小学校捐赠了50部铜管乐器，组建了乐团，为先天性心脏病孩子联系免费手术，还有数不尽的被褥、校服、书包、粮油、煤炭、床铺……

2019年，组织安排他到了脱贫攻坚一线，住进村里，在村主任办公室里加了一张床算是安了家，镇里多次关照他，可以去镇里住，那儿有食堂和暖气，但是他一次也没有去过。冬天的时候我去看望过他，屋子里生着炉子，烤着馒头，他跺着脚写着乡村田野调查。他扶贫那个村风光秀丽，有AAAA级景区，但他从来没去看过，所有的时间都用来为村集体经济谋划项目，入户走访了解村民需求，到工地上查看工程的建设进度。

在村里的这几年，每家、每户、每人他都了如指掌，有为历史留下痕迹的渴望，这似乎是他天然的使命感。所以，他留下的文字，是岁月记忆，也是心路历程。他笔下的人物和故事，都是真实、有时代温度的。回看《剥麻收籽》，诠释着一个道理，人生是经历的过程，这个过程的成功与挫折都是收获的一种。有时候总结挫折少走弯路，也是积极的经验。

由此说来，他从机关到村里，改变了自己的人生经历，也改变了村民的经历，也为我们打开了一个认识农业农村农民的全新世界，让大家把目光从城市的霓虹夜幕转向田垄的星空，悲悯苍生，不甘平庸，职业化农民以自我做强的优良品格展现着新时代风采。这个世界上不缺少成大事、做大官、发大财的人，但更需要坚守忠诚、责任担当、道德良好的人。这部小说展现了他在一次次逆境中所做的坚守、责任和担当。

"计熟事定，举必有功"，谋划是做事成功的关键。而今我们已经全面建成小康社会，美丽乡村正以产业、文化、人才的合力持续发力，村民的腰包越来越鼓，人们的脸上笑容越来越多，期待更多的文关、石英、李聪

后 记

明、沙打旺、张小五等接续加入到全面推进乡村振兴的事业中来。路虽远行则将至，事虽难做则必成，也期待更多的胡麻营村越来越富裕。

末了，借助这本小说，向为脱贫攻坚和乡村振兴作出贡献的人们表达深深的敬意。在你们身上，我看到了甘蔗变成蜜糖，种子变成希望，小树变成森林，花朵吐露芬芳，也看到小小的胡麻籽一粒粒从田野走到厂房，在贫困和富足之间，在可能和不可能之间建起一道收获的桥梁。

我相信，在生活之中，小说之外，还有许多等着我们去发现和创造的胡麻籽。

张立洁

2023 年 7 月